荻港村

顾艳 著

北京出版集团
北京出版社

图书在版编目（CIP）数据

荻港村 / 顾艳著. — 北京 ：北京出版社，2024.4
ISBN 978-7-200-18659-8

Ⅰ. ①荻… Ⅱ. ①顾… Ⅲ. ①长篇小说—中国—当代
Ⅳ. ① I247.5

中国国家版本馆 CIP 数据核字（2024）第091640号

荻港村
DIGANGCUN

顾艳 著

出　　版	北京出版集团	
	北京出版社	
地　　址	北京北三环中路 6 号	
邮　　编	100120	
网　　址	www.bph.com.cn	
发　　行	北京出版集团	
印　　刷	三河市中晟雅豪印务有限公司	
经　　销	新华书店	
开　　本	710 毫米 ×1000 毫米　1/16	
印　　张	32	
字　　数	420 千字	
版　　次	2024 年 4 月第 1 版	
印　　次	2024 年 4 月第 1 次印刷	
书　　号	ISBN 978-7-200-18659-8	
定　　价	138.00 元	

如有印装质量问题，由本社负责调换
质量监督电话　010-58572393

江南古村的百年叙事

　　——代序

　　荻港村是杭嘉湖平原上一个典型的古村落，实有其地。据说鼎盛时期曾出过两名状元、五十多名进士、二百多名太学生和贡生，近现代更是名家辈出，说它是江南文化名村，也不算过分。顾艳把"荻港村"作为她的长篇小说书名，并不是要为古村作传，而是用它做小说故事的背景。小说中的地名、文物、名人都挪用了真实材料，第三十二章村党支书桑果儿筹建荻港名人馆，"把凡有成就的荻港籍人士全都罗列进去了。譬如李四光的老师、地质学家章鸿钊，中国民族资本家章荣初，中国近代史专家章开沅，中国现代音乐教育先驱邱望湘、陈啸空，外交家章祖申与瑞典王子罗伯特·章，中国著名矿物学、晶体学家章元龙，'赤脚财神'朱五楼，中美教育基金会董事长吴厚贞，等等"。

　　小说共分三部，分别以 1918 年到 1949 年、1950 年到 1989 年、1990 年到 2005 年为时间分界，以百岁老人许长根对着一条老狗断断续续的回忆为叙述线索，历史风云恰似过眼云烟，人物生生死死，百年历史事件娓娓道来，只有选择这样一个角色为叙事人，小说叙述才能达到举重若轻的境界。

　　许长根这个形象影射了"苕溪渔隐"的荻港精神。他早年投身革命，历尽苦难，又能洞察世情，超凡脱俗。他的弟弟、几个儿子都介入了荻

1

港村的权力斗争，各有成败，唯有他自己冷眼旁观，与现实世界若即若离，通篇叙述构成了一篇现代版渔樵闲话。与许长根互为照应的，是他的侄儿许家立，也是从安良除暴的"侠"最终回归隐逸的"道"。不过，许长根的习武和许家立的复仇，都已经不是传统意义上的"武侠"，他们牵黄擎苍、放浪形骸也好，挥金如土、云游天下也好，也都算不上传统意义的"渔隐"。时间进入 20 世纪，人物精神上都烙下了鲜明的现代印记，不容回避。

小说的叙事时间从 1918 年开始，颇有深意。那年正是五四运动前夕，第一次世界大战激起中国人对"公理战胜强权"信念的追求，中国被纳入为世界的一部分，由此进入一个新的社会阶段。许长根在浙江省立第一师范学校读过三年书，接受过新文化的洗礼，使他的整个人生，连同他叙述中的荻港村在 20 世纪的整部历史，都与传统的状元、进士文化做了分割，由此展示的是经受过新文化熏陶的现代人格和现代文化精神。20 世纪荻港村的发展历程，每一步都与现代中国社会发展的节奏合拍。

许长根的荻港叙事，是一种充满现代意识的自我审视，含有卢梭《忏悔录》的自我批判精神。他不回避自己少年时期企图偷窃的行为，不回避自己对齐人之福的迷恋，更不回避自己对异性美色的冲动欲望。新旧文化的切割不会非此即彼，人性也总是在混乱中慢慢变化。许长根身上的许多特点，与荻港村这样一个积淀着传统文化基因的环境是联系在一起的，反映了一个参与过大革命、抗日战争、社会主义建设的农村知识分子的世界观由传统向现代转型的曲折的发展过程。

人性审视贯穿了小说的主要情节，从许长根扩展开去，再看荻港村众多妇女形象，也都是在新旧文化混杂中承受着炼狱般的煎熬。许长根的母亲爱恋小叔不成，发疯自尽；姑姑恪守传统妇道，苦恋旧式家庭，仍然发疯而死；雪梅不满儿媳生下毛孩儿，逼着儿媳遗弃孩子，自己最后也死于荒野；章珍妮是个勤劳贤惠的传统女人，当了婆婆以后，却教唆儿子凌辱儿媳，导致了媳妇出轨自杀，不仅害了儿子，自己也受刺激悲惨死去……小说叙述了大量农村妇女的日常生活故事，诉说着那些悲惨命运，仿佛是一首长长的民歌，荡气回肠。书中妇女形象各有出色之处，她们都向往着安定顺心的传统生活，但是在旧文化的浸泡之下，她们会做出许多愚昧甚至错误的举动。顾艳以绮丽传奇的文笔，写出了令人既同情又可悲的百态人性。

我很喜欢作家叙事的白描手法，譬如以下一段描写，讲的是两亲家的吵架与和解，刻画的却是鲜明的人物形象，感觉上很像久违了的赵树理的文字风格。

　　静儿与丁港是一对恩爱的夫妻。他们知道双方的母亲吵架后，觉得很无聊。丁港对母亲命令道："你以后不准再与静儿姆妈吵架，你赶快去向她赔礼道歉。"丁港母亲说："我脸都被她挠成这样，还让我去道歉？"丁港说："我让你去，你就去。"丁港母亲说："我不去。"丁港说："你不去，那我带着小丁丁和静儿搬出这个家，到城里打工去。"丁港母亲听儿子这么说，急了，说："好吧好吧，小祖宗，我这就去。"

　　一会儿，丁港母亲很不情愿地来到海云面前。海云正坐在客堂的楠木椅子上，一边看电视，一边嗑瓜子。丁港母亲怯怯地进来时，她斜着眼睛瞄了一眼，问："还想来吵架吗？"丁港母亲说："哪里敢，我这是向亲家母赔罪来了。"海云说："咦，怎么换了一个人似的？中午的嚣张跋扈，怎么不见了？"丁港母亲说："我是来认错道歉的。我这辈子还没给人认错道歉过。"海云说："那我是有福了。好吧！既然是来道歉的，那就给我磕三个响头吧！"丁港母亲先是一惊，心里想这上海佬果然厉害，接着就像鸡啄米那样"啪啪啪"在地上磕了三个响头。

丁港母亲给海云磕三个响头时，正巧章珍妮进屋来。她对丁港母亲说："千万别这样，你回去歇着吧！"丁港母亲见有人帮她，说："我正要回去呢！"章珍妮送丁港母亲出了门。章珍妮知道海云的刻薄，回来时绕道去自己的屋子了。

章珍妮与海云是妯娌，所谓的刻薄阴险，是妯娌之间产生的偏见。但丁港母亲粗俗愚昧又不失率真，海云作为上海女人下乡后的刁钻古怪，还有章珍妮的明争暗斗，都通过生动的细节描写刻画出来，栩栩如生。小说里这样的描写不胜枚举，除了许长根一家外，还展现了三姓以外的多个家庭，大都是贫苦农民的家庭悲欢故事，如严家辉、庞九斤、丁一松、高大年、杨鸿庆、独眼龙等，生生死死，子子孙孙，展现了一幅幅各不相同的苦难农民追求翻身、寻找幸福的历史画卷，汇合起来，揭示了百年江南农村翻天覆地的变化。

历史需要重温，小说值得细读，细细咀嚼，细细品味，才是阅读这部《荻港村》的最佳方法。

（《荻港村》创作于2006年，上海文艺出版社2008年8月出版第一版，2024年4月由北京出版社修订出版。我阅读的是修订版的排印本，特此说明。）

陈思和

2024年1月16日

目　录

上部

夏天　/ 002

第一章　/ 006

第二章　/ 020

第三章　/ 036

第四章　/ 052

第五章　/ 066

第六章　/ 079

第七章　/ 094

第八章　/ 108

第九章　/ 120

第十章　/ 131

第十一章　/ 141

第十二章　/ 155

中部

秋天 / 170

第十三章 / 174

第十四章 / 187

第十五章 / 199

第十六章 / 213

第十七章 / 226

第十八章 / 237

第十九章 / 249

第二十章 / 260

第二十一章 / 273

第二十二章 / 287

第二十三章 / 300

第二十四章 / 313

下部

春天 / 330

第二十五章 / 334

第二十六章 / 347

第二十七章 / 358

第二十八章 / 371

第二十九章 / 384

第三十章 / 397

第三十一章 / 408

第三十二章 / 420

第三十三章 / 434

第三十四章 / 447

第三十五章 / 462

第三十六章 / 476

尾声 / 490

后记：我和荻港村 / 493

上
部

夏天

　　一个炎热的下午，阳光炙烤着大地。衰老的迪杰卡伏在我脚旁，观望着门口嬉戏玩耍的小狗们。它们叫着、咬着，兜着圈子，尽情地享受青春的欢乐。有那么一刻，我与迪杰卡的思绪都回到了从前。它想起了它的第一个恋人，想起了它青春的狂热与天真。而我呢，则想起了童年时光，那仿佛是眼前的事。一眨眼，我怎么就是一百岁的老男人了呢？村里人有叫我老寿星，也有叫我寿星婆的。我一点不生气，男人嘛，有些就是越老越像女人。

　　我的孙女、重孙女叫我老糊涂，可我的思维还清晰着。我知道石榴上省城的学校学画画去了。小丁丁在县城上高中，明年就要考大学了。芦荻呢，这小捣蛋考进少体学校练习体操去了。嗬，大家都希望他将来像李宁那样当奥运冠军。哼，不是我泼冷水，奥运冠军可不是容易拿的。

　　闯儿他们一走，不知道什么时候才能回来。他们走的时候还是梅雨季节，绵绵细雨飘得房间内满地潮湿。不过我喜欢听滴滴答答的雨声，它们敲在瓦片上，叮叮咚咚酷似古筝的声音，清脆有味。如果在黑夜雨势急骤时，琴声便慷慨激越，如万马奔腾、百鸟齐鸣，又如两军交锋、擂鼓助阵；当雨势减缓，它便像怀春的少女，在花前低语。可只要一下雨，章珍妮就开始唠叨了。她的唠叨声已不再是百灵鸟啼啭，而是乌鸦般的哀鸣。还有海云，看见衣橱里的羊毛衫蛀上几个洞，新衣服上生出几朵蘑菇云的霉斑，就会心疼地哭起来。女人就是这样。要是没有梅雨季节，我们的曹溪河早就被盛夏炽热的阳光舔干涸了。若是干涸，一九一九年十月，村里第一个到上海换乘保加轮去法国的留学生，又怎么从外港埭走廊搭上曹溪河的船出发呢？

青草穿着大红连衣裙，在客堂扫地。可怜我这重孙女，祖父母死了，父母也死了，就剩下我这太祖父了。我也照料不了她。她二十一周岁了，身高还不到一米二，体重二十三公斤。父母、祖父母都很高挑，唯独她长到一米多就不再长了。因为身材矮小，走村里的土路常常摔倒；不过她很勇敢，也不怕同学羞辱耻笑，硬是读完了初中。

我问青草，闯儿他们去张家港干什么来着？青草直了直腰，冲我笑着摇摇头。青草这一笑，像盛开的牵牛花。她额头的汗水，就像露珠盛在她脸颊的皱纹里，闪闪发光。没有人操心青草的婚事，家里只剩下我、青草与迪杰卡了。其他人进城的进城，不进城的也到工地上去了。以往我在家里也是待不住的，喜欢满村子跑。村里的古桥都有好几百年的历史，秀水桥、兴隆桥、隆兴桥、庙前桥，还有一座当年由《西游记》作者吴承恩出资建造的舍西桥，如今都成村里的宝贝了。我还记得那座清朝嘉庆乙丑年建造的东安桥，上面刻着"里人"二字。什么叫"里人"呢？"里人"，就是同里的人，同乡，也就是现在村民的意思。知道了吧，这就是时代不同，叫法也不同。

闯儿、静儿、宝儿，这姐弟三人真是了不得，一下就盖起了三栋别墅。乳白色的外墙，房顶尖尖的，说是西方哥特式建筑。可我不愿意住到他们的别墅去。我在自己的瓦屋里，能够闻着田野泥土的芳香，看日出日落；又能伴着星星度过黑夜。我喜欢在光亮之中，要是半夜梦醒时分，屋顶漆黑漆黑，那我的眼睛就瞎了。我一生没犯过罪，还要用眼睛再看看世界。我的耳朵还不聋，青草背诵的诗歌，我能听得一清二楚。我知道她背诵的是清朝李宗莲的《荻港夜泊》：

> 倚港结村落，荻苇满溪生。
> 黄昏渔火光，不见一人行。

诗中的意境，我小时候都亲身经历过。千年之前，我们这个村庄还不是村庄。四围都是溪水与芦苇，水中央有一个小小的浮冈，居住着几户人家。这就是我们荻港村的源头。它虽不像《石头记》演绎成《红楼梦》那么奇妙，但这里的故事层出不穷，恐怕不是一天两天能说完的。自古以来，村里有唱戏的、说书的；但是近些年，穿着长袍马褂的说书人已经没有了。年轻人都跑到县城里去看"小电影"，就是包厢一样的座位。我哪里也不去，我的腿脚已经习惯了村里的泥土路。我一辈子呼吸着村庄清新的空气，我这把老骨头还活着是神灵给予的，我要在村庄守着我的神。

几年前，瑞典王子罗伯特·章获悉寻找到记载祖父、父亲的宗谱和章氏祖屋、祖坟的消息后，心情无比激动，带着夫人卡特林娜开启了中国寻根访祖之旅。罗伯特·章说："我祖父从这儿到了瑞典，父亲一直没有机会回来。今天我回来了，我要经常回来。"

这件事轰动了整个村庄。

那天我在村里的演教禅寺见到罗伯特·章，他握着我的手说："除了带一包家乡的泥土和一瓶家乡的水外，还要带家乡产的防皱丝绸回瑞典去。"我噢噢地点头，说了些啥已经记不得了。

我想那些防皱丝绸，一定是闰儿他们那个丝织厂织的。闰儿从小是养蚕能手，大家叫她"蚕花姑娘"。可是现在她很少管丝织厂的事，跑到张家港做什么去了？家里的鱼塘，都成了我垂钓的天堂了。我就这么幽闲地生活着，只有青草与迪杰卡陪伴着我。我并不孤单，即使村里只剩下我一个人，我也不会觉得孤单的。

青草不愿意与我说话，也不愿意听我说话。她说我是老糊涂。她总是不停地干活，最拿手的就是编织毛衣。两根棒针，一个毛线球，便能编织出无数花样来。我是男人不会编织，但一辈子住在乡下，看见各式各样的人编织出的无穷世界，就常常感叹：这世界怎么这样了呢？

衰老的猎狗迪杰卡，与我一样都是过一天算一天的生命了。我起来添茶水，它也起来跟着我。它总是那么忠心耿耿，我有话就与它说。尽管我的话不多，但在这盛夏酷暑里，我的心就像一团火，它燃烧着、跳动着的火光，让我没法不倾吐。

迪杰卡仿佛知道了我的心思，它偎依在我身边，表达着它对我的友好与亲昵。好吧，既然青草不爱听，那我就说给迪杰卡听，狗耳朵可灵着呢！

第一章

一

　　我家门前是一片很大的菜园，除了菜园，我还有很大面积的自留地和三个鱼塘，一片桑树林。它们离家比较远，远到什么程度呢，骑自行车也要二十分钟，走路就要半个多小时了。我长年累月就这么来回奔波着，那些稻田、鱼塘、桑树林都是农民的命根子。在田地，我们要打垄、锄草、间苗、施肥和收割。在鱼塘，我们要繁殖鱼苗，培育出"四大家鱼"来。而桑树林，则是蚕宝宝的粮仓。现在我们很多村民不种水稻了，稻田上盖起了别墅和工厂。我老了，可村里的事我都清楚得很。

　　每天午睡后，无论天晴落雨，我都会拄着拐杖，到菜园走走。只有走在田野上，我的心才踏实。下了半个月的绵绵细雨，今天是一个难得晴朗的日子。迪杰卡摇摆着它的尾巴，跟在我身边。早春二月的太阳是那么温暖，我敞开棉袍，任风呼呼地穿进胸膛。随风而来的，还有那一声声："许老爷爷，许老爷爷"的呼唤。我转过身去，看见一个小青年朝我奔来。我知道那就是村里人说的疯子庞子遗了。他上身穿一件黑呢外衣，脚穿一双解放球鞋，头发养得像女人那么长。我看他跑得气喘吁吁，就问他："什么事？"他结结巴巴地说："不，不好了，那，那边打起来了。"他一说打起来，我就知道严土根又打老婆了。这对小夫妻才刚结婚，就三日两头打打闹闹。家里不知道摔破了多少东西呢，那只青瓷花瓶，是我亲眼看见土根从窗口摔出来"嘭"一声打碎的。真是一朵鲜花插在牛粪上，都说章玫瑰瞎了眼，可世上的姻缘总有它内在的规律。

庞子遗想让我去劝架，我老了，管不了后生们的事。章玫瑰是我孙媳妇的妹妹，长得丰满妖娆。一双媚眼，眼珠子滴溜溜转。她是这些年村里公认的村花，不少女人背后叫她狐狸精。狐狸精又有什么不好呢，至少她能让一潭沉闷的死水荡漾起来，精神起来。我知道村里的男人都喜欢她，但没有人比我更喜欢她了。她对我而言，虽然是水中月、镜中花，可她是我精神的调节器。

我站在菜园里，能看到土根和玫瑰的新房。那是一栋三开间、二层楼的瓦屋。土根他爹严发财与我的儿子许山，乳名小风林，都出生在兵荒马乱的年月。他们不仅同年，还同月同日生。小时候他们常常一起玩，一起割羊草，好得像亲兄弟一样。长大后，却成了死对头。只可惜，我儿小风林病死多年了。他死后不久，严发财在改选中又顺利地当上了村委会主任。不过严发财并没有为难过我，逢年过节总不忘给我捎几瓶黄酒来。他这辈子一心想升官发财，终也没能做成大官发成大财。土根结婚盖的新房，严发财还向我借了一万元钱哩。

我老了，钱对我用处也不大了。然而年轻人不一样，他们干什么都需要钱。你看那章玫瑰从头到脚，全是城里女人的打扮。波浪形的卷发，闪闪发亮的银耳环，低胸的米色羊绒衣，脖子上的白金项链，还有粉红的羽绒大衣，黑色的长筒靴子，靴子后跟的两枚铁钉子，走在石板路上只听见"笃笃"的声音；有时我就被这"笃笃"的声音从梦中惊醒过来了。这时我的耳畔响起年轻时追女孩常用的《诗经》里的诗："关关雎鸠，在河之洲。窈窕淑女，君子好逑。参差荇菜，左右流之。窈窕淑女，寤寐求之。"

现在青年人谈对象，叫"拍拖"。不断有人告诉我，村里谁家儿子与谁家女儿"拍拖"了。"拍拖"这个词太难听了，可村里除了"拍拖"，还有"拜拜"这个西洋词儿。闯儿、静儿、宝儿出发的时候，不与我说"再会"，而说"拜拜"。我嘴上没说什么，心里却想，咱们这里是中国农村，说什么西洋话呢？当然，我要是把观点说出来，他们就要骂我老糊涂了。

活到我这个岁数，只能沉默是金。

我望着庞子遗远去的背影，觉得他一点儿也不疯。可村里人都叫他庞疯子。庞疯子是个诗人，最拿手的是写爱情诗。为了追章玫瑰，他剁掉了一根小拇指。那天我亲眼看见他站在我的菜园里，对章玫瑰结结巴巴地说："我比土根更，更爱你，我给你写了那么多爱情诗，你不嫁给我，我就剁指给你看。"章玫瑰说："你别威胁我，你拿什么娶我？你穷得只有诗，谁要你的破诗。"

"我，我没有威胁你，我是真心爱你的。"庞疯子说着，一把抱住章玫瑰亲吻起来。章玫瑰一边用力挣脱，一边骂道："你个疯子，你个疯子，我就喜欢嫁给土根。"庞疯子听了心里一急，从腰间拔出一把尖刀，两三下就把小拇指剁了下来。这时鲜血一滴一滴，滴落在我的菜园里。我心里想，这真是作孽啊！章玫瑰见此情景，吓坏了。她拔腿就跑，庞疯子捂着左手在后面追："玫瑰，我剁指了。你，你要嫁给我。"

庞疯子跑远后，迪杰卡叼起庞疯子鲜血淋淋的小拇指，放到我的掌心。我看着它抽动了几下，像是庞疯子的灵魂在小拇指上颤动。庞疯子剁指后，逃跑的章玫瑰见了人就惊慌失措地说："庞疯子剁指了，庞疯子剁指了。"从此，庞疯子在村里，就成了名副其实的疯子了。女孩子不敢走近他，只有那些结了婚的女人爱与他开玩笑。她们冲他说："喂，庞疯子，什么时候也给我们写几首爱情诗？"

我知道庞疯子不疯，可没有人相信我的话。他，一个遗腹子，一个孤儿，虽然一人吃饱，全家不饿，但终归缺少父母之爱，天伦之乐。在他母亲刚病死那年，他还只是一个十三岁的孩子。我给他一些吃的，他就非常感激，常来我的菜园帮我锄草和施肥。可我那孙子和孙女们不喜欢他。他们说他偷吃我家的瓜果和蔬菜，我那孙子宝儿还专门为此事打得他鼻青眼肿。宝儿打他，自然是瞒着我的。若不是我问，庞疯子也不会说呢！可怜这孩子，读书倒是十分用功。我想要是他有经济来源，也就不会辍学了。

现在庞疯子朝章玫瑰家跑，少不了挨土根的揍。他哪里是土根的对手呢？每次帮章玫瑰说上几句好话，土根就像被戴了绿帽子那样暴跳如雷。章玫瑰也并不感激他，吵闹到最后总是帮着丈夫把他赶出家门。有一次，我亲眼看见章玫瑰把庞疯子轰出家门，并且朝他背后扔一只小板凳，庞疯子还"呵呵"地笑。庞疯子和我说："只要土、土根不打章玫瑰，我，我挨几下揍算什么？"

我在菜园半天了，太阳已从西边慢慢地落下去。彤红的晚霞，有一种泣血的感觉。我不忍多看，仿佛一多看，我的头颅也要与它一起沉下去了。那是多么凄楚的事啊！我与迪杰卡赶紧往家走，青草已经在做晚饭了，袅袅炊烟在空中飘散。正月末的乡下，一切还是过年的样子。五彩神像完好无损地贴在门上。它祛邪魅，还有喜盈门的快乐感觉。虽然已经过了元宵节，但每天总还有章家到李家，李家到庞家，团团围成一桌的热闹。乡里人好客，若不是闯儿他们忙着生意上的事，那么我们家也要再请上几桌。家里热闹了才有生气，我喜欢每天都有客人来。客人一来，我的精神就来了。有时候我从这些客人的脸上，能看到他们的前辈，想起很多往事来。可是近些年，村里的年轻人外出打工的、做生意的、读书的，一年比一年多，剩下的基本是老人和儿童了。

村子已不再是从前的村子，那种邻里之间串门的风气，随着一栋栋建起的新房而渐渐淡漠。隔着篱笆打招呼说话的场景，仿佛陈年旧事一样了。从前我常到东头的邻居家串门，李老头比我年轻十八岁，与他天南海北地聊天儿，就是我每天的功课。然而他前年得癌症去世了。老人们一个接一个死去，我就知道我的日子不多了。有时我会走进李老头的家里，看看他老伴豆芝把生肉吊到灶房的房梁下，由着油烟熏烤。这种肉时间久了会渐渐风干，变成酱红色，并且会掉下乳白的蛆虫来。李老头活着时，就喜欢把乳白的蛆虫装在一个玻璃瓶内，用白糖腌制着吃。他吃那些蛆虫的时候，我就想到茅房粪便上的蛆虫。可是他吃得津津有味，还说那蛆虫含有丰富的蛋白质。我猜想，没准儿他就是吃蛆虫吃死的。

青草做饭炒菜，要站到一只凳子上才能够到锅台。114.5厘米的个子，出门坐汽车、火车都还能当儿童免票哩。村里人叫她侏儒，或者小矮人。叫她小矮人的更多一些，而她也乐意别人叫她小矮人。她愿意做格林童话《白雪公主与七个小矮人》里的某一个小矮人。她说小矮人能开矿采金子呢！青草可爱极了。她做的辣椒萝卜条汤，我最喜爱喝。她先把辣椒放到炉盖上烤酥，然后捏成碎末撒到萝卜条汤里。我老伴儿章丹凤活着时做的辣椒萝卜条汤，没有青草做得好吃。

二

我在床上躺了两天，浑身酸痛。若不是闯儿他们回家来给我测体温，我还真不知道自己发着高烧。我确实老糊涂了，三十九度二的温度不低，宝儿坚持要用他簇新的别克车，载我去龙头山下的镇卫生院看病。我颤颤抖抖地上了汽车，心里想儿孙自有儿孙福，我干一辈子也挣不来一辆汽车，他们倒是买了桑塔纳，换别克；还说要再买一辆宝马。宝马车可是德国慕尼黑的名牌轿车呢！我年轻的时候，在上海听德国的"中国通"

说起过。那是我想都不敢想的事，儿孙们却要把它买回家来了。

这世道啊，真是不一样了。

卫生院看病的人不少，熙熙攘攘的都是乡里人。老人呻吟，孩子尖叫，我拄着拐杖排队拍片，打针。宝儿一会儿付钱，一会儿取药，看他忙得不亦乐乎。说实在的，我不太喜欢上医院看病。小时候发高烧，母亲给我在脖颈上刮一通痧，第二天准好了。后来有了第一任和第二任妻子，她们却不约而同地喜欢给我在脊背上刮痧。第一任妻子陈婉玉刮痧时，总是心不在焉，刮着刮着，我的脊背就被她刮成一朵癞痢花了。孩子们嘲笑我背上长癞痢，敲诈我给他们买糖果吃。第二任妻子章丹凤倒是很心疼我，她刮痧时给我唱《摇篮曲》。我听着歌曲，就像在母亲的怀抱里一样，感到温暖。现在我老了，却像孩童般地怀念起母亲来了。我多么渴望能再如孩子那样回到母亲的怀抱里啊！都说老人如孩童，真是一点也不假。

我看病回家的第二天，宝儿也发高烧了。我想，没准儿是我的感冒传染给他了，可医生偏偏不这么认为。医生忽然接到上级通知，对感冒发烧要引起高度重视。宝儿被盘问近半个月的行程，他像讲故事那样地讲了一遍。当医生知道他刚从北京出差回来时，便要调查他回来后都与哪些人接触过。宝儿如数家珍，一五一十地倾诉着，卫生院领导便带着医疗队来到我们村里了。原来正在闹一种传染病，我们省也发现一位传染病患者。我起先不知道什么叫"非典"，医生告诉我后，我浑身哆嗦起来。

那天，一支十来人的医疗队来到我们村里，挨家挨户消毒。接着建议村委会主任朱有新等村干部，将所有与宝儿接触过的人，以及有感冒症状的村民隔离观察。村民们一下子心里慌慌，聚在一起问长问短。那些"嗡嗡"的说话声就像苍蝇一样。最后有二十多位被确定隔离，我们家有好几个人卷了进去。闯儿说："我没感冒怎么也要隔离呢？"医生说：

"我们不能漏掉一个。"闯儿说:"妈的,怎么能这样?我要工作的呀。"医生说:"这是上级规定,我们要对你的生命负责。"闯儿不再作声了。

我们被隔离在临时设置的三开间平房里。一间男寝、一间女寝、一间活动室,我也被列在其中。当然,也有我忠实的伙伴迪杰卡。床铺都是临时搭起来的竹床。我的床搭在窗口。我坐在床上远远望出去,还能看见我的菜园。只要能看见我的菜园,我心里就踏实多了。我们一日三餐,全由村干部组织的临时食堂供应,让人打成快餐盒从外面送进来;每人每天七元钱,有不肯付钱的,宝儿就帮着付了。

送餐的妇女都戴着口罩,她们的神情慌慌张张的。仿佛我们都是病毒携带者,仿佛"非典"病毒会在空气中传播。不过那种戒备森严,说明领导对村民健康的重视。我心里乐滋滋的,大家住在一起,至少比家里热闹。我喜欢热闹,热闹了才有生气。可是宝儿他们待一天就难受极了,他们说这就像笼中鸟一样,没有自由了。

我、宝儿、严土根、庞疯子等十来个男的住一间。青草、闯儿、静儿、玫瑰、海云等十来个女的住一间。我们家的人最多了。幸亏我那重孙女石榴,已经回省城学校画画去了。重孙子小丁丁和芦荻,也回县城学校读书学习去了。三个小的不在,我就放心多了。在医疗队没有解除隔离前,每次的体温检测、每一声咳嗽,都令我们心惊肉跳。毕竟"非典"就是一种病毒,对病毒我有深切的体会和恐惧。

我们的三间平房前,一块空地上有一根绳索。那是我们的"三八线"。围在里面的我们,不得走到绳索外面去。村干部临时成立了民兵队,专门派人值勤。值勤的人蒙着一个大口罩,轮流值班。他们生怕我们中间有人逃出去把病菌传染给别人,从而加强了防卫工作。白天我们这二十多人,有窝在床上睡觉的,有在活动室看电视的,还有三五成群聊天儿的。只有青草,坐在房门口的小板凳上编织毛衣。庞疯子经常到她面前晃来晃去,问长问短。庞疯子通过与青草聊天儿,就可顺理成章地朝女寝室偷看一眼章玫瑰。那一眼偷看，格外滋润他的心灵。只是章玫瑰懒懒的，每天都要睡到中午才起床。

我睡在竹床上，总是把床摇得嘎吱作响。睡在我床下的迪杰卡，时常探出头来朝我看看。它的目光温柔极了，尾巴虽然毛发稀疏，但摇摆起来仍旧不失灵气。章玫瑰起床后，唯一的事情就是与迪杰卡玩儿。我说过没有谁比我更喜欢章玫瑰了。我那么近距离地看着她，养眼又养心。我的高烧很快退了，咳嗽也很快消失了。我精神矍铄，眼睛也有了神气。尽管我什么话也不对章玫瑰说，但我心里的千言万语，已经在我身体内部叙说了一遍又一遍。没有人知道我的内心激情与思绪，人们总以为一个快进棺材的老人，除了糊涂还是糊涂。

庞疯子与土根，就像死对头一样。他们睡在一个屋檐下，几乎没有一天太平。庞疯子晚上要写诗，熄灯后用手电筒照着写；而土根睡觉，见不得一丝灯光。虽然他们一个睡在东边，一个睡在西边，照理说是井水不犯河水，然而土根觉得庞疯子侵犯了他的利益。那天土根半夜三更起来，将庞疯子的手电筒砸了个稀巴烂，并将他写的诗稿撕成碎片撒到他的头上。庞疯子先是一惊，接着看到手电筒被砸扁了，辛苦写出来的诗稿也被撕成了碎片，恼火极了。他穿着短裤汗衫从被窝里跳出来，冲土根的胸口"砰砰"就是两拳。土根心里早有所准备，立刻回过去两拳。接着土根雨点一般的拳头，落在了庞疯子的身上。

庞疯子与土根打架，吵醒了所有男寝室的人。灯被打开了，大家揉着眼睛，一时不明白是怎么一回事，只看见他们两人抱作一团，当庞疯子被土根打掉了两颗门牙，血从嘴角边汩汩地流出来时，这才有人起来说："土根，你莫欺人太甚，你凭什么打他？"土根说："老子喜欢打他，关你屁事？"这时候我忍不住坐起来，大声说："土根你给我住手。"我这么一喊，土根就住手了。

宝儿起来给庞疯子嘴角边涂上了紫药水。庞疯子见有人关心他，委屈地"呜呜"哭起来。没爹娘的孩子哭起来，格外让人伤感。我本来想劝他别哭了，可哭也是一种释放。他"呜呜"地哭着，越哭越响。女寝室的人也都被他哭醒了。闯儿披着大衣，第一个从女寝室跑出来。她身后跟着两三个披大衣"叽叽喳喳"的女人。她们穿过活动室，推开男寝室的门说："哭什么？发现'非典'患者了吗？"宝儿正好站在门边，说："去，去，去，你们回自己寝室去。"闯儿是个聪明人，她一看便知道土根又在欺负庞疯子了。她甩上门时，冲土根说："你别仗着你老爸是村里的干部欺负人，小心庞疯子告你上法庭。"闯儿这么一说，土根一声不吭，哆哆嗦嗦地躲进被窝里去了。

重新熄灯后，我睡不着了。我翻来覆去，竹床被我摇得"嘎嘎"响。十多个人睡在一起，我只听到此起彼伏的鼾声。我已经很多年没有睡通铺了，非典让我想到了从前打仗时集体生活的温暖。现在大家一起吃饭，一起睡觉，一起看电视或聊天儿；大家不用干活了，这样的日子真是千载难逢。呵呵，那些年轻人也像我一样成了闲人，但我知道他们心里窝堵得慌呢！尤其是闯儿他们，这么一来生意上就要损失不少。闯儿是个直性子，尽管她每天都在用手机谈生意，给医疗队拨电话，但她还是耐不住这禁闭的日子。她老是骂："他妈的，什么时候能放我出去？"我知道她需要像鸟儿一样到处飞，闷在房间里，她便度日如年了。

窗外下起了绵绵细雨，我睡在窗口只觉得风从窗缝里呼呼地吹进来。时值早春，乍暖还寒，我最念叨的就是我的菜园了。它是我的命根子，虽然年年依旧，但它是我永远爱恋不厌的情人。几天的隔离观察，与大家聚在一起，虽然快乐开心，可是不能去菜园走走，我的双腿便疲软无力了。我望了望窗外，天已经蒙蒙亮。趁着下雨，无人在"三八线"值勤，我就想着起床去菜园走走吧！

三

我起床时，男女寝室还都鼾声如雷。我拄着拐杖，拿着一把油布雨伞，"吱呀"打开木门。迪杰卡倏地从床底下蹿出来。我首先望望用绳索围着的"三八线"，我知道一旦我跨越出去，就是违规。雨，丝丝地下着。我心里非常矛盾，我不想违规，但我的双脚在不由自主地朝"三八线"走去。四下里无人，田野一片静悄悄。我心里想我已经不发烧了，也不再咳嗽了，我身体里一定没有"非典"病毒，就让我到菜园走一走吧！我祈求着神灵。敏感的迪杰卡，吻着我的裤腿，示意我往前走。

我来到菜园时，雨就停了。一轮红日，正从东边的山头爬出来。几天不来菜园，青菜和萝卜都长胖了不少。我双脚踩在田野里，尽管雨后的田野泥土黏稠，粘满双脚，但我感到一股芳香。我走着，看着，菜园边边角角种着的玫瑰花正开得鲜艳哩。我拄着拐杖，弯腰摘下来一枝红艳欲流的玫瑰。

我右手拄着拐杖，左手拿着一枝红玫瑰，油布雨伞就遗落在菜园里了。迪杰卡让我回菜园去拿，我摇摇头。雨伞没有玫瑰重要。我一边走，一边这么想，忽然听见有人喊："许老爷爷，许老爷爷。"我马上意识到不好了，值勤的民兵上岗来了。我不好意思地"噢，噢，噢"回应着。

前来值勤的是女民兵，村妇女会主任杨招娣。她穿着紫色棉袄，腰间扎着一根军用皮带，蒙着大口罩。这样的打扮十分滑稽，我猜测她是想让自己像个民兵的样子。她见我从菜园走来，就知道我溜出去了。她说："许老爷爷，你是我们村里的老寿星，也是我们大家的榜样。你这么溜出去，让人看见了多不好？还有，你年岁大了，要是发生意外怎么办？"我说："是啊，都是我不好。你小声点，可别把这件事说出去。"我说完笑眯眯的，随即把我手上的玫瑰花塞给了她。

我与迪杰卡回到男寝室，满屋子人依然睡得死气沉沉。我脱了衣裤，又钻进被窝。除了杨招娣，谁也不知道我去过菜园。我为自己庆幸着，搁在心里的一块石头落了地。我闭上眼睛，不一会儿就呼呼睡去。我睡得很沉，连梦也没有。大概中午时分，我在迷迷糊糊中，听见他们吃饭了，看电视了，聊天儿了，尖叫了，打架了。我还以为土根又与庞疯子打架了呢！睁开眼睛才知道，原来是闯儿与杨招娣打起来了。闯儿要出门，与客户谈生意去，杨招娣却拦着，不让她跨过"三八线"。杨招娣说："我是在执行任务，不能放一个人出去。"闯儿不理不睬，只顾自己往外走。杨招娣心一急，拉住了闯儿的长发。闯儿被拉疼了，一边骂一边转身，给了杨招娣一记耳光。两个女人，就这样抱作一团打起来了。

我穿好衣服起床，村干部和医疗队医生们已经来到我们中间了。他们给我们每一个人测体温，我的体温三十六度五，其他人也都不到三十七度，或者正好三十七度。这时候，我看见医疗队长与村委会主任朱有新站在一边叽叽咕咕地说话。宝儿、静儿等人七嘴八舌地对医疗队长说："放我们出去吧，再不放我们出去，我们都要疯掉了。"这些年轻人说话，一点没分寸，仿佛他们被关在监狱里似的。

青草不管人们怎么乱，怎么闹，她就是坐在小板凳上织毛衣。七天下来，她已经将一件毛衣织得只剩下一个袖筒了。我不知道她是给谁织的毛衣，但我知道她的编织技艺相当不错。几个女医生也惊叹她的精致手工活。她们说："小矮人，你给我们织一件吧！"青草见有人夸她的手工活，高兴得合不拢嘴，说："好吧，好吧，就是要排队哩。"

大约在中午时分，医疗队长对我们说："我看情况不错，大家都很好。经过七天的隔离观察，已经没有问题了。乡亲们，你们吃了午饭就可以各自回家去。"闯儿他们一听可以回家，转身就走了。闯儿得意地走到杨招娣面前，"呸"了一声。杨招娣说："你不要以为赚了几个臭钱就得势了。我是女民兵，村妇女主任。"杨招娣说得理直气壮，闯儿说："都什么年代了，还女民兵？哈哈。"

闯儿他们走后，留下来的人都要吃了饭再走。那是交了饭钱的，谁也不想浪费。我们家就我与青草留下来吃饭，我原以为土根和玫瑰也会像闯儿他们那样转身就走，但他们留下来了，这让我感到温馨。我知道以后这样的机会肯定不会有了，我要珍惜这集体生活中的最后一顿午餐。

年轻的村委会主任朱有新，回家去提了五瓶黄酒来。他说："庆祝解除隔离，咱们好好喝一杯。"我说"好啊，好啊！"有了酒，就有了气氛。我们各自端着盒饭，团团围成一桌。玫瑰和青草，也都喝了一小盅黄酒。我老了，也只能喝一小盅黄酒。土根与有新，还有庞疯子他们，喝到兴头上竟划起拳来了。他们那"嘿嘿"的叫声，伴着挥去划来的手臂和拳头，让我感到土根和庞疯子已经和睦相处了。只是庞疯子没了两颗门牙，加上本来说话结巴，张开嘴划拳的样子十分可笑。我呵呵地笑起来，章玫瑰说："许老爷爷，你吃了什么开心果，笑什么笑个不停？"章玫瑰这么一说，我就更加乐呵了。

吃罢午饭，庞疯子把我的铺盖扛回了家。七天不在家里住，桌上的灰尘都可在上面写字了。青草放好手头编织的毛衣，开始忙着里里外外打扫卫生。庞疯子帮她打水，拖地，还帮我铺床。然后与我说："许老爷爷，你放心吧，我们村不会有'非典'。"我说："是呀，我们都解除隔离了。我们身上没有'非典'病毒，我们也不会染上'非典'病毒的。"庞疯子说："好人一生平安。"庞疯子话音刚落，青草就在屋子的那头，唱起《好人一生平安》的歌曲来。我忽然想，若是他们两个人能处上对象倒是蛮好的呀！

我到里屋床上去午休，客堂里就只剩下庞疯子和青草了。我先是竖着耳朵听他们说些什么，但由于喝过一点酒，就迷迷糊糊地睡着了。醒来的时候，我见青草在呜呜地哭，问："青草，你怎么啦？"青草倒是越哭越伤心了。她的哭声让我一头雾水。我说："是不是庞疯子欺负你了？"青草摇摇头。我说："那你不明不白哭什么？"青草一边哭一边支支吾吾地说："他不喜欢我。"

我一下就明白了。男大当婚，女大当嫁，青草是想男人了。我对青草说："哭什么呀，庞疯子有什么好？比庞疯子好得多的小伙子多着呢！慢慢来，会遇上的。"青草被我这么一说，止住了哭。她不哭了，我心里倒是很想哭。我这可怜的重孙女，我这小矮人啊！

青草打开电视机，我就听见电视里正在播"非典"疫情。这瘟疫还真的导致一些人死了呢！当然这比起旧社会，可是天差地别。现在那种防御措施，从前是没有的。我们省的电视台这样说："我省三例'非典'病人，除了死去一人，另外两人都在渐渐康复。"这我相信，国家重视啊！你看看我们村里，除了把我们这有嫌疑的二十多人隔离观察，还成立了民兵队，站岗放哨呢！他们盘问和阻挡过往人员，并且挨家挨户逐个查巡，不让任何嫌疑人漏网。没想到改革开放以后，"非典"一来，这样的制度，恰到好处地控制了疫情。

我迷迷糊糊地看着电视，忽然听见村广播站的喇叭里，响起了庞疯子在朗诵诗歌《白蝴蝶》：

> 因为"非典"病毒
> 这里成了前线战场
> 白蝴蝶忙碌飞旋着
> 她们以柔韧的脊梁
> 扛起二十一世纪之初
> 中华民族的抗疫重担
>
> 因为"非典"病毒
> 白蝴蝶给一个病人插管
> 就有被感染的危险

尽管穿上一层又一层的防护服

戴着眼罩、口罩与鞋套

但是白蝴蝶是英勇无畏的

她们前仆后继

美丽的护士长叶欣倒下了

女医生李晓红也以身殉职

可是白蝴蝶们依然咬紧牙关

坚韧面对

因为她们懂得自己

神圣的天职

庞疯子朗诵诗歌虽然普通话不标准，但很有感情。他一遍又一遍地朗诵，自我感觉特别好。我从前听庞疯子在广播里朗诵诗歌，基本上充耳不闻，但这次不一样，他的朗诵让我进入了一种梦境。或者说，是一种遥远的回忆。

第二章

一

　　那是一九一八年，我虚岁十三。十三岁的男孩子，在那个战争年代就是小大人了。虽然那次战争不曾打到我们村庄，但我满耳朵都灌满父亲许冬林说的马恩河战役、凡尔登战役、索姆河战役，还有东线战场、西线战场、海上战场。我每晚都喜欢听父亲讲战争故事。父亲的战争故事，大部分是从报上看来的，小部分是添油加醋杜撰的，但我听得津津有味。那种枪林弹雨的丛林生活，让我着迷。我想若是我有十八岁，就可以参军奔赴欧战前线了。然而，我离十八岁还相当遥远。我的一对双胞胎姐姐，倒是正好十八周岁。可是她们不喜欢听战争故事，她们已到嫁人的年龄，喜欢听母亲李梅讲婚嫁的故事。

　　只有我与弟弟许长海是父亲的忠实听众。我们除了听，还喜欢问为什么。好多次，父亲都被我们问得答不出话来。他抓抓头皮说："你们不要老问为什么，这世上没有为什么。"那晚父亲突然不讲战争故事了，他说打了四年多的世界大战，最终以同盟国集团的德、奥等国战败而结束了。父亲点起两支红蜡烛，母亲拿出来一盘水果、两瓶黄酒、几盘热菜、一包茴香豆、一碟油氽花生米，欢庆战争结束。我与弟弟许长海，一人得到两个红苹果。我把自己的一份藏起来，去抢弟弟长海手上的苹果。我追他，他就跑。我们像捉迷藏似的追来追去，"砰"一声，我被他推倒，重重地撞在落地玻璃窗上。玻璃窗嚓啷啷地碎了，碎玻璃在我的额头划出一道口子，鲜血汩汩地流出来。

"不好了，不好了。长根受伤流血了。"弟弟长海惊慌地尖叫着。

"别动，小心碎玻璃。"母亲从里屋三脚两步地赶出来说。

我没有哭。"哎哟，哎哟"地叫着。母亲从没有学过护理，但她一会儿就用白纱布把我的头包扎了起来。由于流血过多，白纱布上很快渗出了血。正在喝酒的父亲见了我，呵呵地笑起来说："你倒是像个战场上凯旋的伤兵。"听父亲这样说，我跑到镜子前看自己的模样。母亲笑笑说："你阿爸乱说，你也信？"

父亲是个幽默的人。他最爱与母亲开玩笑，时常逗她说："迪杰卡在咬你的裙摆啦！"迪杰卡是我们家猎狗的名字，叫起来顺口又有西洋味道，是父亲从报上刊登世界大战的文章中看来的一个名字。父亲把它拿来用作我们家猎狗的名字，这猎狗仿佛就是从战场上凯旋的勇士了。

听了父亲的战争故事后，我特别爱喊迪杰卡的名字。我以为我这样喊，迪杰卡会喜欢上我，不再去咬母亲的裙摆了。可是我的喊叫没有什么用，迪杰卡就是喜欢咬母亲的裙摆。

夏天，母亲穿着长裙，梳着两条长辫子，与我的两个姐姐在一起，就像姐妹一样。母亲只要一听说迪杰卡咬她的裙摆，就会惊慌地跳起来，这时候父亲就得意地大笑。母亲喜欢穿裙长盖脚、裙摆宽大的裙子。她的裙子中有真丝的，也有棉布的，但每条裙子的腰间都镶着花边儿。

母亲是村里最能干的女人。她有着苗条的身材，健壮的腿。她的脸上有两个酒窝儿，笑起来很甜美。别的女人的发丝都是绾成一个发髻，而她不扎辫子的时候，就由着长发像瀑布一样飞流直下。"梅梅，你过来给我脊背上抓抓痒。"父亲这么叫时，母亲就会放下手中的活儿，擦擦手，给父亲抓痒。母亲是非常贤惠的女人。父亲说："好了，好了，你走吧！"母亲就停下手，也不说什么，忙自己的活儿去了。

我的一对双胞胎姐姐，没有母亲漂亮。她们像父亲，四方脸，单眼皮小眼睛，皮肤也像父亲那样黑黑的。但她们从小跟母亲学活计，养蚕、缫丝、编织、喂猪、割羊草等，都是一把好手。父亲看着母亲与两个女儿在一起，就像两只小蜜蜂围着母蜂转，妒忌地冲我与弟弟长海说："儿子们过来，阿爸带你们打猎去。"我与弟弟长海，每次听到父亲喊我们打猎去都非常高兴。然而父亲通常只带我们走到半路，又借口返回来。他老是骗我们，我们就不大相信他的话了。

这会儿，我和弟弟长海以为阿爸又在骗我们了，我们都无动于衷。父亲却扛起猎枪，笑着对我们说："儿子们，你们就看阿爸的枪法，今天保证打一头野猪回来，哈哈哈！"

虽然在我们村庄能望到那座山，但要到达山脚下却相当不容易。我们走出村庄，还要乘渡船。荻港村四围都是溪水与芦苇，那些小河是没有名字的。

父亲把掩藏在河边草丛中的木船拽出来，推到有石阶的地方。他让我与长海先上船，他再跳上船来。父亲解开系在石眼中小木船的绳缆，船就悠悠地游荡起来了。这条小木船，是我祖父活着时打的。祖父的打船手艺，可是精妙绝伦。祖父唯一不满意父亲的地方，就是父亲不喜欢学打船手艺。父亲坐在船头，我坐在船尾。我们双桨划动水波，船就悠悠地走起来了。清凉的风，从我们耳边掠过。长海坐在中间用手当桨，划累了他就在船上睡成一个"大"字，而我在水中行进时，看岸上的树木，它们节节后退就像溃败的士兵，河流则成了勇士。它载着我们荡进一个湖泊，又荡进另一个湖泊，直划到湖对岸一片起伏不大的山峦前。

父亲先上了岸，把船绳绑在一棵树上，让船停稳了，才让我与弟弟上岸。

我帮父亲把枪膛上了子弹，我们三人就朝山上走去了。父亲在前，我与弟弟提着大篮小篮在后。一路上，那些香气蓬勃的野草莓，碧蓝甘甜的马奶子果，以及河沟里匍匐着的水葡萄，都让我与弟弟馋涎欲滴；还有母亲喜欢的木耳和蘑菇等野菜，也是我们喜爱的佳肴。我们大篮小篮地装满了野果子、野菜后，父亲去打猎，示意我们不可出声。

一只白兔从我身边跑过，一只野鸡也从我们后面飞了过来。我与弟弟都苦于手头没有猎枪，只能轻轻地用手去抓，可毛都没抓到，它们飞的飞，跑的跑。我心里想，一定要有一把自己的猎枪。我要做个像父亲一样的猎人，打一百头野猪。我的这个想法，让我"嘿嘿"地笑出了声。

父亲的确是个优秀的猎手。不多久，我就听见"砰砰"的枪声和野猪的嚎叫声。我与弟弟不顾父亲的嘱咐，跑上前去。我们看见野猪歪下身子，似乎要倒下去的样子，但它很快又站了起来，朝枪响处奔来。我大声叫起来，父亲却不慌不忙地给它补了两颗子弹。确定野猪已无声息了，我们走过去用脚踢它。它一动不动，大概有二百多斤重。我们用尽力气把它扛到船上，结果它占了大半条船。

我们兴高采烈地回家去。父亲说："儿子，你们看阿爸厉害吧？说打一头野猪回来，就打一头野猪。"父亲的自豪感染着我。我连连说："厉害，厉害，阿爸是最厉害的。"弟弟有些困了，他耷拉着脑袋靠在船舷上。父亲怀着喜悦的心情，划起船来就格外快。我们的船像快艇一样，一会儿就回到家了。我们满载而归，母亲和两个姐姐乐开了花。她们一个拿野菜，一个提野果子。母亲看到船上的野猪说："啊，这么大一头野猪，腌腌酱酱能吃好几个月呢！"

这晚父亲喝了很多黄酒。母亲和我们姐弟四个也喝了不少米酒。我们躺下后，窗外的风声呼呼的。呼呼的风声中，我听到父母卧房里滑动着生命之门的声音。我的脸羞红了。我十三岁了，知道那是他们在给我创造一个弟弟或妹妹呢！

二

村长许跃辉是我父亲的亲兄弟，比我父亲小十岁，但他们一点也不像亲兄弟。父亲中等身材，胖胖的；许跃辉却长得猴儿似的精瘦。父亲与许跃辉平时也不太在一起说话，很少结伴而行。许跃辉二十八岁了，还没有娶妻生子。那时我非常喜欢去许跃辉独居的瓦房，他会给我讲许多有趣的故事，并告诉我在我四岁那年，村里的男人是怎样统统把辫子剪掉的。他说我父亲的长辫子，就是他拿着一把大剪刀"嚓嚓"两下剪掉的。

有一天，他还告诉我说："古时候有一仙人路过我们荻港村，见密密的荻草和整齐的堤塘，随口唱道：'荻草两岸生，荻港名正妍。荻草护堤日久长，浪荡浪荡两百年。'浪荡也就是发达的意思。"接着他又说："我们村子最早由章家发达起来，你上的积川书塾，先生中章姓就是最多的。"我噢噢地应着，想那些老先生都只知道教我们，子曰："学而不思则罔，思而不学则殆。"

许跃辉与我父亲讲的故事不一样。

如果说父亲讲的战争故事，让我记住了第一次世界大战凡尔登"绞肉机"的血腥，细菌战的首次登台，那么许跃辉只让我记住了一个叫章祖申的荻港村男人是外交部大官。我对大官没有兴趣，但我很想去北京看看长城，看看故宫。再过半个来月，我就要放暑假了，我想让父亲带我和弟弟去北京玩，我想坐"轰隆隆"响的火车去。然而我的美梦，被一场突如其来的流感毁灭了。流感如同瘟疫一样，还毁灭了我两个姐姐的生命。

我已经记不得我们村是谁先染上流感的。一九一八年夏天，异常闷热。我与弟弟每晚都睡在露天的蚕匾里。两个姐姐则睡在西厢房，她们大热天穿着长裤，脖颈上长满了痱子却不愿穿裙子。我们家不是村里的章、吴、朱三姓大户人家，但两个姐姐倒是有着大户人家的小姐风范。她们长得不漂亮，却文文静静。她们是村子里的养蚕能手，大家叫她们"大蚕花姑娘"和"小蚕花姑娘"。每到清明祭祀蚕神的时候，她们与母亲一起去含山顶蚕神庙祭拜。祭拜蚕神，俗称"轧蚕花"。"轧蚕花"分头清明、二清明、三清明，起场落脚要闹近十天。这时我的母亲和两个姐姐，头戴用彩纸做的精美蚕花，在彩旗招展锣鼓喧天中非常高兴地讨得马头娘的喜气回家。相传讨得马头娘的喜气后，家里的蚕茧就丰收了。

小蚕花姑娘比大蚕花姑娘活泼一些，也调皮偷懒一些。她经常会在干了一半活儿的时候，到村子里去转转。从秀水桥，一直走到庙前桥；再从庙前桥，走到塔影桥。如果是雪天，她就像兔子似的，给雪地留下一串密集的脚印。我记得有一年天气特别冷，她居然走到结着厚冰的河上溜冰去了。当然与她一起溜冰的还有一位男青年，他们在冰河上欢快地玩耍着，嘎嘎地笑着、追赶着。他们不知道在他们"嘎嘎"的笑声中，那块冰正在一点点融化。

当冰载不动一个人的重量时，危险就发生了。男青年"扑通"一声掉入河里，冰面上马上出现了一个大窟窿。小蚕花姑娘见状吓傻了，她不敢走过去，呆呆地，过了几分钟后，才哭喊道："救命啊！救命啊！"

村里人听见"救命"声，赶来了几个男人。他们把男青年打捞上岸时，男青年已经死了。我见过男青年的尸体，脸被河水浸泡得像面盆那么大。不过我一直不知道他是哪个村的，也没看见他家人来把尸体运走。我知道父亲后来把他葬到村里的小山上，每到清明，小蚕花姑娘就会偷偷地到山上去祭奠。

小蚕花姑娘，那天在村子里溜达回来病倒了。她躺在床上，咳嗽、流鼻涕、发烧。在农村，我们感冒发烧通常不吃药，只在脖颈和脊背上刮痧。母亲给小蚕花姑娘在脖颈上刮了痧，但小蚕花姑娘并未退烧。她躺在床上"哦哦"地呻吟着，嘴角长出两个大脓包。第二天大蚕花姑娘也说头疼，起不了床。母亲在她的额头一摸，知道大蚕花姑娘也发高烧了。母亲的拿手本领就是刮痧，她给大蚕花姑娘也刮了痧。然而这一回母亲给两个姐姐刮痧后，姐姐们的病情都不见好转。她们躺在床上，病得奄奄一息。母亲感到十分奇怪，她说："这刮痧怎么就不灵了呢？"

几天后，母亲自己也染上了感冒。母亲的咳嗽声，让父亲警惕起来。父亲说："莫不是染上瘟疫了，怎么一个个都病倒了？"父亲让我和弟弟长海与她们隔离，父亲替母亲在脖颈上刮痧，刮完痧，父亲就喝酒。父亲一喝酒，不是教训我和弟弟长海，就是要我们坐在他身边，听他唠叨。家里一下三个病人，父亲觉得有点心烦，但第二天他照样到地里出工，该干啥还是干啥。他心里想不就是流行性感冒嘛！

母亲的感冒没有两个姐姐严重。她刮完一通痧，仍旧在家里做事，去河里洗菜洗衣。那天她到河埠头用棒槌洗被子。她与村里人聊天儿时，才知道章家有人感冒了，朱家有人感冒了，吴家也有人感冒了，那些有钱人感冒，都去城里医院了。母亲后来还听小叔子许跃辉说："这是一次全国性流感，大家要做好防病隔离措施。"可是由于病势太猛，眼睁睁地看着一户户人家染上了流感，村里根本来不及防范。村民们只能各扫自家门前雪，愿神灵保佑。

在我们这个村子，穷富差别很大。农民们还有很多住茅草屋，吃了上顿愁下顿的。然而眨眼工夫，我们村子就像染上了瘟疫一样，流感病人一个个去世了。一天之中，就会有东边死了一个人，西边又死了一个人的凄凉景象。村里人心惶惶。我与弟弟躲在房间里，既不敢到姐姐屋里去，也不敢到村里乱跑。晚上听到一阵鬼哭狼嚎般的叫声，我就知道又死了一个流感病人。这时候，我又恐惧又紧张。那一晚随着母亲的一声尖叫，我的心颤抖得厉害，但我顾不得传染，从屋里跑出来了。这时小蚕花姑娘已经没有了呼吸，她僵硬地躺在床上，母亲在她身上盖了一块白布。我抱着小蚕花姑娘的头，哭起来。父亲说："走开，你不想活了！"父亲把我拉开，并且给我戴上一个大口罩。

第二天一早，父亲差人来家里打棺材。那些木板本来是父亲留着他和母亲日后打棺材用的，但情急之下就先给女儿用了。那是最好的樟子松木板，是父亲从山上砍伐来的。那些日子，打棺材的木工趁着流感死人多，一下就把工钱上涨了。父亲想讨个吉利，没还价。棺材打完后，来不及油漆，就把小蚕花姑娘下葬了。

在下葬回来的那天晚上，我们都巴望着大蚕花姑娘好起来。母亲喃喃地为她祈祷，希望她能够挺住。然而就在这天的凌晨，窗外下着大雨，雷声轰隆隆地响个不停。大蚕花姑娘忽然"哎哟"一声，断了气。我们听到这声音，都以为大蚕花姑娘好起来了呢！母亲三脚两步赶到她床头，摇着她的身子喊："长玲，长玲你怎么样了啊！"母亲不见她回音，这才知道她已经死了。母亲"哇"的一声哭起来。她一边哭一边说："我就这一对宝贝女儿。这讨厌的流感，这瘟疫啊，把我两个女儿都夺走了。"

家里打棺材的人刚走，又来了。大蚕花姑娘的棺材，与她妹妹的一模一样。她也是来不及等棺木油漆，就下葬了。父母把双胞胎姐姐葬在一起，两个活蹦乱跳的女儿，瞬间就在地府里相会了。母亲不停地哭泣，哭声在山谷里回荡，有如乌鸦的哀鸣。我的眼泪，也止不住流下来。两个如花般的姐姐没有了，再也听不到她们银铃般的笑声了，我对生命的脆弱感到恐惧。

双胞胎姐姐走后，父亲给屋子消了毒，那个西厢房就给了我。我保留着姐姐们的一切东西。睹物思人，好几个夜晚我都从梦里的哭泣中醒来。家里最伤心的，自然是母亲了。她整天以泪洗面，但奇怪的是流感对她并没有威胁。自从父亲给她刮痧后，她没再发烧，连咳嗽、鼻涕都没有了。我们都为母亲对流感有奇迹般的抵抗力而欣慰。那阵子，村里每天都在死人。那些住茅草屋的穷苦人家，买不起棺材，只能用草席裹着亲人的尸体埋葬了。我们埋葬完大蚕花姑娘后，在回家的路上遇见丁家正在山坡上挖一个坑，把裹着草席的小儿子埋进坑里。看着小小的尸体和潦草的葬礼，我很难受，忍不住眼泪又唰唰地落下来了。

这场流感从夏天一直延续到第二年春天。两个姐姐去世后，我们家冷冷清清，少了许多欢乐。父亲的酒越喝越凶了。母亲的脸色，大半年都是青黄的。在那一个连着一个的长夜里，我没再听见父母滑动生命之门的声音了。家里的沉寂，有一种令人难受的压抑。

三

那个冬天不太冷，雪很少，老鼠格外多。由于流感成为灾难，灭鼠的事就被搁下了。父亲像发现新大陆似的，在报上看到了这次流感的起源。原来这次流感是全球性的。它最早来自美国堪萨斯军营，很快席卷美国，并于几周内传到欧洲，随后传到印度、澳大利亚和新西兰，以及中国等国家。数以亿计的生命，被流感轻而易举地夺去了，父亲看得目瞪口呆。他想起自己的一对女儿，眼泪止不住流下来。

我看见父亲落泪，心里酸酸的，眼泪也止不住掉下来。我知道大蚕花姑娘，已经说好了重兆村的婆家。那个英俊的小伙子来过我们家几次。大蚕花姑娘非常喜欢他。每次母亲提起那个小伙子，她的眼睛就会放出光芒来。

我与父亲止住眼泪后，父亲振作精神说："走，咱们到重兆村看你姑姑去。"姑姑比我父亲小两岁，她不像我母亲那么任性不绑小脚，她的"三寸金莲"，常常让她在人前引以为傲。姑姑很瞧不起我母亲，说我母亲的大脚是没教养的人家出来的女人。母亲知道后，当即跑去责问姑姑，姑嫂就吵起来了。这一吵，后来成了老死不相往来。许多年来，父亲总是背着母亲到姑姑家去。

父亲对他妹妹有些歉疚。

姑姑十八岁那年，嫁给了重兆村有钱人家的儿子林峰，但日子过得并不快乐。因为生了一个女儿后，就再不怀孕了，婆婆觉得断了林家的香火，对她非常刻薄。姑姑受婆婆的虐待，心里生气却不敢对姑父说。婆婆中风死后，姑姑原以为可以过上不受虐待的日子了，可姑父却在镇上娶了小妾回来，还生了一个儿子。姑姑的日子不见得好转，倒是更加一日不如一日了。

我们到达姑姑家时，姑姑正在抹眼泪。我知道一定是小妾冷言冷语地讥讽她了。小妾年轻漂亮，生了儿子后不把她这个正室夫人放在眼里。有时还嘲笑她道："小脚夫人，走快一些。"让她心里憋着一口窝囊气，很不舒服。姑父通常十天半月也不去姑姑房里。何况姑姑是个非常有欲念的女人，并不甘心年纪轻轻就守活寡。她对我父亲说："我如何才能把那个妖精赶跑呢？你是我哥，你得给我想想办法呀！"

"女人嫁鸡随鸡，嫁狗随狗，要学会随遇而安。"父亲无奈地说。

"娘家人不帮我，我无依无靠，他们就更加欺负我了。"姑姑"呜呜"地哭起来，我父亲苦涩地说："你让我怎么帮你？你是林家的人，我不好说话。"我知道父亲是真的帮不上姑姑的忙。

父亲想等姑父回来与他谈谈，然而我们等了很久，也不见姑父的影子。父亲知道姑父的秉性，一定又去嫖妓了。

我们从姑姑家出来，半路上那个英俊的小伙子朝我们飞奔而来。我们停住脚步，他已经气喘吁吁地跑到我们面前了。听他的口气，他并不知道大蚕花姑娘已经不在人世。他手里拿着送给大蚕花姑娘的礼物：一只漂亮的银色蝴蝶形发夹。

父亲支支吾吾地与他聊天儿。父亲不想把伤心的事儿告诉他。他的笑容是那么的阳光，仿佛沉浸在甜蜜的梦幻中。我们离开重兆村时，他把那只漂亮的蝴蝶形发夹给我，让我转交给大蚕花姑娘。我噢噢地应着，把发夹小心翼翼地藏进长衫口袋里了。许多年后，我把这发夹送给了我的第一任妻子陈婉玉。陈婉玉死后，我给了第二任妻子章丹凤。章丹凤剪短发后，我给了大儿媳章珍妮。章珍妮痴呆去世后，我就把这发夹给了我那可怜的重孙女青草了。

走出重兆村往左拐，再走上半个来小时就到镇上了。父亲想到镇上买水烟，他的烟瘾越来越重了。尽管流感刚过，但镇上依然像个小集市，熙熙攘攘。我们走过一个商铺，又一个商铺。忽然一辆马车从我们身旁经过，那个坐在马车上穿西服、戴黑色呢帽的男人正是我姑父。我与父亲远远地望着他在春来妓院停下，里面的鸨母笑呵呵地出来迎接，姑父很快走进了妓院。

春来妓院的生意，就像春天满山遍野的映山红那么旺。那些终年看不见女人的北洋军人，为图一时快活，把大把的银两都撒到妓女身上了。而那些来做生意的徽商，看上妓院的生财之道，就从安徽带来他们的女人，将年纪轻轻的贫家女卖进妓院。妓院，因此就有了会唱黄梅戏的女子。

我与父亲走进一家小酒馆，临窗口的那一桌，就是妓女陪着嫖客来取乐儿的。那个嫖客长得五大三粗，像野蛮人。脸上满是赘肉，眼睛细成一条缝，嘴里不停地喊："小妞儿过来，小妞儿过来。"

流感过去之后，我们的日子仿佛太平了不少。那年春天，母亲彻底从双胞胎姐姐去世的阴影里走出来了。她的脸上又有了笑容，肤色也像从前那么红润了。虽然养蚕少了两个好帮手，但我和弟弟长海一放学就帮母亲采桑叶。我特别喜欢桑树林，尤其喜欢爬到桑树上去吃桑果儿。桑果儿长到紫里透红的时候，是蜜甜蜜甜的。

村里有成片成片的桑树林。

我们家的桑树林，是祖父置下的田产。父亲说："桑树全身都是宝。

桑叶可养蚕，树皮可造纸和制麻。桑树果子呢，可当水果吃。"我总是坐在高高的树杈上，吃桑果儿吃得满嘴是紫色。

这年清明母亲到含山顶蚕神庙祭拜，由小叔子许跃辉陪同。母亲叫他阿辉。母亲却很少叫父亲冬林，即使叫也是连名带姓地叫许冬林。母亲叫许冬林时，通常总是高兴的时候。父亲这时就会一把将她抱起，把她重重地摔到床上去。双胞胎姐姐去世后，父亲好像已经没有把她摔到床上去的兴致了。父亲经过那场瘟疫后变苍老了。

许跃辉脾气怪怪的，祖父活着时让他相亲，总是遭到他的拒绝。但我发现许跃辉对哥哥沉默寡言，对嫂子却是很有话说。他叫嫂子，就像他哥哥叫妻子一样，叫梅梅。他有时看梅梅的眼神，也是有点异样的感觉。然而父亲从没怀疑过他的弟弟，父亲护着他弟弟的方式是默默的，不张扬的。弟弟年纪轻轻当上了村长，哥哥花的银两也可再娶两房媳妇了。

那天母亲与许跃辉兴高采烈地去含山顶蚕神庙祭拜。母亲像新娘子那样，穿着大红的大襟衣衫。她依然梳着两条长辫子，从背影看宛若大姑娘，而许跃辉呢，穿着藏青蓝土布中式上衣，脚上是母亲做的簇新布鞋。尽管母亲比许跃辉大八岁，但与许跃辉走在一起，一点儿也不显老。她脸上的两个酒窝儿，再次露出像蜜一样甜的微笑。蚕神庙里，左为一匹白马，右为一宫妆靓女，四周站着两对童男童女。他们分别托着桑叶、蚕、茧、丝、匾，村民们称之为"蚕花五圣"。母亲在一派喜气洋洋中，按捺不住地跳起了蚕花舞，那些姑娘、妇女们也都跟着她翩翩起舞。

许跃辉望着母亲优美的舞姿，眼睛出了神，心里"咚咚"地跳着。他知道那是爱，内心滋长出来的爱。为了让母亲对他有特别的好感，祭拜完蚕神后，许跃辉报名参加山下河港里的赛船比武。比武项目有：擂台船、踏排船、标杆船，还有哨船。许跃辉选择了标杆船，那是他自小跟哥哥学的本领。标杆船是所有赛船比武中，难度最大最帅气的一个项目。许跃辉鼓足勇气,心里想着一定要"一鸣惊人"。

随着一声口令与枪响,许跃辉的标杆船一马当先;但在表演完几个高难度动作后,他的船稍稍落后于人。母亲看得着急,在岸边放开嗓子大叫:"阿辉加油,阿辉加油!"母亲的声音,随着春风吹到许跃辉耳畔。许跃辉将标杆船一撑,整个人与船轻灵地飞起来了;母亲看得惊心动魄。许跃辉眨眼又遥遥领先,得了冠军。母亲高兴得连连对许跃辉说:"你飞起来真好看。"许跃辉目不转睛地盯着母亲说:"真的吗?"

村长许跃辉在标杆船赛比武中得冠军的消息,很快在村里传开了。乡亲们有往他屋里送面条鸡蛋的,也有送清明团子的。母亲送去的是自己的微笑。母亲那天到小叔子屋里去,替丈夫许冬林借把锄头。锄头就搁在门后,许跃辉趁着拿锄头时将门"砰"的一声关上了,并转身紧紧地搂住了她。她有点意外,但并不惊讶,说:"别,别这样。"

一会儿,母亲梅梅突然挣脱了许跃辉的怀抱,拿起锄头逃也似的回家去了。许跃辉这时却从门缝里,胆战心惊地观察着她离去时四周的动静。

母亲回到家里,面色慌张,面对丈夫许冬林,内心有一种负疚感。她迅速走进厨房,在炊烟袅袅中调整着自己内心的慌乱,但许跃辉似乎有一股魔力吸引着她。

那些日子只要家里有什么风吹草动,母亲就以为许跃辉上门来了;而父亲尽管不再把母亲往床上摔,却依然喜欢与母亲开玩笑。父亲总是趁着没人的时候说:"梅梅,你的两个奶子还像大姑娘呢!来,过来让我咬一口。"母亲这时有些讨厌父亲,但仍然一边走一边说:"你也有。你人胖,你那两个奶子比我大呢!"父亲就呵呵笑起来说:"男人身上最没用的就是两个奶子。"

这年初春,父亲决定让我夏天到省城考中学去。可是到了春末,我们积川书塾的老先生们一个个地告了假。我只好窝在家里自个儿复习,心里想着"积土成山，积水成川"的古训。但是复习久了，我就想着玩。在农村，好玩的东西可多着呢！我与小伙伴儿去泥地里捉蚯蚓，去池塘里钓鱼，去桑树林里爬树，去河里划船，去菜园里抓蝈蝈和蜻蜓。我喜欢雄蝈蝈，绿色的雄蝈蝈，叫起来清脆嘹亮。我把它们塞在蝈蝈笼里挂到窗前，阳光照着它们，它们就叫得更加欢乐了。

自从双胞胎姐姐去世后，父亲已经很久没有给我们讲故事了。那一天他收工后，走在外港埭走廊，正好看见我在那里看曹溪河上川流不息的船。他就指点着告诉我："在我们这条曹溪河的前边就是运河，运河能通到北京呢！"

"我要去北京。"我说。

"你去干什么？现在学生正在闹学潮呢！"父亲说，"都是我们村章家后裔十六世孙章宗祥参加巴黎和会，亲日卖国惹出来的事情。"父亲的话，让我听得一知半解，但我没有问。

那时候，我们村的外港埭走廊就像一个集市。廊屋外皆为商店阁楼，有百乐堂（朱正阳）中药店，有泰源堂（陈荣生）茶店，还有彩云楼、聚话园、南货店、鱼行、丝行、米行等。曹溪河是通往运河的水路要道，南通杭州，东往上海，北至湖州、无锡、苏州。来往的货船、客船，不少会在外港埭走廊停一停；船主让船客们上岸喝一杯热茶，听一折戏后再开船。这在那个年月，似乎是一件相当浪漫的事。

我经常去蹭戏，在外港埭走廊那个小小戏楼里，每天上演的戏都不一样，有时是京戏、有时是越剧、有时是说书。那个说书先生吴雪雷年近四十，是吴家的文化人。吴家在文化上很少建树，大多是腰缠万贯的富豪。我们获港村一直流传着"章百万，吴无数"的说法。意思是，吴家的银两多得没法数。村里的石板路，直铺的是章氏家族修筑的，横铺的则是吴氏家族修筑的。

说书先生吴雪雷，与他的家族同胞完全不一样。他个子高高的，瘦瘦的，一身长衫马褂，说大书时很有风度。但他最喜好国画，牡丹花画得格外好。只要轮到他说书，我就跑去听。书场里听书的大多都是老头子，他们捧着紫砂壶，叼着水烟枪。听他讲《三国演义》里的曹操，《水浒传》里的宋江、武松、林冲、鲁智深等。吴雪雷说书说到紧要关头会忽然停顿下来，直把人的胃口吊得高高的。

他停顿下来做什么呢？

你一定不会想到，在那时他就会为自己的画儿做广告了。到底是生意人家出生的，骨子里抹不去的经商意识。他把山水画儿一幅幅挂在书场上说："这是曹操生活的地方，那是武松打虎。"这时候观众的听觉与视觉互为交融，不少老头子就掏出钱来买一幅自己喜欢的画儿。那一天他讲完武则天，我硬是把父亲给我去省城考学的路费买了一幅《牡丹图》，可回到家里我不敢告诉父亲，把画儿偷偷地藏了起来。

没有了路费，我第一次想到了偷钱。章家、吴家、朱家，这三户有钱人家，我都想过了，只是他们家壁垒森严，很难下手；去偷那些穷苦人家的钱，我于心不忍。想来想去，我最后想到了自己的二叔许跃辉。我想他的口袋里，每天叮叮当当，而他身边又没个女人，比较安全。我打定主意后，三天两头往他屋里跑。有时候他问："你来找我讲故事吗？"我说："是啊，二叔讲的故事最好听了。"他得意地笑笑，我就眼珠子滴溜溜转，观察他的钱包放在哪一只口袋里，然而我终究不是偷钱的贼。

那天傍晚，我观察二叔很久，先是缠着他讲故事，等他讲得入情入景时，我的右手才悄悄地伸入他的裤袋。在触到钱包的一瞬间，我忽然被他一个反手抓住了我的右手。他说："你想干什么？"我惊慌地说："没，没干什么。"他说："想偷钱包吗？"我说："没，我没有。"他说："做了坏事还不老实，真是不可教也。"我心一急，央求他道："别告诉我阿爸姆妈。"可他说："怎么可以不告诉呢？为了你下次不再犯，得给你一个教训。"

父亲知道后勃然大怒："你这小子，那种丢人的事情你也敢做？幸亏是你二叔，若是别人，传出去咱们家的名声就被你败坏了。"父亲用板尺狠狠地打我，他每打一下，我就大叫一声。我心里骂："二叔，你个快嘴乌鸦，不得好死。"后来在母亲的劝解下，父亲才住手，但我已经被打得皮开肉绽，鲜血淋漓了。

第三章

一

我挨打之后，在床上整整躺了三天。除了母亲给我敷药，弟弟长海窃笑外，只有猎狗迪杰卡守候在我身边，陪伴我，用舌头舔我的伤口，用摇摆的尾巴逗我开心，让我感到温暖。我内心的痛苦就像开了的闸门一样，哗哗地流出来。它是那么聪明，当我说到伤心处，就会与我一起流泪。那时候我十分幼稚，一点点痛苦就像被显微镜放大一样，心里埋下对二叔许跃辉的仇恨。

为了能让我顺利考上省城中学，父亲把我关在西厢房里复习，不准我再到外面去撒野。我们村庄向来就有读书的传统，仕途之路更是光宗耀祖之路。可是我实在没有什么读书的心思，辜负了父母的一片心意。尤其母亲，每天都去摸老母鸡的屁股，把它刚生下的鸡蛋给我煮着吃。那些日子，我多么想与比我大四岁的章荣初一起到上海去学做生意啊！可是父亲说做生意要本钱，咱们家拿不出那么多本钱。我说："我去做学徒，不需要本钱。"父亲依然不同意。我知道他的目的就是要我考学。他说："你别动歪脑筋，你给我好好复习功课。"

章荣初见我去不成，在临出发前一天到我家向我道别。章荣初的脸，是那种很饱满的四方脸，他的目光流露出自信与坚定。他说："长根，咱们兄弟一场，我去上海学做生意也是前途未卜。你好好复习考学，日后无论谁发达，谁做官都要互相照应。"我说："好吧！我们是好兄弟，一定相互帮助。"

我没有到轮船码头去送章荣初，因为他父亲到菱湖镇经营同丰祥丝庄后，就把全家迁到菱湖了。菱湖镇离我们荻港村，走过去一个多小时。我怕溜出去送他被父亲发现，就闭上眼睛为他祈祷。我想他去上海学做生意，如果有一天做了大老板，我也会觉得脸上光彩。

不久我收到章荣初从上海的来信，心里有些激动。他的毛笔字写得相当漂亮，捏在手里仿佛有一种体温，暖暖的。他告诉我他在一家叫作"志恒棉布号"的商店做学徒，一个月才两角小洋，但他相信自己满师后会赚大钱。他的自信让我备受鼓舞，我很快给章荣初回了信。回信后不久，考试的日子就临近了。父亲是个急性子，在考试前两天，他就带着我出发了。仿佛我们只有在省城多住两天，多呼吸一些城市空气，我才会在陌生的环境里，考试发挥得更好。

那天傍晚，父亲带着我从外港埭走廊坐船去省城。母亲从樟木箱里翻出我们做客时才穿的衣裤。我与父亲都穿黑色绸布中式裤，与白色绸布中式褂子。天很热，我坐在船上，不停地有蚊子嗡嗡地飞来飞去。母亲和弟弟长海在岸边向我们挥手道别，弟弟长海冲我喊："祝你中状元回来。"我说："我能中什么呀！都是阿爸要我去的。"父亲听到我的话，给我一记耳光道："对自己要有信心。"

我与父亲在船上，整整坐了一个晚上。船在夜晚的河道里运行，水声哗哗地流着，就像催眠曲一样，我们坐着坐着就睡着了。夜晚的风凉飕飕的，天蒙蒙亮时，我正在睡梦里，父亲把我摇醒说："到了，省城到了。"我揉揉眼睛，走下船，东瞧瞧，西望望，感到特别新鲜。我想：这就是省城杭州啊，它的青石板路，也许是南宋的遗物呢！我背着书包，跟着父亲走出熙熙攘攘的码头。

城里有很多马路和小巷，那种纵横交错的十字路就像蛛网一样。那些夏天还穿着长衫的绅士，那些戏院门口化着浓妆、穿着高跟皮鞋和长裙的小姐与太太，那些拿着警棍的警察，还有那些开着汽车一脸神气的驾驶员，都让我感到好奇。我想，如果我考上浙江省立第一师范学校，那我就天天住在城里了，我就是城里人了。杭州城里有西湖，有灵隐寺，有岳飞墓，有六和塔，还有浪漫的苏堤和白堤。我跟在父亲身后胡思乱想着，父亲却老是问路："先生，请问浙江省立第一师范学校在哪里？"

父亲问学校地址的时候非常自豪。父亲对它的向往，就是对知识的尊重。我们穿过好几条街道，又绕过一条小巷才找到学校大门。大门上的校牌赫然醒目，父亲端详了又端详，然后走到传达室，与传达员说："我儿子是来考学的学生，我们能参观一下校园吗？"传达员不吭声，只点点头。父亲就领着我走进学校去了。学校的校舍是三进二层楼房，外墙是青砖，里面是木结构。红漆的地板油光闪亮。除了校舍，还有图书馆、学生寝室、食堂，操场大得可以种田。我们往图书馆东边去的路上看见一棵樱花树。一位老师介绍说："那是鲁迅先生亲手栽种的。"我们在树旁停留着，感受着樱花树的气息。我想这樱花树，也许是鲁迅先生从日本带回来的吧！

学校的街对面有一家小旅馆，我们就住在那里。那里的房价不便宜，但离学校近，方便。小房间大概不到十二平方米，有两张单人床、一张写字台、一个凳子，看上去挤挤的，但很干净。白天我在小旅馆里复习，父亲便到街上游逛去了。我做一会儿功课，望一会儿窗外。那呼呼吹进来的风，并没乡下那么清新，可我还是喜欢，任风呼呼地吹着。一只蝴蝶从窗外飞来，我就去扑蝴蝶。白色的蝴蝶在花间蹁跹飞舞，姿态多么娴雅。我一把抓住了它，将它夹进了我的书页中。

父亲回来时，我只做了五六道数学题，但我假装很用功地低头做题。父亲说："儿子啊，你看我买回来一打剪刀。这是从张小泉剪刀店买的名牌剪刀呢！"我说："买这么多干吗？"父亲说："家里用呗。"父亲拿着剪刀左看右看，如获至宝。我知道张小泉剪刀钢口均匀、样式精巧、磨工精细、刃口锋利，村里人都很喜欢。母亲出嫁时，还作为嫁妆陪嫁呢！那时候村里有一打张小泉剪刀陪嫁的女子，婆婆就不敢欺负她了。

第二天，我仍然在小旅馆里复习功课。父亲为了不影响我，爬吴山去了。他回来说："哪里有我们乡村的深山老林好？这山太低，又不能打猎，而且满是游人，连只猫也没看见。"

我考试的时间终于到了。父亲送我进考场后，不到中午就退了房。他收拾好布包裹，急着去码头买晚上回家的船票。我不知道父亲为什么急着要回去。他退了房后，只能蹲在学校门口，抽着水烟枪等我。傍晚时分，我考完走出校门，看见父亲拎着布包裹等候在门口，不高兴地说："阿爸，你怎么把包裹拿来了？"父亲说："不拿来，难道不要了？"我说："要马上回家吗？"父亲说："是啊，我们坐晚上的轮船回去。"我说："不是说好考完后玩两天吗？"父亲说："玩？有什么好玩的！"

我没有吭声，父亲说："你题目都做出了吗？"我说："不知道。"父亲说："考得怎么样自己应该知道的呀！"我说："我是不知道，我怎么知道我做得对不对？"我狡辩着，父亲就火了。他"唉"地叹了一声气，他的叹气，让我感到十分沉重。我的心情，一下子糟糕透了。我赌气说："我要爬吴山，我不要回家，要回你自己回去。"

我转过身，往相反的方向跑。我跑得很快，父亲就拿着布包裹在后面追。他一边追，一边骂："你个小畜生，你要把我气死啊！"父亲那时候毕竟还年轻，追着追着就追上我了。追上我后，他十分光火地给了我两个耳光。我委屈得大哭起来，说："你算什么阿爸，你怎么动不动就打人？"父亲听见我责备他，更恼火了。他索性放下布包裹，气急败坏地对我拳打脚踢。路上很快有了围观的人，一个穿着摩登的漂亮女郎说："乡下人就是野蛮粗鲁。"另一个中年男人说："不许打孩子！"

<h1 style="text-align:center">二</h1>

父亲听到呵斥声，拉起我走出了围观的人群。这时候我已经不敢再哭泣了，用手背擦擦鼻涕，走得很快。我不知道父亲的脾气为何越来越坏。为了考学，我已经挨过许多次打了，这让我与他的关系一天天僵化和疏远。在回家的船上，我一声不吭。父亲见我不理他，猛吸水烟枪。

回到村里，由于和一大群小伙伴一起玩，我很快就把考学的事情忘记了。母亲问起我的白褂子怎么穿得像染黑了一样，我笑着说："不黑，怎么能考上省城中学呢？"父亲在一边说："是啊，衣服脏了洗洗不就干净了吗？"父亲满意我的回答，是因为我没有向母亲告状，但他绝对不会向我认错。

那年夏天，父亲让我参加夏收夏种。他说万一我考不上学，就要把农活做好。其实除了夏收夏种，平时打垄、锄草、间苗、施肥和收割都是我的拿手本领。我喜欢在田野里看着自己种的庄稼，一天天长大。它们葱茏茂盛，我就仿佛看到了一片希望。

盛夏酷暑里，我与父母卷着裤腿在田地汗流浃背地"双抢"。弟弟长海把饭菜送到田头。农忙时节，村里的乡亲们都非常忙碌。我们每天要忙到天黑才回家，有时忙到晚上八九点钟。我常常会感到双腿隐隐作痛。大家都盼望有个好收成。在江南，早稻是我们的主要粮食。只是不少贫农家，土地是向地主家租赁的，收了粮食要交租，剩下的就不够全家人吃一年了。那种辛苦一年，依然吃不饱、穿不暖，家里穷得叮当响的穷苦生活，让我想到了减租减息。

在我们村西一带，基本都是贫困人家。他们住着茅草屋，睡着竹床。冬天稻草当垫被，全家七八口人，孩子就像楼梯台阶一样。每年冬天农闲时，家里的男人带着稍大一些的孩子外出乞讨，到了春天回来时，家里就会传出"嚓啷啷"数钱的声音。这时候，我就特别羡慕他们。独眼龙家的小山，与我是小伙伴。大雪天他赤着双脚，穿着单裤，有时还"扑通"一声跳下河去游泳。穷人的孩子，真是风吹雨打都不怕呀！

小山从没上过一天学，但我与他很投缘。我可以对他招之即来，挥之即去。我的随心所欲，在他眼里是一种魅力；而他的草莽英雄本色，也让我极其欣赏。他跟他的乞丐父亲学得一身武功，刀、剑、枪、棍、散打、拳击，十八般武艺样样都会。我一有空就拜他为师，先练基本功，再练内功，最后才练套路。所以那时候，我常常在晒谷场上练习翻空心筋斗。有时也拿着他父亲的九节鞭"唰唰"地甩两下，当然我是不符合规范的，但玩起来很有兴致。小山说："我看你学武的天赋比我好，不如你拜我父亲为师吧！"我说："如果我考不上省城中学，就拜你父亲为师。"

小山的父亲，村里人都叫他独眼龙。独眼龙有七个孩子，虽然家徒四壁，但日子却过得非常开心。别看他穷，长得丑，送上门去与他相好的女人还真不少。你说他是什么魅力呢？但他就是有女人缘。他可以在自家的茅草屋里当着结发妻子的面，布帘子一拉，与别的女人睡觉。他在家里有着绝对的权威。

大约八月中旬，我的父母都以为我名落孙山了，我却收到了浙江省立第一师范学校的录取通知书。这意外的惊喜，让全家人都沉浸在喜悦中。父亲眉开眼笑地说："章家、朱家有读书人，咱们许家也要出个读书人给他们看看。儿子，你好好读书，日后考到北京大学去。北京大学校长蔡元培，就是我们浙江绍兴人呢！"我忽然被父亲感动了，我说："阿爸，你也知道蔡元培？"父亲说："怎么，难道我不能知道吗？"

我考上了浙江省立第一师范学校，父亲高兴地在家里摆起了酒席。

他杀了一头猪、宰了一只羊，把亲戚朋友、左邻右舍全都召集起来了。我们家的大客堂里摆了四桌酒席，只有姑姑和姑父没有来。姑姑的女儿小妹，穿着红花大襟衣衫，很腼腆地坐在我身边。这天我把说书先生吴雪雷和小山都请来了。叔叔许跃辉是自己来的，他对我说："恭喜恭喜！"我只淡淡地一笑。自从他告密我偷钱后，我没再去过他的瓦屋。

双胞胎姐姐去世后，我家沉寂很久的日子被我考取省城的中学打破了。家里热闹极了，大家举着酒杯为我祝福。母亲腰间围着围裙，把做好的菜一碗碗端进来，自己并不坐下来吃。她说："你们吃，我就高兴啊！"我想帮母亲烧火，她却把我从厨房里轰了出来，说："有长海烧火就够了。"

大家不时地站起来举杯敬酒。父亲对我说："今天你是主角，要敬敬各位父老乡亲。"我就每张桌子挨个儿敬过来。我的酒量大概就是在这一天练出来的。这一天我喝了很多酒，却没有醉倒。吴雪雷到底是说书先生，有他在就更加热闹了。他喝到微醺时说："父老乡亲们，我们的长根要进省城读书去了，我给大家说段大书。"

乡亲们就齐声说："好，太好了。"

吴雪雷说了什么大书，我没听清楚，只记得吴雪雷大书一说完，父亲便急着表现自己是个大男人，对正在忙着的母亲说："梅梅过来，给我脊背上抓抓痒。"梅梅笑着说："你这是干什么呀？"但还是放下手头的事，走过来给父亲抓痒。二叔许跃辉看在眼里，低着头一声不吭。母亲的贤惠让吴雪雷不停地夸赞："真是贤惠，真是好嫂子啊！"父亲非常得意地说："我的老婆是全村最漂亮贤惠的女人。"

我知道父亲很在意吴雪雷的话。吴雪雷原在南浔张静江府做家庭塾师。张静江做浙江省府主席时，拟请他出任土地厅要职，而他宁愿在家乡做说书先生，婉言谢绝了，这让村里人对他格外敬重。我常去听吴雪雷说大书，与他混熟了我就没大没小起来。有时我喊："喂，吴说书，今天说什么书？"他呵呵笑着问："你想听什么？"

我说不出来，惊异地望着他的脑袋，仿佛他的脑袋是一个星球。

那天酒席散后，他送我一幅山水画，用的是水墨晕方法。我想，早知他要送我画，又何必当初买他的《牡丹图》，而导致自己偷钱挨打呢！当然他的《牡丹图》我藏得好好的。我想等到有一天没饭吃时就把它拿出来卖钱。

我上省城中学去读书的日子终于来临了。父母弟弟送我到外港埠走廊，依依不舍地与我道别。我的行李是一个纸箱，还有母亲用棉布给我缝制的一个书包。当船一起动，母亲就落下眼泪来了。父亲说："咱们家第一个读书人出远门，应该高兴。"父亲朝我挥挥手，弟弟长海像个呆子站在一边。船在曹溪河上渐渐地漂远，远远看见父母还站在外港埠走廊上，我忽然有一种不想离开的感觉。我用手握成喇叭状对着他们高喊："阿爸、姆妈你们保重！"

我在船上一直坐到天亮。我怕睡着了，醒来后我的纸箱不见了；也怕母亲给我缝在贴身裤袋里的钱不翼而飞。我就这么坐着，月光像河水一样流淌着；远处田野里的萤火虫，一闪一闪。天蒙蒙亮时省城就到了。

我照例像父亲陪我考学时那样，下了船先为自己买两个烧饼。我提着纸箱，背着书包，边走边吃。我很快走到学校，报到后我就把行李提到了寝室。我们八个人一间房，睡的高低铺。我睡在上铺，下铺的同学是上虞谢桥来的。他剃着小平头，穿着圆口黑布鞋，一身灰色的衣裤，看上去有乡里人的朴实。他告诉我他叫叶天瑞，我告诉他我叫许长根。他拍一下我的肩膀，就像一见如故那样。我们很快成了好朋友，一起吃饭、一起自修、一起去逛西湖，爬城隍山。最初两个月的学校生活，对我来说既新鲜又快乐，尤其是我与他都参加了学校篮球队，他打中锋，我打后卫。一下课，我们就捧着篮球往操场跑。这时候我真的很少想到家，想到我的父母和弟弟。我就像父母放飞的一只鸟，在天空飞呀飞。

两个月后，我知道若是早一年考上这所学校，还能听到大名鼎鼎的李叔同的音乐课和绘画课。现在李叔同已皈依佛教。我想，大艺术家必是大人格者。不过我能师从夏丏尊习国文，学习生动活泼的白话文，实属幸运。那时候我最重要的两件事：一是学习白话文，二是打好篮球后卫。

　　在篮球场上，我常常为自己的机灵感到自豪，而白话文让我再也不要之乎者也了。父亲通常是一个星期来一封信。他的信千篇一律，除了让我好好读书将来做官，扬眉吐气，没有别的话。他老是说同样的话，让我心烦。我对做官实在没有兴趣，但我又不能得罪他老人家。于是我给他的信，也就只好顺着他的话说，有时我也讲一些打篮球的趣事。

　　那天，我正在信上告诉父亲我连中两个球打赢了比赛时，叶天瑞气喘吁吁地进来对我说："咱们到大礼堂去吧！"他没等我回答，就拉着我往外跑。这正是一九一九年的冬天，由于我们校长和教员都鼓励支持五四新文化运动，学校在接受新思想、新观念上速度很快。在教员中，有夏丏尊、刘大白、陈望道、李次九这"四大金刚"共同支持新文化运动。然而他们在革新语文教学时，遭遇教育部门的勒令查办，还要撤换校长。叶天瑞拉我去的目的，就是号召同学们罢课。鼓动学生罢课不难，我天生就有煽动性。

　　我们走到大礼堂，同学们已济济一堂了。叶天瑞讲话后，由我发言。我声音洪亮，很有激情地挥着拳头大喊道："同学们，我们大家团结起来罢课。"同学们七嘴八舌，交头接耳后，热烈地呼应我说："罢课，罢课，我们罢课。"没几天，我们学校的学生就全部罢课了。

　　我们的罢课被说成是"留经运动"，那天学生们沿着西湖，举行了集会游行。朝气蓬勃的学生们，让西湖沸腾起来了。然而没过多久警察来了，冲突中，我和不少同学的胸膛和胳臂被刺刀划破了，鲜血染红了衣衫。我们却仍然走在游行队伍的最前列，我没想到我与同学们都那么勇敢。由于我们的勇敢,其他学校的学生也纷纷加入了声援我们的罢课行列。

父亲在报上看到我参加"学潮"的消息后,惊恐不安地赶来省城。他看到我额头的伤口,说:"长根啊,这不是闹着玩的。都怪我老给你讲战争故事,可子弹是不长眼睛的啊!"我说:"阿爸,你别怕,我不是好好的吗?"父亲说:"我希望你平平安安,不要弄出乱子来。"我说:"没事,不会有事的,你尽管放心好了。"父亲说:"你安分守己一点,我就放心了。"我说:"好吧,我一定安分守己。"父亲这才笑了。他说:"长根啊,你眨眼就长大了。你长大了,我就老喽。"

父亲的话有点伤感。他已不再像从前给我讲战争故事那样,有着旺盛精力。他有点蔫蔫的,背也有些驼了。父亲才人到中年,他本不该在半载一年内老得这么快,可是他老了。我忽然心疼起父亲来,我说:"阿爸,我请你在我们学校的小食堂吃饭。"父亲呵呵地笑起来,问:"还有大食堂小食堂?"我说:"大食堂就是学生食堂,小食堂嘛可以点菜有小炒。"父亲噢噢地应着,仿佛明白了些什么。

我们学校小食堂的菜相当不错。我给父亲点了他喜欢吃的东坡肉,还有杭州菜炸响铃、西湖醋鱼、龙井虾仁。父亲心疼地说:"这肉啊,鱼啊,虾啊,咱们家里都自己养着呢,可就是做法不一样。厨师做的东坡肉,到底比你姆妈做的好吃。"父亲的胃口不错,吃了满满两大碗饭。父亲吃完饭急着赶船去,我送他到校门口,他硬是不让我再送了。他说:"罢课这么久,你也该复习功课了。"

三

我望着父亲穿着灰色长衫远去的背影,心里酸酸的。父亲跑那么老远来看我,而我却不能送他到船头。我心里一颤,倏地追了上去,坚决要送父亲到轮船码头。父亲心里自然是乐意我送他的，他关照我说："放了假，要早点回家。天冷了，要穿棉衣。不要人冻着，衣也冻着。"我说："阿爸你放心，我长大了，会管好自己的。"

我搀着父亲的手，很快到了轮船码头。父亲穿着长衫，手握一把油纸雨伞上了船。汽笛一响，船就开了。父亲站在船舷边，向我挥手。我站在岸边，也向他挥手。我挥着挥着，就想起了李叔同的《送别》。

> 长亭外，古道边，芳草碧连天。晚风拂柳笛声残，夕阳山外山。天之涯，地之角，知交半零落；一壶浊酒尽余欢，今宵别梦寒。

送别父亲后，我回到学校。叶天瑞对我说："我们要成立一个'自治会'，将五四新文化运动推向高潮。"我说："好吧，'自治会'全由学生组成，定期出一本刊物才有意义。"叶天瑞一听说办刊物，觉得主意不错，只是没有经费。我说："经费由学生捐款，每人捐一点，积少成多。"叶天瑞一拍大腿说："好，这办法好啊！"

恢复上课后，我们就进入了期末考试，考完试就放寒假了。这年寒假，不少同学没有回家。我和叶天瑞也都没有回家。我们把不回家的同学聚在一起，大家献计谋策，想着如何能办一本好刊物。刊名有人提议叫《溯源新刊》。我和叶天瑞都觉得很好，就采用了这个刊名。当然除了这些，我们还要在假期组织活动，传播新思想。

那天我们三五成群地走上街头，吆喝着卖各地的新报刊。"嘿，女士、先生们，买一份新出的报刊，看看最新消息吧！"我的生意特别好，半天时间就将手头的一大摞报刊卖得所剩无几了。其中有位小姐买了几份报后，回转身来又买了几本杂志。她剪着齐耳短发，穿着一身黑色衣裙，据说这样的打扮就是五四新女性。我非常喜欢这样的打扮，远远地望着她的背影出神。这是我第一次对女性有一种异样的感觉，青春朦胧的爱，在我心里萌生了。

我们的国文老师夏丏尊先生，知道我们这些学生没有回家，年三十那天，他把我们邀到他在杭州弯井巷的府上。叶开瑞与夏丏尊先生都是上虞人，这使他与夏丏尊先生的关系比我们更近一层。夏丏尊先生家里满是书，房屋不算大，但有一个厅堂，足够客人们谈正经事或闲聊。夏夫人对我们非常友好，请我们吃糖果、花生。吃饭时还让我们每人喝米酒，吃年糕。夏丏尊先生风趣地说："吃了年糕，才能年年高。"

我特别喜欢夏丏尊先生的书房，他的书房就像用书堆起来的一座塔。塔中的中国古代圣贤经卷和世界名著，都让他废寝忘食。然而在夏丏尊先生的书房里，我彻底感到了自己的孤陋寡闻和不学无术。那如塔一样的尖顶，哪里是我能攀登的呀！尽管我还年轻，也非常努力，但读书需要天分。我的白话文写得毫无生气和色彩，这一点我有自知之明。

父亲知道我在夏丏尊先生家过年，非常高兴，他来信说："儿子啊，你要向夏丏尊先生好好学习。"父亲的态度总是积极向上的，仿佛给我指点着一条洒满阳光的大道。不管能否走通，在他看来走是重要的。而我也学会了顺着他的话题说话。什么叫孝，依我现在的观点，"顺"就是孝。其实我在积川书塾就知道这个道理，只是那时我还并不真正懂得。

时光快如飞，眨眼我在省城第一师范学校读书已到第三年了。这年春天，我们办的《泺源新刊》在全国已相当有影响力，只是我们马上就要毕业离开学校，刊物也因种种原因停刊了。我们虽然感到遗憾，但仍然为我们曾经付出过的努力和心血感到无比自豪。趁着周末，我与叶天瑞把剩下的每一期刊物全部装订成册。我私下里留了一套，想给自己留作纪念。

那时候，我并没想过毕业后的去向。照我父亲的意思，肯定又是考学。然而叶天瑞告诉我，他想去上海工作，我马上想到了我的小伙伴章荣初，如果我们去上海也可找他寻工作。但叶天瑞说，陈望道已推荐他到上海印刷所做校对《新青年》文稿的工作了。他说，咱们一起去上海吧！我犹豫了一下，还是答应了他。我想，我真的不再考学，父亲也没办法。每个人都有属于自己的道路，只是我还不知道自己的道路在哪里？

我这人没想那么远，总是走一步算一步。因此，当不少同学在为自己的出路着想时，我却非常安心地打我的篮球，看鲁迅的白话文小说，复习自己的功课。四月中旬的日子，已经非常暖和了。想着住了三年的省城，马上就要离开，我便约叶天瑞等同学去游西湖、爬玉皇山。这时我才感到西湖是那么的美丽。如果说西湖是个圆，那么断桥就是圆的起点。断桥，那是产生白娘子与许仙浪漫故事的地方。断桥旁有一个亭，亭内有碑，碑上刻着清康熙皇帝题写的"断桥残雪"四个字。那四个字浸透着盛世的从容与安详，让人们把断桥当作西湖的象征。

我终于走在浪漫的断桥上了，只可惜我身边没有"白娘子"。不过一个人优哉游哉，也其乐融融。我望着西湖画船在风中悠悠荡荡，它与我故乡的船，完全不同。它是那么风雅和高贵，仿佛飘着圣洁和冷艳，飘着让人牵肠挂肚和缠绵悱恻的爱情。游完西湖，我回到学校写了第一篇有关西湖的抒情白话散文。虽然写得并不完整，但其中一个段落我非常喜欢。

第一次到三潭印月，虽不是十五却也能在湖上看到清辉四射的半圆。半圆之于我，也是一种极大的满足。因为世间万有，本无圆满之存在。不尽圆满中，或许更有妙不可言的动人与深刻。你看，三潭印月伫立在湖中，那三个小小的石塔，是旷世缄默中蕴藏着万语千言、从未照过影子的明眸。在没有云翳遮蔽明月时，月辉就从它小小的孔里游出美人鱼来。那是一首用心灵才能读懂和悟出其中三昧的抒情小诗。都说西湖是个爱情湖，它温柔、典雅又妩媚。谁不想在它的怀抱里点燃心中的红豆？谁又不想在这袅袅升起的蓝烟中，留下一个美丽的传说？

写完这段文字，我自己得意陶醉，并没有给叶天瑞看，更没有投稿的想法。叶天瑞见我整天笑眯眯，还以为我遇上哪位姑娘谈恋爱了。

这一个月的时间过得特别快，只记得我和叶天瑞参加一场球赛后，就进入毕业考试了。考完后，我们穿毕业服合影留念。虽说只是中学毕业，但我们是师范学校，毕业后大部分同学都会去做中小学老师。不过我不想做老师，为人师表对我来说是一件相当不容易的事。那天我与叶天瑞说好，一毕业我们就去上海。但父亲来信让我先回一趟家，我就确定了回家的日期。

毕业前，我把用不着的东西，在校门口摆一个摊儿，廉价卖掉了。卖的钱，正好够买一张回家的船票。弟弟长海写信来说："父亲的精神状态非常不错……"长海这样说，我似信非信，但有一点我是相信的，父亲会上山打猎去。

父亲也只有在山上打猎的时候才精神抖擞。那天父亲没有带长海一起去打猎，只带着猎狗迪杰卡去了。母亲为他准备了猎枪和子弹。临出发时母亲说："还是让长海和你一起去吧！"父亲说："他要考学，让他复习功课。"我们家不是书香门第，但父亲对儿子们的读书看得很重。只是我与弟弟的读书心都不重，若不是父亲严格，我哪里能考得上省城中学呢！

那些天，我的家乡正刮台风。台风之后，天气非常凉爽。父亲对母亲说："这时候打猎最好，野兽们不再热得懒洋洋地躲在洞内，我准能一枪就打一头野猪。"父亲就这样带着他的自信上山打猎去了，母亲再三叮嘱他要早点回家。母亲仿佛有些惶惶不安，但她极力将自己那种不安排斥出去。猎狗迪杰卡来抓她的辫梢时，她就把它抱起来说："你要护卫好你的主人许冬林啊！"猎狗迪杰卡马上听懂了母亲的意思，摇摆着尾巴从母亲怀里蹿到了父亲身边。

父亲出发了。

他带着猎狗迪杰卡，将船划进一个又一个湖泊。到达山脚边，他像孩子那样兴奋地吹起了口哨。他想起年轻时，每天晚上吹口哨，吹口哨，每当路过福顺家门口，心儿就怦怦跳。福顺家门口，也就是母亲的父母家门口。父亲回想着从前的恋爱时光，身心愉悦。

山上的空气非常清新，林中的鸟"喳喳"叫着飞来飞去，而树林发出的"哗哗"声，就像交响乐一样。只是山路被雨水冲得过于泥泞松散。父亲穿着胶鞋，双脚沾满了泥巴，但他不管这些，扛着猎枪与迪杰卡一起往前走。他先打了一只野鸡，听见野猪的嚎叫声就来了兴致。上一次他打了一头野猪，吃了好几个月。这次长根回来，一定得打一头野猪回去，热闹热闹才行。父亲的这个想法，让他鼓足了勇气。他一路往前，有时还要跨越被雷电劈断躺在路中的大树。

"砰砰砰"，父亲看见野猪，就一连打了三发子弹。他远远地看见野猪踉跄地倒下了。迪杰卡率先跑上去闻闻野猪，等到确定后，便冲远处的父亲"汪汪"地叫着，以示可以安全过去。然而父亲也许是太兴奋了，他望着前方，望着那头被他击毙了的野猪，一脚踩空坠入悬崖，掉进了深谷。迪杰卡见父亲坠入悬崖，飞奔而来，迅速地跳了下去。它的动作就像精灵一样，想要抓住父亲。然而父亲掉下去后还是死了，迪杰卡却摔断了一条腿。

夜，已经很深了。母亲见父亲和迪杰卡还没有回家，急得团团转。许跃辉、长海，以及村里的年轻人，点着火把到山里去寻找父亲。这时迪杰卡护卫在父亲身边，当它在深谷看见山上的火把时便"汪汪"大叫。它知道那一定是家里人来找他们了。它欣喜又悲哀，眼里布满泪水。它知道由于自己的失责，犯下了不可弥补的错误。

许跃辉和长海听见迪杰卡的叫声，从山上来到深谷。长海见父亲死了，痛哭着拼命抽打迪杰卡。可怜的迪杰卡，忍受着双重的疼痛，一声不吭。

子夜时分，许跃辉背着父亲上了船。船划得很慢很慢，月亮的银辉洒在父亲身上。父亲就像熟睡一样，十分安详。他们还没跨进门，母亲就知道不好的事情发生了。她在凄怆的哭声中，一声声呼唤着："许冬林啊，许冬林，你怎么就先我而去了呢？你留下我们孤儿寡母，叫我们怎么活啊！"母亲的呼唤，是一声声的哭唱。她的哭唱，引来了很多村里人。大家在悲伤的气氛中，哭声此起彼伏。

我赶回家时，父亲已经盖着白布躺在床上了。家门口乱哄哄的，有打棺材的，有做寿衣的，有杀猪宰羊的。我跪倒在父亲床前，大声地哭起来。我的哭声是那么的悲伤，以致差一点晕过去。长海拉起我，我呆呆地站在一边，心里想这躺着的父亲怎么就死了呢，生命怎么就如此脆弱？

棺材打好后，漆上了紫色。棺材的木料是二叔临时采购的。我与长海选了一个好时辰，将父亲轻轻地安放到棺材里。陪他入葬的有他的水烟枪、衣服、紫砂壶和尿壶，还有母亲剪下的两根长辫。长海要让迪杰卡殉葬，母亲说："它也是生命，怎么可以殉葬？"长海说："它没有管好阿爸，殉葬还便宜了它。"长海非让迪杰卡殉葬不可，母亲就顺应了长海。与其说母亲顺应了长海，不如说是迪杰卡自己的意愿。猎狗迪杰卡是最有灵性的，当我与长海把父亲放进棺材的那一刻，它就用爪子示意我把它抱进去。我没有抱，它就示意长海将它抱进去。

出殡的那一天，我们全都披麻戴孝。念佛事的老太太在家里敲木鱼，直敲得鬼气森森。我第一次感到幽灵在家里飞旋着，并且发出绿色的火光。父亲走了，猎狗迪杰卡也走了。他们把母亲的笑声和长辫一起带走了，剩下来的是母亲常常无法自持的哭声。

第四章

一

　　我决定留在荻港村不去上海了，叶天瑞感到十分遗憾。盛夏时分，他一个人坐上了去上海的轮船。他非常看重陈望道推荐他校对《新青年》文稿的工作，而我却因为父亲的突然去世，暂时不能离开家乡。我们家由原来的六个人减到了三个人，瘟疫与悬崖都成了我痛苦的回忆。我一下子不习惯家里太过冷清，那种阴霾密布的气息，让我有一种窒息的感觉。

　　尽管母亲还是像从前那样养蚕、缫丝、编织、喂猪、割羊草、做家务，可是她做着做着就会停下手中的活儿，呆呆地想着什么。尤其在围炉做菜时，她的泪珠一滴滴地落在油锅里，发出"吱吱"的声音。她已没有了两条粗粗的长辫儿，她的短发乱蓬蓬的。冬天来临的时候，她的头发就像清晨油菜地里涂上了一层白霜，干干涩涩的，多了不少白发。

　　母亲忽然地苍老了。

　　从前双胞胎姐姐活着时，母女之间虽然也会闹矛盾吵架，但总有说不完的话。双胞胎姐姐去世后，母亲尽管悲伤，却有父亲这根顶梁柱，就有了支撑。现在家里没有了顶梁柱，母亲就像坍塌的房屋，整个人软绵绵的，宛如失去了魂灵一样。好在我与弟弟长海都已长大，我们的身躯日益壮实，我们的体力也日益增强。长海已长得越来越像父亲了，而且也有父亲的好枪法。

那天我们瞒着母亲，又叫上了小山一起去山上打猎。在我们村庄，喜欢打猎的男人并不多。那些贫困人家，宁愿做乞丐，也不愿冒险到有野兽出没的山上打猎。父亲曾告诉我光绪三十二年（1906）冬天，也就是我出生那年，我们村不少年轻人都准备北上参加国民军。为了筹备路费，他们上山打猎，想用那一张张野兽皮卖大钱。

然而，有一天三个年轻人一起上山打猎，虽然每人都扛着一把猎枪，但所备子弹不足，又无端地在飞禽身上浪费不少。当第一只狼出现时，他们过于着急连发数枪，子弹却没有打中狼。狼的反攻迅速而猛烈，出其不意地将两只毛茸茸的大爪子搭在了一位年轻人的肩头。年轻人以为是同伴，一回头就被狼"咔嚓"一声咬断喉管，成为狼的盘中餐了。

一个同伴被狼咬死后，另外两个年轻人与狼进行了厮杀。他们将狼一个大背摔狠狠地摔出数米远。狼发出一声惨叫，感到了对手的强大。年轻人赶紧用猎枪给它补上几颗子弹，狼终于死了，两个年轻人松了一口气。出乎意料的是，一群狼像箭一样扑来，嗥叫声撕破了山谷的寂静。

由于没有了子弹，年轻人终敌不住群起而攻的狼。三个年轻人被狼咬死后，消息传到村里，全村人从此谈狼色变。后来很少有人上山去，若去也只在山脚边砍一些木柴。父亲是最勇敢的，第二年他就从山上打回来一头野猪，大家都惊讶于他的勇敢和运气。他曾告诉我，那些年山上的狼特别多，山路上还能看见老虎和黑熊的足印。

我与长海和小山来到山上。小山虽然习武，但与他父亲一样，宁愿做乞丐也不敢上山打猎。可这会儿到了山上，他也兴奋起来了。不过他胆子小，特别害怕狼突然袭击。他枪法不准，连只野鸡也打不着。他眼巴巴地看着长海像个神枪手那样，"叭叭"两枪就把一头野猪击毙了。父亲当年不让我们上山打猎，长海却遗传了他的基因，成为神枪手。我们扛着野猪凯旋时，小山说："长根，你回来了，还是继续习武，拜我父亲为师吧！"我点点头说："好吧，我做不了神枪手，那就做个武林中人吧！"我说着呵呵地笑起来。

我们没有把野猪扛到家里，而是直接到镇上的小集市去卖。我们站着吆喝了大半天，正在失望时来了个大买主，一下就把整只野猪买走了。当然我们卖得很便宜，买主就像赚了一大票，喜滋滋地扛着野猪走了。我们卖的钱，由长海保管。回到家，我发现母亲不在，就怀疑她去二叔许跃辉那里了。

前些日子，母亲屡次三番地去许跃辉那里。我想她一定是把小叔子当成她精神上的依靠。而许跃辉呢，父亲走后仿佛变了一个人。本来他胡子拉碴的，现在却把脸刮得精光溜滑。本来他理着小平头，现在也养起西发来了。母亲自从去了许跃辉那里后，脸上渐渐有了红晕，精神也好了许多。有一天说书先生吴雪雷对我说："你们的二叔谈恋爱了呢！"当时，我并没想到许跃辉与母亲恋爱。我想叔嫂在一起说些家里事，也在情理之中。何况双胞胎姐姐去世后，那一年母亲去含山顶蚕神庙祭拜，还是由许跃辉陪同的呢！母亲比许跃辉大八岁，不会轻易接受许跃辉的爱。

由于二叔许跃辉曾经告过我的状，这些年我对他比较疏远。他的瓦屋，我有很多年没有去了。尽管我在省城读书时，也收到过他给我的信。可是我对他的感情再也回不到从前听他讲故事的时光了。父亲去世后，田里的农活儿都归了我。但我仍然感到一种失落。我的整个心空空荡荡，一种没着没落的感觉，让我烦躁不安。我想我不与叶天瑞一同去上海，也许是一个错误吧！

叶天瑞来信说："我在印刷所校对文稿工作之余，结识了不少朋友，其中与陈独秀、沈定一、邵力子、杨明斋交往比较频繁，还与俞秀松等创建了社会主义青年团，生活过得很有意义。"这让我十分羡慕。的确，叶天瑞的社交能力是毋庸置疑的。

二

我决定拜小山的父亲独眼龙为师后，要举行拜师仪式。我就把这仪式安排到外港埠走廊上的明苑酒楼。母亲知道后说："你真要拜乞丐为师啊？独眼龙大字不识一个，就像土匪一样，我是怕他把你教坏了。"母亲拒绝参加，我知道她心里看不起独眼龙这样的穷人家。她常和我说："他们穷得像强盗一样，你少与他们交往。"

母亲不肯参加我的拜师仪式，我就叫上了村里的一些年轻人。独眼龙和他的妻子，还有他的七个孩子，一共有十六七人参加。两桌酒钱，就是打猎并卖掉野猪后的收获。我按规矩行拜师礼后，就拜见我的师母和各位师兄师姐。八岁的傻傻见我向她行师姐礼，嘎嘎笑个不停，调皮地说："叫我师姐，快呀！"我朝她做了个怪相，她就不吭声了。这小女孩儿活泼好动，很是惹人喜爱。

两张八仙桌坐满了人，大家热热闹闹，我就像人在江湖一样了。师父独眼龙满面红光地说："明天起你就跟我习武，不得有半点马虎。"我"噢噢"地应着，与他喝酒划拳，有一种从没有过的放松和开心。王二婆子进来卖白兰花，我已经微醺了。我突然托着她的下巴说："你就是王二婆子啊！好香的白兰花。"小山见我醉醺醺的样子，很快拉开了我。

独眼龙并没有叫他的姘妇王二婆子坐下来吃饭。他看都没看王二婆子一眼，只顾自己大口喝酒，大声说话。他的声音如洪钟一般响亮，而他的七个孩子，四男三女都是他的徒弟。最小的是八岁女孩傻傻，也练得一身好功夫，让我惊讶的是她能连续做几十个空心筋斗。我知道他们每年农忙之后，便全家出发卖艺乞讨去了。他们行遍大江南北，最远一次一直跑到哈尔滨。

独眼龙的拳术主要以黄河、鹰爪、螳螂、太极四个门派为主，同时兼容其他各派武术。做他的徒弟必须学习十种基本套路，即四套单练拳术套路（十二路谭腿、功力拳、节拳、大战拳），三套单练器械套路（八卦刀、群羊棍、五虎枪），两套拳术对练套路（接谭脚、套拳），一套器械对练套路（单刀串枪）。从初级到高级，没有十年八载的苦功夫是学不成的。我有点望而生畏，但我还是让母亲给我缝制了两条练武穿的灯笼裤，一条黑一条绿。买了刀、枪、剑，自己做了两根长棍。一切准备就绪后，我的心里就踏实多了。

我知道小山喜欢上了姑姑家的小妹，而小妹也因为小山的武功被他勾住了魂，两个人在后花园私订终身。只是这"私订终身"，让我姑父知道后非常反感。他对小妹说："你怎么找下三烂？阿爸已经给你物色好对象了。"我的姑父吃喝嫖赌样样齐全，他老早就把女儿许给了北洋军官冯麻子。他想通过女儿找到冯麻子这个靠山，使他的赌局生意立于不败之地。

那天姑父把小妹带到赌局，冯麻子就来了。冯麻子见小妹亭亭玉立，白皙的皮肤，大大的眼睛，身段很有曲线。大襟花袄，使一对青春勃勃的乳房高高耸起。冯麻子看得馋涎欲滴，两只滴溜溜转的眼珠子，在小妹身上打转转。姑父对小妹说："你好好陪冯军官聊天儿，我有事出去一趟。"

姑父借故走开了。

小妹沉默着，低头翻弄着手绢儿。她想，只要沉住气不说话，应付了今天再慢慢想办法。然而冯麻子一步步地向她靠近，她一点点地后退。她慌慌张张地说："别，别这样。"冯麻子说："你都快成我的女人了。别怕，我会对你好的。"冯麻子一把将她搂进怀里，堵着她的嘴亲吻起来。小妹感到恶心极了，不顾一切地将冯麻子推开，冲出门去。

冯麻子非常恼火。但他没有派人追小妹，却把我姑父找来痛骂了一顿。我姑父点头哈腰赔礼道歉，冯麻子的气才渐渐消了。冯麻子说："你回去将闺女调教好了，一个月后与我成亲。"我姑父点头哈腰说："好，好好。"

姑父回到家里，就将小妹和我姑姑一并痛骂了一顿。姑姑在姑父面前忍气吞声，只会流眼泪。我知道姑姑很寂寞，她与小妾的关系十分紧张。年轻时由于与我母亲闹矛盾，出嫁那么多年很少回荻港村。她与弟弟许跃辉的关系也不是很亲近。然而未出嫁时，她可是荻港村里有名的"三寸金莲"。女人的小脚，在那时候就是美的象征。

姑姑反对女儿嫁给冯麻子，她知道女儿心里有小山。尽管小山家很穷，但她自己嫁了富人家也没什么好结果。年轻时受婆婆的气，婆婆死了受丈夫和小妾的气。姑姑想女儿只要能逃出冯麻子的魔掌嫁到荻港村，再穷也没有关系。姑姑喜欢荻港村的古桥、小河、石板路，也喜欢外港埭走廊上的集市。姑姑想，假如有一天能回荻港村就好了。姑姑想着想着就掉下眼泪来了。

三

姑父把小妹反锁在西厢房里，一日三餐全由小妾送进去。姑父不让小妹再去见小山。姑父甩门从西厢房出来时，对姑姑说："你也不准见小妹。"姑父让小妾监视小妹，小妾就在姑姑面前发出一阵冷笑。姑姑心里很难过，扭头回自己房间后，想着宝贝女儿被她父亲关起来心都碎了。

我跟独眼龙练武时，看见小山忐忑不安。说实在的，我也想不出什么好办法帮他。小山忽然告诉我："唯一的办法只能带着小妹远走他乡。"

我说:"你能带她去哪里?"小山说:"浪迹江湖。"我说:"她不是你家妹子,她是富家小姐,哪里能折腾得起。"小山说:"这你放心,有我保护她。"我沉默不语了。小山又说:"你能帮我一起把小妹从她家里救出来吗?她被她父亲关起来了呢!"

那天,我们练习完武功就去重兆村了。独眼龙说:"要不要我帮忙?这富人家经不起打,老子一拳就把他们砸个稀巴烂。你把小妹接家来吧,我还等着抱孙子呢!"独眼龙很认真地说着,满脸的老顽童样子。小山说:"这点事,不用阿爸操心。"独眼龙朝小山狐疑地看看,这才拿着他的刀枪棍棒回家去了。

姑姑的家在重兆村西头的一栋二层楼瓦屋里。我们到达后,小山对着小妹的窗户吹口哨,那是他们两个人独有的暗号。听到口哨声,小妹就从窗口探出头来。他们生怕被小妾发现,打着哑语。小山的哑语,意思是让小妹找一根绳子,在窗内固定好,然后抓着绳子往下滑。可是小妹胆子小,她趴在窗口不敢动。这时候我就只好站在一块大石头上,给小山当人梯了。

小山像表演杂技那样站到了我的肩膀上。幸亏我身强力壮,稳稳地站着,他才能把小妹从窗口抱下来。小妹下来后,慌张地问:"你们要干什么?"小山说:"救你出去。"小妹说:"你能救我到哪里去?冯麻子有军队呢!"小山说:"别管那么多,走了再说。"小妹点点头,就跟着我们走了。

我知道小妹这么逃跑,心里不好受。我安慰她道:"小妹,你别怕,先到舅妈家住一宿,明天一早与小山出发。"我这个办法得到了小妹和小山的赞成。

母亲见我带着小妹回家,就知道我去过姑姑家了。当她知道姑父要逼小妹嫁给冯麻子,就说:"这个死鬼,自己吃喝嫖赌,还强逼女儿嫁给冯麻子那个老东西。"母亲本来也不赞成小妹与小山私订终身,可现在一听要嫁给冯麻子这个老东西，她又觉得还是小山年轻健壮又情投意合的好。

晚上八九点，我看见窗外有火把闪来闪去，凭直觉感到那一定是姑父带着人来找小妹了。我让小妹赶紧躲进我家的地洞，那地洞是父亲用来堆杂物的地方。弟弟长海把守门边，母亲则在她的卧房替小妹准备一些物品。"嘭嘭嘭"的敲门声响起来，长海一打开门，姑父就带着三五个男人闯进来了。我迎上去说："姑父难得带那么多朋友来，真是稀客啊！来，请坐，请上坐。"姑父说："别假惺惺的，快把小妹交出来。"我说："我们家哪有小妹？你怎么自己管不住女儿，说我们藏了你女儿？"

姑父一时语塞。母亲从里屋出来说："呦，林先生，我们许冬林去世时也没见你的踪影，你倒是半夜三更上我家来找女儿了？你家女儿怎么会来我们家？我们可是穷人家呢！"母亲的话让姑父十分尴尬，他只好带着他的人悻悻地走了。

姑父与他带来的手下离开后，小妹从地洞里钻了出来。她对舅妈说："舅妈呀，给你添麻烦了。"母亲说："自己的外甥女嘛，客气什么？"这时小妹心里的慌张，已经平息了一些。她望着舅妈给她整理出双胞胎姐姐留下的衣服，心里很感动。这晚，我们睡觉时已是子夜时分。

天蒙蒙亮，小山就来敲门了。小山一身黑衣，就像侠客一样。他挑着一担他母亲为他准备的衣服、铺盖和一些食物，想赶最早一班船出发。为了以防万一，他戴一顶绍兴毡帽，乔装打扮了一番。我见他这副模样，哈哈笑起来，而他却让小妹也要乔装打扮，将头发盘成妇人模样。他说只有这样，才不容易被发现。

一切准备就绪，他们向我母亲道别后就出发了。我想送他们到外港埠走廊，可小山说："一个人也不要送，送了就不安全。"我想想也是，毕竟是逃难。冯麻子掌握着军权，若是被发现，就大事不好了。于是我在家门口望着小妹与小山远去的背影，默默地祈祷着，直到他们消失在我的视线中，才回转身去干别的事。一会儿，清晨的炊烟袅袅地升起来了。

小山离开后，我跟独眼龙习武时就少了一个伙伴，这让我有点闷闷不乐。尽管有其他师兄弟，但没有像小山这样的伙伴关系。独眼龙八岁的女儿傻傻虽然可爱，毕竟是小姑娘。那天练功完毕，我对独眼龙说："师父，我们成立一个武馆吧！"独眼龙说："这谈何容易，首先要有房屋，我们又不像章家、吴家、朱家有钱，我连自己住的还是茅草屋呢！一群儿女要养，吃了上顿愁下顿，还能有什么钱盖武馆？"

独眼龙的话有一定道理，但我想不开武馆，成立一个"精武会"应该可以吧！所谓"精武会"，也就是喜欢武术的人可以报名参加习武。独眼龙可以名正言顺地收学费，那么我们的队伍就可以逐渐壮大了。独眼龙听了我的话说："到底是省城中学毕业的学生，有见识。好，那就成立'精武会'，你当会长。"我说："还是师父当会长吧！"独眼龙说："唉，你客气什么呢，年轻人要有所作为。"我说："好吧，我当会长，不过要做一块牌子，那块牌子就暂时挂在我家门口。"独眼龙说："一切由你去操办吧！"

第二天我请村里木工做了一块牌子，漆上白色，然后又让说书先生吴雪雷写上"精武会"三个大字。吴雪雷问："村里要成立一支武术队吗？"我说："是。"吴雪雷笑着说："村里有支武术队，强盗来了也不怕。"我心里想，有钱人与没钱人想的东西就是不一样。有钱人想的是防御"强盗"，没钱人想的是"赚钱"。我忽然很想赚一笔钱，盖几间瓦屋，让"精武会"有间自己的屋子。

母亲见我在家门口挂上一块"精武会"的牌子，说："你这是干什么，想把家里办成武馆吗？"我说："只是挂一块牌子，练武都在场地里，哪能到家里来练武？"母亲"噢噢"地应着，不再追问。

母亲自从有了二叔这个精神上的伴侣后，状态不再像父亲刚去世时那么蔫蔫的。尽管母亲比从前苍老多了，但她又恢复了激情和活力。虽然没有了两根长辫子，但是她的短发已不再乱蓬蓬的。她依然热爱穿裙子，但不再是从前的大裙摆，而是改穿旗袍了。她把旗袍两边的叉开得很高，这样走路和蹲下都很方便。只是走起路来隐隐约约地能露出大腿来。村里的某些男人看不惯，就骂母亲"骚婆子"，但母亲毫不在乎，她总是我行我素。

当然，母亲在劳动时不穿旗袍，她是每天黄昏穿上旗袍，去父亲和两个姐姐的墓地。母亲去墓地风雨无阻。虽然她与他们阴阳相隔，但仍然每天在说着话儿。我做不到像母亲这样，虽说墓地离家不太远。

现在母亲与许跃辉见了面就是阿辉、梅梅地叫，让我心生妒忌。自从许跃辉在省城买了一只绿色的玉镯子给母亲，母亲对许跃辉的感情就不再是小叔子了。母亲的感情，随着自己喜爱的物质而升温，这等于接受了许跃辉的情感，但那情感最终不能逾越家族的规矩。因而我想，他们的痛苦将在所难免。

小妹与小山逃走后，姑父向冯麻子交不出人，姑父的赌局就遭殃了。那些天姑父每天都冲姑姑骂："你生的小丫头片子害惨了我。"赌局是姑父的主要经济来源，这让他十分恼火。因为小妾的失责，他冲小妾大发雷霆，小妾回嘴时，他还给了她一记耳光。姑姑见小妾挨了耳光，心里暗暗高兴，仿佛报了多年的冤仇似的，姑姑也走到小妾面前"嘿嘿"地冷笑两声。小妾自然没有姑姑的忍耐力，她年轻气盛，听见姑姑"嘿嘿"地冷笑，就反手一巴掌，又推搡姑姑。姑姑被这突如其来的巴掌打得眼冒金星，踉踉跄跄地倒下了。姑父见姑姑倒下后，说："反了，你们都反了。"说着，气呼呼地走出家门。

姑父并没有搀扶姑姑起来，这让姑姑伤心透了。她想，真是混蛋啊，自己怎么就落在了这样的男人手里。姑姑被小妾九岁的儿子阿狗扶起来的时候，小妾已经进了自己的房间。阿狗说："大姆妈你痛不痛？"姑姑说："阿狗是个好孩子，快回你姆妈房里去吧！"阿狗朝姑姑看看，一副依依不舍的样子，让姑姑心里感动。姑姑想，这个臭婊子，生的儿子阿狗比她好几倍呢！姑姑望着阿狗的背影，就想念起自己的女儿小妹来了。

姑姑想念小妹，又想着自己每天受小妾的气，不禁又泪流满面，自言自语地嘀咕道："这日子怎么过呀，这日子怎么过呀！天啊，什么时候才到头呀？"

姑姑盼着小妹的消息，可是小妹跟着小山辗转大江南北，一直没给家里写信。不写信的原因，是怕冯麻子派人追赶他们。小妹跟着小山来到青岛，正是一九二五年五月春花烂漫时，他们原本想在青岛这座海滨城市找些活干，但不少工厂都在罢工，工人们要求老板增加工资，改善待遇。那些天街头到处都是示威游行，小妹跟着小山走过棉纱厂时就像逃难一样。

后来他们住在青岛郊外的茅草屋里，由于找不到工作，小山只能外出卖艺乞讨，但每天讨不到几个铜钱，生活十分艰难。于是他们打起铺盖离开青岛，跳上了去济南的火车。他们是偷偷摸摸进火车站，跳上棚车车厢的。小山有侠客一样的功夫，几下子就把小妹裹挟着跳上了车。他们坐在一节装有食品货物的车厢里，小山忽然觉得生活有了着落。他想从今往后，可以借着他的武功到火车站偷货车上的货品，这个想法让他暗暗自喜。

火车每停靠一个车站，都有乘警巡逻。夜晚时乘警就拿着手电筒往棚车车厢胡乱照射一通，这时候小妹格外胆战心惊。小山让小妹低下头，蜷缩身子，蹲在纸箱中间。火车开动后，他们才能松一口气。好在青岛到济南不远，熬过几个小站就到了。

到达济南后，小妹给我写来一封信：

长根哥哥你好！我与小山从青岛到济南了。我们一切都好，还在青岛参加了'五卅'反帝爱国运动的示威游行。请你代我向舅妈和我姆妈报个平安。

　　信很短，有点没头没尾的感觉。好在有了他们的消息，我就放心了。那天早上，我先向母亲报小妹的平安，再向独眼龙报小山的平安。练完武功后，再去姑姑家向姑姑报平安。姑姑并不知道济南在什么地方，但她知道小妹平安，一颗悬着的心就放下了。我离开姑姑家时，见到了小妾。她朝我笑笑说："是你把小妹劫走的吧？"

　　我不置可否。

　　村里来精武会报名习武的人并不多，富家子弟都进城读书去了，穷人则因交不起学费而不能来学习。没啥人来，我这精武会会长就像空头支票一样。为了让自己这个会长当得名副其实，我到镇上的学校贴了一则广告。这下可灵了，那些报名的，有的从重兆村来，有的从菱湖镇来，有的从射中村来，还有的从莫干山镇碧坞村来。独眼龙初次收费，虽然学费很便宜，但也是一笔收入。报名的人，有年轻人，有中学生，独眼龙满心欢喜，连连让这些人叫我许会长。我"噢噢"地应着，满足了自己的虚荣心。

　　几个月后，精武会的队伍逐渐壮大起来。我们练武的场地，也从荻港村的西头搬到东头去了。在村东头偌大的一片空地上，我已经从十二路谭腿、功力拳一直学到大战拳了。对我来说，学武远比在省城学校读书开心多了。它给我一种草莽英雄的感觉，在潜意识里，我并不想做一个文绉绉的书生。我有着很浓的土地情结，田间劳动让我的双腿粗壮有力。我已经把父亲遗留下来的那块没有开垦的荒田种上了桑树。到了春天，它们就是蚕宝宝们的粮仓了。

　　那些年，我兴致勃勃地种田和习武，真是忙得不亦乐乎。有一天，我忽然收到同学叶天瑞的来信，他告诉我他在上海接受马克思主义教育，加入了共产党。他马上要受共产党的委派，奔赴自己的家乡上虞开展革命活动。他希望我立即去上海与他会面，他说有事情要与我商量。

我想，是什么事情呢？莫不是他想鼓动我参加共产党，抑或是别的什么事。我猜不着，也不想猜。不过，去一趟上海，也是我的心愿。除了去会同学叶天瑞，我还想会会我的小伙伴章荣初。眨眼，章荣初在上海已经有八九年时光了。我不知道他在上海生意学得怎么样，我对他有一些牵挂。

我坐上去上海的船，像学生时代一样，我是穿着长衫、背着书包去上海的。母亲再三关照我要早点回家，她说马上就要春耕了，也要进入蚕月了。我们家的蚕室，就在我的西厢房后边，足足有一百多平方米，里面的蚕匾在木架子上一层一层叠放着。蚕月时节，母亲就在里面操劳。从前有双胞胎姐姐们帮忙，这两年就是二叔许跃辉帮忙了。母亲喊："阿辉，快给我把这个蚕匾拿过去。"许跃辉就乖乖地拿过去。许跃辉把白色的蚕茧串联起来，为我母亲缝制了一条裙子。裙子里面衬着白绸，腰间裹着的绿绸上绣着吐丝的蚕，式样如喇叭花状，下摆较宽大。这条裙子被母亲称为"蚕花裙"。

我到达上海后，叶天瑞来黄浦江轮船码头接我。旧友重逢，格外喜悦。他拍着我的肩膀问："在家乡都好吧？"我说："好，很好。"他说："你应该在上海待一段时间，见见世面，认识一些朋友。"我没有吭声。

跟着叶天瑞走在熙熙攘攘的南京路上，有辫子的电车"叮叮当当"地开过。我觉得很新奇，一路东张西望。叶天瑞后来在路上说了些什么，我没留意。我在南京路鳞次栉比的商店中，找一家"志恒棉布号"。那是章荣初做学徒的地方，可我东找西找没有找到这家商店。走出南京路，我跟着叶天瑞七转八拐，就到他家里了。他租住的房子只有九平方米，整个屋子乱糟糟的，有一股臭味。桌上有用过没洗的碗筷，床边有没倒掉的尿壶，这些都让我感到脏极了。

叶天瑞对我笑笑，不好意思地说："我还没来得及收拾房间，你先在床上歇一歇，我到隔壁买瓶酒，咱们好好聊聊。"

　　我呆呆地望着他的背影出神。

第五章

一

　　我与叶天瑞在一起，就像回到了学生时代。他每天都在给我讲一些革命道理，并告诉我一个人一定要有所作为。他的话就像春风那样沐浴着我，让我激情涌动。他说："你先回去开展农民运动，等你发展到一定规模时，我介绍你参加中国共产党。"他这么一说，仿佛给我指明了一条道路。我在迷惘中，忽然看到了光明。他带我去他工作的民国日报社。我知道《新青年》搬去北京后，他就一直在《民国日报》副刊做编辑。他曾向我约稿，可我回乡后既没有去做乡村教师，也没有再写过白话文，我哪里能写出什么优美的白话文来？

　　《民国日报》副刊编辑不少，叶天瑞带我走上"嘎吱嘎吱"响的木楼梯后，那个小房间里坐满了人。他们有的在看稿，有的在聊天儿。叶天瑞对他们介绍说："这是我的同学许长根。"他们朝我笑笑，也不说话。坐在叶天瑞办公桌旁边的一个剪着短发、脸蛋像苹果一样圆的女编辑，从上到下打量我，问："从乡下来的吧？"我点点头。她自我介绍说："我叫尹玲娜。"我回她道："我叫许长根。"

我在上海住了半个月，若不是母亲让弟弟长海来信催我回去，我还想再多住几天。我很想找到小伙伴章荣初，这一趟上海行，我为没能找到章荣初而感到遗憾。那天叶天瑞把我送到黄浦江轮船码头，我们站在岸边，一直聊到轮船拉响汽笛。我走上船时，他还挥手告诉我说："我回到上虞后，一定会抽空去荻港村看你，你可要把工作做好。"

船开了，风很大，把我的长衫吹得像旗帜那样飘舞起来，而一身西装的他，站在岸边挥着手目送我。船，一会儿开远了。我的思绪也随着船的开动飘荡起来，我忽然有了一种责任感。我明白那是对革命的责任感，而革命在我们村庄还未兴起。

母亲见我回来了，高兴地问长问短："上海有些什么，上海的女人都穿些什么？"我说："上海有外滩，有南京路，有大世界，有外国名牌小轿车，有轨道电车，有洋楼别墅；还有穿西装的男人，穿旗袍的女人，也有穷人和乞丐。"母亲眼睛睁得大大的，十分惊异地问："还有什么呢？"我说："还有花布。"我说着从书包里拿出一块藕荷色的花布来。母亲接过花布看了又看，笑眯眯道："真漂亮，上海的花布真漂亮。"母亲爱不释手地捏在手里。

除了给母亲买礼物，我还给师父独眼龙买了两瓶酒。独眼龙见了酒呵呵笑着说："我们天天盼着你回来呢！你不在，这精武会也不像精武会了。"我说："我人在上海，心里牵挂着师父和精武会呢！"师父被我逗得乐开了花。他举起右手拍拍我的肩膀说："来，师父再教你两招儿。"我就跟着师父"啪啪"地学起拳来。一打拳，我浑身都来了劲头。我忽然想我们村庄的革命力量，应该诞生在精武会里。有了这想法，我就像找到革命根据地一样，心里踏实了。

父亲去世后，弟弟长海一直没有去省城考学。在我的引导下，他也参加了精武会。母亲看着我们每天早上到村东头跟着独眼龙舞刀弄棒，叹气道："若是你们阿爸活着，看见你们这样不思上进，会被活活气死。"我知道母亲嘴上说的和心里想的总是有一些出入。她目睹我打完一套十二路谭腿，非常惊讶地说："嘿，你这小子还真有两下子。"我说："这是真功夫、硬本领呢！"母亲便不再吭声了。

进入蚕月，我就忙春耕了。我牵着家里那头硕壮的耕牛，在田地里劳作，就像父亲从前的样子。从前父亲总是说："清明前后，种瓜点豆。懵懵懂懂，清明下种。谷雨栽早秧，季节正相当。过了惊蛰节，春耕不能歇。谷雨前，好种棉。深耕一寸，多收一囤。秧好一半谷。田要深耕，儿要亲生。冬水油菜命，春水油菜病。过了正月正，落地都生根。冬天不受冻，春有壮牛用。"父亲的话，最让我记忆深刻的是"田要深耕，儿要亲生"。我想我讨了老婆，一定要生一打儿子。

我们家蚕月，就像女人坐月子一样，所有的门窗都紧闭着，哪怕不养蚕的卧房，也关得死死的，而且不能有外人来，怕邪气入侵。于是那些找我报名参加精武会的人，只好安排到村东头的练武场地。如果是雨天，我们就到村里的演教禅寺去。

有一个雨天，我们精武会十多个人聚集在演教禅寺里。我看了一下名册，本村的和外乡的精武会成员已经有五十多人了。这让师父独眼龙眉开眼笑。如果每天人都到齐的话，练武场上就热闹了。那些来练武的大部分是十八九岁的青年农民，也有壮年和孩子。李阿二、庞九斤、丁一松、高大年、严家辉、杨鸿庆等，都是本村贫农。他们没读过书，但朝气蓬勃、血气方刚。练武这行当，好像特别适合他们。

我喜欢有血性的农民，几乎与他们无话不说。他们问："许会长，我们明天到哪里练武？"他们叫我许会长，令我特别开心。有了这样的师兄弟，我们村的革命活动就蓬蓬勃勃地开展起来了。那些日子，我组织精武会中不少青年农民成立了"农民赤卫军"和"渔民友谊社"，还创办主编了《蚕桑报》。

某天我们"农民赤卫军"的全体成员，举着口号标语，从荻港村出发一直游行到县府。有了我在省城时"一师学潮"的经验，我大着胆子鼓动他们喊口号。我们从早上到黄昏，整整一天的游行，虽然没有见到县长，但造了声势，大家说，这就是一种胜利。回到家，我与弟弟长海都是兴高采烈的样子，母亲说："一天没见你们兄弟俩，干什么去了？"我说："没干什么，在田里劳动呗。"母亲用狐疑的目光望着我，眼神像箭一样穿透着我的谎言。

许跃辉亲自目睹了我们的游行队伍，那日他正好去县里开会。他想，长根闹什么，想带领农民造反吗？他忽然感到了某种危机，心里惶恐不安。几天后，我正在客堂低头吃饭，他从蚕房里出来对我说："长根，你成立这么多组织干什么？你带农民游行可不是闹着玩的。你想跟着北伐军闹革命吗？你眼里还有没有二叔这个村长？"

"我们没有不把你当村长啊？"

"那你听我的，不要再去游行。"

"好吧！"

许跃辉半信半疑地背着双手，走出门去了。我冲他的背影做了个鬼脸。我想北伐军已经进占浙江，他是怕我们起来造他的反吧？

这年春耕，我种了几亩早稻，又在菜园里种了不少蔬菜瓜果。我每天都去田里锄草、施肥，那几亩田产都是父亲置下的。但为了筹备活动经费，我偷偷地卖掉了两亩田。母亲知道后骂："你真是个不孝的儿子！你怎么就像个败家子一样。你二叔说你成立了不少组织，你是想带领那些穷光蛋造反吗？这可是要杀头的事。"我说："姆妈，穷人渴望翻身得解放，过上有饭吃有衣穿的日子。我带领他们闹革命，打击封建势力，减租减息，惩办土豪，完全是好事。"母亲说："你读书读到狗肚子里去了？人家是没饭吃要造反，你有饭吃就不要去弄出事情来。听姆妈的话，不要再去组织活动，不要惹麻烦。"

我"噢噢"地应着。母亲知道我不会听她的，但见我很乖地回应她，心里就舒畅些。我们母子的脾气很相似，我没有听母亲的话，宛如母亲不顾一切要与许跃辉产生那逾越家族规矩的情感一样。我们的性格中，都有着自己的任性和固执。

《蚕桑报》就办在我的西厢房里。那天《蚕桑报》二版，刊登了母亲在蚕房里养蚕的画像，母亲见了高兴地问："这是我吗，这是我吗？"我说："怎么不是，我的姆妈是村里最能干的姆妈。"母亲便自豪地说："嗯，那当然。我的儿子，也是村里最能干的儿子。"说着我们都呵呵地笑起来。

我的床上常常摊满稿件，床下塞满报纸。从编辑到印刷，都是我与弟弟长海两个人做的工作，经费自然也由我们自己筹备解决。稿件有投稿的，也有约稿的，但那些宣传革命的文章，却是由我按叶天瑞的来信和指导撰写的。我写的革命文章，发表时都用了化名。

二

我选择了一个天气晴朗的日子，去海宁盐官镇扩大《蚕桑报》的发行。我想让盐官镇政府和中小学校征订我们的报纸。盐官镇对我来说并不陌生，它是一个看钱塘潮的好地方。在汉代，那里的老百姓就已经开始晒盐制盐了。

去盐官镇，我走在钱塘江畔，江面翻卷着浪花，一浪一浪颇为壮观。我望着江面汹涌澎湃的钱塘江水，斜着身子往前走。没想到在江畔这样宽广的地方，我也会与人相撞。那个穿着大襟花衣衫，扎着一根独辫的女孩，被我撞得踉跄着退了几步倒在地上。她旁边同样扎着独辫儿、穿着蓝袄的女孩冲我恶狠狠地说："你怎么不长眼睛，你歪着头看什么？"我这才如梦方醒地去扶倒在地上的女孩，可穿蓝袄的女孩狡黠地说："别碰我们小姐。"

我本是好心，被穿蓝袄的女孩这么一说，不免气嘟嘟道："嘿，你这人怎么这样说话？我碰她什么，我是去扶她。"蓝袄女孩毫不示弱："谁知道你安的什么心？"我的气突然就冒上来，吓唬她道："你，你这小丫头，伶牙俐齿的，再说老子就揍你了。"

"谁怕你啊？"蓝袄女孩倔强地说。那个被她称为小姐的女孩说："小娟，别理他，我们走。"她们转身往前走了。说起来难为情，我被小姐的大屁股迷住了。她走起路来屁股相当有弹性，一扭一扭的。我倏地追上去，改变了态度："嘿嘿，你们别走那么快，我又不是坏人，问问路可以吧？"蓝袄女孩说："去，去去，别跟着我们。"我讨好她们说："给你们一份《蚕桑报》吧，这是我主编的。"那个被称为小姐的女孩，从我手里接过报纸说："吹牛吧？看你像个粗人，哪会编报纸？"我见她小看我，一着急有点结巴地说："骗你是乌龟，是大灰狼，是小狗。"

两个女孩见我这么说，哈哈笑起来。我说："你们笑我干什么？我就是到盐官镇来找政府，宣传我们《蚕桑报》的记者。我要找个小旅店住下来，你们能告诉我哪里有小旅店吗？"小姐笑眯眯地慢条斯理地说："原来是记者啊！我们这儿没有小旅馆，只有客栈。"我说："我要的就是客栈。"

我与她们边走边聊，那个穿蓝袄的女孩朝我做怪相，把舌头伸得长长的。我们穿过一条小街，又穿过一条小巷后，来到了风情街。小姐家就住在风情街上，而大名鼎鼎的"陈阁老宅"也在这条街上。我知道"陈阁老宅"就是清代大学士陈元龙的故居。我问小姐："风情街有客栈吗？我想住风情街上的客栈。"

蓝袄女孩说："你想得美！就是有也不给你住。"我说："嘿，你这小丫头讲不讲理？我惹你了？"我与蓝袄女孩斗嘴，小姐忽然在一扇黑色铁门前停下来，手一指冲我说："前面就有一个小客栈，我们到家了，你自己去吧！"

　　小客栈里人不少，乱哄哄的。外面是酒馆，里面才是住宿。我穿过酒馆，到里面住宿处订了一间房，然后在小酒馆里要了一碗阳春面。小酒馆放着四张八仙桌，凳子全是长条凳，还有两只大黄狗在桌边款款踱步。坐我旁边的一位老人，在喝一瓶白酒，下酒菜只是几粒油氽花生米。他对我笑笑说："年纪老喽，借酒消愁！"他这么说，我猜测他也许儿孙一大堆，有很多不顺心、不如意的事情吧！我说："老爷爷，您年纪大了要少喝一些酒，少喝才能既活血又养身。"他说："好啊，好啊，我孙子也有你这么大了，已经娶媳妇了呢！可惜他们都不孝顺。"

　　吃完面条，闲来无事，我就想着去瞅瞅小姐家的院子。可这时小姐家的两扇黑色铁门已关得紧紧的。我一个腾跳，从墙外翻身跳了进去。院子里很宁静，我东瞧瞧，西看看，发现她们家是三进院。我刚走到一进院，就被自称管家的人拦住了。管家看上去比较和蔼，他说："你找谁？"我说："找小姐。"他冲里面喊："小娟，有客人找小姐。"

　　我知道小娟就是那蓝袄女孩。我心里想冤家路窄，咱们又见面了。小娟出来看见我狐疑地说："是你？你怎么进来的？"我冲她笑眯眯地眨眨眼睛说："嘿嘿，这就是我的本事呗。"她说："你找我们小姐干什么？"

　　小姐听见外面的嘀咕声，从闺房里出来，见是我，说："你来推销你们的《蚕桑报》吗？那个客栈还不错吧？"我忽然羞红着脸说："不错不错。我来看看你们家的院子。"小姐说："我们家的院子有什么好看的？"我说："好看好看，一定比我们家的菜园好看。"小姐微微一笑说："好吧，来的都是客，那我就领着你随便看看吧！"我喜滋滋地跟着小姐说："相遇是缘嘛！以后你若愿意，也去我家看看。"小姐说："看你家的菜园吗？"

　　"是的。"

　　小姐家的院子就像一个大花园，种满了各种花草树木。但在我眼里，没有我家的菜园泥土芳香。小姐告诉我，她叫陈婉玉。我告诉小姐，我叫许长根，是荻港村人。小姐说："我去过荻港村，那是个好地方。"她这么一说，我便兴奋起来，仿佛遇到知音，便如数家珍地叙说着荻港村的蚕桑鱼塘，而她也告诉我她家的一些情况。我知道她兄妹四个，上有三个哥哥，她是家里唯一的女孩儿。

从小姐家的院子里出来，我就回客栈了。

这天晚上我一个人躺在客栈的床上，梦里全是陈婉玉的影子。以前，还从没有女孩儿进入我的梦乡。难道我是喜欢上她了吗？

第二天一早，我又有一种想见到她的感觉，而且那感觉，让我的心"怦怦"直跳。我想约她去钱塘江畔散步，听潮水起伏的浪涛声。然而我不敢冒昧相约，只能到她家大门口的黑色铁门外来回踱步。我渴望看见她，同时也渴望被她发现。

离开盐官镇的那天早上，我想与陈婉玉道别，但她们家的两扇黑色铁门关得紧紧的，我又从墙外翻身跳进去了。这一次我刚跳下，就被一个男人抓住了衣领。他说："你想偷东西吗？"我说："不，我是来找陈婉玉道别的。"我话音刚落，那男人惊讶得叫起来："这不是许长根吗？"我这才发现抓住我衣领的男人，竟然是我在浙江省立第一师范学校读书时的同学陈涌。真是无巧不成书，陈涌是陈婉玉的三哥。

老同学意外相逢，格外亲切。我告诉陈涌，我在荻港村成立了精武会，只要愿意谁都可以来学拳、刀、剑、散打等武术。闲聊中，我知道陈涌对武术颇感兴趣。他说，一定会来荻港村参加精武会。

我们正聊着，婉玉从里屋出来了。她发现我与她三哥在一起很是惊讶，但当她知道我们是老同学后，惊讶中又充满着快乐。不过对我而言，关键是我们在短短的交流中，我知道了她和三哥都喜欢武术。后来我离开盐官镇时，她悄悄地送给了我一个香袋。

三

回到荻港村不久，我将活动蓬勃开展起来了。我们的"农民赤卫军"和"渔民友谊社"全体成员，向县府请愿要求实行减租减息。自第一次游行后，我又组织了两次游行。其中一次两千多农民集合在运动场上，向县府请愿。农民们在一声声呐喊中，激情澎湃，斗志昂扬，大有一种不取得胜利决不罢休的英雄气概。

大规模请愿终于赢得了胜利，不少农民分得田地。师父独眼龙家分得了两亩土地，他伸着大拇指夸我好样的。农民们敲锣打鼓，把我当成英雄抬起了花轿。我初次尝到了土地革命胜利的果实，心里乐滋滋的。那天我回到家里，第一件事就是心情激动地给叶天瑞写信。我写得酣畅淋漓，把我们的减租减息活动和农民分到土地的情况全写上去了。

母亲自从上了《蚕桑报》后，不再管我和弟弟长海的事。我们就放开胆量，规模越做越大。我知道母亲把她的很多精力和感情投入到二叔许跃辉身上了，只要许跃辉与她在一起，她心里就感到踏实。他们梅梅、阿辉亲热地叫，村里早就有闲言碎语了，但母亲不管那么多，仍然我行我素。许跃辉有时想到自己村长的位置，就会对母亲爱搭不理。这时母亲就陷入情感的痛苦中，很多个夜晚，她对着卧室窗外的一棵樟树发呆。每一次发呆，她就在日记簿上画一个圈。每增加一个圈，她都会有一种浸透骨髓的伤心和仇恨。我知道母亲因为伤心和仇恨而变得歇斯底里，精神也有些不正常了。

许跃辉那些日子见我们游行、请愿、减租减息获得了成功，就召开村民大会组织民间艺术活动。那天我们精武会的武术队和村里的舞龙队，在崇文园空旷的广场上表演节目。锣鼓敲起来，村里的男女老少都来了。那条弯弯曲曲的长龙，在着盛装的表演者手里龙腾虎跃。我们武术队的每一个表演者，都穿上了鲜艳的传统服装。

我永远忘不了母亲那天的衣着，上穿中式大襟藕荷色短袄，下穿许跃辉为她制作的蚕花裙，脚蹬一双高跟皮鞋。她把花白的头发用我的墨汁涂黑了。脸上抹了痱子粉，显得格外白净。她一出场就像闪亮的明星登场一样，大家的目光都注视着她，并发出一声声惊叹。那些外村来的游人惊叹她的美丽，而我则是惊讶她的勇气，因为她不再佝偻着腰，低着头。那天，她亭亭玉立，眼睛明亮，身上用白色蚕茧串起来的裙子，每走一步都会像水晶球那样闪烁着光芒。村里人都被她的裙子晃花了眼，尤其是女人们仿佛从她闪烁的裙子里看到了蚕花女神。

那天，我们的活动一直延续到晚上。大家在篝火旁唱歌、跳舞、嬉戏、玩耍。母亲的舞蹈跳得轻盈优美，她边跳边笑，就像回到了少女时光。自从我的两个姐姐和父亲去世后，母亲从没有这样放松畅快地笑过。我想，若是迪杰卡还在，那么它就会趴在篝火旁，歪着脑袋，无限怜爱地看着它的主人。现在只有独眼龙的小女儿傻傻，像只花蝴蝶那样地围着母亲，在她身边转了一圈又转一圈，十分羡慕母亲的裙子和高跟皮鞋。她幼小的心灵中有一种对美的追求。弟弟长海在母亲一出场的时候，就反感极了。他认为母亲太不庄重了。他多次让我想办法把母亲叫回家，可是我不忍心扫母亲的兴。在这个村民同乐的日子里，我认为是可以放纵情怀愉悦自己和别人的。

夜深了，篝火也渐渐淡了。村民们大多已打着哈欠散了，只有母亲还在旋转舞蹈。我让她回家去，她说："你先回吧，我再跳一会儿。"我想她是在等许跃辉，许跃辉忙得一天都没跟她说上话儿，她要等。我一个哈欠又一个哈欠，实在困得支撑不住就回去了。我回去的时候，母亲身边已经没有人了，篝火也已经熄灭了，只有一弯冷月高挂在天空。

也许是太累了，我躺在床上就呼呼地睡去。睡梦里全是母亲欢乐的舞蹈，还有"咯咯"的笑声。天刚露出鱼肚白的时候，我从梦中醒来，披衣而起，穿过客堂来到母亲的卧室。母亲不在，我心里就有些紧张和恐惧。我立即来到东厢房推醒了长海，让他去二叔家，而我去村里寻找母亲。

我在昨晚的篝火旁找到了母亲的一只皮鞋，又在外港埭走廊找到了另一只皮鞋。我看到这些，一下就知道母亲出事了。清晨的曹溪河静静的，我解开一条停泊的船，又借了一把竹篙打捞起来。没多久，我就把母亲的尸体打捞上来了。母亲用墨汁涂黑的头发，已经返回了原来的斑白。她那用白色蚕茧串起来的裙子，被河水浸泡后变得干瘪，而她的脸白而膨胀。我抱着母亲冰凉的尸体，虽然她还睁着眼睛，但那目光是凝固的。

我第一次真正触摸到了死亡的冰凉和凝固。

母亲走了。母亲在父亲去世六年后走了。他们一个死于山，一个死于河。我和弟弟没有把母亲与父亲葬在一起。父亲葬在山上，母亲则葬到了河边。母亲的棺木是打父亲棺材时留下的，母亲的殓衣是中式大襟藕荷色短袄和蚕花裙。许跃辉为母亲主持葬礼的时候，我们头上有飞翔的鸽群。它们盘旋着，一会儿飞高，一会儿飞低，飞翔的姿势就像母亲的舞姿。我们虽然悲伤，但看着这些飞翔的精灵，就像得到了心灵的慰藉一样。许跃辉的悼词，是他为母亲编的一首民歌，他这样唱道。

今年采桑手提篮，明年采桑用肩担。
上街买条白丝带，绣对鸳鸯与哥连。
丝绸之府缫丝忙，脚踏丝车吱吱响。
梅梅制丝技术高，生丝如云一筐筐。
粗丝卖到杭州府，细丝卖到广东省。
养儿育女贤媳妇，善良女人情谊重。
可惜啊！只可惜，断肠人已在天涯。

许跃辉唱这首民歌时，我浑身打着哆嗦。

葬礼之后，我们又回到了日常生活。家里只剩下我和弟弟长海，屋子里空空荡荡，鬼气森森。我呆呆地坐着，想着陈婉玉。没想到我们刚开始以书信的方式谈上恋爱，母亲就死了。母亲的死，让我感到特别孤独和悲伤。婉玉寄来了许多封情感缠绵的信，我却迟迟没回。不是我不想回，而是我不想把这死亡的气息带给她。每收到一封信，我都要反复看上十几遍。我思念她，只能每天把她送我的香袋吻上几次。

今天我收到了叶天瑞的来信，他告诉我他创建了上虞第一个共产党组织——上虞独立支部。他还积极争取国民党左派，筹建国民党上虞县（今绍兴市上虞区）临时执委会，改组县警察队为工农纠察队。他说上级决定举行以象山港、上虞为中心的浙东秋收大暴动，他负责组织指挥占领上虞县城。叶天瑞的信，让我有一种跃跃欲试的感觉。

那天我收工回来，想给婉玉写信。刚拿起笔，许跃辉气喘吁吁地跑来，说："外面风声紧，你那些'组织'赶快解散吧。政府正在实行清党，还有'农民赤卫军'的牌子赶快砸了吧。《蚕桑报》马上停办，一切要快。"他紧张而恐慌的样子，仿佛要大难临头了。

我没有作声，站在一旁的长海说："二叔，你放心，我们这就解散、停办，把牌子砸了。"许跃辉说："不是我多事，这不是闹着玩的，是人命关天的事。"

许跃辉离开后，我与长海大吵了起来。这么多年来，我们第一次吵得面红脖子粗。长海认为二叔说得有理，而我则认为二叔胆小。弟弟长海觉得谨慎一点好，而我却觉得干革命要不怕流血牺牲。我们吵着吵着，我嫌烦了，冲长海发火道："好吧好吧！就解散就停办，我不管了，你去办吧！"我说着气呼呼地走出家门。

我漫无目的地在村里乱走，心里惶惶不安。走到秀水桥边时，我忽然听见背后有女子喊："长根，长根。"我转过身见是婉玉，十分惊讶，又十分喜悦地说："你怎么来了？"婉玉说："这些天我给你写信，你怎么不回呢？"我说："嘿，忙得一团糟。正要给你回，你就来了！"她说："我跟三哥一起学武来了。他在旅店里歇着，我就来找你了。"

我嘿嘿一笑，想着我们在鸿雁传书中的缠绵爱意，便调皮地说："找我定亲吗？"她脸倏地红了，说："你坏，你坏坏。"我说："坏，就修一修嘛！"她撒娇般地用拳头砸我。我说："有天地为证，咱们就在这秀水桥上私订终身，你敢不敢？"她笑了笑说："敢，有什么不敢的。"其实我是与她开玩笑的，没想到她非常认真坚定地拉着我跪下，行定亲礼。我们就这样私下定了亲，秀水桥就是我们的定亲桥。

第六章

一

长海砸烂"农民赤卫军"牌子的那天，县里有人来村里调查谁是共产党，他们怀疑我与长海是共产党。村长许跃辉说："我两个侄子只会瞎起哄。"来人将信将疑折腾了半天，在酒足饭饱后回县城去了。我组织的"农民赤卫军"、"渔民友谊社"和创办主编的《蚕桑报》，就这样在白色恐怖中自行解散停办了。

那些剩余的《蚕桑报》，全都被长海烧毁了。看他胆小的样子，我心里很不高兴。我经叶天瑞介绍，秘密加入共产党还不到两个月，革命工作的火炬刚开始燃烧就被迫熄灭，这让我多么愧疚难当。于是我给叶天瑞写信，告诉他我们这里的白色恐怖，要求参加他那里的浙东秋收大暴动。我的信一发出，心里就舒坦些，仿佛回到了组织的怀抱。

婉玉自上次和三哥来荻港村，一直住在我家里。我们的恋爱，少不了我的老同学陈涌的撮合。他把妹妹留在我身边，我与婉玉的恋爱就在外港埭走廊和曹溪河畔生根发芽了。自从家里有了婉玉，便有了人气和欢乐。婉玉咯咯的笑声，阳光般明媚，使我渐渐从母亲去世的悲伤中走了出来。

那段日子，我在等叶天瑞的回信。漫长的等待，让我决定先与婉玉去一趟盐官镇。我要向婉玉的父母求亲去，自然心里有些忐忑不安。出发的那天，我身佩宝剑，像个侠客那样，还雇了一辆马车，带上送给婉玉父母的求亲礼物，并让车夫在马车的座位上安装了篷布。

一路上，篷布把我们围得严严实实。尽管有些闷热，但随着马车的颠簸，我们也快乐地颠簸起来了。中午时分，旷野上的阳光热腾腾地晒在篷布上。我们的体内，也是热腾腾的。婉玉从篷布小方格的窗子里伸出一只白嫩的小手，把一团黏稠的碎纸扔出了窗外。纸屑就像白蝴蝶那样飞舞起来，落入远处开满山丹丹花的土地上。黄昏时分，我们仍沉浸在无限的柔情蜜意中，马车倏地停住了，车夫大声说："风情街到了。"

我们被车夫的刹车和喊声猛地一惊，婉玉先下车去了。我对车夫说："把车子再往前挪几步，停在两扇黑漆大门口。"车停稳后，我从车上一件一件卸东西。这时我看见管家与小娟来到马车前，而婉玉却不见了踪影。小娟一见我，冲我眨眨眼睛说："你用东西来拐骗我们小姐，老爷可不会答应呢！"我问："老爷和太太都在家吗？"小娟说："在，在屋里呢！你小心挨骂。"我说："你个乌鸦嘴，别瞎嚷嚷。"

我与管家把半马车的农副产品扛到客堂时，老爷和太太已经从里屋出来了。老爷说："你就是长根？"我说："是。"老爷说："你会武功？"我说："是，会一点儿。"太太从头到脚打量着我，就像打量一个外星人一样。接着她看看地上堆着的农副产品，笑眯眯地对我说："路上辛苦了，请坐。"

老爷请我与他面对面坐在木椅上。小娟给我递过来一小碗茶时，冲我眨眨眼睛。太太说："带这么多东西来做啥？这些鸡啊、鱼啊、兔啊，是你们家里养的吧？这丝棉是你们自己养蚕缫丝而成的吗？"我说："是啊！都是自己家里的东西。"太太说："你们那里可是鱼米之乡啊！好地方，好地方啊！"

太太胖胖的，穿着丝绸大襟衣衫，走起路来两只丰满的乳房抖动着，像一种母亲的召唤。我面对老爷和太太，一下不知说什么，但又不想冷场，便愣头愣脑地说："老爷、太太你们好！我是婉玉三哥的同学，这回来府上，一是送婉玉回来，二是求亲。我要娶婉玉。"老爷见我如是说，皱着眉头冷冷地说："我们婉玉已经有媒人说亲了。"

老爷话音刚落，我的脑袋像爆炸一样，"轰"一下晕眩起来。片刻，死一般的沉寂。接着老爷又说："你把东西拿回去吧！我们不缺这些东西。"老爷说着起身进里屋去了，而他冷冷的语言，让我仿佛坠入冰河。我沮丧极了。心想，如果求亲不成，也要像我的表妹那样私奔吗？

忽然，太太走过来拍拍我的肩膀说："这老头子，人家辛辛苦苦来，摆什么冷面孔？别泄气，看你厚道，我帮你想办法说服老头子。"太太的话，让我感到温暖，同时也看到了希望。

婉玉从她的厢房里出来，换上了一身白底碎花衣裤。她的长辫子高高地盘在头顶，有一种成熟女人的妩媚。她走近我时，尽管为她父亲对我的态度有些沮丧，但依然遮不住荡漾在她脸上的幸福感。老实说，她的幸福感增强了我的自信心。

天渐渐黑了下来。我告别太太和婉玉后，直奔小客栈。我要在小客栈住一宿，再回荻港村。小客栈里，依然是乱哄哄的。我穿过门口的小酒馆，到里面住宿处订了一间房。在房间里，我洗了把脸，然后到小酒馆吃饭。

小酒馆里，四张八仙桌坐满了人。有打牌的，有划拳的，有歌伎唱歌的，有穷人讨饭的。那个由母亲陪着的小女孩乞丐，向我伸出了脏兮兮的手，我就给了她一个铜板。她们转到另一桌时，那些划拳的酒鬼正在兴致上，见来了这对要饭的母女便取乐。他们你一句我一句地说着：

"两只小蜜蜂呀，飞到花丛中呀，嘿！石头、剪刀、布。"他们说着说着，就下流起来。划拳赢的那个男人，巴掌打到了小女孩头上。小女孩"哇哇"地哭起来，母亲忍不住"嘀咕"了一声，却被他"啪啪"扇了两个耳光。

我路见不平，气愤地走过去给那个划拳赢了的男人两记耳光。那男人先是一惊，接着反戈一击，与我打起来了。和他一伙的那几个男人，也都参与进来。杯盘碗"嚓唧唧"地打碎了。孩子哭，女人叫，小酒馆一下乱翻了天，顾客们仓皇而逃。我一拳一个对付着这些狗杂种，还从裤袋里掏出一根九节鞭，"啪啪"耍了几下。那威武神气，把这伙狗杂种一个个吓得屁滚尿流逃跑了。我大大地施展了侠客一样的功夫，让酒馆老板害怕得只能对我点头哈腰，重新给我温酒上菜。

我坐回桌边，跑堂的已经给我提来一坛绍兴黄酒，并端来几碟小菜。我大口喝酒时，顾客们又络绎不绝地回来了。这一回我喝得酩酊大醉，踉踉跄跄地回到客房，和衣躺在床上。第二天醒来，我发现自己身上还佩着宝剑。早上洗脸刮胡须时，我看见自己的脖颈上，有被抓伤的痕迹。于是我换上一件灰色的中式褂子，那高高的衣领正好遮住脖颈上的伤痕。

我一直在等婉玉，可她迟迟没来小客栈。我有些不安，但也只能打道回府了。回去我不再雇马车，而是坐船。坐在船上，我的思绪浮想联翩。我想着婉玉，想着与她的肌肤之亲，想着我们的美好未来，便有些感动和自豪。

回到荻港村，我决定把家里的每一间房都粉刷一下，增添喜气。我买了石灰、水泥、油漆、涂料等，并让精武会的李阿二、庞九斤、丁一松、高大年、严家辉、杨鸿庆来帮忙。几天后，他们就把我家涂刷和油漆得焕然一新了。新瓦屋里，我把父母和姐姐们的遗像都藏到了抽屉里，取而代之的是杨柳青年画。家里顿时洋溢着一股喜气，仿佛那漆过的门窗，那粉刷过的雪白墙壁，都在等待着、迎接着婉玉远嫁而来。

我知道，老爷后来同意婉玉嫁给我，是因为婉玉怀上了我的孩子，生米做成了熟饭。老爷很重家族名声，痛恨伤风败俗之事。他对婉玉痛骂一顿后，约法三章道："嫁出去的女儿泼出去的水，你不准再回家来。"婉玉低头哭泣着。父亲的绝情，让她恨死了封建礼教。

太太是个善良女人。她见老爷绝情，就亲自为女儿准备嫁妆。婉玉的嫁衣，是太太亲手缝制的。结婚前一天，婉玉的嫁妆装了满满一马车。有丝棉被子、床单、大小木盆等。我们的婚礼很简单，不过是三哥陈涌代表女方的家长，弟弟许长海做证婚人，我的那些师兄师弟聚在一起吃顿饭罢了。

婚礼上，婉玉头上戴着我送给她的那只漂亮的银色蝴蝶形发夹，那是我双胞胎姐姐大蚕花姑娘的定亲礼物，戴在婉玉头上发出闪闪的光芒，就像银色蚕丝，美丽极了。我们的新房，就是我父母从前的卧室。那个晚上我和婉玉紧紧拥抱在一起，就像当年父亲和母亲滑动着他们的生命之门那样，我如虎似狼地开动马力，那一刻我们都觉得自己是天底下最幸福的人。

月光明晃晃地从窗口照射进来。

躺在床上，我们可以看见天边一轮银白的月亮。那月亮上有嫦娥，有玉兔和木匠。但我不看，我把头埋进婉玉的怀里，告诉她我从来没有这么温暖幸福过。她天真地问："是吗？"我就吮吸着她的一对丰满乳房。我称它们是我的太阳和月亮，是北高峰和南高峰。她就咯咯地笑，把我搂得更紧了。我说："我永远爱你，海枯石烂不变心。"她被我的话感动了，抓着我，我们又一次像浪推舟那样，颠簸晃荡起来。

二

与婉玉完婚后，我又进入了琐碎的日常生活。小娟随婉玉到了我们家，家里就多了两只花蝴蝶。我是家里的主人，小娟管我叫老爷。她再也不与我扮鬼脸做怪相了，我们的距离忽然地远了。婉玉的肚子一天天大起来，大得出奇。我每天晚上都会趴在她肚子上，听我的宝贝儿子在她肚内蹬腿。一种马上要做父亲的感觉，溢满胸间。太太让三哥送来了小棉衣、小衫儿、小鞋子。婉玉自己编织小毛衣，我则用藤条编了一辆婴儿车。

小娟是干活儿的一把好手，她把家里收拾得干干净净。那个西厢房给她住后，窗帘上叮叮当当地挂着她做的手工布艺制品。有小老鼠、香袋、鸡心、布娃娃等。我知道小娟到该嫁人的年龄了。我想纳她为妾，可她娘家忽然传信来让她回去定亲。

女大不中留啊！

她想走就让她走，只是婉玉舍不得。婉玉对小娟说："你定完亲马上回来。我要生孩子了，家里少不了你。"小娟"噢噢"地应着。我望着她远去的背影，突然感到一种失落和期盼。

小娟回家乡后，我找了师父独眼龙的妍妇王二婆子来家里帮忙。王二婆子是个喜欢搬弄是非的女人，又是一个骚婆子。她东家长西家短，总有讲不完的八卦和是非。她说大肚子要多走走，生孩子便快。于是，婉玉每天都去村里和田野散步。婉玉出门散步时，王二婆子总是不失时机地与我讲她和师父独眼龙的故事。几个月下来，我听得腻烦透了，心里想这王二婆子简直如同妓女一样，毫无羞耻感。

那天王二婆子趁婉玉散步去了，又与我讲独眼龙是男人中的男人，是一块钢。她反复说这话，好像我不是男人中的男人，不是一块钢似的。我一恼火，那种对女人的占有欲就上来了，我粗暴地一把将王二婆子摔到床上。

婉玉回来时，我表面上当什么事情也没发生。但我心里明白，我与王二婆子这么一来，对婉玉的爱就不那么纯粹了。我心里恨自己，更恨王二婆子。我对婉玉有一种内疚，想用男人的温柔来对她做些弥补。于是这晚我亲自给她洗脚，剪脚指甲。婉玉抱着我的头亲昵地说："你真是一个好丈夫。"

这些日子，我一直在等叶天瑞的回信，可是迟迟不来。眨眼已是深秋了，与叶天瑞失去了联系，让我惶惶不安，满脑子想的都是浙东秋收大暴动。我想，叶天瑞负责占领上虞县城，也许有不少工作分配我去做，然而在这节骨眼上他却毫无音讯了。我们县的白色恐怖依然未解除，我的一举一动都在暗哨的监视中。我组织的"农民赤卫军""渔民友谊社"解散、《蚕桑报》停办后，一时很难复原。我只好又像儿时那样，到外港埭走廊的小戏院里蹭戏听大书了。没有了组织活动，我就盼着婉玉生下儿子来。

那天我去外港埭走廊听大书，说书先生吴雪雷精神抖擞，中气十足，仿佛越活越年轻了。他仍然讲《三国演义》《水浒传》《红楼梦》。这些被他讲了多年的大书，每回讲都能讲出新意来，让人百听不厌。他的名声比我们村庄从前出过的五十多名进士、状元和一百多名太学生、贡生、举人的名声要大得多。大家亲切地叫他"吴先生"，而我叫他"吴说书"。吴说书通过说书，让村里的文盲都知道了古典文学名著中的人物和故事，所以我们村的村民即使吵架骂人也会搬出贾宝玉、林妹妹、薛宝钗、王熙凤、曹操、武松、宋江等人，显得很有文化。

听完大书，我从庙前桥下回来，遇上了弟弟长海。许长海刚刚当上村长，脸上洋溢着喜悦。母亲去世后，二叔许跃辉大部分时光是懒懒的，村里的事不管不问，人也越来越瘦了，还经常咳嗽。大家觉得他已经不适合当村长了，就推荐我弟弟长海当村长，经过投票选举，弟弟长海以满票当选。

长海说："小山给你来信了，你回去看。"我觉得有点奇怪，写信向来是小妹的事，小山斗大的字不识一个，怎么写？莫非小妹出事了？我这么想着，心"怦怦"地跳起来，快步如飞。

回到家里，我拆开小山的信。那是一封路边摊头的代笔信。小山说他无脸回家，小妹在济南得肺炎病死了，葬在了济南。小山说他们没有孩子，他要守着小妹的坟墓过一辈子。信从我的手中滑落到地上，我呆呆地站着，没有眼泪也没有悲伤，却很难过。婉玉问："喂，你发什么呆？"我说："我的表妹死了。"

我不敢把小妹的死告诉姑姑。我知道这是命运，怪不得小山。但我知道当年是我帮小山接走小妹的，我必须去重兆村看姑姑。于是我带着赎罪的心情，快步走着。一年多没去姑姑家了，心里有一种隐隐的不安。在敲开姑姑家门的那一刻，一种异样的感觉笼罩着我。姑父的小妾穿着旗袍，身上散发着香喷喷的气味从里间出来，见是我，道："哎哟，稀客呀！你来看你姑姑？"

"是啊，她人呢？"

"你很久没来了，她变得你不认识了。"

"她怎么啦？你让她出来。"

"她疯了，被关起来了。"

"是你逼疯她的吧？"

"你这人狗嘴里吐不出象牙来，我哪有亏待她的地方？"

"不是你，又能是谁？"

"你别血口喷人。"

我不想与小妾吵架，便不再作声。小妾领我到小妹从前住的房间门前，她让我从门上抠出的一个小方口望进去，我望见了姑姑。已是深秋了，姑姑头发蓬乱，敞着上衣，嘴里还嘀咕着什么。姑姑真的疯了，这让我很难过。我对小妾说："让我进去吧。"

"不可以。"

我没再坚持，也与小妾没什么好聊的，没等姑父回家，我已打道回府了。我知道，就像父亲当年没办法救姑姑一样，我对姑姑也是无能为力。我心沉重，为什么女人不能自己拯救自己呢？母亲是这样，姑姑又是这样，她们为什么甘愿成为男人的牺牲品？现在我唯一的想法是对女人好一些，对婉玉好一些。

在回家的路上，我想母亲与二叔是有爱不能成婚，而姑姑却是无爱渴望爱。两个女人的命运，如出一辙，女人难道就是为了爱而活着吗？

三

回到家里，婉玉问我："看见姑姑了吗？"我没有吭声。她又问："姑姑怎么样，她好吗？"我声音低沉地说："不好。"婉玉说："怎么个不好呢？"我由于没有收到叶天瑞的信，加上小妹死了，姑姑又疯了，心里烦透了，便没好气地冲婉玉大声说："不好，就是不好！你烦什么？"

婉玉被我这么一吼，委屈得抽泣起来。我最烦女人哭，但又怕她哭坏了肚子里的孩子，哄她道："别哭了，都是我不好。我心里烦，又不想把坏消息告诉你。"婉玉止住了哭，道："什么坏消息，姑姑她怎么了？"我说："她疯了。她疯了啊！"

我与婉玉面对面坐着，默默无言。我们并不知道，还将有更大的灾难等着我们。这些日子，弟弟长海在村里相中了高家的小女儿高美丽。当上村长又有了对象的长海，常常早出晚归，有时忙得饭也不回家来吃了。

那天我从田里回来，还没跨进家门，县里来的两个男人就把我带走了。他们说我想参加浙东秋收大暴动。这让我一下明白了，叶天瑞被捕了，我的信落在了坏人手里，他们把我的双手反绑起来，押着往前走。我的背后传来婉玉撕心裂肺的哭喊，而长海的求情也无济于事。我眼睁睁看着婉玉挺着大肚子哭得天昏地暗。一种揪心的疼痛，撕裂着我。我想喊，却喊不出声，嘴里塞着棉团，让我呼吸困难。

我被带到一所监狱，与我同住的那几个人，对新来的难友并不友好。他们把我睡的地铺稻草抢去了一半。吃饭时，他们还故意给我很少的饭菜。我全都默默地忍了。我想他们被关在这里吃不好，穿不暖，还常常要遭审讯和毒打，哪里会有好心情呢？那一个已经被打断一条腿的人，十分同情我，他对我说："别难过，新来的都一样，过几天熟了就好了。"

那个人剩下的半截腿，用破布裹着。一天阳光格外明媚，他把破布解下来，我看见那半截腿在腐烂，并且有白色的蛆虫蠕动着，我感到恶心极了。可他若无其事地用一把钳子，将上面的蛆虫一只只钳掉。他对我说："我是共产党员，死都不怕，还怕这蛆虫吗？"我向他打听叶天瑞，他说："叶书记，我认识他。他比我还要早被捕呢！我们开始关在一起，后来他被秘密换了地方，我就不知道他的下落了。"我听他这么叙述，心头一紧，担心和恐怖充满了我的脑袋。

那些日子，我接连被审讯了几次。他们让我招供叶天瑞的秘密活动，我一概不说。他们就给我上刑，把我打得遍体鳞伤。有一天那个审讯官对我说："你再不招，就与叶天瑞一起去见马克思吧！"我说："我不知道。我与他只是同学关系，并不知道他在上虞搞的活动。我想参加他组织的暴动只是觉得好玩，因为打打闹闹很适合我这个练武之人。"审讯官没有再吭声，他差人把我押回牢房。回到牢房，我蜷缩着躺在地铺的稻草上，想婉玉想得流泪。但我不能死，我快做父亲了，我要对我的孩子负责。

长海到牢房看我时，告诉我婉玉忽然羊水直流，裤子和床单全湿透了。因为是突发事件，情况紧急，无奈之下他为婉玉接了生。也就是说，我的一对双胞胎儿子竟然是长海接生的，这让我有一种说不出的隐忧。

不过我身在牢房，也顾不得太多了，只要他们母子平安就好。

那天，刚露出鱼肚白，我还在梦乡里，看守把我喊了起来。我睡眼惺忪地跟着看守走出牢房，有人就在我嘴里塞一块毛巾，把我的双手反绑起来，并且蒙住了我的眼睛，押上一辆卡车，一切就像在梦里一样。当卡车"隆隆"地发动时，我才意识到他们许是把我押赴刑场。我听见"快点，快点"的喊声。

知道自己即将被秘密杀害，我的双腿颤抖着，眼泪簌簌地掉下来。我不是害怕牺牲，而是对这不明不白的死不甘心。我还没见到我的两个新生儿子，我想他们想得心碎。卡车开动后，那个押着我的男人说："今天让你和叶天瑞去见马克思。"我浑身一颤。可怜我眼不能看，口不能说，莫非叶天瑞与我同在一辆车上？

卡车行驶到一个地方停下后，我被他们从车上拖下来。我没有英勇就义者的坚强不屈，整个人软绵绵的，跪在地上，东倒西歪。他们用脚踢我，让我跪好一些。我就支撑起精神，跪直。不知跪了多久，我听见"砰砰"的枪声，以为自己死了，整个人麻木极了。直到他们又把我拖上卡车，我才意识到自己还活着，不过是陪斩而已。

回来的路上，他们把蒙着我眼睛的黑布拿掉了。我看见了与我一起陪斩的另一个人——王新建。他与我住同一间牢房，但我们从没交谈过。我朝他点点头，他也朝我点点头。两个人仿佛已经死过，都有一种惊恐不安的神情。

回到牢房，一种一起死过的情谊确定了我与王新建的战友关系。我迫不及待地向他打听："这次被枪杀的有上虞的叶天瑞吗？"王新建说："我不认识叶天瑞，但据说他前几天已经被秘密处决了。"我说："这消息确凿吗？"他说："应该不会错。"听到这个消息，我泪如雨下，心痛极了。

接下来几天，我吃不下饭，睡不好觉。从前与叶天瑞在一起的往事，一幕一幕展现在眼前。一个午后，我又陷入对叶天瑞的怀念和沉思时，看守忽然打开牢门对我喊："054出来。"我以为又要去陪斩了，心"怦怦"地跳得厉害，结果是宣布我出狱了。

这让我十分意外。

我在牢房度过了大半年时间，回到家里，我的一对双胞胎儿子已经半岁多了。他们见我就哭，我说："我是你们的阿爸呀，叫阿爸。"（当然他们还不会说话）

两个小家伙儿瞧瞧我，哭着往婉玉怀里扑，或者朝他们的二叔怀里扑，这让我心里很不是滋味。尤其他们往长海怀里扑时，我内心的妒火和怀疑便开始升腾了。

婉玉这半年明显瘦多了，生出不少白发，宛若一个半老徐娘。我知道她心里和精神上承受的折磨，不会比我少。我心疼地拥抱着婉玉，婉玉也紧紧地拥抱着我。我们的眼泪汩汩地流出来，千言万语都在瞬间的沉默中。

我不在家，婉玉连两个孩子的名字也没取。她管大的叫大大，小的叫小小。我觉得就这样叫也不错，不用再取名字了。婉玉说："许大大、许小小，也能算名字吗？"我说："怎么不算？这名字还很有特色呢！"婉玉便不吭声了。

我大难不死，村里的精武会成员都来向我祝贺。大家凑钱，在外港埠走廊的小酒馆设宴招待我。师父独眼龙出的钱最多，他说："我的经济条件一天比一天好起来了，这都是长根给农民们带来的好处。"我说："哪里哪里，这是大家的功劳。"这天师父独眼龙把许跃辉也叫上了，大家聚在一起非常快乐。长海与高美丽坐一起，他们快结婚了。我与长海商量着把我们家的蚕房分一半出来，改造成弟弟的结婚新房。我们正这么商量时，师父独眼龙邀我划拳，许跃辉也高兴地与我们一起划起拳来。

许跃辉喝了许多酒。这是他自我母亲去世后，最开心的一天。我只听见他哈哈地笑着，大声地说着话。划完拳，许跃辉走出小酒馆，兴高采烈地在外港埭走廊上跳起了蚕桑舞。我发现二叔的腰腿是那么柔软，就像练过功一样。他跳的蚕桑舞动作，与母亲从前跳的一模一样。他穿的新布鞋，是母亲去世前给他做的。他跳得那么激情澎湃，完全没有了平时佝偻着腰的老迈气息，很多人都来看他激烈的舞蹈。他的舞蹈姿态，让我把他当成了他青春的展现。

一会儿，傻傻惊恐地尖叫起来："不好了，老村长摔倒了。"我放下酒杯赶紧走出小酒馆，只见许跃辉嘴里吐着白沫，已经不省人事了。那些喝酒的人七嘴八舌地说："刚才还好好的，怎么就这样了呢？"

我把许跃辉背回了家，不多久他就断气了。大家都不知道他得了什么病，为什么这样突然？许跃辉意外死亡，让我很伤心。他的死，再一次告诉我生命无常。几天后，我与弟弟长海把许跃辉葬到了母亲的墓地旁，让他们在曹溪河畔相爱团聚。

一个多月后，我们把许跃辉的房子涂刷一新。长海与高美丽，就在这涂刷一新的房子里结婚了。这样我们兄弟两家，不用在一个屋檐下生活，自然就会少一些矛盾，只是婉玉觉得不与长海住一个屋檐下，就少了一个好帮手。

婉玉自从长海帮她接生了双胞胎儿子后，心里就把长海当成自己的男人了。她觉得女人的私处一旦给男人看见，那男人便如同自己的丈夫了。她见了长海，常常一边敞开着双乳给孩子喂奶，一边使唤他道："长海，帮我把小小抱过来。"长海便从藤条婴儿车里把小小抱给她，然后再把大大放到婴儿车里。他们配合默契，常常让我产生醋意。有一次，我终于忍不住冲长海道："到底谁是婉玉的丈夫？"弟弟长海说："不是你是谁？"我说："那你怎么老与婉玉在一起？"长海说："她找我做事，不做行吗？"

我沉默不语了。

由于婉玉与长海那说不清道不明的关系，我的脾气越来越坏了，可以说简直坏到了极点。火气上来时，我见了婉玉就心烦、憎恨。有时婉玉回嘴，我就对她拳打脚踢。自那一次拳打脚踢后，婉玉便常常挨我的打了。尤其是我酒喝多了，打得更厉害，而她挨打后，又往往到长海那里去诉苦。这就让我又埋下了新的仇恨和妒忌的火苗。

一九三一年春天，婉玉又要生孩子了。我一直怀疑她肚子里的孩子不是我的种。我的双胞胎儿子，已经三岁了。我费了很大的劲，他们才开始叫我阿爸。现在他们在地里跑来跑去。他们叫我一声阿爸，我就给他们吃桑果儿。他们有东西吃便咯咯地笑，抱着我的腿，在我的双腿间钻来钻去，顽皮极了。那天婉玉的母亲又让三哥陈涌送来一大包婴儿服。陈涌已经结婚成家了，在盐官镇办起了武馆，自立帮派和门户。师父独眼龙，认为他忘恩负义。

蚕月前，婉玉的肚子大得出奇，但她仍然与高美丽去含山顶蚕神庙祭拜。几年下来，婉玉也是一把养蚕好手了。只是祭拜回来的第二天，婉玉开始阵痛。我知道她要生孩子了，很快找来村里最好的接生婆。接生婆一看说："从没见过这么大的肚子，这是多胞胎，起码准备三套婴儿服。"我惊讶极了，十分喜悦地把大大和小小穿过的婴儿服全部拿出来了。

黄昏时分，婉玉一连产下四个男婴，一个个就像小猫儿那般大。最后一个出来没有衣服了，就用浴巾裹着。我又添了四个儿子，兴奋地到村里挨家挨户报喜，送红喜蛋。师父独眼龙见到我说："恭喜恭喜，真是人丁兴旺啊！"

家里多了四个婴儿，简直闹翻天了。婉玉让我给孩子取名字，我懒得取，便说叫阿三、阿四、阿五、阿六。儿子成群，我每天从地里劳动回来，总是开心的，仿佛心里有了寄托。晚上我常给大大和小小讲安徒生童话，而四胞胎儿子从上到下穿得一模一样，我根本不知道谁是阿三，谁是阿四。这段日子，我过得平庸快乐，常常一手抱一个儿子在村里悠转。有人问："这是老几？"我说："不知道呀！"他们就笑道："自己的儿子也不认识，是不是你亲生的？"这话虽有些刺激我，但我依然开心地说："谁让他们长得一模一样呢！"

四胞胎儿子长到两周岁时，我把王二婆子辞退了，找了薛大娘帮婉玉做家事，然而王二婆子还是常常跑来帮忙。她说她早已是我的女人，免费帮忙理所当然。我不吭声，随她的便，她就一日三顿全赖在我家吃。吃就吃吧，可是她偏偏还嫌不够。冬至那天早上，婉玉与薛大娘带着我的六个儿子到坟地去，她就又找我来了。她说独眼龙已经很久没和她在一起了。她说着就把自己的衣裤脱掉，钻进我的被窝，趴在我身上。

这次完事后，我并没有细想，但仍然有一种上当的感觉。我责怪自己怎么又与她干上了呢？是否自己太经不起女人的诱惑，立场也太不坚定了？我心里恨自己又恨王二婆子。但我并没有责备王二婆子，可她却呜呜地哭起来，而且越哭越伤心，仿佛我强奸了她，这让我产生一种罪孽感。

王二婆子哭完后，说："我再不找你麻烦了。我要回绍兴老家去了，不再到外港埠走廊卖白兰花了，我漂泊在外这么多年该回去了。"她说着说着又哭起来，并且告诉我她的身世。我这才知道她从小父母双亡，十三岁时，被人卖到窑子做妓女，二十三岁被人赎出来嫁了人，生了一个死孩子，第二年丈夫得了肺病吐血死了，她一个人就过上了流浪的生活。现在她要回绍兴老家去了。绍兴有她的哥哥和姐姐，她要回去了。

第七章

一

叶天瑞遇害后，我与党组织暂时断了联系。我们全家平平安安地过了三年。大大和小小已经上了村里的小学，四胞胎儿子也已经快三周岁了。一年前，我的弟媳妇高美丽生了一个八斤重的大胖儿子，取名叫许家立。自从有了四胞胎，我既高兴又烦恼。我越看越觉得四胞胎长得不像我。那四个小东西与我也不亲，看见长海却是二叔二叔地叫个不休。

眨眼又要过年了，一到腊月孩子们看大人一件件准备年货，心里便充满穿新衣、放鞭炮、拿压岁钱的期待。薛大娘做米酒、冻米糕都是一把好手，家里的铁皮箱装着冻米糕，孩子们时不时地抓几块来解馋。但拿过头了就会被我呵斥，甚至挨打。大大挨我打后，竟然离家出走了。我满村找，也没找到他。这孩子脾气倔得让人伤心。我发动精武会成员帮我找大大，但几天下来仍然毫无音讯。婉玉先是与我吵架，指责我打孩子，再是号啕大哭。她一哭，我就更烦了。我想大大是不是被村里的外来拐子拐走了呢？

家里丢了孩子，心里很是烦躁。其实我内心很想对婉玉好，可是婉玉一哭二闹三上吊，与我吵架就说："瞎了眼，嫁给你这样一个没出息的窝囊废。"我心里就非常恼火。但快过年了，我不想把家里弄得鸡犬不宁，尽量克制着坏脾气。

　　那时候，我们琐琐碎碎地过着日子，再没有了恋爱时光的浪漫情怀。都说女人嫁鸡随鸡，嫁狗随狗，婉玉却保持着她小镇女人的风格。她从不到地里劳动，不愿意把自己变成一个双手满是老茧的农妇。夏天抢收抢种很忙，我也没让她下过地。这在农村几乎不可思议。可她不知道我的好，总觉得我委屈了她。

　　过年前几天，我到镇上采购商品，在一家绸布店门口遇上了刁红梅。她是我母亲的远房亲戚，小时候我们常在一起玩耍。她见了我，让我纳她为妾。她凄凄惨惨地说着自己的故事，说得让我直掉眼泪。我犹豫了一下，心里想救人一命胜造七级浮屠，便说："好吧，你跟我回去吧！"

　　刁红梅就这样来到我家里。

　　我心里想婉玉肯定会不高兴，但她并没与我吵闹。这让我感到婉玉这小镇女人在重要事情上，还是大气和大度的。于是，我从前的西厢房便成了我与刁红梅的婚房。说真的，我纳刁红梅为妾，一是想救她一把，二是想冲冲家里的晦气，却没想到我竟然是引狼入室了。

　　那年的年三十晚餐，我的左边坐着婉玉，右边坐着红梅。两个女人和五个儿子围着我，薛大娘做了十几个菜，大家吃得很开心。饭后，我们还放了"雨夹雪"的鞭炮。五个儿子高兴得拍手雀跃。婉玉暂时忘记了失踪的大大，对红梅也非常友好，亲切地唤她"妹妹"。

　　自从长海当了村长，我们村子每年从正月十二到十五，都有文娱活动——舞龙灯。好几条龙灯，由几十名小伙子舞动着，伴随着锣鼓声，走街串巷，每家每户都喜气洋洋。过了元宵节，年才在喜气洋洋中结束。那天红梅告诉我她怀孕了。我心里盼着她生一个女儿，女儿如花朵，如蝴蝶。于是我让婉玉每天给她炖一碗鸡蛋羹，补充营养。

红梅十分喜欢孩子。家里五个男孩中，她尤其喜欢最小的阿六头。她把阿六头抱在怀里，在村里的庙前桥上来来回回地走。庙前桥，也叫八字桥。古时候凡经商、读书、做官的荻港村人，都喜欢走一走八字桥，以示财运和官运四通八达。有一天红梅抱着阿六头，走在八字桥上不小心绊倒了。阿六头额头摔了个大包，哇哇大哭。婉玉知道后，不仅没有说红梅的不是，还为她炖好了鸡蛋羹，这让我心里对婉玉又多了一份歉疚。

自从我娶了红梅，就很少与婉玉在一张床上睡觉了。婉玉有四个儿子陪着睡，也毫不在乎。当然，那时候我并不知道婉玉心生歹意，她对红梅的仇恨是藏而不露的。那天晚上，红梅坐在马桶上起不来，我看见鲜血从她的裤腿里往下流。我知道红梅流产了。我对红梅说："怎么会这样？"红梅说："也许是摔了一跤，把孩子摔掉了吧。"我信以为真，遗憾我没有女儿了。第二天一早我去省城开同学会，红梅还在睡梦里。婉玉抱着孩子送我到村口说："你放心吧，我会照顾好孩子们和红梅的。"

我身在异乡时，并不知道家里发生了翻天覆地的变化。回来后薛大娘告诉我说："红梅怀疑婉玉鸡蛋羹里放打胎药。她责问婉玉：'你别假惺惺对我好，我怀孕三个月了，摔一跤根本不会流产，是你在鸡蛋羹里放了打胎药吧？'婉玉冷冷地说：'是，是我放的。你抢走我的老公，还想生孩子？你做梦去吧！'红梅说：'哼，你个不要脸的！谁稀罕那臭男人。'两个女人你一句我一句地吵起架来。红梅的手指点到了婉玉的鼻尖，婉玉便撕扯起红梅的头发。她们就这么打起来，扭成了一团。红梅被婉玉撕扯下一束头发，婉玉的手背被红梅抓出了血痕。我见状，用尽力气才把她俩拉开。这时婉玉用唾沫抹了一下手背上的伤痕，冲红梅'呸'了一声，回里屋去了。"

薛大娘叹了口气继续说："谁也不知道红梅是什么时候抱走阿六头的。

天黑了，婉玉发现阿六头不在家，红梅也不在家。她着急起来，里里外外寻找着。"

听薛大娘这么说，我顿时傻了眼。红梅，她一个女人能走多远呢？我去红梅的父母家找她，可她年迈的父母说："红梅已经很多年没回家了。嫁出去的女儿泼出去的水，我们不知道她现在的情况。"我觉得十分蹊跷，无数个疑问让我发动精武会成员从村子找到镇上，又从镇上找到省城。然而茫茫人海，我们就像海底捞针一样，连个影子也没有找到。我不知道红梅抱着阿六头去了哪里，但我知道肯定有人接应她，躲藏起来了。这让我想到了大大的失踪，会不会与红梅有关？他们会不会是一个拐卖儿童的团伙？我越想越不是滋味，越想越觉得是自己对不起婉玉。

婉玉失去了大大后，又失去了阿六头，双重的打击，让她差点崩溃了。她每天以泪洗面，情绪十分低落。有一天，她腰疼得在地上打起滚来。我把她扶起来后，找了村里的土郎中。土郎中搭着脉说："肾虚、阴亏，吃几服中药就好了。"我按着药方抓草药，但婉玉还是疼得直打滚。我就送她去镇上的医院看病，医生说："从拍片看，她得了肾结石，要开刀把石子取出来。"我知道西医可以解决这问题，但住院开刀不是一笔小钱。我只好把祖上留下来仅剩的几亩田产，与长海一分为二。我把我分得的田产卖掉了一亩，凑足钱，让婉玉住进了医院。

手术是成功的，婉玉一拆线就嚷着回家了。她的情绪已不再低落，有时与我开玩笑说："就当红梅给我们养儿子吧！"我说："你想通了？"她便不再吭声。

接着又到蚕月了，养蚕收入是我们家收入的主要来源。自从与长海分了家，我们的蚕房也一分为二了。蚕月里每天采桑就是我的责任。我盼着四个儿子快快长大，然而他们像小萝卜头那样长不大。七岁的小小帮我采桑叶，没采几片人已经从树上掉下来了。

小小没有大大那么机灵，可惜大大不知被谁拐走了。蚕月里的日子虽然忙碌，但我从小在这里长大，发现女人们全喜欢这些忙碌的日子。一年中，她们就盼着这一个月。因为这一个月，在我们村庄女人就是主人，而男人则是她们的下手。

二

蚕月里采完桑，闲下来时我也会看看报。我怀念办《蚕桑报》的日子，也怀念到上海看望叶天瑞的日子，更怀念自己出狱后的那些日子。那些日子自己过得丰富充实，总觉得有事情忙碌。我秘密发展了师父独眼龙，还有李阿二、庞九斤、丁一松、高大年、严家辉、杨鸿庆等加入共产党。那时候，我们时常秘密聚会，大家兴致勃勃，每个人仿佛都有一种信仰。

那年的初夏格外热，还没到暑假孩子们就到河里游水去了。每年都有溺水而死的孩子。那天丁一松的独生儿子与小伙伴们在曹溪河里游水嬉戏，一个浪头打来把他卷走了，而其他几个孩子却安然无恙。丁一松抱着孩子的尸体哭得撕心裂肺。我们都嗅到了死亡气息，但谁也没想到平安了十多年的村子，后来会遭遇瘟疫的袭击。

现在我想起来了，我们村那年的霍乱与水体被污染有关。那时候村里人并不知道沟渠水、池塘水、浅井水和港湾水是极易受到粪便等污物污染的。洗涤病人衣物、倾倒吐泻物，以及船民排泄物，直接下水都可使霍乱弧菌在水中存活很长时间。我们不知道有些菌株还可以在水中越冬。所以那场霍乱，无论我们家还是我们村庄，死亡人数都超过了一九一八年全球性流感时的死亡人数。

霍乱平息之后，我们全家只剩下我一个人了。婉玉与四个儿子，先后染上霍乱去世，给了我最最致命的打击。我永远也不会忘记霍乱给我们村庄造成的悲惨景象。那时候村庄里几乎天天都在死人，家家都在发丧。我不知道我们村庄究竟是谁先染上霍乱的，好像那几天去河埠头洗衣洗菜的女人，回来都发高烧上吐下泻了。发了高烧就刮痧，没钱请医买药就托人弄偏方抓草药。谁也不知道是霍乱，更不知道会传染，谁都没有隔离病人的意识。

薛大娘那些天因媳妇生孩子，回家去了。家里洗洗刷刷就由婉玉承担，我负责烧饭做菜。在乡下平时吃饭很简单，饭锅里放一个蒸架，搁上菜，饭熟了菜也熟了。有时用柴烧一锅米饭，猪油加酱油拌饭，也照样吃得香喷喷。那天小小上学去了，三岁多的阿三、阿四、阿五在泥地里玩蚯蚓，婉玉到河埠头洗衣去了。阳光格外好，我在家门口的菜园里锄草，有人喊："长根，长根，你老婆晕倒了。"我以为婉玉腰痛病又发作了，三脚两步赶到河埠头，发现她在呕吐，心里想：她又怀孕了吧！

我把婉玉背回家，让她躺在床上。三个小家伙看见我背着他们的姆妈回来，拍拍手上的烂泥，嚷着也要我背他们。我就抱两个、背一个把他们带到了婉玉身边。他们"姆妈姆妈"地叫个不休，阿三给姆妈抓抓背，阿四给姆妈亲亲小脸蛋，阿五拉着姆妈的手。婉玉有一种儿子绕膝的幸福感，只是一会儿她又要呕吐了。我给她在床边放一只木盆，看她吐得厉害，我翻箱倒柜地找出几颗黄连素。我们也没吃过什么海鲜，婉玉怎么会呕吐、拉肚子呢？

晚上我让四个孩子都睡到西厢房。他们睡着后，我摸摸婉玉的额头，滚烫滚烫的。我给她在脖颈上刮了痧。第二天婉玉的病没见好转，四个儿子却一起病倒了。他们的症状与婉玉一样，高烧、上吐下泻。看他们"噢噢"地呕吐，很难受的样子，我心疼极了。我抱着阿三去镇上医院，把婉玉的发病起因到传染给四个儿子，一五一十地叙述了一遍。医生蒙着大口罩说："这症状就是霍乱了。现在没有特效药，唯一的办法就是不去接触病人，不吃病人接触过的饭菜。"医生一边说一边开药方，然后打发我们走。

我知道霍乱是一种可怕的传染病，染上之后十有八九要死亡。我抱着阿三走在回家的路上，双腿颤抖得厉害。第二天，我将村里染上霍乱的消息告诉了长海以及精武会成员，让他们做好隔离防病工作。但事实上，村里已经有很多人染上了霍乱。这些精武会成员的家中，也都有病人在发高烧，上吐下泻。他们听我说这症状就是霍乱，顿时紧张和恐惧起来。

　　那几天，我在家照顾婉玉和四个儿子，眼泪止不住地掉下来。我一边上山抓草药，一边在心里默默祈祷。阿三和阿四，已经发高烧、昏睡、说胡话两天了。他们把肠内的粪便全部排泄完后，开始排泄类似淘米水那样的东西。我知道这样泻下去，就会导致严重脱水而死亡。村里死亡的气息已经越来越重，村西头一户四口之家全部死亡。白天整个村子静悄悄的，只有哭声在空中回荡。太阳还没有下山，家家户户就已经关门避邪了。

　　阿三和阿四在同一天去世，他们脸色青紫，手指头都干瘪了。我抱着两具已经瘦得不成样子的小小尸体，将他们放进了一只木箱内，上山挖了个坑，草草地埋葬了。两天后，我的小小和阿五也在同一天去世。四个儿子接连夭折，让我全身发寒，手脚冰凉。我不敢把这消息告诉还在病中挣扎的婉玉，她时而昏迷，时而苏醒，人已瘦得皮包骨头。她也开始排泄淘米水那样的东西，这让我十分恐惧。

　　有一天，她稍微好一些，对我说："我快不行了，你拿纸和笔过来，我要给父亲写信。"我说："我帮你代写吧！"她说："不行。"我就把墨磨好，把纸和毛笔递给她，她支撑着坐到桌边写起来，还将我打发开去。写好后，她把信纸折叠好装入了信封，并封住了口，不让我知道她写了什么。但我知道脾气倔强的她，是婚后第一次给她父亲写信。

　　婉玉写完信，问我孩子们都到哪里去了。我说我怕你的病传染给他们，让他们住到别的地方隔离了。婉玉狐疑地望着我，不再吭声，而我的心在哭泣流泪，巨大的悲痛只能强忍着。我的脸色变得苍白，仿佛血液凝固了。走出家门，白天的村子里也是人影稀疏，从屋里传出来的一声声哭泣如同鬼魂的呼叫，让人毛骨悚然。我的死去了的儿子们啊！我的父老乡亲们，我爱你们。我在给婉玉寄信的路上痛哭起来，我的哭声就像大雁的哀鸣。悲怆中，身为男子汉的我感到一种特别的孤单和无助。

那几日我一直在等岳父的回信，婉玉也在等岳父的回信，但岳父的回信就是迟迟不来。我很想赶去盐官镇一趟，只是婉玉已病入膏肓，我一天也不能离开。我盼着陈涌和岳母来看看病重的婉玉，可是他们谁也没有来。许多日子后，陈涌把婉玉给父亲的信寄还给了我，我这才看见婉玉的信是这样写的。

阿爸你好！我出嫁已经七年了，这七年你从没来过女儿家，也不让姆妈来。你不想见我，也不想见我生的六个外孙。现在你们想见也见不到他们了。大大和阿六头已经失踪了，另外四个都在这场霍乱中去世了。长根怕我难过，瞒着我不告诉我孩子们去世了。这都是我传染给孩子们的病，罪该万死的是我。我也快不行了。在我死前，我想得到你给我的亲笔信，原谅我的选择。长根确实是一个很不错的男人。我在乡下从没有种过地，家里的事长根先后请过两个佣人帮忙呢！这在小镇一般不太可能，何况长根家也不是地主富农。长根确实很疼爱我，我来信与你说了很多次，你不相信我。你这么固执，又这么狠心。你这七年一次也没有给我写过信，现在你再不写，我就要看不见你的信了。

三哥已经有两年没来乡下了，他一定在忙武馆吧！问候姆妈和哥嫂侄子们好！

婉玉上

陈涌说："父亲收到婉玉的信，内心很激动。但读完信后，他脸色苍白，两眼直瞪瞪地盯着天花板，半晌说不出话来。看得出他那一份悲伤和心疼，让他内心的痛苦莫可名状。母亲进屋问他是谁来的信，他很快把信藏了起来。记得母亲当时是这么说的：'婉玉他们那里闹霍乱，过些日子，我一定要让老三带我去一趟荻港村。我要去看看婉玉和我的外孙们。这些年你为了家族的规矩和名声，让我们骨肉分离。婉玉是我们的女儿，我想她都快想疯了。'母亲一边说，一边流泪。母亲只要一想念婉玉，就会在父亲面前哭哭啼啼地唠叨。但父亲是铁石心肠。他认为儿女婚事若不从严，子孙后代就教育不好了。母亲虽然想念婉玉，但没有父亲的同意，她断不敢擅自去看婉玉。家族的旧观念，在母亲身上根深蒂固。"

陈涌继续说："那天黄昏，父亲泪眼婆娑地提笔给婉玉写回信，他的回信是这样写的：'婉玉我儿，来信收到了。知道你的情况，我很悲伤。你经历了那么多事，我却全然不知。我不知道如何来表达我此刻的心情。一切都为时已晚，只盼你能好起来。你的选择是你的权利，用不着我原谅。我不能原谅的是你未婚先孕。我当时没原谅，现在也不会原谅。我这样也许太无情，但无情就是有情，人到最后终归要明白些什么，懂得些什么。我是你父亲，除了原则，我对你有深深的爱和想念。我也是肉体凡胎，但灵魂在被俗世千刀万剐后，依然固守真理。你的阿爸。'"

陈涌说："父亲的信不长，他写完后装进了信封，本想让管家去寄，但又犹豫起来。他想来想去，最后还是把婉玉的来信和他刚写的回信，一起塞进了抽屉里。他不想把婉玉和婉玉六个儿子的遭遇告诉母亲和我们。他不相信那是现实。他要让自己在幻想中，想象他的女儿，坚守他的原则。"

婉玉最终没有等到她阿爸的信就去世了，我满是遗憾、自责和抱怨。那些年岳父不让婉玉回家，更不让我和孩子们登门。他让两家断绝来往，没有血肉亲情。我心里骂他死老头子、刻薄鬼，可骂也无济于事，反倒更增添了我的气愤。婉玉去世时，口眼未闭。我知道那是她走得不放心。我泪流满面，轻轻将她的双眼合上了。但张开的嘴巴，我没办法让她合拢。张开就张开吧，我给她张开的嘴巴里塞了一颗珍珠。我想她本来就是珍珠，只是嫁给我受苦了。我对不起她，我很对不起她啊！

我想把婉玉的丧事办得风光些，给陈涌发了信，给小娟发了信，还通知了村里的精武会成员。可是几天过去了，没有几个人来参加。我知道那是害怕染病，大家躲得远远的，连陈涌和小娟也没来，这让我伤心透了。世态炎凉啊，人一旦有病、有灾、有难时，连血肉亲情也是可以不要的。

那天我与长海，还有师父独眼龙、傻傻等精武会成员，一起给婉玉办了丧事。但他们害怕染病，害怕我家里的死亡气息，不想到我家吃豆腐饭。不吃也罢，我把婉玉与四个儿子葬在一起。下葬后，大家就散了。我回到家里，屋子阴森森、冷清清，全家只剩下了我一个人了。

风呼呼地从窗外吹进来，吹得家里糊在墙上的报纸簌簌响，就像鬼魂的声音，吓得我毛骨悚然，全身打战。我屈指算起来，在这座房子里最早死了祖母、祖父，后来是一对双胞胎姐姐、父亲、母亲，现在是我的四个儿子和婉玉，总共十一人。这屋子，简直就是死亡之屋了。

三

一个人在房间里来回踱步，随处都可看见孩子们的遗物和婉玉的遗物。这让我的心久久地沉浸在悲伤中。我总是忍不住眼泪簌簌地落下来，整个人提不起精神，就像患了大病一样。那天我坐在客堂的楠木椅子上，小老鼠在我的脚背来回窜动。我突然发现那只我给婉玉的银色蝴蝶形发夹在窗台的阳光下闪闪发光。我把它拿起来放在掌心，它的翅翼凄美地在风中轻轻摆动。它太美丽了，仿佛超越了生死界线。我小心翼翼地把它装到一只纸盒里，收藏了起来。

我继续一个人坐在客堂猩红色的楠木椅子上发呆，长海推门进来说："这屋子鬼气憧憧，邪气很重，你把它翻造一下，也许就好了。"我想想也是。为什么家里接连死人，是不是与这房屋有关呢？然而祖宗的房屋不能随便更改，我还是决定不翻造这房屋。我想家里就剩下我一个人了，我怕什么呢？

我在极度悲伤中度过了最艰难的日子。为了让自己从悲伤中走出来，在与上级党组织断了联系的日子里，我组织村里全体共产党员和精武会成员整治和清理河道与池塘，以控制霍乱弧菌在水中继续污染水体。独眼龙、李阿二、庞九斤、丁一松、高大年、严家辉、杨鸿庆等都干得特别起劲，两个月后村里的河道与池塘都被我们治理得干干净净。到年底，我们村庄的霍乱已被彻底平息了。

长海见我一个人生活无秩序，让我去他家搭伙，但我不愿意。一个人虽然孤单，毕竟自由自在。只是家里没有了女人，又脏得像鸡窝了。薛大娘有了孙子后，不再出门帮佣，这让我想起了王二婆子。这苦命的王二婆子回老家后连个信也没有。那天我从地里劳动回来，听见背后有人喊："长根，长根。"我转过头见是陈涌，想着他没来参加婉玉的葬礼，我阴下脸来说："你来迟了。"陈涌说："你听我解释，那些日子我也病了，病得很重。"我狐疑地望着他，但还是原谅了他。

我陪陈涌上了婉玉的坟，陈涌在坟前流着眼泪说："这真是意外的灾难啊！"我说："生命无常。"他拍拍我的肩膀又说："这该死的霍乱太残酷了。你要挺住，要坚强。"我说："这是上天对我的惩罚。"陈涌说："不能这样说，这是命。"陈涌也许说得对。可我的命，难道只能是一次又一次面对死去的亲人吗？

第二天一早，陈涌回盐官镇去了。临走前，他对我说："老爷自从知道婉玉死后，得了一种怪病，常常半夜里大喊大叫。有时白天也会惊恐地说：'不是我害死婉玉的，不是我害死婉玉的。'我想他对婉玉太决绝，婉玉的死对他刺激很大，所以才精神出了问题。我明天要陪老爷去省城医院看病。"陈涌这么告诉我，我心里明白，岳父一定是受到良心谴责所遭到的报应吧！

在与陈涌的聊天儿中，我知道了在我们村流行霍乱瘟疫的时候，中国工农红军第一方面军作战部队八万六千多人，踏上了长征之路。这对我是多么有诱惑力啊！我从小就梦想上战场，只是在我们这地方，到哪里去报名参加工农红军呢？

长海是个胆小怕事的人，只要平平安安做他的村长，就感到满足了。而我却不行，我总觉得一个没有信仰的人，是心灵荒凉的人。一个没有信仰的民族，是前程黯淡的民族。信仰的力量可以改变个人与世界的命运。有时我与长海探讨这些问题时，他便认为我这是在浙江省立第一师范学校喝了点墨水后，变得迂腐的缘故。其实，我知道当了村长的长海，已不再是与我一起办《蚕桑报》时的弟弟了。在我们之间，竖起了一堵无形的高墙。

在悲伤苦闷中，我度过了漫长的半年光棍时光。说书先生吴雪雷的夫人见我衣食无序，硬是给我介绍了村里章家的小女儿章丹凤。我知道荻港村章氏后裔很多，章丹凤虽没有读过书，但章氏家族在村里设立积川书塾，其读书风气，以及登科成名、光宗耀祖的理念，影响着众多的章氏后裔。

章丹凤贤惠朴实，邻里亲朋间口碑很好。她的父母不嫌弃我是个鳏夫，也不怕把小女儿嫁到被村里人提起来就害怕的死亡之屋，这让本不想再婚的我有了结婚的念头。章丹凤没有兄弟，只有一个姐姐嫁到了菱湖镇。她父母把我当儿子待，我忽然又有了父爱和母爱，心里无比温暖。

结婚那天，我粉刷一新的房屋一派喜气洋洋。新娘章丹凤从村西坐着轿子、披着红盖头，敲锣打鼓地嫁到我家来了。我掀开她的红盖头时，把婉玉留下的那只银色蝴蝶形发夹，夹到了章丹凤头上。她莞尔一笑，羞红了脸，恬静地坐着。我喜欢她羞羞答答的样子。她比我小九岁，二十岁的新娘长得非常丰满，两只乳房像山峰一样，又宛如海绵般富有弹性。为了辟邪，我不再把新房安排在我父母从前的卧室，而是安排到了东厢房。那是从前我与长海的房间，虽然小了点，但每天早上沐浴着初升的太阳，便有一种朝气蓬勃的感觉。

又到春天了，我与章丹凤的儿子出生了。儿子的出生使我格外兴奋。我高兴得大喊起来："我又有儿子了，我又有儿子了啊！"我抑制不住内心的喜悦，煮了红鸡蛋分送给村里的乡亲们。我的岳父和岳母得了第一个外孙，笑得合不拢嘴。他们来看小外孙，并让我给孩子取名字，我想了想说："就叫许山吧！字风林。"他们都说这名字好，字也好。

小风林长得肥头大耳，看上去很有福相。章丹凤的乳汁丰沛，除了供孩子吃，每天还能挤一碗给我喝。我喝着章丹凤的乳汁，就像回到了母亲的怀抱。那些日子，我每天都喜洋洋，仿佛有什么好事召唤着我。盛夏之后，我果然接到了上级党组织的命令，开展抗日救亡运动。我没想到那个与我单线联系的领导人，竟是从前与叶天瑞在《民国日报》一起工作的女编辑尹玲娜。

那天尹玲娜秘密来荻港村找我，给我带来了一大堆社会科学和文学书刊。她的脸还是像苹果那样圆，齐耳的短发显得干练和精神。我们密谈了两天。她离开后，长海问："她是谁？从哪里来？"我说："是我读书时在学校里恋爱过的女同学。"长海狐疑地说："没听你说过。"我嘿嘿一笑道："这也要向你汇报吗？"

由于长海没有了从前的革命热情，许多事情我都能瞒则瞒了。我的一些在上海、杭州等城市的同学，也来信告诉我他们那里的抗日救亡运动是如何轰轰烈烈开展的。而我与长海说起抗日救亡，他就胆小怕事道：

"我们湖州地区，尤其是我们获港村的'赤脚财神'朱五楼的女婿就是陈果夫，你先别添乱，小心一些为好。"因此，我不能公开组织抗日救亡团体，只能以地下的方式搞串联。

做了几年小学校长的吴雪雷，让我去做副校长兼教员。我觉得能赚一些钱来做活动经费，就欣然答应了。然而两个月不到，吴雪雷辞职不干了，我就正式做了获港村小学的校长。

本来我大清早总是练武，现在只能割舍练武到田头干活，干完活再到学校处理日常事务和教课。晚上除了本村，我还要到菱湖镇、袁家汇、重兆村等地去联络进步青年，并且在获港村办起了图书室，组织读书会。图书室就在获港村小学内，我把尹玲娜带来的那批书刊全部放进了图书室。我以读书会的形式动员和组织地方上的进步青年，以自学互助的方式传播科学文化知识。

当然，读书会不同于我组织的"农民赤卫军"和"精武会"。它需要参加者有一定的文化知识，最起码有小学文化程度。在村民中，我很快发展了章子男和章子荣兄弟俩，由他俩担任读书会组长。我则负责每周的国际国内形势讲解工作。工作一忙，我就感到充实有力量了。

后来我把读书会改为"苕流文艺社"，出版油印了《苕流文艺》周刊，就像我从前编辑的《蚕桑报》，看似是谈蚕桑，实则是宣传革命。而《苕流文艺》看似是文艺刊物，实质是共产党领导下的抗日救亡宣传刊物。有一天长海对我说："你要小心，不要再被人抓去蹲监狱。"我知道长海是好心，但他却不知道我的理想。

第八章

一

　　自从红军开始了二万五千里长征，我就经常在报上寻找这方面的消息。我相信革命需要精神力量和信念。那段日子，我在读书会上经常讲演长征故事。傻傻听得入迷，告诉我她也想参加红军，要求加入共产党。我那时还没有发展过女党员，见她对革命那么积极，觉得是棵好苗子，便介绍她入了党。

　　入党后的傻傻一边练武，一边在小学扫盲班读书。她每认识一个字，都会高兴得手舞足蹈。几个月下来，她认识了不少字。有一次，她从报上看到日本帝国主义的铁蹄跨过卢沟桥，抗日战争全面爆发的新闻，气喘吁吁地跑来告诉我。我看到她积极进取，也是满心欢喜。

　　我们村不少中青年学会了唱抗日歌曲，这些歌曲使种田的农民、手工业者和惨淡经营的小商贩受到了抗日启蒙，而我们的活动，也从秘密转为公开。

　　那些日子，我一岁多的儿子小风林也会唱抗日歌曲了。他与他的堂兄许家立两个人，低一声高一声地唱着。章丹凤兴奋地对我说："看，我们的儿子聪明吧，他可唱得比我好。"我说："你也不错，有表演天赋。这样吧，把儿子交给你母亲管一下，你与我们到街头唱歌，发放传单去。"

章丹凤惊讶地问："我认不得几个字，也能参加抗日？"我说："你会唱歌、发传单就行。"章丹凤说："真的？"章丹凤有表演欲，从小喜欢唱唱跳跳。她的嗓子清脆嘹亮。她一唱歌跳舞，总会有许多群众围起来拍手叫好。几天下来，章丹凤发出去的传单有六百多份。那天晚上回到家里，她对我说："我表现还不错吧？"我说："不错。"就把她按倒在床上亲吻起来。她的温柔，的确给我一种踏实和归宿感。

从秘密宣传抗日转为公开后，我索性一不做二不休，将苕流文艺社改成了"抗敌后援会荻港分会"。我们出特刊，连夜向各地传发。那天我带着章丹凤、傻傻一起去湖州城，正好遇到上海流亡剧团在街头演出活报剧《放下你的鞭子》。这给了我很大启发，回来后我发动村里青年，分批到各地学校和公开场所去演讲、歌咏、演剧。我们也排演了活报剧《放下你的鞭子》。傻傻演女主角，演得活灵活现。她不但武功日益精进，表演也毫不逊色。只是一眨眼，当年八岁的小女孩也到了谈婚论嫁的年龄。说起谈婚论嫁，师父独眼龙对小女儿傻傻不肯嫁人，一脸无奈。

盛夏时节，我和村民们知道了日寇进攻上海，国民政府组织大军对日作战的消息。到了九月下旬，国民党公布中国共产党提交的国共合作宣言，抗日民族统一战线正式形成。村长许长海这才支持我们抗日，给我二十元钱作为我们的活动经费。由于志向与观念不同，我与长海就像当年父亲与二叔一样，话越来越少了。我的儿子小风林就像我小时候喜欢二叔许跃辉那样，他也特别喜欢他的二叔许长海。还不到两周岁，他就会一个人到二叔家去了。

他第一次独自去二叔家，可把我和章丹凤急坏了。我们不见了这小人儿，先是在家里每一个房间找，再到蚕房找，都没有之后，我的脸色顿时煞白了。我想起了我失踪的儿子大大。章丹凤安慰我说："别急，去他二叔家找找吧！"果然这小家伙儿正在他的二叔家与堂兄许家立在地上玩泥巴。

由于我是荻港村小学的校长，即使在资金紧缺的情况下，我还是坚持为学校买了一台无线电收音机，并组织教师和"抗敌后援会"荻港分会的会员，以及精武会成员听广播，了解抗战情况。从前农民赤卫军的李阿二、庞九斤、丁一松、高大年、严家辉、杨鸿庆等，也到我们学校的夜校扫盲班来读书了。他们见学校有一台无线电收音机，放下锄头就来听广播。

有一天，广播上说"日本侵略者占领上海后，开始有计划地对华东地区进行侵略，开始了大轰炸，把上海南市一带全都炸光了"。我们听到这则新闻气愤极了。精武会的严家辉和杨鸿庆随手打了一套拳，以表达愤慨。他们说："要给日本鬼子吃拳头，给他们开膛剖腹。"我说："好样的，我的兵一个个都是勇士。"他们就满脸喜悦。

上海沦陷后，我与尹玲娜失去了联络。我一方面为她的安全焦急，另一方面依然宣传抗日。我们村就像一个小小的抗日革命根据地，大半年下来村民们大都会唱抗日歌曲了。章丹凤在家里一边干家务一边唱："大刀向鬼子们的头上砍去……"

章丹凤又有五个月的身孕了，脸上长出来几块孕妇斑。那天她正在唱歌，我在无线电收音机上听到一则新闻，立刻紧张起来，气势汹汹地冲她说："别唱了，别唱了。"她停下来说："这么凶干吗？不唱就不唱。"章丹凤有点委屈地进了里屋，我说："你给我出来。"她乖乖地出来说："你怎么了？刚才听到什么新闻？"

我没好气，又十分悲伤和气愤地说："日本鬼子打到我们湖州来了。昨天他们已占领了南浔镇，收音机上说他们奸淫掠夺，无恶不作，电线杆上挂了我们中国同胞血淋淋的人头，惨不忍睹。"

"那我们怎么办？"章丹凤脸色顿时变得煞白。

"逃难。"我说。

"逃到哪里去啊？"章丹凤的声音焦急而颤抖了。

"山上。"

我突然觉得应该马上组织村民们逃难。我首先与村长许长海商量，可他没好气地说："你在村里的威信超过我，你觉得该怎么办就怎么办吧！"我知道长海对我有怨气，他当村长后，替政府做事总是小心翼翼，但现在不是讨论威信的问题，而是事关整个村庄村民的生命安全问题。我说："不是我想怎么办就怎么办，我们要携手组织动员村民们逃难，逃到山上去。"

长海说："是我们打猎的深山，还是村里埋葬死人的馒头山？"他这一问，把我问住了。我们打猎的深山，常年有野兽出没，谁能保证村民们上去不遇上狼和野猪，抑或是老虎？而村里埋葬死人的馒头山，离村庄太近，很难说有安全感。然而时间就是生命，我想了想说："馒头山吧！"长海说："我们分头联络动员村民，让他们马上撤离村子。"

抗敌后援会荻港分会的成员和精武会成员，分头挨家挨户地做动员，连夜到馒头山安扎帐篷。一个个帐篷，就像一所所房屋。村民们知道日本鬼子打到南浔后，都又紧张又害怕。那些积极响应号召拖儿带女、提着大包小包的村民们乱作一团，哭声、尖叫声、骂声此起彼伏。也有很多村民不愿逃难，他们认为与其与死人住在一起，还不如住在家里，谁知道日本鬼子会不会进村来呢？

师父独眼龙就坚决不愿逃难，他说："凭什么日本鬼子来，我们就要逃？我是堂堂中国男人，他们来了我就请他们吃中国人的铁拳。"师母和傻傻见独眼龙不愿上山，只好陪伴他留守家里。我本来想让傻傻在山上照应村民，但傻傻说："我的哥哥姐姐们拖儿带女上山了。我有责任留下来照顾父母。"我想想也是，师父独眼龙脾气倔，有妻子和女儿在身边总归好一些。

二

经过两天的动员和撤离，村里大部分村民都上馒头山去了，但还有一小部分像师父独眼龙那样的倔强之人，无论如何坚决不愿撤离。一九三七年十一月二十二日午后，我与长海都把各自的岳父岳母、老婆孩子送到馒头山住下。我让高美丽和章丹凤在脸上涂上煤炭，这样即使日本鬼子上山，也不会把她们当作"花姑娘"。我和长海给家人安排妥当后，对留在村子里的村民还是不放心，决定再去劝劝。

大约黄昏时分，我们兄弟俩提着猎枪，走到半路上就听见了枪声。我们在馒头山腰远远望过去，只见曹溪河上停着数十艘汽艇，那些穿着黄色军装的日本鬼子，正在登陆获港。我看见日本鬼子来了，气愤得咬牙切齿。如果不是长海阻拦，我会冲上去与他们拼个死活。后来我和长海埋伏在馒头山半山腰把守，以防日本鬼子突然上山。

我们的双眼紧紧盯着山口要道。从山口要道处望过去，就是村西一带。我们看见日本鬼子来回穿梭，不一会儿熊熊大火就燃烧起来了。我对长海说："日本鬼子杀人放火了。"长海说："我们要守住，别冲动，更不能暴露目标。"这时候长海冷静沉着，就像一个指挥官一样皱着眉头思考着，而我心焦如焚。我想着师父独眼龙和师母，还有傻傻与留在村里的那些老人和女人。他们是否能逃过这一劫难？

夜晚来临时，获港的天空一片血红。大火还在燃烧，日本鬼子烧杀后朝和孚镇方向去了。我们不断听到枪声，但不敢让山上的村民们下山。我与长海回到馒头山上，村民们在帐篷里点着煤油灯挤在一起，个个吓得脸色苍白，连那些小孩也闭着嘴不敢哭闹。有带干粮的，就拿出来大家分享。我吃不下东西，觉得无论如何，我要下山去。长海说："万一日本鬼子又回到村里来怎么办？"我说："我与李阿二先下去探探情况。"长海嘱咐道："千万要小心。"长海的话，让我感到温暖。我知道长海在当村长的第二年加入了国民党。我们虽然党派不一，但抗日目标是一致的。

我与李阿二快步跑下山时，大火刚刚熄灭。村西一带那片连在一起的草屋和木屋已化为灰烬。那是师父独眼龙和其他贫困人家的房屋。我的心一紧，一种凶多吉少的预感笼罩着我。我在废墟中，一眼就看见了师父独眼龙被烧焦的尸体。我悲凄地哭喊："师父，师父啊！"几分钟后，我去寻找师母与傻傻。

没想到短短几个小时后的村庄，竟然横尸遍野、血流成渠。我看着一具具熟悉面孔的尸体，有孩子、有老人、有女人，他们都是起先不肯撤离，见情况不妙携着包裹想逃跑而被日本鬼子机枪扫射死的。我默默地为他们哀悼。在这些尸体中，我没有发现师母与傻傻，仿佛感到了一线希望，我与李阿二兵分两路寻找。

一路上，我看见日本鬼子大扫荡后，把每家每户翻得一塌糊涂。不少看家狗都被打死了，公鸡吓得四处逃窜。我在经过自己家门口时，见屋里面两张八仙桌，一张被翻了个底朝天叠在另一张上。两个下身裸露的女人叉着腿被绑在八仙桌的腿上。她们嘴里被塞着毛巾，双手被粗绳捆绑着。我借着月光，认出了她们是师母和傻傻。她们满面泪痕，我赶紧拿掉她们嘴里的毛巾，给她们松绑。她们的大腿已冻得发紫，下身满是血，已被糟蹋得不成样子了。我点亮煤油灯，烧一盆热水，找出来两条章丹凤的长裤，让她们先擦洗，穿上。傻傻和师母穿上了裤子，但下身疼痛得不能走路，我就让她们躺到床上。师母痛苦地呻吟着，傻傻又哭又骂："天杀的日本鬼子，比禽兽还不如。"

后来傻傻向我哭诉道："你们上山不久，日本鬼子就进村来了。留在村子里的村民一下慌了神。我看见不少人拔腿就逃,但他们逃不多远,我就听见一阵枪响。我对父亲说日本鬼子开枪了,咱们钻到腌菜缸里躲一躲吧!父亲说'躲什么?他们来了,老子就请他们吃拳头'。父亲不肯躲,母亲也跟着不躲,我就更不能躲了。当然腌菜缸也不保险,我把门关得紧紧的,母亲跪在菩萨前念起佛来。我刚取下练武用的大刀,日本鬼子就踢开了我们的家门。那个日本翻译官问:'村里人都到哪里去了?'父亲说:'不是被你们枪杀了吗?'翻译官说:'你的,米西米西的。'父亲说:'什么米西米西,老子给你们吃拳头。你们这批日本鬼子,狗杂种,老子与你们拼了。'父亲说着夺过我手上的大刀,朝日本鬼子头上砍去。他一连砍死三个日本鬼子,其他日本鬼子一时傻了眼,吓呆了。父亲发疯般地又举起大刀时,翻译官掏出手枪对准父亲'啪啪'两枪,父亲当即就死了。我与母亲哭喊着扑向父亲时,几个日本鬼子上来拉扯我们的衣裤……"

傻傻的倾诉让我全身战栗不已。我想先上山去,把避难的村民们接下山来。深秋的天气,孩子和老人在帐篷里憋着容易着凉生病。我飞奔而去,月光明晃晃,冷冷地照在大地上。一种悲愤和凄凉,溢满我的全身。我知道那些被日本鬼子烧毁了房屋的村民们,面临着无家可归的局面。我只有动员中共地下党员、精武会和读书会的成员,帮助接纳那些无家可归的村民暂住。

山上的村民知道可以下山,都松了一口气,但当他们知道留守村民们的遭遇后,立即响起了一片哭声。我的动员得到了村民们的认同和支持,长海拍板说:"我会向政府反映情况,尽快解决受难村民们的住房和生活问题。"个把钟头,村民们都回到了被日本鬼子糟蹋得乱七八糟的家。那些无家可归的人,也被暂时安置到了各自借住的地方。

第二天一早,中共地下党员和精武会、读书会的成员,协助长海清点尸体,而我与师兄弟们则把师父独眼龙的尸体扛到我家里,将他放在一块木板上，蒙上一块白布。傻傻扯开白布，见父亲的尸体被烧焦，惨不忍睹，扑上去抱住父亲又是一阵大哭。她这一哭，惹得在场的人都大哭起来。哭声是那么的凄惨，那么的悲伤，那么的浸透骨髓。

师母一直躺在里屋床上不肯见人。我们采了草药给她喝，她嘴里不停地说："罪过，罪过。阿弥陀佛。"我们忙着给师父打棺材，并且讨论着如何在村里为死去的村民开追悼会。那一刻，我们把目光过多地关注着年轻的傻傻，而忽略了年长的师母。

那天下午傻傻与我们集中在蚕房里，讨论师父独眼龙的后事，还有形势变了，抗敌后援会获港分会的工作也会有变化。我们不能用文艺社这类名义做宣传，而是要直接拿起枪杆子来。譬如，参加和组织敌后游击队，与敌人进行战斗。我们正讨论得热烈时，章丹凤和高美丽忽然神色慌张地跑来说："不好了，不好了。师母她，她……"傻傻性急地问："她怎么啦？"高美丽说："她上吊自杀了。"傻傻"啊"的一声，全身瘫软下来，晕过去了。

我们把师母的尸体与师父的尸体放在一起。傻傻大哥得知母亲忽然吊死，执意要把父母的尸体搬回家去。我就由着他们兄弟几个把师父和师母的尸体用大板车运走了。傻傻也跟随着他们一起回家，住到她大哥家去了。他们走后，家里一下安静了不少。章丹凤一边收拾房间，一边和我说："长根，快来帮我给家里消毒吧，我们要冲冲这耻辱和晦气。"

三

我与尹玲娜重新联系上，已是一九三八年的元月了。尹玲娜让我解散苕流文艺社，联系长超村的李哲人。她在来信中说："李哲人正在组建'人民抗日义勇军'，而你正在组建敌后游击队。你们彼此可以沟通学习和帮助。"她的信由交通员秘密送来，我的回信自然也是让交通员秘密传去。交通员走后，我与精武会成员开展了讨论，建议把我们的成员合并到"人民抗日义勇军"中去。我的建议得到了大家的支持。

正是寒假期间，我决定去长超村找李哲人。

那时候，我一走，我的岳父就来家里帮忙。田里的活，岳父也是一把好手。章丹凤还有两个多月就要生产了，那天我把她揽入怀中，她是那么的温柔，我渴望与她达到那种滑动生命之门的和谐，然而她却把我推开说："不能做，孩子生出来要得癞痢。"在我们乡村有一种说法，怀孕七八个月后的孕妇若行房事，就要生出癞痢头孩子来。

为了不生癞痢头孩子，我们只能拥抱在一起。说实话，结婚这么些年来，我还从没有与章丹凤接过吻。不知为什么，我就是不能与她接吻。一接吻，我的舌头还没有抵达她的舌尖，涎水已经直流了。这时候她总嫌我脏，而我就没有接吻的兴致了。不接吻就不接吻吧，抚摸也是一种亲热。我从她的头上一直抚摸到脚丫。她的大脚丫胖乎乎的，让我想起了姑姑的三寸金莲。对了，我很久没去看姑姑了。我想着去长超村找李哲人时，就从重兆村绕道过去吧！

那晚我把头埋在章丹凤的大肚子上，听着小家伙在她肚子里拳打脚踢的声音。我听着听着就睡着了，而且睡得特别香。睡梦里，我看见章丹凤的大肚子突然自动裂开，一个婴儿"哇"的一声，跳着蚕桑舞腾空而飞。那是我的女儿，我的女儿啊！我在喊叫中醒来，章丹凤说："你喊什么？"我说："我梦见女儿啦！"章丹凤说："梦与真实总是相反，那我一定又是生儿子了。"章丹凤的话令我扫兴。

第二天一大清早，我就出门了。一路上，我快步如飞。重兆村一片荒凉，被日本鬼子烧得变成焦炭的木屋框架，在寒风中瑟瑟发抖。我心里充满愤怒，却看见姑姑家的房屋安然无恙。我咚咚地敲门，小姜披麻戴孝地走出来，令我十分吃惊，我说："我姑姑，她怎么了？"

"为了她，我丈夫林峰也不在了。我这是为我丈夫披麻戴孝的。"小妾冷冷地说。

"怎么回事？你告诉我。"我迫不及待地问。

她见我问得急，并没有让我进屋坐，站在门口就把话题扯开了。她说："在日本鬼子'扫荡'前，你姑父带着我们离开村子，准备到长超村山上去。可是半路上，他觉得没带上你姑姑心里不安。他说必须回去把你姑姑带出来。他执意要去，我就没有阻拦，没想到这一去，就成永别了。"

我没想到姑父在紧要关头会去救一个已经疯了的女人，而这疯女人，已经被他抛弃很多年了。这令我感到十分意外和震惊。我猜不出他当时的想法，究竟是受到了良心的谴责呢，抑或是良心的发现呢？为了救姑姑，姑父把自己的性命也搭上了。真没想到这个平时吃喝嫖赌的姑父，还能做出舍身救人的举措。我忽然对他刮目相看了。尽管他已经死了，但我从前对他的怨气，一股脑儿地消散了。

"这个家就剩我与阿狗两个人了。幸亏阿狗长大了，可以养我了，要不我真不知道该怎么活下去呢！"小妾说。

"我会常来看你们的。"我向她告别，带着悲痛的心情心急火燎去长超村找李哲人。前几天，李哲人率人在草田兜附近击溃了多次窜扰长超村的几十名日本鬼子。我走进李哲人执教的路村霜圩小学，见他在接待客人就等在一旁。他是这所学校新来的教员，教员是掩护他干革命的一种身份。他接待完客人，我才上去自报家门。我说："我是荻港小学校长许长根，是上海'社联'尹玲娜介绍来的。"他热情地与我握手，招呼我到里间坐。

我们谈得很投机。李哲人浓浓的眉毛，大大的眼睛，英气勃勃。他说："明天我们就要成立'人民抗日义勇军'，你来得正好，在这里住一晚怎么样？"我说："好吧！"

这晚我们天南海北地聊得很投机，我将把精武会合并到"人民抗日义勇军"的建议告诉了他，他拍着我的肩膀说："兄弟，我们好好干。"我说："嗯，我们好好干。"

第二天他在大会上宣告：人民抗日义勇军，正式成立。当宣布李哲人为主任，许长根为副主任时，台下群众一片欢欣鼓舞。那热烈的气氛，让我感到组建武装部队的必要性和及时性。在一片打倒日本帝国主义的口号声中，会议结束了。后来老百姓并不叫它"人民抗日义勇军"，而是简称这支抗日武装为"长超部队"。

我回到获港村召集精武会、读书会和从前的农民赤卫军成员，告诉他们"人民抗日义勇军"已经正式成立，你们都是士兵了，一切得听从主任李哲人的召唤和安排，不得自由散漫，拿出军人的骨气和样子来。他们异口同声地说："许会长放心，我们会出色地完成任务。"我听了很高兴，这些都是跟随我多年的兵，现在要让他们去跟随李主任打仗，高兴中还有点舍不得。

我表面上仍然做着小学校长的工作，但实际上把大部分精力投入到了长超部队。有时为了和李哲人商量工作，我在获港村和长超村之间来回跑。那天我们根据《抗日救国十大纲领》等国共两党有关合作抗日的文件，为部队制订了军事、政治、经济、教育等发展规划。由于根据地搬到了长超村，那些活动也大多在长超村进行。村里练武的人基本上都参加了长超部队。长超部队很快发展到五百多人了。我们编为六个中队，中队长分别为李阿二、庞九斤、丁一松、高大年、严家辉、杨鸿庆。获港村东那块练武场地，虽然练武依旧，但完全是正规的军事化训练了。

村民们很快恢复了正常生活。

那些被烧掉屋子的人家，也很快由政府资助盖起了茅草屋。村民们种田、养蚕、采桑、养鱼，小日子虽过得清贫但有奔头。三月底，章丹凤突然肚子痛，没来得及找接生婆就生下一个儿子。章丹凤生产后精神状态很好，她说："长根给我们的小儿子取个名字呀！"我想了想说："就叫许村吧！字抗敌。"章丹凤听了呵呵地笑起来，说："咱们的小儿子也抗敌呢！"

四月，又到了蚕月。章丹凤坐月子，我们家的蚕月就只好由我岳母帮忙。岳父和岳母见章丹凤又为他们添了小外孙，高兴得直夸我是生儿子的好男人。他们一点儿不知道我心里盼的是女儿。但无论如何，我生了八个儿子呢！这让我打心里自豪。只是那两个丢的、四个死了的儿子成了我心里永远的痛。

我从没有给儿子们办过满月酒。这一回小抗敌满月了，我热热闹闹地给他办了几桌。大家说着、笑着、聊着、哭着，凄凉和悲伤总是时时袭上心头。这多灾多难的村庄啊，年轻的村民们个个都有雄心壮志。复仇的烈火燃烧着，我们借着小抗敌的满月酒，决心要反击敌寇的进攻，血战罗田漾，把日本鬼子赶出中国去。

第九章

一

那几天，我们正积极准备反击敌寇，把分派的任务落实到每个成员身上时，我的儿时伙伴章荣初忽然出现在我眼前。他冲着我说："长根，你是长根吗？"我从头到脚仔细打量着他道："荣初，嘿！你是荣初，你回来啦！"老友重逢，我拍打着他的肩膀，格外高兴。我让章丹凤炒几个好菜，和他一起喝杯重逢酒。近二十年不见，他头发白了，人长胖了，但乡音未改。

我们说话聊天儿，还是像从前那样亲切自如。仿佛岁月不曾流逝，儿时的话别如同昨日。我们喝着，聊着，说起小时候爬树、游泳、偷吃西瓜的事儿，都情不自禁地呵呵笑起来。但我最想知道的还是他去上海后的发展，商场如战场，要在上海商界站住脚跟不容易。

章荣初一边喝酒，一边娓娓道来："我学徒满师后，办了一家上海印染厂。可是不久在英商的纶昌印染厂及其他外商联合倾销的压力下，我的厂子被挤垮了。后来我一面总结经验，一面奔走呼号，倡议华商同行团结御外，共求生存。我的这一招很管用，得到很多同行的支持。华商金融界成立'汇业银团'，为我撑腰。我终于又将上海印染厂的牌子重新竖了起来。然而上海沦陷后，上海印染厂遭敌寇破坏而倒闭。我现在逃难回老家来了。"章荣初说到这里，神情突然落寞哀伤起来。

我想邀请章荣初参加我们的长超部队，一致抗日。但又想到他是生意人，即使回到家乡也挂念着上海的生意，我还是放弃了对他的邀请。不过我告诉他我们正要反击敌寇的进攻，血战罗田漾，把日本鬼子赶出中国去。我说："你等着我们的好消息吧！"他说："没想到你成了一个革命家。革命事业干得有声有色，令我羡慕不已。"

我和章荣初久别重逢都喝得微醺了。他红光满面，对我说："我一定要在上海东山再起，把自己的企业办起来，为国家做点实事。"我说："你一定能做到，这是毫无疑问的。"他听了我的话笑了。告别时，我一直把他送到村口。我嘴里默诵着王维的《送别》："下马饮君酒，问君何所之？君言不得意，归卧南山陲。但去莫复问，白云无尽时。"

作战的日子即将来临，我们已经得到确切情报，并且早已布置好具体行动。明天我们将居住在罗田漾的全部妇女、儿童和老人，用小船送往四乡藏匿。长超部队由原来的六个中队分成了八个中队。李哲人率第一中队八十余人，安排在罗田漾左侧的丁家桥，准备攻击进犯敌寇的西南面。许长根率领第二中队八十余人，部署于罗田漾右侧的苕豪里，准备攻击进犯敌寇的东南面。李阿二率领第三中队八十余人，由东南向西南攻击。如果敌寇在罗田漾登陆，庞九斤等率领的第四和第五中队进行迎击。其余近百名没有武器的士兵，将担任运输和救护工作。

我第一次参加战斗，心里有些激动。晚上翻来覆去睡不着。读书会骨干章子男和章子荣，也编在我这个中队里。半夜他们来敲门，想让我把他们编到运输和救护这一组。我说长超部队不是读书会和精武会，我们是有组织、有领导、有计划的武装抗日部队，每个士兵都要绝对服从上级安排，做好流血牺牲的准备。他们见我不能通融，说："许主任说得对，我们现在是士兵，士兵就要绝对服从上级命令。"章子男和章子荣走后，我忽然把从前对他们兄弟俩的信任减去了一半，甚至还有点担心他们叛逃。

作战那天，我们的部队大清早已埋伏在指定地点。大家头上戴着用树枝编织的草环，腰间扎着皮带，注意力高度集中地趴在山坡和地面上。下午一点多，敌寇乘船驶入罗田漾丁家桥附近，李哲人一声令下，第一中队士兵一阵排枪密集地向敌船射击，当场击毙六名敌军。但敌船继续向前，好不容易挨近丁家桥，我一声令下，第二中队士兵又一排子弹密集地射向敌寇。士兵们打得非常痛快，章子男和章子荣也勇敢地射击，嘴里喊："冲啊，冲啊！"

一会儿，敌寇朝茗豪里退却。李哲人率领部队乘势追击，一片喊杀声、枪声，在广阔的罗田漾上凝成巨大的怒吼。敌寇大为惊恐，节节后退。我和李哲人、李阿二等各率所部像渔网一样包围上去。短短几个小时的血战，敌寇弃械落水无数，企图逃跑，结果淹死四十五名，被我们生擒五名；还有十五名敌寇，逃入农民高金尧的家。

我们把他们团团包围了起来。但由于言语不通，无法劝敌寇投降。高金尧恨死了日本鬼子，不惜自己的房子和财产，迫不及待地点着了一把火。熊熊大火燃烧起来，房子和敌寇一起灰飞烟灭。李哲人说："日本鬼子想消灭我们长超部队，还没有到达长超就在罗田漾被我们全部歼灭了。"大家哈哈笑起来，李哲人宣布作战结束。他说："大家辛苦了，赶快回家吃饭去吧！"士兵们都是附近村庄的村民，他们带着胜利者的微笑朝自己家走去。

我回到家里，尽管已是深夜，但特别兴奋。章丹凤见我平安回来，为我做了几碟小菜。一天没吃饭，我已饿得前胸贴后背，满满地吃了三大碗饭。我觉得打仗很过瘾，比练武过瘾多了。那种真枪实弹，虽然有生命危险，却极能体现一个男人的谋略、勇武和智慧。第二天一早，我又回到了荻港村小学。自从说书先生吴雪雷辞去校长之职去上海后，这学校里里外外就是我在管理。

又是一个夏天来临了，两个多月的小抗敌特别爱哭闹。有时候我会抱着小抗敌，拉着小风林在荻港村悠转，就像当年我抱着阿六头、牵着大大一样。可是阿六头和大大如今在哪里呢？他们还活着吗？

走过秀水桥时，我想起了与婉玉在这里私下定亲的场景。那时候我是多么无赖啊！可怜婉玉她还是铁定心嫁给了我。婉玉死后，岳父精神失常了。谁让他那么狠心呢？陈涌已经很久没见到，据说他把武馆关了，到四明山上打游击去了。大舅哥和二舅哥觉得他是他们家的败家子，一个钱也没让他拿走。岳母替陈涌求情，也毫无作用。

那些日子，演教禅寺新来的妙玉法师一直让我觉得似曾相识。有一年清明，我给婉玉上坟与她不期而遇，更增加了我心中的疑问。后来经方丈释世隆的秘密相告，才解开了我心中的谜团。想想也是，岳母死了女儿、疯了丈夫，三儿子也离家出走了，觉得活着真是没了意思。一气之下，五十二岁的她让管家领着到我们演教禅寺来，隐姓埋名削发为尼也在情理之中。

二

我告诉章丹凤演教禅寺新来的妙玉法师就是婉玉的母亲时，章丹凤惊讶地说："有钱人家也这样折腾吗？看她大面堂堂的，很有佛相。哼，这么一来你就更忘不掉婉玉了！"我说："你都说些什么呀？"章丹凤说："嘿，我不知道你们过去的事，但知道你心里一直藏着婉玉。现在你见到她母亲了，不就如同见到她一样？"我说："婉玉都死了，你胡说什么？"我们正说话，有一农民气喘吁吁地跑来说："有十五个日本鬼子闯进了我家，奸污了我妻子。你们长超部队要替我做主啊。"我一听急了，问："你是哪里人，在什么地方？"他说："我是新兴港农民陈金民，我早闻你大名了。"

我二话没说，立即组织二十余人，随陈金民连夜赶到新兴港。我们很快包围了陈家的房子。经过侦察，发现日本鬼子已经惨无人道地把陈金民的妻子吊死在一棵树上了。这让我怒不可遏，一声令下，几颗手榴弹扔了进去。屋顶顷刻冒出一股浓烟，随即有几个日本鬼子，一面惊慌地向外开枪，一面冲出后门，且战且退。

我们一部分人冲进房去，见手榴弹已炸死了十多个日本鬼子，而另一部分人奋勇杀敌，打死了四个日本鬼子。最后一个日本鬼子慌忙逃出陈家时，迷失了方向，被我们的战士活捉了。这时陈金民走过来，发现他就是奸污自己妻子的那个日本鬼子，当即夺过李阿二手上的枪，把他枪毙了。

我们从新兴港凯旋后，东方已露出鱼肚白。虽然是一次小小的战斗，但我很有成就感。回到家里，我并没有睡觉，而是去找弟弟长海。我想动员他参加长超部队，他却让我与国民党军队合作，袭击湖平公路。我当即应允下来，因为国共合作一致抗日是中央的政策和号召。

自从应允与国民党军队合作，我与长海的话又多了起来。虽然他不愿参加战斗，喜欢稳坐村长的位置，但他的话也不无道理。他说："咱们兄弟俩不能都去打仗。村里大小事情样样都要我管，我不操心，谁操心呢？村民们的安定生活，才是实在事情。"我想想也是，就不吭声了。

那天我到菱湖镇找章荣初，想让他帮我在他父亲开的绸布店里挑选一些便宜的丝绸料子，我要送弟媳高美丽一块，岳母一块，章丹凤一块，让她们每人做条漂亮的丝绸裙子。然而章荣初已经回上海去了，他父亲说："荣初听说上海租界还可以营业，就马上回去了。他这么久没回家，待几天就走了，他还是牵挂着他的生意。这兵荒马乱的日子，生意难做啊！"我连连回应道："是啊，战争年代生意不好做。"

章荣初不在，我就自己挑选丝绸料子。我们养蚕人家的女人，对丝绸的质地特别讲究。从前我祖母活着时，我们都是自己缫丝织绸。现在我们养蚕，把茧子卖了，蚕月就过完了。我在章荣初父亲开的绸布店里，选了绯绫、纹纱、白编绫这三种不同质地和花色的丝绸。这三种丝绸，在唐朝时是向朝廷进贡的丝织物。买这三块丝绸料子价格不菲，但我非常高兴。回到家分别送给三个女人时，她们说的话如出一辙，都夸我眼力好。女人实在是最好哄的。想着早年自己年轻不会哄婉玉，便有一种深深的遗憾和内疚。

三个女人互相攀比着哪一块更漂亮时，傻傻来了。傻傻拉着我哭诉道："自从遭遇日本鬼子凌辱后，村里人看我的眼光与从前不一样了。我觉得还不如像我母亲那样一死了事。从前我不想嫁人，现在我嫁不出去了。嫂子嫌我住在她家多一张嘴吃饭，常给我使脸色。我想搬出来住，可我现在无家可归。"

我说："你找村长和镇长吧！"其实我很想留她在家里住，但我怕章丹凤吃醋，没敢声张。傻傻见我让她找村长和镇长很不高兴，冲我发脾气道："我不想活了。"说着冲出我的家门，往曹溪河跑去。我不由自主地追出去，一边追一边喊："小丫头，你跑什么！"

我一直追到外港埠走廊，才将她抓住。我说："你是党员，不能寻死，事情总会解决的。"她总算情绪稳定了一些，说要参加长超部队，这又让我为难了。我们部队目前没有女性，连卫生员都是男的。我说："我要与李哲人商量一下，他是长超部队的主任。"她说："你变了，你变得我一点都不喜欢了。你给我走吧！"她这么一说，我转身就走。我悻悻然地回到家，章丹凤说："你追出去干吗？她就是那种疯疯癫癫的人，你不用理她，她死不了。"

"你要对她好一些。"我说。

"我还不够好吗？"

我最讨厌女人小心眼、爱妒忌。

我大声对章丹凤说："有难同当，你太让我失望了。"我只是声音大了点，并没有动她一个手指头。她却呜呜地哭起来，用拳头砸我的胳臂。我想大事化小，小事化无，就抱起她，把她摔到了床上。

一天，傻傻让我去看她临时的新住处。那是从前王二婆子租住的屋子。王二婆子走后，东家改成了柴房。这屋子我非常熟悉，它在村北，门前是东家种的一片桑树林。那片桑树林可与我家的桑树林媲美。王二婆子在我家做用人的那些年，还从这屋里搬出贩来的白兰花，到外港埭走廊上去卖。我来过这屋几次，师父独眼龙就来得更多了。

傻傻把小屋布置一新。到底是女孩儿，心灵手巧。窗上贴着她自己剪的窗花。桌上铺着她用钩针钩成的台布。床上叠着她亲手缝的被子。她忽然羞羞答答起来，完全没有了与我练武、干革命时的那份干练和与我吵架时的那份凶狠。她现在的目光，柔情似水。浅浅的笑容里，两个小酒窝很是动人。她让我想起母亲微笑时那两个小小的酒窝。我从没有注意过傻傻的美。我忽然觉得，这么多年来我一直忽视着傻傻的美。到如今，我仿佛有一种"众里寻她千百度，蓦然回首，那人却在灯火阑珊处"的感觉。

第一次这么面对这个比我小一轮的傻傻，内心忽然增添出许多情感。其实那情感在潜意识里已经蕴藏很多年了，只是我自己不知道。而在这小屋，在这特定的环境里，那情感就像奔腾的河流，让我们不知不觉地依偎在一起了。

我把手放到她的乳房上。她的乳房高耸，坚挺有弹性。我钻进她的怀里去吮吸，她却用手梳理着我的头发，让我感到一种母亲般的温暖。自从我与傻傻有这一层亲密关系后，回家见章丹凤就有一种对不起她的感觉。我以对章丹凤的温柔来解除我内心的不安。而在傻傻这一面，我又为不能娶她而难过。我陷入了矛盾之中，我想从矛盾中出来，只好尽量躲避傻傻。

然而，傻傻并不如我这么想。那天她在崇文园捉住我，就像捉住了胆小的老鼠一样，冲我说："你为什么躲避我，你怕了？"我说："我不能娶你。"她说："我不要你娶我。"她这么说，我低着头感到内疚。

正是午后时分，四下里无人，我被她的话激得性起，在崇文园树荫下的草地上，便与她在一起了。我们如胶似漆，在激情喷发的高潮中，朝着那个无形的高峰攀登。这时树林中飞来飞去喳喳啼叫的鸟儿，在我们头上盘旋。

我带着缭绕的香气回到家中，章丹凤正哄着小抗敌入睡。小风林与他的堂兄许家立在菜园里玩泥巴。我做贼心虚，轻手轻脚地走到章丹凤身边亲一下她的额头。她就把我拉到她身边躺下，想做那事，但没几分钟，我就鼾声如雷了。一觉醒来，我顿觉神清气爽。章丹凤为我煮了红枣米仁汤，我心里有些歉意。

战争年代，来上学的孩子不多。自从我们合并了长超部队，我们的宣传工作变成了实实在在的拿起枪杆子战斗了。在没有战事的时候，我大清早在村东头训练完毕，就去地里劳动了。我们家除了五亩桑树、三个鱼塘、一个菜园，仅剩下两亩水稻田了。夏季"双抢"对我来说，已不费吹灰之力。

章荣初回到上海，两个多月后给我来了信。他说他在朋友们的支持下，已经在愚园路创办了中央印染厂。他将以生产大众化棉布为主。我看后没给他回信，但我把他的信收藏了起来，就像收藏着对他的一份思念。

三

又是一个阴雨绵绵的日子，敌寇为了报丁家桥被围歼之仇，扬言非要踏平长超村不可。他们准备大举进攻长超村，配备了重兵器。我们的侦察兵得到情报后，觉得这不是我们农民游击队能抵挡得住的。李哲人与我商量，决定把整个长超部队，编为几十个小队向东南开拔，再迂回绕向东北，集合在运河塘东南附近地带，以避开敌寇的锐锋。但李阿二带领的中队，坚决要求留守长超村。他们说："不能让日寇焚毁长超村，我们要誓死保卫长超村。"

经过几次讨论，我们批准了李阿二中队的请求，但要求他们埋伏起来，找不到合适的机会不能轻举妄动。可是当日寇准备放火烧屋时，李阿二舍不得那些世代居住的老房子，自己率先冲出了埋伏地点，面对面地与鬼子兵拼杀起来。一场血肉之战，拉开了序幕。李阿二不愧是精武会成员，他用大刀砍了几个日本鬼子后，一个腾跳，将鬼子手中的火把抢过来，把它熄灭了。

紧接着，孙春江、邱和生、沈晋泉等一个个冲出了埋伏地点。他们声东击西，喊杀连片，一阵枪响，十几个鬼子应声倒地，但日寇大部队很快围攻上来。李阿二、孙春江、邱和生不幸被捕，日寇让他们说出长超部队的去向，但他们宁死不屈。日本鬼子明晃晃的刺刀在他们的胸膛残忍刺出殷红灿烂的梅花。我们得知李阿二、孙春江、邱和生英勇就义都非常悲恸。

长超部队后来与国民党军九十八师二九四旅五八八团二营四连连长刘麦园率领的士兵到八里店破坏公路。我们在公路上挖了许多陷阱，两部官兵分散潜伏在公路两边等候。晚上七点左右，果然有三辆日寇军用汽车向东驶来，我们猛烈射击。先头一辆车上的鬼子兵未加抵抗，迅速向东逃窜。第二辆和第三辆，落入了我们所设的陷阱中。我们用机枪和手榴弹击坏了敌车的油箱。两辆车上的十几名敌寇从车中跳出，企图进行反击，被我们的士兵一一击毙。

后来又打了几仗。几仗打下来，我们越来越有经验，上级对我们也越来越重视了。自从一九三九年二月中共浙西特委成立后，十分强调抗日武装的建设，开辟了浙西游击根据地。我对章丹凤说："听说我们长超部队要到天目山集训两个月，那是正规的军事训练。"章丹凤说："只要是打日本鬼子的事，你去吧，家里的事有我呢！"听到章丹凤这话，我就把她抱起来荡一个圆圈。她咯咯地笑起来，抱着我的脖子道："不许你在外面有女人。"我说："我是去集训。"

正是进入蚕月的时候，我们长超部队赴天目山集训去了。这一次短暂的集训，我好像对革命有了更深的理解。我们集训回来，长超部队被改编为浙江省国民抗敌自卫团独立第二总队。李哲人被委任为上校总队长，我被委任为上校副总队长。我们的部队已扩展到两千余人，下辖三个大队，九个中队，拥有步枪一千多支，轻重机枪二十余挺，迫击炮两门，小钢炮一门，高平射机枪一挺。我们的部队成规模后，我非常盼望战斗，然而在大半年里我们却没有遇上一次战事。

一九四〇年二月，我正想着有机会再打上几仗。长超部队奉上级命令，调防武义白洋渡，编入浙江保安第三团。李哲人调任桐乡县长，我为副县长。但我没有去桐乡，继续留在了荻港村小学任校长。大批三十岁以上的干部和骨干被编余遣散，长超部队从此不复存在。当然，我们有不少还没有到三十岁的精武会成员，都加入了浙江省保安第三团，而我此时已经三十五岁了。

人到中年，忽然有一种落寞的感觉，我的情绪糟糕透了。正在这时，吴雪雷返回他的乐饥草堂来了。他已是六十岁的老人，却有一股年轻人的朝气。他对我说："干革命又不是每个人都要拿起枪杆子，社会分工不同嘛！"那些日子，他天天开导我要做一个平凡人。他说"理想与现实有冲突时，就要面对现实。淡泊，超然，是一种境界。"

　　吴雪雷回到荻港村后，又干起了他从前在外港埭走廊说大书和卖画的行当。他依然是一袭长袍，与从前不同的是他在讲古典名著时，会添进去一些抗战故事。那些日子，日本鬼子盘踞在湖州城内，关卡林立，入城必须向日军行鞠躬礼，出示良民证，有时还要被搜查，遭受凌辱和殴打。吴雪雷不忍目睹日寇暴行，立誓不受日军凌辱，所以回来了。有一天下午，他在说书时长袍一甩，拿起一块竹制的醒木，"啪"地一拍道："不光复河山不入城。"不少听众一下被他的话惊呆了。散场后，他见到我说："长根啊，如果有一天我倒下了，这说书的事就由你来接替我吧！"

　　我们村的精武会和读书会又重新恢复起来了。精武会的早训练依然如故，读书会的晚自修也依然如故。我还是被选为两会会长。傻傻当选为精武会副会长，章子男当选为读书会副会长。恢复了这两个组织，我仿佛又看到了希望。

第十章

一

有一年多，我没有与李哲人联系了。这一年，他又从桐乡县长的位置调任浙西行署少将参议兼天目山青年招待所主任。元旦来临的时候，我忽然接到他将在天目旅馆举办婚礼的请柬。他比我年长六岁，为了革命，个人问题一直拖至中年。那天我又到章荣初父亲的绸缎店买了两条丝绸缎面，作为送给他们的新婚礼物。

章丹凤小气地说："你送那么贵重的礼物？"我说："革命战友一场。"章丹凤嘟着嘴，一脸的不高兴。后来我与章丹凤一起去天目旅馆参加他们的婚礼。婚礼上李哲人穿着西装，系着领带；新娘施星云穿着白色婚纱，戴着长长的白手套。那是西式婚礼的打扮，章丹凤第一次看到这样的打扮惊讶极了。她说："女人原来可以这么漂亮！"

四桌酒席，大多是从前长超部队的官兵和家属。他们没有去过大城市，为了参加婚礼，都挑出自己最好的衣服。条件稍微好一些的，穿一身西服，而他们的家属，则是花蝴蝶一样的打扮。我的章丹凤，头发梳得光溜溜的，在脑后盘一个发髻。她上穿红花棉袄，下穿黑布裤子，一双自己纳的方口布鞋，雪白的边上还没染上尘土。这一身行头，是她压在箱底很多年舍不得穿的。然而我不小心把一碗菜汤打翻了，汤正好溅到她的衣裤上。她心疼地直喊："啊呀，你看你看！"

自参加婚礼后，我没再见上李哲人。听说他婚后不久又调走了，调到哪里我一无所知。我起先想，也许他又投入了一场新的战斗，他的行踪是保密的吧，与我单线联系的依然是尹玲娜。

自从皖南事变后，几名政工队员闲在家里没事，常常跑到我家来聊天儿。我介绍他们参加精武会和读书会，他们又把熟悉的朋友介绍过来。我们的精武会和读书会，就这样日益壮大起来了。

我们怀揣着那种精神和抱负，在白色恐怖下依然秘密地进行地下革命工作。章丹凤说："宁可自己节省，也不要让同志们挨饿。"那些日子，她为了支持革命变卖衣服和家具，甚至还把她父母陪嫁给她的一枚祖传的金戒指卖掉了。

我们重建精武会和读书会，秘密开展革命活动，开始并没有引起日伪的注意。但我家总是人来人往，特别是有一次，射中村十二名共产党员都转移到我家里，一住就是一个月。章丹凤、高美丽一个放哨，一个搞伙食。然而村里有人到日伪政府告了密，说我家里藏着共产党。幸亏弟弟长海得知消息，让他们连夜撤离了。

长海帮了我的大忙，但他严厉地说："不准你再带人到家里住，解散读书会吧。"我沉默着，长海又道："这是镇政府的意思，现在形势紧，你不好好配合，我的村长职位保不住，还有丢掉性命的可能。"我知道我们这里的白色恐怖丝毫没有减退，反而日趋严重。为了配合长海，我当即答应解散读书会。

第二天一早，我依然照常练武。我们精武会，就像铁打的营盘，会员就像流水的兵。除了那些进浙江省保安第三团当兵的，我们这些比较固定的中年人就是精武会的脊梁了。其他的学武人走一批，来一批。从前师父独眼龙带徒弟，必须接受十种基本套路，即四套单练拳术套路（十二路谭腿、功力拳、节拳、大战拳），三套单练器械套路（八卦刀、群羊棍、五虎枪），两套拳术对练套路（接谭腿、套拳），一套器械对练套路（单刀串枪）。自师父死后，我就是精武会的师父，也按这个套路带徒弟。

不知道什么时候，尹玲娜已调到湖州来工作了。我的这个上级领导，与我只见过两次面，却是频频鸿雁传书。她就像火把，点染我的革命热情，指引着我前进的方向。有了她，我无形中就有一股力量。当然我与她的关系，除了秘密交通员无人知道。这一回，她让交通员送来的信上有这样一段话。

湖州地区依然在白色恐怖下，国民党正在掀起第三次反共高潮，你必须当卧底打入国民党内部去，以便更好地为共产党的事业工作。

就这样，我奉尹玲娜的命令，为了当卧底打入国民党内部，调入日伪镇政工队去了。我想这样既维护了弟弟长海，又能了解国民党内部情况，掌握国民党破坏共产党地下组织的情报，一举多得。长海并不知道我接到了地下共产党领导的命令，他见我这么快做出决定还是非常高兴的。

二

转眼，家里的孩子都长大了。许家立十二岁了，今年也要像我当年那样赴省城考学去。这孩子长得清清秀秀，比较瘦弱。高美丽生了许家立后没再怀孕。我的小风林和小抗敌，一个八岁、一个六岁，他们都在获港村小学读书。我辞去获港村小学校长的职务后，对他们的成长也许更好些。现在他们也像当年我缠着父亲讲故事那样，老是缠着我讲故事。不同的是我不再像父亲那样讲战争故事，而是讲安徒生童话。我希望他们长大不再生活在战争环境，而是生活在平安和谐的社会里。

小风林的成绩明显要比小抗敌好一些。但小抗敌很有音乐天赋，他嗓子好，歌儿也唱得特别好。兄弟俩在家里，叽叽喳喳的总是小抗敌。不知道为什么，我心里最喜欢的儿子还是失踪的大大和阿六头。他们常常会进入我的梦中，我相信他们一定还活着。我有时忧伤出神，章丹凤就会说："你想什么？又想婉玉了吗？"章丹凤总跟一个死人没完没了地争宠，常常让我哭笑不得。有一次她整理东西，把婉玉的遗物和照片全烧毁了，却不知道她头上的那只蝴蝶形发夹就是婉玉的遗物。

一天，我到城里买了一辆自行车。那是我们获港村出现的第一辆自行车，大家都来看，我们家门口围满了人。他们看我学车，学会后转圆圈，还看我在车上带着小风林和小抗敌，像耍杂技一样。他们感到神奇极了。

章丹凤也为我能在村里第一个拥有自行车这样神奇的东西感到荣耀。只有傻傻不屑一顾，讥讽地说："这就是你到镇政工队工作的好处吧？"

傻傻这话让我有些吃惊。我呆了一下说："你别胡说。"她说："我偏要说。我们村朱五楼的女婿陈果夫和他的兄弟陈立夫是 CC 派，现在陈氏兄弟深为蒋委员长器重，你到镇政府去投靠他们了吧？"我说："傻傻，你疯啦？不准胡说。"她说："你才疯了呢！"

我为傻傻在公开场合说不知轻重的话气恼和头痛，我给了傻傻一巴掌。她不哭，却给我甩过来一拳头。我正想回她一拳，她却尖叫道："你算哪门子男人，竟然打女人！你个狗杂种，你个逃兵。"我怕傻傻越说越离谱，骑上自行车真的逃走了。章丹凤在后面喊："喂，你去哪里？"

我一直骑到重兆村，我曾答应姑父的小妾去看望她。一路上，河流和山谷沐浴着金色的落日光芒，黄昏的景致非常美丽。我发现小妾的日子过得并不坏，她把家整理得井井有条，自己也当上婆婆了。小媳妇看上去不到二十岁，但已经做了婆婆的小妾很有威严。小媳妇一举一动都在婆婆的掌控之下，就像当年姑姑遇上她的婆婆一样。

小妾见我骑着自行车来，十分惊奇地问："这是什么车？两个轮子也能跑？"我说："这叫自行车，不但会跑，还可以带人跑呢！"她说："真的吗？"我说："当然是真的。你坐上来，我带你跑一圈？"她摇摇头，连连说："不，不不。"

我没有进去坐，站在门口与小妾闲聊了几句，打道回府了。

骑自行车的确比走路快，我很快就到了村北傻傻的小屋。她房顶上的烟囱炊烟袅袅，一缕缕在空中飘散。我呆呆地看了一会儿炊烟，想着人的生命最终就像炊烟一样飘散。譬如我的父亲、母亲、二叔、婉玉和四个儿子们，还有我的同学叶天瑞，战友李阿二，他们的去世都如炊烟一样。我忽然沉浸在过去的悲伤里，禁不住泪如雨下。

不知道什么时候，傻傻已经来到我的身旁。她像母亲哄孩子那样，轻轻地拍拍我的肩膀道："别哭啦，都是我不好，进屋去吧！"她一下变得温柔体贴，并帮我推自行车。

也许是因为刚吵过架，我们都心有悔意。也许我们的心与心早就有了沟通和默契。我搂着她说："以后你不能在外面大声嚷嚷，再嚷我就不理你了。"傻傻撒娇地说："我本来就是个粗人嘛。没上过学。认识几个字，也是扫盲班学的。"我说："你得进荻港村小学读书去！"傻傻听了哈哈笑起来："我都快三十的人了，与六七岁的孩子一起读书，不是让人笑掉大牙吗？"我说："为了学文化，怕什么？"傻傻说："好吧，那我就上学读书去！"

回到家，章丹凤与两个儿子正在吃饭。见我回来了，她放下碗筷给我温酒。小风林说："阿爸给我讲故事。"小抗敌说："才不给你讲呢，阿爸给我讲。"兄弟俩你一句我一句吵起来。这两兄弟并不像我与弟弟长海小时候那样，也不像父亲和二叔许跃辉那样，他们似乎像一对冤家，每天不是吵架就是打架。小风林与严家辉的儿子严发财，倒是好得像亲兄弟。他们一起上学，又在同一个班，又是同桌，放学后，又一起割羊草，爬树。这让小抗敌很是妒忌，常常要赖地跟着他们，但总是被小风林呵斥着赶走。

自从辞去获港村小学校长的职务，我的生活很有规律，总是一早起来练武，然后骑着自行车去镇政府上班。黄昏回家后，就到田里劳动。到田里劳动时我的心才感到踏实。这阵子菜园里的虫子特别多，有飞来飞去的花大姐，养尊处优的肥美白色虫子，还有绿色的毛毛虫。消灭这些小虫子是天经地义的事。但我的小风林和小抗敌就喜欢捉这些虫子玩。他们天不怕地不怕，就怕村里的傻子阿毛。

三

一九四五年初，新四军来到浙江。国民党特务机构设立了黑名单，开始对共产党进行逮捕和秘密杀害。我打着陈果夫的招牌，通常能用巧妙的方法得到具体名单。我得到这些名单后，第一件事就是把情报传递出去，让这些被国民党特务机构列入黑名单的共产党员尽早转移。但很多时候我只知道名字，却不知道他们的具体地址和联络方式。这就给我的工作增加了难度。我们村庄与别的村庄的共产党员都是单线联系的秘密地下党员，有时他们会化名，会隐蔽。但由于局势紧张，他们也许会撤退。

村里人大都知道我在镇政府政工队上班，但没有人知道我是"卧底"。除了我的单线领导尹玲娜外，唯一知道的就是弟弟长海。那天我把名单告诉傻傻，让她协助我秘密打听和通报名单上的人。她惊讶地问："你从哪弄来的黑名单？"我说："我是镇政工队的工作人员，消息灵通一些。"

她这才不吭声了。

然而，当她奔赴莫干山碧坞村找黑名单中杨义定的居住地时，却不知道一路上已被国民党特务跟踪。直到敲响杨义定的家门时，她才发现自己被特务监视，已经插翅难飞了。

傻傻被捕的消息传到我耳朵里，我自然是万分焦急。

许多年后，我才知道傻傻被捕后英勇不屈的事迹。她先被押到县里，后又被押到天目山拘留所，再被关进一间又暗又潮的黑屋。那间黑屋，屋角有一张床，那是用庙里拆下的匾额搭成的。床上铺着散落的稻草，一股尿酸臭从稻草中散发出来。傻傻开始了铁窗生涯，知道义愤填膺此时已没有用。她只有凭借自己的武功逃跑才是上策。但隔着铁栏能闻到一股人血的腥味，她感到恐怖。她想，那些血腥味是否就是"黑名单"中的共产党员落入敌人魔掌后散发出来的？

那晚，傻傻和衣躺在匾额搭成的木板床上辗转难眠。长长的夜，她将在这铁窗里经受什么样的审讯？逼问、拷打、坐老虎凳，还是抠眼珠、挖心肝？傻傻想得毛骨悚然，手脚冰凉，但她知道无论如何不能当叛徒。

第二天一早提审开始了，傻傻心里明白，要一问三不知。她低着头，双手翻卷着花袄的边角儿。审讯人是国民党特务军官，他凶神恶煞地说："你老实交代，谁让你去碧坞村给杨义定通风报信的？"

傻傻说："我没有通风报信。"

特务军官说："你去干什么？"

傻傻说："他是我的学武徒弟，我去看看他。"

特务军官说："哼，没那么简单吧，你不要敬酒不吃吃罚酒。"特务军官朝傻傻看看，冲门外喊："来人，给我拖出去狠狠地打。"

傻傻心里一惊，还没有缓过神来，两个赤膊的打手已经将她拖出去了。他们把她带到有老虎凳的行刑室里，一阵拳打脚踢后问："招不招？"傻傻不屈不挠地说："不知道，就是不知道。"接着他们用鞭子抽，直到把傻傻抽得血肉模糊，奄奄一息，昏迷过去。傻傻苏醒过来后，已经躺在木板床上了。房间里黑洞洞的，有一种天昏地暗的感觉。她不能动，一动全身痛得像针刺。

　　接下来一连几天没有审讯。傻傻身上的伤渐渐地好起来。她已经能够下地走动，并且从看守嘴里知道了一些情况。她给那个送饭的冯看守一些钱说："隔壁都关了些什么人？"冯看守说："是共产党员。"傻傻说："都是哪里来的，叫什么名字？"冯看守说："具体我不知道，但有一个叫庞九斤的，也是前两天抓来的。"傻傻听到庞九斤的名字，脸唰地白了，全身颤抖起来。她想她与庞九斤被抓，到底是谁当叛徒告的密？

　　每天早上九点，是犯人放风的时间。傻傻能走路了，放风就是她结识难友的机会。那天她在人流中寻找庞九斤，她想让他知道她就住隔壁，他们可以挖个墙洞互递纸条，探讨一些问题。她的眼珠子在人流中滴溜溜转，她终于找到了庞九斤，但庞九斤却没发现她。放风是排着长队绕圈子，她心生一计，假装肚子疼，蹲了下来。这下庞九斤看见她了，两个人四目相对，无限的感慨都在不言中。

　　这天晚上庞九斤挖了墙洞，塞过来一张纸条。他在纸条上写着："宁死不屈。不要暴露长根的身份，他知道了一定会救我们的。"傻傻在塞回的纸条上写着"明白"二字。她有庞九斤在隔壁陪伴着，心里踏实多了。

　　接下来几天，傻傻没有再被提审，她盼望着被释放。有一天，她正在给我写信，希望我能救他们出去，但还没写完，就有人来提审了。她赶紧把纸条吞下了肚子，看守说："你吞下了什么？"傻傻说："一口痰。"看守狐疑地望着她，似信非信。国民党特务军官审问她，傻傻咬定自己是练武人，根本不存在通风报信的事。国民党特务军官见审来审去审不出什么，挥手说："去，去吧！"傻傻以为是释放她回家了，抬腿就往外跑。国民党特务军官说："站住，谁让你往外跑？"

傻傻又被押回了黑洞洞的小屋。傻傻回来后，庞九斤也被押去提审了。这一天傻傻竖着耳朵，屏息静听隔壁的动静，但迟迟不见庞九斤回来。看守送晚饭时，傻傻问："隔壁的怎么还没回来？"看守说："还在审讯呢。"傻傻的心一紧，觉得有点不妙。她在屋里来回踱步，焦虑不安。

第二天上午放风时，傻傻没看见庞九斤。她问一个难友说："你看见庞九斤了吗？"那个难友说："没看见。"傻傻觉得有点蹊跷，中午姓冯的看守来送饭，傻傻问："我昨晚听见隔壁有开门的声音，怎么上午放风没见到那个庞九斤？"冯看守说："昨晚换人住了，原来的那个死了。"傻傻说："你说什么？"冯看守说："他死了，被枪毙了，在山后头。听说上头的长官在名单上画红圈，画到谁就枪毙谁。昨晚后半夜，我听见一排枪响，还有喊口号的声音呢！"

傻傻听到这儿，眼前一黑，全身瘫软了下来，拿在手上的饭碗"砰"的一声掉到地上打碎了。冯看守说："你要尽快让家人保释出去，不然红圈画到你的名字就没命了。"冯看守捡起地上的饭碗碎片，又给傻傻盛了一碗饭，说："吃吧！"傻傻问："你知道镇政府的许长根吗？"冯看守说："不知道。我们这是天目山拘留所。"

傻傻有点绝望。我迟迟没出现，她在心里骂我："许长根你个王八蛋，王八蛋！庞九斤都被枪毙了，你还不出现？你在镇政府上班，莫不是叛变了吧？"傻傻这么想着想着，怒从中来。她不再怕他们在她的名字上画红圈，她冲着窗外大喊："你们是杀人的刽子手啊！你们有种去杀日本鬼子，你们杀自己的同胞，简直禽兽不如啊！血债要用血来还！"

傻傻这么喊着，有看守马上将她带到审讯室。那个国民党特务军官说："你不想活了吗？"傻傻说："你们杀人会有报应的。"国民党特务军官说："好吧，我们不杀你。你可以走了。"

傻傻一脸的不明白。

她说："什么？我可以走了？"国民党特务军官说："是的，你可以走了。"傻傻大为惊奇，倏地双手高举道："我可以走了，我可以走了。"

我知道傻傻和庞九斤被捕的消息后，积极设法营救，但天目山国民党拘留所不属我管辖范围，需要通过找县国民党官员的关系，然后由他们一步步落实下去。那些日子，我每天都急得火烧眉毛一样，东奔西走，又不能暴露自己的身份。但我时刻关注着傻傻和庞九斤在天目山国民党拘留所的消息。那一天，我终于等来了消息，凑足二百元保释金，交给傻傻的大哥，让他带着钱上天目山保释傻傻和庞九斤。可是交了保释金的第三天，傻傻获释，庞九斤却被杀害了。

第十一章

一

傻傻的大哥从天目山保释傻傻回来的第二天凌晨，突然心肌梗死去世了。傻傻的大嫂哭得撕心裂肺，大骂傻傻是他们家的灾星。傻傻知道大哥去保释她，因路途劳累而心脏病突发致死，心里很是歉疚。她扑在大哥的尸体上，一遍遍哭喊道："大哥，大哥啊！都是我不好，是我害了你。"大嫂说："你是扫把星，以后别上我们家的门了。我没你这个小姑子，咱们一刀两断。"

傻傻与大嫂的关系处不好，是因为早些年大嫂的一只心爱的头簪丢了，大嫂怀疑是傻傻偷的，搜了傻傻的身。傻傻对这事耿耿于怀。有一次傻傻在自己用碎布做的布娃娃上扎满了针诅咒大嫂，正好被大嫂看见。大嫂一把夺过扎满针的布娃娃，骂小姑子："你个天杀的，你想咒我死啊？你个小婊子。"

独眼龙看见大媳妇骂小女儿，便道："住嘴！你吃着老子的饭，穿着老子的衣，竟敢骂老子的小女儿。"独眼龙一发话，大嫂就像缩头乌龟那样，不敢吭声了。

现在大哥去世了，三哥小山远在济南，二姐嫁到了重兆村，四姐和六哥在那次霍乱中染病去世了，五哥在村里做打船工。在荻港村傻傻本来就只剩下大哥和五哥这两家，现在他们七兄妹只剩下四兄妹了。傻傻突然很想念远在济南的三哥小山。她想三嫂子死了，三哥又没有孩子，难道真要陪伴三嫂的坟墓度过余生？傻傻决定写信劝小山回来。

由于大哥死了，傻傻并不知道真正保释她出来的是我。这让她对我满怀仇恨。我去她的小屋，还没进门就被她"轰"了出来。她不给我解释的机会，让我十分难过。我一气之下就不再找她，而她见我不找她，越发对我仇恨起来。

那天我们在秀水桥上相遇，她冲我骂："你算哪门子共产党员？庞九斤都被你害死了，若不是我大哥保释我出来，我也要死在国民党手中了。你个混账王八蛋，我不想再见到你，你去死吧！"傻傻说完，飞快地跑下桥去。我在后面喊："你别跑，你听我解释。"可她说："你还想为自己狡辩吗？别白费心机了。"

我一脸的无奈，只得任她误解去。这年五月，蒋介石加快发动内战的步伐。我多次写信给我的上级领导尹玲娜，但得到的回复总是让我继续"卧底"。也许我通报的国民党情报过于频繁，国民党特务机构开始注意我了。我走到哪里，都发现有特务盯着。后来经尹玲娜同意，我终于装病辞职了。

我刚辞职，就传来了日本天皇接受波茨坦公告、宣布无条件投降的消息。得到这个喜讯时，我正与我们家的老黑牛在田里劳动。我顿时激动得热泪盈眶，老黑牛也流下了欢喜的泪。我们精武会成员知道抗战胜利的消息后，很快通知大家。那些曾经被日本鬼子杀害了亲人、遭到侮辱的村民都高兴得大喊："抗战胜利啦！日本鬼子滚出去啦！"

第二天下午，许长海在崇文园召开村民大会。他以民间艺术的方式来庆祝抗战胜利。于是大家欢聚在一起，纵情地饮酒歌唱。傻傻穿着与我母亲当年一模一样的蚕花裙。她一出场，全场的人都惊讶极了，以为是我母亲复活了。我呆呆地望着傻傻，就像从前二叔许跃辉望着母亲一样。这天我穿着白色中式褂子，腰间扎着五彩腰带，舞龙的时候腰带飘荡起来就像雨后彩虹一样。村民们快乐得像春水奔流，谁也没想到就在这时"砰"的一声枪响，我应声倒地，鲜血从胸腔汩汩流出来，很快染红了我的白色褂子。我一下失去了知觉。醒来后，我为傻傻朝我开枪而痛心。真没想到这个女人的心竟是如此狠毒？

章丹凤告诉我：当时我很快被丁一松、高大年、严家辉抬去镇上医院，她和小风林、小抗敌追随着我的担架放声大哭。这时许长海立即宣布散会，驱散人群。但人群中仍然发出一阵阵的惊呼声，整个崇文园顿时乱成一团了。

傻傻开枪时，怒目圆睁，但见鲜血染红了我的白褂子，便惊慌失措起来。杨鸿庆和其他村民蜂拥而上，他们在震惊之后愤怒地逮住了她，并夺下她手中的枪。

杨鸿庆说："你为什么要对长根开枪？"傻傻说："报仇。"杨鸿庆说："他与你何仇之有？"傻傻说："庞九斤死了，如果不是我大哥保释我，我也会死在国民党手里。他若是不叛变，为什么到镇政府政工队去？我怀疑他与国民党反动派穿一条裤子。我恨死国民党特务了，我永远不会忘记国民党特务给我的酷刑。"杨鸿庆说："你错了，你能被保释出来不是长根又是谁？那两百元保释金，还是长根想办法凑足交给你大哥的呢！"

傻傻听后，发出"啊"的一声惊呼。

镇警察局将傻傻拘留起来。傻傻在拘留所后悔莫及，痛哭流涕。她知道自己做了一生无法弥补的错事。但当时由于时局不稳定，内战迫在眉睫，两天后傻傻就被释放了出来。傻傻被释放后，无比自责和悲伤，来镇医院看我，却被围着我的章丹凤、丁一松、高大年、严家辉等轰出病房去了。

我知道那些日子章丹凤的泪水哭干了，嗓子也哭哑了。当医生为我取出子弹后说："离心脏只差一点点。"我感到十分庆幸。不久，我出院回家了。我发现我的小风林和小抗敌突然懂事了不少。他们一人拉着我的一只胳臂问："阿爸，你还疼不疼？"我说："儿子啊，阿爸不疼了。"我说着拿起一把我父亲遗留下来的口琴，轻轻地吹起来。小抗敌对音乐特别敏感，他竖起耳朵听。口琴仿佛灌满了和煦的春风，吹拂着琴中的簧片，发出悠扬的乐音。家里有了琴声，就像拥有了一只百灵鸟，大家的心境顿时明亮起来。

那天我正在家里修农具，严家辉前来向我传达上级的指示和任命书。鉴于我在长超部队的经验，上级领导让我组织动员荻港、双林、重兆、菱湖地区的中青年成立游击队，并担任中队长，严家辉任副中队长。听到这个消息，我很兴奋。我知道我干革命就像一个旋转陀螺，不能停下来。一旦停下来，我的心就会没着没落，情绪也会一落千丈。就像我不能离开土地一样。如果我不种田了，我的心里就会感到恐慌。我不能像我的小伙伴章荣初那样，完全舍弃土地而经商。我知道土地是我的精神皈依，而革命是我的人生理想。

前几天，章荣初带着他发展菱湖、建设家乡的决心和理想回到菱湖来考察了。他在上海大西路又创办了荣丰纱厂、苏中铁工厂、上海皮革厂等，事业蒸蒸日上。章荣初来到我家里，我们聊家常、谈事业。看到他的成就，我就像看到敞亮的白昼，仿佛抗战留给我们的痛苦，很快就会被财富带来的快乐取代。

送走章荣初，我去动员傻傻的五哥加入游击队。秋天，五哥总是在林间打船。他身边飞舞的落叶，就像一群黄蝴蝶那样环绕着他。他打船，铿锵有力，每一块木板都被他刨得精光滑溜，所以让他来打船的人很多。

他们满意地看着一艘艘精致的小船，从曹溪河"咿咿呀呀"地划出去。

五哥曾经也是长超部队的战士。

他结实的身躯，黝黑的皮肤，厚厚的嘴唇，一副憨厚的样子，让你不得不承认他是一条好汉。他一见到我就向我道歉说："我那傻妹妹真不知天高地厚，竟然向你开枪。"我说："我不是活着吗？过去的事，别说了。"我知道五哥是一个爽快人，尽管他的打船生意十分红火，但他还是答应我参加游击队。

那天我们的游击队刚成立，就奉上级命令向作战地域开进。因为任务紧迫，游击队没来得及召开作战会议就开始急行军了。为了赶路，日夜兼程。白天行军，敌机不停地来回骚扰。晚上行军安全多了，只听见急切的脚步声和低微的喘息声。下半夜行军，速度放慢，许多人在半睡半醒中走路，有跌跤的、人碰人的，甚至走错方向的，还有一屁股坐下动不了的。这些都是人处在极度疲劳半睡眠状态下出现的症状，需要别人拉他一把，或在其背上猛击一掌才能让他清醒过来。在这种情况下，章子男和章子荣兄弟俩乘机叛逃了。为安全起见，我们的游击队不得不随即转移到杨树坞福山寺。然而国民党特务还是很快得到了情报，在子夜时分包围了福山寺，冲进了游击队宿营的大殿。

我从梦中惊醒，已无法组织抵抗。副队长严家辉等二十余人冲出重围，奔赴预定的作战地点；我与十多个队员被捕。次日清晨，我们被押到警察局审讯。那时候我一概不知道其他战友的去向，我与外界完全断了联系。

二

许多年后，我知道五哥与严家辉等人一起冲出重围。第二天黄昏，战斗就打响了。他们配合主力部队，向敌七十四师与八十三师之间穿插作战。敌方发现我军进攻，急令部队收缩到几个山头。这时情况紧急，为彻底堵住敌军的退路，我们游击队配合主力军向万泉山发起进攻，展开了白刃战。四个多小时的激烈战斗，敌师长被我们一名班长击毙。骄横一时的蒋家王牌军全师覆没，我们的主力部队与游击队凯旋。归途中，游击队员捡到一匹战马，严家辉把它作为战利品，威风凛凛地骑回了获港村。他那神气的样子，就像凯旋的英雄。

章子男和章子荣叛逃后，加入了国民党军。兄弟俩带着国民党军来搜索获港村地下共产党组织时，弟弟长海打出国民党高官陈果夫是获港村女婿的招牌，加以抵制。

我被抓到国民党警察局后，章丹凤哭得双眼像水蜜桃。她凑足钱来保释我，对国民党反动派道："你们抓错人了，我们长根不过是个喜欢弄枪舞棒的人。"当然，章丹凤根本保释不了我。后来严家辉等村里人也来警察局保释我，仍然毫无作用。没多久，我被秘密送往陆军监狱。我与共产党组织和家属、亲戚、朋友全都断了联系。弟弟长海托人打听，传回的消息是许长根已经被枪毙了。

那时候村里人听说我被枪毙了，都吓得面色苍白。严家辉秘密为我召开了追悼会。追悼会上，傻傻撕心裂肺地哭着。追悼会之后，傻傻变得沉默寡言了。她内心有一份歉疚和自责，而章丹凤却恨透了傻傻。她认为都是傻傻造的孽。

很多年后，章丹凤告诉我她在失去我的日子里，与小叔子长海和妯娌高美丽也闹翻了。那一天章丹凤去长海家，要求长海出面保释我。但长海没有答应，他说他暂时不适合这样做。章丹凤气急败坏地说："你自己哥哥的事都不管，你的村长是怎么当的？你简直就是国民党走狗！"章丹凤一骂"走狗"，就惹火了长海和高美丽。高美丽道："你怎么骂人？你给我嘴巴干净点！"章丹凤说："你不要以为你老公当村长，你就是官太太了。呸！"

两个女人你一句我一句地吵，长海听得不耐烦了。他一挥手，对着章丹凤厉声道："你给我滚出去！"章丹凤说："这是你说的！好，好好，我再没你这个小叔子，咱们一刀两断。"章丹凤跨出门时，转过头对高美丽说："你不要自以为是，你也不会有好下场的。"章丹凤说着气呼呼地走了出来，回到家里放声大哭。

章丹凤与小叔子一家闹翻了。蚕月里，本来共进一道门的蚕房，也另辟了门，老死不相往来了。小风林和小抗敌也都不去二叔家玩了。可怜章丹凤孤苦伶仃地带着孩子，在村里抬不起头来。

我被关押的陆军监狱条件很差，每栋房子除厅堂外，里间用厚实的木板隔成了许多大小不一的囚室。面积大的不过十平方米，面积小的仅五六平方米，囚室中只有几间开了小窗，其余的都密不透风，犯人来自五湖四海。有政治犯、经济犯、盗窃犯、毒犯，与我同牢房的四个难友都是政治犯。他们每个人的被捕过程不同，但又十分相似。譬如一个在旅馆里被捕，一个被叛徒出卖，一个在街头被侦探认出，一个为了与女友道别而被捕。有个叫王新建的，让我突然想起十九年前我第一次被捕时，那个与我同牢房并且与我一起去了刑场陪斩的难友王新建。

莫非他就是我当年的难友？

黄昏时，王新建被审讯后押回牢房时，我一眼就认出了他。只是他看上去有六十多岁那么苍老，但实际上他与我同龄，只有四十二岁。我与他打招呼道："老难友，我们又相会了。真巧，又是同室。"他走路一拐一拐的，屁股被打烂了。他十分惊奇地说："你怎么与我一样，又被抓来了？"

我说："出了叛徒。"

他说："我是被侦探盯上的。"

他哈哈笑起来，说："淮海战役打响了，国民党反动派的日子不会长久的。"我说："是啊！国民党反动派的日子不会长久了。"他说："你还记得那个上虞的单腿人吗？他后来非常惨，敌人给他灌辣椒水、上老虎凳、针穿指甲等酷刑，还抓他的亲属相威胁，但他深明大义，誓死保守秘密。你出狱后半个多月，他被国民党反动派用大铁钉钉死在监狱门口的木板上。"

听到这儿，我难受极了，眼泪夺眶而出。

我入狱第二天，就被拖去审讯了。他们逼迫我承认自己是混进国民党的地下共产党员，逼迫我交代地下共产党员和游击队员的名单。他们对我使用了坐老虎凳的酷刑，把我的双手反绑在凳子靠背后面，用绳索捆住我的双脚，并将我的身体五花大绑。我双脚下面垫着砖头，由于膝盖不能反向弯曲，双腿非常疼痛。我的双手被反绑，双脚也被捆住，根本无法反抗。当砖头慢慢垫高，我的痛苦也越来越重。老虎凳就是要让受难者的体力和精神意志随着时间的延长而被摧垮。我咬紧牙关，熬住疼痛，不叫不喊，但上完酷刑，我已经不会走路了。我在床上躺了很多天，身上的伤痛才渐渐淡去。

我的难友不少得了皮肤病、胃病、肝病、肺痨等疾病，却得不到治疗。王新建告诉我，前几天隔壁囚室的一个难友因为得不到医治，死在监狱里了。女囚室一个临产孕妇，忍痛生下孩子，得不到任何护理，孩子生下来就死了。

我不被提审时，就在牢房里学习打发时间。我本想找一个能够给家里通风报信的人，却一直没有找到合适的。因为这里没有我的家乡人，我只好死心了。大概每隔十天，我总会被提审一次。有一次那个国民党审讯官一定要让我承认是共产党员。我不承认，他就给我灌辣椒水、用竹签刺指甲缝，痛得我昏死过去，但我还是坚决不承认。他无奈，只好罢休。

也许我是练武出身，身体还算结实。第二天上午，我们囚房的那个矮个子难友被重刑拷打时当场被打死了。这让我们牢房的难友自发地开展了集体斗争。我们要求当局给死难者举办葬礼，与此同时我们也展开

148

了反饥饿、反迫害的斗争。我们斗争的主要形式之一是传递字条，利用放风的机会传递，或在厕所砖头下从墙壁缝隙中传递，或通过送饭打杂的工农难友传递。

那天，我们正在讨论是否开展集体绝食抗议，看守就把我押去审讯室了。这次的审讯官竟然是叛徒章子男。这让我大为惊讶，怒从中来。我当即气急败坏地扇了他一巴掌。他被我的巴掌扇得火冒三丈，气急败坏道："来人，给我狠狠地打。"

我被拖出去挨打时骂道："你个叛徒，禽兽不如。"他说："嘿嘿，我今天总算不用听你的，可你要听我的了。"

那些打手，用军棍打得我皮开肉绽，还给我灌辣椒水。我紧闭嘴唇，但辣椒水还是被灌了进去。章子男来到我身旁，得意地说："看到我的厉害了吧？谁让你当初瞎了眼不提拔我！你老实交代，这次狱中闹事是你组织的吧？"

我不再吭声，疼痛已让我无法吭声。章子男最后用脚踢踢我，转过头对看守说："把他拖回牢房去。"几天后，我做梦也没想到他把我的小抗敌抓进了牢房。小抗敌见到我怯怯地说："你是阿爸吗？"

小抗敌才九岁，他说："我被坏蛋抓住时，刚好放学走在回家的路上。"小抗敌说着，扑到我怀里"呜呜"地哭起来。我想章丹凤知道小抗敌突然失踪了，一定会焦急万分。我心里痛骂章子男，并且找了监狱长，又找了其他几名监狱官，但他们迟迟不给我答复。这让我想到了"转化"看守，越狱逃跑的办法。

那些天，在几个被"转化"了的看守的协助下，我们开始在囚室的床下秘密挖墙洞和隧道。经过半年多的努力，我们的隧道终于挖成了。那天晚上王新建第一个钻了出去，接着第二个、第三个，就这样一个个钻出去了。我带着小抗敌正要钻出去时，有人告密了。这天正好是章子男值班，他闻讯赶来，我们四目相对。我眼里充满怒火地说："要砍要杀由你。"但出乎意料的是，他朝我和小抗敌上下左右打量后转身离开了。

我见他离开，赶紧拉着小抗敌钻出洞去，然后拼命往树林中老百姓家跑，我们跑着跑着，听见有敌人从后面追来，还有扫射的枪声。这时，我们恰巧躲进一户农家的粮食储藏室，撬起地板，钻进地沟，惊魂不定地躲到天亮。

我躲在地沟里，一直在想，章子男没阻拦我们，也没朝我们开枪，他怎么如此大发慈悲了呢？难道是良心发现，抑或是将功赎罪？

我不得而知。

第二天一早，我们从地沟里钻出来，惊慌失措，不敢回家。我们东藏西躲过了一个星期，才在惊恐中回到荻港村。大约两个月后，我知道我们回到荻港村的那天，正是章子男和章子荣两个叛徒随国民党军离开大陆赴台湾的日子。

三

我和小抗敌回到荻港村后，章丹凤已经认不出我了。她做梦也没想到我还活着，失踪的小抗敌还能回到她的身边。她说："你真的是长根吗？你没死，你真的是长根吗？"我说："我真的是，你看我的样子，胡须长得你认不出我了？"小抗敌在一旁说："章子男大叛徒，把我抓到阿爸牢房里，我长大要一枪毙了他。"章丹凤搂着小抗敌说："好儿子，你知道姆妈多担心你啊。"章丹凤朝我看看，又朝小抗敌看看，把我们父子俩拥入她的怀中，喜极而泣。

我发现章丹凤比原来瘦多了，皱纹也多了不少，头发竟然也是花白的了。这苦难的岁月折磨人啊！我知道章丹凤变成这样，都是我的缘故。我的心像刀割一样，我对不起我的妻子，我真的很对不起她。

严家辉来看我时对我说："活着就好，活着就好。"但我发现严家辉那神情已非同昨日，他似乎想掩饰些什么。我们寒暄了几句后，他就告辞了。

我入狱的这两年，新四军苏浙军区和地方干部已经奉命北撤，抗日民主政府也随之撤销。许多组织由于与上级失去了联系，随之解散。我们获港村原有的共产党组织，也因为与上级组织失去了联系而解散了。我不知道尹玲娜和李哲人都去了哪里，他们是否已经奉命北撤了。

弟弟长海得知我回来的消息，赶紧来看我。但他一跨进我家的门，就被章丹凤骂出去了。章丹凤的态度，一下就让我明白了家里的复杂矛盾。长海被轰走后，我并没有追出去。因为我还在惊恐不安中，我是逃犯，要暂时躲起来，尽量少与人接触。

那些日子，我每天都想与章丹凤亲热做爱，然而我的身体软绵绵的，什么也干不了。章丹凤急得直淌眼泪，责备我是因为想婉玉。其实，每个女人的怀抱都不一样。如果说，我在婉玉的怀抱里是一缕穿行在山谷的风，那么我在章丹凤的怀抱里便是停泊在港湾的船；如果说婉玉是一棵枝繁叶茂的树，那么章丹凤便是树上温暖的巢。她们都是我生命的维系，我的爱。

我去看长海，因为时局动荡，他情绪十分低落。我们所聊的已不再是政治，而是很无聊的妯娌吵架之事。长海一根接一根地抽烟、叹气。我们几乎没什么共同语言，长海已让我感到相当陌生了。这陌生感，让我觉得他一定明白自己的前程暗淡。我突然有些同情长海，但我也不知道今后的日子会怎么样。

回到家收听广播时，我知道淮海战役胜利结束了。这消息让我仿佛看到了曙光，看到了新生。我的内心又激情荡漾起来，我想我对共产党是忠诚的。不久我们地区和平解放了。我们获港村全村村民都沉浸在解放的喜悦中，想着从今往后可以太太平平地过日子了，大家仿佛都有一种如释重负的感觉。

为了庆祝解放，我们各村各乡全都举行了各种形式的庆祝活动。有庆祝会、报告会、座谈会，还有民间艺术活动：舞龙、马灯、龙灯和武术。我们村的庆祝活动，全是由我组织的。章丹凤说："你怎么吃苦不记苦，又去组织活动，说不定哪天又要让你蹲监狱去了？"我说："解放了，新中国成立了。国民党全被赶跑了，我们的好日子到来了。"我说得像顺口溜一样。

　　这些天村里喜气洋洋，热闹极了。我坐牢的那两年，村里变化也很大。长海在秀水桥畔搭了个戏台，名字叫作"清风戏台"。清风戏台前是一条河，观众隔河而看，别有一番风味。我们村子里的大部分村民，喜欢看越剧，那种甜甜糯糯的声调令他们陶醉。但在这个新中国诞生的喜庆日子里，大家都有表演欲。因此我们的庆祝会就是自由表演会。

　　在这个庆祝会上，我很想让章丹凤与高美丽妯娌俩和好如初，同唱一首歌，但她们谁也不愿意。她们俩像敌人似的，互相用仇恨的目光看对方，还有我的小风林和小抗敌，也与许家立互不搭理。我真没想到，由于我的入狱导致了亲属们如此不睦和仇恨。

　　我从陆军监狱逃回家的那天，心里就想到了傻傻。自从她开枪打我后，我便没有再见到过她。虽然心里恨透了她，但不知道为什么我还是很想见到她。特别在我养伤的那几日，我渴望她来看我，可是她没有来。我知道她不便来找我，而我也不便去找她，但我心里牵挂着。那天我听她五哥说："她嫁给了我们村的那个瘸腿儿。"我这才放心了一些。

　　我知道瘸腿儿是一个老实巴交的农民，由于家里穷又瘸了一条腿，一直娶不上媳妇。但他心地善良、很勤快，又很会说笑话逗趣儿。他的逗趣儿对傻傻来说，也许是一种魔力吧。

　　在这个喜庆的日子里，我在人群中找傻傻。我想象她穿着大红袄儿在扭秧歌的队伍中欢快地扭着秧歌。我找了一遍又一遍，始终没看见她的影子，于是我就像盼星星盼月亮那样，渴望见到她。

我看见严家辉骑着战马走在游行队伍中威风凛凛的样子，让我心生妒忌。本来这马非我莫属，可是谁让我被捕了呢？章丹凤常让我讲狱中生活，但我一想起来就会泪流满面。狱中的酷刑让我伤痕累累，一到阴天，我就会全身痛。

这些天，我想趁着新中国诞生的喜庆日子，邀请长海去深山打猎。我们已经很久没有打猎了，儿时随父亲打野猪的情景还历历在目。那天我去长海家约他打猎，可他推脱身体不好婉拒了。我知道其实他不是身体不好，而是内心惶恐不安。我一次一次动员长海，他终于被我劝动了。他的脸颊看上去有了些红晕，眼神也有了精神。

我不想和长海之间有任何隔阂。我想让我们回到童年和少年时那无忧无虑的时光。那天我一早起来擦猎枪，那是父亲留下来的猎枪，很多年不用，长出了锈斑。我把它擦得亮亮的，小风林和小抗敌看见我擦枪，就要亲手摸摸。

我们出发那天，是深秋一个阳光明媚的日子。走出村庄，我们仍然划船。荻港村四围都是溪水与芦苇，那些没有名字的小河都被我取上了名字。十六岁的许家立，因为没有考上省城中学，落落寡欢。但跟着我们去打猎，他就兴奋起来了。我们解开系在石眼中木船的绳缆，船就悠悠地漂荡起来了。我坐在船头，长海坐在船尾，家立坐在中间。他像长海小时候那样用手当桨，划累了就在船上睡成一个大字。

清凉的风，从我们耳边掠过。我们在水中行进时，看岸上的树木节节后退，那是我多么熟悉的景色啊！几十年弹指一挥间，景色还是原来的景色，而我们已今非昔比。现在我们荡进一个又一个湖泊，直划到湖对岸一片起伏不大的山峦下。我先上了岸，把船绳绑在一棵树上，让船停稳了，才让长海和他儿子家立上岸。

我们三个人朝山上走去，一人扛一把枪。那气势，很像在丛林中作战的士兵。许家立见到林中叽叽喳喳的鸟儿，就"砰砰"地开枪。当然他的枪法不那么准，鸟儿听见枪声，齐刷刷地飞走了。长海到了深山野林，又回到猎人的状态。他的枪法好得出奇，许家立打不下来的鸟儿，他"砰砰"几下就把鸟儿击落了。我们在山上砍下些树枝，烧起一堆火。火越烧越旺，一股奇异的香气扑鼻而来。我们三个人围在一起，一边烘烤，一边撕扯着鸟儿肉吃起来。我一边吃一边遗憾，长海有这么好的枪法却从没有参加过战斗。我正这么想时，却听见远处"砰砰"的枪声。长海警觉了起来，他说前两年由于时局不稳，这里常有土匪出没。我应了一声，也警觉起来。

我们吃完午餐，开始采野果子和野菜。长海与我都想通过采野果子和野菜回去使妯娌俩和好如初。我们采了木耳和蘑菇，还有香气四溢的野草莓，碧蓝甘甜的马奶子果，以及河沟里匍匐着的水葡萄等。我们装满了几个大篮子才作罢。

不多久，远处传来了野猪的嗥叫声，长海提着枪向前侦察。我与许家立在后面跟着，但走着走着，我们就掉队了。长海在前面喊："我在这里呢！我在这里呢！"他的声音回荡在山谷，传来阵阵回音，听上去是那么悠扬，使他本来有点沙哑的嗓音通过云朵、树木和微风的触碰，变得浑圆而动听。

我与许家立没有跟上长海，是因为我们看到一块已经风化了的岩石上呈现出几幅血色岩画。那是远古时代的先人利用山上酱红的泥土，在岩石上描绘了狼、虎、猎人和小孩等栩栩如生的形象。只是经岁月的风吹日晒和雨雪的洗濯，那些绘画细节已像花瓣一样，凋零在山谷中了。我们看完画快步走上前去，远远看见野猪歪下了身子，似乎要倒下去的样子，但它很快又站起来，朝枪响处奔来。长海不慌不忙地给它补了两颗子弹，它这才停止进攻，像个酒鬼摇摇晃晃地倒下了。我与许家立欢呼起来，长海露出了得意的神情，自豪地说："我的枪法还不错吧？"我说："不错，不错，神枪手呢！"他就哈哈地笑起来，笑得那么灿烂。

第十二章

一

我们把野猪、野菜、野果子带回家后，章丹凤和高美丽表面上高兴，但内心依然有着隔阂。尽管她们能够在一起吃顿团圆饭，可实际上是一种场面上的应付。十六岁的许家立也不再像小时候那样，与小风林和小抗敌玩了。他们三兄弟谁也不与谁玩。小风林与严家辉的儿子严发财好得形影不离，小抗敌也不再做跟屁虫。我发现孩子们又长高不少，衣服裤子都见小了。那天中午我们把我的岳父岳母，还有长海的岳父岳母全请到家里来吃饭。仿佛是最后的团圆聚餐，我们虽然团团圆圆地围一桌，但气氛相当沉闷。大人们谁也没有笑脸，长海猛吸着烟，一声不吭。

章丹凤是厨师，她穿着红花小袄儿，围一条缀有花边的围裙，做了荻港的名菜——烂糊鳝丝。章丹凤做的烂糊鳝丝很好吃，一大碗端出来，孩子们三口两口吃得精光。高美丽做跑堂，把章丹凤做好的菜，一碗碗端出来。她穿着大襟蓝布衣裳，齐耳的短发，显得十分素淡。一双大眼睛、长长的睫毛，很好看。她平时话不多，但一开口像打开闸门的河水一样滔滔不绝。可如今妯娌之间，因那条一时很难愈合的鸿沟而沉默寡言。

我喝了很多酒，想把气氛搞得开心一些，然而长海闷头喝酒不说话。大家闷闷地喝酒吃饭，我喝高了。酒是我们自己酿制的，有烈性与软性两类，俗称硬货、软货。每年秋冬日，村民们便以草药、糯米酿"冬酿酒"。酒的名目繁多，有桂花酒、秋露白、杜茅酒、靠壁清、三白酒、十月白等。我喝的杜茅酒是烈性酒，没等酒席散，我已经完全醉了。

我不知道自己是什么时候躺到床上呼呼大睡的。我梦见有人来抓我与长海。那些脸上蒙着黑布的人，把我们揪出去毒打了一顿。那木棍重重地打在我身上，我就从床上腾地跳起来，醒了。忽然有一种不祥的预感笼罩着我，我的左眼突突地跳。

那几天我格外小心，但心里仍然想着如何重新入党，重新建立起党支部，而长海则是想办法不受到处分。我们各自怀着心事，谁也没想到我们这里会来工作组。工作组一来，长海格外害怕。特别是工作组在全村大会上重新为我们建立起村委会、农救会、民兵队等，当宣布新任村长严家辉，农救会会长许长根，民兵队队长高大年时，我的双腿都颤抖了起来。长海大权旁落，虽然在我意料之中，但我还是为他深感遗憾。我知道他是多么想保住自己的村长职位啊！

其实所有的结果都是必然的，工作组组长吕欢说："这一次土改运动不同于以往的两次，将有组织、有计划、有步骤地进行土地改革。"我们全村共有土地4000多亩，人均土地4.16亩，但土地大部分掌握在地主手里。他们把土地大量出租，常年雇工，不参加劳动，以剥削为主。富农虽然也占有一定数量的土地，常年雇工，但他们自己也参加劳动。中农是占有人均等量的土地，农忙时雇工，平时自己劳动，收入自给自足。贫农是无地或少地，收入低，常年受人剥削，生活无保障，以讨饭为主。

工作组让我们通过学习掌握政策，对全村每一户分析摸底，划定家庭成分。比如，地主多少户，富农多少户，中农多少户，贫雇农多少户，最后由村委会召开群众大会，进行公布。

某日，村里开大会，那些贫困的农民一个个登台揭发地主。傻傻的出现，让我大吃一惊。她登台揭发道："××你个狼心狗肺的，我阿爸活着时给你们干了一辈子长工。我们长年被你剥削，全家吃不饱、穿不暖，流浪讨饭。你个罪该万死的。"傻傻的揭发声情并茂，催人泪下。我有很多年没见到傻傻了，压根儿没想到会以这样的方式见到她。她不像原先那个扭秧歌充满活力、朝气蓬勃的样子了，而是变得让我差一点认不出来了。她怎么就成了一个衣衫不整的半老徐娘了呢？她的这个样子，让我失望和心灰意冷起来。

我与长海都被划入中农。

土改结束后，村西的那些贫农分到了土地和房屋。小山从济南回来正好遇上土改，也分得了土地和房屋，这让他心里乐开了花。那天我请他来我家喝酒，老朋友相见话多得就像钱塘江潮水。只是他已有不少山东口音了。他说他是一个不肖子孙，一走二十多年竟然没回一趟家。他说着说着，哭起来了。哭完，他用衣袖抹一下眼泪道："工作组把我定为贫农，真好，我的确一无所有。"

我们正喝得醉醺醺的，许家立气喘吁吁地来通报："不好了，阿爸被一个男人抓去了。"我听了心里一惊，但还是安慰道："不要紧，新中国了，一切都会好起来的。叫你姆妈放心，没事的。"许家立转身刚走，高美丽淌着眼泪来了。章丹凤忍不住说："又不是战争年代，怕什么？"

高美丽听到这话，自觉没趣和尴尬，但她还是不走，要听我这个农救会会长发话。我说："这样吧，我等一下去问问工作组。你放心回去，没事的。"高美丽这才抹着眼泪回去了。高美丽走后，章丹凤对我说："明天去问也不迟，你们继续喝酒吧！"于是我和小山又继续喝酒，直喝得酩酊大醉，稀里糊涂地睡去。

后来，我知道那个把长海带走的人是工作组的曹一康。他是重兆村人，前些年霍乱流行时，他的妻子和一儿一女全都被瘟疫夺去了生命。他曾是我们长超部队的战士，是我的部下，但进入工作组后，他就不把我放在眼里了。现在他住在村东头一间瓦屋里，那里是工作组成员临时的居住地。

一清早，我沐浴着阳光，沿着内港埭河畔朝工作组成员的临时居住地走去。阳光把水面照得明媚而温暖，哗哗的流水声宛如鸟儿的歌唱。我满怀希望地找到了曹一康，我还没有开口，他就说："你为你弟弟来说情吗？这恐怕不行。"我说："我只是想问问情况。"他说："你弟弟是国民党党员，是国民党特务头子陈果夫的亲信，你说这罪名轻吗？"我说："他支持过共产党，帮地下共产党做过事。"他说："共产党不会冤枉一个好人。"

我没法与曹一康继续说下去。我的心"怦怦"地跳得厉害。回家的路上，我像一只泄了气的皮球。河，依然是那条河，但那哗哗的流水声，已不再是鸟儿的歌唱了。它好像刽子手用刀子扎我的心。那种心窝窝的疼痛，让我有一种窒息的感觉。

回到家，我闷闷不乐地拿起锄头出门去。章丹凤喊住我道："有消息吗？"我说："没有。"她说："曹一康是你长超部队的战友和部下，难道不能帮忙吗？"我说："他现在是我的上司，我还没有开口，他就把话挑明了。他不会帮忙的。"章丹凤说："真是小人，一当官，人就变。"

我叹了一口气，往外走。田野的风，呼呼地吹得我的衣服飘荡起来。我想，天下哪有过不去的坎。

春天，我在向阳的南坡上足足种了两亩土豆。夏天土豆花开时，紫的、粉的、白的开遍了南坡，美丽极了。到了秋天，我们把大部分土豆挑进城去卖，卖得的钱存起来；剩下的土豆，一部分做明年的种子，另一部分就由家里的人畜共享了。我的小风林十四岁了，小抗敌也十二岁了，他们一放学就会到南坡来玩。夏天他们与我一样，在田里喜欢赤脚行走。他们在田里一会儿去采花，一会儿去捉蚂蚱，一会儿又用树枝戏弄老黑牛。看他们那么快乐，我也就快乐起来了。

二

那天我到长海家，把有关长海的真实情况详细地告诉了高美丽。高美丽流着泪说："我一定要去找曹一康问个明白。"我说："长海不在家，田里的重活我可以帮着干。"她点点头，心急火燎地冲出家门说："我这就去找他。"

我望着她远去的背影，直到看不见为止。一种心酸涌上心头，眼泪竟簌簌地落下来。我没想到自己变得那么脆弱，也许不仅仅为长海，还因为我要求重新入党没有被批准，而严家辉、丁一松、高大年、杨鸿庆、傻傻他们又重新回到了党组织的缘故。其实，我是多么渴望回到党组织的怀抱啊！然而工作组组长吕欢对我说："我们对你'卧底'一事，还要进一步调查。"他这么一说，我十分委屈。我强调说："我是'卧底'，我是为党工作啊！"吕欢说："你自己说没有用，要组织上定。"

这些日子，我四处打听尹玲娜的下落。只有她才能证明我是进入国民党"卧底"的地下党员。傻傻、高大年、严家辉、杨鸿庆、丁一松等，他们虽然不知道我是"卧底"，但工作组调查我的底细时，他们却压根儿不提我是他们的入党介绍人。尤其严家辉见我遇到了麻烦事，更是幸灾乐祸想把我置于死地。

从精武会到农民赤卫军；从读书会到苕流文艺社，从长超部队到游击队，哪一件事不是我与严家辉、杨鸿庆、丁一松等人并肩作战？那时候虽然也有矛盾，但大家情同手足，现在怎么与我如敌人一样了呢？！

高美丽从曹一康那里回来，情绪稳定多了。我猜不着曹一康对她说了些什么，她的声音幽幽的，好像是一股从峡谷中刮来的阴风，但她出奇的平静，我惊异地望着她。她却只管低头编织毛衣，头也不抬一下，莫非曹一康答应她什么了？

我从她家出来去了演教禅寺，六十四岁的妙玉法师让我给她画一幅画。我正心绪不宁，想着解解闷儿也好。于是，在一个阳光明媚的日子，我独自揣着几支有些干裂的画笔、画夹和颜料，坐上去盐官镇的公共汽车，来到钱塘江畔。走在江畔沙滩上，往昔的情景一幕幕展现。它是那么的让我喜欢，让我感伤，让我流泪啊！

我情不自禁地画起来，画了在沙滩上行走的女孩的背影。我把女孩的屁股画得特别大，而环绕她的是一个男人和六个孩童。江畔的风吹拂着我的思绪，我在朦朦胧胧中，看见那女孩幻化成天上的月亮，环绕她的一个男人和六个孩童，瞬间变成了北斗七星。我很少画画，但这是令我最满意的画儿了。

风情街离我不远，但没有了婉玉，那里对我就没有意义。我赤着脚站在水中画的时候，有鱼儿在我的脚踝来回穿梭。它们"啪啪"发出的声响，让水波绽放成花朵。我就这么一直画到黄昏。当夕阳把沙滩涂抹成五颜六色的彩带时，我已将明晃晃的一轮满月和七颗星星悬挂在天边了。我借着月光走在回家的路上，猜想妙玉法师正在演教禅寺的庭院里，望着一轮满月和七颗星星吧！

我没告诉章丹凤来钱塘江畔画画儿的事。天黑了，她在村里四处寻找我。焦虑的等待，使她陷入紧张状态。她在见到我的一瞬，抑制不住地哭起来。我忽然有一种她的生命就是我的生命的感觉。由于激动，章丹凤什么也没问我。我与妙玉法师的这个秘密，就由钱塘江上的浪花收藏了。

这个夜晚，章丹凤紧紧地拥抱着我。她说："我不能没有你，我不能再失去你。"我被感动着，忽然地感到自己膨胀而坚硬起来了。我融入她的水中，就像鱼儿在水中徜徉。当鱼儿畅快淋漓地游过浅浅深深的水，峡谷的清风飘来了鸟儿的吟唱。那是我随口为章丹凤编写的一首歌，这首歌表达了我的爱。我这样唱道：

　　走在秀水桥上

　　我亲爱的蚕花姑娘啊

　　你丝丝缕缕的心思

　　你眺望远处森林的眸子

　　你银铃般的笑声

　　都让水波涛涛的曹溪河

　　荡涤着我的灵魂

　　孕育着我的爱

　　我愿是一只醉蚕

　　在湿润的空气中

　　吐丝 结茧 化蛾飞翔

　　当我唱到最后一句的时候，章丹凤感动得无语哽咽。我轻轻地拍着她的脊背，眼泪也模糊了我的双眼。好在她并没有看见我的眼泪，她转过身来时，我把头深深地埋进她的怀里，就像鸟儿依偎在温暖的鸟巢里。

　　第二天一早，我就着酱瓜吃了一大碗泡饭。我正要去田里劳动，邮递员给我送来几封信。我以为是尹玲娜给我回信了呢！然而，拆到最后一封，才是有关尹玲娜的信。原来解放前夕，尹玲娜在陆军监狱被国民党反动派杀害了。这个消息，令我十分震惊。我知道她去世了，"卧底"一事我就是浑身是嘴也说不清了。我拿在手上的信，从指间滑落，飘落到地上，又与落叶一起飘舞起来。

　　我没想到她与我同住一个监狱？她又是被谁出卖的呢？

三

那个阴雨绵绵的下午，召开全村大会。大会设在荻港村小学大礼堂。由吕欢主持会议，曹一康宣读有关资料和文件。接下来，吕欢要求村民们对国民党党员许长海进行检举揭发。村民们面对老村长，一时都傻了眼。有人说因为许村长，国民党才没有到我们村庄抓壮丁。这时新任村长严家辉站出来反驳道："乡亲们不要被阶级敌人蒙蔽了眼睛。"严家辉这么一说，大家就不敢作声了。我忍不住，怒气冲冲地想开口，站在身边的章丹凤拉拉我的衣袖，示意我不要说话。我就强忍着不说话了。

一会儿，村民们七嘴八舌，有支持的，有反对的，乱作一团。但有不少见风使舵的村民，站到了新任村长严家辉一边。曹一康带头喊："打倒国民党特务分子许长海！许长海永世不得翻身！"会场里，口号声声，斗志昂扬；而我的内心却是无限的凄凉。我既不喊口号，也不说话，一直沉默不语。会议结束后，我看见长海被带走了。高美丽和许家立追上去，被挡了回来。

这天我回到家里，一病不起，高烧40℃。章丹凤替我在脖颈和脊背上刮了痧，但不见好转。我烧得迷迷糊糊，乱梦不断。我梦见自己和章丹凤一起去土豆地铲草，路过草甸子我想为她采一枝花，却"扑通"一下掉进了沼泽中。

我在床上弹跳了一下，接着又继续做梦。在梦中我猫着腰，在土豆地里起土豆。我起的土豆已经堆成一座小山了。忽然，我看见长海穿着蓝布褂子朝我走来。午后的阳光照耀着他，使他的脸色有了光泽。我冲他喊："长海，你来啦！"他说："长根，我回来啦！"我跨着大步迎上前去，刚走到小山一样的土豆堆旁，"砰"的一声枪响，长海跟跄了几下，与土豆堆起的小山一起倒塌了，鲜血染红了土豆。土豆一个个滚落开去，一直滚到我的脚边。我看见曹一康举着枪一溜烟儿逃跑了，我"啊"的一声，从噩梦中惊醒。

一个星期后，我的病完全好了。我们村成立了供销合作社，在内港埭走廊开了南货店、鱼行、丝行、米行等，同时也开了收购站。杨鸿庆任供销合作社社长，那些经营的小商店，全由他主管。我在合作社买的第一个商品，是一包"大乾坤"牌香烟。那些日子，由于长海被关押了，我重新入党的问题解决不了，心里郁闷，烟抽得特别厉害。

我在家里喷云吐雾，郁郁寡欢，来看我的乡亲们越来越少了。那些从前精武会的人也见风使舵转向了严家辉。那天我闲得无聊，独自一人上山打猎去了。刚上山，我就听见林中传来枪声。我以为是有猎人打到了野猪，四处查找却不见踪影。我突然想起那次与长海打猎，他告诉我这山上有土匪出没，会不会是土匪呢？

我警觉起来，伏在林中观其动静。我没有看到人影，却看到了一只山猫追逐一只野兔。山猫就是猞猁。它通身黄褐色，附着灰色的斑点，短短的身子，短短的尾巴，细长的四肢，耳端耸着两撮长毛，看上去十分可爱。我"啪啪"两枪，山猫和野兔都被击中了。

我在山林中继续往前走，高大的松树林被风儿吹得哗哗作响。当我走到父亲当年坠落悬崖的地方，一种思念和悲郁的心情萦绕我。我的父亲肩宽臂长，骨骼强健，幽默风趣，喜欢打猎，喜欢过丛林生活。他的枪法不错，倘若他活着一定会和我一起参加游击队。我正想着，不远处一棵树上的乌鸦发出"呀呀"的叫声。我循声走过去，乌鸦倏地飞走了。我忽然看见地上躺着一个满身鲜血的男人，心里一惊，想许是上山打猎被野兽咬伤了吧。但走到跟前，见是长海。他被五花大绑着，我马上意识到他被谋杀了。我伏下身去问："长海你怎么了，是谁把你弄成这样的？"

长海没有回音，我摸了摸他的鼻息，发现还有一点气息。我赶紧给他松了绑，并连连问："是谁把你弄成这样的？是谁把你弄成这样的？快告诉我，快。"我急出了眼泪，长海终于艰难地说："曹，曹……"他没说完，就断气了。这时我心里明白，一定是曹一康杀害了他。

几天后，长海被曹一康杀害的消息传遍了全村。有人说国民党特务分子罪该万死，有人说曹一康为民除害立了大功，也有人说曹一康杀人犯法。我一气之下，抓住曹一康，一顿拳打脚踢。然而他说："许长海畏罪叛逃，我依法执法。"

"你他妈的，是你故意杀死他，他身上被你捆绑着绳子。"我说。

"那是他被我捉住后捆绑的。你是不是想为特务分子翻案？"

曹一康话音刚落，我又飞起一脚。围观的村民越来越多，有人找来村长严家辉和工作组组长吕欢。他们把我带到村委办说："你还是农救会会长，你怎么动手打工作组成员？你得好好地写检查，认识错误。"我被吕欢和严家辉"教育"了一番，愤愤不平地回家了。我想长海的死，在他们眼里就像死了一只蚂蚁一样。

我们把长海葬到了父亲的墓旁，让他们父子相依为伴。长海的葬礼除了家里人，没有一个外人敢来参加。下葬的时候，也许有神灵的护佑，本来阴霾的天空，忽然出现两朵圆圆的雪白的云。我望着它，就像望着长海那双澄澈的眼睛。我流着泪，失去弟弟就像失去了手臂一样。我站在父亲和弟弟的墓前，秋叶在风中飘舞。我从口袋中掏出口琴，为我的弟弟和去世多年的父亲，吹奏了一曲令人肝肠寸断的曲子。吹奏完，我把口琴埋在了他们的坟墓中间，让袅袅琴声陪伴着他们吧！

日子如水一般地流淌，又是冬天了。这年的冬天雪下得特别大，村里白茫茫一片，仿佛用白雪来祭奠死去的冤魂。雪，是浩渺宇宙中的精灵。它轻纱一般地飘扬，无语地倾诉着。冬天是农闲季，我们都窝在家里不出门。章丹凤用秋天腌制的豆角、辣椒、萝卜、黄瓜和鸡蛋，对付每天的菜肴。这是我多年来最悠闲的一个冬天，村里什么事也不用我管了。工作组撤离时，我被免去了农救会会长职务。那个杀人犯曹一康，留在我们村替代了我的位置。

现在我无官一身轻，在家里学着做画匠和木匠。木匠是帮人做家具的。画匠呢，比木匠要轻巧得多，也艺术得多。他们直接把画画在门楣上，画在椅背上，画在窗棂上。

那天章丹凤让我带些咸菜什么的给高美丽母子送去。章丹凤虽然与高美丽有过隔阂，但她心地善良，看到高美丽落难了，还是倾力相助。于是我披上深灰色棉大袍，拎着一篮咸菜、十只鸡蛋去高美丽家。我由着飘荡的白雪落在我的头上、脸上、身上，那是一种无比惬意的感觉。我的小风林和小抗敌，还有严家辉的儿子严发财，在院子里堆雪人。风声像驴叫那样尖厉刺耳，孩子们不怕，他们把雪人堆得高高的。我心里想，再过几年我就是那位白雪老公公了。

我轻轻地敲着高美丽家的门，迟迟没人开。我以为高美丽带着许家立回娘家去了，刚想转身回家，突然想起偷窥，我就从窗缝朝里面望进去。这一望，让我不敢相信自己的眼睛，他妈的曹一康，杀了我的弟弟长海，还偷我的弟媳。我的肺都快气炸了，但我只能忍着。也许高美丽想通过曹一康，使他们母子不再遭殃？没有德行和气节的女人，什么事都干得出来。

我把东西重新拿回家后，章丹凤问："怎么没给他们？"我气呼呼地说："还给，给你个头。"章丹凤不解地说："谁又惹你了呢？"我说："高美丽神经不正常了呢！"章丹凤说："你说什么？"我说："高美丽与曹一康好上了。"章丹凤说："不会吧？"我说："我都亲眼所见呢！"章丹凤说："那是她想有政治依靠。你别管了，再管，他们要把你也抓起来了。"

我想想也是。

那些日子，杨鸿庆活得特别潇洒。他把供销合作社办得越来越活络了。他骑着严家辉的大马（这匹马现在归村里所有），到镇里驮来很多货物，大多是盐、酒、烟、茶叶，还有布匹等。有一次他骑着马到镇上去，镇上的汽车喇叭按得"啪啪"响，马受了惊，驮着杨鸿庆狂奔起来，直奔到天昏地暗。杨鸿庆拼命抓住缰绳，不让自己掉下来摔死。等马终于停下来后，杨鸿庆已经脸色苍白，下身刺痛，动弹不得了。有人把他扶下来，看见一摊鲜红的血。他的阴囊被撕裂了，睾丸也被颠簸碎了。医生说："你再不能生育了。"他为此流了泪。虽然他有两个女儿，但他多么想要一个儿子啊！也许他前世积德，后来上天真的给他送来了一个儿子。

某日，村里不少人都到内埭走廊看合作社卸货。那一箱箱食品看得围观者馋涎欲滴。忽然从一只纸箱里传出婴儿的啼哭声，大家顿时惊奇极了。杨鸿庆双手将一只大红蜡烛包从箱子里捧出来，那婴儿忽然就不哭了，大家一眼就看见了婴儿的兔唇。杨鸿庆想这就是被遗弃的缘故吧。他赶紧打开蜡烛包，看到了婴儿的小鸡鸡，还看到了婴儿的生辰八字。

兔唇不就难看一点，男孩难看一点怕什么呢？杨鸿庆决定领养这个孩子，并给他取名"杨来发"。然而杨鸿庆把小来发抱回家，妻子阿菊却不高兴地说："他要吃奶，我们拿什么喂他呀？"杨鸿庆这才发现妻子阿菊已经枯萎了，背也有些驼了，真是岁月催人老啊！不过杨鸿庆说："怕什么呢，我们给他喂米汤。"

在一个春光明媚的日子里，谁也不会想到严家辉在崇文园为曹一康和高美丽主持婚礼。村民们在惊讶中，都有一种看西洋景的感觉。高美丽头上戴着一个用野花编成的花环。有村民说，高美丽死了男人还能再嫁很不错了；也有人说，高美丽怎么就嫁给仇人呢？当然更多的人说，高美丽有个村干部做老公，就可以四平八稳地过日子了。嘿，总之大家七嘴八舌说了很多闲话。我一言不发，怒目而视。

许家立红着脸站在我身旁，一声不吭。婚礼仪式结束后，大家开始喝喜酒。崇文园的露天广场摆了十多桌酒。我与章丹凤都拒绝喝喜酒。许家立、小风林、小抗敌，也一个个跟着我们回家来了。大家面面相觑，闷闷不乐。我吃了章丹凤做的青菜炒年糕后，早早地睡了。

在高美丽婚后的第三天，小山由于在济南加入了共产党，又由于贫苦人家出身，被正式任命为我们村的党支部书记。其实，我早知道会有这一天。但在事实面前，我的心情还是一落千丈。那些日子，我拼命在地里埋头劳动。春耕了，我又在田里种下了水稻、菠菜、生菜、豆角、茄子、辣椒，在边边角角的地方还种了花，有玫瑰、爬山虎等。我在地里锄草、施肥的时候，远远地望见我那片发了绿芽、像雨后春笋般快速长大的桑树林，便感到蚕月就要来临了。

我们的小抗敌，这些天一放学就"打蚕山"。"打蚕山"就是养蚕人家的小孩儿，帮大人梳理一些白净的小麦秆，去掉秆上不干净的叶（以保证蚕茧的好颜色）。然后大人们再把秆斩成筷子长短的截儿，再用两根长长的有韧性的竹篾条固定住一头，在另一头扭篾条的同时，把麦秆儿均匀地塞进篾条间，做成一米多长的蓬松"草龙"，卷在蚕匾里，用它们迎接蚕宝宝"上山"结茧。

那天黄昏我在桑树林里劳动，没有想到会遇上傻傻。这个比我小一轮的女人，八岁与我一起练武时，就是我的师姐了。自从那年她开枪把我打伤后，我们就一直没有单独见过面。岁月匆匆流逝，我原以为我们的情和仇，我们的恩怨全都了却了。可她又来找我，我知道她一连生了两个女儿，婆婆和瘸腿儿都使脸色给她看，她生活得并不幸福。

前些日子，傻傻就高美丽的事与我交流过一次。虽然傻傻已变了模样，但我很快就习惯了。此时，我们把所有的情仇都抛到了脑后，她拉着我的衣角往树林深处走去，火红的晚霞正照着她已经变得粗糙了的皮肤。但春风吹动着她的长发时，我有一种冲动的感觉。我倏地停下来，紧紧地拥抱着她，将头埋入她柔软温热的乳房间。我想她是我的女人，无论她到哪里都是我的女人。

我们把堆在桑树林边蓬松的稻草铺在地上。傻傻凑到我的耳边说：

"我们在这里要一个孩子，若是女孩儿叫'桑桑'，若是男孩儿叫'桑果儿'。"她的话让我有一个女孩儿的愿望，又一次被激荡起来了。我仿佛看见了我的小女儿像花蝴蝶那样围绕着我。我说："好吧，这主意不错。"于是，我在春天的泥土地里播下了种子。天上的白云连绵在一起，由东向西飘荡着形成了一条天河，而那条大地母亲的河流，让我在神游中思绪澎湃。

中部

秋天

　　崇文园椭圆形的花坛里，栽着几百支长茎花卉。满是团团的绿叶，枝梢上冒出的一簇簇花，红黄蓝白，色彩纷呈。初秋的微风吹来，花朵儿芬芳尽吐。花坛旁边三三两两的男女身影，仿佛是草坪上迂回穿梭、追逐嬉戏的蓝蝴蝶和白蝴蝶。眨眼，我们的崇文园怎么就像城里的公园了呢？那天闯儿告诉我："我们是省里全面小康示范村。中央电视台来咱们村拍片，我还上了电视呢！"呵呵，我给迪杰卡讲了一个夏天的故事，都不知道外面的世界了。闯儿上了中央电视台，这可是我们村一件了不起的大事。我对闯儿说："这么大的事，你咋不告诉我？"她哈哈笑起来，说："我与你说了也是白说，你老糊涂了啊！"

　　我对我的孙女重孙女们叫我老糊涂从不生气，这样她们就爱逗我玩儿。我的小石榴暑假回来时，还给我画了一幅肖像呢！那画儿上我满脸皱纹，就像火车轨道，轰隆隆地开过了一个世纪。我拿着画儿问青草："小石榴画得像我吗？"青草说："像，怎么不像？还给你画得比真人好看呢！"我的天，那我一定是丑陋无比了。我想趁着青草不在家的时候，把她的圆镜拿过来照照自己。可女孩儿的东西就像变魔法一样，翻箱倒柜也找不着。本来我可以向海云要，可是这小儿媳妇自从做了寡妇后，就不常来我这里了。

正是午后时分，窗外树梢上的叶子被阳光晒得干瘪发脆，在飘忽不定的风中僵硬地摇摆，窸窣作响。阳光直射在我的屋子上时，那一道轮廓锐利的弧形光线照在窗台上，映亮了屋子里有蓝色花纹的瓷盘、带弯把的紫砂壶，以及立在墙角威风凛凛的锄头和铁铲。鲜红的窗幔垂在窗边，绿色水罐的肚子大得挪不动步。它老让我想起我的结发妻子婉玉怀四胞胎时的情景。青草不知道她还有个叫婉玉的太奶奶，闯儿、静儿、宝儿他们也不太知道太奶奶婉玉的事。唉，不知道就不知道吧！时代不同了，闯儿他们喜欢在高速公路上驾车，喜欢"超女"，喜欢看美国大片，前阵子做生意还做到法国巴黎去了呢！他们回来没给我带吃的，也没给我带穿的，却给我带回来了一个小镜框，是一幅《蒙娜丽莎》油画。镜框背面的法文我看不懂，但《蒙娜丽莎》我是知道的。达·芬奇画出了她神秘的微笑，让后世争论不休。

我问青草，闯儿姑妈都给你带什么礼物了？青草笑而不答，只顾梳她的长发。只要她高兴，我就高兴了。迪杰卡伏在我的脚旁，好像心事重重。是不是我给它讲的故事过于沉重了？我正在纳闷，它伸过来一个毛茸茸的脑袋，一双澄澈善良的眼睛。我的迪杰卡啊！尽管它已经毛发稀疏，与我一样衰老，但在我眼里它已不是一条狗，而是一个精灵了。

青草穿着白色公主裙，嘴里发出"嘿嘿"的声音，笑容满面地在客堂里旋转起来。我远远望过去，以为是仙女下凡了呢！这些日子，青草总是乐呵呵的，就像我从前在庄稼地里收割了丰收果实一样。那么她收割了什么呢？老实告诉你吧，我的小青草谈起恋爱来了。那个小伙子是重兆村人，喜欢上了她的编织手艺。一想到青草将来要嫁到重兆村去，我就有点舍不得。重兆村怎么就与我家族的女孩儿有不解之缘呢？我的姑姑、大蚕花姑娘姐姐，她们的婆家都在重兆村。那些不堪回首的往事，我一点儿也不想说给青草听了。

那天章玫瑰跑来我家的时候，青草正好与她的男朋友约会去了。我是那么的喜欢章玫瑰，看见她来，我的心"怦怦"地跳得厉害。然而她见青草不在，转身就走了。我问她："有事吗？"她晃荡着两只圆圆的大耳环，回过头来对我莞尔一笑道："我想让青草给我编织毛衣呢！"我说："噢噢，你等等，我要给你一样东西。"章玫瑰奇怪地望着我，那神情像极了从前在我们家插队落户的女知青徐莹。

　　我哆哆嗦嗦地从我的衣兜里拿出来一串项链。我说："这是真正的珍珠项链，是闯儿他们从河蚌里掏出来的珍珠加工而成的。他们卖到法国去，可卖好多欧元呢，这是我专门给你留下的。"章玫瑰看也不看我手上的珍珠项链，哈哈笑起来说："我还以为什么呢，这珍珠项链在我们获港村谁家没有？又不是闯儿他们才养河蚌！不过许老爷爷你还知道欧元，这真不简单！"章玫瑰把我嘲笑了一通，高跟皮鞋敲打着石板地面，发出"笃笃"的声音远去了。我老眼昏花地望着她的背影，心里想，谁不知道村里人都在养河蚌。尽管章玫瑰不领情，能与她说上话我也很高兴。她那朝气勃勃的身体，虽然之于我是水中月，但我同样感到一种雨露的滋润。我顿时内心有一股暖流，它流遍我的全身，让我通体舒畅。

　　青草回来时，脸上荡着幸福的红晕。她的白色公主裙上粘着星星点点的草籽。我知道她的心，就像窗外树上唧啾的鸟儿那么欢快。她淘米做饭燃起炊烟时，我就望着窗外出神。太阳落山了，树木摇着枝丫，叶片纷纷坠落。那些屋檐上陈旧的鸟巢，不时被风吹落几根发白的稻草。一种黑暗的波浪在汹涌激荡，黑暗不断蔓延，逐渐笼罩了房屋、山坡和树木，就像水波四面冲刷着一艘沉船那样，黑暗冲刷着田野，涌上杂草丛生的林间小路，涌上起伏不平的草地，淹没了一只蜗牛。

　　如果说我是经过了黑暗、经过了风雨的一棵老树，那么我膝下的儿孙们就是树上的枝丫。尽管我这么老了，我的根依然深深地扎在泥土里，绝不让我的内心空洞。我的枝丫日益茂盛，但再茂盛我最心疼的仍旧是青草。

　　青草做的晚餐非常丰富，大概是她心情格外好的缘故。她做的萝卜丝鱼汤、腊肉炒青菜、土鸡青菱煲，味道鲜美极了。我喝了一小盅黄酒，脸上也泛起了红晕。青草说："太爷爷，你多吃菜，少喝酒。"青草说话总是格外简洁。别看她个头小，这小矮人做事特别利索。我对青草点了点头，转身看迪杰卡已先我吃好晚餐了，它正等着我呢！

　　我放下碗筷后，青草给我重新沏了茶。我坐到客堂猩红的楠木椅子上，迪杰卡就伏到了我脚旁。我一高兴，把它抱到了怀里。它激动得用嘴舔舔我的手，仿佛想抚平我手背上像丘壑一样的纹路。我说："迪杰卡，我的好伙伴，你还愿意继续听我讲故事吗？"迪杰卡的目光善良极了，它望着我，久久地望着我，发出"噢噢"的声音。然而这时候突然停电了，漆黑一片，我把迪杰卡抱得紧紧的。青草给我点燃了两支红蜡烛，当火焰升高光芒四射时，我也燃起了胸中的火焰。我的故事又继续开始了，迪杰卡是那么安静地倾听着。

第十三章

一

夜晚我从桑树林出来，傻傻的影子很快消失在夜幕中。我踽踽独行，精神飘飘悠悠。四周的黑暗有一种咄咄逼人的压力，让我感到抗拒这重压的力量正在逐渐减弱。我的眼睛和耳朵变得麻木了，前面的小路呈现出几点光亮幻影时，我却要费一番劲儿才能意识到它们的存在。难道我真的看见了光亮，就像白天看到的光线一样？抑或是大脑中的幻想，如同眼睛受到打击后看到的金星？

村庄静穆无声，但并未沉睡。它仿佛瞪大了眼睛躺在那儿，与黑暗做着顽强的搏斗。我向前走着，在四面广阔无垠的黑色波涛包围下，我的躯体仿佛悬浮在峡谷的深海中，又仿佛漂浮在浩渺的海洋里。一种深深的孤寂穿透雾霭，让我的灵魂飞越山峦，飞到一个遥远的地方。

那遥远的地方是北方一个小村庄，是埋葬我的战友李哲人的地方。自从长超部队解散，李哲人任浙西行署少将参议兼天目山青年招待所主任之后，我们的联系就不多了。那年我带着章丹凤去天目旅馆参加他的婚礼，后来我们就再没见过面。尽管我到处打听他的消息，但始终没有音讯。这些年只要静下来，我就会想念李哲人。想起我们围剿敌寇一起作战的日子，血战罗田漾的日子，那是多么充满血性而又斗志昂扬的一段时光啊！

真没想到李哲人已经去世了。

他北上渡江后，并没有牺牲在战场上，而是长期艰辛劳顿、奔波跋涉的生活让他肺病复发而病逝。前段日子，人民政府追授他为革命烈士，同时还有不少在战争中牺牲的战士也被追授为革命烈士，并且在长超山上耸立起了一座"抗战英雄纪念碑"。

那天我在长超山上祭奠我的战友们后，遇见了章丹凤堂兄的女儿章珍妮。这女孩儿长得结结实实，黑里透红的皮肤，一双水汪汪的大眼睛，长长的睫毛，看上去健康漂亮。她见到我喊："小风林阿爸。"

几年不见，她已出落成大姑娘了。我一下没认出来，她就咯咯地笑。她银铃般清脆的笑声，穿过树林荡漾在风中，让我倏地来了灵感。我想若是她能嫁给小风林多好啊！我对她说："噢，想起来了，你就是章珍妮。好久不来我们获港村了，要常来看看你姑妈、小风林和小抗敌。"她说："好吧，我过几天就来看姑妈。"

我回到家，第一件事便是与章丹凤和小风林谈起章珍妮。没想到家里除了我不知道小风林和章珍妮的恋情，其他人全知道。他们早就自由恋爱了。因为是亲戚，他们怕我反对就先瞒着我。其实远亲没有什么关系，《红楼梦》中贾宝玉和薛宝钗、林黛玉不都是表亲吗？

小风林二十岁了，已经到了成家立业的年龄。既然他们早就自由恋爱了，那我就不用当"红娘"了。我决定和章丹凤带着小风林，去长超村堂哥家提亲。小风林听说给他提亲，心里美滋滋的。这孩子的脸上长了不少青春痘，就像赤豆粽子一样。那天在我们带着礼物去章珍妮家提亲的路上，我忽然想起了与婉玉去盐官镇，我向她父母提亲的情景。那时候我们是坐着马车去的。在马车的颠簸中，我们的生命交融在一起了，那是多么令人胆战心惊又浪漫的故事啊！

章珍妮见我们拿着礼物来提亲，害羞地躲进里屋去了。章丹凤的堂兄是个老实巴交的农民，读过几年私塾，堂嫂是目不识丁的农家妇女。他们的三个儿子都已成家立业，视这小女儿为掌上明珠。他们未经我开口，说："亲上加亲好，珍妮嫁给风林，我们都很高兴。"他们这么说，我们的亲家关系就确定下来了。

这天我回到家里，决定把从前我与婉玉的婚房涂刷一新，给小风林与章珍妮做新房。至于家具，我就想着上山伐点木料，自己给他们打家具。通过近些年不断研究和探索，我的木工手艺又有了很大的进步。我常常沉浸在木工的世界里，那些刨花，仿佛就是我思绪的浪花。我已经慢慢习惯"无官一身轻"的状态了。

那天我耳朵上夹着香烟，正在刨木料，打一个五斗橱，说书先生吴雪雷的儿子吴星星气喘吁吁地跑来说："我阿爸快不行了，他要见你最后一面。"我放下手中的活计说："好吧，我这就去。"

吴雪雷病后，有几年没在外港埭走廊说书了。没了说书人，外港埭走廊已不再像先前那么热闹。吴星星没有子承父业。吴雪雷那年与我说，如果有一天他病倒了，让我接替他说书。不过我觉得，还是等我有了兴趣再接替他吧！

吴雪雷与我父亲同龄。父亲若活着，也七十五岁了。我一边想一边走，很快来到吴雪雷的"乐饥草堂"。吴雪雷躺在床上气色还不错，也许是回光返照，我听不清他模模糊糊的声音。但凭直觉，我知道他希望我能把他的说书事业进行下去。我点点头，他就微微地露出了笑容。来看吴雪雷的人一个接一个，我很快离开了。走在回家的路上，我想着从前与他一起在荻港村小学任正副校长的时光，想着小时候听他说书、买他画儿的情景。往事历历在目，而人生恍若梦幻。

这么多年来，我心里一直想着我的两个失踪的孩子大大和阿六头。我相信他们一定活着。我一边走，一边抽烟，脚上穿着的圆口布鞋已经露出了大脚趾。我的章丹凤已经很少纳鞋底做鞋了，为了省鞋，一到夏天我就打赤脚。双脚走在泥土地里，我感到心情舒畅。

这会儿，我走到内港埭走廊上，杨鸿庆在这里把供销合作社办得红红火火。村里谁家不到这里来买烟、买盐的？一九一〇年后的那几年，我们村的徐家奇就在内港埭走廊开了一家理发室。现在是他儿子徐传荣，继续干着理发营生。我每次坐在理发椅上，闭上眼睛让徐传荣给我刮胡子、修脸、剃平头都是一种享受。

从内港埭走廊出来，我迎面碰上了曹一康，真是冤家路窄。我狠狠地瞪着他，他做贼心虚地别过头去。自从他与高美丽结婚，我把原来分给长海的蚕房要了回来，并且与高美丽断绝了来往。但许家立依然是我的侄儿，逢年过节我们会请他来家里吃饭。他比小风林大，也到了该成家立业的年龄了。只是他与继父的矛盾日益激烈，吵架时的对骂声能随着风儿传到我屋里。

这个小时候十分文静秀气的许家立，长大像变了一个人似的，有着一股农民的倔强劲儿。那天许家立帮我们粉刷小风林的新房，他把墙洞补得平平的，把墙壁刷得白白的，地上还铺了一层水泥。

我给小风林打了一个五斗橱、一个大衣橱、一张床。如今物质丰富多了。我们选择一九五四年国庆节，为小风林和章珍妮举办婚礼。这些天，我找了傻傻的五哥给我油漆家具。五哥不仅船打得好，油漆手艺也是远近闻名。自从解散了精武会，五哥的武功逐渐衰退，而打船和油漆手艺却日趋精湛。不少外村人路远迢迢地来找他，而他总是应接不暇。

师父独眼龙的几个儿女中，五哥是话最少、性格最内向、最憨厚的一个。他比我年长几岁，满脸的皱纹和沧桑，可他在干活儿的时候，依然有着一股蓬勃的力量。他不收我的工钱，我就在内港埭走廊的店铺里买两盒利群牌香烟送给他。

章珍妮这些天常来我们家玩，还未过门的媳妇，咯咯的笑声回荡在空气中，显得生机勃勃。女孩与男孩子到底不一样，女孩不仅是花朵还是空气。那天我看见章丹凤把我给她的那只蝴蝶形发夹随便放在抽屉里觉得十分可惜。我小心翼翼地从抽屉里拿出来，用毛巾擦干净，放在阳光下它依然闪闪发光，而且翅翼还是那么凄美地在风中轻轻摆动。我忽然来了灵感，叫住在客堂里与小风林一起咯咯笑着的章珍妮，说："你看这只蝴蝶形发夹漂亮吧？"章珍妮惊喜地说："漂亮，很漂亮。"我说："送给你吧！"章珍妮说："这是银的吧？"

我点点头。

小风林与章珍妮结婚那天，我看见章珍妮头发上夹了我给她的蝴蝶形发夹。她身材高挑，穿着章丹凤为她缝制的大红旗袍，显得亭亭玉立。女方来的人和我们欢聚一堂，大家纵情饮酒歌唱。整个婚礼是那么隆重热闹。新娘在人群中穿梭，人们远远就能看见她头上闪闪发光的蝴蝶形发夹。而她本人也像蝴蝶张开羽翼一样，从这里飞到那里。新郎穿一身蓝布衣裤，腰间系几根花花绿绿的绸布条，表示吉祥的意思。他来回走动时，绸布条随风飘荡起来，就像雨后天空中的彩虹。

那天傻傻抱着才五个月大的桑果儿和他的瘸腿儿丈夫，也来参加小风林的婚礼。我知道她手里抱着的儿子，就是我的第九个儿子啊！但除了我与傻傻知道，便没有人知道了。瘸腿儿有了儿子，对傻傻百般疼爱起来。傻傻的婆婆有了孙子，高兴得眉开眼笑。

二

章珍妮婚后不久开始呕吐，我就知道她怀上孩子了。这让我心里暗暗高兴，我要做爷爷了，我要做爷爷了！在和平年月繁衍后代，让家里人丁兴旺也是我非常渴望的事。我看着章珍妮的肚子一天天隆起，心里就想，女人只有被男人耕耘之后，才能具有浓郁的女人味。她们的肚子就像一块丰饶的福田，当婴儿呱呱落地，初为人母的幸福一定无以言表。我已经很久没有滑动生命之门了，章丹凤早早地进入了更年期，傻傻有了儿子总是远远地回避我。我知道傻傻不想让儿子认我，也不想透露出我们的半点秘密，让村里人说三道四。不认就不认吧，好歹在村里我还是能看见我的桑果儿的。

那些日子，我为了给怀孕的章珍妮增加营养，时常到池塘去抓鱼。都说孕妇吃鱼能使孩子聪明，我就今天抓扁鱼，明天抓鲫鱼给她吃。她在家挺着个大肚子，吃完饭连碗都不洗，章丹凤就嫌媳妇懒，免不了要唠叨几句。好在章珍妮只顾低头给未出世的孩子编织毛衣，婆婆说她，她就"嘿嘿"一笑。

夏季农忙时节又来临了。田里的活儿，自从有了小风林和小抗敌这两个劳动力，我就十分轻松省力了。他们让我在家歇着别去夏收夏种，但我还是像从前那样出工。在田里，我的手脚可比小风林和小抗敌麻利多了。那天我们正在田里劳动，章珍妮就在家里生下一个八斤重的大胖儿子。我们收工回来，章丹凤忙里忙外高兴得合不拢嘴。这是我和章丹凤的第一个孙子，是小风林的头生儿子。我想去看看小孙子，小风林把我挡在门外，自己却进去好半天才出来，出来时他说："儿子的右手有六个指头儿，将来要做小偷呢！"我"啪"地给了他一记耳光道："你个乌鸦嘴。"

我给小孙子取名"许建新"，小名就叫"六指儿"。我刚出生的小孙子，右手有六根指头儿很快传遍了村里。有人迷信地说这是不吉利的征兆，有人说这是我的报应。我又没做坏事，有什么报应呢？嘿，无论怎么说，我的小孙子不过就是多了一根手指而已，又有什么妨碍呢？

前些日子，我们东边的邻居李小龙家，安置了一个从上海来下乡落户的女青年。她刚中学毕业，十八九岁的样子，下巴尖尖的，长着一张扁平脸，看上去显得俏皮活泼。她的高颧骨被两绺刘海儿遮盖着，细长的眉毛，大大的眼睛又黑又亮。她梳着两条长辫子，辫梢上扎着两个黄蝴蝶结，笑起来甜甜的。她就是海云。李小龙的老婆豆芝只看了她一眼，就喜欢上了这个女青年。说是有朝一日，要她的儿子波波娶海云。

我们家的小抗敌，也已经到了成家的年龄。当他在路上与这个上海来的女青年不期而遇时，就喜欢上她了。他主动出击追海云。他对海云说："我喜欢你，喜欢你的美丽，你的笑容。你在我的心窝窝里，我会以我的生命来保护你，你嫁给我吧！我们荻港村有桑树林，有田野，有池塘，有菜园，好玩的东西可多呢！"海云被小抗敌的甜言蜜语灌得晕晕的，没多少日子就成了小抗敌的俘虏，两个人私下里谈起了恋爱。

李小龙的老婆豆芝悄悄与儿子波波说，要为他和海云说亲，波波也暗暗喜欢上了海云。所以当波波看见小抗敌追海云，并顺利地与海云谈上恋爱时，便绝望地流下眼泪来。他流着泪对母亲豆芝说："都是你，不先替我说亲。住在我们家里的凤凰，已经飞到隔壁去了。"

母亲豆芝见儿子哭着责备她，火气就来了。她说："你真是个没出息的东西。为一个女人流泪，还责备起你老娘来了，看我教训你！"豆芝是个泼辣女人，她拿起一把笤帚就往波波的屁股上打。她打一下，波波就"哎哟哎哟"地叫几声。豆芝就更加恼火了，她觉得波波和他父亲一样是个窝囊废。豆芝的打骂声，传到好几户人家里。大人小孩一个个跑出来看热闹，但谁也没有阻拦。村里人都知道豆芝的脾气，越是有人阻拦，她就越发凶狠泼辣。

豆芝打儿子波波后，海云觉得再借住在他们家就会十分尴尬。于是小抗敌把海云接到自己家中，章丹凤专门腾出一间屋子给海云住。两个多月后，我把从前我的双胞胎姐姐的房间涂刷一新，给小抗敌和海云做新房。家里有了两房媳妇，真是热闹极了。不多久，海云也怀孕了。她一怀孕就爱吃酸的，那些酸梅子她一口气能吃好多个。都说孕妇爱吃酸的就会生女儿，但愿海云给我生一个孙女吧！

我的桑果儿，比六指儿只大一岁多一点。他们是叔侄辈，但两个小家伙儿玩在一起，就像小兄弟一样。他们俩的国字脸都像我，有时我趁傻傻看不见，一手牵着儿子桑果儿，一手抱着孙子六指儿走在村里，有一种说不出的自豪感。当然除了傻傻，没人知道桑果儿是我的儿子。与儿孙们在一起享受天伦之乐，我已渐渐淡忘了我无用武之地的组织能力。但我依然有革命理想，只是再不能像从前那样想干就干了。

现在村党支部书记是小山，村长是严家辉，农救会长是曹一康，民兵队长是高大年，供销合作社长是杨鸿庆，妇女会主任是傻傻。我这个曾经是他们领导的人，却因为那说不清的历史问题，一直无法重新入党。我知道这对我的政治生涯是致命打击。不过这些年，我已经学会淡泊地过一种农耕生活了。

小山自从死了妻子小妹后，至今未婚。他把小妹的尸骨从济南迁回重兆村，葬在了我姑姑的坟墓旁，让她们母女团圆。在我眼里，小山已不是从前与我打猎时的小山了。自从他以贫农的身份当上了村党支部书记，更是与我保持距离。有时我们路上见面，只是打个招呼而已。我知道村里基本是村长严家辉在主持日常工作。严家辉本来是我的部下，但自从那年我在战场上被捕，而他骑着大马凯旋后，我们就再不是一条道上的人了。我已经很少与他畅快聊天儿。他当上村长后，我们的距离就越来越远了，倒是他儿子严发财与我的小风林还时常在一起玩。

那天我正在田里劳动，忽然听见村广播喇叭上说着什么，我没有听清楚，但凭直觉有什么事情要发生了。下工回到家里，我把锄头朝门背后一放去找小山。小山住在村西的两开间瓦房里，也就是从前他父亲独眼龙茅草屋的所在地。他家门前有一个菜园，种着蔬菜和瓜果。他见我来了说："长根啊，这么难得，咱们兄弟一起喝杯酒吧！"我心里想，你现在哪里还会真正把我当兄弟呢？别假惺惺了。不过有酒喝，我还是高兴，坐下来就着一盘毛豆、几颗花生米喝起来。

小山说："我们村要开展整风了，你完全可以向村领导提意见，表达自己的观点和立场。"我听他这么一说心里高兴，觉得自己受委屈的地方太多了，何不说出来呢？

这晚我和小山喝得酩酊大醉。醉酒后，我说话大着舌头，走路跌跌撞撞。回到家里，我对章丹凤说："痛快，痛快，我好久没这么痛快了。"章丹凤帮我脱鞋，我倒在床上就呼呼大睡。

第二天一早，我脑子异常清醒地整理着我的思绪，开始把我要提的意见一条一条罗列出来，然后到内港埭走廊的小商铺里，买回来宣纸和墨汁。我对孩子们说："我要写毛笔字啦！"我的小风林、小抗敌，还有我的两个儿媳，听到我说写毛笔字都感到既新鲜又好奇。他们问："你要做知识分子啦？"我说："我本来就是知识分子，从小就写毛笔字，不过我这次写字的目的是给领导提意见。曹一康，他是杀死我弟弟长海的凶手。"然而我的孩子们没兴趣听我说这些，他们一哄而散，我就铺开宣纸，一笔一笔写起来了。

三

六月里，我的小儿媳海云生下了一个七斤三两的女婴。我命中无女儿，却盼来了一个孙女儿。这同样让我高兴，我给我的孙女儿取名"许闯儿"，意在让她长大后不要做温室里的花朵。月子里的小闯儿特别会哭闹，而且总是在夜深人静时哭得厉害，真是"天慌慌地慌慌，我家有个夜哭郎"。

我那么多儿子，还有孙子六指儿，他们都没有像闯儿这样爱哭闹。是不是女孩子特别爱哭呢？都说孩子半夜哭闹，会惹来灾难。我的小闯儿，她能给我带来什么麻烦？我并不相信这些说法。不过有时候我半夜听着她的哭声，就会想起我们村曾经两次闹瘟疫的场景，想起在瘟疫中死去的我的两个双胞胎姐姐、结发妻子婉玉和四个未成年的儿子，想起这屋子曾经的惨境和荒凉，我就不寒而栗。

那天我贴完大字报，去演教禅寺拜佛遇上了妙玉法师。她今年七十一岁了，却依然健朗。佛门的清静，是造化人、让灵魂飞升的地方。近二十年来，她的佛门修行已经很深了。每次我们聊天儿，她都会指点我去海宁盐官镇，听听钱塘江的潮音。我知道她不仅是让我听潮音，更是让我别忘了婉玉和我与婉玉的儿子们。不知为什么，每次她让我去海宁盐官镇听钱塘江潮音，我都有一种揪心的疼痛。我忽然有一种想找到我的大大和阿六头的强烈愿望。尽管二十多年来，我由于要干革命放弃了寻找他们，但我相信他们一定还活在这个世界上。

从演教禅寺回家的路上，宛若佛在我心中。我有一种飘飘欲仙的感觉。有一天我趁着章丹凤忙着照顾月子里的海云和小闯儿，便偷偷地去了一趟盐官镇。自从那次我为妙玉法师去钱塘江畔画了"北斗七星图"后，我一直没再去过那里。

我向小山借了村里的那匹大马，骑着马儿去海宁盐官镇时，头戴一顶黑色绍兴毡帽，身穿一件长长的白绸中式褂子。骑在马上，风一吹褂子就随风飘荡起来，那是多么威风凛凛啊。

这年头骑马的人已经不多了。我骑着走在乡间小路上，嗒嗒的马蹄声就像抽在我身上的鞭子。我到钱塘江畔去寻找我的大大和阿六头，他们是否居住在那里呢？一路上我快马加鞭，决定去找我的老同学、婉玉的三哥陈涌。他已经很久没来我们获港村了，自从那年他从四明山打游击回来，我们就没再见过面。他一直不知道妙玉法师就是他母亲，以为他的母亲在战乱中去世了呢。

现在我来到了盐官镇风情街，这是一条我非常熟悉的小街。但二十多年过去了，它经过战争的洗礼，已满目疮痍。从前很有气派的两扇黑色大铁门，已经斑斑驳驳褪了颜色。

我把马拴在门口，推开吱呀作响的铁门。一棵法国梧桐树长得粗壮而茂盛。院子里有不少孩子在玩耍，显然这里已经新搬来了很多住户。我问了小孩儿，才知道婉玉的大哥、二哥依然住在这里，只是大哥和二哥这天正好都不在家。大哥在一家灯泡厂做工人，二哥在一家棉织厂做工人。他们的妻子在家是家庭妇女。她们认出我后十分惊讶，说："老爷去世很多年了。老爷后来精神失常，疯了。老爷去世后，我们的婆婆就失踪了。"

她们的叙述中带着无奈和幽怨。她们的日子，已是夕阳西下了。我想，谁让你们不孝敬呢？你们的婆婆出家做尼姑啦！当然我守口如瓶，妙玉法师不想说的事，我决不提。

陈涌自从上四明山打游击，就与大哥和二哥断了来往。所以这两位嫂子，没有一点儿陈涌的消息。我找不到陈涌，便要离开这个曾经让我伤心透了的地方。我从大嫂的屋里出来，穿过狭窄的板壁小弄，走到庭院。新中国成立后他们的屋子被改造了一部分，搬来许多穷苦的无房居民。婉玉的闺房住着一个老太太和两个小孩子，陈涌的房间住着一大家子人。那里已如"七十二家房客"般热闹了。

我欲离开时，管家颤颤巍巍地走出来说："二十多年前，有一个女人带着两个男孩儿来向我们要钱。她说那两个孩子是婉玉的儿子。我们不信，把他们赶走了。但这件事一直搁在我心里，我不知那女人说的是不是真话？"

"啊，真的吗？"我问。

"真的。"

也许那女人就是我的小妾刁红梅，那年她带着我与婉玉的儿子大大和阿六头，逃亡到这里来了。我迫不及待地问管家："他们后来去了哪里？"管家说："好像去了许村镇。"我知道许村镇离盐官镇不远。我告别管家后，骑上马直奔许村镇去了。我的小抗敌的学名叫许村，许村仿佛冥冥中与我有着亲缘关系。我想我那失踪的两个儿子，也许一直生活在许村吧！

然而偌大一个许村镇，要想找到我的大大和阿六头也着实不容易。他们一个该是二十八岁，一个该是二十六岁了。他们也许都已成家有孩子了吧！只要他们活着，我就放心了。我想到镇派出所找户籍警，让他们帮我查找许大大和许阿六。这个想法让我兴奋不已。

一会儿，我来到派出所。户籍警见我探头探脑，就问："你有什么事？"我说："我找失踪多年的儿子许大大和许阿六，您帮我查查。"户籍警说："我这儿又不是公安局。"我说："麻烦您了，您就在户籍本上给我查查吧！"户籍警这才不耐烦地打开他的户籍本查找起来。一会儿，他把我要的两个名字全找出来了。他说："同名同姓很多，但愿这就是你要找的人。"

在户籍本上，见到我两个失踪儿子的名字，我欣喜若狂。我情不自禁地抱住户籍警的头说："啊！我终于找到他们了，终于找到他们了。我找大半辈子了。"户籍警是个小伙子，他推开我说："你抱我的头干什么？"我激动地说："我找到我的两个失踪已久的儿子了。"户籍警朝我看看，一副不以为然的样子。

走出镇派出所，我朝着我的大儿子许大大的居住地快马加鞭。枝头巷七号，我很快找到了。通过一扇墙门，穿过天井，里面是一栋二层楼的板壁屋子。这栋楼里住着不少人家，天井里晾着几只刚洗刷干净的马桶。三个七八岁的小姑娘在天井里跳橡皮筋儿。她们见陌生人进来，狐疑地望着我问："你找谁？"我说："我找许大大，他住这里吗？"三个小姑娘咯咯地笑起来，异口同声地说："没听说过。"我说："有叫许阿六的吗？"她们依然摇摇头，咯咯地笑着。我继续往里面走，可这三个小姑娘拦住我不放。

她们说："闲人莫入。"

我一个大男人，被像花蝴蝶一样的小姑娘团团围住，心里并不恼火。我正想逗她们玩儿时，一个二十五六岁的女人出来喊："许晴，许晴回来。"我一听小姑娘姓许，问女人道："这里有许大大吗？他今年该是二十八岁了。"女人说："你是他什么人？"我说："我是他父亲，他住这里吗？"女人说："我爱人就叫许大大，可是他父亲早就死了。"我说："你爱人就是我失踪已久的儿子。他还有什么亲人吗？"女人说："有一个弟弟和母亲。"我说："母亲叫刁红梅，弟弟叫阿六头？"女人说："你怎么知道？"我说："我是他们的亲生父亲。"她狐疑地望着我。

我欣喜地、迫不及待地倾诉着从前发生的事，就像讲故事一样。讲到悲伤处，我竟落下泪来。女人十分同情地告诉我："婆婆与阿六头住在一起呢！"顿了顿她又说："我叫刘虹，进屋坐吧！"我说："不用坐了，下次吧！"

离开刘虹时，刘虹让她的女儿许晴叫我爷爷。许晴这小姑娘就咯咯地笑，硬是不肯叫我爷爷。不叫就不叫，不叫也是我的小孙女儿。我骑着马儿回家时，心里有说不出的喜悦。那么多年来悬在我心头的一块巨石，终于落地了。回到村庄，我抑制不住喜悦的心情，先到演教禅寺见妙玉法师。她听了我的消息，低着头说："阿弥陀佛，阿弥陀佛。"

黄昏时分跨进家门，我尽量克制住自己喜悦的心情。我不想突然地把过去发生的事情对我的小风林、小抗敌和两个儿媳说。再说我找到了大大和阿六头，章丹凤就会无事生非，认为我一直把婉玉放在心窝窝里。嘿，什么也不说了。都说幸福能同享，我这幸福却偏偏不能与家人同享。

第十四章

一

　　太阳落山了，田野和菜园还散发着阳光留下的余温。一会儿月亮升起来，田野和菜园就是另外一番景致了。月光像泉水一样倾泻下来，那些开花的和不开花的植物全披上一层银光。那日正是小闯儿满一百天的日子，我们在家里摆了百日酒，来了不少亲戚朋友和乡邻。杨鸿庆与妻子阿菊，抱着捡来的兔唇儿子杨来发来了。傻傻与她的瘸腿儿丈夫抱着桑果儿来了。大家都很高兴，只有许家立呆呆地低着头不说话。他已经二十四周岁，早就到了成家立业的年龄。然而他没找过对象。我担心他像我的二叔许跃辉那样打一辈子光棍儿，便给他物色过几个女孩，可他全不中意。他的脾气变得越来越怪，满腹的仇恨让他的脸看上去紧绷绷，杀气腾腾的。我很想与他说些什么，但我忙着应酬亲戚朋友和乡邻，等空下来已不见了他的踪影。

　　小闯儿这天表现特别好，她躺在摇车里不但不哭，还老是开口笑。桑果儿和六指儿围着她的小摇车转。他们"呀呀"地与她说着话，拿着五颜六色的彩球逗她玩。两个小小的男孩儿，争着在小妹妹面前表现自己。整整一顿饭，我都没有与傻傻说上一句话，不过只要能够看见她和桑果儿，我已经很开心了。

杨鸿庆捡来的兔唇儿子杨来发，大家都叫他"兔嘴儿"。兔嘴儿很调皮捣蛋，喜欢爬和学狗叫声。家里有了这些孩子，就像一片葱绿的田野，生机勃勃。杨鸿庆和瘸腿儿的酒量都不错，他们喝了不少杜茅酒。当然他们再能喝，也没有我的酒量好。我给女人们也都倒满了酒，大家边吃菜边喝酒。

傻傻和海云喝多了。她们喝多了的表现是截然不同的。傻傻哭，海云唱。海云唱什么我们全听不懂。也许是沪剧吧，那曲调因为有了傻傻的哭声伴奏，显得苍凉悲哀。

然而这一哭一唱，使躺在摇车里的小闯儿也"哇哇"大哭起来，接着兔嘴儿、六指儿、桑果儿全哭起来了，再接着，男人们也一个个号啕大哭。大家都在哭的时候，只有海云还在唱，仿佛是钢琴独奏，给每一个哭泣的人伴奏。乐声高低起伏，雄壮有力。大家忘我地哭着，一个个哭得畅快淋漓。哭完了，哭够了，才渐渐离去。

亲戚朋友和乡邻全部散去后，已是子夜时分。风很凉，小闯儿早就进入梦乡。六指儿却精神格外好，钻进我的被窝，缠着我讲故事。我就给他讲安徒生童话《卖火柴的小女孩》，他听着听着睡着了。

窗外一片银白的月光，像水一样流淌着。我的左眼突突地跳起来。我不知道将有什么事情发生。章丹凤睡得呼噜轰隆隆响，我却翻来覆去睡不着，睁着眼一直醒到天亮。

当天色微明，菜园中的植物披上浓重的露水时，我早早地起来了。我吸着香烟，在田里散步。太阳跃出山顶将露珠驱散时，就是农人们下田干活的时候了。这些年来，我基本都在田头劳动。我的梦想是有朝一日恢复精武会，再当精武会会长。然而半个多月后，我因为揭发曹一康杀害我弟弟长海的罪行，结果被曹一康找出各种名目反戈一击，我又落难了。那天我刚从地里劳动回来，就有警察把我带走了。章丹凤的哭喊声，让我肝肠寸断。

二

那段日子，我一空下来就写日记。大儿媳章珍妮，半个月给我送一次换洗衣服。那天她给我送换洗衣服时，告诉我许家立把曹一康杀了。她说："有一天许家立与曹一康吵架，许家立用水果刀刺进曹一康的心脏，曹一康在送往镇医院的路上死了。曹一康一死，许家立被公安机关以故意杀人罪逮捕了。"我听了这消息很是震惊。许家立一是报父仇，二是为我报仇吧！

我与陆天一同住十四号房，他从省城来，是报社的一位记者。他长得很白，我叫他"白面书生"。我们住的是一间没有窗户的房子，房顶一盏昏黄的灯，阴森森的。我们没有床，打地铺，铺着的草垫就是我们冬天的保暖用品了。最初我们并不劳动，而是每天老老实实交代自己的错误，接受教育。我很快习惯了这样的生活，只是我常常感到饥饿，有时一顿只能得到一个馒头、一碗稀饭、一碟咸菜。

与我同室的白面书生陆天一，不是呼呼大睡，就是号啕大哭。他的哭声像牛叫一样，让人听了心里发怵。那天他一副魂飞魄散的样子，吓了我一跳。我心里想他是好人，然而第二天他还是被转到另外的地方去了，结果怎么样我不得而知。

章珍妮再一次给我送换洗衣服时，我的同屋已是一个蓄着胡子的中年男人。这次章珍妮给我带来了一些钱，让我备着买日用品。后来我把买日用品的钱，大部分买了吃的和烟。钱不够了，我就再向家里要。我知道这会给家里增加负担，但又有什么办法呢？谁让我老觉得肚子饿。

有时肚子饿了，我拼命写日记，画饼充饥一样。我的日记是这样写的。

连日阴晴不定，间有小雨。采石场的劳动极其繁重，晚上浑身散架，累极了。轮到我站岗倒是能逃避一天的劳动……那天在采石场工地，我们就地开了一个暴露思想会。我把我的"思想笔记"读了一遍，并且发了言。我已经学会了唾面自干、笑屑迎人的一套。这是我随环境的变化而变化出来的，至于暴露思想，我的态度十分积极。

每隔半个月，我都盼望家里有人来。章珍妮很久没来了，章丹凤也没来，还有我的小风林和小抗敌都没来。我不知道家里出什么事情了？心里十分焦急。终于等来了小风林，我听到有人喊："许长根出来。"

我出来见是小风林，既欣喜又担忧，急着问："家里怎么样？"小风林说："章珍妮流产了，六指儿发高烧感冒了，小闯儿出天花了。"我的神情异常沮丧和落寞。小风林说："都是他妈的曹一康整的。"我说："在众人眼里，我已成了又臊又臭的破罐子，我只好破罐子破摔了。我现在最担心家里，牵挂着你们。"小风林听了我的话，沮丧地低下头，心事重重地向我道别，我突然觉得他长大了。

时间像水一样流淌着，又过了几个月，我忽然接到通知可以回家了。那天我胡子拉碴地回到村里，村里正在庆祝成立人民公社。我不敢见众人，绕道回到家里，家里人又惊又喜。章丹凤喜极而泣："你回来了，你回来了？"我说："是啊，我回来了。"

孩子们散去后，章丹凤紧紧地拥抱着我，久久地不肯放开。她说："你离开我两次，我再也不要受那份苦，再也不要你离开我了。"她伏在我肩头"呜呜"地哭起来。

六指儿长高了，小闯儿开始牙牙学语和走路了。分别半年多，这两个孩子全不认识我了。我蹲下来抱起小闯儿说："叫爷爷。"她睁着大眼睛朝我看看，"哇"地哭起来。倒是六指儿，我把胡子刮干净后就认出了我，说："爷爷，你这么长时间到哪里去了？"我说："六指儿你想爷爷不？"六指儿点点头说："想，很想很想。"

这天晚上，我们全家团团圆圆地吃了一顿饭。亲情给我的力量是巨大的。我突然想起了许家立，问："家立这孩子怎么样了？"小风林说："他被判了无期徒刑。"我难过极了。这是弟弟长海唯一的儿子。我没有照顾好他，感到很自责。我决定去看高美丽，我已经很久没有见到她了。饭后，我"咚咚"地敲高美丽家的门。高美丽打开门，倏地又把门关上了。她那惊慌失措的样子，不知道认出了我没。我想着自己刚回来，许多事情变化太大，也就不再敲她的门。如果她认出我，想回避我也在情理之中。我十分沮丧地回到家里，章丹凤听了我的叙述说："别理她，家立就是被她害的。"

三

回到村里，我依然没有自由，当然这比离开家人强多了，至少我每天都能与亲人团聚在一起。自从成立了人民公社，所有的土地都归集体所有。村子已改作荻港公社荻港大队，村民改叫公社社员。那年无论大人小孩，每个社员分自留地四十六平方米。我们家人多，总共分得了八分自留地。现在我们上有人民公社、生产大队，下有生产小队。我们公社成立了三十五个生产小队，每个小队都有正副队长。

生产小队向生产大队包产、包工、包成本。超产的部分，上缴一定比例给生产大队，其余部分归本小队所有。节约下来的生产费用，全部归本小队支配。村民按工分计算收入，譬如冬耕一天十二个工分，一次春耕十个工分，二次春耕九个工分，三次倒田八个工分，割稻二十个工分，甩稻二十六个工分等；又譬如完成一亩单季晚稻田，总共有三百八十九个工分。总之谁干的活儿多，谁挣的工分就多。社员们每天为挣工分而忙活着。我的小风林和小抗敌为了多挣工分，每天起早摸黑地干活儿。

说实在的，开始我不太习惯"公社""大队"这样的叫法，但慢慢就习惯了。我们大队党支部书记依然是小山，大队长是严家辉，副大队长是新任命的丁一松，妇女主任是傻傻，民兵队长是高大年，供销合作社社长是杨鸿庆，会计是吴星星，出纳是我的小儿媳海云。

海云和章珍妮又都怀孕了，她们俩的肚子一天比一天大，饭量也一天比一天大。有一天，公社突然宣布吃饭不要钱了，尽管到大队的食堂去吃饭。这让我十分惊奇，难道真的进入共产主义了吗？难道真的到了物质极大丰富、人们的觉悟极大提高的程度了吗？

那些日子家庭主妇不用做饭了，大家到食堂吃。这样的好事情，把主妇们乐开了花。东边邻居豆芝更是借着白吃饭的大好时光，给儿子波波娶上了媳妇。我知道自从小抗敌娶了海云，豆芝就替儿子找了理发师徐传荣的女儿徐水娟。水娟是个满脸长着白癜风的姑娘，人很胖，屁股大得好搓麻将呢！波波不喜欢水娟，对母亲豆芝说："我不喜欢白头婆，她太难看了。"母亲豆芝说："难看有什么关系，只要会生儿子就好。晚上灯一关，什么好看难看，还不都一样？"波波眼泪汪汪地说："我不要。我与她住一起肯定就像住在坟墓里一样。"母亲豆芝冷冷一笑说："有坟墓住已经不错了，有人还怕住不到呢！"

豆芝不管波波同不同意，就开始为波波做结婚准备了。她与丈夫李小龙商量，把自己的卧房腾出来给儿子做新房，还找来泥瓦工、木工、电工在家里忙活了起来。一有空，她就把平时攒下的一块块布拿出来，她要给波波和水娟缝制结婚礼服。豆芝女红手艺不错，她做的中式衣衫上那些葡萄扣儿，编织得十分精致。我年轻时有一件长衫上的葡萄扣儿，就是她编织的。豆芝倒是并不嫌弃我，有事没事她总爱找我聊天儿，也不怕李小龙吃醋。

那天豆芝与我笑着说："海云被你们小抗敌抢走了，我又急着抱孙子，水娟虽然不理想，但终归是个女孩子，看她屁股那么大，一定很能生孩子。娶回家的婆娘，不就是为了生孩子吗？"

豆芝自己也是个女人，但她的观念在我看来是不对的。我说："波波不喜欢，你别勉强他。"她说："家里我说了算，喜欢也要娶水娟，不喜欢也要娶水娟。"豆芝确实比较霸道，也不讲道理。

几天后，我看见豆芝为波波缝制了一件藏蓝中山装，为水娟缝制了一件红袄儿。章珍妮和海云看到红袄儿上精致的盘扣儿，都惊叹豆芝的手艺高超。她们为自己没能穿上这么漂亮的红袄儿而惋惜，我对她们说："将来咱们家条件好了，给你们一人做一件红袄儿。"我这么一说，她们就笑我夸海口，不切实际。

自从小山宣布吃饭不要钱的政策，我们干活儿也不记工分了。什么以产定工、财务包干、定额记工，一律不要了。大家都以冲天的干劲，饱满的热情干活儿就行。哪里需要哪里去，哪里有活儿哪里干，哪里有饭哪里吃。队与队之间可以互相支援，大力协作，不讲报酬，仿佛共产主义精神大发扬了。但这只是表面上轰轰烈烈，事实上效果并不好。譬如，我们小队每天晚上队长出工铃一打，临时组织突击拉粪，几十个人拉一个大胶轮车，送上一两回粪，然后回到食堂大吃一顿，直到吃得打饱嗝，走不动路。

这样不吃倒灶才怪呢！

有一天生产队里开会，我实在忍不住说："我们不能这样共产，这样下去迟早要吃空的。"我话音刚落，队长和几个社员马上回击道："许长根，你要好好劳动改造，不许乱说乱动。"

临近春节的时候，豆芝家里张灯结彩，一派喜气洋洋。豆芝选了一

193

个阳光灿烂的日子，给波波和水娟举行婚礼。婚礼开始时，新郎波波穿着簇新的藏蓝中山装，左边的上衣口袋上面别着一朵红绢花。在两个姐姐的陪同下，到理发师徐传荣家迎娶新娘水娟。新郎波波一脸的冷漠，水娟却是满脸高兴。她穿着豆芝给她做的红袄儿，满头插着鲜艳的红玫瑰。大冷天，她穿着薄薄的红袄儿，心头却是热乎乎的。她没有坐花轿，新中国成立后结婚的年轻人，已经不兴坐花轿了。

在敲锣打鼓中，波波和他的两个姐姐把新娘迎接到家里，然后大家就到食堂去喝喜酒。豆芝的算盘从来不会打错，这喜酒她只出少许的钱，其他都是免费食物。食堂里乱哄哄的，有人说："想结婚的，趁早到食堂来吧！"

波波在母亲豆芝的催促下，给每一个来喝喜酒的人敬酒。有人提出要他与新娘当众接吻，他挥挥手说："乡亲们，你们好好地吃，好好地喝，好好地唱，好好地跳吧，就是别让我出丑，我拜托各位了。"波波说完，给大家鞠了一个躬，然后借上茅房溜走了。开始谁也没有发现波波溜走，后来新娘水娟发现波波不在，着急地说："波波不见了。"

酒席上的人骚动起来。豆芝对众人说："别紧张，波波一会儿就会回来的。"波波的两个姐姐还是与她们的丈夫一起溜出去，寻找波波了。没有新郎在，酒席很快散了。那些酒足饭饱的社员打着饱嗝回家去了。波波的两个姐姐和姐夫，把全公社的茅房都找遍了，也没找到波波，这让他们感到了不妙和紧张。

宴席散后，水娟回到新房，发现波波在洞房里割腕自杀了。波波的鲜血淌了满地，染红了新婚的床单。水娟惊慌失措地大叫起来，豆芝见了儿子的尸体，十分吃惊，哭得撕心裂肺，喘不过气来。李小龙见状却哭不出来，他望着已经断了气的儿子，满脸痛苦地握紧拳头对豆芝说："你把儿子逼死了，你高兴了吧？"

第二天，全公社的人都知道波波自杀了。某些喝过波波喜酒的社员十分惋惜地说："可惜啊，真是太可惜了。好好的一个人没了，生命轻若鸿毛。"豆芝家门口支起一个灵篷，办起了丧事。豆芝把李小龙藏了多年的棺材拿出来给儿子睡。当波波被人抬进棺材时，水娟哭喊道："波波啊，你太狠心了。你撇下我，让我一个人孤零零地活着还有什么意思呢，不如我与你一起去了吧！"

水娟用她的脑袋撞棺木，我把她拉开，她就冲我砸拳头。砸完了，她坐在地上哭。她的哭声是那么悲伤，直哭得我也流泪了。

夜晚的月光流淌在水娟身上，哭成泪人儿的水娟显得非常美丽。她脸上的白斑在月光的照耀下一闪一闪，就像月亮投射到她脸上的银球。就在这个时候，民兵队长高大年的小儿子高阿兴突然走到水娟面前，蹲下来拉着水娟的双手说："别哭了，为一个不爱你的男人哭不值得。我娶你，你嫁给我吧！"

在场的人都惊呆了。大家望着高阿兴把水娟从地上扶起来，望着他们四目相对、脉脉含情的场景，都觉得高阿兴是一个了不起的小伙子。这时人群一片寂静，瘦弱的高阿兴瞬间变得像勇士一般威武强壮。

高阿兴的母亲雪梅愣了许久，突然缓过神来，拉着阿兴的衣袖道："阿兴，阿兴你怎么了？水娟比你大那么多，你莫不是中邪了吧？"高阿兴推开母亲道："我没有中邪，我清醒得很，我就是要娶水娟。"高阿兴的态度十分明确和坚定，这让水娟感动极了。这个比她小六岁的小伙子，才刚刚长胡须，本来她都不把他放在眼里，没想到却成了她的"救世主"了。她不再哭泣，望着阿兴就像鸟儿望到了自己的巢穴。她突然觉得阿兴就是她生命的依靠，就是她的亲人。她满怀期盼和感念，眼睛里流淌着融融的爱意。

葬礼完毕后，豆芝和雪梅都哭得泪人儿似的。雪梅对豆芝说："你儿子不死，我的阿兴就不会这样了。"豆芝说："我现在里外不是人，谁知道他这么倔要寻死呢？"两个女人一边说一边哭，我都不知道安慰谁好了。这时海云挺着大肚子，突然唱起我们荻港村的民歌来。

> 小小荻港村呀，住呀住上门
> 东南两栅相迎去往来呀
> 北栅么有人去风水墩呀
> 风水那个墩来，和呀么和孚洋么

> 里行到外行呀，外面真闹猛
> 吃菜徐华园，喝酒徐华馆
> 要吃点心高老头圆子店呀
> 还有么丁家豆腐坊呀，炳生那盘客栈
> 价钱最惬意

> 缝工铁机厂呀，机器轧米厂
> 墙门堂里大开绸丝厂啦
> 大姑娘上去手针线呀，要个好工钿

> 演教大佛殿呀，有佛天宝殿
> 三官殿边，俯首关帝庙呀
> 山门呀斜对叫谷池潭呀，十景那个堂前么
> 风呀么风景亭呀，风呀么风景亭

　　海云的歌声优美动听，让两个女人止住了哭泣。豆芝对雪梅说："海云若是嫁给我们波波，就什么事儿也没有了。"雪梅说："这也怪不得海云，谁让你们波波那么窝囊废。"豆芝说："你们阿兴才窝囊废呢！"两个女人叽叽咕咕地吵着。一路上，理发师徐传荣一声不吭，但到了大家

各自回家时，他对豆芝说："我把女儿领回家去了。我一定让她孝满后再嫁人。"豆芝说："嘿，儿子都死了。我管不了太多，由你们吧！"

阿兴与水娟一路走着，理发师徐传荣并不反对把女儿嫁给阿兴。但他对阿兴说："我决定让水娟去城里姨妈家住上一年。若你真爱她，到时你再来娶她吧！"阿兴一听要与水娟分别一年，心里有点沮丧。但为了能娶水娟，他说："好，我一年后去城里接她回来。"

豆芝家的婚礼和丧事办完后，已到了一九五九年己亥年的大年初一。大家忙着过年，很快从波波自杀的阴影中走了出来。年后我们的大锅饭打破了，公社不再提供免费吃饭。一切又恢复成立人民公社时的包产、包工、包成本。

后来，我们公社决定建一些土坯房，作为公社和大队办公用房。建土坯房要先运土，再把土耙弄成一个大圆圈。圈里放进水，撒上稻秸，泡一夜，第二天才能和成泥。我们每一个人都有劳动定量，完不成定量不能收工。很多社员入夜才能回家，草草地洗洗，累得衣服也不脱就睡下了。第二天早早起来，又立即出工。

小风林和小抗敌运泥，我和泥。通常天才放亮，我就开始干活了。这时候土圈里的水已经冻起了一层薄冰，连同稻秸冻在一起。和泥的人要赤着脚下去踩泥巴。才一伸脚，冰冷的泥水就会让人冷得全身打战。再踩下一脚，薄冰连同被冻在上面的稻秸就会像利刃那样，划破我的双脚双腿，还没有踩泥巴，泥堆中的水窝儿就泛起了一片血花。冰水从伤口渗入我的骨头里，疼得我全身打战，但我只能咬紧牙关，拼命地踩泥，以剧烈的劳动暖和身体。这是一种办法。

我踩了一会儿泥巴，果然身子就暖和多了，双腿双脚上的伤口也似乎不疼了。这时我觉得下半身已经不存在，一点感觉也没有。章丹凤十分心疼地说："这样下去，你的脚就会出毛病，不如告病请假两天？"我说："这怎么成。"

六月初，海云又生了一个女儿。我给她取名"许静儿"。希望她长大文文静静。小抗敌见海云又生了女儿，嘴巴噘得可以挂油瓶。我说："生男生女都一样，生女也可壮门楣。"我就是喜欢女孩子，女孩子就像花蝴蝶一样，使家里的气氛生动而新鲜。

家里的孩子一个个多起来，我把向高美丽要回来的蚕房隔成了四个房间，让小凤林和章珍妮带着六指儿搬到那里去住。他们腾出来的房间，我让小抗敌与海云搬了进去。这样小抗敌与海云依然与我们住在一个屋檐下，每天晚上我听着静儿的啼哭声，就像听着催眠曲一样。我忽然想起了我的大大和阿六头，想起我的大儿媳刘虹和我的大孙女儿许晴，还有我从前的小妾刁红梅。这事儿我一直没与章丹凤和儿孙们说，也暂时不再打算去许村找我的大儿子大大和六儿子阿六头，我不愿意因我的出现而影响他们。

小静儿刚满月，章珍妮在七月初就生下了一个女儿。我又多了一个孙女儿，心里喜洋洋的。六指儿的学名叫许建新，我就给他的妹妹取学名"许建平"，小名叫"平儿"。平儿小眼睛，小鼻子的，哭起来的声音倒是十分响亮。有时我累得直不起腰，有时遭遇村里人的白眼和小孩儿朝我扔石头时，我只要想着我的这几个孙儿，仿佛就看到了希望。

这年到了冬至，我们公社的土坯房已经全部造好。但一个不好的苗头出现了，全公社这年的收成比往年少了许多。为什么会这样呢？依我看是基建战线过长，劳力浪费过多，计划以外的事搞得太多，人口增加太多，还有干部瞎指挥造成的。

第十五章

一

又一年清明节，我与章丹凤带着儿孙们去上坟，先上父亲、弟弟长海和我两个双胞胎姐姐的坟，后上母亲和二叔许跃辉的坟，再上婉玉和我与她的四个儿子的坟。我的孙子孙女从没见过这些早已去世了的亲人。他们叽叽喳喳像麻雀一样聒噪。六指儿与小闯儿在坟墓边捉迷藏，我的脑海里却像放电影，一幕一幕的往事，让我悲从中来。我给每一座坟墓除草，坟前放一束映山红。虽然我与他们阴阳相隔，但仍然能够默默交流。我能听见父亲与我说话的声音，听见母亲咯咯的笑声，听见弟弟长海的叹息，听见婉玉的哭声和四个儿子的嬉戏声。

章丹凤和儿子儿媳们，在馒头山采了许多野果子和野菜回家。走在回家的路上，我想起家里已经没有米，只剩下一些地瓜了。饥荒怎么越闹越厉害了呢？都说是自然灾害，可我们这儿的自然灾害并不严重。但已经开始缺乏食物，不少社员营养不良，还患上了浮肿病。其实我们主要的减产因素不是自然灾害，而是耕地抛荒和歉收。

回到家，我屁股还没坐稳，就听见章珍妮和海云妯娌俩为抢一碗地瓜糊吵得很凶。章珍妮说："你别太霸道，你的静儿已经吃过了。我的平儿饿得哇哇大哭呢！"海云说："明明是一人一份，你怎么要拿我们的？"妯娌俩为孩子的食物吵闹着，搞得家里鸡犬不宁。我冲着她俩大喝一声："住嘴，吵什么吵！"

　　我心里非常难过，我们怎么穷得连地瓜糊也吃不上了？我突然想把我藏着的两幅吴雪雷的画儿拿出去卖了，换点粮食回来。吴雪雷已去世，我想他的画儿应该能够卖个好价钱。我决定进省城一趟，找找我的那些老同学，把画儿卖出去。我这么想着，就立即行动了。第二天一早，我准备坐船出发，章丹凤说："最好能买一些吃的回来。"我说："只要能把画儿卖了，我就想办法买些粮食回来吧！"

　　我很快到了省城。在省城，我找到了那个在书画社工作的老同学。我说明来意，要把吴雪雷的这两幅画儿卖出去。他皱着眉头说："现在城里和乡下一样闹饥荒，饭也吃不饱，谁还有钱买画儿？"我说："城里总还有人欣赏画儿吧？你看看那幅《牡丹图》，确实不错。若不是家里一家老小等着吃饭，我还不肯卖呢！"

　　老同学说："看在我们老同学的情分上，我买了吧！"老同学说完，出一个价："十五元钱怎么样？"我说："少了一些，能否再加几块钱？"他说："这已经是非常不错的价格了。"我说："这样吧，我们农民没粮票，你就贴补我几斤粮票？"他说："我们城里也在闹饥荒，什么都要票，哪有多余的粮票给你？"我说："那你就再添几块钱？"他顿了顿说："好吧，我贴你两斤粮票吧！那可是我瞒着老婆孩子给你的，是从牙缝里省下来的。"

　　我接过他给我的十五元钱和二斤粮票，心里相当满意。道过谢，我来不及与他聊什么，就向他道别了。道别后，我想他一定不会自己买我的画儿，说不定一转手就赚我一倍的钱呢。

在一个饮食店门口，我为自己饥肠辘辘的肚子，买了两个肉包子。我一边吃一边走，倏地我手上的另一个肉包子被一个飞奔而来的小伙子抢走了。我一惊，顿了顿喊道："喂，你光天化日之下抢东西！"可他早逃之夭夭了，我只好自叹倒霉。

城里的商店一派萧条，我跑了好几家食品店，全部店内空空。粮站均无大米，只有面粉和地瓜。我买两个肉包子花去一两，只剩下一斤九两粮票了。我思来想去还是买了面粉，虽然只有一斤九两面粉，但我很自豪。坐在船上，我像个富翁一样。船客们的眼睛都像饿狼那样紧紧地盯着我的面粉袋，可他们哪里知道我的面粉袋内，只有一斤九两面粉。

下了船，我提着面粉袋，迎面碰上了严家辉。我们就像仇敌一样，狭路相逢，尖刻虚伪地寒暄。他说："长根，大家都在挨饿，你倒是日子过得不错嘛！"我说："家辉，好日子总不能都让你过了，也得让大家过过。"他说："自从成立人民公社的那一天，好日子就是大家过了。现在的困难是暂时的，马上会过去的。"我说："哦，但愿如此吧！"我没再朝他看一眼，只管朝前走。心里想，我今天落到这般地步，都是被你害惨的。

章丹凤见我只买了一斤九两面粉，心里闷闷不乐。她说："这么一点点能塞谁的牙缝，只能给孩子熬面糊糊吃了。"我说："在这困难时期，总比什么粮食也没有好一百倍。"那晚我正和章丹凤商量，如何把这一斤九两面粉和仅剩的一些地瓜配合野菜省着吃时，大队突然组织了一个检查队来到我家里。他们说这是专门监督、查处私开"小灶"现象的"检查队"。我知道这一定是严家辉看见我背着面粉袋，以为里面是一袋子粮食而专门对付我的馊主意。

我顿时气愤得双腿颤抖，咬牙切齿，更让我气愤的是傻傻也在检查队中。她见到我忽然像陌生人一样，令我十分蹊跷，更令我蹊跷的是，她毫不犹豫地将我家中的瓦罐器皿通通砸地上说："自然灾害年，不能私藏食品开小灶，一切归公。"章丹凤与傻傻是冤家，她气愤地抓住傻傻的头发说："我们家哪儿来的粮食私开小灶？"两个女人撕打起来。我没劝架，任她们脸上、手上都被抓出血来。

一斤九两面粉最后还是被"检查队"全部搜刮了去。两个儿媳看着两个嗷嗷待哺的孩子，气愤得破口大骂。但骂也没有用，全家人只能又吃野菜、野果、树叶、植物的根茎，以及社里每人每天配给的二两五钱口粮。

有一天我的胃痛变本加厉，并且烧灼般地蔓延到全身。我晕晕乎乎，全身发软瘫倒在地上。冷汗奔涌而出，眼睛也开始模糊起来。我知道这酷刑般的疼痛一半来自饥饿。章丹凤见我这样，让小风林和小抗敌把我抬上床，说："过几天，等你病好后，给在上海做生意的章荣初写封信吧！"可是我不答应，章丹凤骂我道："死要面子活受罪。"但我宁愿吃野菜，也不愿写信求他。

邻居豆芝得了水肿病，家里人每天眼泪汪汪。我挪出一些地瓜丝给她，都说"救人一命胜造七级浮屠"。豆芝接过地瓜丝，感动得热泪盈眶。可我的两个儿媳见我拿孩子的地瓜丝给豆芝，心里就很不舒服，她们当面不敢说，背底里叽叽咕咕骂我。

一九六一年初，公社把从前每户人家按人员分配的自留地还给了我们。我们的日子逐渐好起来了，但依然十分贫困。社员一天挣不到几个工分，而一个工分只有几分钱。我们家有八分地，春耕一开始我就在自留地上种了早稻和蔬菜瓜果，再不敢浪费土地种那些不能吃的花草了。

那天我正在自留地里锄草，傻傻与桑果儿从我身边经过。桑果儿喊我许伯伯，傻傻却三脚两步地朝前走去。桑果儿已经八岁了，正与六指儿在荻港小学读一年级。我望着他们母子远去的背影，心里酸酸的。那种痛苦无以言表，只能深埋心底。这年我五十五岁了，傻傻也四十三岁了，章丹凤四十六岁了，都是中年人了。岁月一去不返，世事沧桑，都刻在我们的脸上了。

他们走远后，邮差给我送来一封信。那是章荣初的来信，他告诉我，他去北京受到领导的接见，这让他得到了很大的启发和鼓舞。回沪后，他先整顿了荣丰纱厂，接着全面整顿他的所有企业。随着社会主义改造的逐步深入，他已经把全部企业转为公私合营，并逐步转为国营企业，完成对企业的社会主义改造。

我这个乡巴佬农民，除了佩服章荣初的发展和勇气，更有一种想逃之夭夭的感觉。我知道我们再不是小时候的伙伴了，面对章荣初，我感到无地自容。

二

由于自然灾害，高阿兴隔了两年才把水娟接回来。水娟也许是因为饥饿，整个人瘦了许多，身材显得苗条多了，还有她脸上的白癜风已经痊愈，只剩下脖子上的几块。如果穿上中式衣领的服装，或者围上围巾，那么她就是一个十足的美人儿了。这让高阿兴欣喜不已，却让他母亲雪梅格外地恼火，但婚礼还是照常进行了。

阿兴没有违背誓言，得到了水娟父亲的信任。婚礼上，谁都没想到这个十足的美人儿，就是从前脸上长满白癜风的水娟。都说白癜风是皮肤科的疑难之症，大家为她治好了白癜风而惊讶。

我为这对新人祝福时，喝得醉醺醺的雪梅拿着酒杯走过来。我以为她是来祝福儿子和媳妇百年好合，却不料她将一杯白酒朝水娟脸上泼去。水娟顿时傻了眼，阿兴趁人不注意，赶紧用手帕替水娟擦干脸上像露水一样的酒，但水娟脸上的笑容顿时变成了恼怒。不过水娟克制着，没有声张。

民兵队长高大年与亲家理发师徐传荣，都没有看见刚刚发生的一幕，他们坐在一起喝酒聊天儿。高大年笑着说："咱们是亲家了，以后我上你这儿理发不用钱了吧？"徐传荣说："这事儿小菜一碟，你尽管来，保证不收钱。"他们有说有笑，最后凑上几人划起拳来了。他们玩得很开心，仿佛这场婚礼是专门为他们聚在一起喝酒准备的。

阿兴与水娟的洞房，是从前阿兴的单人房间，只有十三平方米，但水娟只要能与阿兴在一起，并不在乎房间大小。婚礼结束，阿兴与水娟入洞房后，阿兴害羞得不敢触碰水娟的身体，倒是水娟大大方方。

豆芝和李小龙都没有参加阿兴与水娟的婚礼。豆芝的水肿病已经彻底好了。她想，当年她看准水娟不会错，女大十八变嘛！如今这朵鲜花插到阿兴的牛粪上，而自己的儿子波波却死得太不值了。

人生哪有过不去的坎，为什么非要寻死呢？豆芝想着想着，又泪流满面了。她无处发泄深藏在心底失去儿子的疼痛，便又冲着李小龙骂起来。李小龙一向忍让妻子，但这一次却反常了。也许他看到阿兴圆满地娶了水娟，而自己的香火却没有孙子传承。他变得暴躁起来，而且也痛恨妻子起来了。他把多年压抑着的话，一股脑儿地吐出来道："都是你，不是你硬要那样做，儿子会寻死吗？你真是头发长见识短。他妈的，你还一天到晚在我这里骂骂咧咧，你当我是什么？你个臭婆娘，看老子给你点厉害。"

李小龙拿起一根皮鞭，鞭打起妻子来了。豆芝先是一惊，后是狂叫和哭泣。但因为他们吵惯了架，几乎没有人围到他们家门口来。我只在房间里远远地听到他们的叫骂声，但越听越不对劲，才打开家门走过去。这时我看到李小龙就像一头疯牛一样，而豆芝已被打得鼻青脸肿，手臂上留下条条伤痕。我使劲儿夺下李小龙手中的皮鞭。我说："你别发疯了，她是你老婆，快扶她起来上床去。"李小龙这才放下手中的皮鞭，扶豆芝上床。

这年国庆节，正是建国十二周年。我们公社作为农村代表，第一次派社员参加省城的国庆游行。严家辉的儿子严发财参加了，高大年的儿子高阿兴参加了，还有傻傻等一些社员也都参加了。小风林和小抗敌因成分不好，都不能参加国庆游行。这让他们有一种失落感，特别是小风林内心很要强，见了我有一种说不出的抱怨。

我知道他不像严发财，凭着老子当官的关系当上小队长，而是凭着实干精神当选为小队长的。但他不能参加省城的国庆游行，心里窝着一股火，给我使脸色。我心里很难过，有一种对孩子们的深深歉意。

国庆节的第二天，海云在家里生下一个八斤重的男婴。家里又充满阳光了。尤其是小抗敌，高兴得在地上连翻筋斗。他盼望生一个儿子，儿子终于盼来了。我给小抗敌的宝贝儿子取名叫"许宝儿"。这宝儿比六指儿月子里要壮实得多。他晚上也不太哭，吃了睡，睡了吃，白白胖胖。章丹凤为又添一个孙子，打心里高兴。

小闯儿已是六岁的姑娘了，静儿和平儿也都是四岁的姑娘了。三个女孩儿在家里就像三只花蝴蝶，她们从这个房间飞到那个房间。她们不像男孩子那样玩泥巴，斗蟋蟀。她们喜欢捉蝴蝶，捉蜻蜓，喜欢在田野上"咯咯"笑着飞奔。她们的笑声就像银铃声一样，回旋在山谷与河流。

那一天，我带着三个小女孩儿去镇上玩，站在十字路口附近看汽车飞快地开过。小女孩儿雀跃着，招着手，她们也要坐一坐汽车。我就带着她们从街的东边坐到西边。下车后，我意外地遇到了从前与我两次同住一室的难友王新建。他反背着手，低着头走在街头。若不是我的小闯儿撞到了他，他停下来骂道："小妮子，你走路怎么不长眼睛？"我还真认不出他来。他见是我和孙女们，说："啊，是长根啊，孙女都这么大了。来，我们一起去茶馆喝杯茶，聊聊天儿。"我略略踌躇之后说："好吧，我们聊聊天儿。"

茶馆就在街角，八仙桌，长条凳，楼下已坐了不少茶客，楼上却空空如也。我们选了一张靠窗的桌子坐下来，泡上一壶上好的龙井茶，要了一盒利群烟，并且给孩子们要了瓜子、花生、糖果。孩子们欢快地到另一桌吃去了。我与王新建难友重逢，起先很是好奇，接着彼此都有些悲伤和酸楚。

我细细打量起王新建，乱蓬蓬的须发，苍白的长方脸，显然他衰老干瘦了不少，似乎比从前更颓废了。他又浓又黑的眉毛下的那双眼睛也失去了往昔的神采，但当他缓缓四顾，最后把目光对着我时，忽然地闪现出一种射人的光芒来。我心里高兴着，但又颇不自然地说："我们的从前，生死都在路上。眨眼，就过去了十三年。我早知道你去了省城，可是实在懒得动笔，以致没给你写一封信。"

"嘿，彼此都一样吧。我现在不在省城了，我和我八十岁的老母亲在苏州生活两年多了。"

我问："你在苏州做什么呢？"

他说："教书，在一所乡村小学。"

我又问："这之前你在省城做什么呢？"

他说："这之前吗？"他从利群烟盒里取出一支烟，点了火衔在嘴里，看着喷出的烟雾，沉思着说："我一个逃犯，能做什么事情呢？无非做些能够填饱肚子的小工，就像行尸走肉一样。"接着，王新建也问我别后的情况。我一边告诉他一个大概情况，一边让我的三个小孙女别叽叽喳喳太吵闹。

这时窗外下起了蒙蒙细雨，他望了望窗外说："我此次回老家是来给我父亲迁坟。他在半山腰的坟地要开垦成耕田了。那么多年过去了，父亲的棺材也许已经烂掉，我就从镇上买了一口棺材，雇了三个土工与我一起到乡下迁葬去。然而我们到了坟地，坟地已经夷为平地，看不见一座坟墓，父亲的尸骨也不知被弄到哪里去了。"

我忽然看见王新建的眼睛湿润了，但很快眼泪又隐忍了回去。这时我的小闯儿跑过来"爷爷，爷爷"叫个不休。他抚摩着小闯儿的头发说：

"小姑娘乖，爷爷刚才错骂你了，要向你道歉。"小闯儿就咯咯笑着说："你是什么人啊，我从没见过你？"小闯儿这一问，倒是把他问住了。他说："对啊，我到底是什么人呢？"我看他伤感了，说："我们同是天涯沦落人。"

我说完下楼去了一趟茅房，上来又听他继续说："没有了父亲的尸骨，我那口棺材本可以卖掉，但我没有那样做。我在父亲原来的墓地上捡了一些泥土放进棺材，然后找了一块新坟地，把棺材埋下去了。母亲百年后，就把他们合葬在一起。"

王新建抽完一支烟，喝一口茶，又点燃一支烟衔在嘴里说："那时候我们多么有理想啊，就是坐了牢也不怕掉头颅，可是我们如今得到了什么呢？"我说："是啊，我们什么也没有得到，得到的是苦难和揪心的疼痛。"他说："我们能活着就不错了。这样的日子总会过去的。"

窗外的雨下大了。雨留着我们，他又说："我现在什么信仰也没有了，做一天和尚撞一天钟吧。我一直没结婚，一个历史有污点的人，又有谁肯嫁给我？现在人也老了，母亲也不来骂我了。我只要教好我的书就是了。现在的课本经过改革，也不再教'子曰诗云'了。汉字都成了简体，简体倒是比繁体方便多了。"

我说："没想到你去教书了，薪水能维持生活吗？"他说："二十元钱一个月，我与母亲可以凑合度日。"我说："哦，那就一直这么干下去吗？有没有打算干别的？"他说："没想过，不知道。我是今天不想明天事的人了。从前想了那么多又干了那么多，到头来哪有一件事称心如意？"

我沉默不语了，朝窗外看看雨已经停了。走到楼角边，我冲楼下的堂倌喊："算账啦！"堂倌上来后，王新建客气地说："我来，我来。"我说："别客气，留着下回你付吧！"他就不客气了。他抽着烟，坦然地看我付钱。我们一同走出茶馆大门时，雨过天晴，彩虹正挂在天空，红、橙、黄、绿、蓝、靛、紫是那么美丽。她们欢快地跳呀跳，而我默默送着他，仿佛有太多的话都已经无法叙述了。我的泪水模糊了眼睛，却不知泪为谁而流。

三

与难友王新建道别后的一些日子，我的情绪非常糟糕，精神也日益颓唐。我真的看不见自己的人生目标和希望；我的理想已经没有了，我个性中的棱角也已经被磨平了。我何尝不是像王新建那样，做一天和尚撞一天钟呢？其实，我对国家大事还是很有自己看法的，只是我老早就没有话语权了，只能像哑巴一样。

小宝儿转眼已经会咿咿呀呀叫人了。那天我抱着我的小宝儿，走过秀水桥时遇到了桑果儿。桑果儿浑身汗淋淋的，脸上粘着泥巴，手上抓着一只陶罐，我知道陶罐里肯定是蟋蟀无疑。他看见我支支吾吾地叫了一声“许伯伯”，便把陶罐往背后藏。我说：“桑果儿，你不去学校读书，在干什么？”他说：“没干什么。”我说：“你不能逃学，你再逃学许伯伯就不喜欢你了。”桑果儿没有回答我的话，他捧着陶罐趁我不注意就溜走了。这孩子有一股犟劲，小小年纪特别固执。

我正在对我的桑果儿叹气，雪梅从河埠头洗衣回来，见了我说：“嘿！真是倒了十八世纪的灰霉，怎么娶了这样一个媳妇。你看，还得让我来洗衣。”我说：“那你就洗洗吧！你都活了十八个世纪，她才活了二十多年，大人不记小人过嘛！”雪梅听着我帮水娟说话，就噘着嘴不理我了。

我知道阿兴娶水娟后，雪梅一直耿耿于怀。她总是想方设法排挤水娟，吩咐她做这做那。但无论水娟多么勤快，她还是嫌水娟懒，而自己做一点点事情，就大邀其功。其实家里大部分女人干的活儿，雪梅都派给了水娟。水娟稍有不从，她就给她使脸色看。有一天她让水娟给她用刨花水梳头，水娟给她梳得光溜溜的，想着她这把年纪梳长辫子不好看，就给她在脑后盘了个发髻。可雪梅一见把她的头发盘了起来，马上恼怒地说："你怎么把我的头发梳成这样，你是成心想咒我老、咒我死吗？"

水娟低头不语，雪梅得寸进尺。她大发雷霆，将梳子砸到水娟脸上，差一点就砸中眼睛。这样她还不过瘾，非要水娟跪地认错。高大年实在看不下去说："你别欺人太甚了，她是你儿媳妇。"雪梅说："儿媳妇又怎么样，我还不认她呢！"高大年觉得妻子太蛮横不讲道理，说："有你这样的婆婆，真是苦了水娟。"雪梅说："你也说我的不是？你个老东西，别爬灰了！"

雪梅口无遮拦，高大年火气倏地上来了，他随手给雪梅甩过去一个嘴巴子，然后气呼呼地走出家门。高大年一出门，雪梅就把在丈夫身上受的气、挨的打，全部归罪于水娟。阿兴下工回来，雪梅对他说："你给我打水娟十个嘴巴子，不然我这口恶气出不了。"

阿兴听得莫名其妙，说："姆妈你别发神经，好端端的又出什么事了？"雪梅说："没事，我会叫你打她嘴巴子吗？你到底打不打？你不打我就死给你看。"阿兴听母亲说这样的话，吓坏了。他冲自己打起了嘴巴子，"啪、啪"一个比一个响。这让雪梅心疼不已，连连说："住手，谁让你打自己？"

比起雪梅，我的章丹凤对儿媳妇就好多了。她从不摆婆婆的架子，也不发号施令，有事共同商量解决。这也许是我们没有女儿的缘故，所以就把儿媳妇当女儿了。五个孙子孙女，章丹凤一个也没少管。尤其是小宝儿，海云要上班做出纳，白天和晚上全由她管。不过她总是把孩子放在摇车里忙自己的事，而我一有空，就喜欢抱着孩子到田野去。对一个孩子来说，没什么比大自然更好了。

我们的生活依然相当贫困。由于大米不够吃，我们常吃青菜面疙瘩，吃得我厌烦极了。我空下来就替别人干些木匠和画匠的活儿，有时完全是义务劳动。不过给谁家干活，谁家就要请我吃饭，而且一定要有黄酒和米饭，这已是规矩了。这些年，公社里年轻社员娶媳妇的越来越多，他们为了不付工钱，就找上我给他们做家具。而我只要不遭受年轻人的白眼，赢得他们对我的尊重便满足了。章丹凤常取笑我说："你吃着流浪饭，干一家吃一家，日子可比我们过得好呢！"

有一次，经人介绍我背起工具到绍兴去给那里的人打家具。这是我第一次出远门去干手艺活儿，我为自己而自豪起来。那户人家，是为他们的孙子结婚做家具。真是无巧不成书，那竟然是王二婆子的哥哥家。王二婆子与我久别重逢，惊讶极了。三十多年光阴弹指一挥间。王二婆子已近花甲之年，她向我打听婉玉，打听独眼龙，打听大大和小小。我都说"好，他们很好"。我已经不愿意如实叙述那段苦难的历史了。

王二婆子回绍兴后，与哥哥一家住在一起。她已不再是从前在外港埭走廊卖白兰花的王二婆子，她是那么苍老、那么干瘪、那么满脸沧桑，令我沮丧。她的出现，完全打破了我心里保留着的王二婆子形象。我无法面对一个佝偻着背的王二婆子，我只管自己干活，不与她搭话。有时她走到我面前，我不敢注视她，仿佛她是一朵带着毒的枯萎了的白兰花。

因为是王二婆子的哥哥，我依然没有收工钱。回到家，章丹凤向我要工钱，我说："我没收钱，人家挺困难的，我就不收了。"我这么一说，章丹凤就怀疑我在外面找野女人。她疑神疑鬼的，让我十分恼火。我已经很久没干那事了，被她这么一怀疑，倒是来了激情，身体顿时膨胀了起来。我把她按倒在床上，她就温柔了。

这晚我睡得很踏实，但天亮时做的梦怪怪的。我一会儿梦见许家立，一会儿梦见我们眼泪汪汪地吃野菜，一会儿梦见高美丽。高美丽已是近五十岁的女人了，我们的恩怨，也随着岁月的流逝渐渐淡化了。自从许家立入狱，我们家有啥好吃的，都会让小风林给她送过去。小风林每次去探望许家立回来，也一定向她一五一十汇报许家立的情况。前阵子小风林去探监，得知许家立从无期徒刑减到二十年有期徒刑了。这让我们都很高兴。高美丽听到这个消息，更是高兴得直淌眼泪。她对我说："我一定要活着等家立回来。"

大概又过去了半年时间，生活平平安安。水娟怀孕后，雪梅一度还是高兴的。但当水娟把孩子生下来后，雪梅见生了一个像猿人一样的毛孩孙女，便觉得十分不吉利。她说："这是妖怪投胎呀，是怪物，快把她扔了。"水娟舍不得扔，怎么说也是她十月怀胎生下来的孩子。但阿兴听母亲的话，觉得生了个毛孩儿一方面给自己蒙羞，另一方面也会给家里带来厄运。他也主张把孩子扔掉，留得青山在，不怕没柴烧。他对水娟说："趁早扔了吧，我们可以再重新生一个或两个、三个。"

月子里的水娟整天以泪洗面，但她执意要把孩子奶到满月。为了不走漏风声，雪梅把家看得很严。可再严，也没有不透风的墙。大家都知道水娟生了个怪物，怪到什么程度，每个人都发挥着想象力。满月那天，毛孩儿已长得胖嘟嘟的；水娟实在舍不得扔，她想这也是一条生命啊！但为了丈夫和婆婆，她就只能顺着他们的意思做。那是一个月白风清的夜晚，雪梅示意阿兴快一些把毛孩儿扔出去，以便早日消除家里的邪气。阿兴就拿来一只大竹篮，把毛孩儿放到竹篮内，拎着出门去了。阿兴一出门，水娟心痛得眼泪唰唰地落下来。扔掉孩子，就像扔掉了水娟的半条生命。

阿兴提着篮子出门后，毛孩儿眼睛睁得大大的，很乖，没有发出一点声音。阿兴想，扔也要扔个好地方，他选择把她放在一棵玉兰树下，让月亮公公守护着她。他轻轻地对女儿说："阿爸对不起你了。"阿兴放下竹篮后，一步三回头，最后终于心一硬走了。

回到家里，正好父亲高大年从城里出差回来。父亲说："毛孩儿呢？我的小孙女今天满月呢？咱们要好好庆祝一下。"

雪梅、阿兴、水娟都默不作声，高大年说："你们把孩子弄哪里去了？"阿兴说："姆妈说她是妖孽，我把她拿出去扔了。"高大年说："有你这么狠心的父亲吗？快去把她抱回来。毛孩儿也是一条生命，怎么可以视生命如草芥？"公公这么一说，水娟顿时有了希望，她希望把孩子顺利抱回来。雪梅却眨巴着眼睛，但也不敢在丈夫面前造次，只能认命了。雪梅想，水娟是她的克星，毛孩儿更是她的克星，能不能把毛孩儿捡回来，只能听天由命了。

水娟与阿兴一起来到玉兰树下，可是那个竹篮已经不在了。阿兴心一紧，水娟说："你是放在这里的吗？"阿兴说："没错。"水娟说："怎么会没有呢？是不是被人捡走了，还是被狼叼走了？"水娟心一急，忍不住掉下泪来。阿兴更是急出了一身冷汗，他们东找西找，最后还是没有找到毛孩儿。几天后，有人说："那一定是被狼叼走了。"有人说："那是妖怪，妖怪自有妖怪的法术。撺她走的人，会有报应啊！"那些闲言碎语传到雪梅耳朵里，着实让她慌张起来。

第十六章

一

又一年的深秋来临了，田野经过收获，已经变得一片荒芜。河水是那样的清澈宁静，一条小船缓缓而行。我躺在床上，看窗外房檐上积着的霜。凌晨的霜是白色的，但太阳出来后它们就是奶色的了。阳光照耀它们一小时左右，就全部消亡了。然后化成水珠，一滴一滴地由屋檐落下。

这个季节，男人们开始收拾菜窖。然后将白菜、土豆、萝卜等越冬蔬菜，储藏和腌制起来。而女人们更是忙得不可开交：糊窗缝、翻棉衣、做棉鞋。冬天还没到，已经把冬天的东西准备好了。江南深秋的农村，就像画卷一样有声有色地展开。别看田野已是一派萧瑟，但每户人家都有一处极为绚丽的地方。不像北方农家最绚丽的地方是一堵土墙，悬挂着辣椒、大蒜、玉米什么的，江南农村此时绚丽的地方是陶瓷罐、铁皮箱。陶瓷罐通常用来腌萝卜干和酱瓜什么的；铁皮箱呢，就是用来装自己做的冬米糕、芝麻饼什么的。只有到了腊月，家家户户的土墙上才挂满了酱鸡、酱鸭、酱猪头、酱肉，还有发皮等。

那天，我在一口大缸内腌白菜，白菜需要用双脚踩，才能腌得透，腌得入味。我正使劲踩着，章丹凤喊："长根，有人找你。"我赤着脚三步两步来到客厅，略微迟疑了一下，就认出那是我的大儿子许大大和我的六儿子阿六头。

我顿时十分惊喜。

虽然他们失踪时还很小，但我还是能一眼认出他们。这就是血缘的力量吧！我屈指算了一下，大大今年该是三十四岁，阿六头也该是三十一岁了。他们见了我没叫一声"阿爸"。章丹凤和家里的孩子们前些日子已知道我寻找到了他们，所以也没什么大惊小怪的。

章丹凤见了我两个早年失踪的儿子，表面上热情接待，内心里却是不太高兴的。不过小风林和小抗敌，见到两位陌生的哥哥非常兴奋。只是他们不知道说什么好，怯怯地坐在一旁，不吭声。我想，一回生，二回熟，他们渐渐地就熟悉起来了。虽然冬至还没有到，但那天我还是领着他们兄弟俩上了他们的亲生母亲婉玉的坟，还上了他们的爷爷奶奶的坟。最后我还领着他们到演教禅寺去，拜见了他们的外婆妙玉法师。当然我悄悄地告诉他们，由于种种原因，他们不能与妙玉法师相认。

兄弟俩到晚上才回去。他们说："我们回去后，要让妻子和孩子，还有母亲刁红梅也来获港村。"我说："好吧，以后你们要常回家来。"我这么说，章丹凤就朝我瞪眼。我把他们送到汽车站，告别时让他们春节来家过年。我本是客气话，没想到他们在这年春节，真的来了两大家子人。大大一家，阿六头一家，全来我这里过年了。

那天我望着我的四个儿子、四个儿媳妇、六个孙子和四个孙女，心里喜洋洋的。我的二儿媳妇，也就是阿六头的妻子也是海宁盐官镇人。那些天我难得有好心情，给我的儿孙们讲那过去的事情。他们听得一愣一愣的。他们都为死去的亲人而难过，小风林和小抗敌说："阿爸，你怎么从来没告诉过我们这些事呢？"我说："那时候你们还小，而那些往事又不堪回首。"我说着哈哈笑起来，这是新中国成立以来，我们全家过的最快乐的一个"年"。年后，"四清"工作组就进驻我们大队了。

我们大队"四清"工作组来得比较晚，所以工作组要从清理账目、清理仓库、清理财物、清理工分开始抓起。我担心自己被工作组作为专政对象而惶惶不安。那些天，我常常到镇图书馆去查资料，因为我害怕成为运动对象而躲起来。

我从镇图书馆回来后，心里闷闷不乐。章丹凤说："失踪的儿子找回来了，你还一天到晚摆着个脸，谁欠你什么了？"我说："你们女人懂什么呢？工作组来了，怕又会惹出什么事儿来呢！"章丹凤说："还能有什么事儿？你别老疑神疑鬼的。你什么官儿也不是，还怕什么？"我想想也是，我还有什么好怕的呢？

"四清"工作组与当年的土改工作组，到底是有些区别的。我们大队很快进入各项清理工作中。"四清"工作组让社员们互相检举揭发，那些互相之间有矛盾的社员，正好趁机举报。

那天，工作组问起队里山林的情况。那个叫穆森的工作组组员问严发财道："当初'三自一包'，大队把山林分给了社员。有的社员一分到手，立刻就砍了树去卖，你砍了没有？"严发财说："没怎么砍。"于是工作组召开大队会议时，表扬了严发财。

结果大家议论纷纷说："他怎么没有砍？当时他仗着老子是生产队大队长，是全公社砍树最多的一个。我们让他别砍，他还说：'我高兴砍就砍，你管得着？'我们当然管不着，我们没权力，权力都让他爹这个生产大队长拿去了。"从社员这些议论中，工作组知道我们大队的情况比较复杂，矛盾也比较多。有的社员还提出让生产大队长严家辉辞职，重新民主选举新一任生产大队长。我心里暗暗叫好。说实在的，我老早就想让他下台了。

与工作组组员穆森不同，那个女工作组组员李青是抓宣传的。她从城里来，长得白白净净，穿得整洁又漂亮，一口好听的普通话，对人又和气又礼貌，老人小孩都喜欢她。她带来了不少毛泽东的单行本著作，如《矛盾论》《实践论》《论持久战》《为人民服务》等。李青要求识字的社员都要读，我就在这时期读了不少毛泽东的著作。她除了让社员读毛泽东的书，还组织宣传队，把家家户户的男孩和女孩组织在一起排练、演出。她教孩子们跳《洗衣舞》，特别受社员们的欢迎。我七岁的孙女小闯儿，也在舞蹈表演中扮演了角色。

　　那天我看的舞蹈表演里，一群着鲜艳服装的少数民族少女为亲人解放军洗衣裳，少女和解放军的真情，表达得可亲可爱。欢快的舞蹈和亮丽的服装，让社员们大开眼界。

　　那些日子工作组的李青，把从前的村长许跃辉修的清风戏台利用了起来。她把每天的排练都安排在那里。整个大队给人的感觉就是天天歌舞升平，人人心向往之。男女老少每到晚上，都会自动地朝那个地方跑。说实在的，在和平年代乡村生活是平静的，没有什么文化娱乐，但人们都有一种对外界、对新鲜事物的渴望。这样的演出，填补了乡村生活娱乐的空白。

　　然而在这些欢快的表象之下，运动仍然悄悄地进行。越来越紧张的空气，在每一个成年人中蔓延。各种残酷的现实，渐渐占据了人们的视线。突然有一天女工作组员李青来到我家里，她很客气地和我谈话，问了我们家的许多情况，然后心平气和地走了，但我还是被她吓出了一身冷汗。我知道整个大队的每个家庭，都要重新评定成分。成分，这可是关乎身家性命的事情。

　　桑果儿已经十二岁了。小时候看不出像我，长大了简直与我是一个模子里刻出来的。这让大队不少社员议论纷纷，那些议论很快传到瘸腿儿耳朵里，其中一个男孩冲他说"瘸腿儿戴绿帽子了"，他一惊，顿时肺都快气炸了。回到家，他警觉地看着桑果儿，觉得确实很像我。他想平时怎么就没有注意桑果儿不像自己？他火冒三丈地抓住傻傻的头发问："桑果儿是你与许长根生的野种？"傻傻一转身，挣脱了瘸腿儿道："你无凭无据胡说什么？"瘸腿儿说："全大队人都在议论纷纷，这小子眼睛鼻子哪一样不像他？"

傻傻说："世界上像的人多了，照你这么说都是野种？"瘸腿儿说："我要和桑果儿当着全村人的面滴血验亲，如果不是我儿子，你小心点！"瘸腿儿说完，重重地甩一下门，一拐一拐地出去了。他们的两个女儿，惠娟和惠玲全看在眼里。两姐妹一个十六岁，一个十四岁。

傻傻见瘸腿儿这么说，心里一紧。她想，怎么在这节骨眼上惹是生非呢？她心里忐忑不安，有点像热锅上的蚂蚁，终于忍不住悄悄地来找我商量了。那天我正在自留地里施肥，她东张西望，慌慌张张地走到我面前说："我有事情与你商量。等天黑了，我们在桑树林里见。"看她那样子，一定是有急事，但想起她那年砸我家锅碗的专横跋扈，我便不想理她，可一想到桑果儿，我的心又软下来了。这么些年，她总是随心所欲地对待我。我心里恨透了她，但谁让她是我的女人呢？

那日，我整整一天的心思都在傻傻身上。自从她公公婆婆病逝后，她在家里可以说就是一家之主了。虽然她也经常与瘸腿儿吵架，但终归床头吵架床尾和。如果不是桑果儿的事情，她会找我吗？我们起码有十年没有在一起了。这十年，我们很多时光都像敌人一样充满仇恨。我恨她在我被打成"右派"最困难的时候弃我而去，并且还对我落井下石。

这女人啊，怎么一点良心都没有？！

黄昏终于来临了。吃晚饭时，我喝了不少白酒。天一落黑，我就带着几分醉意去了桑树林。我已经很久没有那种幽会的感觉了。但这一回走在桑树林里，还是让我怦然心动。不知为什么，一到这地方我的欲望就会漫上来。我先对着一棵桑树，撒了一泡长长的尿。春天的桑树林，风儿摇曳着碧绿的桑叶，散发出一阵阵清香。夜晚的月光像水一样流淌着。我看见一个人影钻进桑树林，那是傻傻，她猫着腰像做贼似的。

我吹了一声口哨儿，她就朝我这边走过来了。她说："轻一点，别让人看见。"我说："这儿不会有人来，放心。"她这才松了一口气。我说："你找我有什么事？"她说："瘸腿儿要和桑果儿当着全村人的面做滴血验亲，若是他把事情捅出来怎么办？"我说："捅出来就捅出来，纸里包不住火，迟早总要真相大白。"她说："我不与你开玩笑，我是说真的。我无计可施才来找你帮忙。"我说："嘿，你怕什么呢？瘸腿儿哪里真会做滴血验亲，他吓唬吓唬你，他比你还怕事实真相呢！"她说："退一万步，他要真和桑果儿做滴血验亲，把事情捅出来我该怎么办？"我说："那就与我一样劳动改造吧。"她说："你就这德行！怎么一辈子不会改？"我说："都说江山易改，本性难移嘛！我看你也还是那德行呢！"

傻傻被我这么一说，心里放松了一些。我一边说，一边拥抱她。我想我无论对她有多么恨，归根结底还是喜欢她，而她假装挣扎了一下说："你别瞎胡闹，这儿有工作组呢！"我说："我才不管那么多。"我说着就醉醺醺地把她按倒在地上，她的身体比从前粗壮多了，有一种厚厚实实又软如棉花的感觉。

不知道我是什么时候睡着的。一股清凉的风把我吹醒，傻傻早已走得无影无踪。我从地上起来，拍拍身上的泥土，走在洒满月光的桑树林里，有一种罪孽感。回到家，我像贼一样地钻进被窝。章丹凤问："你到哪里去了？刚才工作组李青来找你呢！"我一听李青的名字，脸唰地白了。我说："她找我有事吗？"章丹凤说："不知道，她没说什么。"我的心悬到了半空。整整一个晚上，我都提心吊胆，翻来覆去睡不着。我听着后半夜滴滴答答的雨声，想着傻傻，想着李青，隐隐约约地感觉有事情要发生。

清晨起床时，雨已经停了。我走出家门，如同进入了仙境，田野和山峦都被笼罩在白雾中。屋顶雾气缭绕，行人影影绰绰。仿佛人已经离开了土地，飘荡在大气中了。章丹凤比我起得更早，她做完早餐，去河埠头洗衣。结果河水暴涨，岸边的一些柳树也淹没在水中，她只好打道回府。我草草地吃了早饭，就像往日一样在自家的自留地里劳动。小风林和小抗敌一早出发都去队里挣工分了。

小儿媳海云去生产队里做出纳。几个孩子上学去了，家里就只剩下章丹凤和章珍妮婆媳俩，以及五岁的小宝儿了。中午我回到家里，章丹凤和章珍妮已经把头发剪成了短发。她们说："李青又来过了，李青要我们破'四旧'，剪成短发。"章珍妮剪成短发后，把那只蝴蝶形发夹，夹在了右边。我老远就看见她头上银光闪闪的发夹了。这些年来，只要看见她头上的发夹，我的心里就会莫名其妙地踏实起来。

我们大队只有雪梅坚决不肯剪短发。那天她对李青说："我不能剪头发，我一剪那个妖怪就要缠上我了。"李青说："破'四旧'，就是要破除迷信，哪儿来的妖怪？"雪梅说："我不剪，我就是不剪。妖怪就在那里！"李青与雪梅争论着，这时水娟对李青悄悄地说："我婆婆脑子不正常了。"李青这才不再动员雪梅。李青从雪梅家出来，路上遇见了我，她说："许大伯，我正要找你谈谈呢！你现在有空吧，跟我去一趟工作组。"我点头哈腰地说："有空，有空。我这就跟你去。"我知道我很奴才相。这些年来，我的奴才相得到了淋漓尽致的发挥。有时我也恨自己，鄙视自己怎么会变成这样。不过我也知道，这全在于笼罩在我头上的空气。

我跟在李青身后，忐忑不安。我想她到底要与我谈什么？还是要我交代什么呢？工作组办公室就在我们从前盖的那一溜土房里。到底是城里女人，这黑不溜秋的土房被李青打扮得十分漂亮。窗子挂上了墨绿色的窗帘，办公桌上一只笔筒里插着一束鲜花。房顶上还挂着两只大红灯笼，看上去喜气洋洋。一进门，她让我坐在办公桌前的长条凳上。她的脸一沉下来，严厉的目光直逼着我说："我们请你来是让你谈谈严家辉。

社员们对他这个大队长意见很大，我们也想听听你的意见。"

"听听我的意见？"我似乎有点不敢相信自己的耳朵。这些年来，我一直被人瞧不起，更别说有人听我的意见了。我突然感到了一种尊重，激动得连声音也有些发颤了。其实我本不想多说的，但一打开话匣子就滔滔不绝了。我从当年成立精武会严家辉当了我的部下谈起，一直谈到新中国成立后。一幕幕场景，经我的倾诉是那么生动。从心里讲，我很想让严家辉下台。我不无抱怨地说："凭什么他就春风得意，我就一辈子倒霉？"

李青把我说的话做了记录。结束后，她说："如果我们需要，还会再找你。"我说："好吧！只要我知道的，全部如实叙说。"走出工作组土房，我心里乐滋滋的。我想严家辉也会有倒霉的一天，真是天长眼睛了。

二

瘸腿儿没再与傻傻吵架，也没再提桑果儿的事。我想他是顾全大局。认为太平无事了，我就想带孩子们去河里叉鱼，我们家的孩子都喜欢吃鱼。我在家准备好了渔叉、渔篓等工具，带着孩子们一起去叉鱼。路上，我们遇到工作组组员穆森，他说："你们叉鱼去？我跟你们一起去吧，我来了这么久，还没看过叉鱼。"

正是太阳偏西的时候，六指儿、小闯儿、平儿、静儿和穆森与我一起来到外港埭走廊外的曹溪河。曹溪河涨水后，鱼比平时多，这里通常以青鱼为主，也有草鱼、白鲢、花鲢。我们选择转弯处的一段水域，那里有回流，鱼就像被关进笼中的鸟儿一样，上蹿下跳很好叉。六指儿站在水中央的一块大石头上，每叉一条鱼，他就大喊一声，把鱼甩到岸上。小闯儿、平儿、静儿就抢着把鱼往鱼篓里放。如果鱼没有被叉中要害，上岸后仍然摇头摆尾，小闯儿抓着鱼，用摇摆的鱼尾巴去逗静儿和平儿。

这时她们的小脸蛋就会溅上一层白色的黏液。然后你追我赶，发出一阵阵欢乐的笑声。我望着孩子们快乐地嬉戏着，心里有一种做长辈的疼爱和开心。

穆森见六指儿这么能叉鱼，就试着站到水中央，也想叉鱼。其实不是六指儿能叉鱼，而是曹溪河涨水后鱼实在太多的缘故。叉鱼需要眼疾手快。穆森站在水中叉了很久，可是一条鱼也没有叉上来。他不甘心，非要叉上一条不可。我把六指儿唤上岸，自己站到穆森身边，手把手地教他，就像我教孙儿们一样。不一会儿，穆森就叉上来了一条鱼。他高兴得手舞足蹈。这个二十出头的城里小伙子，对这一切都感到新鲜。

六指儿和小闯儿为了抢一条鱼，在河岸边追来追去。平儿和静儿在一棵树下玩儿。我见穆森学会了，就坐到岸边一块岩石上抽烟。晚霞照耀着河水，河水泛出晶莹的波光。突然我听见"扑通"一声，抬起头正好看见穆森掉下河去溅起的浪花。他仿佛在瞬间化作了一条大鱼，游离开了。我丢掉烟屁股，跑到水中央，正好一个浪头扑来。我担心穆森被突然上涨的河水卷走，赶紧吩咐六指儿回去喊小风林和小抗敌，而自己则立刻跳下河去救人。

我在曹溪河里四处寻找穆森，当又一个浪头扑来时，我已经横渡到对岸了。这时天空突然阴下来，打起了响雷。我十分慌张，知道大事不好了。当小风林和小抗敌划着船到达时，大队干部和工作组成员也都到达了曹溪河边。这时，我已经从对岸游了回来。我把整个情况一五一十地向工作组长和大队干部汇报后，他们要我和小风林、小抗敌继续寻找，并说："就是尸体，也一定要打捞上来。"

大队干部和工作组成员在曹溪河边焦急地等待，大家默不作声。星星出来了，月亮出来了，我们终于将尸体打捞了上来。曹溪河通运河，我们是在运河上发现漂浮的尸体的。我们划着两条木船，就像遨游在河里的两条大鱼。小风林和小抗敌划一条船在前面，我划船载着穆森的尸体在后面。

我与小风林和小抗敌把穆森的尸体抬上岸时，我的双腿直打哆嗦。工作组组长把穆森的寝室当作灵堂。穆森的尸体已经被河水浸泡得发胀，但我还是为他用曹溪河水洗了身子，换了衣服。

第二天，穆森的父母和哥哥、姐姐都从城里赶来了。他们说："许长根也许是故意把穆森推下河去的吧？"他们这么一说，我即使跳进黄河也洗不清了。追悼会后，穆森就葬在了向阳的山坡上。通向那个山坡的是一条弯弯曲曲的小路。由于接连下了几场大雨，地表非常湿滑。我们放慢速度，走得十分小心。然而那条路实在太狭窄了，再加上雨把路边缘的泥土浸泡松软了，在一个拐弯处，李青踩到了路边一块松软的泥土，身子一歪就翻下了幽深的沟谷。大家一阵惊呼，像木头人一样站着一动不动。

我亲自目睹李青从山坡坠落沟谷的场景，她如一朵飘飞的彩霞，最后落在一棵古树上。我赶紧找来一根长绳，顺沟谷而下，把李青拉了上来。李青一上来，对大家说："没事，化险为夷了。"大家这才缓过神来。我们的送葬队伍又继续前进了。我们大队差不多都参加了穆森的葬礼。没参加的有豆芝、李小龙、雪梅等几人。雪梅疯了，她整天就是怕妖怪毛孩儿纠缠她。她见了人就说："妖怪，妖怪。"

豆芝没参加葬礼是因为她的女儿带着小外孙回家来了。我们回家时，她家正团圆，喝酒吃肉。那股肉香和酒香，弥漫在空气中就像利剑一样，直刺我悲伤的心。我知道豆芝因为雪梅疯了而幸灾乐祸。她喝得醉醺醺的，哈哈笑着说："她疯了，她疯了。"

三

这晚我又失眠了，工作组穆森死在我的眼皮底下，我有逃脱不掉的责任。我的眼泪淌了出来。我想我自己受难不要紧，关键是又要牵连我的章丹凤和孩子们了。几天后，工作组在我们大队对每一个干部的调查已经完毕。与此同时，工作组也将重新选举新的大队领导干部。

那天我见到小山，他愁眉苦脸地对我说："我也不知道要检讨自己什么。"小山已近花甲之年，他孤身一人，鳏居那么多年，说亲的人多得不计其数，但他一概拒绝。他心里只有死去的妻子小妹，小妹短暂的生命被他的爱无限延长了。

我和小山寒暄了几句后，去了杨鸿庆家。他妻子阿菊见我来了，让兔嘴儿去自留地喊杨鸿庆回家。兔嘴儿已经十五岁了，在镇中学读了一年初中就回乡来了，说是学校规定，凡农村户口的学生一律回乡劳动。杨鸿庆自从骑马受伤后，与妻子阿菊就没有房事了。阿菊领养襁褓里的兔嘴儿时，看上去有些衰老。但这些年，杨鸿庆做着供销社长，有什么好吃的就往家里拿，把阿菊养得白白胖胖。

兔嘴儿与我的感情不错，他在我这里几乎无话不说，这让我知道了阿菊最隐私的秘密。兔嘴儿自小与阿菊睡一个被窝，小时候阿菊抱着兔嘴儿睡，但当兔嘴儿长到八九岁时，阿菊便开始让他给她抓背、按摩、抚摸脚丫。渐渐地，兔嘴儿就喜欢上了阿菊的脚丫。他觉得母亲的身体温暖宽大，就像辽阔的福地。

我与杨鸿庆闲聊时，总会聊一些往事。他非常希望有一天能再恢复精武会，能让我再当精武会会长。当然他只是宽宽我的心，谁知道将来是什么样子呢。

现在我们都是沦落人，个人的力量微薄，只能在时代的边缘颤抖。我们胡乱聊着一些什么，生怕日后连聊天儿也不得自由了。杨鸿庆说："做人都是空的。"我说："是啊，真是很空的。远的不说，就说咱大队内港埭走廊那个南货店的老女人，忽然暴尸街头了。她是被一匹受惊的马给踩死的。她死后，人们从她屋里找出来许多花花绿绿的钞票，可她的三个儿子却把她的尸体搁一边，为争夺这些钱大动干戈，白刀子进红刀子出的。"

我与杨鸿庆这次聊天儿仅两个月后，大队"四清"工作组很快换了名字。那些从镇里派来的人，就成了我们大队的临时领导干部。他们鼓动群众写大字报，我感觉仿佛又回到了很多年前。不过我已没有了先前的恐惧，倒是感受到一种朝气和新鲜感。

我的纸帽长达几尺，戴在头上摇摇晃晃，像一个十分滑稽的小丑。我的小闯儿、静儿、平儿、宝儿和其他孩子们，看见我仿佛看到了童话世界里的故事一样，都开心得哈哈大笑。当然我的那些邻居和仇敌们，看见我也都哈哈大笑。那天我亲眼看见一群年轻人在毒打一个女人。他们一边毒打女人，一边高呼。他们使暴力变得像明快的舞蹈一样，击打的双手和跳跃的双脚，让发出的声音宛如交响乐。当乐声戛然而止时，也就是女人的头颅重重地撞在一块岩石上的时候。这时我看到了女人绝望无助的眼神与那流淌在年轻美丽脸庞上的泪水。她挣扎着把脸转向我，我知道她什么也没有看见，但我看见她把脸紧贴着大地死去了。她是新来的小学老师，她就这么死去了。

黄昏，走在回家的路上，我浑身骨头都像散了架。但我还是不忘看夕照的余晖，跳跃在草茎上泛出一片微红的光晕。我看着大自然的景色，美好的未来仿佛就会来临。我这么期盼着，忧郁的心情就会忽然地开朗起来。那些日子，我每天都唱："下定决心，不怕牺牲。排除万难，去争取胜利。"章丹凤奇怪地问："你怎么唱着歌儿越发开心了呢？"我说："我可是练武之人。"章丹凤说："你现在别说大话，前几天还胆小得连大气都不敢出呢！"我说："这就是从量变到质变的过程嘛！"

小山、严家辉和傻傻他们都是第一次受到冲击。尤其是小山，两天就支撑不住了。那天我路过他家门口，他把我喊了进去，卷起衣裤给我看他身上和腿上的伤。我有些慌张地说："一切都会过去的，首先要挺住，要留得青山在。"他点点头，仿佛明白了我的意思，我很快就出来了。一出门，碰到几个年轻人。他们见我从小山家出来，道："站住！"我吓了一跳，说："我在教徒弟练武呢！"

年轻人一轰而上，把我团团围住问："真的吗？"我说："你们若是不信，我就打一套拳给你们看。"年轻人一听我这么说，便问："打什么拳？"我说："十二路谭腿。"我说着就打起拳来了。我这把老骨头已经没有从前灵光，但功底在，一个腾跳，一个翻身，就让他们看傻了眼。我打完后，他们说："好啊，武林高手，厉害厉害。"

第十七章

一

　　小凤林和小抗敌喜欢看游行队伍，那种红旗飘飘和锣鼓喧闹的气氛，让他们激动不已。不多久因为停课，孩子们全都回家了。傻傻的男女问题被捅出来后，她就老老实实地把我们的关系一五一十地说了出来。她的两个女儿惠娟和惠玲，在村西一间茅草屋的门上贴着标语。那天我正在家里逗弄我养着的一只鹦鹉，教它学说话和唱歌。惠娟、惠玲和桑果儿姐弟三人，以及其他一帮年轻人，就把我带走了。他们一直把我带到现场，要我重演与傻傻的偷鸡摸狗。
　　这真是为难我了。
　　桑果儿知道自己的身世后，更是怒火中烧，给我和傻傻一人两个巴掌。"啪啪"两声，直打得我们眼冒金星，心凉到了极点。
　　这世界怎么会有如此恶劣的儿女？
　　章丹凤从前对我与傻傻的关系，只是听人们议论纷纷，一旦成了事实，她还是受不了。她被我伤透了心，绝望极了。她一边呜呜地哭，一边骂傻傻是个狐狸精、臭婊子。我想不出好办法来安慰她，便跟着她一起哭起来。我一边哭，一边说："都是从前的事了，你就原谅我吧！"

章丹凤见我哭，心就软了下来，说："我就是嘴上原谅你，心里也不会原谅你。"我知道章丹凤这么说，其实就是原谅我了。章丹凤是一个贤惠的女人，也是一个通达事理的女人。她明白这个非常时期，不能与我大吵大闹，一切只能包容，只能让隐痛留在心底。我从前曾发过誓，不再对不起她。但我知道自己的秉性，爱拈花惹草，看见漂亮的女人会怦然心动。

我与傻傻的男女关系属于人民内部矛盾。我不是党员，不用像傻傻那样受党内处分。不过他们这样放过我，正是因为我的政治生涯早已结束了的缘故。这让我悲哀。

这次我虽没什么问题，但依然在众人面前抬不起头来。我的孩子们也依然因为成分不好，内心有着自卑感和压抑感。好在六指儿、小闯儿、静儿、平儿，都还只是十岁左右的孩子，他们不会像惠娟和惠玲那样，也不会像桑果儿那样六亲不认。他们只是喜欢在田头、在河畔玩耍的孩子。我就尽量腾出时间多陪陪他们，教他们习武和吹拉弹唱。

那天傻傻的五哥来通知说："小山已经于二日前死亡，是自杀，尸体被当即焚化了，只交来一张骨灰领取单，还有一包小山的衣服。"傻傻的五哥颤颤巍巍地说着，眼睛红红的。他年前生了一场病，已经不再打船了。我不知道对五哥说什么好，只是默默地点点头，表示知道了。

前几天，我在内港埭走廊的商铺买烟遇上了瘸腿儿，本以为情敌相见会斗个你死我活。然而瘸腿儿完全让步了，他一点也没有指责我的意思。相反，他对我说："因为有了桑果儿，我父母去世时，才带着幸福而走。"我诧异地望着他，他又说："桑果儿现在不认你，日后会认。你放心吧！"我说："只要他学好，认不认并不重要。"他说："过些天，桑果儿要随着他的两个姐姐去北京啦！"

"这可是好事情呀！"我说。

多年后，我才知道桑果儿他们去北京坐的是火车。年轻人青春勃勃，火车被挤得满满的。挤不下的，就有人爬到火车顶部去坐着，完全不顾自己的生命危险。火车到达北京时，车上一阵狂乱，桑果儿从别人头上摘下一顶军帽，那人却浑然不觉，他得意地快速塞进了自己的裤袋。走出火车站后，在人海茫茫的北京，他不知所措地待了两天。第三天他再也不想过又饿、又渴、又睡露天的生活，便爬上南下的火车回来了。

二

我们大队来了知青，豆芝家被安排了两个女知青。我愿意接纳知青，但他们不同意，当然不来我家安置，也就落个清闲。那些天获港小学已经复课了，六指儿、小闯儿、静儿、平儿、宝儿都回学校上课去了。六指儿和小闯儿转眼快要考初中了，听说初中不用考，可以直接升上去了。

自从大队来了那些城里的知青，他们的衣着永远是乡下人学习的榜样。尤其是那些女孩子，看着女知青在冬天花布罩衫的立领上，翻出鲜红的节约领，就争相模仿。章珍妮用手工缝制了十来个花花绿绿的节约领，让小闯儿、平儿、静儿隔两天就能换一个，别人以为他们又换新内衣了呢！章珍妮也给我缝制了一个白的、一个灰的节约领。我穿在毛衣里面，很像是一件新衬衣。

那天我去大队办公室交我的检查材料，那个办公室主任见了我的白衣领，仔细看了看后说："嗬，还是的确良的。"我说："这是我儿媳做的。您要，我让她给您做两个吧！"

那段时光我对领导就是这样巴结的。

大队新的党支部书记和生产大队长，一直没有产生。丁一松做着代理党支部书记和生产大队长的工作。水娟做了代理妇女主任。水娟上任的那一天，雪梅的精神病又发作了。她抱着枕头，驱赶着妖怪毛孩儿的鬼魂，从家里一直驱赶到那座野兽出没的山上。当阿兴和水娟找到雪梅时，她已经被狼吃得只剩一堆尸骨了。她身上的衣服，还有那一只枕头却完好无损。水娟觉得这是报应，一点眼泪也没有，倒是豆芝知道后，"哇哇"地哭起来道："水娟这个克人的妖精，先是克死了我们波波，现在又克死了婆婆雪梅，真是该千刀万剐啊！"

六指儿、小闯儿眨眼就到青春期了。六指儿的嘴唇上长出了细细的胡须，小闯儿的乳房就像两个小馒头。他们已经到镇上的中学上学去了。因为加入不了团组织，小闯儿觉得在班里落落寡合，特别孤单。其实呢，她的孤单完全是她自己造成的。她渴望长大，却又给自己的成长增添了许多烦恼和困难。她不愿意与她的同龄人交往，政治上自卑，思想上却是相当自傲。她认为自己有思想，看不上别人，觉得别人非常幼稚。不过这只是她的自我感觉，实际上她比他们的心智更不成熟。但她浑然不知这种违背自然生命的现象，这是造成她孤单痛苦的原因。

小闯儿在学校觉得孤单时，就去找比她高两级的堂兄六指儿。六指儿有一帮男同学，经常聚在一起谈天说地。小闯儿不喜欢与女生在一起，她认为女生没有男生的世界大。六指儿他们这一帮男生每次聚在一起都会玩出新花样。

那天黄昏，小闯儿看到六指儿在街头用气枪射准了一只猫。猫是黑色的，长得相当肥硕。猫被打中后，"喵呜"一声叫，忍痛跑了。

小闯儿想原来人都有一分邪恶。

后来小闯儿一个人在镇上闲逛。她喜欢看小镇上行走的人，看那些演讲者。他们的讲台往往在广场上，麦克风和喇叭制造了很浓的演讲气氛。一个年轻人挥动着双手滔滔不绝地演讲着。围观的人很多，那些跳舞的老头儿老太也挤在人群中。小闯儿挤不进去，就在人群外远远地望着。这时，一栋三层楼的某个窗口，飘飘洒洒地落下一些纸片儿。她赶紧跑上前去奋力追逐，终于抢来一张红花绿纸。那红花绿纸上油印的钢板刻字，无非就是一些口号。但小闯儿每抢到一份，都会很珍惜地把它收藏起来。她已经收藏了薄薄一沓，闲时翻阅就像触摸到了一些人的灵魂。

那些天，六指儿与他的小伙伴们玩得很开心。学校的东口有一个小酒馆，门面很简陋。玻璃橱窗内卖酒、白条鸡、猪头肉、皮蛋、花生米，早上还卖肉包子和刀切馒头。六指儿经常与同学聚在酒馆门口聊天儿，偶尔买几个肉包子和刀切馒头吃。学校的西口有一个水果摊，苹果、香蕉、枇杷、桃、李子、西瓜都是应季上市的水果，但买的人并不多。小闯儿从来不肯用零用钱买水果吃，她要留着买扎辫子的细窄的黑发带，还要买痱子粉。痱子粉涂在脸上就像化妆粉那样，可以让脸变得白。这是小闯儿的一大发现，为此她非常得意。

班里的女生都不穿胸罩，仿佛胸罩是成熟女人的专利。小闯儿两只日益长大的乳房由于不穿胸罩，跑起步来一颤一颤，让她十分羞愧。她非常讨厌上体育课，讨厌那些男生注视她胸脯时的目光。尤其到了夏天，女生们都会觉得很尴尬。她们穿着薄薄的衬衣，风一吹衣服便贴到胸脯上了。这时候女生们都会弯一下腰，尽量不让乳房显现出来。小闯儿特别羡慕班里乳房不大的女生，觉得她们不用像她这样弓着腰、驼着背走路。

海云毕竟是上海来的女人，又在大队干着出纳的工作。她给小闯儿做了两个白布胸罩。她说："闯儿，你戴上这个，把背挺起来。"小闯儿说："戴这个？太难为情了。"海云说："有什么难为情的？戴上。"小闯儿心里不愿意，但母亲这么说她就戴上了。可是到了学校，男女同学的目光齐刷刷地盯着她的背部，让她感到十分羞涩。她的脸一阵阵地泛着红晕，她恨不得马上钻进地洞。

这天一放学，小闯儿就把胸罩摘掉了。但第二天，男生们还是给她取了"白吊带"的绰号。这绰号让她十分自卑，这自卑几乎将她的精神压垮。她回家冲母亲怒气冲冲道："都是你！都是你要我戴那该死的胸罩。现在班里同学背后都叫我'白吊带'，有的还当面叫。"母亲听了哈哈笑着说："你再戴，他们就不敢叫了。"

那时候学校里流行唱样板戏，小闯儿每顿只吃二两饭和一碗青菜，省下的钱就从新华书店买回来一本《红色娘子军》组曲乐谱和完整剧本。乐谱是五线谱，包括序曲与正剧。接着她又买回来《红灯记》《杜鹃山》。《红灯记》里面全是剧照，封面是李玉和高举红灯闪闪亮。那时候的学生听得最多的，就是革命样板戏。其中《白毛女》和《红色娘子军》是芭蕾舞剧。它们在一代人的记忆中，化成了优美的旋律与舞姿。小闯儿在学校里不敢表现自己，回家来听着乐曲，踮着脚尖，扮着穷人的女儿吴清华和喜儿。然后把客堂当舞台，奋力飞跃，感觉像弧光滑过天空一样。这时候她的祖母章丹凤就会说："你发神经啊！"

静儿和平儿不会像小闯儿那样发神经，她们还像小女孩儿那样玩跳皮筋和跳房子的游戏。其实她们与小闯儿只差两岁多一点，但小闯儿已经不和她们一起玩了，也不大喜欢与她们说话了，却乐意与我谈论《红色娘子军》中的吴清华。她说："我很喜欢吴清华那一双美丽的眼睛，还有那种舞姿与造型。"我说："那是记录着一种年代的声音。"她说："我还喜欢她的装束。"我说："她的装束也很特别：灰色军帽，压在浓密乌黑的短发上。那双绑腿的布带，打得多么结实。灰色的上衣，手里的长刀，威武的英姿，不爱红装爱武装的战士，在万泉河边把大红枣儿献给解放军。"小闯儿听我这么说，惊讶极了。她说："爷爷，你怎么也知道这些呢？"我说："我为什么不能知道？"

有一天我去镇上，在一家商店买到了印有吴清华挥舞长刀，立在淡绿色石膏上的浮雕。我把它作为一盏台灯的底座，灯安在上面，夜晚就会发出黄色光芒。小闯儿见了非常喜欢。她在这盏灯的黄色光芒下做数学题、写作文、背英语单词，还给六指儿班上的一个男生，写了第一封情书。小小年纪找对象，这都是受六指儿这一伙人的影响。六指儿这一伙人读不进书，聚在一起不是干坏事，就是勾引女孩子。他们学城里小青年，穿喇叭裤、养长发。章珍妮做的布鞋，六指儿已经不要穿了。他要与城里小青年一样，穿松紧鞋。

小凤林看不惯六指儿这样的打扮。他对六指儿说："你看你像什么样子？小胡子、喇叭裤、松紧鞋，你学什么城里人？你阿爸是农民，你爷爷也是农民，你这个样子简直就像个小流氓！"六指儿说："我们很多同学都这样穿，你不信到我们学校去看？"小凤林说："谁给你的喇叭裤、松紧鞋？"章珍妮在一旁护着儿子插嘴道："我给他做的。"小凤林说："儿子都是被你宠坏的。他要天上的月亮你也摘给他？"章珍妮说："我们就这么一个儿子，你别对他像仇人似的。"小凤林说："你再这么宠下去，还让我怎么管教？"小凤林说着，气呼呼地走出家门。

我的思想倒是没有小凤林保守，我早听小闯儿说六指儿与班上一个叫莉莉的女生特别要好。莉莉天生光润细腻的好皮肤，虽然黑了些，但她身上散发出一种新鲜水果般的芬芳，并且把自己打扮得花枝招展，很洋气。她们女学生要么是齐耳短发，要么就是紧紧地编结两根发辫。然而莉莉却大胆地披着齐肩长发，额头也不留刘海儿，只飞出几缕柔软的碎头发，垂挂在眼睛之上。她的睫毛很长，眼睛不大却很妩媚，尤其那眼神有一种勾人心魄的力量。每天傍晚时分，莉莉吃完晚饭就会在校园里走来走去。她明白只有走来走去，才能招蜂引蝶，才能让自己亲手改制的喇叭裤和亲自编织的毛衣曲线优美地进入别人的视线，特别是男生的视线。

小闯儿说，莉莉的裤子的确又大又长，经她自己改制后，臀部包裹得紧紧的，显得腿很修长。而她自己编织的毛衣，确切说是线衣，用的是弹力针型，穿在身上也绷得紧紧的，显现出女性的曲线来。莉莉个子不高，却显得婀娜多姿。男生们都喜欢多看她几眼，她便感到自豪。于是，她更加想尽花样地打扮自己。比如冬天她会围上一条方格长巾，像男生那样地围，而夏天她把十个脚趾甲用凤仙花汁染成红色，这在她们女生中是绝无仅有的。六指儿与这样的女生在一起，你说他能不穿喇叭裤和松紧鞋吗？

三

半年多后，严家辉、高大年、傻傻、杨鸿庆这些被隔离的人全部回家来了。那天我见到傻傻时，她蓬乱着头发，穿着一身蓝布衣服，十分憔悴地拖着行李往家走。我笑着迎上去说："傻傻，你回来了，我帮你提布包裹吧？"然而我满脸的热情，却换得她冰冷的脸和"滚开"二字。

我知道她恨我，可我又有什么办法呢？

我厚着脸皮又迎上去说："别那么凶，一切都会好起来的，再苦的日子也过去了，还有什么撑不住？"傻傻突然哭起来，说："这哪里是人受的苦，简直比畜生还不如呢！"她呜呜地哭着，我心里难受极了。我说："不管怎么样，撑过来了就好！"她说："你给我滚开吧，都是你害得我这么惨。遇上你这样的人，我这辈子倒霉透顶了。"她这么一说，我就乖乖地滚开了。这时我对她一点恨意也没有，只有心疼了。

桑果儿做着不知什么名儿的总队长，他春风得意又耀武扬威，见了我既不像从前那样叫许伯伯，也不叫我阿爸，双眼瞪着我，就像瞪着仇人一样。他见了小风林和小抗敌也不叫哥哥，宛若陌生人。这个小儿子，让我伤透了心。

我就像小风林管教不了六指儿一样，我也管教不了桑果儿。傻傻和瘸腿儿，也管教不了桑果儿。桑果儿见母亲回来了，用仇恨的目光盯着她，说："你回来干什么？"傻傻说："我为什么不回来？这是我的家。"桑果儿说："你的家在桑树林里，你到桑树林里野合去吧！我没你这样的母亲，你不要影响我的前途。"

　　桑果儿话音刚落，傻傻气愤得"啪"地一下，一个巴掌就落在了桑果儿的脸上。傻傻道："就当我没生你，你个小畜生，你给我滚。"桑果儿见母亲打他，奋起反抗。他一转身对着母亲的鼻子就是一拳。傻傻的鼻血顿时流了下来，嘴唇也被桑果儿打成了青紫色。这令傻傻十分意外，傻傻非常伤心地哭起来，道："老娘要与你拼了。"说着她运足了气，一掌将桑果儿推得跌跌撞撞很远。桑果儿见母亲用了内功，便从地上起来逃跑了。他知道母亲动了真怒，而自己在武功方面还不是母亲的对手。

　　傻傻赶跑了桑果儿后，越想越伤心。她一屁股坐在地上，眼里湖着泪水。她想，这个小兔崽子，简直不是人啊！还有惠娟和惠玲也不是人啊！从前哪有儿女革自己母亲的命？这世道啊，怎么会变成这样呢？傻傻正这样说着，瘸腿儿从田里劳动回来了。他见到傻傻说："你回来，不用再去了吧？你怎么坐在地上流泪，是桑果儿惹你了吧？这个小畜生，不知天高地厚。"瘸腿儿说着扶傻傻起来，并且一瘸一拐地把她扶到床上。傻傻在床上躺了几天，才勉强起来。那天她突然发现惠娟和惠玲已经都有男朋友了。他们走进走出，却不与她说一句话。她还听见惠娟和惠玲对她们的男朋友说："我们姆妈轧姘头，生出野种来。我们老早就与她断绝关系了，你们不用理她。"

　　傻傻在家里的处境十分糟糕，我很同情她，却又无能为力。这阵子我与傻傻很少见面，即使在公众场合见了面，也只能互不搭理。我们现在"同是天涯沦落人"，她再没有当年做妇女主任时的威风了。我一想起那年她开枪打我，想起三年困难时期，她到我家来毫不犹豫地砸我家中的瓦罐器皿，就对她这一次落难有一种隐隐的幸灾乐祸。可是真的到了连她自己的亲生儿女也要背叛她的时候，我又感到非常心疼和悲哀。我的那个没良心的桑果儿啊，简直把我气死了。我知道在这个特殊的年月，傻傻是多么需要温暖啊！

那些天，由于李青找我给她打结婚家具，我就每天一大清早，带着工具骑着自行车出发了。清晨田园的风，格外清新地吹拂着我。说实在的，自从学了这门手艺，我的日子还真算过得不坏。只是与我从前干革命的岁月相比，这样的日子实在毫无意义可言。不过我老早就认命了，我的政治生涯早已结束，再抱怨也没有用，谁让我的地下党领导尹玲娜在新中国成立前夕遇害了呢？她遇害后，我的"卧底"身份就说不清楚了。嘿，我还是不去想那些伤心事吧！想着小山已经去世，妙玉法师也已经去世。而我还活着，活着就好了。

我在李青的新房里打家具，她的未婚夫在镇政府上班。长长一个白天，那屋子里就我一个人在与木头打交道。他们完全相信我不会贪污他们的木料，也完全知道我不会向他们提要求，所以他们不用解决我的午饭问题。我的午饭是从家里带来的冷饭冷菜，用热开水一泡，我就狼吞虎咽起来。

又是一个秋高气爽的日子，阳光和煦，比起盛夏已经不会热得让人烦躁了。田地早已犁过了，泥土因雨后潮湿而闪闪发亮，显现出一片勃勃生机。我骑着自行车飞驰在田埂上，一群鸟儿"喳喳"地从我头顶飞过。它们展翅翱翔的身影，让我想起五四时期，我与同学叶天瑞在浙江一师的时光。那时我们是多么年轻，我们展翅翱翔的身影又是多么值得自豪。然而时光一去永不复返，叶天瑞已经为革命牺牲那么多年了。每当想起他，我就会想起与他最后在黄浦江畔道别的场景。船开了，很大的风把我的长衫吹得像旗帜那样飘舞起来，而一身西装的他，站在岸边挥着手目送我离开。

那天我踩着自行车，一路想着叶天瑞，没想到在村口遇上了傻傻。这让我十分兴奋。我顾不得别人是否看见，在傻傻身边一个急刹车，把她吓了一大跳。她说："你这老头儿要死了！魂都被你吓飞了。你想干什么？"我说："你别嚷嚷，明早五点你在这儿等我，我带你去镇上。"我说完不等她回答，便倏地骑走了。

第二天早上，傻傻果然早早地等候在那里了。她换上了花布衬衫，一双簇新的方口布鞋特别显眼。齐耳的短发，额头上长长的刘海遮住了皱纹，显得年轻而妩媚。我将自行车骑到她身边说："你真早，坐后边的架子上吧！"她二话不说，非常轻灵地跳上了车。她说："你要带我到镇上干什么去？"我说："带你到我的工地去。"她就很明智地不作声了，并且低垂着头，生怕被人认出她来。到达镇上后，我让她在街上逛逛，过八点再来我的工地。她心领神会，一溜烟儿地避开了我。

第十八章

一

我给李青整整打了一个半月家具。在那地方，我与傻傻总共幽会了三次。每一次都是那么的惊心动魄，那么的干柴烈火。几十年来，我们恩恩怨怨一路走得艰难而辛酸。现在我们拥抱在一起，亲吻在一起，重要的是我们心灵的河流淌在一起了。

傻傻泪眼迷蒙地感到一种温暖，她那本来已经干涸了的生命通道，突然有泉水汩汩而来。她闭着眼睛幸福地呢喃着："长根，没想到我们还能在一起。"我说："是啊，我们要永远在一起。"这时候我们都非常温柔，从没有过的温柔，让我久久地不愿离开她。

这些天，我已经给李青打完家具，回到大队劳动了。我们大队又来了很多城里的知识青年。据说不少知识青年不肯去边疆插队，来我们村插队还要走"后门"呢！

这次村里来知青，我们家也被安置了两个女知青。一个叫徐莹，杭州一中的学生，杭州一中也就是我读书时的浙江一师，毫无疑问是我的校友；另一个叫周婷婷，杭州八中的学生。两个女孩子都是高中毕业，刚满十八周岁。章丹凤腾出来西厢房，也就是我小时候与弟弟长海的房间，给徐莹和周婷婷合住。她们与我们同吃同住同劳动，但她们毕竟是城里女孩，田里的活儿要从头学起。我闲下来就教她们打垄、锄草、间苗、施肥和收割。她们非常勤快，也非常用心学习，只是她们不是男孩，只能干一些锄草、间苗的活儿。

严家辉的身体一天不如一天，那天他拄着拐杖来到我家里，我与章丹凤都感到十分惊讶。二十年来，他何曾来过我家？我心里想，你也有这么落魄的一天啊！可当我看到他衰弱苍老的样子，一股怜悯之心油然而生。我笑嘻嘻地对他说："呀，真是贵客，这么难得？"他说："是啊，我是向你道歉来的。"我说："你向我道什么歉？"他顿了顿，坐在一把竹椅上说："我为了当村长，做了许多对不起你的事，如果不向你当面道歉，我的内心一天也不得安宁。我的精神，已经被折磨得太久了。"他说完，朝我呆呆地望着。

我没想到严家辉会这样忏悔。

听他这么说，我把往日对他的仇恨一笔勾销了。我说："也不能都怪你，我也有错，那次打游击我在杨树坞福山寺被捕，而你突围出去，是必然的。"

严家辉说："你原谅我，我心里就好受一些。我们都老了，只要平平安安过日子就好了。"我说："是啊，发财也已成家立业，生儿育女。我们都是爷爷辈了，是该享点清福了。"我们就这样聊着，黄昏时我留他一起喝杯酒，但他借故家人等他吃饭告辞了。我望着他走在夕阳余晖中的背影，是那么蹒跚又是那么孤独，不免内心升腾起一股悲悯。

晚餐我喝了很多酒，并让小风林和小抗敌陪着我一起喝。我的大大和阿六头平时很少回家，只在过年才携妻儿回家来住上一阵。小风林和小抗敌的个性是截然不同的。如果说小风林是内向的，在政治上积极向上，那么小抗敌则是外露的，没有什么政治野心，却喜欢吹拉弹唱。小抗敌能拉二胡、吹笛子，喜欢唱歌，每天早上"啊啊"地吊嗓子，这让在我们家插队的徐莹和周婷婷很开心。她们也跟着他"啊啊"地吊嗓子，唱《社员都是向阳花》《乌苏里船歌》等。小抗敌说，他想成立一个宣传队，组织青年们唱歌跳舞，丰富社员们的文娱生活。但成立宣传队，需要以大队的名义，这就需要管宣传的李青同意才成。这些年来，整个局面混乱不堪，不知道何时才能好起来。我突然有唐代诗人陈子昂"念天地之悠悠，独怆然而涕下"的感觉。

那个夜晚我酒足饭饱后，呼噜打得轰隆隆响，睡得死沉。凌晨时分，我听见小风林喊我："阿爸，阿爸，二婶她，她死了。"我被喊醒后，一骨碌地起来："你说什么？你二婶死了？"小风林说："是啊，死了。"我并没感到意外，我知道高美丽已经病了很久了。

有很长一段日子，章珍妮、海云和章丹凤轮流看护着高美丽。我呢，则到山上给高美丽的心脏病采草药。有段日子我每天都去山上，茯苓、丹参、赤芍、麦冬、五味子就是我常采的草药。我们全家都希望高美丽能等到许家立出狱回来，因为再过几年许家立就能刑满释放了。这可怜的孩子杀了仇人，为父亲报了仇，自己却坐牢了。

高美丽没有支撑住，先走了。其实这么多年来，我还是不明白她当年为什么要嫁给杀夫仇人。她内心的痛苦有谁知道呢？我赶到她床前时，章珍妮、海云都流泪了，我也流泪了。我们让高美丽在家躺了三天才举行葬礼。我们把她葬在许长海的右侧，让他们夫妻在阴间团聚。

高美丽死后，小风林和小抗敌都看上了我二叔许跃辉的这栋房子。特别是小抗敌，迫不及待地去粉刷了墙，油漆了门窗，但没有我的同意谁也不能搬过去住。小抗敌觉得十分委屈，但也无奈。我把二叔许跃辉的这栋房子锁了起来，这是留给侄子许家立的，这房子由我管着，谁也不能动。

那些日子，我想约傻傻到这屋子来幽会。我也不知道为什么，尽管与她吵来闹去的，还是喜欢与她一起说说话儿。然而阴差阳错的，来与我"约会"的并不是傻傻，而是我们家的女知青我的校友徐莹。

那天，我在小抗敌粉刷一新的屋子（我现在把它叫作小木屋）里午睡，徐莹这女孩就跑来找我，让我讲浙江一师的故事。她是那么活泼，"咯咯"的笑声萦绕在我耳畔，让我睡意全无。她说："许大伯你给我讲讲你的故事吧，我觉得这大队就你最有文化。我插队住在你家，真的很幸运呢！"

她的赞美，让我听得乐陶陶。说真的，还没人这么赞美过我呢！我说："好吧，我这就给你讲，我的故事可多呢，我会的东西也可多呢！譬如武术啦，二胡啦，画画啦，只要你想学，我就教你。"徐莹听着拍起手来说："我要学武术和画画。"我说："好吧，我这就教你。"就这样，我们一个星期在小木屋见面三次。我先是给徐莹讲故事，接着教她武术和画画。有了这么一个崇拜我的小朋友，我感到自豪。我的心情好极了，仿佛又回到了年轻时。

转眼进入二十世纪七十年代，在一个春光明媚的日子，又减了四年刑的许家立，终于结束了十六年的牢狱生活回家来了。他一回来，我就不去小木屋休息了。他剃着板刷头，穿着一身藏青色制服，圆口布鞋还是高美丽当年亲手为他做的。许家立在牢房时从小凤林的口中，知道母亲去世的消息后流过一些眼泪，但回家来见到母亲的遗像，却是沉默不语，表情淡漠。

十六年的牢狱生活何其漫长啊，家立已年近四十，苦难让他成熟了不少。我们带他去上了他父母的坟，在坟前他也是沉默的。章丹凤给他做了他最爱吃的老鸭煲，章珍妮送给他一件自己编织的毛衣，海云送给他一双自己做的新鞋。这一切，让许家立感到了亲情的温暖。

章丹凤说："你一日三餐都来家里吃吧！"

许家立回来不久，六指儿和小闯儿全都初中毕业回乡务农来了。平儿和静儿，已升到镇上的中学。宝儿还在上小学五年级。这些孩子们见到他们的大伯许家立，嘻嘻哈哈，没有一点陌生感。尤其穿着时髦的六指儿和小闯儿，他们一人拉着许家立的一条胳膊，要请他去镇上看电影《英雄儿女》。小闯儿说："这电影里最感人的是女主角王芳唱的'风烟滚滚唱英雄……'这首歌。"这时正是一九七三年的春天，村里的工作组已经全部解散。大队即将选举新的领导班子，小凤林与严发财竞争生产队大队长的位置，他们已不再是小时候的好伙伴，而是竞争对手了。

二

我在曹溪河边遇见水娟时，水娟情绪有点低落。我知道自从她婆婆雪梅死后，她就是高家颇有地位的主妇了。这些年，她当了代理妇女主任，已是一个非常干练的女人。只是她自从生过毛孩儿后，一直没再怀孕，这可把高阿兴急坏了。那些日子高阿兴想生儿子，要传宗接代，不惜花大钱，逼着水娟去镇上医院看病。听说水娟去过一次，就死活不肯去了。她觉得躺在妇产科床上，双腿叉开，由男医生戴着薄薄的白色塑胶手套伸进她那生命之门里捣来捣去，实在是可怕又很害羞的事情。水娟不肯去医院看医生，阿兴后来只好给她找土郎中，拿着药方给水娟采草药。我想这生孩子的事，难道一定是水娟不行吗？

有一次，阿兴在采草药的路上和一个女孩儿打情骂俏，眉来眼去，正巧被水娟看见，夫妻俩大吵一架，一直吵到我家门口。嘿，女人生不出孩子，这在封建思想严重的乡下确实抬不起头来，更何况水娟自从生了毛孩儿后，就是乡里人议论的焦点，大家都说水娟这女人是妖怪，这令她很自卑。不过她的自卑感，其实是她患白癜风那些年养成的。

桑果儿后来到黑龙江依兰农场插队落户去了。这个小兔崽子，出发了连个招呼也不打，让我又气又伤心。倒是他的小伙伴兔嘴儿，还乖乖地留在家里务农。虽然老早不与养母阿菊睡一个被窝了，但他仍然给阿菊按摩脚丫。兔嘴儿已经二十多岁，本来该是娶媳妇的年龄。由于他的兔唇，女孩子都不愿嫁给他。

杨鸿庆自从被撤销了供销合作社社长之职，就与社员一样挣工分了。一个工分只几分钱，他一天最多挣十个工分，也就是六毛钱。这与他过去的收入相去甚远，所以他总是低头抽烟，闷闷不乐。他把家里挣钱的希望，全部寄托在兔嘴儿身上。整个大队，没有人发现兔嘴儿的微妙变化。二十世纪七十年代初，已经没有了先前的混乱。大家按部就班地生活着，日子倒也过得平平静静。

我很久没有写信给章荣初了。三年困难时期收到过他的信后，一直没再与他联系。这些天不知为什么，想他想得心里惶惶。尽管我与他老早就是两个阶层的人，尽管我的自尊也不让我与他走得太近，但空下来时我确实想念他。有时我想何不向他学学经营和创业？

那些年，我几乎一事无成，倒是他办企业能实实在在报效祖国，为国家创造了财富。于是我拿起笔来给他写信，我满满地写了几张信纸，小心翼翼地装入信封，去村口的邮政所邮寄。信寄出了，搁在心里的思念就像长了翅膀一样，我踏实了。

回到家里，六指儿站在门口抽烟。这孩子小小年纪就学会抽烟。小风林见了皱着眉头唠叨了他几句，他就一脸不高兴地朝门外的田野走去。小闯儿悄悄地告诉我说："嘿嘿，爷爷，你知道吧，六指儿失恋了，那个莉莉跟别人好上了。其实，莉莉有什么好呢？有一天他们上数学课，莉莉突然晕过去了，和她同桌的同学，看到她脚下从她身上流出来的血。血，还在不断地从她身上汩汩地流出来。同桌惊慌地尖叫起来'血、血……'"

小闯儿说到这里停了下来，我说："女孩子身上的血，不就是例假吗？有什么大惊小怪的。"小闯儿说："不是，绝对不是。"我问："那是什么？"小闯儿说："数学老师是个没结婚的小伙子，他看见那么多血，惊慌失措起来。全班不少同学也都惊慌失措起来。有女生说：'快送医院吧！'数学老师这才背起血泊中的莉莉直奔医院，随数学老师一同去医院的还有两个班干部。他们回来后，全没有说出莉莉的病情。同学们猜来猜去。有个同学的母亲是妇产科医生，她说：'是宫外孕流产了。'同学们听后似懂非懂，都很惊讶。莉莉这事后来成了学校的一大新闻，但她自己却若无其事。学校也没有给她处分，就那么不了了之了。"

我听了小闯儿的叙述，心里想，莉莉的流产是否与六指儿有关？但我不敢把这个想法说出来。若是小风林知道了，他们父子的矛盾又会深一层。好在六指儿已经不与莉莉在一起了，再说我也是猜测，谁知道事实真相呢。现在六指儿已回乡务农，虽不好好种田挣工分，但对养鱼却很有兴趣。他的雄伟计划是要为大队多挖几个鱼塘，多养一些青鱼。青鱼是名贵鱼，据说从前一百斤青鱼可换一两黄金呢！

那天邮递员送来一封信，我猜想是章荣初的回信。我迫不及待地拆了信，回信却是章荣初从美国留学回来的大儿子写的。他信上说："父亲不久前因患胆漏症，医治无效去世了。"我看了这个消息，呆住了。我想无论从哪一方面讲，他都比我强，然而他却病死了。生命是多么无常。想着小时候我考浙江一师，他赴上海做学徒，我们在一起聊天儿的场景，仿佛就在眼前。我的眼睛湿润了。我为这一生，未能与他多一些时间在一起而遗憾。

三

许家立劳改回来，社员们都不理他。那种被人歧视的感觉，让他抬不起头来。那天他找我聊天儿，说："大伯你能不能借我些钱，我要进省城去做小工。"我说:"你都四十岁了,应该安定下来娶妻生子过日子。到省城打小工,你没粮票,没油票,什么票也没有怎么生活?"他说:"有个朋友是省城人,他父亲在一家化工厂做厂长,他写信告诉我,他们厂里需要踩三轮车的临时工,而且可以解决住宿。我很想去试试,如果不行就回来。"我说:"那好吧,就去试试吧。我给你二十元,这钱不用还了。"

在二十世纪七十年代初的农村,二十元不是一个小数目。如果一个农民一天挣十个工分,那么一个月折合人民币十八元钱。但通常一个强劳力一天很难挣到十个工分。我这钱是打木工挣来的,也是我瞒着章丹凤偷偷藏着的私房钱。

第二天一早,章珍妮帮许家立准备了行李铺盖。章丹凤给许家立准备了日常生活用品。家里剩下的几块酱肉、十几个咸鸡蛋统统让许家立带走。女知青徐莹和周婷婷对许家立说:"呀,进工厂多么难啊,能进去做临时工也是好的。我们城里一户人家,只能一个子女留在城里。我们想留城、想进工厂做临时工还进不了呢!"我听徐莹和周婷婷这么说,便觉得许家立这一去也许比待在乡下好。说真的,人总不能一辈子倒霉吧!许家立进省城,也许从此改变了命运也未可知呢!

许家立进省城去了,那个小木屋又成了我的休息场所。小风林和小抗敌,已不再争夺小木屋。他们知道无论如何,这小木屋是归许家立所有,他们也就死了那份心。幸好那年我们把高美丽的蚕房要了回来,只是养蚕早已成了大队集体挣工分的事。但我想,也许有一天又会像从前那样,又允许私人养蚕了。

崇拜我的知青徐莹,见许家立一走,马上又来小木屋与我相会了。她的武功进步不大,但画儿倒是画得不错。她平时在大队很少干农活,除了到荻港小学做代课老师,在我的菜园帮我锄锄草,别的就没有她的事儿了。周婷婷则不同,她非常积极,开始干不了重活儿,现在都能和男知青一样挑土、施肥，夏天抢收抢种，蚂蟥叮在脚上也已经不会大惊小怪了。她还写了入党申请书，在大队里担任着团支书呢！

嘿，我们家的两个女知青各有长处吧。章丹凤不喜欢徐莹，也许女人有一种天生的敏感。她老和我说："徐莹长着狐狸精的眼，没准儿勾引咱小抗敌呢！"我笑笑说："勾引就勾引吧，她是城里女孩，咱小抗敌可是乡巴佬农民。"章丹凤听我这么说，脸一沉道："你自己与别人生了野孩子还不够，还想教小抗敌也与你一样吗？我看你真是没药救了。"

在我眼里丁一松干了这么些年的生产队代理大队长，其实是最没有权力的。现在大队选举结果出来了，严发财当选为生产队大队长，许山（小风林）当选为生产队副大队长，吴星星当选为大队党支部书记，徐水娟当选为大队妇女主任，还选出了大大小小不少芝麻官。

小抗敌当上了文宣队队长。

一九七四年，城里和乡村都不像从前那样看重成分，而看重个人表现了。然而小风林没被选为生产队大队长，输给了严发财，心里很不是滋味。他回家抱怨说："我的工作能力比他强多了，他妈的，他肯定是背后拉选票。像他这样乱砍山林树木的人，怎么可能当选？真是世道不公啊！"

我说："小风林哪，人要知足，知足者常乐。你当个生产队副大队长不也很好吗？就是从前的副村长呢！"小风林说："从前是咱们许家的人当村长，严老头夺了权后，怎么就成了严家的天下？"我说："你别瞎说，现在是共产党领导，哪儿来的严家天下？"小风林这才气嘟嘟地不吭声了。

傻傻的两个女儿，都嫁给了本大队的社员。惠娟生了一子一女，惠玲生了两个儿子。做了外婆的傻傻抱上了外孙。我很久没有与傻傻幽会了，不是没有机会，而是我已经不愿意创造机会了。自从我在李青那做木工的屋子里，与傻傻那么惊心动魄、干柴烈火之后，我便知道那就是为我们画上的句号了。我要在心里永远保留和回味那一刻，那一刻就是我们一生的绝唱。

桑果儿自从去了黑龙江依兰农场，一年一次的探亲假也不回家来。他初到那里时，非常喜欢北国一片苍茫的景色。松花江积着厚厚的冰，桑果儿看见有不少人行走在松花江上，甚至还有人把汽车开到了松花江上。

依兰县南临松花江，北靠小兴安岭。桑果儿心里升腾着无限的憧憬与美好。他们的农场在一座小荒山上，他们要开垦荒地种大豆。下地劳动对他来说，一点不成问题。只是与家乡不同的是，在冬天必须穿着厚厚的棉衣、棉裤和棉靴干活，十分笨重。有时他会想，到北大荒来难道就是这么一天天在冰天雪地里锄地挑土？

每天收工后，桑果儿与大家聚在一起吃饭。食堂里的主食以面食为主，菜是清一色的东北口味，大豆、小豆、红芸豆、红辣椒。桑果儿开头几天还图个新鲜，但吃到后来便反胃了。由于与母亲断绝了关系，他一直没给家里写信。瘸腿儿和惠娟、惠玲，都不知道他的具体地址。他在农场宣称自己是孤儿，得到了不少知青的同情。有些知青就会把自己家人寄来的东西分一些给他。

桑果儿到农场的第二周递交了入党申请书。为了能够尽快加入共产党，桑果儿表现得非常积极。他总是抢着干脏活苦活，别人早早开溜了，他非要干到最后才收工。晚上大家天南海北地聊天儿或者打扑克儿，他不是拿笛子到室外吹《我爱你塞北的雪》，就是看《共产党宣言》。那个上海来的女知青韩素丽，常常为那悠扬的笛声陶醉。

韩素丽开始注意到了桑果儿，桑果儿也注意到了她。她娇小玲珑，剪着齐耳短发，圆圆的脸蛋笑起来有两个深深的酒窝儿，很漂亮。桑果儿主动与她搭讪，帮她干农活，一来二去，两个人就熟悉起来，滋长出了爱情。转眼，桑果儿在北大荒已是第三个夏天，黑龙江的夏天是凉爽的。自从荒山变成农田后，远远望去一片绿油油。桑果儿就在这个夏天入了党，他忍不住自己喜悦的心情写信回家来了。

傻傻接到信，忘记了桑果儿从前对她的种种刻薄。那颗思念儿子的心，顿时有了着落。那天她找到我，高兴地说："咱们的桑果儿入党了。"

我没有傻傻那么高兴，我还记得桑果儿给我的两巴掌。想起那两巴掌，我的心就发寒。我冷冷地对傻傻说："好啊，他总算写信回来了，那你就放心吧！"傻傻见我这么冷淡，说："我知道你从没把他放在心上，你对他也没尽一个做父亲的责任。他虽不好，但你给过他什么呢？"我说："我给了他生命，这就是最重要的。"傻傻说："你无赖，我再不理你了。"

小抗敌当上文宣队队长后，社员的业余生活丰富了起来。大队广播每天都播出革命样板戏《红灯记》《沙家浜》《智取威虎山》等选段，几乎每个小孩儿都会唱："我家的表叔，数不清……"小闯儿、徐莹，以及不少知青参加了文宣队。那些文宣队中的女孩子，都喜欢唱革命样板戏，而戏班子成员全是女的，小抗敌仿佛就是《红色娘子军》中的党代表了。

那天，戏班子成员在大队会议室排练，那些女孩子和小媳妇们叽叽喳喳，大家都在议论上茅房时看见一闪一闪的"小太阳"。小闯儿说："那圆圆的小太阳很像反光镜，是否有人偷看我们？"徐莹说："会有这么下流的人吗？"小闯儿说："告诉我阿爸，让他去男厕所捉贼吧！"

小抗敌听了小闯儿和众队员们的七嘴八舌，他说："我这就去男厕所看看。"小抗敌里里外外看了个遍，毫无踪影。他回来道："你们别疑神疑鬼了，什么人也没有，你们好好排练吧！"小抗敌正在为戏班子排练两个样板戏《红灯记》和《沙家浜》片段。小抗敌自己演李玉和，让小闯儿演李铁梅。

大概过了一个星期，小闯儿上茅房又发现晃来晃去的"小太阳"。这回她不声张，悄悄地在男厕所门口等着。她想一定有人在做下流勾当，否则"小太阳"为什么就照在她的下身呢？她耐心地等着，等了大约半个小时光景，终于看见兔嘴儿东张西望地出来了。她忍不住叫："兔嘴儿你个下流胚子，你别跑。"她一边叫，一边追，最终没有追上兔嘴儿。

回到排练场，大家听她这一说，都非常惊讶。小抗敌见女儿受辱，非常气愤地说："我去把他抓回来。"小抗敌冲出门去，一直追到隆兴桥头才追上兔嘴儿。他二话不说，就给兔嘴儿一顿拳打脚踢。兔嘴儿说："我下次不敢了，你饶了我吧！"

第十九章

一

当上了生产大队长的严发财已有二子一女。前阵子，他老婆汤圆儿又要生孩子了。到底是三十六岁的高龄产妇，接生婆让严发财急送镇上医院。医生给汤圆儿做了剖宫产，一个五斤三两的男孩儿呱呱坠地。

他就是严土根。

严发财人逢喜事精神爽。孩子满月，他在家里摆了好几桌酒。那天，他来我家请我和章丹凤去喝酒，我毫不犹豫地就答应了。想着严家辉拄着拐杖来我家道歉，我上门去喝他孙子的满月酒，也在情理之中。我和章丹凤，专门拿出压在箱底做客时穿的行头。腊月里的天气，我的中式棉衣外罩了一件藏青罩衫，穿一条黑裤，脚上是一双军用棉靴，脖子上还围着一条长长的豆灰色方格围巾。章丹凤呢，上面穿一件花袄，下面穿一条蓝裤，一双簇新的蚌壳棉鞋，头上还包着头帕。我们出门时，天空飘下了雪。一片一片的雪，在我们头上飞舞。我看到雪花儿飘呀飘，就会想起墓园，想起我的那些死去了的亲人们和那些为革命牺牲了的战友们。他们的墓园被白雪包裹着，看上去格外纯净，早已安息了的灵魂仿佛得到了真正的休憩。

我与章丹凤从村东走到村西严家辉的家。很多年没来他家，一切已大相径庭。从前的三开间瓦舍已是二层楼房了。这里生活着严家辉一家三代十几口人。严发财老婆汤圆儿与婆婆相处不好，婆婆经常指桑骂槐。我们老远就听见汤圆儿大声嚷道："你当心喉咙里长毒瘤。"

原来是汤圆儿不让婆婆进她的房间，不给她看小孙子。婆婆无奈，只得逼着严发财将孩子抱出来。严发财时常夹在她俩之间，左右为难。刚才严发财偷偷将小土根抱出来了，汤圆儿便大吵大闹。她骂了丈夫，又骂婆婆道："凭什么把我的儿子抱在怀里？凭什么都要听你这个老太婆的？"

我们到达严家辉家门口，汤圆儿不顾这宾客临门的大喜日子，披头散发地从产妇房里追出来骂："强盗啊，儿子可是我生的呢！你把儿子还我。"婆婆说："你个婊子养的，哪有你这么不讲道理的？"汤圆儿回击道："你才是老婊子养的呢！"严发财觉得汤圆儿一点不给他面子，还与母亲吵架，很是恼火。一气之下，他拉着汤圆儿的衣服就往屋里拖。汤圆儿用拳头砸严发财，严发财给了她一记耳光道："你给我清醒点，今天什么日子？不准你胡来。"

汤圆儿被这耳光打得半边脸颊热辣辣的。她惊恐了一下后，便呜呜地哭个不休了。严家辉拄着拐杖，到门口来迎接我们时不好意思地说："嘿，小两口儿闹矛盾，一会儿就好了。请，请，请里面坐。"

我们是最早到达的客人。我笑笑说："咱们来得太早了。"严家辉说："不早不早，虽说住在一个村子里，却是我住西头，你住东头，也是难得见面啊！再不见，我这把年龄也要归西天去了。"严家辉这么一说，让我也有了一种落寞的感觉。毕竟我们都是快七十的人，从前可是要进棺材的年龄了。不过我的心态比严家辉好，身体也比严家辉好，我有时还会觉着自己的内心有一股蓬勃的力量。

我们坐下不久，客人们一个接一个地来了。本来严发财和汤圆儿还有他们的新生儿严土根是主角，小两口儿一吵架，婆婆抱着小孙子上场，俨然代替了媳妇的角色，成为酒席的主角了。汤圆儿从头到尾没再出来，大家知道她们婆媳关系不好，也就不好多说什么。刚满月的小土根，眼睛睁得大大的，嘴角吐着唾沫，肤色白白的。一股奶香扑鼻而来，让我想到女人的奶子就是金矿和粮仓。

我挨着严家辉身边落座，却不知道与他聊些什么。尽管彼此已经没有了疙瘩，但终没有从前精武会和长超部队时，那种出生入死的深厚友谊加兄弟之情了。好在人多，大家非常热闹地谈论着，举杯祝酒，那些美味佳肴吃得个个儿精光。散席时，章丹凤还跟严家辉老伴儿说："你把水豆腐放在案板上，在露天放一晚冻成坨，然后装到纸箱中，随吃随取。"两个女人交流着，小土根这时候已让严发财抱回汤圆儿手中了。我们隐隐约约听见汤圆儿为孩子唱着《摇篮曲》："睡吧，睡吧，宝宝睡吧，在妈妈的怀里，睡吧，睡吧……"

严家辉把我和章丹凤送到大门口，雪已经积了厚厚的一层。我们望着白茫茫一片，说不出话来。告别时，严家辉的双手哆哆嗦嗦地紧紧握着我的手，仿佛千言万语也不能表达他此刻的心情。我的心里涌起了一股热流，拍拍他的肩膀说："保重！"然后，我与章丹凤向前走去，严家辉望着我们远去的背影，默默地送着。

二

在乡下，一进腊月就要忙年。喝过了腊八粥，女人们就开始围着锅台转了。再贫困的人家，通常也会酱酱腌腌，把年过得像模像样。我们家的经济条件不宽裕，但能够平安度日，主要是章丹凤比较英明。她从那年两个儿媳妇为孩子抢地瓜糊后，就让两个儿子与我们分家了。

也就是说，我们的经济早就独立计算了。一日三餐我们也不是吃大锅饭，而是各家做各家的。如果要合伙，就每家平均掏出钱来。所以别人看我们家团团圆圆，其实我们就像包干到人一样，明细账目算得清清楚楚。自海云做了大队会计后，家里的公共支出也由她来做账。

章珍妮每到过年，都会帮着婆婆忙年货，干家务活儿。她最拿手的活儿是剪窗花，在光亮的红纸上铰出鸳鸯、鲤鱼、荷花、百合花、山雀还有小老虎、小山羊、小公鸡等。平儿是个文静的姑娘，她从小就喜欢接从母亲的剪刀下婀娜脱落的窗花，然后小心翼翼地一层层掀开，贴到玻璃窗上去。章珍妮铰过窗花后，又拆洗被褥，糊大红灯笼，让我写下吉祥话语的春联，备下一长串鞭炮。这时我们全家（其实是三个小家组成），一个声色兼备的年才具雏形了。当然男人们也不闲着，他们不能对忙年袖手旁观，家里的重活儿全由他们干。譬如劈柴、清理院子、采买、立灯笼杆、宰猪等。

严发财当了生产队大队长后，忙年的事就落在他两个儿子身上了。可两个毛头小伙子常常与人打扑克赌博，家里连个人影也看不见。那天，严家辉想让家里早早地增添过年的喜气，便提着灯笼、拿着竹权将社员送来的灯笼往门框上挂。一下、两下，他仰着头，一阵头晕眼花。他停了一下，又继续往上挂。一下、两下、三下，又一阵头晕眼花，他双腿一软，头重脚轻，"哎哟"一声，踉踉跄跄地倒下了。

严家辉在天井里昏厥了，两只大红灯笼在雪地里被风刮得飘来飘去。他的老伴儿在灶头烧火做饭，汤圆儿正在给小土根喂奶。两只大黄狗"汪汪"地叫着，一只走到婆婆面前，另一只走到汤圆儿面前叫个不休。可是两个女人都不知道家里出事了。她们以同样的方式对大黄狗说："去吧，叫什么？我正忙着呢！"

大黄狗到底是忠诚的。它们咬着主人的裤管往外拖，示意她们出去。

婆婆放下手头的柴火，一边走一边说："嘿，什么事呀，叫得这么急？"但当她被大黄狗引领着来到大门口，看见老头儿躺倒在地上，便觉得不好了。她焦急地喊："家辉，你怎么了啊？"老头儿一动不动，她就用鼻子闻了闻他的鼻孔，发现已经没气了。她的心一下慌乱起来。这时汤圆儿抱着小土根也出来了，看见婆婆恐惧而凄厉地蹲在公公身边叫着，知道公公出事了。

婆婆见汤圆儿抱着小土根磨磨蹭蹭才出来，骂道："你个懒婆娘，人都死了你才出来。"婆婆这样骂，也是给自己壮胆。汤圆儿没有吭声。她见婆婆这么说，非常恐惧，转身走出家门，去大队办公室找严发财了。婆婆开始大声哭起来，她一边哭，一边说道："啊呀，老头儿啊，你就这么去了，叫我怎么活？你一生多灾多难啊，怎么走了也不留下一句话？啊呀，老头儿啊，你去挂什么灯笼，你不挂就不会出事了呀！"婆婆的哭声，很快让邻居们围了上来。三四个好心的邻居，把严家辉抬到了床上。严发财赶回家时，严家辉的床头已经挂上了一帘白布。

其实在严发财没回到家时，邻居已经把正在赌博的小兄弟俩找了回来。小兄弟俩全神贯注地打牌，邻居说："你们的爷爷死了，快回去吧！"小兄弟俩说："老头子好好的，别来吓唬我们。"邻居见他们兄弟一头闷在赌局上，气急了上前打了老大一巴掌。他们这才歪着脑袋，撇着嘴回家来了。一进屋，他们被奶奶骂了个狗血喷头。奶奶刚骂完，父亲就踹了他们一人一脚，让他们到爷爷面前罚跪。他们见爷爷直挺挺地躺着，慌张得眼珠子也不会转了。

家里已是一片哭声了。满月不久的小土根，也哭得特别起劲。全大队社员差不多都来严家辉的灵堂了。小风林说："那么多人去哄丧事，不就是父子两代都是生产队大队长吗？社员们不看僧面看佛面，谁也不想得罪了当官的严发财。"小风林总是想得格外多，然后自己心里生气。我老劝他想开一点，豁达一点，可是他听不进。他硬是不上严发财家的门，也不参加葬礼。说起严家辉，他依然不能原谅他。他对我说："严家辉来家道歉一下，你就心软了。可你有没有想过他害了你一辈子呢？难道几十年的苦难，就被他一声道歉抹去了？"我"啪"的一巴掌重重地打在小风林的头上。我说："人都死了，你还说这些？"

腊月二十六，是严家辉出殡的日子，葬仪非常隆重。厚实的红松木棺材，棺檐雕着长龙。严家辉穿一身丝绸袍子躺在里面，随葬品有他生前的酒瓶、紫砂壶等，还有用金箔纸做的元宝。灵柩一起来，女人们就抬着纸糊的房子、椅子、聚宝盆、箱子、灯具，还有马、牛、狗、猪等，簇拥着满身孝服打着灵幡的严家老少，哭声连成一片朝墓地走去。

三

葬了严家辉不久，除夕就来临了。大家欢欢喜喜地过年。春节期间，小抗敌领队的戏班子在清风戏台上演《红灯记》。虽然是三九严寒的露天舞台，但演员与观众的心都是热乎乎的。每天晚上观众早早地提着长条凳、小板凳，孩子们手上抓着糖果、冻米糕、芝麻饼，到隔着一条河流的清风戏台前抢占位置去了。

观众中有小孩儿骑在大人肩上的，有毛头小伙子爬到树上的，有搬来家里的方桌站到桌上观看的。卖冰糖葫芦的生意好极了。小闯儿他们第一次演出获得成功后，几乎每一场都人流拥挤。观众多得地上站不下，有的爬到树上去看了。他们的戏不断地变化着，时常有新品种出炉。那天兔嘴儿看完戏，买了两根冰糖葫芦一边走一边吃。他看见小抗敌从后台出来，赶紧绕路而行。也许是看了戏，兔嘴儿的心情格外好。他回到家里，养母阿菊也刚刚看完戏回家。

杨鸿庆已经很久没有与妻子阿菊同床共眠了。这晚他看着他们母子看戏回来高兴的样子，想着自己与这母子日益寡淡的感情，就想与他们交流沟通。然而兔嘴儿不等杨鸿庆开口，就回自己房间睡觉去了。

由于看了戏，阿菊兴奋得翻来覆去睡不着。她几分钟起来解一下小手，实在睡不着，便进兔嘴儿的房间去了。没想到兔嘴儿也是看了戏后睡不着。两个人精神亢奋，阿菊就让兔嘴儿按摩脚丫，母子俩有说有笑。他们的笑声一直传到杨鸿庆房里，这让备受冷落的杨鸿庆产生了莫名其妙的恼火。也许是自己种种的不顺都是这母子俩引起的，杨鸿庆狠命地将他们母子俩打了一顿，才解心头的闷气。

深更半夜时分，村舍与田野一片静悄悄。住在杨鸿庆隔壁的胡二嫂，看戏回来后也没睡着。她竖着耳朵对杨鸿庆家发生的事，听得一清二楚。杨鸿庆的骂声，还有那"啪啪"的皮鞭抽打声，以及阿菊的哭喊声，全都像留声机上的唱片，密集地灌进了她的耳朵里。她想，杨鸿庆竟然是那么凶狠哩！

胡二嫂是个快嘴女人。

第二天一早，她就像大队里的高音喇叭一样，传播得无人不晓了。兔嘴儿被养父毒打一顿后，像没事儿似的，该干什么就干什么，倒是阿菊被打得一病不起，染了风寒。

阿菊高烧不退已经有很多日子了，杨鸿庆给阿菊抓草药，赎自己的罪恶，只是阿菊喝了仍旧不见好转。兔嘴儿要背母亲阿菊上医院，阿菊死活不肯去。开始她还能说话，到后来她就发不出声了。兔嘴儿的两个姐姐带着她们的丈夫回家来。大姐夫不明情况，冲兔嘴儿一顿拳打脚踢。兔嘴儿说："你打死我吧，我这就与姆妈一起归西天去。"大姐夫"嘿"了一声，停下手道："哪有你这种王八蛋？你简直猪狗不如。"

两个姐姐回来的第二天，阿菊回光返照，看上去好多了。她发出声音叫："兔嘴儿，兔嘴儿。"兔嘴儿没有过去，杨鸿庆说："兔嘴儿，你姆妈叫你呢！"兔嘴儿这才走了过去。阿菊哆哆嗦嗦地从被窝里伸出手来，摸一下兔嘴儿，兔嘴儿慌张地后退了半步。阿菊又说了些什么，大家都没听清楚。这天子夜时分，阿菊断气的时候，一声春雷"轰隆隆"地炸响，仿佛给她送葬似的。

大队在短短的日子里接连死了两个人，让我有一种不祥的预感。葬了阿菊后，已到了乍暖还寒的三月初。胡二嫂这个快嘴女人见阿菊死了，有一种幸灾乐祸的样子。那天她见到我说："许伯呀，今儿个怎么有空出来逛逛？"我说："好久没来这里了，趁着现在还走得动，就走走。"胡二嫂说："你咋说这样的话，看你精神那么好，活到一百岁也没问题呢！"

胡二嫂是外乡人，是胡国庆死了妻子后，从萧山娶回来的第二任老婆。胡国庆前妻留下一个儿子胡卫民才六岁，胡二嫂嫁过来一直没生养。她把没怀上孩子的原因归结为风水不好，家门口盘旋着一股妖气。她说："现在那股妖气已化为云烟飘散了。不久，我将会怀上孩子。"

胡二嫂说得很玄。这女人眼睑处生满雀斑，皮肤粗糙。但胡国庆常在我面前夸她料理家务的本事，说无论里屋、外屋、仓房、蚕房，都被她那双手拾掇得井井有条。厨房的各种餐具，也被她用灶底灰"吭哧吭哧"擦得锃亮。一日三顿，她能换着花样做出可口的饭菜来。

我被胡二嫂拦住，听她说了一席话，本想去看望杨鸿庆，却被她打乱了我的计划，心里十分懊恼。此时，已到了中午时分，我的肚子饿得咕咕叫，便赶回家去吃饭了。饭桌上，章丹凤对我说："不能让小闯儿老是去演戏，下个月进入蚕月，应该让她做主手了，要不日后怎么嫁人？"我说："好吧，这孩子心思从不在农活上，就让她做蚕花姑娘吧！"

其实，到了春天农户人家都非常忙。小抗敌的戏班子完全是业余文化娱乐。农忙开始了，他就不得不停下来，待农闲时再组织演出。因此，小闯儿一听奶奶让她做蚕月主手，心里自然高兴。

三月里，田野上春花儿开得热闹，但我们家的女知青徐莹却不知道什么叫春花。那天她来小木屋问我："许大伯，什么叫春花？"我说："你呀，插队了这么些年连春花都不知道，都怪我把你宠坏了。"她说："是啊，谁让我们是校友呢！"我说："看你那小嘴儿伶牙俐齿的。告诉你，我们所说的春花是几种植物花的统称。常常指冬天种的油菜，到春天开的花，还有小麦、蚕豆等在春天开的花。"她说："啊，原来是这样。"

　　自从戏班子停演后，徐莹又常常来小木屋跟我学武了。我们家的孙儿没一个真正用功习武的。他们怕练功吃苦，无论六指儿、小闯儿、平儿、静儿、宝儿，说起来都喜欢武术，其实没一人不是花拳绣腿。

　　小闯儿进入蚕月的那阵子，门边插满了桃、柳树枝辟邪。整整一个月，她都在蚕房里忙活，我有时帮着她采桑叶，但她不让我进蚕房。不进就不进吧，不进我也知道什么时候蚕白头了。农谚说："谷雨三朝蚕白头。"又曰："小满动三车。"意思是到了谷雨，油菜结实，农民们忙于取菜籽后去车坊磨油。而此时，女人们养的蚕已收下蚕茧。从前有些人家自己煮茧缫丝，昼夜操作。但从二十世纪二十年代后，缫丝车在我们村已基本绝迹了。所以自我的两个双胞胎姐姐（大蚕花姑娘和小蚕花姑娘）养蚕那会儿，我们家就已经没有缫丝车了。

　　芒种之后，整个大队的蚕茧已出售，小闯儿也因此挣到不少工分。若是从前，桑地、蚕茧全部属于私人财产，那么蚕茧出售后，每家都会有余钱。而现在工分不值几个钱，小闯儿觉得日子过得太穷了。家里的鸡、羊、猪，到了年底全要拿出去卖了换钱，以备来年的生活费。她想买件花衣裳，一直不敢对母亲开口。只好用自己挣来的工分买白线，然后染成五颜六色，编织线衣。

　　我们大队已经很多年没请戏班子演蚕花戏了。"斋蚕山"祭蚕花娘娘后，小抗敌趁着农闲，让戏班子排演了《蚕花女》这部戏。六月，乡下的稻田已是热浪滚滚，但小闯儿他们却排练得热火朝天。这次他们将演出地点设在崇文园空旷的广场上。海报一贴出，还没到黄昏时分，就有不少社员拿着小板凳、扛着长条凳，一拨一拨地赶去广场占位置。

　　夜幕降临后，崇文园广场已是人山人海。小闯儿给家人早早地准备好了第一排座位。我、章丹凤、章珍妮、海云等都去看戏了。我右手拿着烟，左手拿着茶缸，坐到位置上正好幕布徐徐拉开。小闯儿演"蚕花女"，我看着看着，仿佛看到我的母亲梅梅复活了。

这年夏天"双抢"一结束，公社里下来几个返城名额，就是让某些知青抽回城里工厂，或者作为工农兵学员保送上大学。周婷婷在大队吃苦耐劳的表现，被大队一致推荐保送到北京外国语学院读书，而徐莹连回工厂的机会也没轮到。一个欢喜，一个愁。我们只能劝徐莹等下一批，并且高高兴兴地送周婷婷回城赴北京读书。知青能作为工农兵学员保送上大学，这让小闯儿很羡慕。她想进城里工厂做学徒，可是她祖祖辈辈在这块土地上，血液里流淌着农民的血，根本不可能。她的身份是农民。

我们送走周婷婷不久后，徐莹也回城探亲去了。那天我送徐莹到村口，遇上了傻傻。她对我说："桑果儿马上要回家探亲来了。我要买些东西，可是手头没钱了，你借我二十元钱吧！"傻傻每次没钱了总是向我借钱，但从不归还。她以为我做木工挣大钱，其实我挣不了什么钱。即便挣回来一些小钱，也被章丹凤搜口袋搜走了。自己藏的一些私房钱，除了买烟，有时还要贴补几个小孙儿，日子过得拮据而清贫。有时我看着小闯儿、小静儿和小宝儿为谁多吃了一块肉而吵架，心里很难受。虽说我们家也养了几头猪，但到腊月把猪宰了，留下猪头和一些条肉，其他几乎全拿到市场去卖了。卖得的钱，有时就扯回些花布和蓝布，给全家老少做过年的新衣。当然，只要傻傻开口，我从没有不答应的。就是这样，她还要说我对桑果儿不尽父亲的责任。

这天我回到家，东张西望地寻找家里有什么值钱的东西可卖，章丹凤见了说："你找什么？"我说："不找什么，就看看。"她狐疑地望着我，没再作声。的确，二十元不是小数目，我把私房钱全贴上了还差八元呢！这八元钱，让我一下子到哪里去弄？时间一天天过去，我正在着急，那天在大队办门口遇上吴星星，我突然想起了他的父亲说书先生吴雪雷，

258

想起了吴雪雷临终对我的遗言——说书。对了，许多年过去了，尽管我对说书还谈不上感兴趣，但说大书能赚钱。另外，若真去说大书，应该不会有人说我传播反动言论而受到历史的审判吧？

第二十章

一

　　那些日子我上午在田里劳动，下午就到外港埭走廊说大书。我开始当然是说红色革命故事，譬如《江姐》《铁道游击队》等。这年四大名著又重新印刷出版了。在四大名著中，我最喜欢《三国演义》。我接着就讲《三国演义》了。尽管吴雪雷当年也讲过《三国演义》，但我与他理解和阐述的《三国演义》不同。我最喜欢的人物是诸葛亮，他足智多谋，神机妙算。前后知天下事，左右晓天文地理。从四面八方赶来听我说书的观众一天比一天多。尤其那些中青年男人，一听说我讲《三国演义》，都来捧场了。我仿佛又找到了自己的生命价值。讲到高潮处，我用一块大理石镇纸做醒木，"嘭"地往桌上一敲，然后喝一口茶道：且听下回分解。

　　三伏天，我的菜园一片翠绿。爬蔓的豆角、豌豆和遍地匍匐的葫芦瓜，使绿色高高低低地起伏着。到了黄昏，村里家家户户都坐在院子里纳凉。女人们会用艾蒿熏蚊子，空气中弥漫着熏艾蒿的苦香。天边常常会有一大堆火烧云翻腾着，驴在不远处悠闲地吃草，咀嚼声温柔地舔着暮色，使村民们在惶恐中呼吸着一股宁和之气。

进入秋天，我们收获完土豆后，风变得凉快了。山上的树叶，一天一种颜色。由浅黄转而黄中透红。通红的叶子出现时，没多久它们就像那些喜欢赶集的女人一样，纷纷扬扬地飘荡出去了。这时候那些光秃秃的树干与树枝笼罩之下地上深红和金黄重叠的叶子，让我陶醉。

大自然就是这么神奇。

我常常想，我的生命就是与这土地连在一起的。收完土豆之后，我们的秋收劳动完成了一大半。我们把土豆藏到房屋中的地窖里，然后可以歇几天了。那天，我又在许家立的小木屋休息。许家立去城里打工，连个音讯也没有。寄给他的信，总是有去无回。唉，我也老了，管不了那么多了，随他去吧！

前阵子，徐莹因没被抽回城里工厂，情绪一直低落。她已经没有心思跟我学武了。不学就不学，一切由她，来去自由。午后她在我的菜园里，用一把小铁锹挖蚯蚓，然后把挖出来的蚯蚓装到一个黑色的铁皮盒子里。秋日的太阳白花花地照着她，她鼻尖上的几颗汗珠，像狗撒欢似的滚来滚去。我透过窗户，先是看到她的脸，接着她的屁股挡住了我的视线。她的屁股圆润、结实、硕大。这让我内心有一股热流。我想她的屁股多么像我的结发妻子婉玉的屁股啊！我情不自禁地走了出去。我的脚步声吓跑了停在树上"喳喳"叫的麻雀。它们飞离菜园后，我看见徐莹把一座金色的草垛，像上帝遗失的草帽一样扣在菜园中央。这时候午后的阳光如金针般犀利地来回穿梭，草垛显得流金溢彩。

徐莹见我来到菜园，问："许大伯，你不午睡？"我说："我这就去小木屋午睡。"她说："我等一下过来。"我说："好吧，你什么时候来，我都敞开大门欢迎。"

徐莹过来了。她换了一身衣裙，上面是藕荷色的短袖小衫儿，下面是白短裙。裙子上缀着一颗大红有机玻璃的扣子，格外醒目。她说："许大伯，我插队这些年，你一直照顾我，我们很有缘分呢！"我有点自豪地说："可不是，你都插队七年了。从十八岁的黄毛丫头，长成二十五岁的大女孩儿了，你得赶快找个对象把自己嫁出去。"

"你说到哪里去了！我可不要嫁人。我要找像你这样的男人，有深度又风趣，还有手艺，嫁给你这样的男人饿不死。"我听了哈哈笑起来，说："我这倒了一辈子霉的人，怎么在你眼里竟是这么优秀呢？"她说："是啊，我看你就是很优秀的男人。"她说着把自己涂得香喷喷的脸，挨到了我的身边。说真的，还从来没有女人对我说这样的话。我的眼角有点湿润了，就像一个受了多年委屈的孩子。我说："你真是我的知音啊！"徐莹就哈哈地笑起来道："知你者莫若我呀！"说完，她就像小女孩儿那样一蹦一跳地走了。

这年深秋，大队又有了知青回城的名额。徐莹可以有两个选择：一是回城进工厂，二是转为荻港村小学正式教师编制。我以为她会毫不犹豫地选择回城进工厂，但出乎我意料的是她选择了留在荻港村小学做教师。我当然高兴她留下来，但我不明白她为什么留下来，为什么突然有了这么大的转变？

徐莹成为正式教师后，就从我家搬出去住了。学校里腾出一个房间专门给徐莹住。她搬走没几天，桑果儿带着他的女朋友韩素丽回家乡来了。

二

傻傻拿着我给她的二十元钱，买了桂圆、荔枝、白糖、花布等，早上这毛脚媳妇还没有起床，她就把桂圆氽蛋煮好了。瘸腿儿说："你还从没有给我煮过桂圆氽蛋呢！"傻傻说："他们从北大荒回来，你计较什么？"瘸腿儿便不吭声了。瘸腿儿在傻傻的后脑勺做了两个打耳光的姿

262

势。瘸腿儿这些年身体不太好，高血压本是不可以多喝酒的，可他常常喝得酩酊大醉，烂醉如泥。

桑果儿见了我，低着头，仍旧不叫我。他不叫我，我也不理他。我已经不再悲哀了，只要他活得快乐就好。那天，桑果儿找了他昔日的伙伴兔嘴儿，一起来到庙前桥，庙前桥又名八字桥。凡在外经商、读书或做官的获港人，回故乡必须走一走八字桥，以示财运、官运四通八达。这是我们村历代传下来的习俗。

桑果儿在农场当了排长，也算一个小小的官。他与兔嘴儿走完八字桥，到外港埭走廊的小酒馆喝酒来了。我正在酒馆隔壁的书场说大书，这天我依旧说《三国演义》。桑果儿见我说书，拉着兔嘴儿一直听到"且听下回分解"。我走出书场时，他让兔嘴儿叫住了我。兔嘴儿说："许大伯，我们一起喝杯酒？"我说："好吧，我请你们！"

小酒馆已陆陆续续来了一些喝酒的人。我们选择了临河窗口的位置，能够看见曹溪河上的轮船和飞翔的野鸭。桑果儿面对我，突然地胆怯起来。我对桑果儿说："这么多年不见，长大了。来，为我们的重逢干杯！"桑果儿见我没有责怪他的不孝和叛逆，便高兴起来："干杯！干杯！"但他仍旧不叫我"阿爸"，不叫就不叫吧，我也不难为他。

桑果儿与我谈了在北大荒农场的一些事，谈了他入党，谈了他想抽调回家乡的一些事儿。他说："吃不惯北方的面食，而且那里的气候太冷了。几年下来，我还是不习惯东北的生活。"我说："想办法抽调回家乡吧，有什么困难你告诉我。"桑果儿点点头。兔嘴儿在一边对桑果儿说："是啊，许伯说得对，你还是赶快想办法抽调回家乡吧！"

桑果儿与他的女朋友在家住了半个来月，回北大荒去了。他们一走，傻傻见了我便诉苦道："嘿，这上海女知青，饭来张口，在家里什么事儿也不干。我给他们做保姆呢！日后他们成了家，如何是好？"傻傻一边说，一边躬身系她的鞋带。这两天虽是深秋，却奇热。她穿着低领的线衣，一躬身我便从她的领口处看见了她的一双像吊瓶一样的奶子，松松软软地垂在胸前。到底是上了年纪的人，她的脖子也都是皱纹和赘肉。我说："你太宠他们了，应该让他们自己做。"

我们正说着话，水娟提着从河埠头洗完的衣服朝我们的方向走来。傻傻见水娟走过来，便溜回家去了。水娟高挽发髻，大红的毛衣格外醒目。自从治好了白癜风，她可以说是个美人儿了。她有着光洁透明的肤色，目光很清澈。也许由于患白癜风那些年养成的自卑感，加上婆婆雪梅生前一直对她的不认同，她看人时总有点怯生生的。毛孩儿丢失后，十多年过去了，她一直没再生出孩子来。前些年高阿兴领回一个男婴取名"高风筝"，实际上是高阿兴的私生子。开始水娟与高阿兴大吵大闹，后来也就不吭声了。现在她说起孩子，就会口口声声说我们儿子小风筝如何如何的聪明。

我没想到那天中午，到小木屋来敲门的不是徐莹而是傻傻。这让我惊恐了起来。我说："章丹凤就在隔壁呢！"她说："她又不是老虎，怕什么呢！再说我们的事儿已经无人不晓，公开的秘密。"我说："我不想再伤害章丹凤。大家都这把年纪，平安是福。"她说："那你就可以一次一次伤害我？"她说着伸出胳膊拥抱着我，我把她推开了。她说："我老了，你嫌弃我？"我说："不是。"她说："不是，那又是什么？"

我默默无言，不知道说什么好。傻傻顿时满含着泪水，接连的叹息声像蛙鸣一样纷繁。末了，她气愤地说："你终归是向着章丹凤。好了，我总算看清了你。我与你的情已绝，再不要见到你了。"说完，她气冲冲地走了。傻傻这么一走，果然偶尔在路上相见，也是别过头去不理睬我了。我们到了这把年纪却闹崩了，这让我的内心颇多伤感。

其实，我老早就与章丹凤分床睡了。有月光的夜晚我也是搂着枕头睡觉，而非搂着像鱼一样柔顺的女人了。当然我并不生傻傻的气，都说江山易改，本性难移。一个人的脾气，到老也是不容易改变的。

那晚月色格外好，我守着一片月光，那片质感很强而芳香诱人的月光，让我心头充满了温情。我睡得很沉，早晨醒来时，章丹凤已把灶火烧得炊烟袅袅。女人就是这样，男人起来后觉得肚子饿的时候，她已端出热腾腾的早餐了。这样的女人就是黄金万两，我也不会换的。

我吃了章丹凤做的早餐后，打着饱嗝到镇上的集市采买去了。初冬的风还不那么刺骨地冷。但大部分树木早已成了秃头，一些生命旺盛的树木，树叶也开始一片片凋零。镇上的泥地上积着不少落叶，往来的行人漠然地纷纷践踏着，使那落叶面目皆非。谁也免不了做落叶的命运，生命就是前仆后继。

我在集市上闲逛，喜欢到男人多的地方去，听他们道听途说。有时往往能听到不少新的小道消息。男人通常不谈家庭琐事，而谈时事政局。集市非常热闹，沿街一溜儿的木排门，也都是各式各样的商店：陶瓷店、水产店、南货店、绸缎店、肉店等，赶集的就是小摊头了。

陶瓷店是最空闲的，几乎无人问津，但坐拥着几个做官模样的中年男人。他们谈论着什么，脸上露出笑容，我就走过去了。我当然假装看陶瓷产品，东看看，西看看，并竖起耳朵听他们说。其中一个胖男人说："明年要恢复高考了呢！"他身旁的瘦男人说："都荒废十年了，哪里能考得进？"胖男人又说："听说从前的错案，也要平反了呢！我们单位就有一个，已经平反了，恢复了原来的工资。"

听到这么重要的消息，我心头一惊，情不自禁地插嘴道："这是真的吗？"那个胖男人朝我看看说："当然是真的。"瘦男人说："哪会假，他老头子是副市长呢！"我说："啊呀！这对我简直太重要了。"

镇上的居民吃肉都要肉票。我手里握着小闯儿向镇上同学（这位同学的父亲是肉店卖肉的）要来的一斤肉票，排在买肉的队伍中。阳光把一堆鲜肉照耀得艳丽夺目。我不由得想起小闯儿、小静儿，还有平儿、宝儿，他们为吃肉吵架的场景。我心里想，今年过年一定留一头整猪，让他们吃个够。我这么想时，已经轮到我买肉了。肉倌说："肉票拿来。"我赶紧递上去道："买一斤条肉。"肉倌说："看你不像镇上居民。"

我吓了一跳，以为他不卖给我肉呢！接着他说："农民养猪，平时也吃不到猪肉，都换了钱，对吧？"我说："能换几个钱？不过我们腊月里腌的咸肉可吃到夏天。"肉倌说："看你慈眉善目的，我给你多称了三两肉。"我露出欣喜的神情，连连说："谢谢！"

我提着肉，也顾不得再买别的了，加快步伐，只想马上就把好消息告诉家人，也想早点让章丹凤做出香喷喷的红烧肉。小闯儿、平儿、静儿这三个孙女，见我没给她们买零食，嘴翘得可以挂油瓶了。她们总想从我这里得到一些吃的，哪怕是一根棒棒糖也会高兴。我有些兴高采烈地说："孩子们，我们的好日子马上就要来啦！"章丹凤见我手舞足蹈，说："别发神经了，把肉给我。"

这天晚上我喝着酒，吃着肉，像说大书那样把我听来的好消息复述了一遍。家人团团围着我问："这是真的吗？"我就学着那个瘦男人的腔调说："哪会假？他老头子是副市长呢！"他们就"啊"的一声，你看看我，我看看你，说："我们爷爷可是遇上大官了呢！"这些小捣蛋们，似乎不相信我说的话。他们以为我老了在说胡话，可我一本正经地对还在学校上初中和高中的平儿、静儿、宝儿说："你们好好准备考大学吧！考不上给你们一人一顿鞭子。"

六指儿与小闯儿就"咯咯"地笑。他们说："你们小心抽皮鞭，用功去吧！我们村可是很多年没人中状元了。我们是状元村呢，不能让祖宗留下来的颜面全丢尽了。"静儿说："六指儿，你别只会教训别人。你读书也是一塌糊涂，你别忘记了自己的丑事。"静儿揭六指儿的短，六指儿马上溜走了。他不想让静儿再提他与莉莉的事。仿佛一提莉莉，莉莉就会像一颗毒瘤种在他身体里。

喝过酒，吃过肉，我醉意蒙眬地上床睡了。从没有过的开心，让我想睡他个昏天黑地。第二天醒来，果然天色不早了。我穿上衣裤和鞋走进院子，看见章丹凤坐在黄昏里，像一轮饱满颤抖的落日。她回过头来对我说："呦，你可真能睡。六指儿一大清早出门骑马去了，到现在还没回。章珍妮急坏了，到处乱找去了。她怕六指儿骑马像杨鸿庆那样的结局呢！"我说："你们女人就是会这么瞎操心。天还没黑，六指儿贪玩，过一会儿他就回来了，用不着这样大惊小怪的。"

章丹凤依然坐在黄昏里，我就到外港埭走廊的小酒馆喝酒去了。我一坐下，堂倌知道我是隔壁书场说书的老先生，便很客气地端上一壶热茶，递过来一份菜单。我要了一盘油汆花生米，一盘猪头肉，还要了一盘炒黄豆芽。一个人喝酒，也会有忘情的时候。这两天由于知道自己的冤假错案将得到彻底平反，心情格外好，贪杯也在情理之中了。没多久，盘中的菜只剩几根黄豆芽浮在盘底上。我喝得浑身轻松、舒展，以致身旁来了杨鸿庆也毫无察觉。

杨鸿庆自从死了老伴阿菊，家里便没有女人给他做饭了。他和兔嘴儿经常有一顿没一顿地胡乱吃。口袋里有几个小钱的时候，他就上小酒馆来饱吃一顿。他见我盘底朝天了，又叫来了几个菜、一壶酒。我们边吃边聊，聊的都是从前的话题，精武会、读书会、长超部队、游击队等，这都是二十多年前的往事了。仿佛我们只活在从前，活在幽深的历史记忆里。

我喝得太多了，但由于高兴，我还是大着舌头，一杯一杯地与杨鸿庆干杯。杨鸿庆后来说了些什么，我已经不大听得清楚了。我沉浸在一种忘我的境界中。当看见盘底又朝天的时候，我从口袋里摸出一把钞票，摇摇晃晃地到柜台付了账。杨鸿庆追过来，我已经把账付了。付完账，我接过找的零钱时，看见柜台上靠着许多伞，一把把油布伞上滴着雨珠，地上湿漉漉的，漾成了一汪汪的小水坑。

下雨了，我突然想起骑马的六指儿。心一急，我不顾倾盆大雨就走出小酒馆。这时一把油布伞立刻罩住了我，并甜甜柔柔地说："知你者，莫若我也。"

<h1 style="text-align:center">三</h1>

徐莹就像小精灵一样，把我送回家。一柄雨伞下两个人，我的衣服还是湿了半边。不过雨水倒是把我的酒给淋醒了。我挨她很近，能闻到她身上的香气。她一边走，一边与我说着话儿。她说："许大伯，听平儿讲明年要恢复高考了，我也要去应试，你说我能成吗？"我"嘘"一声，道："这事外面还不能说，平儿是从我这里听去的小道消息，我是从别人那里听来的。"她说："哦，是这样。"我说："你肯定行，只要有勇气。"她说："我不回城进工厂，就想有朝一日能保送上大学。为什么周婷婷能保送上大学而我不能呢？现在我没了保送的机会，就考呗！"我拍拍她的肩膀说："好啊，有志气。我就喜欢有志气的孩子。"

雨，大张旗鼓地下了一会儿，雨丝就渐渐细了。乌云消散后，复出的蓝天透出晴朗的气息，但气温明显下降了不少，吹过来的风穿过脖颈是那么冷。徐莹送我到家门口，就打道回府了。她说她还要上孩子们的家里，帮那些缺课的学生补课去。我笑着说："好吧，知你者，莫若我也。"

我进屋，章丹凤已躺下了。小风林和章珍妮也老早回自己的屋去了。小抗敌晚上喜欢串门儿，海云在昏暗的灯下编织毛衣。六指儿和小闯儿把西厢房弄得黑黑的，像做贼一样。我推开门，他们就把我轰出来了。他们很自豪地说："爷爷别吵，我们在自己冲洗照片呢！"唉，这些小家伙儿，把我看成什么也不懂的老糊涂了。我"哼"一声，不服气地回屋睡觉去了。

第二天一早，我看见窗玻璃上全贴着这两个小家伙儿冲洗出来的照片。照片泛着淡紫色的光，有些模糊，但基本能够看清楚。我看见六指儿骑马时的帅气，看见小闯儿穿着花袄儿站在鲜花丛中是那么青春勃勃。我就想起毛泽东主席的话："世界是属于你们的。"

又一年过去了。到了我这般年纪，年就像风车儿那样转得更快。正月十五大家正在欢欢喜喜地闹元宵，傻傻家里却出事了。小风林与严发财虽然时常会在许多问题上意见不合，但在掏钱让小抗敌组织"蚕桑舞龙队"这件事上，却是观点一致的。

很多年没有这么闹元宵了，蚕桑舞龙队使全大队社员的精神为之一振。瘸腿儿这辈子，从没有参加过蚕桑舞龙队，但他特别喜欢看男人穿着白裤白衣，腰间扎着黑色腰带托举着长龙，展现出昂扬向上的生命力。

那天瘸腿儿从人群中挤到了最头排，由于早上空腹喝了白酒，又饿又累，"扑通"一声摔倒了。大家的眼睛都盯着舞龙队，有人把他拉到一个角落，以免被人踩着。可当蚕桑舞龙队过去后，人们发现躺在地上的他嘴角吐出白沫，已经一命呜呼了。

这天傻傻并没有来看蚕桑舞龙队，她在家做汤圆。晚上惠娟和惠玲，以及两个女婿，还有三个外孙、一个外孙女要回家吃饭。她让瘸腿儿去内港埭走廊打酱油，左等右等不见他回来，想着他也许是看蚕桑舞龙队去了。这老头儿就是喜欢看热闹，没想这一看竟送了性命。有人前来通风报信时，傻傻正搅拌着糯米粉。她得知消息后并不慌张，也不感到意外，仿佛料到迟早会有这一天。她很镇定地说："知道了。"

傻傻在一只木桶里洗了手后，刚要出门，那些看热闹的村里人就把瘸腿儿的尸体抬回家来了。傻傻见了瘸腿儿的尸体，呜呜地哭泣道："你怎么说走就走了呢？"

闹过了元宵后，年才算真正过完了。那几日外乡女胡二嫂，挺着五个多月身孕的肚子（她那玄乎的说法，还真让她怀孕了），在热气缭绕的豆腐房里，一板接一板地压豆腐。由于瘸腿儿死了，傻傻一下要买十板豆腐。那些等着买豆腐的人快把胡二嫂家的门槛踏破了。那天她用脚压木棒给豆腐挤水时，头晕眼花，脚一软栽倒在地，卤水泼了她一手。好在她年轻，休息片刻又继续干活儿了。

吃过瘸腿儿的豆腐饭，我有很长时间不想吃豆腐了，并不是因为豆腐容易让我想到死，而是一吃豆腐，我就想到吃豆腐饭时傻傻向我投过来的仇恨目光，仿佛瘸腿儿是我害死似的，我心里愤懑极了。这个冤家啊，我一定要狠下一颗心，不理她。她的什么狗屁事儿，我也不再管了。我正生着闷气，平儿从镇上放学回家来对我说："爷爷，我今天在图书馆看到省城前几天的报上，已经刊登了恢复高考的消息。你的小道消息，非常正确哩！"

我听平儿这么一说，心里很得意。我骄傲地说："嘿嘿，你可知道你爷爷是什么人呢！"平儿说："别的我不知道。我知道的你，是一个被人瞧不起、见了当官的要低头哈腰的懦弱人。"平儿话音刚落，我就严厉地说："住嘴，看你口无遮拦，没大没小。"平儿慌了神，但她仍然犟嘴道："你不能面对一个真实的你自己。"说着，她冲出了家门。

平儿这孩子的嘴，就像刀子那么厉害，割的我心痛。我知道她说得完全正确，可是要认识自己并不那么容易。那些天，我为平儿的批评指责深深反省。我无精打采地过了一阵，看见平儿、静儿、徐莹领回来了高考准考证，才渐渐高兴起来。我们大队就这三个女将参加高考，我默默地祝愿她们能考中。

也许是停了十年才恢复高考的缘故，这次全国参加高考的人不计其数，而录取率很低。这样的录取率，让静儿和徐莹还没考就吓破了胆，只有平儿不吭声，仿佛胸有成竹。她们三个都考文科，在考试的前两天，一起上湖州城去了。平儿和静儿是应届高中毕业生，徐莹是知青老三届，她们相差七八岁，却将出现在同一考场上。也许年龄大了几岁，又是城里人，徐莹心思最重，精神负担也最重。五天后，她们考完回来，我都不敢问她们考得怎么样，就当没发生这件事，只字儿不提。好在正是农忙时节，没多少人去关心她们的高考。几个月过去，大家也就把这事忘记了。

一九七八年初春，平儿接到了北京师范大学哲学系的录取通知书。这是她第一志愿填写的大学，居然被录取了。静儿和徐莹的分数都没上线，她们老早知道自己考砸了，各自难过了几天，也就没事了。平儿收到录取通知书的那天，来祝贺的乡亲们很多，我们家挤满了人。大家为十年后我们村又出了一个大学生而欢欣鼓舞。小凤林和章珍妮高兴得合不拢嘴。我心里的喜悦，更是无法言语。平儿是我们家的第一个大学生，又是北京师范大学，这可以告慰她长眠地下的太爷爷了。没想到我们家读书的宏伟事业，竟落到了一个女孩儿身上。真是"生男勿喜，生女勿悲，生女也可壮门楣"啊！

我把平儿叫到我房间，与她好好谈了一席话。我知道她并不一定听得进。这小家伙儿嘴巴像刀子一样，不过这一次她对我非常友好，还说："爷爷，到了暑假我接你去北京玩儿吧！"

我笑起来道："好吧，我得去看看故宫、长城、颐和园，还有圆明园。"我说完，从我的一只小铁盒里，掏出二十元钱，作为给平儿考进大学的奖励。这是我存了两年的私房钱，给平儿买读书用品比我买烟抽还高兴呢！

章丹凤和章珍妮这婆媳俩，为平儿忙碌了好几天。都说北方冷，她们一个给她翻新被子，一个给她做一件厚厚的棉大衣，还怕她吃不惯北方的面食，给她磨了不少米粉带去。海云因为静儿没考上，不免有些落寞。看见她们婆媳俩忙碌，总是远远避之。好在她整天都在大队做出纳，晚上回家来就马上钻进自己的屋子。她送给平儿的礼物，是一本红彤彤的日记本。她说："我可不懂什么叫哲学，不过读书总要写字，你就把每天的事情记在这本儿上吧！"静儿在一边窃窃地笑，她说："姆妈，学哲学的人就是产生思想的人。咱们家要出思想家了。"平儿一边追赶静儿想挠她的痒痒，一边道："瞧你说的，我将来不过是一个教书匠罢了。"

开学前五天，小凤林和章珍妮把平儿送到省城火车站后，为了省路费，就让十八岁的平儿一个人独自出远门去了。他们千叮咛，万嘱咐，真是可怜天下父母心啊！

平儿一上北京读大学，我们家也就成了村里新一代"状元户"了，这让我感到很光荣。我几十年过着抬不起头来的日子，平儿这个小孙女儿让我扬眉吐气了。不过有记者来采访，让我谈谈感想时，我连连摆手。

春天姹紫嫣红的时节，村里的女人们依然环绕着锅台、针线、瓦盆、男人，河埠头响起棒槌及"哗啦啦"的淘米声，当然也有到田头劳作的。妇女节那天，妇女主任徐水娟动员全大队女性参加挖塘劳动竞赛。徐莹那天备课可以不去，但她还是去参加劳动了。雨后的泥土比较湿润，而劳动也很简单：两个人一组，掘土和挑土。徐莹选择掘土，与小闯儿一组。

徐莹戴着一双白棉纱手套，握着锄头掘土。因为平时很少下地劳动，她明显比别的女性掘得慢。午后女社员们都坐在不远处的一块大石头上休息或者聊天儿。她却不休息，因为她想起龟兔赛跑的故事，信心十足地掘着。一下、两下、三下，突然一声巨响，一堵泥墙轰然倒塌，正倒向掘土的徐莹这一边。坐在不远处的女社员们被这巨大的声响吓晕了。小闯儿想起徐莹还在掘土，朝这堆废墟飞奔而来，声嘶力竭地喊："徐莹、徐莹啊！"

第二十一章

一

徐莹出事后，消息传来，全大队社员都非常震惊。这个活蹦乱跳很有理想的女孩儿，突然被一堵轰然倒塌的泥墙砸死，让我悲痛欲绝。徐莹的父母和亲戚朋友全来奔丧了。白发人送黑发人，"呜呜"的哭声飘荡在空气中。那个葬礼的夜晚，当小风林在崇文园广场点起火把的时候，徐莹的母亲突然向火把冲去，喊："小莹，小莹，你别撇下姆妈，你别走啊！"小抗敌和严发财拉住了她，她哭得更加悲切了。

火光撕裂着黑夜，也撕裂着一颗颗悲伤的心。没有人知道我比谁都更悲伤。徐莹之于我，就像一株枯萎的草遇上久违的雨水。我沉思片刻，为徐莹作了一首悼词唱起来：

> 风雨剥蚀的古老的土地啊
> 远去的灵魂宛如一只飞鸟
> 这里有火把为你照亮前程

绣金的丝绸在你的刀剑上

你不要恐惧不要惧怕黑夜

有一种力量正在快速升起

生命的消失仿佛生命再生

那里有星星云朵为你歌唱

我的歌声是那么悲伤，又是那么雄壮，大家听得安静极了。火把的火渐渐小了，熄灭了。我的眼睛湿润了，不过别人看不见我的泪花。因为这晚没有月亮，星星在遥远的天边眨着眼睛。葬礼之后，我们返回家的时候，一路上还弥漫着哀愁的气息。

第二天一早，徐莹的父母和亲戚朋友拿着徐莹生前的遗物回城去了。我在徐莹的遗物中，要了一张她站在黄灿灿的稻谷中，两根小辫子搭在肩膀上，笑得天真可爱的相片。我把它藏在了一本笔记簿里，就像把她藏在了我的心窝窝里一样。过了"五七"，我到她的墓地放满了一束一束的映山红。

五一节前夕，公社组织科说有事找我，让我去一趟。我被吓得心怦怦跳，以为自己又犯了什么错误。原来是我的冤假错案得到了彻底平反，新中国成立前我打入国民党内部做卧底的事也得到证实，并且组织上还恢复了我的党籍，作为离休老干部补发工资。我看到那一纸平反的红头文件，情不自禁地掉下了眼泪。这是我久违了的政治生命啊！我当即决定把补发的工资全部交党费。离开党组织近三十年，我就像一个丢失的孩子重新回到了母亲的怀抱。

那天，我喜气洋洋地回大队党支部办公室，书记吴星星说："许伯，恭喜你！我们要召开社员大会，公布此事。"我说："我已经很高兴了，不要再给你们添麻烦了。"吴星星说："这是我们的工作，你是革命老前辈，理当受到大家的敬重。"

我呵呵地笑着。

回到家里，章丹凤见我咧着嘴满脸是笑容，道："什么事这样开心？"我说："那可是特大喜事呢！"章丹凤说："你能有什么喜事，莫非你还想纳妾？"我说："告诉你吧！我被彻底平反了，还恢复了党籍，作为离休老干部还要补发工资呢！"章丹凤说："真的？我们总算熬出头了。明儿个咱们全家聚餐，庆祝庆祝吧！"章丹凤正说着，章珍妮就从河埠头洗涮回来了。章珍妮听后说："好啊，恭喜阿爸！明天我来做宋嫂鱼羹。"

我整整一夜，翻来覆去睡不着。也许因为太激动太兴奋，我的思绪总是回到从前父母健在的日子，回到战争岁月，回到弟弟长海去世的场景。一回到从前，我就凝重得像一座山。这么些年，我总算熬过来了。庆幸我还活着，而且还精神奕奕，身体健康。我还要在有生之年做一些事。我为自己的雄心勃勃激动着，天还没全亮，我听到雄鸡"喔喔"啼叫就起床了。我披着一件蓝布褂子，抽着烟，到田野去走走。

早晨田野的空气格外清新，那一溜儿的山丁子树正开出一串一串的白色小花。绿油油的菜地，盛开的油菜花儿散发出芳香。我一早到田野散步，就像一个视察员，视察着田野的情况。散步回来后，我家瓦屋上已经炊烟袅袅了。

庭院西南角悬着的长条形鸡架，鸡槽上横着许多毛茸茸的脑袋，正在一伸一缩地啄食。刚下完蛋的母鸡"咯咯咯"地叫着，两只小白兔跑来跑去，大黄狗款款散步，像巡逻的哨兵。章丹凤见到我，就把热腾腾的早饭端到桌上，还给我煮了一大锅豆浆。我的胃口总是特别好，牙齿也依然坚固不松动，但有两颗大牙被拔掉了，我就去镇医院镶了假牙。只是我长年抽烟，牙齿黄黄的，手指也是黄黄的。

小抗敌起来后，见我在吃早饭，便过来说："阿爸，听说你要补发工资，就把我们的房屋翻造一下吧？"我说："我们这是祖屋，是真正与土地相连的房屋，不能动的。现在的房屋由钢筋和混凝土加固而成，那是我不喜欢的，所以你别动这脑筋，有本事嘛，你就到别处去造一栋，没本事就住这儿。"小抗敌被我这一席话噎得哑口无言，气呼呼地拿起锄头出门去了。

其实，虽然大家住在一起挤一点，但毕竟是祖屋。小风林一家早已搬到蚕房那边。我们这四大间房，外加一个大客堂，就是日后宝儿结婚也能凑合呢！我与章丹凤住一间，小抗敌与海云住一间，小闯儿与静儿住一间，宝儿一个人住一间。通向厨房有一条长长的走廊。这条走廊接连着四个房间。因为整座房子一共开着七个窗口，还有天花板，所以屋子里阳光充足。待到晴朗的夜晚，若是有一轮圆月，便可以将窗帘拉开，躺在床上欣赏天上的月亮了。月光会照射到窗台上，照射到我们躺着的身体上，有时还会照射到我沉思的脸庞上呢！

小风林用半个蚕房隔成的房间也有四间。他与章珍妮住一间，六指儿住一间，平儿住一间。还有一间，做了我们的公共仓库。另半个蚕房，就是每年四月女人们养蚕的地方了。蚕房就在我们这座房子的后面，没几步路就走到了。章珍妮白天没事儿，常常到婆婆这边来帮着干家务，做针线活儿。他们的住房都还过得去，可小风林和小抗敌，不是想占有许家立的房屋（我二叔许跃辉留下来的房产），就是想把我这祖屋翻建成二层楼，真是人心不知足啊！嘿，只要我活着，他们别想动这祖屋。

一周后，召开了全体社员大会，公布了我被平反恢复党籍的事。大队党支部书记吴星星在大会上宣读文件后，社员们长时间地拍手鼓掌。我做了即兴发言。我的发言像说书一样，让社员们听得津津有味。我突然觉得我找回了自己的尊严和别人对我的尊重了。我记住了平儿对我的批评。我要充满自信地去干些什么，为社员做好事。我的发言，到了末尾就像小学生表决心一样，惹得社员们哈哈大笑。有人说："这许老伯，太可爱了。"

二

　　这天大会后，我到小风林的办公室去坐了一会儿，他比我烟抽得厉害。他一边抽烟，一边咳嗽。我说："你少抽点吧，要不到镇上医院去看看。"小风林说："咳嗽怕什么呢？再说也没时间去医院。"我看他不断咳嗽，好像比以前更厉害了，就说："还是去看医生吧，看你这咳嗽，肺也快被咳坏了。"小风林说："知道了，等我空闲的时候就去医院。"我这才晃晃悠悠地回家来了。我见了章珍妮说："小风林烟抽得太厉害了，他这咳嗽也太厉害了。"章珍妮说："是啊，让他少抽他听不进，烟味儿熏得我好反胃呢！"我说："你劝劝他，陪他去医院看看吧，我给钱。"我从口袋里摸出五元钱，递给了章珍妮。我想这些钱配点西药和止咳糖浆什么的，应该绰绰有余。

　　一个淅淅沥沥的雨天，章珍妮左劝右劝，小风林这才答应去镇上医院看病。夫妻俩吃过早饭，撑着一把大油布伞，搭上一辆毛驴车，笑呵呵地去了。由于下雨，他俩挨得很近。雨让坑坑洼洼的路面积着水，车轱辘碾过后就溅起来一串串泥浆，溅在小风林夫妇的裤腿上。章珍妮说："咱日后有钱了，就到省城去看西湖，到灵隐寺去烧香拜佛吧！"小风林说："到省城不难，你想去随时可以去。咱们要到平儿上学的北京去，去登长城，看故宫，那才有意思呢！"章珍妮说："哦，那我们就先到北京去吧！"

　　到了医院，挂过号，小风林吞吞吐吐向医生说过病情后，女医生说："去做个胸透吧！"几分钟后，章珍妮取来胸透报告问女医生道："医生，检查结果好吗？"女医生说："你丈夫有两个肿瘤，已经很大了。你们最好到省城做进一步检查。"章珍妮小声而紧张地问："会是癌症吗？"女医生说："这要做切片检查后才能知道是良性还是恶性肿瘤。"正说着，小风林咳嗽完，转过身走来了。他问医生道："医生，我没事吧？"女医生还没回答，章珍妮就说："没事，没事，咱们回家吧！"

　　章珍妮没有把小风林肺部的两个肿瘤对任何人说。她不想刚刚好起来的家庭笼罩阴影，不想让小风林知道病情后情绪一落千丈。她想过些日子，劝小风林去省城做进一步检查。尽管她将小风林的病情隐瞒了下来，但终归惶恐不安。在无人的时候，她常常会泪流满面。好在小风林吃了镇上医院给他配的西药和止咳糖浆，咳嗽果然好了不少。她想没准儿那个胸透是不正确的呢。

　　小风林见咳嗽好转了，又开始抽烟。章珍妮说："少抽点，省下些钱来给我买个玉镯子吧！结婚到现在，孩子都这么大了，你啥也没给我买。"小风林说："呵呵，我要是有钱，别说买一个玉镯子，保证给你买金戒指、金项链、金耳环，再加上几根金条，这样我死了，你就有钱招一个漂亮健康的小伙子入赘了。"章珍妮听小风林说这玩笑话，脸唰地苍白了。心里一酸，眼泪差点落下来。我见这小两口儿在打趣，对小风林说："咳嗽好些了吗？"小风林说："好多了。"我说："那你还是要少抽烟，多喝茶。"小风林有点不耐烦地说："知道知道。"

　　都说人逢喜事精神爽，平反后的我，一直沉浸在喜悦里。我看这小两口儿还在说说笑笑，便反背着双手到外面溜达去了。外面的空气多么好，我们正处在人世间最和平的港湾。我以纯粹的思索消磨着时间，时间就像我脚下的土地一样，无处不在。白天黑夜，潮涨潮落，月圆星稀，日落日出，我走过了七十二载，许多百无聊赖的日子里，让我学会了与自己交谈。我曾把自己幻化成无数个我，他们代表着我的每一个阶段，诉说着他们的痛苦。而我呢？嘿嘿，我却是快乐的。

　　我不知不觉走到了村西，看见汤圆儿正坐在庭院里专心致志地拔鸭毛儿。小土根已经三岁了，拿着风车儿跑来跑去玩耍着。我冲着小土根说："叫爷爷。"这孩子向我跑来时，被一块砖头绊倒，风车儿也弄破了。他"哇"一声哭起来，我正要去搀扶他，汤圆儿放下手中的钳子，三脚两步跑过来，见小土根手上涌出一股鲜红的血，怒气冲冲地对我吼道："你赔我儿子的风车儿，还有受伤治疗费。"她一边抱起小土根，用嘴吮着小土根流血的手心，一边哄儿子道："不哭不哭，我们让爷爷赔五元钱，姆妈再给你买一个更加漂亮的风车儿。"

我听汤圆儿要我赔五元钱，便笑着说："你可真会敲诈勒索呀？"汤圆儿道："小土根手上摔出了血，得要多少营养才能补回那些流失的血？"她说着眼睛泛出一股绿光。我说："好吧，那我就给你五元钱。"后来小土根捏着我给的五元钱，破涕而笑。五元在城里被叫作黄鱼头，也就是可以送大礼的意思。

这年夏天是平儿的第一个暑假，但她来信说不回家了，要在学校图书馆查资料写论文，信上还附了一张她在颐和园的照片，看上去胖了一些。不同以往的是，她不梳辫子了。她和她的同学们一样把长发披散着，使她的鹅蛋脸显出几分俏丽。她不回来，我的等待便落了空。于是我趁着章珍妮给她寄萝卜干、虾干、米粉等食品时，到镇上商店给她买了一条花裙子，让章珍妮去邮局一起捎上。

天是那么热，从镇上回来，我一个人在屋内扒光了衣裤，用毛巾蘸着凉水擦身子。我从头擦到脚，特别对耳根、脖子、腋下进行了擦洗。我擦洗完身子后，穿上干干净净的裋子，草草地吃了晚饭，由小风林和章珍妮陪着到崇文园看露天电影《刘三姐》去了。小风林说："这是刚开禁的电影。"我说："好啊，慢慢很多电影都会开禁。"我们到达广场时，电影已经开始了。刘三姐正在电影里唱山歌，那歌声清脆嘹亮。

小风林看着看着就咳嗽起来，他一咳嗽章珍妮便魂不守舍，没心思看电影了。我对小风林说："咱们不看了，回家去吧！"小风林说："我没事，等一下就好。"说着又咳嗽起来，章珍妮递过去一块手帕。黑漆漆的夜色里，章珍妮接过脏手帕塞进了自己的裤袋。喝过茶后，小风林的咳嗽减缓了一些，章珍妮这才又看起电影来。看完电影，也没见小风林再咳嗽。一路上，我们有说有笑。小风林的短褂子敞开着，露出胸肌和肚子。他忍不住又抽起烟来，还递给我一支。我对小风林说："你写了入党申请书没有？"小风林说："早写了，打了四次申请报告呢！若不是论家庭出身，我早就入党了。"小风林言下之意，是我耽误了他入党。我心里很难受，我知道小风林当年如果是党员，那么生产大队长就不是严发财而是小风林了。

我们回到家里，六指儿、小闯儿、静儿、宝儿已经先我们回到家里了。他们一人一只蚕匾，睡在露天里。到底是时代不同了，小闯儿和静儿一个二十一岁，一个十九岁，都到了找对象的年龄，可她们像小姑娘那样穿着短裤、运动衫，在蚕匾里睡得四仰八叉。想起六十年前我那两个双胞胎姐姐，却是从不穿短裤走出家门的。同样都是蚕花姑娘，现在与过去已大相径庭了。

也许因为晚上吃得太少，我的肚子饿得咕咕叫。本想让章珍妮做碗莲藕羹，但见她与小风林回屋去了，我就自己做起饭来，在柴灶里塞进去点火的刨花，熟练地划着火柴，火苗就起来了。火苗在勃勃燃烧，它让我想起那些美好的日子：金黄色的稻穗、碧绿的油菜、红色的晚霞。在田野有这些色彩陪伴着我，我的心情就格外舒畅。我不会做莲藕羹，煮面条的技术却不差。一碗阳春面、一瓶啤酒，吃得我红光满面，十分惬意。然后顾不上刷牙，我就醉醺醺地躺倒在床上睡着了。

睡梦里，我仿佛听见傻傻在喊："长根、长根。"其实那不是傻傻，那是章丹凤在喊我。她把我摇醒后，紧张地说："咱们小风林咳嗽咳出血来了呢！你看不会是肺病吧？"我说："叫他去看医生嘛，问我有什么用？"章丹凤"嘘"的一声说："他自己还不知道咳出血来呢，是章珍妮在手帕上发现的。"章丹凤正说着，章珍妮慌慌张张地赶过来对我说："就是昨晚看电影时咳出来的血。"

章珍妮没有将小风林在镇上医院做胸透时发现的两个肿瘤的事说出

来，她心里忐忑不安，我们却不知道。我说："别那么紧张，痰里有血，明天陪小风林去医院看病，配点药吃不就行了？"婆媳俩这才从我的房间里走了出去。

我仰面朝天地躺着，根本没有把两个女人慌张的神情和小风林的病放在心里。我想女人就是做不来大事，一点鸡毛蒜皮的事，就仿佛天要塌下来了。小风林不就是咳嗽咳出了点血，去医院配点药吃便没事儿了。咱们农民身子骨贱，小风林哪有那么娇贵？有病要看医生，但也不能吓自己。我这么想着。一股热风从窗外像毛毛虫一样软绵绵地爬进屋子，煎饼的香味从厨房飘进来。闻着空气中这香甜的气味，我的眼前闪现出了一片初夏的麦地。那一片凝重的金黄直铺展到天边，卷进夕阳。

章珍妮回到自己屋子时，小风林已经去生产大队办公室了。章珍妮坐立不安，她跑到大队办公室对小风林说："看你咳得厉害，我陪你去省城医院看看好吗？"小风林烦躁地说："你看我哪有空？马上就要抢收抢种，这点咳嗽别当回事。你不要再来烦我，回去吧！"章珍妮被小风林呵斥了一顿，眼泪差点落下来。她十分无奈地往回家路上走时，遇上了庞九斤的儿媳妇抱着她的遗腹子庞子遗，在外港埭走廊看曹溪河上天蓝色的轮船。

庞子遗才六个月大，他的爷爷庞九斤是当年的农民赤卫军。那年庞九斤被捕入狱，被国民党反动派杀害了，而他的儿子半年前因心肌梗死，突然去世。章珍妮逗了逗庞子遗，对庞九斤的儿媳妇说："孤儿寡母的，你不如再嫁人吧？"庞九斤儿媳妇道："拖着个孩子，不好找。外村的，我也不想嫁。"章珍妮说："这倒也是。嫁到外村人生地不熟，还是自己村里好。"章珍妮说着就继续往前走，她不想像庞九斤儿媳妇那样成为寡妇。她为小风林默默祈祷着，愿神灵护佑他吧。

又是一个月过去了，生产队里大家忙着"双抢"。章珍妮没敢再催小风林上医院去。小风林的咳嗽也是时好时坏，但值得庆幸的是章珍妮没发现小风林再咳出血来。婆婆章丹凤知道儿子没再咳出血，也就放心了。其实有没有再咳血，小风林自己很清楚。有一天他正插秧，一阵咳嗽后他吐了一口痰，那口痰正好吐在自己的脚背上，鲜红鲜红的。他一阵紧张，但很快平静了下来。他想也许是累的，等"双抢"完了休息两天再说吧！

三

　　章珍妮由于没有陪小风林去省城医院做进一步检查，心里搁着一块沉重的石头。小风林肺部的那两个肿瘤就像两颗定时炸弹，不知道何时就"嘭"一下爆炸了。她每天生活在惶恐中，一有机会就向小风林提出上省城医院去，可是小风林总有种种理由婉拒。日子就这么一天天过去了。转眼到了深秋，章珍妮和小风林坐在黯淡的灯下聊天儿时，小风林想如从前那样有着雄浑的力量，却已经力不从心了。他知道自己的生命已经远远没有窗外的院落、草场、田野，以及天上的日月星辰更富有生命气象了。于是他愿意章珍妮的唠叨充盈他疲倦的心灵，同时他也减弱了与严发财的对立关系。大队里的某些实际事务，他已经不再较真，由着严发财去处理了。他喜欢用多一点时间，消受黯淡灯光下的美好时光。那美好时光，对他而言已经不多了。

　　那些天，章珍妮有了小风林的陪伴，感到特别温馨。这是他们婚后，难得在黯淡灯光下聊天儿。许多年来，小风林虽然与章珍妮同床而眠，但他那颗没着没落的心，那颗想出人头地的心，都被卷入权力争夺中去了。从当上生产小队长，到进入大队领导班子，他吭哧吭哧比严发财付出更多，干得更累。

　　某日章丹凤来到儿媳妇屋里，本是关照章珍妮，深秋了，将小风林的棉裤新絮些棉花。但她无意中从媳妇的针线篓里翻出小风林的病历卡。

282

她对儿媳妇说："这上面都写了些啥？念给我听听。"章珍妮见婆婆拿着小风林的病历卡，心里慌张起来。她一边说："我看不懂医生写的。"一边就去要回婆婆手中的病历卡。然而婆婆手一扬说："你看不懂，那我叫老头子看去。"婆婆拿着小风林的病历卡走出屋去了。章珍妮望着婆婆的背影，惊恐不安。她想若是婆婆和公公知道了小风林肺部的那两个肿瘤，会如何责备她呢？

章丹凤拿着病历来找我时，我正在外港埭走廊书场穿着长衫说书。那天我说的是《乾隆下江南》，确切地说是《乾隆皇帝在海宁盐官镇》。一说到海宁盐官镇，我的嘴巴就像打开了闸门，而语言宛如汹涌澎湃的河水。我的眼前会浮现我前妻婉玉的身影。她在我的灵魂深处，让我有一种对不起她的罪恶感。越到老，我的这种感觉越强烈。海宁盐官镇，那让我既亲切又悲愤的地方啊！我借着说书，把自己内心的感受淋漓尽致地倾吐了出来。好在章丹凤找到我时，我已经说到"且听下回分解"了。

说实在的，我也看不懂医生张天师画符般的字，但胸透的结果，却是明明白白。我对章丹凤说："小风林肺部有两个肿瘤，他一直瞒着我们，怕我们担心吧！医生建议他去省城做进一步检查，好几个月过去了，他怎么就不肯上医院？这孩子为了工作命都不要了。"章丹凤听我这么说，顿时呜呜地哭起来，担心地问："那肿瘤不会是癌吧？"我说："我又不是医生，怎么知道是不是？"不过我的心里着实紧张了起来，我说："让小风林马上去省城看病吧，不能再拖了。"

我与章丹凤立即到大队办找小风林去了。严发财见我们来到大队办，笑嘻嘻地说："许伯，什么事儿要让你们夫妻俩一起来？我可没对小风林使坏，虽然我们有不同的观点。"我说："哪里，我们来劝小风林看病，他那咳嗽得好好治治。"

小风林听到我的声音，放下手头的工作从里屋走出来，把我们叫到一边说："什么事情这么着急，回去不能说吗？"我说："你别瞒着我们，你的命要不要了？"小风林说："你在说什么，我听不懂。"我说："你胸透后发现肺部有两个肿瘤，这不是闹着玩的。"章丹凤插嘴道："儿子啊，这么大的事你和珍妮不能瞒着我们，得尽早去医院治疗。我们再穷，也要给你治病。"小风林有点惊讶，他脱口而出道："我都不知道有两个肿瘤的事呢！"

章丹凤说："原来你不知道？那是珍妮隐瞒了下来？她这是安的什么坏心眼啊？"她一下心急火燎起来，仿佛一切都是章珍妮的错。我说："媳妇不也常催小风林去省城看病吗？"章丹凤说："她不把实情说出来，大家都忽视了小风林的病。你不也认为咳嗽是小毛病，配点药吃吃就可以了吗？"

章丹凤回到家，劈头就骂章珍妮。章珍妮低头不语，没有狡辩。我对章丹凤说："你别骂人了，明天我陪小风林去省城看病。"小风林说："阿爸年纪大了，还是让珍妮陪我去吧！"章丹凤说："还让她去？不行，她去我不放心。"我说："你们别吵了，明天就让章珍妮陪小风林去省城看病。"我话音刚落，章丹凤骂道："死老头子，成心与我作对啊！要是儿子有个三长两短，我们怎么办？"小风林冲母亲吼道："烦什么烦？我也是大人，我自己难道不会去看病？"说着他转身回自己屋去了，章珍妮也悄悄地跟了去。

回到屋里，章珍妮悲凉地说："我不说也是一片好心。看姆妈，一知道你有两个肿瘤就急成这样。"小风林说："我知道自己吐血不是个好病。嘿，早晚都是个死，何必去看病花那冤枉钱？"章珍妮说："你知道自己吐血？"小风林说："我怎么会不知道？"章珍妮惊讶地望着他。接下来，他们夫妻二人商量了半宿，将家里的三百元钱积蓄，全部缝在章珍妮的内衣袋里，才安心睡觉。

第二天一早，章丹凤给他们煮了十几个咸蛋，准备了两包咸菜带上。我给了小风林二百元钱。他们出发后，小风林与章珍妮说："咱们到省城别去医院，逛逛商店，用我阿爸给的钱买个翡翠玉镯子，再买双牛皮鞋。"章珍妮笑道："那我要被你姆妈诅咒死了。"

汽车直达省城，路上只需两个多小时。他们挨在一起坐着，车窗外的景色让他们一路惊诧。小风林想，咱们真是乡下人进城，看什么都是新鲜的。只是他想到自己的病，如果真是癌症，那么他就快走到人生尽头了。这让他无比伤感。他想家里才好起来，平儿考上大学还不到一年，以后的好日子自己难道就看不到了？小风林不敢继续往下想，他耷拉着脑袋靠在章珍妮的肩上。不知不觉，汽车到站了。小风林拿着父亲给他写的条子，按照上面画的地图，坐上了"两条辫子"的电车。

一会儿，他们来到了浙医二院。这家省城最好的医院病人很多，费尽周折，他们才在第三天挂到了号。小风林当即被医生开了住院单，住进医院去了。章珍妮先缴了二百元钱的住院押金，然后在医院小卖部买了毛巾、饭盒、牙刷等用品。

小风林住的病房有六张床，全是肿瘤病人。有打着吊瓶的，有因为疼痛而大喊大叫的，也有十分安静地躺在床上看书的。章珍妮听主治医生说要给小风林做全身检查，这虽然价格不菲，但只要能治好小风林的病，再贵也豁出去了。可是小风林住了两天，检查结果还没有出来，就嚷着要回家了。他说："我不能与这些病人住在一起。我看着鼻孔里插氧气管的病人心里就难受。我要回家，我不要死在医院里。"

章珍妮发现小风林住院后脸色发灰，的确难看了不少。尤其是他愁眉苦脸的样子，让她左右为难。她像哄孩子那样哄着小风林继续住下去。她想无论如何也要等检查结果出来。那天，她到街头给小风林买水果，街上的树叶被风吹得沙沙响。一片一片枯黄的落叶让章珍妮感到一种忧愁和落寞。上楼时，她见小风林住的病室大门敞开着，一床那位输氧气的病人被三四个穿白大褂的人推去抢救了。她吓得双腿发软，一个趔趄，手上的苹果一个个滚到地上。小风林对章珍妮说："在这里天天有人死亡，没病也被吓出病来了，不如回去呢。"章珍妮说："再等等吧！"

一周后，小凤林的检查结果出来了。主治医生把章珍妮叫到医生办公室，章珍妮的心"怦怦"地跳得很厉害。尽管她做好了最坏的准备，但当医生说："你丈夫是肺癌晚期，已经扩散了。"章珍妮还是脸色苍白，全身瘫软，没有吱声。医生说："趁他还能吃，你给他买些东西吃吧！但最好别让他知道自己到了肺癌晚期。我们会根据病情需要给他用药。"章珍妮点点头，迈着沉重的步子，走出医生办公室，已经泪流满面了。

小凤林见章珍妮去了医生办公室，一直站在病房门口等章珍妮。他知道章珍妮一定不会对他说实话，只要看她出来的表情就知道是什么结果。小凤林终于看到章珍妮从医生办公室抹着眼泪、拖着沉重的步子出来了。她没有回病房，而是朝着楼梯口走去。小凤林知道，章珍妮要调整好情绪再回转来见他。小凤林一切都明白了。他脑袋"轰"地一下，晕了起来，仿佛一下子掉进了黑咕隆咚的黑洞。他感觉死亡正一步步向他逼近。

章珍妮回转来时，脸上已经没有了眼泪。她买了很多好吃的，有桂圆、荔枝、香蕉、糕饼等，还有一束火红火红的玫瑰花。她把花插在杯子里说："看，漂亮吧？放在你的床头吧！"小凤林说："漂亮，看着这红彤彤的花，我的病就全好了。"章珍妮笑笑说："是啊，医生说你的病问题不大，那两个肿瘤是良性的，吃吃中药、吊几瓶盐水就好了。"小凤林说："那我可以出院回家去了。明天早上查房，我跟医生说。"

第二十二章

一

医生查房时，小风林要求出院。医生说："你自己要求出院，一切后果自负。"小风林道："没问题，我会签字的。"医生说："吊几瓶点滴再出院吧！"小风林心里想，你是怕我路上吃不消？

医生查房一结束，护士就来给小风林输液了。章珍妮坐在床沿，一边陪他输液，一边与他闲聊，还一会儿给他削个苹果，一会儿给他剥个香蕉。小风林为了证明自己身体状态不错，即使吃撑了也硬把章珍妮一片一片削好的苹果吃下去。到了黄昏，三大瓶点滴吊完后，正好餐车来了。他们一起吃了米饭、肉饼、蒸蛋和炒青菜。吃饭的时候，他们告诉邻床的陪护："我们明天可以出院了。"邻床的陪护对小风林说："看你精神那么好，不像有病的。"小风林便得意地说："是啊，在这里住着倒是要住出毛病来了。"

章珍妮听小风林这么讲，眼泪直往肚里流。

吃过晚饭，小风林说："明天要出院了，我带你去逛逛街，到西湖边散散步吧！"章珍妮说："咱们坐电车去。"小风林说："不用，这医院离西湖不远。"于是他们手挽手走出了医院大门。深秋的黄昏一派萧瑟，但马路上的车辆仍然川流不息。他们朝着西湖的方向走去。街上有不少人与他们擦肩而过，可他们感觉这世界只有他们两个人。他们走到解放街百货大楼时，小风林说："进去看看吧！"章珍妮就跟着小风林从一楼转到三楼。那些琳琅满目的商品看得章珍妮眼馋。当然，她是什么也不会要的。他们准备离开百货大楼时，小风林说："你在这站着别动，我去上厕所。"小风林其实并不上厕所。他"咚咚咚"地跑到三楼，在饰品柜台买了一只翠绿的玉镯子，然后藏进上衣口袋。

到达白堤时，天已经黑了。月色朦胧中的西湖，水面荡漾着涟漪。他们偎依着坐在湖畔长椅上，像年轻人谈恋爱那样，他们的喁喁细语也都被风儿吹进了湖里。小风林与章珍妮的情绪都特别好，这一生他们还从没有这么浪漫地享受过生活。小风林打趣地说："假如我死了，你就托许家立为你找一个省城的男人。这样你们就可以天天到湖畔约会，尽情地享受城里人的生活，保你越活越年轻。"章珍妮已经第二次听小风林说这样的话了，她心一酸，眼泪就忍不住流出来了。小风林知道自己玩笑开大了，说："嘿嘿，杭州到底是人间天堂。我们日后每年来一次，到灵隐寺拜拜佛、烧烧香。"

两天后，小风林和章珍妮回到荻港村。小风林得癌症的消息不胫而走。癌症，对荻港村的村民来说，不亚于一声划破夜空的电光雷。大家谈癌色变，非常恐惧。全家人都为小风林的病担忧着，六指儿不让父亲再到大队办公室上班。章丹凤望着儿子一天天消瘦下去，总免不了责备章珍妮没照顾好小风林。婆媳之间有了隔阂。章珍妮在婆婆面前，已经什么也不想说了。她只想用她那颗心去温暖小风林，给予他人世间最后的关爱。然而，由于章丹凤的大声嚷嚷，小风林非常清楚家里和村里的人都知道他得了癌症。那种见了他慌张和恐惧的面庞，让他觉得自己得癌症是一种罪恶。

入冬后，小风林的病已经很重了。他消瘦得越来越快。小抗敌从镇上买来的甲鱼，他也几乎吃不下了。疼痛让他"哇哇"大叫，每叫一声，章珍妮的心就如被针刺一样疼。难得有不疼的时候，他那张灰白的脸就痴痴地望着章珍妮，一言不发。章珍妮尽量不表露出过多的悲愁。她平静地为他洗衣、铺床、做饭、喂水，同枕共眠。有一天晚上，窗外飘起了雪花，六指儿上小闯儿那边聊天儿去了。小风林忽然对章珍妮说："你把右手给我，我要给你一样东西。你猜猜是什么？"章珍妮说："我猜不着。"

小风林把她的右手，按到了自己的胸口上。章珍妮说："一颗心。"小风林点点头，从内衣口袋里掏出一只大红色的小盒子递给章珍妮。章珍妮打开盒子，见是一只翠绿的玉镯子。她十分惊喜地问："给我的吗？"小风林说："明年夏天你做一件旗袍裙，戴上它，就像有钱人家的太太了。"章珍妮说："旗袍裙加玉镯子，这可是我梦寐以求的打扮。好吧，明年夏天我就这样打扮自己。"小风林笑了。他说："把自己打扮得漂漂亮亮，去找一个爱你的好男人吧！"章珍妮第三次听到这样的话，终于抑制不住扑在小风林怀里，放声大哭。她的哭声，回荡在雪夜里是那么的凄凉。

我看着小风林熬不过几天，便给平儿拍了一份电报：父病，速归。可是小风林在那个夜深人静的雪夜里，还是没有等到平儿回来，就停止了呼吸。全家人都落下了眼泪，章丹凤更是号啕大哭。章珍妮左手腕上戴着翠绿的玉镯子，守候在丈夫身边。她那悲哀缠绵的样子，看上去很深沉。全家沉浸在悲哀的氛围中，除了家人和亲戚朋友，村里不少人都来参加葬礼。严发财、杨鸿庆、高大年、丁一松等都来了，但傻傻没来，桑果儿也没来。这让我十分伤心。平儿赶到家的那天，正好是小风林入殓的日子。平儿抱着小风林早已僵硬的尸体喊："阿爸、阿爸，你醒醒，你醒醒啊！"平儿的哭喊，让我想起当年我从省城赶回来参加父亲葬礼时的情景。

这一幕似历史重演了。岁月轮回着。

小风林葬到了他爷爷和二叔长海的旁边。他们祖孙三人住在一起，许多事儿都可悄悄地交流。我从长海墓穴的泥土中，挖出当年我埋下的一把口琴，用手掸掉了上面的泥土，它依然完好无损。我吹奏了起来。那纷扬悲哀的乐声，余音袅袅地盘旋在墓地。我无语，哽咽，巨大的悲痛侵袭着我。我的眼前出现了一幕又一幕场景。离开墓地时，我把口琴埋在了小风林墓穴的泥土里，让他苦难的魂灵在乐声中从地狱飞到天堂吧！

二

葬礼之后，章丹凤一直沉浸在失去儿子的悲痛中。她常常会抱怨章珍妮。仿佛小风林的死，章珍妮有推卸不掉的责任。这对章珍妮不公平，但章丹凤在抱怨章珍妮时，才感到心里痛快。

那天章丹凤与邻居豆芝聊天儿，两个老太婆聚在一起说着自家的媳妇和女婿。章丹凤从前对两个媳妇都不错，婆媳之间十分安定团结，但小风林病后她就反常了。这会儿她对豆芝说："我那大媳妇狐狸精似的勾魂，你看她的眼睛那么媚，男人抵不住她那情欲的诱惑，被活活消耗死了。"豆芝说："是呀，这样的女人是杀人不见血的刽子手。"章丹凤说："小风林死了，她倒是手腕上戴起了翠绿的玉镯子，还想嫁人呢！"

她们在菜园旁大声嚷嚷，章珍妮在屋里听得一清二楚。她心里想，这两个老太婆，狗嘴里吐不出象牙来。她很生婆婆的气，但又不敢与婆婆吵架，只好忍气吞声，不理不睬。平儿自从上大学读书后，与她说话越来越少，没住上几天就嚷着要回北京去，仿佛这乡下的家已不是她的家。好在家里还有六指儿陪伴她，六指已是一个二十四岁的大小伙子

290

了。自从中学时与女同学莉莉有过初恋后，一直没再找女朋友。章珍妮托汤圆儿帮六指儿物色对象，汤圆儿拍拍胸脯说："这媒婆我做定了，保证给你找个好媳妇。"章珍妮这才放心了。她对汤圆儿说："咱六指儿现在可懂事了。他养的鱼又肥又大，给生产队增加不少收入呢！"

我们给小风林做过"五七"后，春节很快就来临了。这是我们家过的最凄清寡淡的春节。少了小风林，家就像缺了一只脚，站立不稳了。章丹凤整日以泪洗面，章珍妮也不剪窗花了。海云带着小闯儿、静儿、宝儿回上海娘家去了。小抗敌从田头回来，就躲进自己的屋子"吱吱呀呀"拉二胡。说实在的，小风林病逝的确让我万分悲痛。我知道我们的国家形势正在好转，这无疑是推动社会走向康庄大道的新气象。这条康庄大道是多么需要年轻有为的人才啊！如果小风林活着，那么他的理想、他的干劲会得到更好的发展。小风林与小抗敌不同，他是多么想展现自我、发挥自我，实现自己的人生价值啊！

放寒假的平儿，在家只待了五天，便匆匆地赶回学校去了。临在眼前的春节，她也不想在家过。她总有各种理由回到北京去，回到她八人一间的寝室去。那天我与家人和乡亲们一起，把她送到村口。她向我道别时，我又塞给了她一百元钱。她说一百元就能对付一个学期的伙食和零用了。她说她把零花钱全用来买书了。她告诉我，她买了《鲁迅全集》《黑格尔美学》《庄子》《红楼梦》等书。她说她要做个哲学家，像汉娜·阿伦特那样。我并不知道汉娜·阿伦特是谁。我愣了半天，说不出什么来。这小丫头就口齿伶俐地说："爷爷你啥也不知道，还浙江一师毕业的呢！"

过了元宵节，春天就躺在屋里屋外了。山丁子树那嫩绿的芽，仿佛新生命的诞生。这让我想起外乡女胡二嫂那才三个多月的新生儿胡军军。胡二嫂有了胡军军，就不喜欢胡国庆前妻留下的儿子胡卫民了。胡卫民八岁还没上小学，胡二嫂要省下胡卫民上学的钱，给自己亲生的儿子胡军军买营养品。那天我看见胡二嫂抱着儿子在内港埭走廊的食品店买了一大罐蜂蜜。她见到我喊："许伯，许伯。"我说："嘿嘿，好久不见，你还真生出儿子来了。"她说："阿菊死了，邪气没有了，我的风水好了，我就怀孕生出儿子来了。"我说："你别把从前不生养的事推到阿菊身上，阿菊都死了，小心她晚上变成鬼来缠着你和小军军。"我这么一讲，就把胡二嫂唬住了。她说："你可别吓我们啊！"

我笑着，逗弄一下胡军军。这小家伙儿怕生，"哇哇"大哭起来。我就沿着内港埭走廊继续向前走。河埠头有女人蹲在石阶上淘米，哗啦啦的声响，就像她们身旁一棵山丁子树被风儿摇曳出的声音。我喜欢看淘米的女人，她们将白花花像乳汁一样的米汤，泼洒得芳香四溢。

傻傻的大女儿惠娟也在淘米，三十岁的她，再不是从前和她母亲翻脸不相识的刻薄少女。她那具有风韵的少妇模样儿，有她母亲傻傻年轻时的影子。她的面色不是那种乡下人的土黄，而是白皙中泛着微微的粉红。鼻子是她最漂亮的部位，挺拔高耸，给人一种高高在上的孤傲感。我痴痴地望着她。她淘米的声音是沙沙的，两根小辫儿一晃一晃。她看见我来了，道："许伯，好久不见，忙啥哩？"我说："你姆妈可好？"她说："桑果儿快回家来了。"她如我般答非所问。她的三岁小女儿樱桃抓着她的衣角，咿咿呀呀地唱着让人听不懂的小曲儿。春天整个村庄被绿色统治了，那无边无际的绿色，缠绵得像我的相思。

走出内港埭走廊，就是秀水桥了。这村庄，我闭着眼睛都知道脚下的每一寸土地。我朝田野走去，看见庞寡妇背着瘦猴一样的庞子遗，弯腰在田野上撷取野菜。这孤儿寡母让我心生怜悯。我冲他们"嘿"一声，庞寡妇抬起头来说："是许伯啊，这里的野菜特别多呢！"庞寡妇能辨认几十种能吃的野菜。她用野菜养育庞子遗，颇有一种自豪感。

田间地头上那碧绿的马兰头，光滑油亮的艾蒿，还有生长在松树林里冒出白浆的三叶菜等，她把掘出来的野菜放在一只竹筐内，然后停下手与我聊天儿。我发现她的牙齿洁白而整齐，想象她吃起野菜来一定有声有色。天还没热，她的鼻尖就炎热起来了。那上面缀着大大小小的圆溜溜的汗珠，像露珠儿一样闪烁。她说起野菜，眼睛发亮，声音时而柔软，时而爽朗，就像交响乐一样。我停留在她某一乐章的旋律中，感觉着野菜那无与伦比的妖冶美，着实令我销魂了。

庞子遗才两岁零几个月。他被母亲背着，整天都在田野和村庄里转悠。阳光把他幼小娇嫩的皮肤晒得黑黑的。晚上他与母亲睡床头的时候，母亲就会给他讲很多故事。那些人与宇宙、自然相融合的故事，让小小的庞子遗浮想联翩。譬如，当母亲讲到地上的蛤蟆，他就会指着天上的月亮说："月儿弯弯像镰刀。"当母亲讲到岸上的树，他就说："鱼儿鱼儿游得快。"母亲见他说话像作诗，便让他背诵宋朝诗人王质描写荻港村的诗歌《夜泊荻港》：

落日人家已半扉，隔篱问答语声微。
桑枝压路蝉争噪，一似南村割稻归。

庞子遗咿咿呀呀地在母亲脊背上背诵着诗歌，母亲的脸上便露出自豪的喜气。我的裤兜里只剩一颗水果糖，就把它塞给了庞子遗。庞子遗这孩子说话时，结巴得厉害。他说："谢……谢，许……爷爷。"

我又继续向前走了。

走着走着，我就到了大队办公室。吴星星、严发财等大队干部正在开会，我把耳朵贴在木门上，听见里面七嘴八舌地讨论什么大包干的事。吴星星说："大包干岂不成了资本主义复辟吗？那什么是共产主义，何年何月才能到共产主义社会呢？"严发财说了些什么，我没听清楚。我怕被他们发现偷听，胆怯地离开了，往回家的路上走。我想着虽然我已经被彻底平反了，可历史不可能让我回到从前。我从前的革命理想，在现实面前就像云烟一样飘散了。说实在的，革命是什么呢？活了大半辈子，我对革命的含义越来越不明白了。

小抗敌从田里劳动回来，又拉起他的二胡。他把瞎子阿炳的《二泉映月》拉得如泣如诉。苦难，让我的眼睛湿润了。我心中有一种永远的深深的痛。原来，平反丝毫不能减弱我的隐痛。我的灵魂深处那一道道永难弥合的伤口，撕裂着我，但没人知道我内心的疼痛。

我就像一个双面人，面对外部世界时，洒脱地微笑，但又害怕树叶砸到头上。如果拿我孙女平儿的话说，我就是一个有着十足奴才相的人。我知道岁月把我的棱角，已经磨得平平整整。

三

黄昏，我站在院子中，晚风徐徐而来，听相邻院子里传来的磨刀声。六指儿、小闯儿、静儿、宝儿聚在一起聊天儿。他们慌张的样子，一个个脸上挂着惊讶的表情。我走过去问："你们在说啥哩？"静儿说："没说什么。"宝儿说："我们在说兔嘴儿呢！他死了，还躺在村外公路边一条小巷内的高墙下，可把我们吓坏了。"我听宝儿这么说，就像雷电劈下来一样。

一时，我木木地站着。

我找到兔嘴儿出事的地点，已经有很多围观者了。挤进人群，我看见兔嘴儿被一摊血包围着，眼睑已经合上。唯有裂开的嘴，还隐约露着笑容。村里不少社员得知兔嘴儿出事，都纷纷赶来了。我是看着兔嘴儿长大的，尽管他与桑果儿一起为难过我，但我还是为他短暂的生命流泪了。

我老了，八卦的事情却格外喜欢打听。我打听到，那天上午杨鸿庆不愿借钱给兔嘴儿，父子俩为此发生了争执。杨鸿庆又气又恼，想起兔嘴儿与阿菊的事，感到很耻辱。一怒之下，杨鸿庆给了兔嘴儿一个嘴巴子。而兔嘴儿也正在火头上，他不假思索地顺手拿起一把水果刀刺了过去。杨鸿庆十分意外，他捂着胸口，瞪大眼睛说："你，你你……"

兔嘴儿不顾养父倒下，慌忙从杨鸿庆口袋里摸出一把钱票子，飞奔而去。他拿着这些钱，去了一家小酒馆，要了两瓶杜茅酒，美滋滋地喝起来。午后，他醉醺醺地走出小酒馆，沿着村口公路漫无目的地走。他走得很逍遥，裤兜里还有几个硬币敲打着他的大腿。他忽然想起女人来了。

正是午睡时分，小巷静悄悄的。他看见在一溜儿廊檐下，坐着一个长辫子姑娘。她的脚边，放着一竹篮鸡蛋，像是走亲戚的，坐在外边等主人午睡醒来。他摇摇晃晃地朝她走去，正午的阳光格外晃眼，他眯着眼，敞开上衣，一股酒气从他的鼻孔和张开的嘴巴里喷出。长辫子姑娘没注意到他，而他已经从她的背后抱住了她，撕扯着她的藕荷色小衫儿。

长辫子姑娘挣扎着，道："你个流氓，你个流氓。"可惜此时没有人，只有树上的鸟儿"喳喳"叫着。兔嘴儿那裂成花朵一样的嘴，想去亲吻长辫子姑娘时踢翻了竹篮。竹篮里被阳光照耀得银白的鸡蛋，一个个滑溜溜地滚到地上。这时长辫子姑娘伤心地哭起来，一条大黄狗从屋里"汪汪"而出，追赶着兔嘴儿。兔嘴儿眼看着被大黄狗追上了，便像猴子一样动作敏捷地爬上了一堵高墙。但大黄狗不罢休，在墙下"汪汪"地吼着。兔嘴儿怕被人捉住，欲从高墙翻到青瓦屋顶上去。但他被大黄狗吼得太恐慌了，一脚踩空，从屋顶摔下来，一命呜呼了。这场景，让长辫子姑娘吓得半晌发不出声。当围观的人渐渐多起来时，她"呜呜"哭着说："不关我事，他要强奸我，自己掉下来摔死的。"

兔嘴儿出事后，好心人去唤他的养父杨鸿庆，发现杨鸿庆同样倒在血泊中。地上的血已凝结，估计被凶手杀死大半天了。

谁是凶手？

公安局不出两天就破案了。那水果刀上留下的指纹，证明兔嘴儿是谋财害命者，村里人很震惊。第二天，杨鸿庆的两个女儿和女婿回家来料理后事。他们没有哭泣，默默地不说话。他们要买二十板豆腐，这就忙坏了外乡女胡二嫂。她在热气缭绕的豆腐房里，一板一板地压豆腐。

章丹凤一直不能从小风林病逝的阴影里走出来，她不是抹眼泪，就是责备章珍妮害死了小风林。她的无理取闹让我厌烦透了。章珍妮被婆婆责备后，并没与婆婆面对面吵架。她总是尽量躲避婆婆，心里的郁闷却与日俱增。从前婆媳在家里和和睦睦做家务，现在章丹凤有事常常找小媳妇海云商量。妯娌之间因此有了隔阂，很少说话了。

小风林去世后，六指儿仍旧守着他的鱼塘，章珍妮不得不下地种田了。在夏天烈日炎炎下，她的皮肤晒黑了不少，人也瘦了不少。"双抢"过后几个闲暇日子，她想起小风林的临终遗言，到镇上去买一块白底碎花丝绸面料，为自己做一条旗袍裙。后来每到晚餐之后，她就穿上旗袍裙，左手腕戴上翠绿的玉镯子。

章珍妮决定不再嫁人了。

成为寡妇的她，有六指儿和平儿，她就一心等着做奶奶和外婆了。汤圆儿没有食言，她给六指儿从菱湖镇介绍了一个对象。那女孩子中等偏高的身材，初中毕业，女红做得格外好，小名叫"兰兰"。六指儿对兰兰一见钟情；兰兰也有同样的感觉。而章珍妮从头到脚看兰兰，觉得兰兰大屁股、高胸脯，将来会是一个能生养的女人。

小抗敌见章珍妮穿上旗袍非常好看，他常常盯着她看，旗袍忽然给了他灵感。他不想演样板戏了，是否能改演男人穿长衫、女人穿旗袍的苏州评弹？他胡思乱想着。海云见小抗敌目不转睛地盯着章珍妮出神，说："你看什么？想动坏脑筋吗？"小抗敌说："你也去做一件旗袍吧！女人穿旗袍好看。"海云说："人家有男人送她玉镯子，我呢？"小抗敌打趣说："你穿上旗袍，就有男人送你玉镯子了。"海云说："我才没有像她那样风骚哩。"

海云不会干农活，在大队做出纳。她要在账面上管全大队的生产和收入情况。那些明细表，让人眼花缭乱。譬如，水稻，她就要列成双早稻、单晚稻，种植面积，单产和总产等；还有蔬菜和畜牧类，她都做明细报表。所以田里的活儿除了小抗敌，就是静儿和宝儿帮着父亲干。小闯儿的心思不在农活上，她游游荡荡，喜欢演戏、养蚕。近些日子，她还谈上了对象。恋爱中的她，脸蛋儿沐浴着春风，笑得灿烂。

一九八二年初夏，我们生产大队把包干的事落实到每个生产小队。由生产小队负责每家每户的分配。我们生产小队的队长是小抗敌。那天，我们生产小队在我家门口的树底下召开社员会议。讨论本小队到底实行哪一种责任制。经过表决，到会的社员都同意包干到户。

十天后，我们小队的饲养室门口人来人往，吵吵嚷嚷。生产队开始分牲口和农具等。经大家一致同意，采用抓阄的方法。这种方法对每个人、每一户都是公平的。分得多少好坏，就看自己的运气。我的运气还算好，分得一头猪，一个鱼叉、一个麦桶、一个鱼篓。下午大队又将全部耕地，按人口分给了各户作为责任田。我们家共分到了十六亩八分田。原有的八分自留地依然不动。这个数目，与我们家在土改时分到的田地一模一样。

第二天一早，我与小抗敌、六指儿一起去地里看自家的责任田。走在回家的路上，我思绪万千。从合作社到公社，走过了一条多么漫长的路。回想起我加入合作社时，交了十六亩八分田，还按田地交了十六斤种子和四百五十六斤饲料。另外，把家里的一头牛和一头驴也入了合作社。

真是三十年河东，三十年河西啊！

有人惋惜地说："辛辛苦苦三十年，一夜退到解放前。"其实不管社员们怎么说，包干到户就是好，大锅饭就是不行。

那天我兴高采烈地去镇上，在一家商店用二十元钱买了一个轻巧的架子车箱。我把它装在我的自行车上，不仅可以坐人，还可以驮货物。

我虽然七十出头了，但有包干到户这样的好政策，我还是要鼓动我的儿孙们大干一场。当然如果不驮货，我可以载着章丹凤去镇上看风景。然而六指儿见我买回来架子车箱，高兴地说："爷爷，正好用这车把我养的鱼驮到城里去卖呢！"我笑着说："你倒是会讨便宜，我刚买回来，还没试一试，你就看上啦？"

六指儿说："你给我架子车箱，日后我还你大卡车。"小闯儿说："六指儿胡说。爷爷，你别给他。"我说："六指儿正需要，万一他日后买了大卡车还我，那我不就赚一大笔？"小闯儿说："你相信他？"我点点头道："我相信你们每一个人都有创造力。"小闯儿便冲六指儿"哼"一声，出门去了。我知道小闯儿定是与那高渔儿约会去了。嘿，现在兴自由恋爱，女大留不住啊！

桑果儿在北大荒待了十多年，还是不能适应那里的生活。尽管他在那边已升到连长，韩素丽也调入卫生所做医生，但他们抽调回家乡的心情依然迫切。经过几年努力，他们终于如愿以偿。这年秋天，桑果儿携新婚妻子韩素丽回来了，傻傻高兴得眉飞色舞，早早地给儿子和儿媳准备了新房。然而，来自上海的女知青韩素丽一点不领情。她到这乡村，看一切都老土。她觉得婆婆把房间布置得太俗气了，第一天就将她认为很土的摆设重新折腾了一遍。

桑果儿回乡后，被上级主管部门任命为副大队长，接替了从前小风林的位置。韩素丽则担任大队卫生所医生。这是公社为她新设置的岗位，也可便利社员看病配药，就像从前的赤脚医生那样。

我没有去傻傻家，也没有把桑果儿叫家来。章丹凤和傻傻这两个女人都不好对付。傻傻在我这里随心所欲，我也记不得什么时候她又把我当仇人了。现在我们偶尔路上相遇，如同陌路人一样。章丹凤呢，一直认为我亏欠她、对不起她。小风林死后，她更是常常无理取闹。若是我把桑果儿带回家，她的唠叨和叹息肯定又会像蝉鸣一样令人烦躁了。

那天傍晚，我请桑果儿和韩素丽到外港埭走廊的小酒馆吃饭，为他们回家乡接风洗尘。桑果儿和韩素丽见了我，都叫我"许伯"。许伯就许伯吧！我选了二楼临河的一张小方桌，三个人依窗而坐。窗外曹溪河上有几条小船"吱吱呀呀"地划着。堂倌先递过来一小壶茶，接着又递过来菜单。我要了我们荻港的名菜"烂糊鳝丝""葱油鲈鱼"，还有一砂锅的"清炖老母鸡"和三只"太湖蟹"。桑果儿要了两瓶西湖啤酒，而我则要了一瓶我们村自己产的白酒"秋露白"。

　　我们的菜肴十分丰富，但我不知道说些什么好？我说："祝你们新婚快乐，白头偕老。"桑果儿说："我们已经结婚半年多了，不算新婚了。"我说："不是新婚胜似新婚。"韩素丽坐在一边，文文静静地抿着嘴笑。这时堂倌送上来一盘三只被蒸得红光满面的太湖蟹。我抓起一只大的给桑果儿，再抓起一只大的给韩素丽。我抓起它们时，它们已经把满身的鲜香气抖搂出来了。这让我想起往年吃蟹时，我会很难得地找上几个文友来家饮酒赋诗。我家客堂的那六把红色楠木椅子，这时候才为我所用。章丹凤把陈醋分放到六只枣核形的小食碟里，然后加入新鲜的姜丝。每当与文友们在一起时，我才会想到自己是"浙江一师"国文科的毕业生。

　　秋露白是烈性酒，不知不觉我已经喝了半瓶，开始头重脚轻飘飘然了。都说酒后吐真言，我竟指着桑果儿道："你什么时候把我当过父亲？有你这样的儿子吗？不要忘记你是怎样扇我与你母亲巴掌的。你这不孝之子，别以为逃到北大荒我会原谅你。"我一边骂，一边嘴角吐着白沫，把饭桌也掀翻了。砂锅里的老母鸡掉到了地上。地上油腻腻的，黏稠的汤汁溅了韩素丽一身。我是完全醉了，但我知道有人围观，又有人扶着我走出小酒馆。我被重重地甩到床上后，呼噜响得宛如雷鸣一样。

　　第二天一早，我醒来后发现额头有一朵鲜红的梅花。

第二十三章

一

我并不知道酒后骂了桑果儿，也不知道把黏稠的汤汁溅了韩素丽一身。章丹凤唠叨我醉酒："你别再把自己灌成老酒鬼。你要再这样子，我就死给你看。"女人的本领就是一哭、二闹、三上吊。上了年纪的章丹凤，那唠叨声就像洪水一样。我越来越不愿意在家待着了，除了一日三餐，我就到田头、菜园、书场等地方去工作或溜达。有时我想重整旗鼓，成立精武会，创办《蚕桑报》。但我知道时代不同了，一切都回不去了。

六指儿与他的女朋友兰兰一起经营鱼塘。小闯儿的男朋友高渔儿一家也经营鱼塘。还没有结婚，两个女孩子都先住到婆家帮忙去了。这年十月，我们大队经过党支部、管委会和社员大会审议，通过了具体的承包拟定草案，有几条我还能倒背如流呢！

小抗敌忙于承包责任田，已经没时间组织文艺节目。大队里除了我还在外港埭走廊书场说书，基本没别的娱乐活动了。老人们聚在理发室里谈天说地。在我们村庄，七十岁的老人大多不下地种田了。但我依然耕耘着我的菜园，菜园中的蚂蚱和蜻蜓，常常把我带回到遥远的童年。

那些天，我正给六指儿打结婚家具。章丹凤说："不准你在家给六指儿打家具，让他姆妈去外面找人打。"于是我的工作场地只好搬到蚕房。章珍妮与婆婆有隔阂后，已经把厨房搬到自己的卧室旁，她几乎不上婆婆那边去了。但就是这样，婆婆有时还会找上门去，或是说东道西，或是让她干这干那。

我给六指儿打了一个五斗橱、一个大衣橱、一张床。我选用的都是天然木材，它们身上布满美丽的花纹，散发着一股独特的气息。我用刨子刨它们的时候，木材的香气扑鼻而来。章丹凤常来捡刨花，然后用又薄又软的刨花浸水梳头。章珍妮则看到刨花上奇妙的花纹，想起曾经放在小风林病房床头的红玫瑰，那是多么艳丽而妩媚啊！如今她再也没有红玫瑰，心里只有芒草飞舞。

兰兰是小镇上的女孩，有了这些家具还嫌不够，还要求我给她打一个梳妆台。这孩子很会说话，她说："许爷爷，你能让椅子长腿，让桌子镶上抽屉，你再给我打个梳妆台镶上镜子吧！"于是我又给她打了一个有抽屉并可装圆镜的梳妆台。我做木工时，章珍妮好生侍候着，她不时地沏上茶水，炒上几盘好菜，备上一壶烧酒。章丹凤见我在儿媳那儿吃饭，也过来蹭饭。她对我说："你给六指儿打家具不收工钱，我蹭饭理所当然。"嘿，女人的心思，在自家人面前也细如蚕丝，算盘珠子打得精细。

我把全部家具打完，章珍妮腾出了自己的大房间给六指儿作为婚房。元旦那天，六指儿与兰兰在崇文园举办婚礼。兰兰的娘家陪嫁她一台四喇叭录音机。那是兰兰的哥哥用兑换券到广州买回来的时髦商品。婚礼前一天，兰兰的嫁妆就像游行一样，从镇上坐着三轮车敲锣打鼓地来到我们家。一路上，四喇叭录音机里放着邓丽君的《月亮代表我的心》和《甜蜜蜜》这两首歌。

我们大队很多年轻社员都没有见过四喇叭录音机。大家听说送嫁妆的车来了，老远就跑来看稀奇。那甜柔的歌声让他们着迷了。他们第一次听说台湾歌星邓丽君，也是第一次听这么缠绵的歌曲。几个青年社员调侃地说："听这样的歌，晚上我们只好抱着枕头当爱人了。"

我为六指儿和兰兰主持了婚礼。婚礼前一天下了一夜雨，空气非常清新。树林中的鸟儿"喳喳"地叫得格外欢快。婚礼上六指儿脸刮得很干净，穿上了笔挺的西装，系着领带，左胸上还佩戴着一朵大红花，看得出他对这桩婚事很满意。兰兰穿着白婚纱礼服，戴着长长的白手套，像公主一样。她脸上化过妆后，显得格外俏丽。这样的结婚打扮，是章丹凤和章珍妮这两代女人结婚时未能实现的。

我看着英姿勃发的六指儿，就想起小风林。小风林的脾气多么像我，而六指儿的外貌又多么像小风林。小风林的生命之灯虽然熄灭了，但能量一直还在，它为六指儿注入了新的血液。我在主持婚礼时对六指儿和兰兰说："为你们的婚姻祝福！曹溪河那滔滔的流水，是滋润你们爱情的甘露。蚕桑和鱼塘，将是环绕你们幸福的摇篮。愿你们在这块古老的土地上，开辟出新的世界！愿你们百年好合，恩爱如初！"

婚礼仪式结束后，我们在崇文园广场摆了十几桌酒。小闯儿在四喇叭录音机里，把台湾歌星邓丽君的《小城故事》《甜蜜蜜》《月亮代表我的心》等歌曲播放了一遍又一遍。大家陶醉在音乐中，一杯又一杯地喝着。婚宴的菜肴，是章珍妮和小闯儿一起操办的。章珍妮拿手的猪肉腊肠受到大家欢迎。小闯儿的老鸭煲，汤锅里放了笋干和香菜，吃起来肥而不腻，也受到了大家的好评。婚宴的席面十分丰盛，我赞了几次章珍妮，章丹凤坐在一旁，摆着张脸一声不吭。豆芝坐在她右边，看着章丹凤生气的样子，眉毛便挑起来，脸上露出些微的笑。

由于天气寒冷，桑果儿点燃了几堆篝火，苍茫暮色中，让人感觉温暖了。我自那次与桑果儿小夫妻吃饭醉酒后，发现桑果儿看见我总是躲着，有时连看都不看我一眼。我心里对桑果儿十分不满。

夜幕降临时，篝火就燃得更旺了。每个人在火光的辉映下，全都满面红光，气色格外好。严发财来给我敬酒时，我已经有点醉眼蒙眬了。小宝儿不会喝酒，但他为堂兄的婚礼也喝了好几杯酒，喝得直呕吐。

六指儿的婚礼，唯一没来参加的是平儿。平儿已经读研究生了，她要完成一篇论文脱不开身。但她发来了一份贺电，邮差大叫时，大家屏住气息，那一刻我也紧张得手心出汗。等我宣读了平儿的祝福，大家欢呼雀跃起来。有人说："那是状元妹妹的祝福呢！"

午夜时，天又下起雨来了。闹过洞房后，喝喜酒的人才陆续散去。章珍妮和小闯儿还在忙。我开始有点醉醺醺的，等到上床躺下后，却一点醉意也没有了。窗外的雨越下越大，雨点打在青瓦上，那"嗒嗒"的声音让我翻来覆去睡不着。我突然感到自己的身体像流水一样，无限湿润。我想起了徐莹，想起了这个"知你者，莫若我"的女孩儿，我的眼里闪出泪花。

雨，下到清晨才停止。走出瓦屋，如同进入了仙境。远山近田，都笼罩在白雾中。我的菜园，也雾气缭绕。那些雾气中影影绰绰的人，仿佛离开土地飘到大气中了。当然，雾气的对手就是太阳。中午时分，太阳终于撕破了阴云，像利箭一样穿透白象般游走的雾，然后沿着植物的藤蔓往上爬。我的目光与阳光，线一样连在一起。天晴了，我的心也跟着晴朗了。我看见远处傻傻穿着紫罗兰的小袄儿，挽着竹篮子走在一片绚丽的色彩中。

我呆了片刻，最终还是背转过去。

六指儿和兰兰婚礼不久，春节就来临了。婚后的六指儿和兰兰，与章珍妮搭伙住在一起。做了婆婆的章珍妮，总有忙不完的事。这几天她又开始与往年一样张罗着剪窗花了。上书店选购年画则是我的事。今年我选购的年画是那些富有民间传奇色彩，并且画面印有吉祥图案的年画。譬如杨柳青年画金麒麟、荷花、鲤鱼、寿桃、童子。这让章珍妮和章丹凤看了都笑哈哈。一个等着做奶奶，一个等着做太奶奶。她们就喜欢光屁股的胖娃娃，坐在满载金元宝的船里，脚踏金麒麟，怀抱红鲤鱼。脚脖和手腕上套着莹光闪烁的珍珠，脖子戴着金项圈。

我拿着图钉在墙上张贴，年画散发着一股油墨的芳香味儿。我从这个屋子贴到那个屋子。我的眼力总出问题，待画儿贴好了，站到远处一望，不是贴歪了，就是贴倒了。静儿在旁边咯咯笑，宝儿进来从我手中接过图钉，重新张贴。到底是年轻人，手脚麻利又不偏不倚。贴完年画，年的滋味就浓郁了。接下来，我们就要干糊灯笼的活计。正月里家家都挂灯笼，有各式各样的花灯，也有红色宫灯。我们家几十年不变，一律挂着宫灯式样的大红灯笼。

静儿这孩子不多话，与小闯儿完全是两种性格。在我眼里这个很不能干的孙女，却能无师自通地糊得一手好灯笼。她能将糊在灯笼骨架上的红纸剪裁得恰到好处。我们家门口的屋檐下，通常挂六盏大红灯笼。人们远远望过来，大红灯笼迎风飞舞，显得格外喜气。

兰兰和韩素丽，差不多在同一时期怀上了身孕。但她们依旧照常工作。韩素丽是医生，怀孕后比兰兰更懂得胎教。兰兰与六指儿照常捕鱼，并且将捕上来的鱼拉到镇上去卖。有时卖得好，一个上午就能将一架子车箱的鱼全部卖光，这让他们有了很大的积极性。他们有时想入非非，想承包更多的鱼塘，或者开一个渔场，拓展自己的生意。当然面对现实，他们只能一步步来。兰兰从前对鱼并不感兴趣，嫁给六指儿后，才对鱼从表到里有了一个清晰的认识，即鱼是一种脊椎动物，有着闪光的鳞片和优雅的尾部。它们在水域中艰难地繁殖和漂流，最后被人类捕捞，成为老饕们的美餐。

由于六指儿经营渔业，我对曹溪河里的鱼汛格外关注。在我小时候，除了鱼塘里养殖的鱼，每到冬季曹溪河里都会出现鱼汛。那时候我父亲打捞上来的鱼，一条条看上去都非常肥美。我们整筐整筐地摆在仓房里，给人一种丰收的喜悦。然而近些年，曹溪河里的鱼寥寥无几，鱼汛更是销声匿迹了。这条本来鱼儿很多的河，就像一个垂暮的老人，显得越发苍老。但我还是盼望着它有朝一日，会有一场鱼汛突然降临。

二

三月初，天气乍暖还寒。我穿着厚厚的棉衣，戴着帽子，在菜园里锄草。我的儿子许大大，突然从海宁许村跑来告诉我："姆妈病死了，你去看看吧！"大大说的姆妈，就是我从前的小妾刁红梅。想起她当年抱着阿六头逃亡，我就对大大说："你替我买个花圈，我不会去的。"大大也没勉强我。我们站在菜园里，聊了一会儿。大大聊起他的两个儿子许辉和许明华，就懊恼了。他说："这两个孩子想从工厂里辞职出来做个体户，他们要丢掉铁饭碗去做皮革生意，你说能成吗？"我想了想说："有什么不能成的？从前我们这里的章荣初到上海打天下，不就成功了吗？"大大说："那是旧社会。"我说："现在改革开放，不就是更好的时机吗？"

大大虽说住在镇上，但思想比我还保守。我让他进屋坐，他却要赶回去办丧事。我说："你回去，让许辉和许明华到爷爷这儿来一趟，我与他们谈谈。"我与大大和阿六头，没有与小风林和小抗敌那么亲近。这两个被刁红梅带走的孩子，与我总像隔着一道墙，而他们与刁红梅这个养母却很亲近。

第二天一早，许辉和许明华就来到了荻港村。他们把辞职的打算和对未来的担心一并告诉了我，我说："你们生意做不好，就到我这来当农民吧！以后农民会很吃香的。你们还年轻，为什么不闯一闯呢？道路总是闯出来的。"许辉说："是啊，爷爷说得对，我们应该闯一闯。"

"爷爷，我明白该怎么做了。"许明华说。

一九八三年十月，大队党支部书记吴星星召开社员大会，传达文件

305

精神。社员们没想到一九五八年成立的人民公社解体了。大队不再叫大队，社员也不再叫社员，而是恢复从前的叫法：村和村民。今年在全国成立不少乡（镇）政府，它们将取代人民公社。人民公社的制度也将彻底退出历史舞台了。

我虽然没有了从前的革命理想，但对政治动向还是比较敏感，这不是自吹。邓小平的那次东北之行讲话，进一步点燃了中国农村改革的火炬。那天社员大会结束后，就是选举村委会主任、副主任和五名村委会委员。严发财、桑果儿、小抗敌、徐水娟等都在候选人名单中。然而某些候选人却在暗地里拉选票。

我对小抗敌说："要顺其自然。"

几天后选举结果揭晓，严发财为村委会主任，小抗敌为村委会副主任，桑果儿、徐水娟等五人为村委会委员。小抗敌被选为副主任，仿佛接替了小风林似的。桑果儿未能选上副主任，认为是我从中捣鬼，对我怀恨在心。傻傻因为儿子桑果儿没能选上副主任，对我更是刻骨铭心地仇恨。她给我写来一封信道："手心手背都是肉，你凭什么护着小抗敌而排斥桑果儿。你是哪门子的狗父亲？你个浑蛋……"我看了哭笑不得，我哪有什么权力让谁当主任？

兰兰和韩素丽的肚子，一天天大起来。她们一个喜欢吃酸的，一个喜欢吃咸的。两个孕妇聚在一起，交流着小宝宝在肚子里的胎动。兰兰的娘家，早早地送来一大包婴儿服。有小棉衣、小棉裤、小棉鞋、小衫儿等，章珍妮给未出世的孙子或孙女准备了一大包尿布。那都是她用家里的旧床单做成的尿布。

怀孕八个月时，兰兰不与六指儿一起捕鱼卖鱼了。她在家里给未出世的孩子编织毛衣，还买了几个雪白的线团，手捏一根钩针，将线穿上，一挑一挑，钩出镂空的花来，缝制成一件小衫儿。她准备了一些男婴的衣服，也准备了一些女婴的衣服。闲下来时，她就在四喇叭收录机里听邓丽君的歌。

那天，静儿采了许多胭粉豆花，将它捣成泥，用猩红的浆汁染指甲。静儿染剩的，就给了兰兰。兰兰将手指甲和脚指甲全染红了。她们还用铁条在火中烧热，将刘海卷在上面，就像烫过一样曲曲弯弯。村里徐传荣的理发室，一直没有女人烫发的项目。女人若想烫发，非得去镇上。若懒得去，便采用土办法来修饰自己。

兰兰不仅爱给自己打扮，也爱给家里的环境打扮。她把家里的每个屋子都安上了她用钩针钩成的雪白窗纱和多彩的门帘。屋子经她这么一打扮，犹如一个穿着黯淡的女人披上了绚丽的披肩，变得有韵味了。

国庆节前后，兰兰生了一个女儿，韩素丽生了一个儿子。六指儿让我给孩子取名，我想了想说："就叫青草吧！许青草。"家里添了小重孙女，让我很高兴。章丹凤对我说："咱们是农村，干活靠劳力，总还是要男孩子好。让他们小夫妻明年再生个男孩儿吧！"我说："现在是独生子女，不能超生。"章丹凤说："生女儿的，可再生一个。"

桑果儿与韩素丽的儿子叫强强。韩素丽和兰兰满月后，都把孩子交给了婆婆管。她们各就各位，上班去了。现在的媳妇们与章丹凤、章珍妮她们那两代，已经完全不同了。从前是媳妇怕婆婆，现在是媳妇不把婆婆放在眼里了。媳妇们有了外面的世界，视野开阔了，没时间理会婆婆了。但她们又需要婆婆来给她们带小孩。

到了喂奶时间，章珍妮见兰兰还没回家，便给青草喝米汤。青草开始不习惯喝米汤，"哇哇"大哭起来。章珍妮便用自己奄拉干瘪的乳头，塞进青草嘴里。青草使劲儿地吮吸着，但吸不出乳汁哭得更凶了。这时候章珍妮找出一个奶瓶，套上奶嘴儿，再给青草喂米汤。饿极了的青草，也就乖乖地吮吸米汤了。

六十九岁的章丹凤做了太奶奶，虽说不是个重孙子，但是第四代人了，终归令她高兴。小风林去世六年，章丹凤在悲伤中迅速衰老了。她已是个满头白发、佝偻着背的老妇人了。但她仍然精力充沛地唠叨着。有时唠叨章珍妮光给青草喝米汤会喝出病来，有时又唠叨兰兰这孙媳妇不像个媳妇样儿，连自己的孩子都不奶。兰兰听见了就白她一眼道："奶奶您别管那么多，您老好好享清福了。"章丹凤在儿媳妇面前可以扬威，但在这孙媳妇面前，却自认没办法了。

六指儿的鱼塘逐渐扩大，小夫妻俩晚上回家，带回来满身的鱼腥气。上了班的兰兰，再也没有时间打扮自己和屋子了。寒冷的冬天，他们脚上穿着长筒雨鞋，扒开河面上结着的薄冰，将鱼捕捞上来。兰兰的双手长满了冻疮，红红肿肿的。但当她与丈夫一起抬着一筐一筐的鱼，那种丰收的喜悦，让她觉得冻疮不值一提。她知道他们的理想是早日买一辆大卡车跑货运。

三

小闯儿和高渔儿谈了几年对象后，终于决定在大年初二结婚了。海云有点舍不得把小闯儿嫁出去。她知道嫁出的女儿泼出去的水，再说还没嫁过去就已经向着婆家了呢！海云为了不失她上海人的面子，特地带着小闯儿回上海娘家给她买花布、皮箱、时髦大衣、高跟皮鞋，还有一台十二英寸彩色电视机、一架缝纫机作为陪嫁。海云说："就是上海女孩结婚，这样的嫁妆也属不错了。"

当然，海云把小闯儿带到上海，她的外公外婆、姨妈、舅舅都要送上一些礼物。但小闯儿明显感到姨妈、舅舅看不起她母亲，也看不起她这个乡下女孩。小闯儿隐隐地感到一种羞辱。在回家的路上，她冷冷地对母亲说："我以后再不要见到姨妈和舅舅了。"

小闯儿这么说，海云心里早就明白。她没事通常也很少回娘家。她也受不了她弟弟和妹妹的那种势利，那种身居大城市见多识广鄙视人的态度。想当年若不是她来荻港村务农，她的弟弟又何来机会留在上海工作？

海云这么想着。母女俩虽然满载而归，但并不快乐。不过，她们一回到自己的家，就马上快乐起来了。海云在村里是女人们学习的楷模。她们学习她上海女人的衣着打扮，学习她的理财方法。可是在海云心里，她觉得自己老早就不是上海女人了。

大年初一，小闯儿的嫁妆用三轮车驮着敲锣打鼓地送到婆家去。第二天，高渔儿用花轿来迎接新娘。婚礼上小闯儿穿着大红旗袍，高渔儿穿着中山装。我喜欢这传统而特色浓郁的结婚服装。我觉得小闯儿很美丽。她把长发盘到了头顶，头顶上插着银光闪闪的簪钗。这天高渔儿家摆了十多桌酒，我们家的人坐了两桌。小闯儿给我敬酒时说："爷爷，祝你身体健康，长命百岁。"我笑道："托你的福，我就能够活到一百岁了。"平儿坐在一边道："爷爷，我与你干杯！祝你活到一百二十岁。"我说："活得那么长，我不成妖怪了？"

平儿读完北师大的哲学硕士后，拿到了美国耶鲁大学的全额奖学金，攻读博士。她是我们家的骄傲，也是我们村的骄傲。可是章珍妮并不想让女儿跑到美国去，她觉得女孩儿别读那么多书，早一点结婚生子才是正事。然而平儿读了书后，母亲哪里还能知道她想什么、要什么？母亲与她的距离越来越远。母亲越来越不了解女儿了。可是母亲总以为，自己是天下最了解女儿的。

章珍妮没有提供平儿去美国的路费，六指儿便替妹妹想办法凑钱。我也凑上一些私房钱支持平儿。章丹凤知道平儿要去美国，眼睛都哭红了，仿佛平儿不是去求学，而是去下地狱似的。章丹凤哀哀地对平儿说："你这一去，恐怕再也见不到奶奶了。等你回来，奶奶都变成一把灰了呢！"说着，章丹凤又呜呜地哭起来。平儿鼻子一酸，也呜呜地哭起来了。等她们祖孙俩哭够了，我对章丹凤说："你别老是哭哭啼啼的，人家可比咱们先进呢！"

过了春节，平儿出发的日子一天天临近了。章丹凤给她准备了一些随身带的食品，章珍妮给她缝制了新的衣服。平儿这次回家对我特别亲切，嘴巴也不像刀子那么厉害了。这让我倒觉得她又深沉了一层。在她所专研的学问方面，我就是小学生。她偶尔与我讲一些哲学，我听得丈二和尚摸不着头脑。但我又十分虚荣不懂装懂地"哦哦"应着，还跟着她的话题胡说些什么。我知道我之所以这样，是不想在孙女面前丢脸。

平儿出发那天，选择了从外港埭走廊搭上曹溪河的船，然后到上海换乘赴美的飞机。她让我们送到外港埭走廊，就别再送上船去了。这让我想起了一九一九年十月，村里第一个到上海换乘轮船去法国的留学生。六十六年过去了，今天是我的孙女许建平重演了这一幕，我感慨着。

告别的汽笛拉响时，我的眼泪哗哗地落下来了。这时到外港埭走廊来送别平儿的村民已排成了长长一行。大家带着美好的祝愿，同时也带着对遥远美国的一份朦胧的向往。

送走平儿后，我们大家又回到各自的生活和工作中。青草一天天长大，她"咕咕"的发音，就像布谷鸟的叫声。有时我抱着重孙女，逗弄得她"咯咯"笑。小闯儿嫁出去后，家里就像少了一只百灵鸟，忽然变得冷清了。女大留不住，年前静儿也自由恋爱了。不过在静儿没出嫁前，家里的蚕月就以静儿为主手了。静儿虽没有小闯儿那样手脚麻利，但她有足够的耐心。在我们村庄，只有独当一面的蚕花姑娘，才能让婆家看重。

我们村的养蚕经验，其实都是每家每户祖上传下来的。我们通常在养蚕前做好消毒，在地面先撒一层氯丹粉，再撒一层新鲜石灰粉，并且在蚕期中多撒干燥材料。在阴雨和闷热天气，早晚各用一次新鲜石灰粉进行蚕体、蚕座消毒。整个工序都有严格要求，蚕花姑娘可不是好当的。虽然古代就有栽桑养蚕技术的书，譬如《蚕书》《广蚕桑说》《野蚕录》

等，但养蚕仍十分不易，尤其是制备蚕种这个重要环节。

《礼记·祭义》中有"奉种浴于川"的记载。可见两千多年前的养蚕人便知道用清水浴洗卵面保护蚕种了。只有通过层层的严格选种，淘汰大量有病或体质虚弱的蚕种，才能提高蚕的体质，增加它们对疾病的抵抗力。

蚕月一到，静儿就进蚕房了。我和宝儿帮她采桑。章丹凤已经很多年没做蚕月了。养蚕的事业，在我们村就是这样薪尽火传的。我想着日后静儿出嫁了，要让宝儿娶回来的媳妇接任我们家的蚕花姑娘了。再接下去，就该轮到青草了。我这么一想，便开心地唱起了一首民谣。

> 四月（里啊）养蚕忙
> 姑娘那个嫂嫂去采桑
> 桑篮挂在桑树上
> 揩揩眼泪撸把桑

我的歌声并不动听，但青草听得高兴。我把她放到桌上，她的一双小脚就"嘭嘭"地跳起来，还很有乐感呢！青草已经七个月大了，我把她放在学步车里，她移来移去地走，像螃蟹一样。兰兰晚上也不带青草，整个儿地全交给婆婆章珍妮管了。章珍妮这做奶奶的，仿佛重新做了一回母亲。她像母亲那样哄青草睡觉，给她唱《摇篮曲》，"宝宝睡吧，睡吧！"有时实在太累了，她会自言自语地骂一通兰兰。但见了兰兰，她又说不出晚上不想带青草。章珍妮觉得她做媳妇受制于婆婆章丹凤；而自己做了婆婆呢，又受制于媳妇兰兰。她觉得丈夫早死，自己做女人特别失败。她想，难道自己就是一个苦命的人？比不得海云，可以不下地劳动、不受制于婆婆章丹凤。

说实在的，有时候我会很想念许家立。他是我唯一的侄子，是我弟弟长海延续着的生命。想起他，其实就是想起长海。然而他总是不回家来。他不回来，我就是他的看门人。每个礼拜，我都会去他的屋子打扫和休息。从前有徐莹陪伴我，现在没有女孩陪伴我这老头子了。有时候邻居李老头会过来与我聊聊天儿。李老头与豆芝这对老夫妻，比我与章丹凤还不如。他们就像小孩子过家家一样，一会儿各自做饭，一会儿又和好如初。他们吵吵闹闹大半辈子了，依然继续斗着，却终也不会离婚，不会分居。豆芝曾说："我们活着不太平，但死也要死在一起的。"

豆芝和李老头各自做饭的时候，李老头通常每晚都会喝得酩酊大醉。他们家厨房在客堂外面，我只要坐在院子里，便能看见李老头家升起的炊烟。然后看到他双手颤颤巍巍地拿着两碗菜进客堂去。有时我会跑过去看看他做什么菜。那天我看到的是炒丝瓜、南瓜，还有一碗梅干菜扣肉。我说："老李啊，你倒是做得不错呢！"他就憨憨地笑道："一起吃吧！来，咱们干一杯！"看着他那可怜巴巴的样子，我当然不会吃。

李老头喝醉酒后，会倒在客堂的地上呼呼大睡。他倒下去时，额头常常会碰到硬物，磕出血来。豆芝这时就怒火高涨，一边骂一边用脚去踢他的身子。我看见了，会过去把他拉起来，扶到床上去。如果我看不见呢，那么李老头便要在地上睡到酒醒。

前些天，我接到许家立的来信。他说："忙极了，捞不到空回家来。因为我辞了工厂的工作，与几个朋友一起合伙承包了一家电冰箱厂。"

他们生产电冰箱？这在我们乡下人听起来就像天方夜谭一样。可许家立信上说："那是真的，而且我们生产的电冰箱还供不应求呢！"

第二十四章

一

许家立在省城承包电冰箱厂的事，很快传遍了村里。村民还不太清楚电冰箱是干什么用的。听说可以把猪肉冰冻，可以做冰块，便感到新奇。同时他们也对许家立这个劳改犯刮目相看。不少年轻村民，都有像许家立那样进城打工的念头。有些村民拿着我给他们的许家立地址，直接投奔许家立去了。倒是我们家的宝儿、静儿，还没有进城打工的想法。

小闯儿婚后很少回家来。她与高渔儿经营渔业，劳动起来比兰兰更吃苦耐劳。如果说兰兰冬天捕鱼，双手长满冻疮，那么小闯儿那双捕鱼的手，冬天便会张开一道道布满鲜血的裂缝。我看了心疼，她却毫不在乎。那天她回家告诉我，她和高渔儿想与六指儿合伙办一个渔场。我说："这想法好啊，爷爷支持你们。"小闯儿说："你支持有什么用？我们缺乏资金，没有设备，不懂技术。告诉你，别再叫我小闯儿，你这样叫，我都长不大了。我现在有雄心壮志，要干一番大事业，挣很多很多钱。我们以前过得实在太穷了。我要让我们村庄的穷人，都富起来。"

小闯儿很有激情地说着。我说："好啊，以后我就改叫你闯儿。你确实长大了，你说'让我们村庄的穷人都富起来'，这话很有志气哩。我们村从前有'章百万，吴无数'，他们很有钱，可全村的贫富差别很大。穷人比富人多三分之二，不少人家衣食无着。不过办企业，我的小伙伴章荣初不失为一个楷模。他虽早去世了，但他的创业精神值得大家学习。"闯儿哦哦地应着。她没见过章荣初，但知道他是上海滩的大老板。接着我又说："去银行贷款，土法上马，先干起来再说。"说完，我转身上茅房解手去了，回来已不见了她的踪影。

我知道人老珠黄不值钱。我已经七十九岁了，虽然不能与六指儿、闯儿他们那样东奔西走干实业，但我给他们出主意，精神上支持他们，关心他们，我就有了置身其中的感觉，便不觉得自己落伍掉队了。我增添了说书的新内容，把蓬勃的当下生活说进书中去，观众便能感受到时代的新气象。所以，村民们越来越喜欢听我说大书了。他们从我的说书中获取一些信息和知识。他们说："这许老伯说书，总是鼓励人上进，思维方式一点不陈旧，还走在时代的前沿呢！"他们这么说，我便意识到这是我改革说书的一个明显成果。

平儿在美国安顿好后，给我来了一封信。她这一去，十年八载回不来。我心里隐隐地想，等平儿回来，也许我已经入土了呢！不过，又一想我们见不见面也无所谓，关键是精神相依。我很快给平儿回了一封长长的信。邮寄美国的信本来就贵，由于超重就更贵了。这些年通过平儿中状元，从北京到美国，我突然感觉世界是如此之大，道路又是如此之宽广。现在获港村与美国耶鲁大学，就好像成了我心头的一条直线。我将在这条直线上吸收和滑翔，用毛笔字倾吐着对平儿的思念。

小抗敌回家来说："我想创办社办企业——红峰绸厂。准备盖厂房，买五十台绸机和五十台加捻车。严发财不同意办绸厂，想要办砖瓦厂。结果村委决定由他负责办砖瓦厂，由我负责办绸厂。我想办绸厂，我们的蚕茧就可以不出村加工，并且生产漂亮的丝绸了。"

接着小抗敌又说："难怪从前小风林总与严发财闹矛盾。严发财与我也常常有意见分歧。"我说："其实有分歧是正常的。在一起工作要协商和妥协。在自己村庄办绸厂，就等于肥水不流外人田，这倒是个好办法。"小抗敌说："我就是想肥水不流外人田。"我说："是啊，搞实业，我们村庄有着丰富的资源没开垦呢！"

夏天，闯儿生下一个女儿。她让我给重外孙女取名。我看着窗外菜园，正结着一个大大的红石榴，便说叫"石榴，高石榴"。闯儿觉得这名字不错，就让高渔儿去派出所报上了户口。闯儿回家来，忙的不是海云，而是章丹凤。做了太外婆的章丹凤，见海云依旧早出晚归去村办算账，高渔儿依旧忙鱼塘的事，静儿哪里会服侍产妇？所以七十一岁的她，劳心地担当起照顾产妇和婴儿的责任。她给月子里的婴儿洗澡，双手轻轻地托着小毛头。她清洗那柔软的小人儿，很有一套本领。

两岁的青草，已经能在田野上跑步了。章珍妮下地，就把青草带在身边。这倒有点像从前的庞寡妇，把庞子遗背在背上下地一样。庞子遗已经八岁，上小学一年级了。前些天，我看见他们孤儿寡母的在地里挖野菜。说起野菜，庞寡妇便兴奋异常，并且总是说到她儿子庞子遗如何声情并茂地背诵骆宾王的《咏鹅》："鹅、鹅、鹅，曲项向天歌。白毛浮绿水，红掌拨清波。"庞寡妇读过小学六年书，非常喜欢文学作品。让儿子背诵诗歌，就是她清贫生活中的乐趣。

每次看到庞子遗，我都会想起他爷爷庞九斤。如果当年他爷爷庞九斤不跟我参加革命，那么他也许就不会被捕，不会被国民党杀害了。当然干革命总会有牺牲，多少革命者的鲜血才换来中国的解放。可是年青的一代，哪里还听得进我讲从前的革命故事？我一开口，静儿、宝儿就把耳朵捂住说："你个背时老头儿。"

闯儿坐完月子后，石榴留在了太外婆章丹凤身边。章丹凤不肯放石榴去她奶奶那里，她觉得自己整整忙了一个月子，不能白白便宜了她奶奶。而她奶奶见生了一个孙女，完全没把石榴放在心上。

回到婆家经营鱼塘的闯儿，也如兰兰一样不给孩子喂奶。她那边把奶水白白挤掉，而石榴在这边却饿得"哇哇"大哭。太外婆章丹凤也像儿媳妇章珍妮一样，给小毛头喂米汤。家里有了两个重孙女，就像多了两只"叽叽喳喳"的小鸟儿。石榴不像青草那么乖，特别会哭闹。尤其晚上，那哭声让我想起从前遭遇瘟疫时的凄凉景象。

我通常上午种地，下午说大书。不说大书的下午，就去外港埭走廊泡茶馆。所以只有黄昏的时候，我才能抱着石榴去村庄溜达。那天我一手牵着青草，一手抱着石榴，就像重温年轻时一手牵着大大，一手抱着小小的感觉。只是小小和其他三个儿子，还有我的发妻婉玉早在一场瘟疫中作古。我的内心深处，有着他们深深的烙印。想起他们，我就会情不自禁地泪流满面。青草见我落泪说："太爷爷别哭，青草给你吃糖糖。"我坐到石凳上，她把手上拿着的一颗糖，塞进我嘴里，还用小手给我抹眼泪道："不哭不哭啊！"

二

大约半年后，村里的社办企业"红峰绸厂"和"东风砖瓦厂"办起来了。虽然规模不大，但也还算像个样子。绸厂大部分是女工，而砖瓦厂更需要男工人。招工广告一贴出，应聘者络绎不绝。有获港村村民，重兆村村民和其他村的村民前来应聘。一时间，整个村庄热闹极了。在村里办工厂是一件新生事物，村民们议论纷纷，但进工厂拿工资，总比种地拿工分好。

这是不争的事实。

庞寡妇和汤圆儿都应聘进了红峰绸厂做挡车女工。她们说："没想到在乡下也可当工人。"时代就是这么悄悄地变化着，不知不觉，它已经改变了你的观念。

村党支部书记吴星星患病后，很少去村委会上班了。他不想管那些改革的事。小抗敌和严发财创办企业的那一阵，他全都不管不问，放手让他们干。他知道自己干不了的事，就应该让能干的人去干。那天我去吴星星家看望他，他家阴森森的，他躺在床上已经病入膏肓。他的妻子和女儿陪伴着他。她们见我来了，说："许伯，您坐。他刚睡着呢！"

我没敢打扰，送上慰问礼物便走了。走出他家大门，阳光正暖暖地照在青石板铺就的路面上，亮堂得反光。想起说书先生吴雪雷，现在他的小儿子吴星星病成这样，我的心就像阳光下的香灰一样凄凉。我低头走着，不知不觉又走到了外港埭走廊。这是我喜欢的地方，我的生命一天天在这里重复。几十年了，我却毫不厌倦。也许是曹溪河流动的水，以及水面上的轮船和飞翔的野鸭，给我一种无限的想象力。

外港埭走廊的彩云楼茶馆，生意总是格外好。因为位置得天独厚，南来北往的过路船客，停下船后，花不了几个小钱就可以在此休息。茶馆虽然陈设简单，但窗明几净，一尘不染。青瓷茶杯，清清爽爽。泡一杯沁人心脾的龙井茶，看看窗外的远山近水，就让你的疲乏消失殆尽了。如果肚子饿，茶馆里还备有小卖部，有蜜饯、瓜子、糕饼等。我不说书的下午，常到彩云楼茶馆喝茶休闲。我与那些三教九流的过往船客们聊天儿，既能收集消息，又能拓展知识面，身心非常愉快。

这会儿我又进了彩云楼茶馆，"嘎吱嘎吱"走楼梯上二层时，看见高大年正坐在窗口的位置上喝茶看风景。高大年的孙子高风筝，已长成一个小伙子了。高大年在妻子雪梅死后五年，娶了村里的小寡妇红菱。红菱没有孩子，但与高大年结婚的第二年就怀上了孩子。只是那个雪天，路面很滑，红菱摔倒后流产了。

在村里，我从前的老战友、老部下只剩高大年和丁一松了。丁一松由于高血压中风偏瘫，已卧床大半年，且神志不清了。我与高大年一起去看他，他已经不认识我们了。我们在他身边，默默地陪伴了一个下午。一种说不出的凄凉浸满我的心头。倒是高大年的身体还健朗，精神也快乐，这与他娶了红菱有关。我想，有好女人相伴，即使不能做爱了，也气血相通，阴阳互补，有助身心健康。

我很久没有见到桑果儿和韩素丽了。那天韩素丽到彩云楼茶馆找到我，说："我已经与桑果儿办完了离婚手续，要回上海去了，这里的日子没法过。"我为这突如其来的意外惊讶道："为什么非要离婚呢？"

她说："一个人很难改变根植在自己血液里的劣根性。我无法改变他，就改变我自己。"我沉默不语。他们已经离婚了，我再说什么也没有用。不过，我问："强强谁带呢？"她说："桑果儿要孩子，就给桑果儿了。"接着她说："住在这乡下，自己也变成乡下女人了，常常为了一点鸡毛蒜皮的事吵得鸡犬不宁。"

其实，并非乡下女人才吵架。只不过乡下女人大多直爽，在空旷的田野中待久了，嗓门比较大，比不得城里女人细声细气。譬如，我家西边前不久刚从村南搬来的邻居丁港母亲，当别人说她的小儿子哑巴丁江今生今世找不上媳妇的时候，她就站在院门口跺着脚把那个女人骂得狗血喷头。当然那女人也不是吃素的，她先没声张，等到骂得不堪入耳时，就反击了。由于对手是个老太婆，在她心里根本不在话下。两人一交锋，她的语速快得像放鞭炮一样。这时有村民幸灾乐祸地喊"快来看，打架喽，打架喽"。

住得离这不远的村民，听到喊声便纷纷前来看热闹。围观的人一多，丁港母亲觉得评理的时候到了。她神气地对围观的村民说："难道哑巴就找不着媳妇了吗？我们丁江眼光可高了。像她这种吃饱饭只会放响屁的婆娘还不要呢！"她们吵着吵着，吵到嗓子沙哑了，才都满怀不甘地散去。围观的人心里却乐呵呵，仿佛免费看了一场有趣的戏。

韩素丽与我在茶馆聊了一会儿，见我不作声了，知道我听见这样的消息心情沮丧，便知趣地走了。她走的时候，我发现她神思有些恍惚。这上海女人，让我觉得有点太自以为是。我不知道傻傻与她的关系如何，想必时间长了，傻傻对儿媳也不会有好脾气。嘿，离婚就离婚吧，离婚了，韩素丽才可以把户口迁回上海去。否则，她要像海云一样做一辈子乡下女人呢！她心气那么高，她不会甘心的。

韩素丽回上海不久，吴星星病逝了，桑果儿被提拔为村党支部书记。真是有失也有得。对桑果儿而言，事业比女人更重要。他就是那种想在政治上进步的人。在某种程度上，他比病逝的小凤林野心更大。

一九八八年元旦刚过，六指儿、兰兰与闯儿、高渔儿两对小夫妻克服重重困难，合伙创办了村里第一家渔场：许高墩渔场。六指儿任渔场场长，高渔儿任渔场副场长。他们在困难面前没有抱怨，没有退缩，而是满怀信心，开始了艰苦创业的最初历程。

不懂技术，他们就订阅多种报纸杂志，利用一切机会向专业技术人员和师父们学习讨教。缺乏资金，他们向银行贷款和个人集资。没有设备，他们自己动手土法上马，建造了一套简易实用的繁苗设施。

在元代，获港村就开始养青鱼了。青鱼，俗称"螺蛳青"。青鱼以水中螺蛳、黄蚬及水生昆虫等为食物。人们将太湖里的螺蛳和黄蚬弄来给青鱼吃。获港水连着太湖水，很清。青鱼栖息在水的底层，身体是乌黑的。

到了民国时期，这种鱼变少，很名贵。获港人用活水养鱼，船载至上海朱家角。当时市场价格一担青鱼可换一两黄金。因此后来青鱼被称为"乌金子"。六指儿原先在鱼塘养的是鲈鱼、草鱼、鲢鱼、鳙鱼等，他立志要培育出"乌金子"来。

渔场办起来后，我发觉我们村又多了一些村办企业和私人承包企业。不少村民离开了土地，村里的稻田和麦地一点点地荒芜起来了。一大片稻田被征用盖成了厂房。小抗敌说:"要使村民富起来,光种田不行。一定要发动全村民办企业,做买卖,才能发家致富,家家都富。"这话似乎有些道理。我们一担(一担就是100斤)早稻谷,只卖人民币九元五角。照这样的收入算,要想发家致富、发村致富实在不可能。但农民倘若都不种稻,这还叫农民吗?

我忧心忡忡。

接下来,又到了辞旧迎新的时刻,灶房里肉香扑鼻,鱼腥四溢。家门口的大红灯笼又高高地挂起来了。家里人都换上了新衣裳,或者半新的干净衣裳。院子里张灯结彩,挂着长条彩旗和彩灯。风一吹,哗啦啦响。除夕夜,我们全家团团围坐在客堂里吃年夜饭。年前,小抗敌到省城给我买了一台十四英寸的彩色电视机。我们边喝酒吃饭、边看春节联欢晚会。

窗外的鞭炮声,此起彼伏。

五岁的青草和四岁的石榴,在客堂追来逐去。青草拿着的盛着瓜子的碗不慎掉到地上打碎了。除夕夜最忌打碎东西,说是会破财和发生灾祸。其实那都是一种迷信,但大家就这么信着。兰兰见满地的碎碗碴,就像见到鲜血一样惊慌。她刚想打青草,我便笑盈盈地说:"碎碎(岁岁)平安。"她这才将伸出的手缩了回去,但那眼神仿佛要把青草打发到地狱去,吓得青草心惊胆战。

从前除夕夜,我们总是坐在一起谈天说地。现在有了电视,大家就看春节联欢晚会,直看到新年到来,鞭炮噼噼啪啪地响起来。然而吃完年夜饭,我就牙痛。还没迎来新年,就钻进被窝睡了。第二天一早醒来,觉得头格外重。儿孙们来给我拜年,我捂着嘴"噢噢"地应着,给他们每人一个红包。红包里面的压岁钱有多有少。

分完红包,我走到院子里,地上散落着爆竹碎屑。我知道那肯定是静儿与丁港放的鞭炮。静儿与丁港谈恋爱了,海云起先不同意,她认为憨厚老实的丁港比他的哑巴弟弟好不了多少。静儿跟着他，怕是不能像闯儿和高渔儿那样有造化。但静儿死心塌地，海云也无可奈何。海云看不起丁港母亲，嫌她太世俗。尽管是邻居，但也懒得理睬她。

　　年后，宝儿和静儿给许高墩渔场打工去了。我就比之前忙多了。家里的人都去搞经营，那些责任田就我一个人种了。我只能一大早干完菜园的活儿，再骑上自行车到责任田干活。好在我的身体还硬朗，中午喝杯酒，睡一个午觉，下午依然能精神抖擞。那天我去外港埭走廊书场说书，路上遇到庞寡妇。她穿着花袄儿，自进绸厂做工后，皮肤白皙了。她见到我时，不再说她从前为之骄傲的野菜，仿佛说野菜已是一件丢人的事。

　　春播结束，很快又到了清明时节。每逢清明，墓地总是热闹非凡。从前我总是喊上章丹凤、小抗敌，扯着孙儿们给我那些死去的亲人们上坟，队伍可谓声势浩大。但今年孩子们都忙得不亦乐乎，我只能与章丹凤、章珍妮，牵着两个重孙女去墓地了。章丹凤一到小风林的墓地，便"哇哇"地哭起来。章珍妮只是默默地垂泪。青草和石榴惊讶地望着她们咯咯地笑着，而我深深哀伤，沉默无语。

　　上完坟，我无精打采地回到家里，已经夜幕降临了。吃过晚饭，我坐在客堂窗前的楠木椅子上，望见天空稀疏的星星，不知怎的又泪流满面了。流着流着，我仿佛进入了一个神奇的世界：那里有数不清的星星，有徐徐飘来的一匹马，有女人穿着拖地裙裾时发出的窸窣声音，有绿色的气体渐渐上升，还有一道火焰一样的光芒腾空而起掠过我的头顶。我的心倏地被什么掏走了，火光托举着我，仿佛升天一样。我揉揉眼睛，平静下来时已到深夜了。我想，哪一个鬼魂跟着我呀？

　　第二天我起床后，却意外地感到整个人十分轻松和清朗。仿佛从未睡得如此舒展和自在。我从床上坐起，然后下地，慢悠悠地踱到窗前。窗外一片寂静，年轻人大都去社办工厂打工了。只有隔壁的哑巴在院子里铡草，嚓——嚓嚓，那声音干脆利落。我打开屋门，一只巨大的蝴蝶飞到我身上。我抓住它，它的羽翼在我指间轻轻扇动。它是那么美，那么震动我的心灵。我忽然想起了死去的母亲、姑姑、姐姐、小妹、婉玉、徐莹等，这些女性都有美丽的羽翼。她们的飞翔，动人心魄又流光溢彩。

我到客堂吃早饭，前段日子从镇上买回来的那条黄狗，亲昵地舔着我的双脚。我发觉它长得多么像从前给父亲陪葬的迪杰卡。它还没有名儿，我就给它取名还叫"迪杰卡"。迪杰卡比我们家另一条狗黑儿要帅多了。黑儿是条黑狗，毛很短，长得尖头尖脑；迪杰卡却长得威风凛凛，很彪悍，算得上一条好狗，尤其嗅觉特别灵敏。若有生人来，隔着一条街它就会吠叫不休；若是主人回家来，隔老远它就摇起尾巴，款步前来迎接了。它太让我喜爱了。它的任务是看家护院，但我到田头劳作时，偶尔也会带上它做伴。

三

桑果儿自从当上了村党支部书记，很是神气。他与严发财和小抗敌为了村里的事常常闹矛盾。年轻人气盛，不知天高地厚。我还是过我的日子，但日子飞快地流淌着。那些逝去的日子，全成了我荒凉额头上像山沟一样的纹路。这年五一劳动节，静儿出嫁了，嫁给了隔壁的丁港。丁港和水娟丈夫高阿兴，一起在东风砖瓦厂打工，干的都是力气活儿，但收入不错。所以丁港在家里办完了几桌喜酒，便携着静儿旅游结婚，到杭州和上海度蜜月去了。

丁港母亲心疼儿子赚的那几个辛苦钱，便对丈夫说："肯定是静儿想游山玩水，她不知道出门一趟钱很快就花完了。这媳妇别看她不作声，咱丁港可听她的啦！我这母亲的话，已经对他不灵了。"丈夫说："你管那么多干啥呢？他们小夫妻自有他们的安排。"丁港母亲道："看不惯，跟你说说。不说，窝在心里难过嘛！"丈夫白她一眼，她就不作声了。

静儿和丁港都是第一次到省城杭州。他们到了杭州，不是马上看西湖，而是去看我曾经就读过的"浙江一师"，现在叫作"杭州高级中学"。看完校舍后，他们又去找静儿的大伯许家立。许家立承包的电冰箱厂确实红红火火。静儿和丁港在他办公室站了不到半小时，看到不少客户前来订货，而许家立一副很牛的样子说："没有了，货已全部订完了。"

静儿心里想，许家立那么得意的神情，完全是翻身做主人的样子哪！难怪他不要回乡下来。他没结婚，但女朋友不断。那些时髦的年轻女郎很看得上他呢！

游过了西湖，静儿最喜欢的地方还是白堤。这条长长的堤上桃红柳绿，给了她无限的想象力。她与丁港坐在楼外楼临湖的窗口，望着湖面上的野鸭、小船、小汽艇，心情都特别好。静儿想，生活在这里，多么浪漫温馨啊！当年爷爷怎么就不留在人间天堂呢？

丁港与静儿回到荻港村不久，端午节便到了。人的一生，如果没有这些节日用来热闹，那该是多么的冷清和没意思。端午节是个传统节日，它与古代诗人屈原联系在一起。我非常喜欢屈原《离骚》中的"路漫漫其修远兮，吾将上下而求索"这句话。我常常反复咀嚼，每到一个年龄段都有不同的感受和醒悟。

端午节，农村已是一派朝气蓬勃的绿。村民们把这个节日看得很重，通常凌晨两三点钟就起床了。他们去干什么呢？在我们乡下，端午节并非划龙舟，而是赶早沐浴露水的滋润。

露水是多么清凉的东西，抹在脸上夏天就不会害皮肤病。所以我们在这一天起床后，不用洗脸，走出家门跟着那自然形成的浩浩荡荡的队伍朝河边走去。一路上，我们沐浴着露水，最先湿透的便是头发了。头发经露水这么一滋润，便从各个不同的头上飘出香气来。

男女老少尽情地沐浴了露水后，女人们在晨光熹微中，赶紧去采艾蒿和柳枝。然后带着一身露水和香气，满载着丰收的果实凯旋了。回到家里，她们把艾蒿插在门楣上，然后到河埠头淘米洗菜。男人则等着女人做出菜肴来，放开肚量喝酒。

章丹凤炒的蔬菜，全是我菜园种的。由于多加了点油，青菜看上去油光碧绿，既好看又好吃。当然如果不想吃米饭，端午粽就是最好最有意义的食品。每年端午节前夕，女人们就要为包粽子忙碌。我们家从前是章丹凤包粽子，后来轮到章珍妮，现在是出了嫁的闯儿回家来包粽子了。闯儿包的粽子有红豆粽、红枣粽、猪肉粽，每一个品种都又香又糯。

端午节一过，很快进入盛夏。今年的"双抢"不同往年，那些打工的村民参加"双抢"如同打游击一样。他们心顾两头，看上去十分疲惫。不过，他们有钱赚，对新生活有着无限的憧憬。有憧憬便不会厌世，不会对生活丧失信心。譬如六指儿，渔场刚办起来半年，他便急着向银行贷款买大卡车了。他认为只有自己跑货运才能省下一大笔运费。六指儿从前梦想买大卡车的愿望终于实现了。

静儿怀孕了，她的肚子一天天大起来，丁港母亲喜出望外。她每天烧香拜佛，盼望媳妇生个男孩儿。有一天，她的哑巴儿子把她的烛台踢翻了；她便觉得运气给哑巴撵跑了，气急败坏道："你怎么不长眼睛？你看看，你看看……"哑巴"啊啊"地说不出话来，趁母亲弯腰捡烛台时溜出了家门。

哑巴溜出家门，就到我的菜园来了。菜园的一根电线杆上，正停着五六只叽叽喳喳的麻雀。哑巴用弹弓打它们，它们一哄而散。哑巴见麻雀飞走了，发出"啊啊"的声音。此时，菜园前正经过一个陌生女孩，哑巴见四周无人，突然地拉下裤子。女孩害羞地蒙住眼睛，转身飞快地跑走了。

我坐在北窗前，望见哑巴那一下流行为，冲他做了个离开的手势，他也回了我个手势。我当然是看不懂他的手势，也不知道他在说什么。

但发现他已经在捉蚂蚱，也就随他去了。若是平时，我会走出去说他几句，但现在邮差刚刚给我送来一封国际航空信，那是平儿从美国寄来的。平儿都写了些啥新鲜事？我迫不及待地拆开它。

读完平儿的信，我的心便踏实了。这孙女把她在美国耶鲁大学读书的信息传给了我，还告诉我她交了男朋友。男朋友是台北人，本科和硕士都在中国台湾大学就读。他们准备明年结婚。明年春节，她将与新郎一起回家探亲。我把这信息告诉章丹凤和章珍妮，婆媳俩听得心里乐开了花。自平儿去美国后，章丹凤与章珍妮的婆媳关系渐渐好了起来。章珍妮又开始常常帮婆婆做家务，婆婆也不再说她害死小风林了。婆婆已从儿子去世的阴影中彻底走出来了。

海云见婆婆和章珍妮为平儿的来信眉开眼笑，心里有一种莫名的妒忌。她对小抗敌说："有啥稀奇的？不就是到美国读书？你阿爸和姆妈把她看成皇孙了？我们闯儿在办渔场，功劳却全归了六指儿？"小抗敌说："平儿读书好，确实值得自豪。你妒忌啥？"海云说："你就会护着他们！"夫妻俩你一句，我一句地争论着。每次夫妻争论，小抗敌在海云面前都会使出自己风趣幽默的本领，使海云乖乖地心服口服。我想这也是海云这个上海人当年不抽调回上海的原因之一吧！

我现在越来越喜欢坐在北窗前抽烟，或者看窗外的景色。其实，那景色是再熟悉不过了。我完全可以闭上眼睛，敛声屏气地聆听些什么。有时我会聆听到神灵的歌声，那是一种来自内心的歌声，它不是用耳朵听，而是用心灵。我听着听着就回到童年了。我觉得人一生最好的时光是童年。我的童年就是在这屋子里度过的。那时候有两位蚕花姑娘姐姐陪伴着我，有父亲给我和弟弟长海讲战争故事，有母亲咯咯的笑声，还有二叔许跃辉晃来晃去的身影。然而，虽然他们老早都已入土为安了，但我有一种他们依然就在隔壁邻居家串门儿的感觉。于是我望眼欲穿地望着窗外，渴望能再一次回到母亲的怀抱。

这一年过了盛夏，秋老虎大肆扬威，水边的青蛙叫得更欢了。太阳下山时，我的菜园还散发着阳光留下的余温。待到月亮升起时，月光像泉水一样倾泻下来，把菜园那些开花的和不开花的植物全都洒上一层银光。这时的菜园是最美丽的。与此交相辉映的，还有我挂在墙上的锄头和镰刀。它们被月光照得雪亮，仿佛能听见割草时利索的嚓嚓声。

由于秋老虎让人热得烦躁，谁也没注意台风预报。那天下午我们村遭遇了百年不遇的台风，开始风并不大，也没有刮台风的迹象。村民该在哪里就在哪里。但一会儿天空出现了一声炸雷，闪电刀劈一样从天而降"轰隆"一声巨响，豆大的雨滴，噼噼啪啪落下来。我正坐在北窗前，给青草和石榴讲故事。见到刮风下雨，赶紧将家里的窗全关上。但雨和风实在太大了，就像丢魂儿似的，四处飞舞。屋子里开始滴滴答答漏雨，我喊章丹凤帮我拿盆子接雨，但她没有回音。我想她也许在章珍妮屋里呢，这婆媳俩现在又是有说有商量的。

窗外的台风越刮越大，并且伴着闪电和雷声。青草和石榴，吓得躲到桌底下去了。我望着窗外，惶恐不安。天黑得像夜晚一样，持续了一个多小时，风雨才渐渐小下来。我打开门，一棵大树倒了，又一棵大树倒了。我赶紧去章珍妮屋里，她正在扫因漏雨而成为水坑的雨水。我说："你看见你姆妈了吗？"她说："姆妈没来过呀！"她这一说，我紧张得脸色苍白了。我说："刮台风时你姆妈没在你家里吗？"

章珍妮也露出了紧张的神色。我和她分头去找。这时雨后的天空出现了两条弯弯的彩虹，非常鲜艳夺目。我绕过菜园往前边走去时，彩虹顷刻不见了。天又变得灰蒙蒙，一种不祥的兆头笼罩着我。我终于找到了章丹凤，她倒在一棵被雷电击中的大树旁。树身被拦腰劈断了，断裂处有着被烧焦的痕迹。章丹凤脸上血肉模糊，但口张眼睁着，手上还握着晒衣绳和衣服。我想她是为了去收晾在树上的衣服才遇难的吧！

我哭了。

但我冷静地蹲下来，给章丹凤合口眼，可怎么也合不上。于是，我就一遍遍亲昵地喊着："丹凤，我的丹凤啊！"我像哄小孩儿一样，哄着她。她终于安心地合上了口眼。我双手抱着她回家，就像当年抱着她进洞房一样。台风过后的夜晚，格外明净。月光照亮了田野、树木和房屋，照亮着章丹凤，也照亮着我。

下部

春天

　　我从冬眠中醒来，窗外远处蜿蜒起伏的山峦已是一派翠绿身躯了。它妖娆的曲线，纵横的柳树枝丫漫溢着鲜润的绿色，是那么的绚丽和温柔。鸟群低飞下来，又盘旋着高飞入云。其中有只鸟儿独自飞向菜园，孤孤单单地停在树梢上。一会儿展开，一会儿合拢它的两只翅膀。我伸了个懒腰。我想我睡得太久了，该出去透透新鲜空气了。

　　午后的阳光晒暖了田地，一片耀眼的光亮照得植物更加葱笼。一辆装着满满饲料的大卡车，轰隆隆地开过。一群羊款款而行，它们白色的绒毛被太阳镀上了金色。一艘客轮，在曹溪河激起闪光的涟漪。我发现曹溪河变清澈了。

　　团团的云胖滚滚地翻腾过来，接着又飘走了。河面就像一幅画，点染着画面的是云朵、树木、船、野鸭、房屋和微风。我坐在外港埠走廊的河滩上，安安静静地看了片刻。当然，我没敢久坐，怕河滩阴森的凉气侵蚀了我这把老骨头。我回到家里，迪杰卡亲昵地嗅着我的双脚，它已经很久没听我讲故事了。看它那期盼的样子，我剩下的那一部分故事非得讲完不可了。

　　红色窗幔和白纱窗帘被风吹得扑打着窗棂，照进屋来的阳光把一口玻璃橱照成棕色，在一只绿瓶子的瓶面上映出一扇窗户的倒影。有那么一会儿，所有的东西都在摇曳起伏。我想问青草，是不是地震了，可是青草不在家，我便坐到窗前看风景。那里青草又栽了许多树，有松树、桂树和枇杷树。院子里百花盛开，花团锦簇。阳光照射在花瓣上，淡紫和金黄都是那么娇艳。

几缕橘红的晚霞在西边天上飘荡的时候，青草一手提着棒槌和竹篮内洗干净的衣服，一手握着一束红玫瑰。火红的玫瑰开得蓬勃而热烈。青草知道我喜欢红玫瑰，特意去崇文园给我采摘的。她说："太爷爷，这花能让你忘记年龄，返老还童呢！"青草要么不说话，要么一说话准能逗我乐，也能让我生气。我看着这束红玫瑰，就想起章玫瑰那女孩儿了。

青草去晾衣服的那一刻，我找出来一只乳白色葫芦形状的花瓶，那是我前妻婉玉的嫁妆。半个多世纪了，我用抹布擦了擦，它仍然呈现出一种诱人的光亮。然后我灌上一些水，插上红玫瑰，它就显得十分醒目而精神。我把它放到我的床头，夜晚从花朵中飞出来的精灵拥满了我荒凉的额头。我看到了那些女人们在另一个世界依然像蜘蛛那样忙碌地织网。我便乐呵呵地对婉玉、王二婆子、刁红梅、章丹凤、傻傻，还有我那小精灵似的徐莹说："你们别太辛苦了啊，快到崇文园去看造景喷泉、五彩水柱，看广告牌俯瞰田野的欲望，听玻璃钢女神掠过历史和传奇的声音。"

第二天我醒来，看见青草穿着翠绿的裙子正在梳妆台前打扮。她用我给她的那只银色蝴蝶形发夹将长发盘到了头顶。这只一九一八年的发夹，原本是我的大蚕花姑娘姐姐定亲的礼物，可是她没等到用上就去世了。后来婉玉、章丹凤、章珍妮都曾戴上它。我觉得戴在她们头上都有一种女人的丰饶和亮丽，唯独戴在青草头上却展现着古朴和雅致。我问青草："你要去重兆村吗？"青草笑而不答，我也就不再问了。我想只要她与重兆村那小伙子依然好着，那么我就不用愁这小矮人嫁不出去了。

青草一出门，便淅淅沥沥地下起雨来。我担心她没拿雨伞，用家里像猫一样卧着的电话，拨通了她的手机。她一听我唠叨，说："太爷爷，你闲得没事干，继续给迪杰卡讲故事吧！"这小矮人啊，把我的关心当驴肝肺。我生气地"咚"一下重重地搁下了电话。一会儿，我上茅房解手出来，闯儿开着桑塔纳小轿车"嘎"地在我身旁停下，吓得我魂飞魄散。我说："你要我的老命呀！"她打开车窗，探出头来道："爷爷，我载你到春晓渔庄去吧！"我呵呵地笑起来，拉开车门钻了进去。

春晓渔庄在村北，走过去半个小时，但汽车几分钟就到了。这里一栋栋雕梁画栋的木结构楼房，仿佛是从前某个朝代、某个官宦人家的深宅大院。那砖雕门楼、木雕窗栏，以及各种彩绘精致的图案，还有楼房外的池塘、树木、长廊等，都与阳光、风雨、月亮、星辰，天人合一地进入一种自给自足、中庸平和的意境。我知道这是闯儿他们投资几千万元盖起来的屋子，现在的年轻人真够有魄力啊！

闯儿停好车，将我扶了下来。她挽着我的手朝春晓渔庄走去。她说："爷爷你想钓鱼，还是想到茶楼喝茶？"我说："我什么也不要，就参观参观吧！"于是，闯儿挽着我一间间屋子参观起来。这是餐厅，那是会议室。会议室的长圆形桌上，每一个座位都有一架话筒，真是气派呀！除了餐厅、会议室，还有茶楼、宾馆和农家乐。茶室分成一小间一小间的，像小包厢一样，比起外港埠走廊的彩云楼茶馆，确实时髦多了。

宾馆呢，每个房间都盖得像城里的总统套间那么大。我拿起遥控器按两下，就把电视机打开了。闯儿见我手脚麻利，说："嘿嘿，爷爷你还真不落伍呢！"我得意地说："可不是！你爷爷我是什么人哪！"

我每走到一个屋门口，不是看见身穿旗袍的迎宾小姐，就是看见身穿工作服的女士。她们朝我微笑鞠躬，那场景跟电视剧里一模一样。我仿佛在梦里似的，走起路来都有点像腾云驾雾了。我说："闯儿，我要回去了。"闯儿说："你等一等，我忙完手头的工作送你回去。"我说："不用了，不用了。我自己走路，脚跟才踏实着呢！"

雨停了，天空飘着几缕云彩，空气格外清新。走出春晓渔庄，我就看见迪杰卡了。它欢快地朝我飞奔而来，它的敏锐让我惊讶。它怎么知道我在春晓渔庄呢？嘿，我老早就说过迪杰卡之于我不是一条狗，而是一个精灵。我与精灵悠悠荡荡地回到家里时，晚霞也落了。青草还没回来，她给我打一个电话说："太爷爷，我要吃了饭才回家，你自己吃晚饭吧！"我说："好吧好吧！"她说："你在干啥？"我一想起她上午气我的话，便道："你太爷爷闲得没事干，正给迪杰卡讲故事呢！"

我知道迪杰卡跑那么远来迎接我，就是为了让我陪伴它，给它讲故事。好吧，现在月亮和星星已经出来了。我为自己沏了茶，喝上几口沁人心脾的龙井后，我的思绪像奔腾的河流，时而翻卷浪花，时而汹涌澎湃。我从冬眠中彻底醒来了，并且重新续上了秋天的故事。迪杰卡兴奋地叫着、欢乐着，在我身边亲昵地兜着圈子。这一刻，我被我的忠实听众感动得潸然泪下。

第二十五章

一

蜡烛点起来的时候，就是祈祷亡灵走向天堂的时刻。那天我在章丹凤的灵柩前，面对苍茫的雾气和香火缭绕的祭品，默想着灵魂的归宿。我已经参加过很多次葬礼了，每一场葬礼都是死者的远行。他们出发时有的充满着阳光和澄净的空气，有的则是风霜雨雪大雾迷蒙的日子，而我的妻子章丹凤在秋天一个月白风清的日子举行葬礼，带给我无限缠绵的哀思和凄伤。

那凄伤，让我的情绪一落千丈。我的灵魂朝着天堂漫游。经过了一个冬季的漂泊，终于又回到了我自己的港湾。我发现一切又都是新奇的。村庄就像一只古色古香的坛子，尘封着许多逝去的春天的芳香。在芳香中我又听到了婴儿的啼哭，那是静儿刚出生的儿子小丁丁。

早春二月，天气依然寒冷。丁港母亲因为媳妇给她生下孙子，高兴得眉开眼笑。她不让静儿回娘家坐月子，她要看着小丁丁一天天长大。海云虽然看不起亲家母，但亲家母要服侍静儿坐月子，便觉得是理所当然的事。海云不喜欢带孩子。章丹凤去世后，她让闯儿把石榴带到她奶奶家去了。石榴她奶奶说："这上海女人真会享福啊！"她奶奶盼孙子，见闯儿忙着渔场根本不想再生小孩儿，便对闯儿失望极了。

其实生男生女都一样，我们家真正出人头地的就是平儿这女孩子呢！

平儿已经与那个台北同学在美国结婚了。说好春节与新郎一起回家过年，但终因忙碌而未能成行。这让我想起章丹凤从前的谶语：也许等平儿回来我也不在人世了呢！失去了老伴儿章丹凤，我的确感到孤单无依。尤其在雨后宁静的月夜，我便是月光下的精神苦役者，寂寞、失落、凄凉。当饮酒大醉之后，我心底感到苍茫又逍遥无边。从前我还没起床，章丹凤就给我做好了早餐。如今我不要儿媳们做，也不要与她们搭伙，我有一顿没一顿地自己打发，有时去小酒馆，有时去小面馆，有时自己让炊烟袅袅升起。

那天我到内港埭走廊一家新开的小面馆吃牛肉面。老板娘是傻傻的大女儿惠娟。惠娟已到了不惑之年，我有些年没见到她了，原来她去镇里开小面馆，现在又把面馆开回村里来了。女人真是每个年龄段都有变化。惠娟再不是从前具有风韵的少妇模样儿了，她胖得像一只油漆桶，脸和鼻子上长满了黄褐斑，头发烫得像鸡窝一样，活脱脱一个中年村妇形象。

从前那种高高在上的孤傲感也消失殆尽了。她见到我坐在桌旁抽烟等面条，说："许伯，好久不见，你还依然健朗啊！"我笑着说："托你的福。"她说："许婶去世了，你一个人孤单，要常出来走走，不要像我姆妈那样，窝在家里不出门。"我说："你姆妈都好吧？"她说："在家管强强呢！"惠娟一边说，一边给我端过面来，又道："许伯，你慢慢吃，以后常来，我先忙去了。"

惠娟的小面馆生意不错，我的身旁一下又来了五六个人，等待着那热乎乎油汪汪的牛肉面。我将烟蒂熄灭后，他们的面也一碗碗端上来了。桌上立刻响起一阵哗啦啦抓筷子的声音，接下来大家闷头吃面。每一个人都吃得红光满面，吃得汗珠像秋雨后的蘑菇一样，水灵灵地冒出来。

吃毕，大家满意地打着饱嗝，擦着嘴上的油腻，走出小面馆各奔东西。我的午餐就这么解决了。回家睡个午觉后，我准时到外港埭走廊书场说书去了。我已经说了十多年的大书，比从前的说书先生吴雪雷时间还长。但奇怪的是没有人当面叫我说书先生，人们有的叫我许先生、有的叫我老许，年轻人则叫我许伯，或者许爷爷。

别人叫我什么无所谓，但我知道自从小抗敌解散了宣传队，我这说大书就是村里唯一的文娱活动了。由于我不局限于一个题材，每周二、周五下午，听众总是欢喜而来，满意而归。那些上了年纪的老头子，不少都是从别村赶来过听书瘾的。他们喜欢我穿着长袍，中气十足地说书。尤其喜欢听我讲那部关于丝绸之路的《桑蚕传》。

那天我将一块大理石醒木，"嘭"地在桌上一敲，然后喝一口茶道："丝绸最早由中国人发明。因为大量丝绸西运，使中国通往中亚、西亚，以及地中海沿岸各国的道路，被人们称为'丝绸之路'。丝绸之路是一条具有历史意义的国际通道，通过这条古道，把古老的中国文化、印度文化、波斯文化、阿拉伯文化、古希腊文化和古罗马文化联系了起来，并且促进了东西方文明的交流。然而自从中国丝绸传到西方后，如何从东方获得织造丝绸技术，就成为许多西方商人朝思暮想的事情。对于中国来说，如何控制丝绸织造技术不流传西方，亦是值得琢磨的问题。当然，在一次次的东西方交流中，丝绸织造技术最后还是逐步传到了西方。这背后是怎样的艰难过程呢？且听下回分解。"

每次说完大书，总有不少听众围着我问长问短。我喜欢这种氛围，喜欢与听众交流。《桑蚕传》很受村民们欢迎。他们听着听着，就把自己融入《桑蚕传》里去了。尤其那些没读过书的妇女，年年进蚕月，却不知道丝绸之路。她们听了我的大书，惊讶她们养的蚕宝宝吐丝结茧后，竟会去到如此广阔的天地。

我从小面馆走到内港埠走廊尽头的一家小百货店，给我的重孙子小丁丁买了两只会"嚓嘟嘟"响的镀银手镯。两个月大的小丁丁，胖嘟嘟的，一双大眼睛长得像丁港。我一边低头翻看着镀银手镯，一边跨出小百货店。没想到在门槛上，我与一个老年女人撞了个满怀，我拿着的手镯滚了出去，而她一个趔趄，摇晃起身子。我连连说："对不起，对不起。"她却说："你不长眼睛啊！"

这是多么熟悉的声音。当我捡起手镯，再朝她看时，她正呆呆地望着我。我脱口而出："傻傻，是你？"傻傻说："我们怎么就冤家路窄呢？我还以为今生今世不再见面了呢！"我呵呵笑起来道："这就是缘分嘛！"她说："缘你个大头鬼啊！"我说："在一个村子，见不到面才怪呢！你这些年躲在家里，倒是不显老。"傻傻说："怎么会不老？头发全白了。"我说："头发白有什么关系？只要心态年轻。"

我没想到会与傻傻意外相遇。多年不见，我们竟不再像先前那样充满仇恨和敌意了。仿佛一切隔阂都随时间消逝了。那天傻傻与我聊起桑果儿和强强。我们一边聊一边走，一直走到秀水桥边才告别。告别后，我站在桥上望着她远去的背影，想起了《三国演义》的卷首词。

滚滚长江东逝水，
浪花淘尽英雄。
是非成败转头空。
青山依旧在，
几度夕阳红。

白发渔樵江渚上，

惯看秋月春风。

一壶浊酒喜相逢。

古今多少事，

都付笑谈中。

这首词真好，我默默地重复背诵着："滚滚长江东逝水，浪花淘尽英雄。"想当年我与傻傻闹革命，我们出生入死也算英雄吧！如今我们都被浪花淘尽了。历史就是这样，迈着它既沉重又轻松的步伐前进。

近几年，海峡两岸恢复了隔断四十年的联系，不少台湾同胞回家乡探亲，有的台湾同胞还看准时机，率先来大陆投资经商。我们村的章子男和章子荣兄弟俩，也从台湾回家乡来探亲了。他们的父母都已去世，但祖屋还在，妹妹章子云孤身一人，几十年如一日守在那里。

章子云年轻时是一个羞羞答答的美人。大家都说她有皇后娘娘的面相，而她也认为自己是富贵命。命里的男人不是做大官，就是腰缠万贯的富翁。那样的富贵相貌，她自然要等着她的白马王子带她出人头地。所以她心高气傲，村里的男人不在她的视线内。男人对美丽的她，可望而不可即。但过了而立之年，她等待的白马王子依然没有出现，便对自己的前程心灰意冷了。

二

四十年后，我与章子男兄弟俩再见面时，他们当年在杨树坞福山寺叛逃的情景依然历历在目。尤其章子男在陆军监狱对我的审讯与拷打，老虎凳、辣椒水等一系列毒刑，导致我一辈子在梅雨季节忍受陈年旧伤复发带来的隐痛。还有他把当年九岁的小抗敌抓进监狱，让一个儿童承受囚犯一样的身心摧残，那一幕幕都铭刻在我心里。我不知道面对他们时是否能心平气和，尽管新中国成立前夕，我和小抗敌越狱出逃，章子男没有开枪阻拦，但是那个疑团一直藏在我心里，我不知道此次见面能否解疑？

章子男兄弟俩回故乡探亲，党支部书记桑果儿就像接到了重大的政治任务。他召开村干部会议，要求民兵干部妥善安排好探亲台胞章子男和章子荣的生活，并保护他们的安全。小抗敌知道这对叛徒回故乡探亲来了，仇恨的火焰顿时燃烧起来。他对我说："日他祖宗，若是他们一九四九年不去台湾，老早就被人民政府枪毙了，现在回来倒成了贵宾。真他妈的让我气愤。"

其实气愤也没有用，毕竟四十年过去了，一切都在变化。我对小抗敌说："现在他们是台湾同胞，从前的事不要再提，更不能出乱子，这牵扯到海峡两岸关系。"小抗敌"唉"地叹了一口气，说："这我心里有数，我会按政策办事。"

那天，我、高大年、傻傻和桑果儿、严发财、小抗敌、徐水娟等村干部，一起在外港埭走廊上的明苑酒楼与章子男和章子荣兄弟俩，还有他们在村里唯一的亲人章子云见面，共进晚餐。我们团团地围了一桌，章子男见了我和小抗敌怯怯的，一副尴尬的样子。我却很随和地与他们聊起从前的读书会和《苕流文艺》刊物，聊起《苕流文艺》就免不了聊起抗战。我仿佛把大家的思绪带到了抗战时期。

傻傻的眼圈红了，她不会忘记日本鬼子对她和她母亲的凌辱，更不会忘记日本鬼子杀害她的父亲和乡亲们。她和我们说："虽然抗日战争已经过去了几十年，但血债要用血来还。我们不能忘记血的教训，我们要讨回公道和赔偿。"我喜欢傻傻，就是因为她有觉悟。这一点，也正是她与其他女人不同的地方。

我们的话题很快从抗战转到台湾的生活和物价。我们只谈生活不谈政治。除了章子男和章子荣，我们谁也没去过台湾，台湾之于我们像迷雾一样。我们听章子男和章子荣兄弟俩给我们讲台湾风光、民俗、饮食和物价等。章子男和章子荣兄弟俩都已退休。章子男从部队转业后在出版社工作，章子荣则进了大学做教授。他们都成了知识分子。虽然他们已白发苍苍，但外表儒雅，衣服整洁，看上去很气派有修养。

他们说："离开故乡四十年，回来仍然没有什么大变化。"高大年说："再过十年就会有变化了。我们的改革开放才十年，起码到三十年才会有比较大的成效。"章子男说："台湾经济改革是二十世纪六十年代开始的，而我们的生活到现在才好起来。台湾经济萧条的那些年，老百姓的日子也过得非常贫穷。"

我们边吃边聊，章子云坐在她大哥身边只微笑不说话。傻傻和水娟，村里的两代妇女主任则叽叽喳喳说个没完。桑果儿和严发财则不断提问，听说台湾人大多开摩托车和私家车上班，便有一种莫名的向往。章子男和章子荣兄弟俩手指上都戴着钻戒，腰包里藏着美元，让大家羡慕不已。

晚餐结束后，大家散去了，我才晃晃悠悠地从明苑酒楼的厕所解手出来。我虽然老了，但我一点不怕走夜路。因为有十五的月亮干干净净、鲜鲜活活地悬在空中，路边两侧树下的灯盏看起来便黯然失色了。

"长根，我送你回家去。"傻傻的声音从树丛后面飘来。我转过身，她已经走到我跟前了。我说："嘿嘿，你等我？"傻傻说："你看，对你好一点尾巴马上翘起来了。"我说："是啊，我们多年不见面，一见起面来就这么接二连三，还真够有缘分的。"傻傻说："啥缘分？我们至今都没拜过堂。只有孽缘吧！"

我们默默地走着。走到一片桑树林前，我突然想起三十五年前，傻傻就是在这里怀上桑果儿的。那时候我们年轻又有欲望。我们一边走一边聊，傻傻说："老了，不中用了。"我说："你在我心里永远年轻。"傻傻撇撇嘴说："你这是假话。"

我很快到家了，看见桑果儿已等在我屋门口，来接他母亲回家了。

我突然发现比小抗敌年轻十六岁的桑果儿，有着一股年轻人蓬勃的气息。他身强力壮，黑黝黝的肤色上闪烁着一种油亮的光泽。与韩素丽离婚后，他又有了一个女朋友，就是明苑酒楼老板柳明的小女儿柳枝儿。

柳枝儿二十三岁，身材长得细高挑儿，初中毕业就在家养蚕了。她喜欢穿旗袍，一年四季旗袍不离身。去年她进红峰绸厂做了挡车女工，与庞寡妇一组。桑果儿有一回在秀水桥遇到她，便用当年在北大荒追求韩素丽的方法。他打听柳枝儿的上下班时间，在秀水桥头吹笛。那首《我爱你塞北的雪》带给柳枝儿空旷的感觉。

江南的冬天，雪越来越少，有时候整整一个冬天无雪。冬天的日子，桑果儿吹《我爱你塞北的雪》，更加让柳枝儿喜欢了。柳枝儿想象那"北国风光，千里冰封，万里雪飘"的景象，是多么浪漫和富有诗意。柳枝儿喜欢桑果儿的笛声，渐渐地也喜欢上了桑果儿。他们开始有了第一次约会，有了柳枝儿穿着旗袍与桑果儿走过秀水桥、漫步在内港埭走廊的场景。那"枯藤老树昏鸦，小桥流水人家"的景致，是孕育既现代又古朴，既充满灵气又婀娜多姿的江南女孩的好地方。

那天桑果儿把傻傻接回家后，傻傻第二天带着强强又来我家里了。她让强强叫我爷爷，搞得我一下子很尴尬。我知道强强喜欢与青草玩。青草比强强大几天，但个头却比强强矮许多。两个六岁的小孩子聚在一起，一会儿就到菜园捉蜻蜓和蚂蚱去了。这时客堂里只剩下我和傻傻。我正不知所措时，傻傻关切地说："丹凤不在了，我替你做饭吧，你别饥一顿饱一顿的。"

傻傻说完，就让炊烟袅袅升起了。她为我蒸了热腾腾的馒头，做了油汆花生米和几碟菜。我看见她额头冒着汗，脸颊被火光照得红彤彤。我留她和强强一起吃，她像主人似的毫不客气。我喝了一小盅酒，吃了一大碗饭加一个馒头。吃饱喝足后，厨房里传出傻傻洗碗的叮当声。这时我拎着猪食桶去喂猪，然后抓一把米圈鸡，把那些小鸡装进纸箱，并在纸箱口蒙上纱布，端到客堂让它们过夜。

这些事从前都是章丹凤做的，她不在了，就由我来做。做完这些事，我叼着香烟到田野看风景去了。黄昏的风景，最是美丽。天边飞着晚霞，有大红和粉红，还有金黄呢！大红像炉膛里的火，粉红像青草脸上的胭脂，金黄像我菜园的向日葵。我正默默地比喻着，傻傻洗完碗也来看晚霞。她站到我身边，我突然又想起了那句词："青山依旧在，几度夕阳红。"

三

章子男兄弟俩在村子里热闹了几天后，去上海了。他们一走，从前寂寞的章子云成了村里的名人。尽管她依然坐在西窗下看风景，那眼神却与先前不同了。有人说，她那两个台湾哥哥给了她不少美元和黄金，她这辈子是用不完了。这传言在村里流传很广，大家这才不得不认同她的富贵相貌给她带来的好运。

村里唯一每天来西窗下看章子云的，就是哑巴丁江了。比章子云小十五岁的哑巴丁江，喜欢看章子云白白嫩嫩的皮肤，鹅蛋形脸上点点的雀斑，还有走起路来杨柳般的细腰和丰满的乳房。丁江有时会对着西窗"啊啊"地叫几声，但很多时候，他是不吭声的。尤其在夏天，他悄无声息地来，蹑手蹑脚地去。因为他要趴在西窗边，从窗帘缝里看章子云洗澡。在他眼里，章子云洗澡如同贵妃沐浴一般。她坐在一只红漆木盆里，木盆里有大半盆水，有时热水放多了，腾腾的雾气缭绕着她。

每当哑巴丁江看到章子云用一条白毛巾擦洗白皙的身子时，心就会"怦怦"地跳起来。哑巴丁江想入非非，就像癞蛤蟆想吃天鹅肉一样。他趴在西窗边，久久不愿离开。那天他趴得太久了，双脚发软，跌入一条臭水沟。额头和手腕都跌出了血，所幸他没有被章子云发现，不过他的额头上从此留下了一道疤痕。

我到隔壁去看三个多月大的小丁丁，并给小丁丁戴上会"嚓啷啷"响的银手镯。这时丁港母亲正蹲在灶间捅着火，米汤顺着锅沿淌下来，慌乱中她去掀那锅盖，然后用勺把米汤盛出来，加上白糖，黏稠稠的，浮溜浮溜的一碗。她说静儿工作忙不回家喂奶，这是给小丁丁喝的米汤。我应着丁港母亲，抱起我的重孙子逗他玩儿，不久我就回家了。

正是二十世纪八十年代末一个初夏的日子，晚上看电视时蚊子嗡嗡叫着飞来飞去，叮人可凶了。青草的小胳膊、小脸蛋被叮得像赤豆粽子一样。但她如我一般，耳朵听着电视里发出的"砰砰"枪声，眼睛盯着爆炸火光，并用小手指着屏幕说："太爷爷，火、火。"

六指儿和兰兰，整天忙着许高墩渔场。六指儿已经学会开车，他驾着大卡车飞驰在公路上，看上去是那么自信。有一天他对我说："爷爷，架子车先还你。大卡车呢，你不会开，也没用。这样吧，以后等我赚更多的钱，给你盖一栋别墅吧！"

我呵呵笑起来道："等你盖别墅，我早入泥土了。"六指儿说："爷爷，你上次笑我买不起大卡车。看，我这不就买回来了？现在你又笑我盖不起别墅，太小看我了。"六指儿一边说，一边就把架子车推到我眼前。其实，章丹凤死后，架子车对我来说已经没啥用处了，我还能载谁去看风景呢？

我把架子车停在门口，青草爬到了车箱里。她说："太爷爷，开，开呀！"我正愁没人载，生意就来了。我载着青草穿过田野，到镇上去转了一圈。路过一家牲畜交易市场时，那牲畜粪便的臭气，把我们熏得喘不过气来。镇上的大街小巷已不像先前那么干净了。街头小贩在尘土飞扬中大声叫卖，车马辘辘行驶。我们过了十字街头，一直向北，那里有个城隍庙，我便载着青草到城隍庙去。城隍庙比我们村的演教禅寺大得多。我们村里的演教禅寺，现在已没有了和尚和尼姑。

我和青草到了城隍庙，在我们停放架子车的土墙边，发现一个人蜷缩在地上。他三十多岁，中等身材，瘦瘦的，皮肤很黑，说话有点结巴。他的左胳膊和右腿被人刺了两刀，鲜血染红了青石板路。我口袋里正好有一瓶紫药水，就蹲下来给他的伤口抹药。他歪嘴斜眼地呻吟着，很疼的样子。等我全部涂完他的伤口，他基本恢复了常态。

　　我问："你遭抢劫了吗？"

　　他说："是啊，我拼命叫喊，可没人听见。歹徒抢了我的钱袋，骑着马跑了。"

　　他说到被抢了钱袋，竟像女人一般痛哭起来。接着他又说："那是我好不容易攒足的一笔钱，是用来娶媳妇的。母亲让我进镇置办东西，可东西没买成，钱已经被抢走了，还挨了两刀子。"说着，他越哭越凄凉了。

　　我有点同情他，可见他这么软弱，打算带着青草离开。我推出我的架子车时，他央求道："这位大爷看上去慈眉善目，是个好人啊！你能不能用你的车送我回家，我住射中村。"

　　我看看天色已晚，便说："要是你刚才不哭，我就送你回家了。可是你哭了，你哭证明你是一个软弱的男人。我不喜欢软弱的男人。"他说："你送我回去，你会长命百岁的。"尽管他说着好听的话，可我还是不想为一个窝囊废效力。六岁的青草说："太爷爷，他流血了，你为什么不载上他呀？"我说："小孩子，别多说话。"青草一脸茫然地望着我，不吭声了。

　　我载着青草回到村子，已近黄昏。一栋一栋房屋的烟囱上，飘出了炊烟。晚上的炊烟，总是比早上和中午的更浓。我远远望着，发现我屋顶的烟囱上，也冒着炊烟。我诧异地想，莫非海云和章珍妮的灶头坏了，用我的炉灶？

　　到了家门口，青草就往她奶奶那儿跑。石榴不在家，青草就少了一个伴儿。我放好架子车，进屋闻到了灶房的粥香和鱼香味。强强一溜烟儿地从灶房跑出来说："爷爷，你回来啦！"我说："咦，你怎么又来了呢？"他说："我与奶奶一起来的。"我心里想，傻傻难道盯上我不放了？难道她真想与我拜堂不成？我进灶房对她打趣地说："嘿嘿，你做我的夫人啦，给我做这么好的饭菜。"

我把傻傻做的菜一碗碗端到客堂的餐桌时，桑果儿来了。仿佛他们母子说好，一起到我这来吃饭的。我们像一家子人那样，坐在客堂的餐桌上就餐。我与桑果儿喝黄酒，傻傻和强强喝米酒，那种团圆的感觉溢满我们的心头。傻傻不时地露出微笑，一种幸福感在她心里油然而生。

我们祖孙四人边吃边聊，桑果儿说起村里的琐事，像念书一样朗朗上口，听起来很有趣。但说到让我与傻傻结婚时，却非常严肃，并且带着一种命令的口气。他说："阿爸。"我第一次听他叫我"阿爸"，虽然感觉突兀，心里却是乐滋滋的。

接着他说："阿爸，你与姆妈那么多年，现在你们原有的老伴儿都去世了，你们的余年也不多了，何不在一起生活，互相有个照顾呢？再说这么多年来，你一直亏欠着我姆妈。你和她正式结婚，给她一个名分，也就是给我一个不是野种的名分。这是你现在能对我姆妈做的补偿，对吧？我也渴望回到许家来，还有强强，我们都渴望能认祖归宗。"

桑果儿的话虽不错，但我真的没这么想过。也许我太自私了。我不知道一个八十出头的老男人，再举行婚礼是否会生活得幸福。我对桑果儿说："让我想想吧！"桑果儿说："好，三天后我再来，你一定要给我答复。"

那天晚上傻傻、桑果儿和强强回去后，我把小抗敌、海云、章珍妮从他们各自的屋里喊出来。大家坐在客堂的楠木椅上，商讨我是否把傻傻娶进门的事。小抗敌第一个反对，接着海云也反对，只有章珍妮认为把傻傻娶回来是理所当然的事。不过章珍妮又说："感情的事勉强不来，要看阿爸是否真的喜欢与傻傻阿姨生活在一起。"章珍妮的话，很通情达理。但海云朝她白了一眼。

我安排的这次商讨，其目的是想听听小抗敌、海云、章珍妮的意见。当然，归根结底还是我自己拿主意。虽然我八十多岁了，傻傻也七十多岁了，再举办婚礼一定会让村民们笑掉大牙，但如果我不娶傻傻，不举办婚礼，不仅傻傻恨我，桑果儿恨我，日后强强长大了也会恨我。那两天我真是矛盾极了。我想来想去，桑果儿的建议也许并不坏，毕竟我与傻傻的恩怨情仇已经半个多世纪了。我们若能真正走到一起，也算是有始有终。

第二十六章

一

　　桑果儿把我与傻傻即将举办婚礼的消息传出去后，我与傻傻的事不仅成了整个村庄的新闻，亦成了整个乡镇的新闻。前来道喜和祝贺的乡亲们络绎不绝。不少新闻媒体得知消息，也纷纷扛着他们的摄像机采访来了。如此热闹，让我和傻傻受宠若惊。我看到媒体报道上赫然醒目的标题"八旬老人与他六十多年前的旧情人喜结良缘"，这不成娱乐新闻了？我没想到我与傻傻成亲，还能娱乐大众。

　　当然老年人结婚，不会像年轻人那样讲排场。我与傻傻不过就是到民政局登记，然后把亲戚朋友聚在一起吃顿饭，给乡亲们分一些喜糖而已。我们根本不需要像年轻人那样穿婚纱礼服，拍录像什么的。我们仍旧穿着我们的农民服装。我穿白褂子和藏青裤子，傻傻穿碎花大襟衣衫和藏青裤子。我们脚上都穿着傻傻新做的黑色布鞋，其式样我是圆口的，她是方口的。

　　国庆节，天气依然炎热。桑果儿把我们的婚礼现场安排在外港埭走廊上的明苑酒楼，也就是他未来岳父的酒店里。那天除了家人和亲戚，高大年和红菱夫妇、高阿兴和徐水娟夫妇、李小龙和豆芝夫妇、严发财和汤圆儿夫妇等都参加了。还有我的侄子许家立，也带着他的省城女友赶回来参加了。让我意外的是，还有各路媒体的新闻记者。他们扛着摄像机，就像扛着大炮那样对着我们晃来晃去。本来低调的婚礼，没想到办得比年轻人的婚礼还隆重热闹。

我与傻傻的洞房就是我与章丹凤住的那一间。我们的家具，全是桑果儿进城全套买来的。除了床、大衣橱，还有两张单人沙发和茶几。傻傻还把她原来的缝纫机也搬来了。惠娟和惠玲给我们的窗子装上了漂亮的窗帘。强强与我们住一起，青草就有了小伙伴儿。我们的新生活开始啦！东边的邻居豆芝打趣我："返老还童新气象，明年再生个娃娃让人瞧啊！"我笑起来道："哪里还能生得出娃娃来呢！"

其实，我与傻傻虽然结婚，但我们并不睡一张床。我仍旧一个人睡在单人床上，傻傻带着强强睡在大床上。我们在一起，虽然没有身体的触碰，但居家过日子还是互相都有了照应。秋霜降临时，我们的屋顶被涂上了一层银光。菜园荒芜了，蝴蝶和蜻蜓全不见了踪影。傻傻开始忙着腌大白菜、酱猪肉。屋檐下悬挂的东西五花八门：一串白色的地瓜干垂下来了，一串鲜红的辣椒垂下来了，一串紫色的豆荚垂下来了。它们在风中摇曳着，紫白红黄，分外妖娆。

傻傻虽说七十出头，但她身子骨依然健朗，做家务特别勤快。每天都把家里擦得窗明几净，还帮我到菜园锄草。她与隔壁的丁港母亲很说得来，与豆芝便说不到一起。海云基本不理睬傻傻。小抗敌偶尔会叫一声"傻傻阿姨"。章珍妮就是傻傻的心腹了，她俩聚在一起，仿佛总有说不完的知心话。

桑果儿自从母亲嫁到我家后，便名正言顺地带着女友柳枝儿常来家里吃饭。小抗敌心里并不认同这个弟弟，在村委办他宁愿与从前的党支部书记吴星星或者村委主任严发财合作，也不想与桑果儿合作。

现在桑果儿成了村里的一把手，许多小抗敌认为不合理的事，也都由桑果儿签字办理了。这让小抗敌和严发财心里都不舒服，但小抗敌不是小风林，他凡事会忍让，而且有本领将大事化小，小事化无，使村民们生活在一个相对和谐的环境里。所以村民们家里有事，或者闹纠纷，不找桑果儿，也不找严发财，总是喜欢找小抗敌为他们排忧解难。

小抗敌在村里的人缘不错，他不仅能吹拉弹唱，还自学兽医知识，村里的牛、羊、狗、猪生病了，经他一医治就好了。不少人叫他"许医生"，有时半夜三更也有人来敲门，让他去给牲畜看病。一个刮着凄厉秋风的傍晚，他听见迪杰卡在院子里"汪汪"地叫着，便跑出去开门了。一打开门，飞扬的沙粒迷蒙着他的双眼。他揉了揉眼睛，才看清站在他跟前的是庞子遗。庞子遗已长成十二岁的少年了。他结结巴巴地对小抗敌说："许伯伯，我……我妈……妈病了，你……你去看看。"

庞子遗这孩子以为小抗敌是医生。小抗敌并不推托，不顾风大，在家里找了一些感冒药，拿着温度计跟着庞子遗去了。小抗敌跨进庞寡妇的家门，庞寡妇"哎哟哎哟"地呻吟着。他给庞寡妇测了体温，三十九度八。但由于刮着大风，去镇上医院不方便，小抗敌给庞寡妇吃了退烧药。他想，如果是感冒发热，吃一片就会退烧。如果不退烧，明天再送庞寡妇去医院检查。他关照庞子遗要给姆妈多喝水，用湿毛巾放在姆妈的额头上降温。

小抗敌回来，傻傻正拿着鸡毛掸子撵得强强满屋跑。傻傻发现强强偷了闯儿搁在客堂桌上的一瓶香水，并且把屋里的角角落落都喷了一遍。傻傻气急败坏地说："小小年纪就知道偷，看我不斩断了你的手！"傻傻用鸡毛掸子在桌上"啪啪"地敲了两下，吓唬强强。强强见小抗敌来了，一头扑进他怀里喊："伯伯救我。"

小抗敌不喜欢桑果儿，却喜欢强强。他对强强说："奶奶说得对，要听奶奶的话。向奶奶道歉，奶奶就不打你了。"可强强倔强地说："不，我不。"看着他们祖孙追来打去，听着小抗敌教育强强的话，我就想起我小时候偷二叔许跃辉的钱挨父亲打的情景了。那时候母亲梅梅为了我少挨儿下打，让我向父亲道歉。可我硬是不肯认错道歉。

这强强的倔脾气，倒是很像我。

第二天一早，小抗敌并没有忘记到庞寡妇家探病。当他发现庞寡妇的热度还有三十九度时，要送庞寡妇去镇上医院。但庞寡妇死活不肯去，她认为再吃几片退烧药病就彻底好了。小抗敌拗不过庞寡妇，临走时把一盒退烧药全留给了她。庞寡妇知道一盒退烧药，起码要十多元钱。庞寡妇等小抗敌走后，支撑着上班去了。

这些日子，我与我的第三任妻子傻傻生活在一起，心里非常踏实。天冷了，傻傻早就把我的新棉裤做好了。她的针脚比麦粒还要细密匀称。我们虽然没有了肌肤之亲，但我们常常被这温馨的生活所打动。有时我们一起回忆往事，总会为那不可避免的人间悲剧而痛心疾首。一九三七年，虽然已如旧照片和枯叶一样成为历史，但傻傻永远不会忘记那个耻辱的日子。获港村沦陷了，不少手无缚鸡之力的老百姓顷刻间魂魄归西。傻傻的父亲、我的师父独眼龙被日本鬼子砍死了。鲜红的获河水呜咽不已。

我对人的怀疑，是从一九三七年开始的。而我对人缺乏信任感，却是从"文革"开始的。我看到了暴力、罪恶和毁灭。我憎恨战争，但我又崇拜那些因战争而成就自己的将军。

元旦过后，春节就临近了。许高墩渔场的生意不错。六指儿和兰兰、高渔儿和闯儿，还有静儿和宝儿都各司其职。渔场培育出了第一批"四大家鱼"鱼苗，宝儿忙着渔场的事，二十八岁了还没找对象，这让他母亲海云很着急。

海云就这么一个宝贝儿子。女儿一个个嫁出去，媳妇却迟迟没娶回来。海云难免要唠叨宝儿，让他别太挑剔。她说晚上灯关了，还不都一样。然而宝儿有自己的打算，他并不想一辈子务农和打工。他想有自己的企业，很多事必须努力探索。至于女人嘛，他认为有了钱和事业不会找不到的。

西北风一阵紧似一阵，三九严寒的日子里，田野一片荒芜。年轻的农民大多办企业赚钱，田地反而成为他们的副业了。现在大家都讲效益，种水稻的农民已经越来越少。我们家的小抗敌、六指儿、宝儿、桑果儿都不种水稻，所以他们夏天也不用"双抢"了。我坚持种水稻，即使有一天全村的农民都不种水稻了，只要我活着，我也会一直种下去。

这年除夕，是伴着雪花一起来临的。田野、院落、古桥一片白茫茫。好些年没下雪了，大家见到雪都很高兴。真是瑞雪兆丰年，期待着来年有个好收成。我的菜园里覆盖着一层茸茸的雪，白得非常耀眼。除夕之夜，我们全家老少围在客堂的八仙桌上吃团圆饭。从前是章丹凤掌勺，现在是傻傻掌勺，章珍妮协助了。海云做菜不行，在自己的小家，也是由小抗敌掌勺，只管吃现成的。章丹凤活着时，常说小抗敌太宠老婆了。

大年初一凌晨，天还没亮，屋里便被窗外的白雪映照得莹亮莹亮。傻傻睡不着，一早起来用红纸包上压岁钱。她口里念念有词：这是青草的，那是强强的，这是石榴的，那是小丁丁的。然后自言自语地说："哇，如今已是二十世纪九十年代了，日子过得真快呀！"

二

过了春节，傻傻整天乐呵呵的，与我结婚后，一天天胖起来，眼睛都快成一条缝了。那天下午，她在家里干完家务后，看窗外院子里飞来一群麻雀。它们叽叽喳喳的叫声，仿佛要把人心捣碎似的。这时有人在门口喊："傻傻奶奶，傻傻奶奶。"那喊声非常急，傻傻的心"怦怦"地跳起来，问道："谁，谁喊我？"

"我爷爷去世了。"丁一松的孙女说。

"去世了？一会儿我就来。"

村里人都知道丁一松中风不省人事，已经很久了。他去世对家人是一种解脱。他的两个儿子，把丧事办得像喜事一样热闹。只要村里有丧事，外乡女胡二嫂的豆腐生意就比平时好出十倍。赚死人的钱，对她来说并不悲哀。她有时想，没有死，只有生，这世界就不太平了。生生死死，才是自然法则。

胡二嫂和胡国庆生的儿子胡军军，与庞子遗是同班同学。胡二嫂很妒忌庞子遗成绩比胡军军优秀。胡国庆前妻留下的儿子胡卫民，已是一个二十岁的小伙子。前些日子，胡二嫂让我给小抗敌说情，介绍胡卫民到东风砖瓦厂打工。那年正好严发财的小儿子严土根没考上高中，也想进东风砖瓦厂。小抗敌便让严发财一起给厂长说情，严土根和胡卫民就这样被录用了。但严土根仗着老子的官威，时常捉弄憨厚的胡卫民。

埋葬了丁一松，我从前的部下只剩傻傻和高大年了。那天我们三人，在丁一松的墓地闲聊，我恍恍惚惚，知道离自己入土的日子不远了。我对生命感慨着。我想，我这一生做了些什么呢？虽然我的革命理想是我一生的追求，可我追求到了什么？当然我也知道，我在追求一种精神。它不是章荣初的实业，亦不是闯儿、六指儿他们的实业。但它支撑着我的平凡岁月，伴随我走过一生的坎坷之路。而闯儿、六指儿的事业，乡亲们的安居乐业，不正是我所追求的吗？

高大年平时话不多，这会儿很感慨地说："日子快如闪电，每个时代都有它自身的发展规律。你看我们乡镇现在有了楼房和水泥马路，但世风每况愈下。社会在飞速发展的时候，也出现了杀人、放火、偷盗、强奸等事件，这就是事情的两面性吧。人们物质生活提高了，精神文明建设也应重视，法制建设不能放松。我们老了，只能冷眼看世界啰。"傻傻说："重在参与嘛，别冷眼旁观，要积极投入。"

这天我们三个老人，从丁一松的墓地直接去了镇上。镇上某个十字路口的左边，是从前傻傻与章丹凤宣传抗战的地方，如今已盖起了一座剧院。剧院门口贴着马戏团的大幅广告，但票已售完。傻傻正感到遗憾时，票贩子以两倍的价格圆了傻傻的看戏梦。其实，我知道傻傻并不一定真想看马戏，而是想让我们三人一起看场戏。因为我与高大年倒是真喜欢看马戏的。

离看戏还有一个多小时，我们在小酒馆喝酒，吃饭。那家小酒馆就是从前的茶馆。那年我带着小闯儿、静儿、平儿，与我在陆军监狱同一牢房的难友王新建街头相遇时，就是在这儿喝的茶。这会儿，我点了几碟下酒菜，给每人要了一碗片儿川。我们一边聊，一边喝酒吃面条。几十年的岁月，弹指一挥间，我们都成了白发苍苍的老人了。

吃饱喝足后，正巧到了马戏开场的时间。剧场门口，已人头攒动。卖棒冰的，挎着一个方方正正的小木箱在过道中窜来窜去。没等我们找到座位，已经熄灯了。一个女服务员给我们照着手电筒。我们的位置离舞台比较远，刚坐下，开场铃声就响起来了。紫红色的金丝绒大幕徐徐拉开，一个瘦高挑儿女子，穿着大红旗袍袅袅婷婷地出来报幕。

这年夏天，我一个人在田里"双抢"。傻傻每天给我送午饭，稻田越来越少，已没有了从前"双抢"的氛围。不过我那几亩稻田在七月的阳光照耀下，如金子般黄灿灿，给我一种丰收的喜悦。我有时非常惊讶，土地为什么会这样奇妙无比，只要播了种，我们就能在它怀抱里收获成果。

忙过了"双抢"，进入农闲的日子，那些在村办企业赚了钱的村民，有的想买电视机，有的想翻盖屋子。县里电视塔已经建立好多年了，但村里买电视机的没几家。自从承包之后，生龙活虎的棒劳力，把钱票子一把把往家里捎，而老人们种菜每天也能卖个十几二十元，少不了手上花的。他们有的不买电视机，是想先盖二层楼新屋；有的则是舍不得花钱，非要把钱藏在枕头里，每天数上几遍才心里踏实。

外乡女胡二嫂，这些年做豆腐赚了钱。胡国庆又种地又打工，挣的钱也不少。但她总是手头抓得十分紧，舍不得花钱。那天她在庙前桥遇上我，对我说："钱要用到刀刃上，不能胡乱花。胡国庆和胡卫民都想把屋子翻盖一下，我觉得没必要。尽管屋子泥坯都掉了，柱脚也朽了，下雨天青瓦屋顶也有不少漏洞，雨水直往屋里淌，但用几只木盆接就没事了。翻盖房屋要很多钱，怕是盖好后，给了胡卫民娶媳妇，等到我儿子胡军军娶媳妇时，家里就没钱了。再说我这做豆腐的，这样的泥地破屋比较自在。驴拉磨时，将屎往地上拉就像给家里聚黄金呢！"

胡二嫂穿着的确良印花衬衫，笑得眼睛眯成一条缝，说得唾沫乱飞。我说："你勤俭持家，不错呀！"她晃动着右手，食指朝她家的方向一指说："那可不！其实我家风水很好，我怕翻盖房子，破坏了风水呢！"

三

自从青草和强强上小学后，家里冷清了不少，闯儿就把石榴从她奶奶家接回来了。五岁的石榴喜欢画画，每天我都会抽点时间教她。其实我很久没画了，不过教孩子绰绰有余。石榴不像青草文文静静那么乖巧，她顽皮得一塌糊涂。爬树、皮弓等男孩子的游戏，她都玩得非常出色。她奶奶遗憾地对着淘气的石榴说："你怎么就像个男孩子？"

其实，石榴也有女孩儿的文静时光。她能安安静静地画一上午的画。那些青蛙、蝴蝶、蚂蚱、牛、猪圈、大公鸡、桥、小河、木屋、桑树林等，都在她笔下活灵活现。童心的想象力就像长了翅膀一样，让花鸟虫鱼全飞起来了。我不知道石榴画画能坚持多久。我们家的孩子，还没有一个真正喜欢文学、喜欢画画、喜欢武术的。从小风林、小抗敌到六指儿、闯儿、宝儿，学什么都是半途而废。

现在，六指儿他们办实业办得初具规模了。许高墩渔场已达到了年繁殖鱼苗亿尾的水平，年获利十多万元了。我们村的村办企业，这些年就像雨后春笋那样多了起来。自从一九八六年底，开办红峰绸厂和东风砖瓦厂后，接连又开办了榨油厂、酿酒厂、农机厂等。村里的稻田就这样一块一块被征用了。这些村办企业，每月都要上交村委管理费。现在村委有钱了，桑果儿想盖办公楼，严发财和小抗敌都不同意。桑果儿一意孤行，严发财与小抗敌便将他告到乡政府。结果房子没盖成，兄弟却反目成仇了。

那天桑果儿带着柳枝儿回家来，见到小抗敌，两个人都绷着脸，互不理睬。小抗敌钻进自己的屋子回避桑果儿。我就和傻傻、桑果儿、柳枝儿、强强五个人一起吃饭，像小家庭团圆似的，傻傻脸上洋溢着幸福的微笑。深秋了，柳枝儿依然穿着旗袍，这让我想起小风林刚去世的那些日子，章珍妮也天天穿旗袍，手腕上还戴着翠绿的玉镯子。

自我有记忆以来，还没有见过女人像柳枝儿这样爱穿旗袍，并把旗袍穿出水乡韵味来的。柳枝儿没下过田，皮肤白白的，长发有时盘在头顶，有时如瀑布一样飞流直下。她穿旗袍，配的皮鞋全是高跟的。那细细的高跟鞋，走在青石板路上、走在一座一座古桥上，倒也不蹩脚。如果说从前穿裙子的母亲梅梅是村里的一道亮丽风景，那么现在穿旗袍的柳枝儿就是村里引人注目的一个水乡女子了。

柳枝儿在红峰绸厂做挡车工，蚕月里女人们养的蚕结茧后，经她的双手织成了漂亮的丝绸。她养蚕，织丝绸，穿丝绸旗袍，蚕花姑娘的灵性在她身上得到了很好的体现和充分的发挥。尤其在夏日雨天，她撑一把湖蓝绸伞，穿一条长长的丝绸印花旗袍勾勒出杨柳般的身材，走在内港埭走廊的河岸边、古桥上，看起来格外婀娜多姿。

傻傻喜欢柳枝儿，说："到底是自己村里的女孩子好，那上海知青韩素丽与我们总归隔一层。"桑果儿听得不耐烦,说:"好了好了,过去的事别提了。"傻傻住了嘴,给桑果儿使了个眼色。我向柳枝儿问起庞寡妇,柳枝儿说:"她请病假,有几天没来上班了。"

几天之后,我知道庞寡妇病得不轻。小抗敌把她送到镇医院检查,结果是乳腺癌晚期,已经全身扩散了。庞寡妇知道自己的病情后,不肯住医院。她说:"不想让还未成年的儿子背债。"十三岁的庞子遗站在一边眼睛红红的,还不知道姆妈的病有多么严重。

庞寡妇一天天消瘦下去,病也一天重过一天。疼痛伴随着她,她的痛苦不可名状。小抗敌三天两头去看她,最后看到她痛苦不堪的样子,把她送去镇医院。三个月后,在一个寒冷得河上结了冰的日子里,庞寡妇躺在医院抢救室咽气了。庞子遗目睹了母亲的咽气,看到了那张灰白的脸与她鼻孔里插着的一根哀怨而冷酷的氧气胶管。当护士把氧气管从死者鼻孔里扯出来时,庞子遗就号啕着扑上去撕扯护士的白大褂,命令和乞求她把氧气管再插进母亲的鼻孔。

庞寡妇死了,庞子遗成了孤儿。

好在庞子遗十三岁了,生活已经能够自理。那天我见到庞子遗,他左臂上别着一块黑布,以悼念他母亲的亡灵。但孩子毕竟是孩子,没几天工夫就活蹦乱跳了。庞寡妇留下的四只老母鸡、一头猪、六只羊,全由他打理喂养。所以,当别的孩子放学到田头捉蚂蚱玩儿的时候,他就必须去割羊草。有时他割完羊草,会来我的菜园偷偷摸摸地挖几个萝卜,或者割几株青菜。我看见了也装作没看见,让他多割一些,没妈的孩子可怜啊!

我在收音机里常听到《世上只有妈妈好》这首歌。每次听,我都会想起孤儿庞子遗。有时我骑着架子车到镇里采购物品时,就会给他捎一些礼物。庞子遗叫我"许老爷爷"。他每次接过礼物都说:"许老爷爷,你……你就是我的好爷爷。"他这么一说,我就想起他的爷爷庞九斤了。

那年元旦后，兰兰与六指儿一起开着大卡车跑运输。他们夫妻俩负责运输和销售方面的工作，高渔儿和闯儿负责捕鱼方面的工作，静儿做许高墩渔场的会计。静儿的会计工作，是向母亲海云讨教的。宝儿打杂，哪里需要去哪里，并且负责管理安排渔场工人的工作。一切工作，有条不紊地进行着。

　　许高墩渔场不是村办企业，是个体企业。所以六指儿他们格外关注国家政策。我也帮着他们多看报，多收听有关方面的广播。那天，我收听到邓小平的南方谈话，其意思就是改革开放会继续下去，个体企业还将被发扬光大。我把大致内容转达给六指儿。我说："这是鼓舞人心的好消息，你完全可以放开手脚大干一场。"六指儿听了乐滋滋地说："爷爷，我们已经干得非常不错了呢！"

　　六指儿和兰兰很少带青草去镇上公园玩。那天他们难得给自己放一天假，带上青草和章珍妮，开着大卡车去省城玩儿了。汽车一开进省城，章珍妮就想起当年与小风林在省城看病时漫步在白堤的情景。那时候他们依偎在白堤长椅上，西湖水碧波荡漾，感觉是多么浪漫。章珍妮呆呆地想着往事，不知不觉，六指儿已把车开到杭州了。

　　杭州儿童公园可玩的东西可多了，青草第一次在爸爸的陪伴下坐了宇宙飞船，在妈妈的陪伴下坐了电动小火车，在奶奶的陪伴下坐了小木马，并且还自己坐了螺旋形滑梯，荡了秋千。

　　从儿童公园出来后，他们漫步到楼外楼吃午餐。坐在临湖的窗口，他们望着烟雨蒙蒙的西湖，望着远处的三潭印月，望着湖面的野鸭、小船、小汽艇，他们的心情都非常好。兰兰一遍遍地教青草背诵苏东坡的《饮湖上初晴后雨》："水光潋滟晴方好，山色空蒙雨亦奇。欲把西湖比西子，淡妆浓抹总相宜。"青草每背诵一遍，就调皮地把"欲把西湖比西子"叫得格外响，章珍妮呵呵地笑起来，仿佛从青草的背诵中，听到了小风林的声音。

第二十七章

一

时间就像一匹赛跑的马，我与傻傻成亲转眼已近四年。石榴上小学了，每堂美术课，她的画都会得到老师的表扬。小丁丁四周岁，还尿床。丁港母亲每天都要给小丁丁晒被子，若遇上阴天雨雪，她就在家里生着炭炉烘被子。丁港母亲喜欢张扬，每做一件事都要与豆芝聊上半天，有时难免会贬损静儿和海云，说静儿这媳妇好吃懒做，说海云这亲家母尖刁小气。

那天她正大着嗓门儿与豆芝说："我们丁港现在越来越瘦，砖瓦厂打工干的都是力气活儿。"豆芝说："你媳妇不是在渔场工作吗？不如让他也进渔场去。"丁港母亲说："这小鬼不去，他有志气呢。"豆芝说："那你给他弄点营养品吃。"丁港母亲说："他哪里是营养不好？他的瘦，八成是抵不住静儿情欲的诱惑，被活活儿耗瘦的。看静儿春波荡漾的眼睛，我就知道她做那事儿的能力一定非常出色。这妖精啊，像她娘一样好吃懒做。"

海云回家时，看见丁港母亲与豆芝站在树荫下聊天儿。本来她很讨厌这两个老太婆，通常不理不睬。但这一回，她听见丁港母亲说静儿与自己的不是，火气便油然而生。她急匆匆地走到丁港母亲面前说："你不要胡说八道，不要以为你管小丁丁就有多了不起，你再随便说静儿的不是，我就对你不客气。"

丁港母亲见是亲家母，先是一惊，但马上缓过神来说："什么不客气？你还没客气过呢！我带小丁丁，当然了不起。他是我孙子，是我们家的宝，你还没孙子呢！"海云没想到丁港母亲会反唇相讥，她又气又恼道："你个死老太婆，别整天东家长、西家短地搬弄是非。你搬弄是非，别搬弄到静儿和我头上。"丁港母亲说："你骂我老太婆，是你先骂人的啊。你才是婊子养的呢！你个臭婊子，臭婆娘。"

丁港母亲越骂越下流，豆芝的劝架毫无作用。海云比丁港母亲年轻几岁，怒气之下，她给丁港母亲甩过去一巴掌。两个中年女人，就撕扯着扭打起来了。几十年来，豆芝第一次看见海云如此凶悍。她想，阿弥陀佛，当年波波若是娶海云回来，也许同样会让波波寻死呢！豆芝一边想，一边喊："你们别打了，怎么说也是亲家呀！"

正是午后时分，家家户户吃过了午饭，为下午的工作养精神，路边没行人，从窗户里传出来的是村民们熟睡了的呼噜声。哑巴丁江从不午睡，他从章子云的西窗下晃晃悠悠地回来，看见母亲与海云撕扯着抓乱了头发，立即将她们从扭打中拉开，并"啊啊"地叫着，把母亲拉回家去。

海云的左手臂被丁港母亲抓出一条鲜红的抓痕。她"呸"地朝丁港母亲的后背吐了一口唾沫。然后自言自语地说："让静儿与丁港离婚。我女儿嫁给你们，倒了八辈子灰霉。"这时海云发现，豆芝不知道什么时候溜回家去了。

其实，海云与丁港母亲吵架时，傻傻正在床边纳鞋底。她竖起耳朵听，却不走出来劝架。因为海云并不欢迎她嫁进许家来，对这个儿媳她必须处处留神。

丁港母亲的左脸颊被海云抓出两条深深的血痕。哑巴丁江给母亲涂上了紫药水。远远望去，别人还以为丁港母亲半张脸长了紫斑。丁港母亲让哑巴儿子涂完紫药水后，依然怒气未消，骂道："这婊子养的上海佬，不得好死啊！"

打了一场架，两个中年女人都觉得累了。海云躺到床上午休时，别人已纷纷起来。丁港母亲想睡，可是小丁丁醒了，嚷着要奶奶抱抱。小丁丁看见奶奶半张脸变成紫色，惊慌地哭起来。丁港母亲对小丁丁说："别怕，那是你外婆挠的。记住，你外婆是大灰狼，以后叫她狼外婆。"小丁丁被奶奶哄得止住了哭，咯咯笑着，并且学奶奶的腔调叫："狼外婆，狼外婆。"

静儿与丁港是一对恩爱的好夫妻。他们知道双方的母亲打架后，觉得很无聊。丁港对母亲命令道："你以后不准再与静儿姆妈打架，你赶快去向她赔礼道歉。"丁港母亲说："我脸都被她挠成这样，还让我去道歉？"丁港说："我让你去，你就去。"丁港母亲说："我不去。"丁港说："你不去，那我带着小丁丁和静儿搬出这个家，到城里打工去。"丁港母亲听儿子这么说，急了，说："好吧好吧，小祖宗，我这就去。"

一会儿，丁港母亲很不情愿地来到海云面前。海云正坐在客堂的楠木椅子上，一边看电视，一边嗑瓜子。丁港母亲怯怯地进来时，她斜着眼睛瞄了一眼，问："还想来打架吗？"丁港母亲说："哪里敢，我这是向亲家母赔罪来了。"海云说："咦，怎么换了一个人似的？中午的嚣张跋扈，怎么不见了？"丁港母亲说："我是来认错道歉的。我这辈子还没给人认错道歉过。"海云说："那我是有福了。好吧！既然是来道歉的，那就给我磕三个响头吧！"丁港母亲先是一惊，心里想这上海佬果然厉害，接着就"啪啪啪"在地上磕了三个响头。

丁港母亲给海云磕三个响头时，正巧章珍妮进屋来。她对丁港母亲说："千万别这样，你回去歇着吧！"丁港母亲见有人帮她，说："我正要回去呢！"章珍妮送丁港母亲出了门。章珍妮知道海云的刻薄，回来时绕道去自己的屋子了。

二

那天中午我和几个朋友一起喝酒，下午又在外港埭走廊说大书，并不知道海云与丁港母亲吵架。傻傻没告诉我，章珍妮悄悄地与我说了。亲家母吵架，总归不好。但我想这些天又到梅雨季节，空气湿度大，时阴时雨，闷热难熬，因为烦躁才使大家的心情都不好的吧！

大家都不喜欢梅雨季，桑果儿却选择梅雨季节结婚。不过他运气特别好，婚礼那天，在下了半个多月的雨后，突然阳光灿烂了。大家都说他们有福气。丁港母亲说："这是我天天拜菩萨，菩萨才在天上显灵。"豆芝说："这我相信，我们天天拜菩萨，菩萨就保佑我们了。你看我这些年没病没灾的，全靠菩萨保佑呢！"闯儿听着她们的对话，连连说"迷信"。

柳枝儿在婚礼上依旧穿她喜爱的旗袍。那条中国红旗袍，是专门找做旗袍的奉帮裁缝定制的。桑果儿也没穿西装，天热，他就穿着蓝裤和白衬衣，不过衬衣上别着大红花，宛如当年奔赴北大荒的形象。他把我的思绪带到了遥远的岁月。我有时想，桑果儿是否太功利了，当年我与傻傻落难，他就痛打落水狗，与我们断绝关系；而如今我们平反昭雪，成为离休老干部，他便要认祖归宗了。嘿，这个孽子，并非我不从内心认同他。他究竟什么时候才能彻底变好呢？

雨又下得紧了，只要不太闷热难熬，听雨也是一件惬意的事。黄昏时分，雨渐渐小下来。一股夏日的风儿吹来，窗檐上的玫瑰色风铃发出叮咚的响声。我望着风铃，感觉它似有矜持的秉性。你看它悬在那里凝然无声，偶尔风来拂动，便轻舒音响。须臾风过，又缄口不言。我的目光透过风铃，又望向窗外的雨。雨斜斜地织着，轻轻地在瓦片上弹唱。顿时，我仿佛进入了诗意的境界，想起早年自己写的《窗外》

小园昨夜又东风，隔院玫瑰一树红。

粉蝶双双过墙去，瓜苗出土也玲珑。

窗外的景色，总是格外丰富多彩。生活在这里的人们，一代代描绘着人与土地、蚕桑、鱼塘的图画，还有读书、革命和经商的宏伟事业。然而从前经商的事，大多像民国时期章荣初那样，到上海寻求发展。现在村里办起了那么多村办企业，这是前所未有的。

近些年，我常常想，若是我年轻二十岁，也完全可以亲自干一番事业。可是我老了，我只能在儿孙这里，做一个幕后策划者和鼓励者。十多年前，我支持我的孙儿许辉、许明华辞职，如今他们在海宁的皮革生意日益兴隆，工厂和商铺已经有好几家了呢！冬天飘着雪花的时候，孙儿许辉不忘给我送一件黄色牛皮大衣。只是我舍不得穿，把它珍藏在箱底了，仍旧穿着自己的蓝卡其大棉袍。

梅雨季过后不久，便进入伏天了。三伏天的太阳毒辣辣的，这时候孩子们都放暑假了。青草、强强、石榴不怕热，喜欢到河边、到桑树林里去玩耍。章珍妮只要知道他们在河边玩耍，便会神经过敏地把他们喊回来。每年夏天曹溪河里都有被淹死的孩子和青年。

前些日子，几个男孩子在曹溪河游泳。游着游着，一个男孩沉下去了。另外两个男孩见同伴沉下去，赶紧去拉他的手，结果也都沉下去了。等打捞上来，三个男孩无一生还。孩子的父母哭天喊地，据说他们是村南一户外来的人家。每年有溺死了孩子后，大人们才会格外关照自家孩

362

子别去河里游泳，摸黄蚬、螺蛳什么的。

自从平儿考上大学，我们村又有不少孩子考上大学，但没有像平儿这样读书读到美国博士的。高阿兴的儿子高风筝，已经连续考了几年大学，但每次都是差几分，名落孙山。高阿兴望子成龙，把一切希望寄托在高风筝身上。他希望儿子是一只高高飞翔的风筝，像平儿那样飞出国门去。所以当儿子高风筝每次高考失败时，总是被他痛骂一顿，又继续鼓励儿子复读，来年再考。

高阿兴平时省吃俭用，抽最劣质的烟，却很大方地给儿子买一本又一本高考复习资料。水娟对高阿兴说："儿子不是读书的料，你硬逼也没用啊！"高阿兴说："你懂什么？儿子只是没有正常发挥。"高阿兴这么一说，水娟便不作声了。

这几天正是高考分数出来的日子，村里几个考生都在忙着查分数填志愿；唯独高风筝闷闷不乐，一副越来越傻的样子。我见到高风筝，与他闲聊了一会儿。这孩子与我谈他的语文老师。他说那个漂亮的语文老师死了，他的希望就破灭了。他不想再复读，如果父亲逼他，他就离家出走，进城打工去。

高风筝这次没考上，完全是因为漂亮的语文老师突然心肌梗死去世了。高考前的最后几节课，高风筝本不想在课堂上打瞌睡，可他还是不胜倦意地趴在桌上睡着了。下课铃响时，他仿佛伏在一堆干草上，惬意得不想起来。他正梦见漂亮的语文老师穿着印花丝绸连衣裙，微笑着对全班同学称赞他的作文。这时他听见有人喊："高风筝，你该醒醒了。"

高风筝醒来后，发现教室里已空空荡荡，同学们都放学回家去了，黑板上留下几道语文作业题，是新来的语文老师布置的。高风筝不喜欢新来的语文老师，觉得她没有原来的女老师漂亮且干脆利索，总是喜欢用语气助词"啊、呢、吧、嘿、吗"，听得直让人心烦。

第二天上午，高风筝强打起精神听课，然而脑海里晃来晃去的都是原来的语文老师的倩影。下午是两堂地理课，然而铃声一响，他又旁若无人地昏昏欲睡起来。胖大嫂一样的地理老师用教鞭在他桌上"咚咚"地敲了几下。有一下教鞭敲歪了，正好落在高风筝的脑门上。他激灵一下醒了，问："什么事呀？"同学们哄堂大笑，而胖大嫂气呼呼地瞪着他。

高风筝揉揉眼睛，看见黑板上画着许多横七竖八的线图。他想那是什么呢？铁路线，还是公路线，抑或是航空线？他正一筹莫展时，胖大嫂问："高风筝，你说说广州飞到北京要几个小时？"高风筝站起来，把凳子拖得很响，一脸茫然地说："我没坐过飞机，也没去过广州和北京，我怎么知道呢？"胖大嫂说："就是因为你没坐过飞机，没去过北京和广州，才让你回答问题。"高风筝说："这也叫问题吗？"

全班同学又一次哄堂大笑。

有个与高风筝比较要好的男生，吹起了悠长的口哨。另外几个女生则咯咯笑着说："让高风筝先去坐广州飞到北京的飞机，再来准确回答问题吧！"大家起哄着，说笑着。胖大嫂拍着讲台，粉笔灰被拍得白花花地飞起来。她严厉地说："谁在吹口哨？吹口哨儿的站起来！"

全班鸦雀无声了。这时下课铃响起来，胖大嫂两个月大的婴儿正等着她去喂奶，她只得敛住怒气，拿上教案匆匆地走了。

放学后，高风筝在座位上，呆呆地看着同学们一个一个离开教室。最后剩下他自己的时候，突然趴在桌上哭了。他的泪珠就像原来的语文老师身上柔软滑溜的丝绸，滑落到他的手背上。他知道老师死了，他的高考梦就结束了。

高阿兴知道儿子仍旧名落孙山后，像往年一样对儿子又是一顿拳脚相加，真是恨铁不成钢啊。高阿兴打完儿子，忍不住伤心地痛哭起来。但哭完，他又打算让儿子复读，明年再考。他想，只要有恒心，铁棒也能磨成针。不过这只是高阿兴的想法，高阿兴有了这个想法和盼头，才在砖瓦厂推着小车拼命跑，再苦再累也乐在其中。

三

夏天的晚霞一落，家里就要点起艾草熏蚊子了。荻河水里有一种水草，晒干后熏蚊子效果很好。今年的蚊子特别多，密密麻麻。黄昏时分，女人们坐在院子里纳凉，七嘴八舌地谈论着家常、雨水、庄稼。傻傻、章珍妮、海云，还有闯儿、静儿、柳枝儿，以及邻家的女人们，难得聚在一起闲聊。章珍妮总是闲不住，手上缠着一团毛线。她缠的全羊毛玫瑰红毛线，是兰兰带着青草回娘家时，在镇上的百货公司买回来的。那柜台卖毛线的男人，是兰兰中学时的同班同学，绰号"条儿"。

那次兰兰带着青草走娘家，条儿约兰兰逛过一次公园，还请兰兰泡过一次咖啡吧。这两次活动，兰兰都把青草带在身边。这会儿，章珍妮要为孙女青草编织一件毛衣，青草看见奶奶缠毛线，一下就想起那个坏条儿叔叔亲姆妈的嘴，便冲奶奶说："奶奶，我看见姆妈与卖毛线的叔叔亲嘴了。"奶奶一惊，但没作声。

众人哄笑，就连平时最不喜欢笑的人，也大笑起来。章珍妮摆着脸，女人们很快止住了笑，不好意思地一个个溜回屋去了。青草也溜回屋去了，只留下章珍妮失神地望着那堆白烟，忽浓忽淡地飘游着。

青草脱口而出的话，惹得大家不欢而散。

本来从孩子嘴里听来的话，听过也就算了，但偏偏章珍妮不放过。她提醒六指儿，对兰兰要追根究底多加防备。于是没多久，兰兰的额头就有了一道伤痕。兰兰的伤痕刚刚结痂，又被六指儿打得鼻青脸肿。她"哇哇"的哭喊声从窗户里飞出来。这时章珍妮第一次感到做婆婆的威风。当章珍妮再度出现在众人面前时，一副傲然的神情，看上去很有些做婆婆的威风了。

我每天都到内港埭走廊附近的一口古井，冰一个西瓜，我叫它古井冰镇西瓜，比电冰箱冰的西瓜好吃多了。前些年，许家立想给我买一台电冰箱，我摇摇头不要。

西瓜在我的菜园里生长得很好，个个蜜甜蜜甜。再过几日，平儿与她的丈夫就要回家来探亲了。到美国这么多年，我们盼了一年又一年，平儿才第一次回家探亲。母以女荣，章珍妮这些天格外神采飞扬。当然，平儿有出息我也感到很荣耀。前些日子，我专门用说大书赚的钱，到镇上新华书店给平儿买了一套《胡适文集》，作为她回家来的见面礼。

七月中旬的某一天，平儿与她的丈夫回家来了。他们都穿着牛仔短裤和T恤，脚蹬耐克旅游鞋。平儿看上去比原先精神一些，她丈夫长得黑黑的，双臂肌肉鼓鼓的，像个运动员。村里人听说平儿回来了，还带着台北丈夫，好奇地前来探望。

平儿给每一位家人都带了小礼物。几个笔记本，两套化妆品，几个打火机，几包西洋参，还有美国的一些糖果等。我得到了一个打火机，一包西洋参。此前，我还没用过打火机呢！这洋玩意儿，到了我手中就不灵了。我"啪啪"按几下，也不见有火出来。

"爷爷要这样，知道吗？"平儿手把手教我。一下、两下，我终于学会了。"啪"一下，火就出来啦！我显然有几分得意，总算自己还不笨吧！

那天平儿和丈夫在村里溜达了一圈后，对我说："村里虽然没有翻天覆地的变化，到底比从前多了楼房，看上去富庶多了。"我知道平儿现在的眼光是世界性的，不过外边再好总没有故乡好。平儿又说："爷爷，我要多住些日子，多陪陪您老人家。"我听了心里喜滋滋的。

平儿丈夫知道我从前喜欢习武、打猎，惊讶不已。他觉得习武和打猎很勇猛。他说："爷爷，如果可以，我想与您一起上山打猎。"我说："我们这儿不准打猎已经有些年头了。不过，前不久山林管理所开设了打山鸡和野兔的项目，但每打一只须付五十元钱。"

我陪平儿丈夫上山打猎，宝儿也同行。我们走出村庄，去乘船。我解开系在石眼上小木船的绳缆，船就游荡起来了。我让平儿丈夫和宝儿先上船，接着我再上船。我坐在船头，宝儿坐在船尾，平儿丈夫坐在中间。我们用双桨划动水波，船悠悠地走起来了。清凉的风，从我们耳边掠过。平儿丈夫用手当桨，兴奋极了。一会儿，我们就划到了湖对岸一片起伏不大的山峦下。我先上了岸，把船绳绑在一棵树上，让船停稳了，才让平儿丈夫和宝儿上岸。我做着这些时，想起了小时候父亲带着我和弟弟上山打猎的情景。

我扛着猎枪到达山上，就像回到了年轻时光。这里已经很少有野猪、狼、老虎等凶猛动物出没了。但小松鼠、山鸡、野兔子、山鹰、乌鸦等依然不少。平儿丈夫非常想试试他的枪法。我就教他如何瞄准、射击。他"砰砰"地连开两枪，一群在地上啄食的麻雀倏地飞走了。尽管我已多年不打猎，但我的手依然痒痒，到了山上不打一只山鸡回去，似乎就白来一趟。我从平儿丈夫手中接过枪，远处正好飞来一只山鸡，它的羽毛像彩虹一样，而鸡冠红得像玫瑰花。我"砰"的一枪，就把它击落下来了。

宝儿把我击毙的山鸡捡起来说："爷爷真是好枪法，我也试试。"宝儿拿枪的姿势不对，更不用说枪法。他还没举起枪，那些野兔一溜烟逃跑了。而平儿丈夫一会儿跑这边，一会儿跑那边，枪法总是不准。

我们在山上转悠着，布谷鸟的叫声回荡在树林中。我老了，可我到了山上脚底便生风。我走得比平儿丈夫和宝儿都快。因为我要独自去父亲坠落悬崖的地方祭奠，也要独自去弟弟长海被曹一康杀害的地方祭奠。这两个地方，都是我心头永远的痛。

我悲痛地祭奠父亲和长海后，一只灰褐色的山鹰俯冲下来，飞旋在我前面，宛若引路一样。它的眼圈是金黄色的，眼睛发出冰一样的寒光，下钩的嘴巴，随时准备袭击什么东西似的，但它不伤害我。我右手托举着山鹰往前走，左手轻轻抚摩着它的胸，仿佛我们已是老朋友了。我想，它会不会是我阿爸或者长海的幽魂幻化而成的呢？

山鹰是那么柔顺，像被驯服了的家禽。平儿丈夫和宝儿追寻到我时，看见我手臂上的鹰，十分惊讶。平儿丈夫说："许爷爷，这不是梦吧？"我示意山鹰飞翔去吧，它就一展翅膀，疾飞而去。不多久，它叼回来一只野兔，在我们面前用它尖利的嘴，三下两下扒开了野兔的胸膛。鲜红的野兔内脏，像花朵一样盛开着，散发出丝丝热气。它吞食完野兔后，一直盘旋在我们的前方，直到把我们送到山脚下。

我们都惊讶山鹰竟能如此通人性。

扛着山鸡回到家里，我发现傻傻高兴极了。原来她要用山鸡身上五彩的羽毛做鸡毛掸子。这晚我在客堂摆了四桌酒，把儿孙们都找来聚在一起。山鸡很大，分成四份，每一桌都有土豆和火腿炖山鸡。傻傻是厨师，章珍妮是帮手。婆媳俩搭档，配合默契。四桌丰盛的佳肴，味道不错。

六指儿、闯儿、许辉、许明华等孙儿们聚在一起，高谈阔论，交流着生意场上的事。兰兰那天挨六指儿打后，像换了个人似的，一声不吭。青草躲兰兰远远的，生怕自己一说话，姆妈又要拿针戳她的嘴巴。静儿抱着小丁丁坐在海云旁边。小丁丁忽然指着海云叫："狼外婆，狼外婆。"大家望着小丁丁，哄笑起来。海云脸一沉，给了小丁丁一记耳光，道："谁教你的？"

小丁丁放声大哭，静儿抱着小丁丁回屋去了。小抗敌对海云说："都做外婆了，还与小孩子一般见识。"接着小抗敌又招呼大家道："吃吧，吃吧，自己家里人也难得团聚，若不是平儿回来，许辉、许明华、许金发、许银发这四个侄子，还不一定会回家来呢！"小抗敌话音刚落，闯儿就开始一个一个敬酒。闯儿的大嗓门和笑声，一下又把气氛调整到最佳状态。看着这么多孙儿，一高兴我就喝高了。喝得满面红光后，还伴着山鸡的汤，吃了一大碗米饭。吃饱喝足，孩子们还在乱哄哄地聊天儿，我便到院子里纳凉去了。

夜晚的微风和月光一起洒在我身上，凉爽极了。也许白天上山有些劳累，我困倦了，忍不住打着哈欠，躺在藤椅上睡着了。等我醒来，孩子们都已散去。傻傻坐在我身边，靠在藤椅上也睡着了。迪杰卡一直守护着我们。它看见我起来，就叼着我的裤腿往屋里走。我还以为它让我躺到床上去呢，原来它告诉我，在我卧房的天花板上有一个影子。

那是什么影子呢？

我睡眼蒙眬地端详了一阵，却不知其所以然。我用竹竿在天花板上顶了几下，只听见上面的脚步声和"噜噜"的叫声。我好奇地走出门去，把梯子架到墙上，一只山鹰掠过我的头顶，又"噜噜"地叫了两下，飞走了。我敢断定，那就是我在山上遇到的那只山鹰。

我把山鹰来家里的事和平儿丈夫说，他觉得很神奇。但我与傻傻、章珍妮、海云、平儿、闯儿她们说，她们却认为是我的幻觉。她们不相信有如此神奇的山鹰。

一个多月后，平儿与丈夫回美国的那天，家里人拎着大包小包送他们去村口时，那只山鹰又来了。它开始盘旋在我们家的屋顶，我对它吹口哨，并将右臂伸得长长的，它就俯冲下来停在我的手臂上。我用左手抚摩着它，它亲昵地用它锐利的爪子，轻轻地、温柔地，在我的身上摩挲着。我对山鹰说："你回去吧，我们都挺好的。"我这么一说，山鹰腾空而飞，在我们的头顶盘旋了几圈，远去了。

山鹰远去后，大家惊讶得说不出话来。我说那一定是我们家的守护神，但他们不相信。他们笑着，逗着趣儿。到了村口，章珍妮与平儿道别时，先呜呜地哭起来。其实好儿女在远方，就像在身边一样。平儿把我送她的《胡适文集》带走了。她说："爷爷，我下一次回来你送我什么书呢？"我说："下一次嘛，肯定是《许长根文集》了。"平儿说："爷爷，你脸皮真厚啊！"我说："我都快九十了，咋会不厚呢？"

送走平儿和她丈夫，暑假就结束了。青草、强强、石榴又回学校上学去了。过了一个暑假，强强和石榴都长高不少，只有青草还像小不点儿一样。我对兰兰说："青草八岁了，怎么还是个小不点儿，长不高呢？"兰兰说："等再大一点，就会长个子了。"我想想也是。有些小女孩快来月经时，个子才飞速长高。也许，青草就属于这一类吧！

柳枝儿怀孕了。她微微隆起的腹部，使旗袍的曲线更加分明。前些日子，她在傻傻的缝纫机上，做一条宽大的旗袍孕妇装。她来时，正是初秋以来最热的一天。临近傍晚，还是很热，让人直淌汗。傻傻把炉火烧得通红，炊烟垂直地飞升着。鸡上架了，猪吃饱了慢吞吞地趴在草地上打呼噜。

一锅又鲜又香的肉骨头萝卜汤做好了。柳枝儿怀孕才三个月，傻傻就要给她补钙了。兰兰带着青草来看柳枝儿做的旗袍孕妇装时，闻着香喷喷的肉骨头汤，既垂涎欲滴又感叹着柳枝儿的福气。她想她的婆婆章珍妮已经很久没给他们做过像样一点的菜了。她想她永远不会忘记，六指儿那天对她的凌辱。她知道这件事的幕后策划者，就是婆婆章珍妮。她心里骂："恶婆婆，老巫婆。"兰兰觉得婆婆变成这样，完全是仗着平儿在美国、六指儿有了自己渔场的缘故。她想老寡妇有靠山了，就可以对人颐指气使了。

兰兰与柳枝儿闲聊后，有些凄楚地回屋去了。兰兰回屋后，点了许多香。那香都是她母亲从庙里买回来的。屋里香气缭绕，空气便新鲜而洁净。兰兰这晚翻来覆去睡不着，想到中学时期与条儿的初恋是那么刻骨铭心，仿佛把自己一生的感情都倾注进去了。

第二十八章

一

宝儿与住在曹溪河边的章菊花谈上了恋爱。我是看着章菊花长大的，没想到这小丫头要做我的孙媳妇了。那天她用衣襟兜着粮食，像顽皮的男孩子一样吹着口哨。喂完鸡，她又进菜园将豆角架上枯败的蔓叶撸下来，堆成小山，点火烧起来。通红的火苗和西天的晚霞遥相辉映，最后都沉落下去，都是同样的结局。暮色四处蔓延时，一些景色看起来慢慢隐退了。

章菊花比宝儿小十岁，当他们谈上恋爱后，海云盼望娶儿媳妇的日子早点到来。这让她面对丁港母亲时，心里踏实了起来。她亲自张罗给宝儿到城里买回来一整套组合家具，还让村里的装修队把宝儿的房间粉刷一新，地面铺上雪白的瓷砖。在村里，像宝儿这样三十二岁还没成亲的已经很少了。

元旦过后不久，宝儿便把章菊花娶进门来了。婚礼上章菊花的伴娘是她的妹妹章玫瑰。那十六岁的女孩儿，倒是比她姐姐长得更通体玲珑。

宝儿和章菊花的婚礼，完全是学城里人的结婚仪式。他们先到镇上的摄影店拍了一整套的婚纱照，又借来录像机，像扫描一样把我们都扫了进去。尤其那鞭炮，震得地动山摇。到了晚上，他们还放起像焰火一样的礼花，使村庄充满喜气洋洋的气氛，直把丁港母亲和豆芝看得一愣一愣的，而海云却暗暗得意着。

孙媳妇章菊花嫁进来后，她的妹妹章玫瑰三天两头来我们家。她看到我有时莞尔一笑，有时叫我一声："许老爷爷。"我开始并没注意这个十六岁的黄毛丫头。那天她穿着一身火红的连衣裙，把我的眼睛都照亮了。我默默地盯着她看，看着看着，她在我眼里便腾云驾雾地飞起来。那不就是从前的徐莹吗？不就是那个"知你者，莫若我也"的女孩儿吗？

我一阵欣喜。

春节前夕，家家户户都在忙年。有些人家宰了猪，将猪皮晾干后在油里氽成发皮。一张张白花花的发皮，泡软后可以用来炒青菜和做三鲜汤。那天黄昏吴家突然起火，火势很旺。一瞬间，熊熊大火随着风儿蔓延开去，有人高喊："火烧啦！火烧啦！"

那些被烧着的人家惊慌失措。哭声、叫声、骂声混在一起，吴家的火，好像一座冲天高炉，它火焰冲天，火鸦乱飞，噼噼啪啪的火烧声音夹杂着呼救声，让人心惊。桑果儿从村里拿来一个百年前的消防用具，那可是我们村里的老古董，但他根本不会使用。忙乱了一阵，消防车已经开来了。等火扑灭后，吴家的百年老宅变成了一片灰烬。

我们村的民宅基本是木屋。木屋与木屋之间有一堵风火墙。风火墙是一道用泥土夯实、上面全是砖砌、总共十几丈高的庞然大物。它用来隔火。都说风火墙越高，隔火的效果就越好。但若风大，救火又不及时，那么一火成灾，往往可以烧掉整片几十户人家房屋。火烧之后，那些受火灾波及的人家，顿时倾家荡产。

桑果儿因为严发财和小抗敌的反对和告状，没有建成村委办公楼。但他亲自目睹火灾后，非要向乡政府打报告建村委办公楼。他想，要是严发财和小抗敌再与他抗衡，他就先打了地基再说。这世界到底谁怕谁啊？于是，桑果儿连夜起草了一份盖村办公楼的报告。第二天一早，他踩着自行车送到乡政府。三月里，一个乍暖还寒的晴朗日子，桑果儿果然拿到了乡政府准许建房和银行同意贷款的通知。

　　小抗敌见盖办公楼的报告批下来了，也不再反对。村委讨论建房地址时，他毫不犹豫地建议将房建在村东口。他认为那一片地离崇文园近，就像村口的眼睛，日后那一片也可成为新的发展区域，可以打造成像城里一样的办公楼房和别墅区。结果小抗敌的建议得到了大家的响应和支持，连桑果儿也认为那地方不错。

　　村委办盖的是三层五开间、带阳台的办公大楼。打地基的那些日子，去工地看得最多的就是哑巴丁江。丁江想，这不就是挖一个大坟墓吗？其实打地基虽然要挖坑，但它是为房屋的加高做准备，而坟墓则是永远沉没在地底下的。哑巴丁江看完建筑场地，仍旧去章子云的西窗下溜达。

　　这些年，章子云每年都能收到哥哥章子男和章子荣给她汇来的美元。她成了村里不劳而获的富婆，让村里的女人和男人妒忌得眼红。她的西窗已不再是从前的朽木百叶窗，而是换成城里时髦的白色铝合金窗。哑巴丁江远远望过去，那白色铝合金窗醒目耀眼，就像绿树丛中的百合花。他每次看到百合花，都会兴奋得"啊啊"地叫几声。章子云有时探出头来朝他看看，扔一个苹果给他吃，有时便"啪"地一下把窗关上。但丁江每次去，总是抱着得苹果的侥幸心理。尽管他并非真想吃苹果，但那苹果对他来说是一种奖赏。

　　那天又是清明，村里人大多去墓地了，不去墓地的也都在厂里打工。村庄是那么安静，连狗的吠叫声也听不见。丁江与往常一样，远远地望着百合花，但百合花上有两个黑黑的脚印。一种异样的感觉顿时浸透他的身心。他想，谁爬上百合花了呢？丁江心里升腾起一股醋意。他想，我看章子云都那么久了，还没碰过她一根毛发呢！

谁捷足先登了？！

丁江闪身扒着窗台朝里面望去。他看见章子云裸着下身斜躺在床上，浓浓的醋意让他"咚"地跳了进去，几乎来不及看章子云一眼，便扑到她身上。章子云没有任何声响，丁江用手去推她，她仍旧没有声响。丁江便用鼻子闻着章子云的鼻子，这才惊讶地发现她已经没有呼吸了。

他想："妈的，谁杀害了她？"

丁江抱着章子云坐在西窗下，就像母亲抱着婴儿一样，流露出一种慈爱。他左手理着章子云的头发，心里默默地说："好姐姐，睡吧，睡吧！"这时，那些上坟的村民纷纷回来了。他们路过西窗下，都会很自然地朝章子云家里望一眼。然而当他们望到这一幕情景时，都惊呆了。

他们推开章子云的家门，站到丁江面前。丁江"啊啊"地叫着，用手势比画着。但没有人能懂他的手势，急得他"呜呜"地哭起来，哭得百合花窗哗啦啦响。村民们想这丁江与章子云的关系，一定非同寻常。

埋葬了章子云后不多久，她的两个哥哥从台湾赶回来了。入室盗窃和强奸的凶手也已提拿归案，并被判了死刑。丁江在坟头"哇哇"地哭着，他的哭声比平时的"啊啊"声更像乌鸦的啼叫，让人听得毛骨悚然。人们一个个提前离开墓地，留下丁江独自悲伤。

章子云死后，村民们绕道而走，西窗从此寂静了。只有丁江每天还来西窗下修剪那些花呀、草呀的。但不久丁江被父亲吊在树上，一顿毒打后便没再来了。他母亲这才觉得哑巴儿子改邪归正了。

柳枝儿在这年的妇女节生下一个六斤重的女儿。桑果儿给她起名"许卡佳"。桑果儿得意地对我说："咱取的是外国名字呢！"我说："你咋不给她取名'露依丝'或者'伊丽莎白'呢？"桑果儿知道我讽刺他，嘿嘿一笑说："小名叫佳佳，很中国的名字。"

柳枝儿没在她的新房坐月子，而是搬回娘家去了。桑果儿与柳枝儿的新房窗户上，依然贴着"囍"字。大门上用红纸剪成的鸳鸯和并蒂莲，仍然完好无损地贴着。只是生了孩子，新媳妇便成旧媳妇了。若是从前孩子多，旧媳妇很快就成为老媳妇了。这时她们就会泪眼蒙眬地回忆做姑娘时的好时光。她们想，原来我们心目中的白马王子，竟是这样一个男人啊？有的甚至会说："简直就是一个窝囊废！"现实生活，把在太阳下刺绣的姑娘，变成拖儿带女的大妈。现实生活，让女人们操劳一辈子，却是个个都有光彩的。

傻傻隔两天就会端着炖好的老母鸡，去柳枝儿娘家看儿媳和小毛头佳佳。佳佳的眼睛很有神，表情也很丰富，仿佛是吹泡泡高手，嘴巴总是嘟得高高的。生下来几天，佳佳脸蛋红红的，但到满月便白皙了。满月那天，柳枝儿的父母在家办了两桌满月酒。桑果儿请我和傻傻一起去。当然，与亲家聊聊，看看小孙女也是我愿意的。

然而，第二天我在报上看见这样一则消息，标题是"老革命家许长根年近九旬又添小孙女。"他们把"孙"字写得很小，印得很淡，不细看还以为是"老革命家许长根年近九旬又添小女"呢！我拿着报问桑果儿道："这是你写的报道吧？"他不置可否。我说："我得找报社论理去。"他说："阿爸别生气，报上肯给你做宣传不错呢！若是你没有革命资本，谁肯给你登报？别人登个广告，还要千儿八百呢！"

二

我对桑果儿登报的事非常不满意，但也懒得与他去理论。这些天，我得抓紧把大书《桑蚕传》讲完，下个月那里的房屋要出租了，书场也将随之取消了。外港埭走廊的商铺大多已经搬走。那些破旧不堪的百年老屋油漆斑驳，再也不是从前热闹繁荣的景象了。

自从进入二十世纪九十年代以来，不少村民外出打工，公路四通八达，曹溪河上的客轮已经越来越少了。那家彩云楼茶馆生意寡淡，老板和老板娘都进城打工去了，剩下老头老太管着店面。柳枝儿父亲在外港埭走廊的明苑酒楼的生意也是一日不如一日，将改行做别的生意。外港埭走廊就像一个身心疲惫的老者，经过漫长的风雨剥蚀后萧瑟了。

　　一想起日后没有了书场，我的说书事业也就结束了，不免沮丧起来。傻傻说："操劳一辈子，该休息了。"可她不知道，说大书其实是我的精神寄托。那天我在书场门口贴了一张公告。我的最后一场大书，听众把书场拥挤得水泄不通。我对听众说："今天是我最后一天穿着长衫说大书了。从今往后，我们村庄也许就没有穿长衫的说书人了。"

　　我说完眼睛红红的，就像教了一辈子书的老师舍不得离开讲台一样。那些老头子和女人们，听了我这番话，都伤感起来。他们说："与村委会主任理论去，干吗要把书场租出去？"我说："村里要搞活经济，创收入，这是大势所趋。"

　　接着，我开始说《桑蚕传》的结尾部分。

　　这天我说完《桑蚕传》，也就是我离开书场的日子。听众们散去后，我一个人久久地站在讲台上。我想起了少年时来书场蹭戏、买吴雪雷的《牡丹图》的场景，想起了我开始说书时，讲《三国演义》中的曹操和诸葛亮的场景，想起初讲《桑蚕传》时受到村民们的热烈欢迎和好评如潮的场景。一幕幕场景，在我眼前闪现，岁月悠悠，往事也悠悠。

　　黄昏时分，我迎着五彩的晚霞走在青石板路上。晚霞一丝丝地披在我肩上，大自然以最高的礼遇和奖赏伴送我回家。我顿觉大自然也是通人性的。宇宙万物中，潜藏着人类很多不知道的秘密。后来我把我的长衫让傻傻洗干净、烫平整后，收藏在箱底了。

　　那一刻，我知道我再不会穿上它了。

　　那天我讲最后一场大书《桑蚕传》时，高风筝听得特别认真。他已不再参加高考，进省城学理发手艺去了。高风筝与他父亲高阿兴的抗争，最后还是高风筝胜利了。说到底，高风筝实现了自己进城去的意愿。本来水娟想让高风筝跟外公徐传荣学理发手艺，但高风筝嫌外公的手艺太老套。说来也是，徐传荣的理发室开了几十年，除了给男人剃头、修面、刮胡须，就是给女人剪剪齐耳短发，别的什么也不会。女人烫发，还要到镇上的理发室去。

我每次到徐传荣这里剃头，他都会很精心地给我修面、刮胡须。他的理发室几十年没有装修过，理发工具也是几十年没有更新过。一切还是二十世纪五十年代理发室的样子。时光仿佛在他的理发室不曾流逝，这让我感到温馨。有时我坐在剃头椅上，闭上眼睛感觉着岁月正在这里倒流，回到了人民公社，或者更遥远的抗战时期。

兰兰从没在徐传荣这里剪过头发，所以她也不让青草到徐传荣这里剪头发。中秋节前夕，她带着青草回镇上娘家去了，说是要给青草烫头发，让小姑娘漂亮一下。我对她说："你还是给青草到镇上医院看看吧，她怎么长不高呢？"兰兰说："青草又没病，她还小哩，到年龄就长高了。"我说："青草九岁了啊，怎么还只一米高？"兰兰说："爷爷，你甭操心，我们这么高，她怎么会矮？"我想想也是。

回到娘家的兰兰，不用面对丈夫和婆婆，觉得浑身轻松，像一只放飞的鸟儿获得了自由一样。她与条儿又约会了几次。当然，吃一堑，长一智，这几次约会她都没带青草。九月的小镇风景是迷人的。清晨是一种景色，午后是一种景色，黄昏又是一种景色。

兰兰做姑娘时最喜欢晨曦，常常面对喷薄欲出的朝阳在小镇的青石板路上跑步。她曾在学校运动会上获得过五百米跑步冠军。而自从挨了六指儿打后，她却喜欢黄昏了。她觉得她未老先衰。自己一生的荣耀和尊崇都在那个阳光毒辣的正午，被六指儿夺走了。

她已无颜面见人。

在小镇的夜幕下，兰兰躺在条儿的怀抱里温存。虽然有说不尽的风流，但毕竟是偷偷摸摸，提心吊胆。她知道她是一个拿得起放不下的女人。她不像条儿，可以同时拥有两个女人。可是她还是愿意不惜代价、毫无保留地向他打开生命之门。一次一次，她都不想回获港村许高墩渔场了。然而，回去的那一天注定要来临的。兰兰与条儿告别时，眼泪簌簌地流下来，仿佛生离死别。

兰兰身上有一股浓浓的香气，那是被母亲的香炉熏染的。兰兰想，香真是个好东西，可以去掉她身上的鱼腥味，还可以用来祈祷，并且从香上能够看到生命的轮回。兰兰和青草回家时，别的什么也没带，只从娘家带回来一大包香烛。六指儿见兰兰和青草回家，满心欢喜。他想明天就是中秋节了，中秋节的月亮一定又圆又亮。

我一早起来到田野散步，落叶在风中翩跹起舞。天格外蓝，白云也风姿绰约。我的头脑一片空旷，没有从前和未来，只有现在。现在我要去内港埭走廊的食品店买几盒苏式月饼。那些玫瑰、百果、豆沙口味都是蜜甜的月饼，只有火腿月饼是咸的。女人和孩子爱吃甜的，男人通常喜欢吃咸的。我在食品店拥挤不堪的月饼柜台前买好了月饼后，我的记忆又回到从前了。我与那些死去了的亲人将在墓地里，阴阳相隔地团圆。

走在去墓地的路上，树木青绿中泛着金黄，呈现一派灿烂的景象，而秋风在树梢上发出一种悠长的哨音。我穿过几棵松树，快到父亲、弟弟和小风林的墓地时，看见一棵樟树下，一座孤坟，一个女人。一只猫从我身边蹿过，跑到女人身边，然后用舌头舔舔女人滴落在脚背上的泪水，转而往树林深处飞奔而去。

那女人的背影很像章珍妮。她嘤嘤的哭声是那么凄凉。她在坟头数冥钱。那黄黄的纸，也是黄金万两哪！我咳嗽了一声。她听到我的声音，回头望了我一眼，又继续哭泣，埋头数着冥钱。她那个坟墓里死去的亲人，可真是有钱花呀！也许她哭得太真诚了，我好像看见坟墓里有精灵幽幽地飞出来，盘旋在半空。

　　我继续往前走，一群蝴蝶伴随着我。我想那一定是我死去亲人的亡灵来迎接我了。我到了亲人的墓地，将月饼一个个供在墓碑前，与他们说着悄悄话。墓地旁的绿色植物散发着清香。与他们团聚后，我走在回家的路上，心里格外踏实。

　　六指儿、闯儿他们，中秋节仍然忙着渔场。兰兰身体不好，很久没去渔场工作了，这让章珍妮很不开心。女人的心总是敏感的。她觉得兰兰耍懒，心里有野男人。婆媳在一个屋檐下生活久了，互相看谁都不顺眼。兰兰认为婆婆这老寡妇，死了老公把儿子抓在手心；而婆婆则觉得，这花心儿媳对丈夫越来越不体贴关心了。章珍妮原本想把我们家的传家宝——那只银色蝴蝶形发夹送给兰兰，但自从知道兰兰有野男人后，她就收藏了起来。

　　中秋节后，兰兰与六指儿又吵了几次架，而且一次比一次凶。这对小夫妻，把我当年在他们婚礼上的祝福全忘了。可我还记得一清二楚。我的原话是这样的："为你们的婚姻祝福！曹溪河那滔滔的流水，是滋润你们爱情的甘露。蚕桑和鱼塘，将是环绕你们幸福的摇篮。愿你们在这块古老的土地上，开辟出新的世界。愿你们百年好合，恩爱如初。"我想，我应该把这话抄成大字报，贴到他们的门上去，给他们敲警钟。

　　那天，傻傻坐在院子的小板凳上拆旧毛衣。当灰尘像飞蛾那样从线间噗噗地飞出来时，她听到六指儿开着大卡车回家来了。不一会儿，她就听见兰兰与六指儿的吵架声。当时我正到内港埭走廊买大红纸，而章珍妮则到演教禅寺拜佛去了。傻傻竖起耳朵听，但没听清楚他们究竟为什么吵架。傻傻想，夫妻床头吵架床尾和，外人最好莫插手。于是傻傻仍旧拆旧毛衣，并把四脚凳翻过来，在上面一圈一圈绕毛线。不一会儿，她听见兰兰的哭声，接着六指儿开车走了。

　　傻傻很想过去看看兰兰，但想着小夫妻的事，老太婆最好不要参与，便没去。原来兰兰写给条儿的信落到了六指儿手里。六指儿气急败坏地赶回家来，抡起拳头朝兰兰砸去，并骂道："你个贱人，你给老子戴绿帽子！"六指儿一边骂，一边抡着拳头狠狠地砸在兰兰的脸上。兰兰被砸出了鼻血，打肿了脸，眼睑旁也被打出乌青来了。六指儿把兰兰痛打一顿后，这才出了气，甩门走了。

兰兰是个爱漂亮的女人。她对着镜子，看见自己的脸被六指儿打得走不出门，便伤心欲绝。她想这生不如死的日子没法过了。反正人总是要死的，不如一死了之。

一会儿，天气突然发生了变化，一个闷雷轰隆隆劈下来，劈得窗棂嚓啷啷响，大雨倾盆而下，风中摇曳的树叶落泪了。那泪水与兰兰的泪水交融在一起，仿佛到了世界末日。

在秋天的雷雨中，兰兰为自己选择了死。她在家里找出一瓶农药，又将娘家带来的香烛点燃后，插在房间的每一个角落，还换了干净漂亮的白色西裤和藕荷色碎花衬衣。头发梳成一根长长的独辫。脸上化了浓妆才掩盖住眼睑旁的乌青。一切料理停当，她从容不迫地喝下了农药。待到雷雨停时，那些袅袅飘浮的香气溢满了她的全身和房间的角角落落，而她已一命呜呼，香消玉殒了。

三

章珍妮回到家时，首先闻到一股香气。她想，怎么这样香？莫非自己在演教禅寺拜佛后把香气带回家来了？然而正是黄昏时分，家家户户的炊烟又都袅袅升起。章珍妮顾不得那么多，她要淘米做饭了。

青草、强强和石榴放学回来了，三个小家伙儿在客堂放下书包，就到院子里追来逐去，但他们几乎异口同声地说："好香啊！什么东西这样香？"强强去抓青草的衣服，青草就往家里跑。

青草跑进屋子，看见姆妈睡在床上，喊："姆妈，我回来了。"她见姆妈没理她，用手去摇姆妈的身子，可是姆妈还是不理她。她便在地上抓起几炷香，跑出来对强强说："你闻闻，就是这香气。"章珍妮见青草、强强、石榴在院子里跑，怕他们在雷雨之后的水坑滑倒，冲青草喊道："青草回来，别乱跑，到奶奶这儿来。"青草是奶奶一手带大的，见奶奶喊她，撒娇地嚷道："奶奶，我肚子饿了，要吃饭。"

章珍妮很疼青草，她从饭锅里抓出一个馒头，塞进一些咸菜递给青草，问："你妈点香了？"青草说："是呀，房间里点了很多很多香呢！"章珍妮说："难怪我闻得喘不过气来，点那么多香干吗？"

青草吃完馒头时，六指儿从渔场下班回来了。他一进屋闻得一股香气，再一看兰兰躺在床上。他想自己下午在火头上，也许打得她太厉害了。他内心有些歉意，便走过去轻轻地喊道："兰兰，兰兰。"

兰兰没有回应，六指儿把她转过身来时，吓了一大跳。兰兰的嘴角满是白沫，那是喝了农药才会有的白沫。六指儿摸摸兰兰，整个身体已经冰凉了。他"哇"一声哭喊起来，声音响得一直从后院传到前院。

兰兰自杀了。

这让我们全家人震惊，也让村里人议论纷纷。我后悔，我的红纸大字报写得太晚了。我刚写好，还没来得及贴，便传来六指儿撕心裂肺的哭喊声，真是把我的心都哭碎了。我老泪纵横，无语哽咽。这活生生的一个女人，怎么就像香灰一样熄灭了呢？

农村早就不作兴土葬了。兰兰在家里停尸三天后，一辆装尸体的车把她运走了。第二天，亲戚朋友全到镇上的火葬场去开追悼会，会场上一片哀哀的哭声。几天后，六指儿抱回来一只骨灰盒，那里面装着兰兰的骨灰。我们把它埋葬到墓地去了，还做了一块很漂亮的墓碑，碑上镶着兰兰的照片。

葬礼结束的那个晚上，是个晴朗的秋夜。天上布满繁星，我和章珍妮、六指儿站在星夜里说话。我说："人死不能复生，节哀为重吧！"六指儿有一种深深的自责，仿佛他就是杀死兰兰的凶手。

兰兰死后，六指儿很久没有去渔场上班。渔场的工作全由高渔儿和闯儿管了。六指儿每天看着兰兰的照片流泪。自责和悲伤让六指儿很快消瘦下来，章珍妮心疼儿子，她认为六指儿犯不着这样糟蹋自己。她说："怎么说兰兰也是自杀的。"她希望六指儿能从悲哀中走出来，恢复正常的精神状态。

章珍妮不忍心儿子消沉下去。她东想西想，想起了莉莉。她觉得能解救六指儿的唯有他中学时期的初恋女同学莉莉。一天她去镇上找莉莉。她知道莉莉中学时为六指儿怀上宫外孕，差点丢了性命，但一直没有追究六指儿的责任。她想也许只有莉莉能让六指儿恢复正常的精神状态。

莉莉初中毕业后，在家待业几年。后来她被分配进棉毛针织厂，去年这家全民企业倒闭，莉莉下岗了。莉莉在家闲得无聊，经常逛商店。逛着逛着，她逛进了一家歌舞厅。这家歌舞厅正在招陪舞小姐，莉莉外表时髦鲜亮。老板一看她的形象，马上录用了她。其实莉莉有过婚姻和儿子，只是她好逸恶劳的性情，让做钳工的丈夫与她离了婚，把儿子也带走了。

那些歌舞厅的陪舞小姐，暗中经营"人肉"生意。陪舞小姐看上去都很年轻，打扮得很怪异。棕红色的头发，描着深蓝的眼线，血红的嘴唇，粉底涂得比墙还厚。莉莉烫着爆炸头，穿着包臀裤子，一副很新潮前卫的样子。章珍妮从没有到过歌舞厅，但为了六指儿，她豁出去了。那天她给自己稍稍打扮了一下，便去镇上找"晚秋歌舞厅"。

晚秋歌舞厅，位于小镇十字路口附近。从晚上七点，一直营业到凌晨一两点。章珍妮推开门，有小姐让她买票。她说："我是来找一个叫莉莉的女人。"小姐说："不管你找谁，买了票才能进去。"章珍妮无奈又心疼地掏出二十五元钱后，掀起像棉毯一样厚的门帘，里面黑漆漆一片，只听得有音乐响起，有女人的歌声传出来。她想，这是什么世界啊？她迷迷糊糊好久，眼睛才渐渐适应起来。一曲完后，灯光亮起，章珍妮看见吧台前高高竖起的圆椅上，懒洋洋地坐着一个烫爆炸头的女人。她想那准是莉莉无疑了。她走上前去，莉莉一眼就认出她来了。莉莉说："阿姨，你来舞厅跳舞吗？"章珍妮说："我哪会跳什么舞，我是专门来找你的。"

"找我？"莉莉有些受宠若惊。

"是啊，我想让你帮忙。"

章珍妮把事情真相与莉莉说得一清二楚。莉莉说："我在歌舞厅上班怎么能出去呢？"章珍妮说："不用你出去，你们就联系联系，通通电话，让他从死胡同里走出来。"莉莉说："这个嘛，找我就没问题了，就当再来一次感情投资。"听莉莉这么说，章珍妮心里就有了希望。她想只有让六指儿"移情别恋"，才能让他从兰兰的阴影中走出来。

告别莉莉时，章珍妮把当年小风林给她的那只翠绿玉镯子作为礼物送给了莉莉。虽然心疼，但她觉得没有什么比让莉莉解救六指儿更重要了。回家的路上，她脚步轻快了不少。

很久没来镇里，她惊叹晚上小镇的繁华，主要街道已是灯火辉煌、流光溢彩了。她一边走，一边东张西望。突然一片红红火火的鞭炮声伴随着唢呐声由远而近。她情不自禁地脱口而出："秧歌队。"她不知道今天是什么节日，想当年她也身穿粉红色绸缎衣裳，头上戴一朵红绒花，手持一把绸扇，或者一把绸伞扭秧歌，那时候她是多么青春活泼啊！

第二十九章

一

临近年底，章菊花产下一个八斤重的大胖儿子。这让海云高兴极了。她亲自将红喜蛋分送给每家每户。当把红喜蛋分给丁港母亲时，她嗓门很大地说："嗨，分蛋啦！我孙子八斤重呢！"丁港母亲说："你好福气呀！"

我们家又有了婴儿的啼哭声。婴儿啼哭时是混沌的。我从没有像现在这样喜欢聆听婴儿的哭声。我老了，走过了近九十年的人生之路后，似乎把什么都看透了。我又像婴儿一样，回到了混沌的世界。宝儿来到我屋里对我说："爷爷，还是你给重孙子取名儿吧！"

我笑着说："我的脑子一片混沌，还能取什么好名字？"宝儿说："爷爷，你就取一个吧，给重孙子讨个吉利。"既然宝儿这么讲，我想了想说："好吧，那就叫许芦荻吧！"宝儿说："爷爷高明，芦荻表达着我们荻港村的含义呢！"

海云从前不带外孙，这一回儿媳妇坐月子，她把村里的账目全拿到家来做了。看着这个大胖孙子，一天变一个样子，海云不断地唠叨："小芦荻，今天又长大一点了。"只要小芦荻一哭，海云马上就会把他抱起来哄他，有时还给他唱自己改编过的《摇篮曲》："睡吧，睡吧，宝宝在奶奶的怀抱里，睡吧，睡吧！"海云这么一唱，未满月的小芦荻打着哈欠，乖乖地睡着了。

我的脑子虽混沌了，但我的心清醒着。章玫瑰一来，我便精神朗朗了。这女孩儿的一举一动多么像徐莹啊！有一天，我和章玫瑰打趣说："嗨，玫瑰，你这名字多么好，叫着你的名字，我就想着我的爱人了。"章玫瑰说："许老爷爷，你可真会说话。我的名字有这么好吗？"我说："好啊！谁不爱玫瑰呢！红红的玫瑰，多漂亮。"章玫瑰见我逗她玩，便高兴得哈哈大笑。

都说养小日日鲜，养老人人厌。我老了，但我一定不要别人讨厌我。我要一切生活自理，活一天就到田地劳动一天。这是我对自己的要求。那天我在菜园里施肥，柳枝儿抱着十个月大的佳佳来了。她抱着孩子经过菜园时，掩鼻而逃。我施的是人粪，其实沤制过后也不那么臭。我一直主张用人粪施肥，但现在用化肥的农户已经越来越多。冬天的菜园一片萧瑟景象，偶尔可见一两朵蔫蔫的淡黄色的花萼像泪珠一样惹人怜爱地挂在某棵植物的枝梢上。没了诗意的菜园，油菜上积着一层薄薄的霜。

冬天里，柳枝儿也穿旗袍。人要俏，骨头冻得咯咯叫。她穿旗袍抱孩子的场景，从前我只在电影里见过。真不知道她穿着旗袍是怎么做家务的。我看见她手上长满了乌乌肿肿的冻疮。穿得太少了，寒冷就轻而易举地侵扰了她。我忍不住对她说："你得多穿点，冻疮长到脸上一溃烂，那就破相了。"

她听我这么说，紧张起来道："我还从没有长过冻疮，这手上的冻疮是洗尿布的缘故吧！家里用上了自来水，远没有从前用河水和井水暖和。手上开始是鲜红的光润，后来红色变成乌色，我这才知道自己长冻疮了。等到肿起来后，有一阵特别疼痛。"柳枝儿一边说，一边给我看她的冻疮。她质朴直率，不像从前的上海女知青韩素丽有心计。

柳枝儿只要抱着孩子回家来吃饭，傻傻就会做上一些好菜。这天闯儿送来很多鱼，她就做了丰盛的鱼宴，有煎的、炸的、炖的，还有鱼头豆腐汤。鱼头豆腐汤上面撒着一层香菜末，分外诱人。我没什么牙齿了，但我准备去镶一口假牙。酒，是我们自酿的靠壁清。为什么叫它靠壁清呢？因为这种酒酿成后，要置壁间月余，食用时才碧清醇香。这酒的醇香打动着我。我一连喝了三杯，美酒在我的口腔温柔地滑过时，宛如美妙的音乐绕梁不绝。这一刻我仿佛身轻如燕，四周云絮乱飞，如登临仙界一般。

桑果儿在建筑工地不回家，我才有如此好心情。我知道建了半年的村办公大楼已初具规模了，这让桑果儿很有成就感。他觉得这是报复严发财和小抗敌的最有力武器。我觉得桑果儿老想着报复，他的内心就不会舒坦。怎么说呢，这孽子我也劝不了他，只得由他去。

那天我微醺后，倒在床上呼呼大睡。我在黑暗中做梦，梦见自己在钱塘江一艘白色的轮船上。拉响汽笛动身的那一刻，我站在二等舱的甲板上眺望两岸景色。我望见了田野上的耕牛和农家的房屋，也望见了船头有许多水鸟在飞翔。那些白色的水鸟总喜欢围着轮船飞翔。夕阳西下时，水面上波光粼粼，金色的余晖映满了水面，连盘桓着的白色水鸟都变成了金色。

我还梦见"一轮满月和七颗星辰"，那是二十世纪五十年代初我在钱塘江畔画的画儿。它明晃晃地悬在天边，我用力跳起来，想去抓住它，却"扑通"一声掉到水里去了。我醒了。醒来后，我看见墙上挂着我画的《七星图》。

这一年，我们家添了佳佳和芦荻这两个小生命。又一个新年即将来临，还没到除夕，傻傻就准备好压岁钱了。她不再用红纸包钱，而是买印有财神的红色压岁钱袋，并且把旧的人民币换成了一张张簇新的钱票子。天气寒冷极了，家里没有暖气，又舍不得点燃炭盆。我手里抱着汤婆子，有时把汤婆子捂进棉袄里，就像孕妇的肚子一样。石榴哈哈大笑说："太爷爷大肚子，要生毛毛头啰。"然后，唰唰几笔就把我画下来了。青草自从母亲去世后好像没有从前活泼了。她闷闷不乐的样子，让我心疼。

小芦荻满月时，已有十四斤重。这大胖重孙子，除了吃奶还吃牛奶与荷花糕，胃口大得出奇。海云管了一个月子的儿媳妇和孙儿，累得腰酸背痛。满月后，小芦荻只得由章菊花在家专职带了。宝儿白天在渔场忙得团团转，还开车跑运输，根本管不了。

除夕，依旧是除夕。一年到头，这天是最重要的日子。一大早，村里就有爆竹声了，只是不比夜里那么密集，稀稀落落的。窗外刮着西北风，冷飕飕的。除夕夜，我们家总是要吃团圆饭。为了晚上的一顿饭，傻傻和儿子、儿媳们就要忙上整整一天。通常小抗敌跑采购，章珍妮洗洗刷刷，海云拔鸭儿毛。只有桑果儿和柳枝儿，像我的孙儿辈那样吃现成的。

这天章珍妮来得格外早，她穿着紫红棉袄，看上去精神很好。她告诉我六指儿已回渔场上班了，一切又恢复正常了。她顿了顿又说："那都是莉莉的功劳。"我想了半天，终于想起莉莉是六指儿中学时期的同学，是六指儿的初恋女朋友。

那天我们还没吃完年夜饭，爆竹便"噼噼啪啪"响了起来。强强、青草、石榴、小丁丁，在桑果儿的带领下，都到院子里放鞭炮去了。这些孩子聚在一起，青草个子最矮小。十岁的青草，比六岁的小丁丁个子还矮小。傻傻和章珍妮都对我说："女孩子与男孩子不一样，等发育开了，一下就长高了。"可我总是有些担忧。

新年的钟声敲响时，我已睡着了。只有孩子们聚在客堂里，一直看到春节联欢晚会结束。春节只有除夕是最热闹的。除夕一过，正月的日子便散散淡淡地开始了。大年初一，家里的孩子们都来给我和傻傻拜年祝福。每位来拜年祝福的，都能得到一个红包。当然啦，我只是让孩子们高兴，每个红包里面的钱只有几元，表达我的心意而已。

大年初二，开始下雪了，下得慢条斯理的。都说"瑞雪兆丰年"，果真如此的话，那么今年又是一个丰收年了。六指儿带着莉莉来给我拜年，莉莉穿着紫红皮大衣，头发烫得像鸡窝一样。我是第一次见莉莉，她黝黑的皮肤光润细腻，睫毛很长，眼睛很媚人。她的脸上露出一丝狡黠的微笑。我感觉她似乎没有兰兰善良，我不知道我的直觉是否正确。不过来的都是客，我照样给六指儿和莉莉一人分一个红包。

闯儿见六指儿又与莉莉搭上了，惊讶得喷饭。她对我说："真不明白，六指儿怎么又与莉莉好上了？比起兰兰，莉莉才真正是好逸恶劳呢！"我说："你别多管闲事，这是他们的私事。"闯儿说："我才懒得管呢！"

章珍妮见六指儿把莉莉带回家来，心里既高兴又忧愁。高兴的是六指儿终于从兰兰死亡的阴影里走出来了；忧愁的是莉莉一旦真正纠缠上六指儿，那这个在舞厅经营"人肉"生意的女人不就更糟吗？章珍妮想，自己上镇里找莉莉，是不是因爱子心切而犯糊涂了呢？

于是整个正月里，章珍妮都没有好心情。她常常头晕，看见六指儿与莉莉在一起时，便惶恐不安。有一次，她望着六指儿与莉莉的背影竟流下眼泪来了。豆芝看见了，对她说："你还在为兰兰抹眼泪啊？年轻人有了新人忘旧人，都是这样的。"其实，豆芝哪里知道章珍妮心中自有别样的担忧和伤感。

二

正月一过，春天就不远了。春天首先在内港埭走廊的柳树上显现出来。那些柳树枝上绽出嫩嫩的芽苞，等春风再浓烈一些时，芽苞绽破，嫩绿的叶片就爬满枝条了。章珍妮感觉到气候的转变。天空已经由原来的苍白变成蔚蓝色。燕子正忙着搬家。旧燕子飞走了，新燕子衔着湿泥筑新巢。青草开学后，章珍妮在这宁静的春光中，常常神思恍惚。她想念她的长超家乡，想念已经去世了的父母和三个兄长。她想着想着，便感到自己孤苦伶仃了。

春意渐浓时，高大年的支气管炎也越来越严重了。半年多来，他被这病困扰着，每天都觉得胸闷。吃饭时嗓子里总感觉被什么噎着，令他喘不过气来。我没想到仅半年工夫，昔日健朗的高大年，就变成纸人儿似的了。幸亏他的夫人红菱善良贤惠，常常给他换着口味、变着花样哄他吃饭。

那天下午，我和傻傻买了桂圆和荔枝去看望高大年，他脸色蜡黄地躺在床上，看上去病得不轻，像得了肝病一样。我说："高老弟，你去医院做个全面检查吧！"可他说："就支气管炎，没别的病。"

我们三个聚在一起，自然会聊起从前的话题。红菱像听天方夜谭似的听着我们讲那些陈年旧事。只是高大年一开口说话，总要先咳嗽一阵，直咳得我胆战心惊。我想他不会是小风林那样的病吧？高大年比我小七八岁，也八十出头了。想起他年轻时与我一起习武、干革命是多么朝气蓬勃。

其实，习武不能算他真正的爱好，他真正的爱好是骑马。在精武会成员中，他的马术可谓数一数二。但他没有严家辉那么喜欢出风头，也没有杨鸿庆那样急于表现自己。二十世纪五十年代初，他是村里的民兵队长，常常驾着马车进城去为供销社拉货。他喜欢给马的脖颈拴上金色的金属铃铛。马车走动时，铃铛声便不绝于耳，久久不散。

我们聊起那些往事，高大年显得异常兴奋。只是他的咳嗽，像骨头哽在喉咙里似的，让我们不忍继续闲聊下去。告辞时，傻傻突然泪眼婆婆起来。红菱送我们到院门口的时候，已是黄昏时分了。

在我眼里黄昏并没有改变颜色，只是由于岁月的流逝，使黄昏更浓重一些罢了。我与傻傻手挽手走在回家的路上，我突然想起"相濡以沫"这个词，不由从心里升腾起一股敬畏。

回到家，傻傻燃起炊烟时，天空游走着一片火烧云。它足足燃烧了半个小时才暗淡下去，而这时傻傻的饭菜已经做好。我的肚子早饿了，端起饭碗就吃起来。我听见自己的舌头，在口中卷来卷去的声音。牙齿掉光了，咀嚼时就显得软弱无力。我囫囵吞咽后，听见食物沿着食管滑向胃里时发出的沙沙声。

这晚桑果儿回家来看我们。我与桑果儿没说上几句话便闹崩了。原因是，我让他别利用职权让他分管的那几家村办企业偷税漏税，让他不要贪污受贿。他一听我这样说，马上大着嗓门儿道："谁偷税漏税、贪污受贿啦？你别听人瞎说。"我说："没有最好。可不少村民对你有闲言碎语呢！"他说："你老了，糊涂了，那些事情不用你操心。"他说着甩门而去。

我倏地恼火起来，冲他的背影骂："小畜生。"

在我的儿子中，桑果儿与我就像前世的冤家一样。有时我想我怎么会生出这样的孽子来？其实，我清楚得很呢，桑果儿家里的二十四英寸大彩电就是受贿来的。这大彩电花的钱可不是一个小数目。小抗敌不会骗我，他也是为弟弟好。可是这孽子听不进我的逆耳忠言，还摔我的门，真是把我活活气死。我对傻傻发脾气道："都是你教出来的讨债儿子。"傻傻站在角落里，冷峻地打量着我，一声不吭。

夜里我翻来覆去睡不着。天亮时，才迷迷糊糊睡去。若不是小芦荻"哇哇"的哭声，我还会继续睡呢。起来后，我看见小芦荻站在家门口的门洞里，哭得眼泪鼻涕一大把。宝儿房间里的窗帘低垂着，我走过去，透过窗帘的细缝，看见宝儿与章菊花像两条蛇一样地盘缠在一起。我心里一乐，自言自语道："他们倒是会抓紧时间。"等他们出来，小芦荻早被我抱在怀里，而章菊花搁在客堂桌上的饭菜已经凉了。

宝儿一边狼吞虎咽，一边说："六指儿每天与莉莉纠缠在一起，晚上经常去镇上的舞厅，六指儿的心思已不在渔场了。闯儿与高渔儿最近也常常闹矛盾、吵架。爷爷你说，这渔场靠我这个打杂的在撑门面，而他们三天打鱼两天晒网，这样下去渔场不垮才怪呢！"我说："是吗，怎么会这样？"宝儿说："大家心不齐，就要出乱子了。"我说："对呀，就怕内讧。"宝儿吃完饭临走时，转过头来又对我说："我得替六指儿跑运输去。他妈的，再这样下去，老子不干了。"

创业是艰难的，可我想守业和发展比创业更艰难。我忽然觉得自从兰兰死后，六指儿不正常了。六指儿是渔场场长，场长不正常了，渔场的经营自然要走下坡路。我想，我是否要找六指儿谈谈呢？怕的是他听不进我这老头子的话。

那天青草放学回家，"哇哇"大哭，哭得很伤心。我问青草："谁惹你了？"她说："太爷爷，同学叫我小矮人。"我突然感到问题变严重了。我一边哄青草："别理他们，做自己的事。"一边心里想，青草会不会是侏儒症？这个想法一产生，我浑身颤抖了起来。我对傻傻说："都怨你们女人，说青草还小，月经来了就会长高。你看她都快十一岁了，还是个小萝卜头。我怀疑她得了侏儒症。"

傻傻说："你别乌鸦嘴，青草是矮些，但不能说她就得了侏儒症。"章珍妮在一旁也接着说："女孩子矮小一点没关系，哪里就会得侏儒症？"这婆媳俩叽叽咕咕，枪炮对准我扫射了一阵，我真是自讨没趣。毕竟青草的事还轮不到我这个太爷爷来管。青草虽然没有了母亲，没有了祖父，但有父亲和祖母。我懊恼地对自己说，以后再不提这件事了。

我在院子里种的花，最早开的是红色月季，接着开的是白色的、粉色的扫帚梅，再接着开的就是地瓜花和爬山虎了。满院子的花一开，空气就飘着香味，蝴蝶和蜜蜂就开始忙碌起来了。我把我卧室的窗子整日开着，让屋子里飘荡着植物的香气。那天下午我正趴在窗台上，闻着植物的清香，红菱泪眼婆娑地来到我面前说："我们家老头子去世了。"

"高大年他怎么啦？"我问。

红菱说："我以为他睡着了，没敢给他喂午饭。可是都快吃晚饭了，他还没醒来，我就摇摇他，他没反应。我摸了一下他的脸，冰凉冰凉的，吓了我一跳。我大声喊他，他没反应。我就到水娟屋里，把水娟找来了。水娟一看说：'公公死了。'水娟去砖瓦厂找阿兴，我就跑你这来了。"

我说："他早上吃过什么？会不会被什么食物噎住了喉咙闷死的？"红菱说："他早上吃过一块地瓜。他吃地瓜时，我正在洗衣服。等我洗完衣服他已经躺下了。我没听见他咳嗽，以为他睡着了呢！"

"高大年死了。"

我的脑海一片空白，像真空一样。我呆呆地望着泪眼婆娑的红菱，眼泪像滂沱大雨纷纷落下。我的老部下除了傻傻，已经一个也没有了。我突然感到格外孤独。高大年的去世，使我陷入无边的黑暗之中。我极目远眺，发现遥远的地方隐隐浮游着一个苍老的人影。他被几条灿烂的金线缠绕，显得幽深而神秘。接着，人影离我越来越近。他骑着骏马，策马扬鞭，他就是高大年。我正惊诧着，人影却猝然破碎，一片浓烈的金色，刺疼了我的双眼。顷刻，我感觉自己的肉体仿佛已被融化了。我知道永恒的死亡，正沿着眉梢爬上我的额头。

高凤筝从省城回来，一副见过大世面的神气。不过一年多时间，他已经今非昔比，完全是城里小青年那种时髦前卫的样子了。头发留得像女人那么长，牛仔裤还故意戳破几个洞。脖子上戴着黑绳子挂件，还养着两撇小胡须。照我看，活像一个不三不四的二流子。祖父死了，他脸上还荡漾着笑容，看不出悲伤。

送葬队伍出发的那天，树木散发着一股清爽的树脂香气，马车伴随"嗒嗒"的马蹄声驶上马路。人们低声呜咽，这时的我已经没有泪水了。到了墓地，我仰起头，树梢上一只鸟儿孤单单地叫着，声音单调而悲凄。

葬礼结束后，高风筝来不及吃豆腐饭，匆匆赶回省城去了。他说他学手艺的理发店很高档，也很忙，他急着赶回去。高阿兴望着儿子，一脸的不高兴。他对儿子说："你看看，你像什么样子？让我真是恨铁不成钢。"高风筝说："我学手艺也会成才。三百六十行，行行出状元。"高风筝说罢，望了土里土气的父亲一眼，头也不回地走了。

三

六指儿在一个黄昏从屋顶坠落时，像一只甲壳虫那样无声无息。雨淅淅沥沥地下着，稻谷正贪婪地吮吸着雨水。没有晚霞的天空，太阳被乌云遮蔽。六指儿与莉莉相约在小镇某个商厦六层楼顶平台上见面。他们要在这里谈论一笔交易。毛毛细雨打在莉莉的脸颊上，就像给她浓妆的脸颊镶上彩条。莉莉已经辞掉舞厅的工作，一切花费全由六指儿承担。大半年下来，六指儿觉得莉莉就像一个永远填不满的无底洞。

有那么几天，六指儿与莉莉到一处风景名胜去旅游。那里四周地势险要，曾是兵家必争之地。他们住进了一家五星级宾馆。莉莉有不少新买的衣裳，在那几天里穿得花枝招展，让六指儿看得眼花缭乱。

六指儿想，兰兰婚后就像个黄脸婆，从没这么鲜亮地让他耳目一新过。他觉得与摩登女郎莉莉走在一起，那些回头的路人满足了他的虚荣心。他有点沾沾自喜。这家宾馆附近有一家江南餐馆，六指儿和莉莉就到里面去饱餐了一顿。

事情就出在这家江南餐馆里。

那天六指儿与莉莉第一次发生了争吵。餐馆里有个中等个子、满脸大胡子、厚嘴唇、小眼睛的伙计，曾到莉莉上班的晚秋歌舞厅跳过舞。别看他其貌不扬，跳起舞来却气度不凡。那些跳舞的女人都渴望他能带她们跳一曲。

这位大胡子已经休假多日，他第一天回江南餐馆上班就看见了莉莉，莉莉也看见了他。莉莉告诉六指儿，这大胡子的舞姿如何诱人、如何风度翩翩。莉莉还说大胡子比六指儿有男人魅力。莉莉像着魔似地在六指儿面前一遍遍夸奖大胡子。这成为他们发生争执的起点。争执时六指儿动用了拳头，莉莉的左眼被打得又青又肿，但莉莉仍然说："大胡子就是比你有男人魅力。"

莉莉满眼泪水，那一刻她觉得时间停滞了。如果她手里有一把刀，她就会刺向六指儿的心脏。莉莉坐在餐桌边抹眼泪时，六指儿仓皇溜出餐馆。他回到宾馆打包自己的行李后，搭车回荻港村去了。

莉莉抹着眼泪回到宾馆，发现六指儿已提着自己的行李离开了，不由得火冒三丈，仿佛又一次受骗了。她想起中学时期，把自己的初夜献给了六指儿，还因宫外孕差一点丢了性命，可他却逃之夭夭。莉莉又伤心又气愤地骂："这个没良心的东西。既然你不仁，那就别怪我不义，咱们走着瞧！"于是她拨通了大胡子的电话，哭泣着对大胡子说："你来吧！他走了。"

大胡子欣然接受莉莉的邀请。在晚秋歌舞厅时，他们就是一对出色的舞伴，只要他们一出场，无论跳探戈还是伦巴，都能让整个舞厅的人眼睛为之一亮。这夜大胡子在莉莉的房间过夜。大胡子与莉莉亲热的那一刻，莉莉对六指儿的怨恨一扫而光。

这夜大胡子与莉莉聊得很多。莉莉这才知道大胡子曾经有过一次逃婚的经历，那年他迷恋的女人怀孕了，女人要大胡子娶她为妻，可大胡子不想要老婆，更不想要孩子。深更半夜，大胡子逃离家乡湖北。女人盛怒之下绝望地跳了长江，一下子结束两条生命。家乡人痛心地骂大胡子是个负心汉。如果他再敢回来，就砍了他的人头悬在村口树梢上示众。大胡子逃离家乡后，便流浪到这里来谋生。莉莉想，原来大胡子逃婚是因为出了人命案啊！

莉莉和大胡子在宾馆同居了两天。这两天他们整日整夜地蜷缩在床上，连饭也顾不上吃，饿了就拿冰柜里的饮料和面包充饥。莉莉想，床怎么就变得如此亲切了呢？他们聊天儿后做爱，做爱后聊天儿。两天下来，双方都被折磨得形如鬼魅。莉莉知道这是她在大胡子怀里短暂的逃避和放松。第三天莉莉口袋里的钱所剩无几，只好打道回府了。

莉莉回到小镇后，每天都给六指儿打电话要钱，但六指儿却像躲避瘟疫般躲避着莉莉。莉莉没有了生活来源，又不想重操旧业，也不想干别的工作。她一个人窝在家里，双颊日渐塌陷，头发也失去了光泽。她找过章珍妮，可章珍妮说当时给她的玉镯子就是报酬。莉莉觉得这母子二人都很无情。她不甘心被六指儿再一次抛弃，她想不达目的誓不罢休。

那个雨天，莉莉终于把六指儿叫来小镇，可六指儿不愿去莉莉的小屋。他已经不想再与莉莉纠缠在一起，影响渔场经营。所以，他们就相约在那个六层商厦楼顶的平台上见面了。莉莉要六指儿娶她，六指儿没有答应。莉莉要六指儿继续给她提供生活费，六指儿借故渔场生意不好，也没有答应。

莉莉终于气急败坏地说："六指儿，你太忘恩负义了。"六指儿说："我没有义务养你。"莉莉道："你如果不说养我，我怎么会把舞厅的工作辞掉？"莉莉与六指儿发生了争吵。六指儿对莉莉动起了拳头。这一次莉莉进行了反击。她用牙齿咬伤了六指儿的手臂后，发疯般地用力一推，六指儿一个趔趄，倒退了几步，一脚踩空掉下楼去了。

"砰"的一声响，莉莉吓得浑身打战，她哆哆嗦嗦地对自己说："我不是故意的，我不是故意的。"

莉莉在惊慌中逃出商厦，没人注意到她就是凶手。因为那些喜欢看热闹的人都去看坠楼的死者了。莉莉快速逃回了家。她拿了家里仅存的现金与一些日常用品和衣服，搭上长途公交车找大胡子去了，一路上惊魂未定。

六指儿坠楼的消息传来，全家人都非常震惊，尤其对章珍妮，是一个格外沉重的打击。她"啊"的一声，双腿发软晕过去了。小抗敌骑着我的架子车把章珍妮送去镇医院。谁也不知道这究竟是怎么一回事。家里顿时全乱套了。闯儿和宝儿赶到小镇现场时，六指儿已被警方送去殡仪馆。警戒线内一摊醒目的鲜血被雨水像泼墨一样冲刷开来。毫无疑问，那就是六指儿坠楼后留下的鲜血。闯儿忍不住放声大哭起来，她对围观的人说："肯定是谋杀。"

几天后，报上登出捉拿嫌疑犯莉莉的消息和照片。我们家谁也没想到，莉莉竟会是杀害六指儿的凶手。如果真是这样，那么章珍妮就是导致这出悲剧的罪魁祸首。谁让她引狼入室！

章珍妮苏醒过来后说："一定是莉莉杀死六指儿的。这个天杀的小婊子，我与她拼了！"章珍妮说着跳下床，赤着脚往外跑。宝儿把她拉回来时，她嘴里还在不停地骂："这个天杀的小婊子，我与她拼了！"

追悼会那天，章珍妮趴在六指儿遗体上放声大哭。那哭声就像刀戳我心，让我疼痛难忍。我还没有从高大年去世的阴影中走出来，却又跨进了六指儿的葬礼中。真是黄泉路上无老少，死人的事是经常发生的。是啊，说不定哪一天就轮到我了呢。

我这一生已经目睹太多的死亡，但六指儿被人谋杀坠楼而死太过残忍了，让我晕眩窒息。

埋葬了六指儿后，章珍妮仍然天天以泪洗面，沉浸在无限的悲恸中。她的头发一夜间全白了，走起路来也颤颤巍巍，仿佛一个八十多岁的老妪。其实，她只有五十多岁。生活的摧残，让她一蹶不振。我非常担心章珍妮，关照傻傻多陪陪她。傻傻也不忍章珍妮遭受过多的精神折磨，她常常劝导她想开一些，可章珍妮还是闷闷不乐，痛哭流涕。章珍妮一定要把凶手莉莉抓回来，她说："不看见凶手莉莉被枪毙，我死不瞑目。"

第三十章

一

莉莉惊惶失措，一路风尘地来到那个号称风景名胜之地的江南餐馆。她是来投奔大胡子的，可经理说大胡子辞职不干了。莉莉顿时失去了方向。她不知道到哪里才能找到大胡子，也不敢住旅馆。她对外省的地形不熟，于是她想，最不安全的地方，也许是最安全的。她还是逃回了小镇附近的村庄。有户农家有一个草棚，里面堆满了稻草。莉莉又饿又渴又累，倒在稻草堆上睡着了。醒来后，她听见鹅在圈里叫得很响，赶紧拔腿就跑。

莉莉被逮捕的消息，我是在电视新闻中看到的。那晚我一打开电视，就看见了这则新闻。莉莉戴着手铐，一脸平静，仿佛戴在她手上的不是手铐，而是手镯似的。我惊讶她的平静。我让傻傻叫章珍妮快来看电视，可她磨磨蹭蹭，等赶到电视机前，这则新闻早播完了。

章珍妮问："里面都说了些什么？"我说女播音员说："日前在公安人员的全力追捕下，嫌疑人莉莉落网。"章珍妮这才舒了一口气道："这个小婊子，我要给她千刀万剐。"

六指儿死了，兰兰也死了，最可怜的就是青草了。青草已经上小学五年级了。父母死后她仿佛一下子懂事了。那天正是傍晚时分，我坐在院子的竹椅上，迪杰卡伏在我脚边，青草、章珍妮和傻傻坐在一张钢架床上。我们闲聊着，青草对章珍妮说："奶奶，我们要化悲痛为力量。"她这么一说，章珍妮的脸更加阴郁起来。我望着章珍妮，心里十分心疼。这个大儿媳妇，我一直记着她的好。从前我落难时，她代替章丹风来给我送换洗衣服、送吃的东西。只是她命运多舛，死了丈夫，现在又死了儿子。嗨，这苦命的人啊！我这么想着想着，淌下眼泪来了。

傻傻和章珍妮进屋后，我与青草、迪杰卡在一起。迪杰卡从我的脚旁走到青草的脚边。青草抱起它说："迪杰卡，你要护卫好我们全家人。"迪杰卡仿佛听明白了，点头摆尾地在青草怀里撒娇。这天傍晚，青草总共说了两句话，但这两句话，远不是青草这个年龄的人该说的。都说苦难使人早熟，的确如此。

月亮出来了。这夜的月亮特别明亮。月光冷冷地洒在我的身上，宁静得使人忧郁。在我九十年的生命中，我看见许多人踏着月光去了，许多人又踏着月光来了。生命如落花一样匆匆，只有月亮上的嫦娥与玉兔千古不老。生命轮回，一代一代都无法逃避月光的照耀。我喜欢月光，它使我的灵魂得到安宁。

这会儿，我和青草静静地坐着，突然"哗啦"一声，我以为什么东西倒塌了呢，却是一只灰褐色的山鹰俯冲下来，飞到我的屋顶上，叫了两声，我和青草的魂儿都飞了。青草逃进屋去，而我很快镇定下来。我知道它是来看我的。我冲它吹起了悠长的口哨。

自从平儿和她丈夫回美国后，山鹰一直没再来过。这次它飞来是为了什么呢？难道它知道六指儿坠楼了，来看看我们是否过度忧伤？我吹完口哨，并没有像从前那样伸出手臂让它停在我手臂上，而是留下迪杰卡守卫在门口，自己进屋去了。我对傻傻说："山鹰来看我们了，在屋顶上呢！"傻傻说："还没飞走吗？这讨厌的鹰，吓着青草了。"我说："还在屋顶呢，就让它待着吧！"

第二天一早，我起来时山鹰还在屋顶上。我想它待一夜了，该回它的深林中去觅食了。这时家里人已起床，他们顾不得吃早饭，都出来看山鹰。山鹰依然不飞走。宝儿说："我去拿根竹竿赶它走吧？"

隔壁丁港母亲说："阿弥陀佛，这野外的生灵，不能随便赶。"我说："也许它未经我同意，才不走的吧？"闯儿说："爷爷，你别太迷信。它不过是一只山鹰，懂什么啊？"闯儿这么一说，我对山鹰又吹起了口哨，并伸出了我的右臂，示意它飞下来。大家的眼睛都盯着我，仿佛在看什么奇迹似的。倏地，山鹰就扑棱棱地停在我手臂上了。它的眼睛发出冰一样的寒光，下钩的嘴巴吻着我的手臂。我一边用左手梳理着它的羽毛，一边对它说："家里出了一点事，现在已经过去了。你放心回去吧！我们会好起来的。"

我对它说话就像对一个家人说话一样，是那么亲切和坦诚。它听后，柔顺地轻轻扑扇了一下翅膀，飞走了。它这一走，大家被这神奇的山鹰震撼了。闯儿说："爷爷，它一定是你的神灵了。"我说："不，它是我们大家的神灵。"

一个多月后，莉莉的判决下来了。莉莉最终被判处死刑，立即执行。公审大会那天，章珍妮、闯儿、静儿、宝儿，还有丁港等都去了，我也去了。我想这么年轻的生命，就要像落叶一样枯萎，实在可惜。半晌，一辆敞篷囚车从我身旁呼啸而过。我清楚地看见凶犯莉莉由两个荷枪实弹的警察押着。沿途围观的人都议论纷纷，凶犯莉莉脸色惨白，目光呆滞，似乎已失去了知觉。

公审大会结束后，莉莉被押赴刑场。我、闯儿、静儿、宝儿和丁港都没去。章珍妮自然也没去刑场，但我这夜梦见的全是刑场的场景：我看见莉莉的眼睛被一块黑布蒙着，那个行刑的人对她喊："跪下！跪下！"
莉莉站着不动，尿流下来，如雨一般。行刑人只好等她尿完，才走过去
将她"扑通"一声按跪下。接着行刑人对准她的后脑勺，"砰砰"连开两
枪。她摇晃着倒下了。我看见莉莉倒下后，仿佛自己也被子弹穿过了头
颅，"咚"地从床上跳起来，吓得脸色惨白，大汗淋漓。

二

过了国庆节，盖了两年多的村办公大楼终于竣工了。这幢三层五开
间、带着阳台的办公大楼，外墙被漆成了苹果绿。村委搬进去时，鞭炮
放得啪啪响，大炮仗更是震得地动山摇。桑果儿给每个办公人员换上了
簇新的办公桌椅。每间办公室都装有电话与空调，会议室还有椭圆形的
会议桌和大彩电。二楼和三楼的阳台上放满盆景花卉。整个村办大楼简
直像城里机关办公大楼那么气派呢！桑果儿非常得意地说："这才刚刚起
步，再过若干年，我要把村庄打扮成像城里的公园一样。"

严发财和小抗敌面对桑果儿的雄心壮志，只好感叹自己已到了日薄
西山的年纪。他们想这个冤家对头毕竟年轻，咱们斗不过他，就由他去
梦想、去创造、去实践吧，再过两年，我们回家含饴弄孙去。

自从进入二十世纪九十年代，村里的年轻人一批一批地进城打工。
他们已经不满足在村办企业打工了。他们心里满满地装着精彩的城市世
界，他们离土又离乡，融入城市去感受新生活了。他们想，我们村最早
到城里去打工的是章荣初，后来他在上海滩成了赫赫有名的大亨；接着
是许家立，他现在已是电冰箱厂的老板，在省城的日子过得无限风光。
他们想，虽然农民工进城不容易，但只要勇敢地去实践，总会改变自己
的命运。当然除了年轻人，我们村庄那些中年妇女进城做保姆的也不少。
她们觉得做保姆很划算，住在东家，吃在东家，每月还有千儿八百的工

资，而在家里同样也是做家务劳动，却分文全无。

六指儿和兰兰去世后，闯儿与高渔儿的矛盾也越来越激化了。无论在业务上，还是在感情上，闯儿内心都感到无比痛苦。都说婚姻就像一双鞋，穿在脚上合不合脚只有自己知道。海云劝闯儿不要离婚，她认为渔场办起来不容易，如果轻易放弃，就会让高渔儿占便宜。

闯儿想想也是。

然而抬头不见低头见，有时一日就要吵上几架，这日子真的没法过了。于是，最后她还是果断地与高渔儿离了婚。离婚后的闯儿不到渔场干活儿了。她带着石榴回家来，住进了她从前与静儿的那个房间。

闯儿不在渔场干活儿，宝儿和静儿也都辞职不干了，渔场就给了高渔儿和他的两个姐姐经营。闯儿赌气说："我日后做生意，一定要比渔场大得多。我要办渔庄，就像西方那些农场主一样，我要做渔庄主。"小抗敌听了讥笑她说："你以为做生意那么容易？别八字还没一撇就吹牛。"闯儿道："总要先有理想，有了理想就会成功。"小抗敌说："谁没有理想，谁不想把生意做好？但这还需要天时、地理、人和。你们渔场弄到今天这个样子，不就是内讧不和睦导致的？"闯儿不吭声了。她想父亲的话有道理。日后如果自己有能力办企业，一定要记住"和睦"二字。

闯儿的隔壁住着宝儿和章菊花。有时她坐在窗口，能听见章菊花嗔怪芦荻："你这个小坏蛋，昨晚又尿湿了裤子。"芦荻咿呀地应着，嘴巴噗噗地弄出响声。这孩子已经能扶着墙壁磕磕绊绊地走路了。每当他多走几步而不摔倒时，就得意扬扬地走到闯儿的窗下，咿呀叫着，和姑姑分享他胜利的喜悦。然而，当他不慎摇晃着跌倒，便一点没有英雄气概，马上咧着嘴放声大哭，直到大人把他扶起为止。

那天一大早，闯儿、章菊花和章玫瑰三人带着小芦荻到镇上去逛街。章菊花抱着小芦荻，小芦荻穿着一套白色毛衣毛裤，怀中抱着我给他做的木头熊。他们搭上公车后，太阳就升高了。车窗外，明亮的阳光照耀着起伏的原野。变幻的景致让小芦荻兴奋得咿呀乱叫,活泼得像只小兔子。章玫瑰最喜欢逗小芦荻玩儿,当小芦荻因急着朝前走而摔倒在地做出要哭的样子时,章玫瑰就故意摔倒在地,"哎哟"一声做出痛苦状,小芦荻咯咯地笑起来。闯儿说:"这小家伙幸灾乐祸,看姨妈摔倒了,他笑得那么开心。"

那年深秋,丁港辞掉了砖瓦厂的工作,做起油脂买卖。他没有像其他年轻人那样进城打工。他认为现在的农村,几乎每天都有人在盖房屋。只要盖房屋,就需要油脂。如果说砖瓦厂是生产砖瓦,那么油脂就是砖瓦的好伙伴。

丁港做油脂买卖,静儿做贤内助帮助算账。闯儿还在犹豫是否做油脂生意。不过,她很快明白无论做什么只要能赚钱就行。于是正当村里的企业倒闭的倒闭、不景气的不景气,一些个体承包企业也在相应倒闭时,闯儿、静儿、宝儿三姐弟,却在村里创建了油脂厂。那天闯儿问我:"爷爷,我们给油脂厂取名'明富油脂厂',你看怎么样?"

我说:"好啊!明天的富裕生活嘛!"

前阵子,村里的企业榨油厂倒闭了。闯儿就把榨油厂的厂房租了下来,改作明富油脂厂。闯儿任厂长,丁港和宝儿跑销售,静儿做会计。虽说是厂,但连同雇的员工在内总共才十几个人。麻雀虽小,五脏俱全。因此,他们每一个人都特别忙碌。他们一忙碌,家里就冷清了。莉莉虽然被依法枪决,但章珍妮仍旧闷闷不乐,神思恍惚。

我很久没有去外港埭走廊了。

自从外港埭走廊的书场出租成为仓库后,那里已一片萧条和冷清。没有了书场,有时我就把大书说到了田头。在田头说书,听众还包括自然万物。当然,我天生就能够享受与自然和谐相处的快乐。今年春天,我在向阳的南坡又足足种了两亩土豆。夏天它们开出紫的、粉的、白的花儿,美丽极了。

这些天，我收获完土豆，天空中飘着的风爽利多了。在村里，像我这么大年龄还在地里劳动的已经没有了。因此，我为自己还能收获土豆而自豪。这个季节，南坡上的树叶一天一种颜色。这些叶子变了颜色之后，就像那些赶集的农民，纷纷扬扬随着风飘然而去。树木宛如秃头鸟一样，地面堆积着一大片深红和金黄的叶子。我喜欢这景色，它原始而苍凉。

　　收完土豆，秋收劳动基本结束了。从前这个时候，我就会去串门儿，有时去杨鸿庆家，有时去高大年家，有时去丁一松家，如今他们都去世了，我就没有地方去了。我坐在窗前看风景，确切地说是看我的菜园。

　　哑巴丁江又一次朝我的菜园走来。这一次他手里拿着两个包子，走到石榴面前粗声粗气地"啊啊"叫了两声。石榴慌张地向后退一步。丁江用手势比画着，石榴就接过包子，然后跟着哑巴丁江走远了。

　　我知道石榴平时喜欢与哑巴丁江玩。丁江带她爬桑树，攀草垛，远远望去就像一只老猴带着一只小猴去树上摘桑葚。每次石榴跟着丁江玩儿回来，就会画许多画。这天黄昏，我正在客堂的楠木椅上打瞌睡，石榴把我摇醒了说："太爷爷，快看看我的画儿。"

　　我想石榴那水墨画，也就是些竹子、牡丹、葫芦、兰草之类的东西。我眯缝着眼睛说："嗨，你太爷爷正在打瞌睡呢，去去去。"我把石榴打发走了，可她委屈地一遍又一遍道："太爷爷是个大坏蛋，太爷爷是个大坏蛋。"石榴的嗓门大得像用了麦克风，震得我耳朵如同围绕着一群嗡嗡叫的苍蝇。我睁开眼睛对石榴说："好吧，你这小东西吵死了，把你的画儿拿来让我鉴赏。"石榴说："画儿就在这儿呢！"石榴俯身拈起最上面的一张，两手捏着边角，轻轻展示给我。为了不使画颤动，她敛声屏气，凝神不动，宛如一尊雕塑。

　　这时我就像一个鉴赏家。

　　没想到十岁的小姑娘，竟然把油画画得那么好。石榴的画，从布局到色彩，都别具一格。第一幅画：一个用金黄色草垛扎成的女人，在麦田上飞舞，鸡群在麦田里懒洋洋地吃麦粒，它们身上的羽毛，被阳光照得金灿灿，草垛女人双臂张开，火焰状的裙裾，像生命在激情燃烧。我看了有些激动，急忙说："拿第二幅画来。"

石榴画的三幅油画，都是金黄色的草垛女人。第二幅金黄色的草垛女人在星空下，第三幅金黄色的草垛女人在池塘边。我微微闭上眼睛，仿佛月光就在我身上流淌，而蛙鸣在我耳畔萦绕。我欣赏石榴把金黄色发挥得淋漓尽致。这小小的生命，何以有如此炽烈的感情，把画儿画到燃烧般的地步？莫非是因她父母的离婚给予她沉重打击而导致的？我想，人需要苦难才能成长吧！我思索着，鼓励石榴说："嗨，小石榴你画得不错，长大做画家吧！"

石榴骄傲地说："那当然。"

石榴画的金黄色草垛女人就像我们家族的女人，她们都是燃烧的生命。无论我的母亲和姑姑，我的姐姐和表妹，抑或是我的女人们和孙女、重孙女们，她们都是一团燃烧的火焰。就连这小小的石榴，竟然也能把最灿烂的金黄色驾驭得如此纯熟自如，真是令人难以置信。

三

章珍妮每天都去演教禅寺拜佛，如今的演教禅寺虽然已没有了和尚尼姑，但来此地拜佛的人依然络绎不绝。那天，章珍妮神思恍惚地去演教禅寺，当她走上秀水桥时不慎一脚踩空，从桥上滚落了下来。她的后脑勺撞在石阶旁的一堆碎砖头上，"砰"的一下，便血流如注了。

当村民通知我们家人时，章珍妮已昏迷过去了。小抗敌踩着我的架子车，与海云一起把她送到镇上医院。医生说："要住院治疗，做核磁共振，检查是否损伤了大脑。"小抗敌给章珍妮办了入院手续，家里人轮流来陪着章珍妮。当然，陪得最多的就是傻傻了。年轻人总会找各种理由，逃避陪护。闯儿、静儿、宝儿都要忙工厂的事，柳枝儿和章菊花偶尔来陪一下，也都是心不在焉。看着一大家子人，到了要伺候病人时却都叫不动了。由此我得出了结论：人活着千万不能病倒，活要活得健康，死要死得快，将来我不要给家人添麻烦。

傻傻虽然从前跟章丹凤有矛盾，但对章珍妮非常不错。她已是七十八岁高龄的老人，亦很多年没去镇上了。这会儿章珍妮住院，她常常从村里到镇上来回跑。有时候我想踩架子车载她去，可是她不让。她说哪有九十岁的人还踩架子车。其实我的身体还健朗，我的心还年轻着呢！

这几年小镇变化很大，镇上的主要街道上到处都是小商贩的摊位。这边卖百货小商品，那边卖服装鞋帽，还有食品一条街。傻傻每次去医院前，喜欢到食品一条街给章珍妮买些吃的。炸麻花、烧饼等食品应有尽有，吆喝声此起彼伏。

小镇各式各样的车很多。板的，就是比三轮车还要简陋的人力车。那是从前载货的人力三轮车，在上面支着一个能防晒又防雨的篷子，篷下有木制座椅。这种车很便宜，在小镇里转一趟也就一两块钱。

傻傻坐公交车到小镇后，通常就坐着板的去医院。蹬板的的车夫不少是农民工，他们浑身有的是力气。板的跑得飞快，一天下来，少说也能赚二三十块钱。如果勤快点，一天能挣到五十多块。当然这行业是季节性的，冬天和夏天就是淡季了。傻傻每次坐板的，都喜欢与车夫聊天儿，她觉得她与他们的心是相通的。

小镇的店铺一天比一天多。一阵鞭炮声响起，又一家铺子开张了。这家新开的店铺在医院大门的左边，门口放着两排花篮。傻傻抬头一看，赫然写着"新新酒馆"。傻傻想，天天有开张的酒馆，也有倒闭的酒馆，这年头做生意不容易。柳枝儿父亲在外港埭走廊上的明苑酒楼倒闭后，还亏了不少钱呢！不过无论怎么说，改革开放以来，生活总是比从前好多了。农民的观念也在不断改变，再不是井底之蛙了。

走到五层楼的病房，傻傻有点气喘吁吁，到底年纪不饶人，双腿都在打战了。这次她买了不少苹果和梨，只是章珍妮苏醒过来后，一副痴呆的样子，已经记不起从前的事了。医生说，这是大脑损伤导致的，治愈的希望微乎其微。傻傻听医生这样说，心里想，这可怜的章珍妮啊，刚刚死了儿子儿媳，自己又患上了这样的病，女儿又远在美国，这可如何是好呢？

傻傻"呜呜"地哭起来，想从前认为自己命苦，现在看来章珍妮比她更命苦。章珍妮年轻丧母，中年丧夫，老年丧子，而她自己又得了老年性痴呆，真是人生中这么多苦难都被她摊上了。

章珍妮大脑损伤后，再不是从前的章珍妮了。出院后，她痴痴呆呆，已不能干家务活。我就让她和青草，一日三餐都在我这里吃。让傻傻和青草多关照她一些。可怜的青草已经来月经了，个子仍然没长高。那天我忍不住带青草去镇上医院看病。医生与我的判断一样：侏儒症。

当检查结果和医生的诊断出来的那一刻，我整个人晕眩起来，无比悲伤。我挽着青草回家时，伴随着滂沱大雨我似乎把积攒了一生的眼泪都哭尽了。

我没有把病情瞒着青草。

青草知道自己得了侏儒症后大哭起来。她哭得很伤心，身体痉挛着，仿佛胸中涌着一股强烈的气流。奶奶痴呆了，她又知道自己得了侏儒症，就像雪上加霜一样。那些日子，我每天都去青草屋里。我看见她的泪水流向枕边，一左一右，均匀地漾出两个月牙儿。

没有了记忆力的章珍妮，过去的就是历史了。这历史正在一天天走远。每个人迟早有一天，被所有人遗忘。我在世上九十多年了，越来越不知道我对这世界是留恋，还是厌烦。但我知道我还是要有信心地、精力充沛地活在这个养育我一生的村庄里。我要感恩，感谢它给我幸福，给我苦难和灾难！

家里人面对章珍妮和青草的病，只能既来之、则安之。一九九七年的春节即将来临了，过年总是件令人高兴的事。喝茶、抽烟、看电视，喝酒一醉解千愁。只是我们家再没人剪窗花了，那剪纸手艺在我们家失传了。如果要说我们家今年春节与往年有什么不同，那就是少了最醒目的窗花。

过了腊八，很快就到了大年三十。傻傻一早起来贴春联。我则把灯笼用滑轮车牵着送到屋檐下。家门口四盏大红灯笼一挂上，就显得喜气洋洋了。小抗敌站在厨房里，热火朝天地炒花生瓜子。听见从炉膛里传出噼噼啪啪的声响，就可以想象那里面的火燃烧得有多么热烈。在我们获港村，正月的日子颇有点贵族生活的气息。人们似乎把一年中应该享用的鸡鸭鱼肉，都集中在这些日子里吃了。家家的仓房里都存着腊月里准备的酱鸭、酱肉等五花八门的食物，可以从正月初一吃到十五元宵节，再从元宵节吃到二月二龙抬头。

章珍妮原先养的一头母猪已经"大腹便便"，开始用嘴叼草絮窝了。看来过不了除夕，它就要临产。我们把这个好消息告诉章珍妮，可是章珍妮的脑子一片空白，根本不记得她养的那头母猪了。从前家里的猪或牛分娩，章珍妮就像个接生婆那样，蹲在圈里照看崽子们一个个出生。然后跑回屋来，向我们通报喜讯。现在章珍妮做不了这件事，章菊花便自告奋勇地接替这工作。因为小芦荻已经两岁多了，在村里他有小姐姐、小哥哥陪伴着他，还有小院子、田野、桑树林陪伴着他。章菊花觉得教育男孩子就应该让他在田野里滚一身泥巴长大。

第三十一章

一

闰儿过了春节后经常出差，她已不满足工厂只生产油脂。她觉得只有做批发生意才能赚大钱。现在等着要油脂的单位多得不计其数。但这紧缺的油脂到哪里才能进到货呢？闰儿想，如果有地方大量供货，那么她的企业就能财源滚滚了。

那天闰儿踏上了北去的列车。她知道在东北那座P城有一家很大的油脂厂，如果能向他们要到货，那么做批发比自己生产更省事，也更能赚大钱。闰儿满怀希望地望着车窗外的一片原野，心里豁然开朗。她心里想如果第一次去不成，那就去第二次、第三次、第四次，一定要有铁杵磨成针的耐心。

火车越往前跑，就越寒冷。车窗外一片白茫茫，雪下得肆无忌惮，西北风呼啸着。闰儿第一次踏上开往东北的列车，在有暖气的车厢里，望着窗外飞扬的大雪，觉得这雪比江南的雪少了温情，多了强悍。她想，都说东北有零下几十摄氏度，这么冷的天人们怎么出门呢？闰儿不免有点忧愁。她望着车窗外混沌的雪粒弥漫着的北国风光，还听见西北风呼啸着。她想，在林海雪原那些野生动物，一定都冻得瑟瑟发抖了。

闯儿带的衣服足够多，除了羽绒服还有粗绒毛衣和毛裤，连家里穿的蚌壳棉鞋也带上了。可是下了火车，住进旅馆后，才发觉这北国冬天，屋子里简直温暖如春，只需穿一件薄薄的羊毛衣，出门套上一件羽绒服就足够了。那些爱漂亮的东北女人，在大街上行走都穿得很单薄。她们冬天喜欢穿裙子，穿低领的上衣，露着脖子，有时搭一条长长的丝巾，看上去亭亭玉立很有风韵。

在 P 城，闯儿举目无亲。第一次到油脂厂去，她不知道找谁，呆呆地站在供销科门口，发现那些来要货的都是老客户。闯儿仔细观察着，发现那个王科长是个实权人物。别人来购货都要经他批条，才可付钱开发票。闯儿厚着脸皮走上前去说："王科长，我是从浙江湖州来的，我想进你们的货。"王科长朝她看看问道："你是什么单位的？"闯儿递上了介绍信说："明福油脂厂。"王科长说："到我这儿进货的都是老客户，货都被订完了，没有多余的，你回去吧！"王科长要打发闯儿回去，但闯儿并不气馁。她站在一边看着那些大单位一下就进几吨、几十吨油脂。她想若是给她，她就成暴发户了。

闯儿一连三天去到 P 城油脂厂，虽然她明明知道没有希望，但俗话说"有枣没枣打一竿子"。她想有种人就是怕黏。你黏着他了，他有机会的时候也会想着你。如果不去黏，那么机会来了他就给别人了。

第四天，闯儿在 P 城中央大街的一家马迭尔食品店，买了二十份马迭尔面包。打道回府时，她觉得很有收获。第一大收获，是她找到了王科长这个实权人物；第二大收获，是她给家人买了东北最有名的马迭尔面包；第三大收获，是她走过了结着厚厚冰面的松花江。闯儿满怀喜悦地回家，信心更坚定了。

我非常支持闯儿的举措，只有敢闯，才能开辟一条崭新的道路。可是小抗敌说："那不是明摆着浪费时间和路费？别人哪会理你这样的小儿科单位？再说又是私人企业。"闯儿对父亲说："还是爷爷说得对，你太保守了，难怪桑果儿与你不合拍。我名字叫闯儿，就是要到世界上来闯一闯的，不然爷爷给我取这名字干什么？"小抗敌说："能有几个人闯出来？"闯儿冲父亲眨眨眼，朝我做个鬼脸儿，溜出屋去了。

从前，在我们村里是没有什么秘密可言的。谁家夫妻闹矛盾，谁家杀猪宰鸡，谁家办喜事，等等，左邻右舍全知道。然而，进入二十世纪九十年代以来，这样的场景逐步减少了。那些盖新楼的村民，独门独户，也像城里的单元楼房一样，互不往来。闯儿他们在家里谈生意，就像做贼似的把门关得紧紧的，生怕秘密被邻居偷听了去。人与人之间，仿佛无形中设了一道防线，彼此几乎没什么信任可言了。

有一天太阳落山的时候，天边涌现出几条橘黄的光带，那是太阳沉落下去的回眸。接着，天色就昏暗了。这样的天色，让我的心阵阵作痛。许多年一晃就过去了，晚霞还是滴着血的晚霞，只是村里已物转星移了。

我想起了那些逝去的亲人们，尤其是我的母亲，她是养蚕能手，那么美丽，那么热爱舞蹈。她的美丽和舞蹈，永远定格在我心里。再过些日子，女人们又要进入蚕月了。这些年，闯儿、静儿她们忙着经营企业，蚕月的事就落到柳枝儿和章菊花身上了。这一代一代的蚕花女，各有特色。如果说闯儿干净利索，那么柳枝儿就是仔细耐心了。柳枝儿依然每天穿着旗袍，女人味十足。生过孩子后，她的身材依然苗条。

那天傍晚我就着小葱拌豆腐，喝了半斤三白酒。那是糯米酿的酒，喝起来很香甜。我喝完酒，望着窗外院内傻傻正在吚吚撒了一天野的鸡回笼。她的脸映着晚霞，看上去红光满面。我们的日子过得平平实实。我与她成亲后，尽管分床而卧，倒是再也没有发生过争吵，常言道"少年夫妻老来伴"，我们真正到了相濡以沫的境界。

惠娟在内港埭走廊开的小面馆去年倒闭了。她和妹妹惠玲进城做保姆去了。她们的丈夫也都进城打工去了。所以这两对女儿和女婿，傻傻一年到头只能在春节见到他们。惠娟的女儿樱桃二十三岁了，樱桃这些年一直在省城打工，很少回乡下来。她想找一个城里男人，把自己嫁出去。可是城里的男人只想与她同居而不想娶她。她流产三次，还得了妇科病。那三个让她怀孕的男人全都逃之夭夭了。

其实城里哪有我们乡下好？城里那些困难户，也是一个铜板掰作两半用，斤斤计较得很呢！闯儿不愿意进城打工，就是不愿意让城里人看不起她。那是她与高渔儿结婚前和母亲海云去上海时，那些势利的亲戚看不起她这个乡下人而给她留下的刻骨铭心的记忆。

我一直为我是乡下人而自豪。如果不在乡下，我哪里能天天生活在自然风光里？城里一栋一栋的高楼，房子就像鸽子笼那样缺乏清新空气。若是酒足饭饱后，想出门散步也没个好地方。汽车尾气就像烟雾弹一样侵袭着你，使你的健康受到威胁。而在我们乡下只要想走，田野、树林、小桥、河流，还有月光都会伴随着你，植物的香气萦绕着你，那真是人与自然和谐相处的好景象。

二

自邓小平南方谈话以来，农村经济发展的确很快。我们村农民的收入又上了新台阶。关键是国家先后两次提高农副产品的收购价格，给农民带来了实惠。农民养的鸡、鸭、鹅、猪、羊，明显比过去多了。生活的富足，让许多"老古董"都离我们而去。那天我在壁橱里找出来马灯、油灯和烛台，它们使我感到非常亲切。

过了蚕月，天气一点点热起来。闯儿不甘心做小本生意，又到东北P城去了。

九月，青草和强强就要升初中了。青草已经不在乎同学们叫她"小

411

萝卜头"和"小矮人"了，决心把初中念完。现在她每天放学回家，都要给章珍妮打扫房间。痴呆后的章珍妮只能待在屋子里，一出家门，她就找不回来了。有一回她到内港埭走廊去打酱油，走着走着就迷路了。我们见她没回来，在村庄的角角落落寻找，结果她走到重兆村去了。幸亏那里的民警收留了她，这以后我们再不敢让她独自出门。为了防止她自己溜出门去找不回来，我们还给她脖子上挂一块像名片一样的牌子，上面写着她的名字和家庭地址。

可怜的章珍妮啊！

六月里的天，一大早太阳就升得很高了。蝉在树上吱啦啦鸣叫，碧绿的原野一派生机盎然。我菜园中的菠菜、芹菜等被六月的阳光照得更加油绿。蜻蜓、蝴蝶和蚂蚱，在菜园里或飞或蹦，而蜜蜂是最勤劳的，从春天开始采蜜，从没歇息过。我在菜园施肥，几个小女孩掩鼻而过，风把她们的裙子高高卷起，露出雪白粉嫩的双腿来。我远远地望着她们，就像望着几只花蝴蝶一样。

施完肥，半天的菜园劳动就结束了。当中午的炊烟袅袅升起，我已经把锄头擦得干干净净。傻傻做的菜总是两荤两素，再加一碗汤。中午我一般不喝酒，但能吃下两碗饭。虽然我的胃口不错，人却不胖，都成瘦瘦的干瘪老头儿了。不过身体很好，一年到头也不曾感冒发烧。

午饭后，又到了午睡的时候。我无数次重复着上床睡觉的动作和姿势，想着某一天仰天大睡，一动不动，那就是魂归西天去了。现在我和衣躺下，斜视着墙上的挂历，已被翻去了小半。六月这一张的图画，是一个穿宽大裙摆的青年女子，很像我母亲。都说傻傻年轻时像我母亲，但这女人的神态更像我母亲。我每次躺下，都会望着她出一会儿神，然后伴着美好的梦睡去。然而有时做的竟是噩梦，让我胆战心惊。

闯儿这次去东北P城，已是炎炎夏季了。车窗外树木繁茂，有杨树、槐树，还有白桦林；空旷的原野，一片葱绿。那些野菊花、山芍药、百合花，星星点点的在葱绿丛中，格外醒目。闯儿望着车窗外，觉得北方与江南的土地到底还是不一样。江南的树多一些灵秀和婉约，北方的树则是大气苍凉。

列车呼啸着驶进一条隧道，车窗外一片漆黑。当列车钻出隧道，又爬上土黄色的狭长高坡时，就像到了一个古战场遗址。这里没有人烟，残垣断壁中的几块碑石是历史的见证。闯儿想如果自己是一个考古学家，那就到这里来考古，说不定这里还能发掘出古代兵器呢！

闯儿的晚餐，是一桶泡面，用开水一泡，吃得香喷喷。吃完面，她洗漱了一番，躺到床上蒙头大睡。火车在她的睡梦里摇晃着前进。一觉醒来，天已大亮。在列车上这么香甜地沉睡，还是第一次。乘务员把苹果绿的窗帘向两边拉开。闯儿看看窗外，只见雨下得酣畅淋漓，天色昏暗不堪。她嘴里嘀咕道："下雨了，真讨厌。"

再过几小时就到 P 城了。闯儿洗脸刷牙，吃过早点后，拿出小圆镜和化妆包，开始对镜化妆。她尽量让自己漂亮点，眼睛有神采点。她知道女人漂亮，总不会让人讨厌。一切准备停当，她又换上了裙子和高跟皮鞋。然后坐在床边看窗外，雨小了一些，天色也亮了一些。

火车离 P 城已很近，它正穿过雨后苍翠欲滴的原野，P 城向来自远方的旅客张开热情的臂膀。不一会儿，火车就驶进 P 城车站了。闯儿拉着旅行箱走出车站时，雨后湿润的空气，散发着浓郁的植物气息。的士像鸟一样守候在车站门口。她一招手，就停靠到她身边了。

这是闯儿第三次来 P 城，对这座城市已不陌生。她还是住进了前两次住的价廉物美的旅店：一个十三平方米的房间，两张单人床，床头柜上有电话，还有电视机、写字台、台灯和空调；地上铺着地毯，卫生间雪白的瓷砖看上去很干净。米色的钩花窗帘半掩着，能清楚地看到窗外的景色。

闯儿一觉醒来，正是黎明时分，天空露出鱼肚白，不远处传来"喔喔"的公鸡啼叫声，跟乡下一样。在城市的旅店也能听到鸡叫，让她感到新奇。她想，也许是餐馆厨房里将要被送上断头台的公鸡吧！

旅店门口只一家餐馆，招牌高高竖起，房间却不足二十平方米。里面摆着七八张四方桌。闯儿要了一碗水饺，水饺上浮着碧绿的香菜末。桌上有辣椒油、芥末油和蒜酱。闯儿在水饺里放进蒜酱和辣椒油，吃得舌头都发麻了，但很爽。她带着这股爽劲，走出小餐馆，直奔油脂厂。

王科长正在怒气冲冲地打电话，闯儿胆怯地站在一边，连身子都不敢挪动一下，生怕稍有不周得罪了王科长。一会儿，王科长"啪"地搁下电话，对闯儿说："他们那批货，给你吧！真是岂有此理。油脂都在露天里满地淌，他们不付款，也不提货。"闯儿有点受宠若惊，说："啊？真的？"王科长说："必须马上付钱提货，我们没有仓库保存。"闯儿说："好，好好，我一定马上电汇付款，提货托运。"

闯儿激动极了，给丁港打电话的手一直在发抖。她在电话里说："我要到货了，有好几吨呢！我们没有那么多钱，让那些要货的客户先交钱，后提货。你快想办法筹钱，让静儿明天电汇过来。"

丁港被这意外的电话惊喜得语无伦次。他很快找到宝儿，与他一起联络客户，让客户们拿着支票来订货。这个办法确实行之有效。大半天时间，那些等着要货的客户主动把订货款送上门来了。丁港心里开始佩服闯儿，他觉得这女人真是有脑筋啊！

第二天，电汇的款一到，闯儿便开票、提货、托运。在她去仓库的路上，看到一桶一桶油脂在地上一片狼藉，心里想那些大客户真是会糟蹋啊！不过正因为这样，才使闯儿像做梦似的实现了心中的愿望。

闯儿盘算着成本价、路费等各种费用，以及扣除批发税和所得税，一下能赢利几十万。这简直是一夜暴富、一步登天了。那种激动和喜悦使她沉浸在一种更大的幻想中。但她明白，面对现实要脚踏实地，吸取渔场经营失败的教训，以和为贵，绝不能内讧，闹不团结；同时也不能摆阔，铺张浪费。

　　离开油脂厂时，闯儿对王科长谢了又谢。王科长说："你很守信誉，说第二天把钱拿来就拿来了。我喜欢做事认真、讲信誉的人。"闯儿说："王科长，你放心，我们凭良心做人。做生意，我们一定讲信誉！"王科长说："好吧，有了开头，再来不难，希望我们合作愉快。"

　　这晚闯儿准备坐火车回家。虽然她从没有坐过飞机，但她想做生意才刚刚起步，要一步一步做大，就得勤俭节约。傍晚时分，闯儿到达火车站的时候，火车已经进站了，候车厅挤满了密密麻麻的人。那个拿着扁担的男人从闯儿身边挤过去，散发着一身的汗臭味。闯儿想挪到排队的地方，但十分拥挤，几乎转不了身。幸亏马上检票了，闯儿上了八号卧铺车厢，下铺对她来说实在方便。她把旅行箱搁到架子上，坐在床上看车窗外的风景，晚霞将月台照得遍地生辉。几分钟后，开往上海方向的这趟火车，终于在一声叹息中驶出了Ｐ城站。

三

　　闯儿一路风尘回到家里。她的成功让家里人对她刮目相看。但她却若无其事，一股干大事业的气度。她在客堂召开家庭工作会议，与弟妹约法三章："除了每月发放工资和必要的费用，其他都作为流动资金，投入生产和生意周转。三姐弟不得为经济闹矛盾，不得有私心杂念，应该共同奔赴一个奋斗目标。"接着，她对父亲小抗敌说："听说红峰绸厂办不下去了要拍卖？如果拍卖，我要把它买下来。"小抗敌说："一个油脂厂就够你忙的，还办什么绸厂？"闯儿说："我用油脂生意赚来的钱，抽一部分把绸厂买下。丝绸生意更适合女人经营，油脂日后就让丁港和宝儿做，我与静儿做丝绸。"小抗敌说："你倒是蛮会动脑子。"海云在一边插嘴道："当然啦，我的女儿不聪明，谁聪明呢？"

海云觉得她终于熬到闯儿为她扬眉吐气的一天了。如果章珍妮不痴呆，她肯定会到章珍妮面前显显威风。想当年平儿考上大学，章珍妮是何等的威风啊！可是当年那么威风的女人，现在竟落得痴呆的地步，真是今非昔比呀！

闯儿告诉我，她一下赚了几十万，我就像听天方夜谭一样。仿佛钱就是满地的落叶，是从树上掉下来的。生意场上的事，有一夜间成为暴发户的，也有一夜间穷困潦倒的。那些商人做生意，就像走钢丝，风险很大。不过我还是鼓励闯儿去经商，但条件是赚了钱，要为村民谋福利。

闯儿走出我屋时，塞给我一条"中华"牌香烟。她每次出差回来，都会给我买点小礼物。所以她一出差，我就在等她回来给我的礼物了。有时我把礼物分给隔壁李老头一半。看他这么大年纪，还与老伴豆芝吵个没完，让我心生怜悯。

"中华"牌香烟可是好烟。但我烟瘾已经没有年轻时重了，一天抽一根两根，有时一根也不抽。我拿了五盒给李老头，他垂涎欲滴地说："中华烟，这可是好烟哪！"李老头比我年轻十八岁，自从波波死后，他再没儿子了。他老看着我们家的男孩儿说好，连三岁的小芦荻，看了都好生喜欢。

七月，孩子们都放暑假了。我家的客堂就成了青草、强强、石榴、小丁丁一起做暑假作业和看电视的地方。孩子们叽叽喳喳，家里就有了生气。有时三岁的小佳佳和芦荻，也参与到他们的行列。六个孩子在一起，家里便闹翻天了。不过，这比他们到河边去让我放心多了。现在生活条件好了，这些孩子不像我们小时候要割草。强强和小丁丁，一做完作业就捧出蟋蟀罐斗蟋蟀；青草和石榴呢，则逗着小佳佳和芦荻玩儿。

天热得发烧，汗像野草一样，在每个人荒凉的额上生长。在这样的大热天里，人很容易发牢骚，动怒气。隔壁丁港母亲的牢骚，就像响屁一样"啪啪啪"地连续放了一阵。她嫌赚了大钱的儿子不给她买个弥勒佛，嫌静儿管着钱点滴不漏。但儿子媳妇都没理她，她只好就此罢休。

　　二十世纪九十年代以来，村里的稻田就像样品田那样，没剩下几亩了。不少土地用作扩建鱼塘和桑树林，还有盖厂房等。都说种稻发不了大财，但稻田是农民生命的一部分。那几亩样品稻田，就是在我的倡议下留存的。如今在我们省的农村，不种稻的现象比比皆是。我们要奔小康，就只能搞活经济，这无可厚非。所以每到盛夏酷暑，就没几个人再"双抢"了。昔日那牵动全村男女老少的"双抢"景象，已一去不回。

　　每到夏季，海云都要把箱柜里的衣服拿出来晒晒。村里人说，到底是上海女人，做什么都讲究。那天她晒完衣服，捧出那口描金的梳妆匣子，匣子里装着她在上海做姑娘时用过的念物：檀香木梳子、头饰、眉笔、口红、耳环、小手帕，还有一只玛瑙手镯。这些陈年旧物，对她来说就像宝贝一样。她捧着匣子坐在客堂红色的楠木椅上，翻腾了半晌。石榴动手去抓口红，她严厉地说："不许动。"然后，她捧着这神秘的匣子回自己屋去了。

　　从前那些听书的老头儿，现在没有大书听，下午没事儿就到内港埭走廊徐传荣的理发室去喝茶、闲聊、看电视。理发室还是二十世纪五十年代的模样，所不同的是墙上架着一台二十英寸的黑白电视机，地上放着一张像乒乓球案一样的长桌，还有几只长条凳。

　　老头儿们有看电视的，有闲聊的，有沉默不语的，有拿芭蕉扇扇风的，他们聚在这里打发闲暇的日子。而理发室门口，那圆洞门顶上早已斑驳的红漆大字——人民公社万岁，便是历史在这里凝固不动的痕迹。

　　我有时也会去理发室坐坐，那些老头儿都是我的小弟弟。现在我是村里第一长老了，他们都叫我"老寿星"，有调皮的孩子叫我"寿星老太婆"。老太婆就老太婆吧，老了的男人像女人是一种福，不必活得如年轻时那么清醒、深刻和痛苦。

　　那天我与这些老头儿坐在一起看电视，屏幕上出现海滨城市一角，天上飘着许多白云。一个大帐篷下，有一支乐队正在演奏古典音乐。海滩上金发碧眼的女郎穿着比基尼，或坐、或躺、或交谈、或饮酒、或赏乐，还有和爱人躺在一起、拥抱在一起的。老头儿们看了一个个瞪大眼睛，讨论着，那个胖老头说："金发女郎的两只奶子，就是比我们村里的女人奶子大。"某个老头说："大什么啊！你看看你自己吧，你的奶子比洋女人还大呢！"说完，大家都哈哈笑起来了。

离开理发室后，我去了外港埭走廊。外港埭走廊一家商店也没有了，只有彩云楼茶馆还在经营。那一溜的木板排门，全都油漆斑驳破旧不堪了。这里的房屋都出租给外来人居住，或者作为某些工厂的仓库。昔日的繁华不再，这些古老建筑苍凉地见证着逝去的岁月。

我走进彩云楼茶馆，茶馆自然也不再是从前的茶馆了。它就像村民家里的客堂，放着四张八仙桌和条凳，由一对六十多岁的老夫妻经营着，纯粹就是喝茶，小卖部已经没有了。不过坐在临河的窗口，依然能看见曹溪河上的野鸭和轮船。不少早起的中老年村民，天不亮就到这里来喝茶聊天儿，看曹溪河上川流不息的轮船了。外港埭走廊的萧条，丝毫改变不了他们对曹溪河的热爱。当然，没有人比我更爱外港埭走廊与曹溪河了。

苦难一世，风流一世，大半辈子全迷醉在这里。

从外港埭走廊慢慢走回家，又到了傍晚时分。傻傻已把家门口用井水冲了凉，地上湿湿的。太阳落山后，酷热才渐渐散去。章菊花让小芦荻坐在露天的木盆里洗澡，这小家伙高兴得"啊啊"大叫。青草和石榴，在方凳上下象棋。强强在玩滚铁圈，玩得满头大汗。他的暑期作文，每篇都让青草代做。青草不肯，他就与青草吵架，吵到后来，青草总是乖乖地给他完成。有一次我对强强说："你这样日后如何考高中、考大学呢？"强强说："船到桥头自然直。"嗨，这孩子像他父亲小时候一样不喜欢读书。

闯儿下班，穿着白色连衣裙像蝴蝶那样飞回家来了。她满脸喜悦地告诉我："爷爷，我把那个红峰绸厂买下来了，你帮我重新取个厂名吧！"我笑嘻嘻地说："你发了意外横财，真想大干一场呀？"闯儿说："什么意外横财，那是凭我'铁杵磨成针'的功夫，劳动所得。"我说："是啊，是啊！那就叫'荻港丝织厂'吧！"闯儿说："这个厂名有啥意思呢？不好。"我说："怎么不好？它代表着我们荻港村呢！厂办好办坏，都直接影响到我们荻港村的荣誉。这是爷爷给你的压力，要你挑起担子往前走。"

闯儿哈哈笑着说："原来爷爷是别有用心啊！"

晚风徐徐飘来，我坐在露天餐桌上喝酒，看见夕阳的余晖，跳跃在草茎上泛出一片微红光晕。蝉在树梢吱啦啦鸣叫，池塘边的青蛙也不甘寂寞。而孩子们则围在我的身边嬉戏，吃井里冰过的西瓜。只有夏日才有这样的五彩图景。我的心情格外好，喝着喝着，鼻尖上就冒出圆溜溜的汗珠来了。它们像天光一样，飘飘曳曳地闪烁着。微醺后，我摇摇晃晃地进屋睡觉去了。这一夜我睡得特别香，还做了一个梦。梦见自己在一个林子里，那里到处飞舞着蝴蝶，有金色的、蓝色的、白色的、绿色的，五彩斑斓，围在我身旁。我快乐地唱起《水乡之歌》：

鱼米乡，水成网

两岸青，万枝桑

千枝万枝绕屋旁

雪白银茧闪亮光

我是被歌声惊醒的。起床后，天才蒙蒙亮，我决定去彩云楼茶馆喝茶。走出院子时，家里的两只大白鹅见迪杰卡没跟在我身边，"嘎嘎"叫着在前边引路。它们像两朵洁白的芍药花呈现在我眼前，明丽极了。

第三十二章

一

荻港丝织厂正式成立了。闯儿决定，原先红峰绸厂的职工，只要愿意留下来，可以继续签订合同。汤圆儿一气之下不干了，回家大骂严发财："为何把村办企业卖给私人？"严发财哀哀地说："国企都在倒闭呢，我们这村办企业办不下去了，卖掉是理所当然。谁有钱谁买，这很公平。"

汤圆儿说："闯儿哪来这么多钱？肯定来路不正。"

严发财说："你可别乱说。"

汤圆儿说："我偏说。想当年他们落魄的样子，村里谁都看不起他们。现在倒是翻身了，有钱了，得势了，真他奶奶的，恨不得一把火把厂子烧了。"

严发财说："人家又没惹你，你别眼红人家。钱多也不一定是好事情。身体好才是真好。"

汤圆儿说："我才不眼红呢！我骂骂人，出出气，总可以吧！"

严发财说："那也别让人听见了。人多是非多，咱们土根说不定日后还要进他们的厂子呢！"

汤圆儿想想也对。砖瓦厂毕竟太辛苦，让土根进丝织厂做电工，那是最适合的工作。于是汤圆儿道："你与小抗敌说，让土根进丝织厂做电工去。"

严发财说："这没问题，只要我吭一声，土根就进去了。"

严发财确实没有吹牛，他与小抗敌一说，第二天土根就屁颠屁颠地到获港丝织厂电工间报到了。汤圆儿这才觉得自己辞职亏了，又赶紧跑到厂子里对闯儿说："嘿嘿，我还是再继续干吧，待在家里闲得无聊。"

闯儿说："欢迎你回来。你做选茧车间的主任吧，这工作对你不难。"汤圆儿没想到闯儿做事这么爽快，心里不由生出一份感激之情。

一周后，获港丝织厂工人与干部的工作全都安排妥当，开始正常运转。供销科和财务科，自然就是闯儿和静儿姐妹俩挑重担。往往闯儿与P城油脂厂的电话刚刚搁下，省城的丝绸经销商和丝绸市场的客户电话就响起来了。闯儿靠银铃般的声音与她能说会道又很懂分寸的好本事，赢得了客户们的信赖。几乎没有她谈不成的生意。她说如果遇上谈不成又不想放弃的生意，那么她就会拿出"铁棒磨成针"的功夫。

凡事开头难，有了P城油脂厂的第一笔大生意，闯儿的胆子和魄力越来越大。一个优秀的女企业家，仿佛要在获港村诞生了，这让我欣喜。从前在我们村尽管有不少企业家，但没有女企业家。另外，他们的实业不是在上海，就是在镇上，还没有真正在获港村本土生长的企业家呢！

过了暑假，孩子们都开学了。青草和强强去镇上读初中。他们每天坐公交车上学，早出晚归。我让强强照顾青草，可强强觉得与青草这小矮人走在一起丢脸，总是离青草远远的。青草在学校的楼道上摔倒了，强强看见后躲避开去，还是别的同学把青草扶起来。不过青草没责怪强强，她早早地走进教室，与同学一起扫地、抹桌、擦窗，然后去看贴在黑板旁的课程表。

新生的座位号写在黑板上，青草一进教室就看见了。她坐在靠墙第一排，但在方凳上必须再加上一个我给她做的木垫，才能够到书桌。这会儿，青草望着教室窗外一棵枫树被风儿吹得弯了腰，她便知道秋天到了，枫叶要红了。

铃声响起来，上课的时间到了。第一堂课，教室里的光线不太充足。李老师在黑板上写的字，坐在后面的同学都说看不见。李老师就让青草站起来告诉他们。青草这一站，让第一次见到她的新同学哄堂大笑。有同学说："啊，小矮人。"也有同学说："是个侏儒。"

李老师挥着教鞭喊："住嘴，住嘴。"同学们这才安静下来。而此时，青草仍然很镇定地告诉同学们黑板上的字，像没事儿一样。倒让那些嘲笑她的同学感到了尴尬。一堂课结束后，全班四十八名同学，有一大半像小鸟出笼一样扑棱棱地飞出教室。青草坐在座位上，心里的确有些自卑。她不敢轻易接近新同学，生怕再被同学婉拒和取笑。

没有同学过来和她说话，青草整理一下书包，上课的铃声就响了。第二堂课时，天空中的乌云似乎游走了。阳光从玻璃窗照进教室，撒下柔和的光影。同学们的脸像蜜橘一样明媚。下课后，青草去了一趟厕所。她在跨厕所台阶时又绊倒了，班里的一位女同学把她扶起来说："这台阶太高了，以后小心点。"青草听了心里暖暖的，感到这位同学对她很友好。

青草与强强，中午都在食堂吃盒饭。学校门口，卖冷饮的生意可红火了。同学们买了棒冰又买冰激凌。青草买了一支蛋卷冰激凌，然后独自去参观新学校。青草穿过操场，一直走到学校后门。那里有一座古旧的砖塔，被阳光照得泛出一股幽光，空气中的水分正在无知无觉地被蒸发。

来登塔的都是一些新生，青草非常想登到塔顶去，她绕过塔中央圆柱形的砖垛，走到通道处，但看见向上的木梯已经腐朽，密布着许多虫蛀的小孔，似乎轻轻一踩木梯就会碎裂。她正在犹豫，猛抬头看见前面用绳索拦着，并立着一块"游人止步"的木牌。原来这塔已病入膏肓，只能观看而不能攀登。离开古塔，青草听人说这古塔从前有一个凄伤美丽的故事。

晚上青草回到家，就给我讲学校内的古塔。我说："那塔的故事吗？我知道。"青草一听说我知道，便纠缠我说："太爷爷，你讲给我听听嘛！"我说："你们日后要上校史课，会讲到的。"青草是个乖孩子，马上不作声了。我想这小矮人，倒是会观察周围环境。强强呢，身体长得高高大大，人却没有青草机灵。我问他："你第一天到学校有什么感受？"他说："没感觉。"然后，一溜烟出门滚他的铁圈儿去了。

庞寡妇已经去世八年了。之前庞子遗没有把高中读完，辍学进砖瓦厂工作了。外乡女胡二嫂的儿子胡军军，复读了两年高中，也没考上大学。他与高风筝一样，也是考不上大学，进省城打工去了。这让望子成龙的胡二嫂十分失望。那天胡二嫂见到我生气地说："我辛辛苦苦磨豆腐供他读书，这该死的讨债鬼就是不好好读。今年又没考上，还倔强地进省城打工去了。他能找到什么好工作呢？"胡二嫂说着呜呜地哭起来，问："我到省城怎么找他呢？他没告诉我具体地址，我怕他身上没几个钱，要挨饿，睡在露天，做乞丐呢！"

我说："男孩子怕什么？他找不到工作，自然就会回来。如果找到了，他也会回来报喜。二十岁的小伙子了，你还当他七八岁？"胡二嫂被我这么一说，似乎放心一些。说实在的，这个夏季胡二嫂真是为儿子操碎了心。你看她形容枯槁，双颊塌陷得厉害，而且头发也所剩无几了。

二

中秋一过，天气一日日凉爽下来。午后的阳光斜斜地射在田野上，使那绿色的蔬菜波澜起伏。我静静地望着菜园，想起父母活着时，那一方菜园就是父亲的道场，更是母亲采摘瓜果蔬菜的乐园。如今他们已入土为安，而茵茵绿草在他们的这片土地上重新构造新的生命。都说老了容易回首往事。可往事不堪回首啊，它会令人疼痛和忧伤。

许多时候，我喜欢用沉默的表情面对日出日落，以无言的深沉面对辽阔的田野和我们居住的古老而斑驳的房屋。所以，我从不主张我的儿孙们翻造我的祖屋。他们如果嫌这祖屋破旧，那么就到外面去盖新房吧！

这晚我的祖屋里流淌着音乐。当音乐爬上窗棂的时候，我的记忆回到了抗日战争时期荻港村沦陷的时光。那时日本鬼子用军刀蛮横地劈死了我的师父独眼龙，师母和傻傻都惨遭了日本鬼子的凌辱。荻港村冰冷的青石板地上，横躺竖卧着许多尸体，鲜红的血染红了曹溪河。我总是忘不了这耻辱和血债，忘不了傻傻心里永远的痛。

然而现在许多人衣冠楚楚，对民族的耻辱和血债没有深刻的认识和愤怒的声讨，只有恍若隔世的茫然。后辈的人啊，他们不喜欢听过去的耻辱，却喜欢听那个敌国的流行歌曲。这是些多么没出息的子孙啊！他们内心没有对民族、对历史的责任感。

风在窗外像小老鼠那样吱吱地叫着。李子树微微摇动，宛如一只开屏的孔雀，把云一样密集的叶子，调动得翩翩飞舞。早晨我醒来的时候，风停了。傻傻从内港埠走廊的食品店里给我买来玫瑰油糕。我慢吞吞地起床、穿衣、洗漱，然后坐在晨光里吃早餐。吃完早餐，我牵着迪杰卡来到外港埠走廊，看曹溪河上川流不息的轮船。那一刻，我恍若听见母亲站在甲板上放声歌唱。轮船向前行驶着，经过了房屋、山谷、教堂、墓地、邮局等，那些地方比母亲更长久地存在于世间，经受着风霜雨雪的洗礼。

闯儿与P城油脂厂的合作非常愉快。由于讲诚信，她基本不用亲自去P城，王科长就会将货发过来了。然后，她十分守信地将款汇过去。这样她不费吹灰之力，转手后就赚到了大钱，还省下很多时间，用来经营获港丝织厂。闯儿想，运气来了推不开。钱，就像天上掉下的大馅饼一样，没多久，闯儿的资金实力已相当雄厚。为了使获港村不遭受太多的环境污染，在油脂业务方面，闯儿准备只做油脂批发。她与丁港、宝儿、静儿，商量把油脂厂关闭了。

获港丝织厂要办得颇具规模，也不是一件容易事。现在厂子不算大，但五脏六腑齐全。有选茧车间、自动缫丝间、双宫丝车间、喷水织机车间等。前些日子，闯儿从日本引进喷水织机五十台，配套辅机二十二种六十七台。她觉得先进的生产设备非常重要，从前绸厂的设备大多是手拉机、电力机，以及手工木机，那些陈旧的设备必须更新换代了。丝织工序很讲究，否则就织不出好丝绸。一般丝织物包括：平经平纬织物、绉经绉纬织物、熟货织物三类，各类织物的工序流程，均有自己严格的规定。

我的脑子开始变得迟钝起来。有时见村里的年轻人，竟然想不起他们的名字，非要等他们笑眯眯地说出自己的名字，我才会恍恍惚惚地想起一些什么，对着他们审视一番，然后艰涩地搜寻着记忆中犹如陈芝麻、烂谷子的旧事。这样的搜寻，到了夜里我会胡思乱想起来。人老了，不中用了。有时我想着想着，就觉得自己仿佛不是躺在床上，而是躺在一口薄板白皮棺材中。

闯儿在村里人缘好，使得我每走到一处总有年轻人亲切地叫我"许老爷爷"。我都不知道自己老成啥模样儿了。那天我对着镜子仔细打量自己，只见那镜中的我，就像深秋收割后一片粗糙的麦茬地。一双眼睛，像塌陷的金鱼眼一样，两片眉毛斜斜的，宛如秋风中被打了霜的芦苇。我不愿再看见自己，越看越缺乏自信。

窗外院子中的山丁子树遍身缀着红果子。傻傻后脑勺吊着的发髻又光又亮。她用一把杈敲打着树上的红果子。那些红果子纷纷坠落后，她捡到竹篮内，带着一种丰收的喜悦表情回屋来了。我知道她是给小佳佳准备的，这小孙女儿晚上要和她父母桑果儿、柳枝儿一起回家来吃晚饭。

章珍妮的病似乎好一些了。傍晚时分，她穿着碎花裤子在院子里喂鸡。她用衣襟兜着一捧金灿灿的玉米"噜噜噜"地唤着鸡，很勤快地扬着粮食。可是鸡对粮食已经没了兴趣。它们东跑西奔地用嘴啄着粮食玩，粮食狼藉一地。章珍妮突然道："妈的，看我不宰了你们。"

青草放学回家时，见奶奶在喂鸡，觉得奶奶的病好多了。她叫了一声奶奶，奶奶"哦"了一声，仍然"噜噜噜"地唤着鸡。

桑果儿和柳枝儿带着他们的女儿佳佳回家来的时候，章珍妮嚷着困了，把粮食一股脑儿地弃在地上，拍拍衣襟回屋睡了。等吃晚饭时，章珍妮已睡得呼噜直响。傻傻给她留下一些饭菜，准备等她醒来后热一热吃。

桑果儿已经很久没回家来了，这年头他做着村党支部书记，正春风得意呢！尤其盖了村办公大楼后，乡里与镇里来的领导一次比一次多。他还成立了名人馆，把凡有成就的荻港籍人士全都罗列进去了。譬如李四光的老师、地质学家章鸿钊，中国民族资本家章荣初，中国近代史专家章开沅，中国现代音乐教育先驱邱望湘、陈啸空，外交家章祖申与瑞典王子罗伯特·章，中国著名矿物学、晶体学家章元龙，"赤脚财神"朱五楼，中美教育基金会董事长吴厚贞，等等。

桑果儿还把我和傻傻也罗列其中了。他让我们去拍两寸彩色照片，放大到八寸。他要把我们的照片和简历一起挂到名人馆里。然而，我和傻傻都不想被陈列进"名人馆"。我们对桑果儿说："我们不是什么名人，免了吧！"可桑果儿说："你们是最名副其实的名人，又是革命家，简直就是活教材。我们村要扩大知名度，需要名人来打品牌呢！作为名人陈列进去是一件光荣的事。我们要教育孩子，不能忘记先辈打下的江山。"

傻傻听得乐呵呵，对桑果儿说："好吧好吧！我与你爸明天去镇上拍照片。我们的简历让你爸用毛笔写，他的字漂亮。"桑果儿一拍脑袋说：

"对了，到时候所有的毛笔字都让阿爸写。阿爸的字漂亮，应该发挥所长。"我说："你给我省省吧，你以为我还是年轻人？"

第二天一早，我踩着架子车载着傻傻去镇上照相馆拍照。这是我好说歹说才说服傻傻让我踩架子车去镇里的。我虽然老了，但身体还硬朗。再说啦，每天踩踩架子车，骑骑自行车，也是一种锻炼嘛！我载着傻傻出村，就像当年用自行车载着傻傻去给工作组李青做家具一样。那时候我和傻傻还偷偷摸摸在那个房间幽会呢！那个房间是我们水乳交融的地方，也是我们的肉体和灵魂和谐合一的地方。自那次后，我再没进入傻傻那个流淌着生命之河的深邃幽谷了。

照相馆的中年师傅见来了一对老夫妻，还以为是补拍婚纱照呢！他热情地对我们说："你们金婚了吗？看，这套西装不错吧？还有这件白色婚纱，来补拍婚纱照的老太太个个喜欢。"我连连说："我们来拍两寸照片，然后放大到八寸。"中年师父说："趁着夫妻还健朗，拍一套婚纱照，留着给孩子们看看多好。"中年师傅像说客一样，傻傻心动了。她说："那我们就拍一套婚纱照吧，尝试一下年轻人的乐趣。"中年师傅说："人靠衣装嘛，你们拍起来效果不会差。"我对中年师傅说："你可真会做生意。好吧，我们就补拍一套婚纱照。"

照相馆有专门的化妆师。他们给傻傻化妆一番，傻傻穿上婚纱走到灯光下，果然年轻好看了不少。我是第一次穿西装，化妆师也给我化了淡妆，用眉笔给我描黑了眉毛。我对着镜中的自己，忍不住呵呵笑起来："这是我吗？"傻傻说："不是你，是谁？"

一会儿，我们站在热烘烘的灯光下，摄影师"咔嚓咔嚓"拍了好多张。摄影师说："这老大爷，九十多了可是看不出，看上去精神朗朗呢！"我心里想，你就会花言巧语，钱已经给你骗去了呢！

我们从镇上回来，村民们三五成群地聚在一起议论着什么。他们神色有些紧张，又有些兴奋，非同寻常的喧闹，好像出了什么事情似的。

傻傻问一个大胖男人道："出什么事情了？"大胖男人说："曹溪河淹死了一个青年人，肚子被水浸泡得鼓鼓的。"他说着瞅了瞅我，没再说下去。

傻傻的心一惊，问："是村里人吗？"大胖男人说："不是的，外地人。"傻傻从架子车上下来，看热闹去了。我把架子车骑到家门口，按原位停好，忍不住也到外港埭走廊看热闹去。当然我这里说的看热闹，并不是幸灾乐祸而是关注的意思。

已近中午时分，曹溪河上的太阳光浮游在水面，波光粼粼。轮船依然川流不息，船客们并不知道这里淹死了一个人，就是知道淹死了人又会怎样呢？你看那些围着尸体的人，大多若无其事没半点悲伤。仿佛看的不是尸体，而是一场滑稽闹剧，生命有时候如草芥一样。

我看见那具男性尸体时，围观的人群已经散去了。他横躺在河岸边的沙地上，面目浮肿，被水浸胖了的尸体呈现死鱼一样的颜色。我脱下了身上的一件衣服，盖在死者身上。难道还没人报案？为什么不把尸体挪走呢？站在我身边的是死者同乡，他说："昨天晚上他与妻子吵架，吵得很凶，妻子一气之下，连夜抱着孩子走了。他就追出去了。后来他们一家三口都没有回来。早上有人说，河里淹死了一个人，我跑来看，一眼就认出了他。"

说话的人黧黑的肤色，闪着油亮的光泽，说着说着哽咽起来。我离开外港埭走廊时，那个人还守在尸体旁，他说："我已经打电话给他的父母兄弟，等他们来接尸体后，我才能离开。"听他的口音是安徽人。

回到家里，傻傻和我都沉默着。我们已经面对太多的死亡了，只希望好人一生平安，每一个人都珍惜生命。章珍妮帮傻傻在炉灶里烧火，看着章珍妮的病好起来了，我很高兴。只是从前的往事她还是遗忘得一干二净。她已没有从前只有现在了。

黄昏时分，死者的家属坐着面包车来了。于是闻讯的大人和孩子又都去看热闹。从面包车上走下两个男人，一声不吭，神情肃穆，把肥大的尸体抬上汽车后，车门一关就开走了。有人说："那是死者的两个哥哥。"村民们七嘴八舌地议论着，他们没听见哭声，也没看见亲人撒纸钱，感到非常失望。

三

一周后，我到镇上照相馆将我与傻傻八寸大的彩色照片和婚纱照取了回来。照片的确照得不错，看上去比我们实际年龄年轻许多。我们脸上的皱纹，都不见了。只见肤色油光可鉴，白发白眉毛也隐然消遁。我们仿佛回到了年轻时光。婚纱照上，哪里还能看出我们是地道的农民，倒像是从海外归来的游子呢！傻傻说："服装还真能改变形象，你看看我像个西洋的华人婆儿似的。"说罢，大笑起来，拿给章珍妮和章菊花看。章珍妮和章菊花看完了，又拿给丁港母亲和豆芝看，直看得别人满口称赞，才将照片收藏起来。

晚上小抗敌、海云、静儿、闯儿、宝儿、青草、石榴等回家来，傻傻又拿出婚纱照给他们看，等着他们的称赞，可是闯儿说："傻傻奶奶，这是电脑制作，所以你们看上去才这么年轻。脸上的皱纹、黑斑什么的，全可用电脑去掉，皮肤也可调成雪白的呢！"

闯儿这么一说，傻傻才意识到婚纱照上的自己太不真实了。不过，她说："嘿嘿，拍着玩儿的。"海云嘀咕道："傻傻阿姨，你比年轻人还时尚呢！我与小抗敌还没拍过这玩意儿。"

大家说着笑着，日子如水般流逝，刚刚还在院子里纳凉，用艾草熏蚊子，白烟袅袅飞升，转眼又到冬天了。那些夏天无法铲除的蒿草，到冬天被白霜映得丝丝灿然，风一吹，它们飘逸、旋转着一股灵秀之气。冬天不下雪的日子，景色总是单调的。有了这蒿草，在星光清澈的夜晚，勃发出一片柔媚而冷艳的光晕。这于我，仿佛弥补了夏天往来穿梭的蜻蜓和蝴蝶，还有曹溪河上"嘎嘎"飞翔的野鸭。

相比较而言，我还是喜欢过夏天。冬天冰冻的日子，地上的薄冰有时也能成为凶手。那天我清理了菜园的枯枝败叶，去茅房的路上像涂了一层光滑的蜡，一不小心就被滑倒了。我的屁股重重地坐在地上，幸亏穿着棉裤，没伤着筋骨，我爬起来时忍不住骂："这该死的冰，想要了我的老命啊？"

冬至那天，我们上了亲人们的坟后，闯儿又出差去了。他们三姐弟的生意做得蒸蒸日上。无论油脂还是丝绸，都有规模地生产和经销了。这真是好兆头。那天静儿给我一块白绸，她说这是荻港丝织厂生产的，全名叫作"真丝练白斜纹绸"。她说："爷爷这白绸明年夏天你做件褂子吧！"我笑着说："天热就赤膊，穿啥褂子？"静儿说："做长袖的，保证你穿着清爽好看。"

傻傻在一旁说："静儿孝顺。明年我要是还活着，就给你手工缝制吧！"我对傻傻说："你这是啥话？我比你大十二岁，也没觉得明年就活不成了。"傻傻说："生命这东西，谁知道呢！黄泉路上无老少，何况我们这把年纪，活了今天不知明天呢！"

每年我们一进入腊月，就开始忙年。孩子们盼年，而大人们一到腊月都越来越讨厌过年了。他们说："这该死的年，又来讨债了。"但他们嘴上这样骂，手上却依旧为过年而忙碌着。杀猪、宰鸡、捕鱼，腌腌酱酱，洗洗刷刷。不少女人喜欢自己打年糕，做芝麻饼，裹粽子，压蛋饼，炒地瓜干，有了这些土特产，年就热闹了。自从开禁放鞭炮后，家里备下的鞭炮一年比一年多。有种鞭炮很贵，"嘭嘭"响两下，几百元钱就没了。在我看来是浪费，可孩子们欢天喜地。他们就在每年的"嘭嘭"声中长大了。

进入腊月，孩子们就迎来期末考试了。强强的成绩很糟糕，一到期末考试就忧心忡忡。他与青草是同班同学，青草坐在课堂的第一排，而他坐在最后一排。他上课特别爱与同桌讲话，也爱做小动作。午后第一堂课，他常常会趴在桌上打起瞌睡来。老师有时走到他身边，用教鞭敲敲桌子道："上课不许午睡！"他猛地惊醒过来，揉揉眼睛，等老师走开，又趴着睡着了。老师喊他的名字提问题时，他常常一脸的茫然，答非所问，让同学们哄堂大笑。

班里的同学都知道青草该叫强强叔叔，因此强强在班里的绰号叫"叔叔"。强强喜欢打篮球，是学校篮球队的中锋，这让喜欢篮球的同学很羡慕他。每到下午放学，他们就喊住强强，让他教他们打球的技艺。因此，每天总是青草早早回家了，强强却要到天黑才抱着他的篮球回家来。有时作业来不及做，他就十分霸道地拿着青草的作业抄。然而桑果儿任强强像一匹野马一样自由驰骋，他的理由是："让孩子的个性充分发展，读不进书也没什么大不了，天下可做的事情多着呢！"强强有这么一个父亲给他撑腰，胆子越发大，时常旷课去篮球场上比拼。

期末考试的第一天，青草考完语文时，窗外下着淅淅沥沥的雨。她背着书包走出教室，看见奶奶打着一把翠花雨伞，穿着蓝袄儿灰布裤子正站在雨中张望着。青草惊讶奶奶竟然能找到她的学校，这说明奶奶的病好了。青草喊："奶奶。"奶奶就说："我的宝贝儿啊，奶奶总算找到你了。"

青草与奶奶回到家，大家都觉得章珍妮的记忆力恢复得不错了。可是吃晚饭时，章珍妮突然又嘴唇发白，全身发抖。她手上拿着的瓷碗"哐当"一声掉落地上，四分五裂，饭菜溅了一地。傻傻捡起瓷片后，迪杰卡把地上舔得干干净净。青草慌忙扶着奶奶回屋去。奶奶躺倒在床上，粗糙的面庞就像抹了一层石灰，冰冷而凄凉。

第二天一早青草上学时，奶奶还没有起床，她披头散发地睡得很香，面色也红润了起来。青草唤着奶奶，奶奶冲青草摆摆手，翻个身又自顾自睡去了。青草怕奶奶再到学校或者去离家比较远的地方，就把奶奶反锁在家里。她想归根结底，奶奶神智还是不太清醒，万一走丢，或者汽车、三轮车、自行车伤着她，就麻烦了。

章珍妮起床后，见门被反锁着，便从窗口跳了出去。她恍恍惚惚地来到客堂，这时我与傻傻都不在家。我们家客堂的大门，白天即使家里没人，也是一向敞开着的。我们并不怕小偷，这样孩子们无论什么时候回来，都可不用钥匙，自由出入。章珍妮见我们不在家，她没洗漱也没吃早饭，便出门找我们去了。她在客堂的桌上，写着一张字条：

青草将我反锁了。我爬出窗，家里没一个人，阿爸和傻傻

阿姨你们去了哪里？我来找你们了。

我从田地里回来，看见这张纸条觉得这媳妇孝顺，若不是她有病，可是我们家最得力的主妇。我最喜欢她剪的窗花了，那些鸳鸯、鲤鱼、山雀、野鸭，还有海棠花、百合花、玫瑰花，无不栩栩如生。这是民间工艺剪纸艺术呢！我想着她那些剪纸，丝毫没想到她会有什么危险。

我真是太粗心大意了。

中午时分，我们等章珍妮回家吃饭，可左等右等不见踪影。我与傻傻说："她会不会走丢了呢？"傻傻说："她写了字条，说明脑子不糊涂。昨天她还去青草的学校，镇上那么远她都能找到，何况这生活了几十年的村子，哪里会丢呢？"我想想也是，一个在村里生活几十年的人，真是闭着眼睛也认得回家的路。

我们给章珍妮留好饭菜，就先吃了。饭后我们见她还没回来，便觉得有点不妙。我走到村委办公大楼，小抗敌见我气喘吁吁，道："阿爸，你来干什么？"我说："你嫂子她早上出去后就没回来。你喊上桑果儿，分头到村里找找吧！"小抗敌说："大白天，哪里会走丢？你先回去吧！"

后来小抗敌和桑果儿，把村子的角角落落都找遍了，还是没有找到章珍妮。桑果儿拎起电话，向派出所报了案。晚上青草回来傻了眼，她

哭着说："我就是怕奶奶出门走丢了，才给她锁上门的呀！"

　　一连几天都没找到章珍妮，我们在报上登了刊有章珍妮照片的寻人启事，可是仍然杳无音讯。她究竟到哪里去了呢？如果掉到河里，会有尸体浮起来。如果被绑架，会有勒索的电话。然而什么也没有，就这么失踪了，让我们纳闷。章珍妮失踪，最悲哀的就是我和青草了。青草整日以泪洗面，她知道奶奶从小把她带大，是她最亲的人，可是奶奶突然失踪，吉凶未卜，让她心里烦乱，各种猜测令她毛骨悚然。

　　期末考物理的那天，青草迟到了。老师说："许青草，你考试怎么可以迟到？"青草眼睛红红地说："我奶奶失踪了。"老师惊讶了一下，示意她马上坐下来考试。整场考试结束后，老师号召同学们到镇上去找青草的奶奶。老师拿出一张刊有章珍妮照片的寻人启事，让同学们过目。老师对同学们说："每一个人献出一份力量，这世界就充满阳光。"

　　青草觉得老师的话说得真好！

第三十三章

一

日子一天天过去了，依然没有章珍妮的消息。如果说从前我的大儿子许大大失踪时，我的潜意识里一直觉得他活着，那么这一次章珍妮失踪，我的第六感觉告诉我她已不在人世了。当然这只是我的直觉，没有任何证据。所以，我也没有对任何人说我的第六感觉，包括青草。

可怜的青草，祖父去世了，父母也去世了，她依靠的奶奶也失踪了。她绝望的泪水就像流淌在脸颊上的两条小河。我劝青草别哭了，可她呜呜地哭得越发伤心了。这一刻，我突然意识到我这太爷爷就是青草最亲的人了。我多活一天，就可以对她多呵护一天。

村里家家户户都在忙过年。许多家庭都备有煤气灶了，但那些煤气灶就像家里的摆设一样，村民们还是习惯用柴火做饭菜。雪后的晴天，是上山砍柴的好日子。因为这时雪已融化，风也不像往日那么肆虐，人们显得平静而喜悦。

拉烧柴，虽然不再像从前没有煤饼炉和煤气灶时是生活中必不可少的事，却是不少村民固守传统习俗的一件乐事。烧柴，就是那些不能成材的树木，专供烧火。我已经很多年没上山砍柴了，家里的烧柴从前是小抗敌砍，现在是宝儿砍。但宝儿每次去砍烧柴，嘴里就会不停地嘀咕道："我们又不是没钱烧煤气，摆着煤气不用，偏要烧柴火。嗨，爷爷是个老古董，老古董！"

那天宝儿用一辆手推车装柴，满载而归。我就拿一把锯子，把它们拦腰锯断，然后再用斧子劈成一段一段。如果有些潮湿，隔半年就全干了。到那时塞进炉膛，保证火焰旺得"啪啪"乱蹿。

年关将近，家家户户院落里都垒起高高的烧柴，看上去让人心里踏实。往年这时候，章珍妮就会来打扫因堆烧柴而留下满地木屑的院子。那院子里重重脚印中，有章珍妮不可磨灭的足迹。现在章珍妮不在了。她二十年前栽种的那棵枣树随风摇曳着，好像在讲述她苍凉又苦涩的一生。我在树前沉默半晌，想着章珍妮的失踪，想着在自然灾难的那些年我们穷得吃不上饭，想着小风林的早死，想着章珍妮的立志守寡，不免悲从中来，眼泪簌簌地落下来。

正是黄昏时分，炊烟袅袅升起。黄昏的炊烟，比早晨和中午的炊烟更为浓郁而缥缈。我沉浸在悲伤中，"呼啦啦"一声，仿佛有什么东西掠过我的头顶。我抬起头朝屋顶望去，只见我的老朋友山鹰衔着一件蓝袄儿，扑扇着两只巨大的翅膀。

我呆住了。

这鬼灵精一样的山鹰啊，你何以知道章珍妮失踪了呢？！

山鹰见我呆着不动，用力将嘴上衔着的蓝袄儿朝我抛下来。我接过蓝袄儿一看，这不就是章珍妮的蓝袄儿吗？我对着山鹰说："你这是从哪里叼来的？快告诉我。"我伸出右臂，它就俯冲下来停在我的手臂上，发出清脆的叫声。我将了将它胸脯上黑色花纹的羽毛，看着它金黄色的眼圈，哭丧着脸说："你领我去找章珍妮吧！"

傻傻、小抗敌、海云、闯儿、宝儿、静儿、青草、石榴等，都来看这神奇的山鹰。青草拿着蓝袄儿看了又看，说："这是奶奶的衣服，绝对不会错。"闯儿说："这山鹰太神奇了，说给谁也不会相信，可我们是亲自目睹它的神奇。它让我们仿佛置身在神话世界里，然而这又是最真实的一幕。我的天，我该跪下来拜一拜它。"闯儿说着跪下来拜山鹰，接着青草、海云等家人，也全都跪下来拜山鹰。我对山鹰说："我们出发吧！"

　　山鹰在前面盘旋着低低飞翔，我们全家人就跟在它后面赶路。山鹰把我们带到小风林的墓地，我们就看见章珍妮僵直地躺在地上。我"啊"的一声，差点晕过去。幸亏是冬天，若是盛夏酷暑，章珍妮的尸体都要烂成尸骨了。她的身上有被咬伤的痕迹，但究竟是什么导致她死亡，我们不得而知。

　　谋杀、他杀，抑或是被野兽伤害而死？冬至那天我们刚上过坟，章珍妮怎么可能独自跑来这里呢？我们都只能等待法医的验证。

　　我们把章珍妮的尸体抬回家时，山鹰一直护送我们到家门口。我向它吹着口哨，表示谢意，又伸出右臂，让它停在我的手臂上。它用爪子，轻轻地抚摸着我的头颅，然后"噜噜"叫了两声，声音十分温柔。我被它感动，用左手捋了捋它的翅膀，对它说："回去吧！"它看着我们一切都安排停当了，像亲人与家属告别那样点点头，倏地扑扇着翅膀飞走了。这时家里的哭声此起彼伏，青草自然是哭得最伤心的一个。

　　我和青草还有傻傻，这夜一直守灵到天亮。早上八点刚过，法医就来验尸了。法医验完尸体后，告诉我可以处理尸体了，但没有告诉我，验尸结果。法医说："还要进一步论证，才能得出准确的结论。"

　　第二天，我们为章珍妮举行了葬礼。我们把她埋葬到小风林的旁边，让他们夫妻在阴间团圆。我为章珍妮埋上最后一撮土时，风在飘舞着，发出呼啦啦的声响，仿佛为她和小风林送上了一首协奏曲。离开墓地时，下起了毛毛细雨。一路上，迪杰卡陪伴着我。迪杰卡的脖颈被青草拴上了一对金色的铃铛。它们在风中发出清脆而悠扬的响声，唤醒着我对岁月的记忆。

平儿和她的丈夫没有回来奔丧。他们说在写论文，脱不开身。这使我想起诗人孟郊的《游子吟》。其实天下父母护犊之心，远远胜过儿女的孝心。自古以来，算得上孝子孝女的毕竟不多，何况还有孽子呢！

二

过了腊月二十七，全家人就要洗澡了。从前我们总是在厨房里生着炭火盆，坐在一只大木盆里洗澡。自从家里有了煤气灶，买了淋浴器，洗澡就方便多了。不过，我还是喜欢去镇上的澡堂洗，在大池子里泡着非常惬意。

洗完澡回到家里，小抗敌告诉我章珍妮的法医验证结果出来了。章珍妮是遭他杀，案情正在进一步审理调查中。我听得毛骨悚然，章珍妮能与谁过不去呢？会不会是莉莉的冤魂跟随了她，抑或是莉莉的兄弟或熟人要为莉莉的死报仇？我不敢多想。从澡堂里出来本来全身热热的，却一下手脚冰凉了。那冤冤相报何时了呢？

这年春节后不久，桑果儿接到上级有关部门通知，瑞典王子罗伯特·章要来寻根了。村民们感到新鲜又震惊。我们村哪里来的瑞典王子罗伯特·章？不少年轻人问我："许老爷爷，你认识章祖申吗？"我说："我不认识。不过章祖申是我父亲的好朋友。我出生前两年（一九〇四年），他就进朝廷做翰林院编修了。"其实章祖申的经历，小时候我听父亲说过不少。那时父亲要我以章祖申为榜样，好好读书走仕途，好光宗耀祖。

如果说中国历史上许多人物因从翰林院编修走上仕途而发达，那么章祖申则是从翰林院走进了中国的外交部。二十世纪初，章祖申任中华民国驻瑞典、挪威二国的公使时，他的儿子即罗伯特·章的父亲章宗琦，跟随他生活在瑞典。章祖申回国后，章宗琦没有随父亲回国。章宗琦后来与瑞典一个著名演员结婚，生下了罗伯特·章。章宗琦因病在瑞典去世后，罗伯特·章的母亲改嫁给瑞典一位亲王。这位亲王的名字叫斯格瓦德·贝纳多特。他胸襟开阔，不仅娶了罗伯特·章的母亲，还接受罗伯特·章成为亲王的继子。

我是荻港村的长老了，桑果儿问我："阿爸，你知道章祖申的事吗？"我说："当然知道啦，我还保存着一部章家族谱呢！"桑果儿喜出望外地说："真的吗？这对我简直太有用了。"他说着跑出家门，第二天一早我家门口倏地停下一辆轿车。那是桑果儿引领着湖州侨办的领导来我家里了。

领导说："许老爷爷，桑果儿说您有章家族谱，是否能拿出来给我们看看？"我说："好吧，好吧！那可是我藏了很多年的东西呢！"我一边说，一边从一只壁柜里，取出用大红金丝绒包裹着的族谱递给他们。他们打开族谱一看，罗伯特·章的祖父章祖申和父亲章宗琦的名字赫然入目。族谱上还记载着章氏祖屋鸿仪堂，以及章氏祖坟所在地——下昂斜鱼漾。

三月中旬一个晴朗的日子，当瑞典亲王继子罗伯特·章夫妇来到章氏祖屋鸿仪堂时，桑果儿老早就布置好一切。除了用中英文写的："欢迎罗伯特·章和夫人"的横幅，还按照我们的传统习俗，捧出来熏豆茶和鸡蛋招待远方来的亲人。我还将我儿时手抄的章氏家谱作为礼物送给了罗伯特·章。

罗伯特·章握着我的手激动地说："把我和儿子的姓名，也载入家谱吧！"我说："好啊，你是我们村里的骄傲。"罗伯特·章说："我祖父和父亲从这里去到瑞典，父亲一直没有机会回来。今天我回来了，我要经常回来。"

临走那天，罗伯特·章除了带走一包家乡的泥土、一瓶家乡的水外，还带走了许多家乡产的防皱丝绸。几个月后，荻港丝织厂的防皱丝绸被罗伯特·章带回瑞典后,拍成录像在瑞典王室和上流社会放映,详细地介绍了中国湖州和获港村。

自从瑞典亲王继子罗伯特·章夫妇寻根探祖后,来获港村参观的各地游客数量与日俱增。桑果儿让我与傻傻作为名人馆里的名人,给各方来的领导和游客做讲解员。他说:"那是最好的宣传广告,要把获港村打造成旅游名胜地,就需要革命老前辈来介绍村史、革命史、奋斗史,提高村民们的觉悟和认识,改变村民们陈旧落后的观念,才能实现获港村走向富裕的小康生活。"

桑果儿说得头头是道,仿佛我们不这样做,就是背叛获港村,就是不肯为村里出力。我说:"好吧好吧,就如同我从前说书吧!不过你母亲就免了吧,我们又不是去唱双簧。"桑果儿说:"我要的就是唱双簧的效果。这样才有吸引力呢!"我说:"你省省吧,别来折腾我们老年人了。"

桑果儿说:"这也是革命活动,要拿出你们年轻时的革命积极性。我又没让你们去干体力活儿,不就是让你们坐在名人馆里展示一下,说些你们从前的往事罢了。"

桑果儿与母亲傻傻一说此事,傻傻马上满口答应。傻傻说:"儿子的事,做母亲的当然全力支持。再说这也是村里的事,每个村民都有一份责任。何况村里从前的事儿,只有我与你阿爸最清楚,才能讲解得最真实。"桑果儿说:"姆妈总是最理解和支持我的。其实,这样也是一举多得,对大家都有好处,商品经济社会就是讲究效益嘛!"

傻傻不解地问:"我能有啥好处?我只是想为村里做点事。"桑果儿见母亲同意了,没再吭声。他下一步想的是如何做好宣传,让更多的人来获港村参观。名人馆的门票,该收多少钱一张?

我与傻傻是轮班的,通常我上午,她下午。如果有重要的领导和客人来,那我们就要双双出席。这工作看似轻松,其实很累。不过,我们这把年纪能为村里义务做事,心里还是高兴的。那天有一群大学生来获港村参观，他们喜欢我们这里的古桥、木船、瓦屋、田野，也喜欢走进名人馆听我这九十多岁老人的讲解。我的讲解也许非常生动吧，他们就像听老爷爷说古，听到悲伤处，眼里涌满了晶莹的泪水。

有一次市里的几个领导来参观，桑果儿对他们说："我阿爸和姆妈，就是村里的活教材。他们讲的革命故事，最能打动听众。"有位领导转身问我："老人家身体可好？"我笑笑说："好着呢！"

名人馆开张以来，由于新闻媒体的报道，得到市领导的关怀，前来参观的人络绎不绝。傻傻仿佛又回到了她当妇女主任的时光。她对工作的积极性比我还高，忙起来可以不吃不睡。有不少日子，傻傻顾不上做饭，青草就将炉火烧得通红。这小矮人，干起家务活儿来有板有眼。

三

闯儿他们的油脂生意和丝绸生意都在蒸蒸日上，形势不错。三姐弟有钱了，闯儿和宝儿都不想再住我这破旧的祖屋了，静儿也不想住婆家那破屋了。他们将在村东头，就是我年轻时带着精武会成员练武的地方盖三栋别墅。地皮已被审批下来了，三栋别墅的草图也设计好了。闯儿说："那是哥特式的西方建筑式样，落成后三栋房子都是乳白色的。它们呈 T 形排列，前面左边是宝儿和章菊花的家，右边是静儿和丁港的家，后面是我与石榴的家。四围有护栏，正前方的院子前有两扇黑漆镂空铁门。"我听得仿佛在梦里似的，那是从前西方有钱人家的派头，怎么就轮到我们家的孙儿辈了呢？

春去夏来，树林中的种种香气像雨前的云气一样蔚为大观。别说是那些外地来参观的人，就连岁岁年年生活在这里的我，都能闻到植物的香气。闯儿他们选择这个有花香、草香陪伴的季节开始建筑房屋，的确非常吉利。虽然是找建筑公司盖三栋别墅，可闯儿和丁港他们喜欢自己操办各种原材料。那些木料、水泥、砂石、砖瓦，就像他们的眼睛、耳朵和鼻子一样，无法分割，混在一起。

第一天打地基，闯儿他们放了许多鞭炮。我还没听说过打地基也要放鞭炮，通常是搬新居放鞭炮，但闯儿理由十足地说："先要震震地下的小鬼，这样建起来的房屋才能镇住妖魔鬼怪。"在我们村庄，盖房和选墓地，都特别讲究风水。一般事先都要请风水先生，观察地形和朝向。闯儿他们建的是三层楼哥特式别墅，自然就格外讲究了。

哑巴丁江最喜欢凑热闹。从前建村办公大楼时，他是整个村去建筑工地最多的闲人。这次闯儿他们建别墅，他第一个踏到地基上，两只脚沾满新鲜的泥土。他知道哥哥与嫂子还有小丁丁，他们一家三口要住别墅了。丁江每天都到工地，站在已经砌起一人多高的墙基外看房屋成长。丁江的样子，显出他光棍汉特有的一种忧郁。而他的哥哥丁港，则满面春风地看着建筑工人飞快地砌墙。每买一次原材料，他都能预算得相当准确，基本没什么浪费。都说生意人精明，丁港确实是一个非常节俭的人。如果看他憨厚的外表，常年穿一件蓝色夹克衫，谁也不会想到他是一个暴发户、一个大款。

年轻人要住别墅，耍派头，依我看，别墅哪里有我这祖屋住得自由自在呢，再说别墅楼上楼下十几个大房间，三口人能住得过来吗？如果每天搞卫生，不知道要浪费多少时间呢！

我的祖屋有天窗，阳光照耀着地面和墙壁，而四面墙壁又各有绚烂之处。春日的朝辉和秋天的月光，总是被天窗折射得辉煌而宁静。我爱我的祖屋，一点不稀罕什么西方哥特建筑。咱们中国自古以来的建筑风格，可比西方要精雕细琢得多呢！然而现在的年轻人崇尚西洋建筑，好像成为一种潮流。

傍晚的阳光虽不像午后那般蓬勃有力，但也纤细动人。傻傻还在名人馆里快乐地讲解着。我却坐在客厅红色的楠木椅子上，陷入对房屋的回忆中。在这祖屋里，我们家族有多少生命在这里出生，又有多少生命在这里死亡。我想着我那些死去了的亲人们，不禁泪流满面。

八月的风景里，有一对城市青年陶醉在荻港村蓝色的小河边。河边绿草茵茵，野花争艳，矢车菊金灿灿的，阳光将它们的花蕊映照得晶莹亮丽。银白色的鸟从空中飞过。小伙子和穿着洁白连衣裙的姑娘，走过一座又一座古桥，脚印消失处，是富足的村庄。他们发现一些妇女穿着她们自己织成的丝绸裙子"噜噜噜"地唤着鸡，而一些孩子则去采草莓或者摘西红柿。小木屋掩映在浓翠的树木中，飘荡而出的音乐，把世界切割成许多彩色断带。窗外澎湃的河水从春流到冬，流淌着荻港村人的幸福与悲哀。

城里的这一对青年男女，在夜晚暗淡的灯光下温情脉脉。他们住的小旅店，屋外有院落、草场、田野、河流，以及远处空旷的原野和高居天上的日月星辰。他们想，这村庄真是富有生命气象啊！他们的恋情在这里孕育，他们的浪漫想象在这里得以实现。我知道现在城里人喜欢来乡村观光，乡村人却大批进城打工谋生。俗语说"这山望着那山高"。

第二天一大早，这对城里来的青年男女，穿过高大的落叶松后，进名人馆来听我讲故事了。

下午是傻傻值班，本该两点去的，可中午来了一批外省旅游局领导。桑果儿非得让她母亲和我一起去作陪和讲解。这天傻傻感冒了，有点低热，但桑果儿说我们的讲解十分重要，我们就去了。

傍晚回家，傻傻的脸红通通的，我给她测了体温，竟有三十九摄氏度。我翻箱倒柜地找出头孢和退烧药，给傻傻吃下两粒头孢、一粒退烧药，一般吃两天就好了。从前我们村谁发高烧了，第一个法宝就是刮痧。现在不兴刮痧，大家相信吃药打针了。

傻傻躺在床上发着高烧，"哎哟哎哟"地呻吟着。她与我成亲以来，没生过病，这是第一次。我去地里摘了西瓜给她吃，可是她吃两口就不

442

想吃了。她一病，下午值班就由我代替了。然而桑果儿说："这几天来参观的领导特别多，阿爸和姆妈德高望重，应该一起出席。"我说："你姆妈发高烧呢！"桑果儿说："那就让姆妈与他们见个面，坐在名人馆里五分钟足够了。"我说："你当我们是展览品？"桑果儿说："阿爸你说到哪里去了？我是为村里的工作，一心想把荻港村推到全国去，让更多人知道我们村的人文和革命历史，以及厚重的文化积淀与经商意识。"

桑果儿的话也许有些道理。我说："好吧，我从前对革命非常有理想，没想到老了，让你这个儿子又激起了我对革命的热情。我们这样的工作也就是革命工作吧？当然现在的革命不等同于从前。"桑果儿说："当然是革命工作，是和平时代的革命工作。"

傻傻吃了药后，温度退了一些。她一听有领导来，便觉得接待领导是头等大事。她认为儿子桑果儿为村里着想，是作为一个村干部必备的素质。何况自己做过妇女主任，知道要管好一个村不容易。为了儿子日后的前途，傻傻非常乐意帮助儿子。同时也想为村里尽一份自己的力量。这天下午，傻傻带病一直忙到天黑才回来。我回家时，她还在与最后来的几位领导讲她自身的经历。那些领导，一个个听得眼圈红红的，被傻傻苦难的过去震撼着、感动着。

初秋的天空，好像一下子抬高了不少。院子中的树木叶子，开始变成浅黄。树叶由绿转黄的过程，会失去不少水分。因此落叶是轻飘飘的，经秋风一吹，便翩跹起舞了。傻傻那天接待领导后，晚上又高烧到三十九摄氏度。我想给她刮痧，可是她不愿意。她说："吃几片药明天就好了。"结果几天下来，一直没退烧。我踩着架子车把她送到镇上医院。医生说："高烧不退，要做全面检查，住院吧！"傻傻说："我不要住院。"医生说："那你按时来门诊检查。"医生给傻傻配了一大堆感冒退烧药。我们走出医院时，傻傻说："医生真会赚钱，怎么感冒发烧就给配那么多药？"

傻傻的高烧一退，就又去名人馆讲解了。但过不了两天，体温又升了上来。我劝傻傻去医院做各项检查，可她一天天拖着。有时还嫌我啰唆："我不是好好的吗？有的高烧过程长一些，才能完全退去。"她这样说，仿佛很懂医的样子，想着她的固执，我也就没再吭声。

日子像水一样地流淌着。

傻傻发烧，时好时坏，但她依然坚持每天去名人馆工作。她说："这比在家快乐多了。"那天，柳枝儿带着五岁的小佳佳回来，母女俩都是一袭丝绸旗袍，天生丽质。小佳佳爱跳舞，她跳舞的姿势很像我的母亲梅梅。所以我总是忘情地看着这小人儿，陷入对母亲的回忆中。傻傻发着烧，但媳妇回家来了，她一定要硬撑着起来做饭。她说只有这样，婆媳关系才能和睦相处。我说："你病着，让媳妇做给你吃。"傻傻说："你以为还是旧社会，婆婆可以制约媳妇？现在倒过来了，婆婆得拍媳妇的马屁，儿子才能在媳妇面前少受罪和不受罪。"我笑着说："婆媳关系向来难处，但也没有必要硬撑嘛！和睦相处，关键要双方相互体谅和理解。"

柳枝儿在闯儿他们的丝织厂上班，小佳佳放到了厂办幼儿园。闯儿说："柳枝儿穿丝绸旗袍，是我们厂最好的公关小姐。不少厂商来订货，看着柳枝儿线条丰满的身材和丝绸质地优良的旗袍，便会毫不犹豫地多订一些货。"柳枝儿不管春夏秋冬都穿旗袍，名声老早就传遍了整个获港村，乃至整个和孚镇了。村里只要有人做旗袍，就会与柳枝儿来商讨款式。确实，柳枝儿也能做得一身好旗袍。她的旗袍基本都是她自己精工细做的。她曾想开一家旗袍店，一边卖丝绸，一边做旗袍。但闯儿说："我们要家和万事兴。你现在必须为丝织厂做公关小姐，开店的事日后再说。"

十月初的天气依然很热。那天傻傻正在接待一批客人，突然晕倒了。剧烈持续的心前区疼痛和憋闷，让她面色苍白，呼吸困难，额头冒着冷汗，咳嗽不停，吐出的痰呈粉红泡沫状。在场的客人们吓坏了。他们急忙找来桑果儿。桑果儿慌忙用架子车载着母亲去镇上医院。傻傻在一路颠簸中，疼痛地趴在架子车上，呻吟声越来越低，等到医院急诊室时，她已经不行了。医生们全力抢救，最终没能挽回她的生命。医生在死亡证明上写着："猝死于心肌梗死。"

傻傻猝死那天，正好是她八十岁生日。本来说好晚上全家到村口那家新开的酒家，为她庆祝八十岁寿辰。闯儿中午还专门派人去镇上的食品店买回来了大蛋糕。我则在村里小店买了几瓶桂花酒，准备在晚宴上喝个痛快。没想这一切都成了泡影，喜事变成了丧事，叫我如何不悲恸？

我得到傻傻猝死的消息时，正在催促青草换上漂亮的连衣裙。我说："青草，你穿漂亮一点。在傻傻太奶奶的寿宴上，我们要拍全家福呢！"青草说："那就穿翠青的碎花裙吧！那裙子是闯儿姑姑刚送的。"青草回屋换上翠青碎花裙道："太爷爷，看，漂亮吧！"我说："好看好看，这裙子很像你的名字呢！"青草就"哈哈"笑起来，笑得很开心。我已经很久没见青草笑了，看她笑得那么开心，心里十分欣慰。

我们正要出门到名人馆喊上傻傻，一起去村口的酒馆时，强强气喘吁吁地跑回来道："奶奶死了。"我说："你胡说什么，今天是你奶奶的八十大寿，不许乱说。"强强说："我没有乱说。奶奶突然晕倒了，阿爸送她去医院，奶奶没有被医生抢救过来。"强强说完，一溜烟跑了出去。

小抗敌回家时，我满面泪痕地说："你带我去见躺在医院太平间的傻傻吧！我要见她，我一定要见到她。"小抗敌说："在医院，家属不能见已被推进太平间的死人。他们说不定已将尸体送殡仪馆了呢！你要见傻傻阿姨，只能在追悼会上了。"小抗敌这么说，我只能忍住悲痛，乖乖地等待开追悼会的那一天。但我心里骂："桑果儿这孽子，拿我们当展览品。如果傻傻不劳累，怎么会突然猝死呢？"

我沉浸在悲恸中，不再去名人馆讲解了。桑果儿对我说："要化悲痛为力量，继续革命工作。"我说："你这浑小子，害死你母亲不够，还想害死我吗？"桑果儿说："母亲突然患病而死，怎么能说是我害死了她？"我说："不是你是谁？你让她超负荷工作，你当她是年轻人？她疼你，什么事都为你着想。你呢？你为她做过什么？"

桑果儿说："姆妈当然疼爱我，她可不像你那么计较。你除了与我有血缘关系，为我做过什么呢？"桑果儿话音一落，我就气愤得火冒三丈了。我说："就是为了那血缘，我才认你这个不孝的儿子。你倒好，你母亲尸骨未寒，就与我算起账来了。"这时小抗敌听到吵闹声，从里屋出来，见我与桑果儿喉长气短地吵架，便把桑果儿拉出门去说："你回去好好反省反省吧，阿爸哪一点亏待了你？"

第三十四章

一

一周后，傻傻的两个女儿惠娟和惠玲，从城里赶回来参加母亲的追悼会。惠娟的女儿樱桃抱着她两岁的儿子，也从城里赶回来了。二十四岁的樱桃，终于如愿以偿地嫁给了省城的男人，在杭州安居乐业。惠娟和惠玲在省城做保姆，她们在东家吃住，工资已涨到八百多元。惠娟不像从前开小面馆时那么胖了，她的皮肤变得白皙起来。

傻傻的追悼会在镇上殡仪馆内举行。一早，宝儿开着他新买的桑塔纳轿车，载着我和青草去见傻傻。我穿一身黑色衣服，青草也穿得很素。我坐在车上心"怦怦"地跳着。我想我见了傻傻，与她说什么呢？那是我们最后一次见面啊！从此，我们将阴阳两隔。

一会儿，我们从轿车上下来，发现殡仪馆内人山人海，真没想到这火葬场竟如此热闹。原来开追悼会的场地要排队，轮到傻傻还要个把钟头。我们只好坐在大厅里等，哭声、嘈杂声，不绝于耳。在这样的环境里，死亡好像并不可怕了。每具尸体被化妆后，用尸车推出来，与亲人们见面。我猜想，这时死者的魂灵正离开他（她）的躯体，朝着一个黑洞飞升，能听到亲人们的呼喊和哭声，而他（她）的肉体已成为一个躯壳。

傻傻终于被推出来了，可是我的眼泪已经没有了。我望着被化了妆的她，白净的脸庞已涂上一层红晕，原本像鳞光闪烁的游鱼，突然被宰一样，静静地躺在案板上。窗外一个闷雷当空响起，轰隆隆的，窗棂颤动着。树叶在窗外的风中哆哆嗦嗦地飞舞。树叶在哭泣，大雨倾盆而下。雨珠溅到落叶上，从叶脉滑向大地，哭得泪流满面。

风雨过后，追悼会结束了。

我没有在追悼会上给傻傻作悼亡诗。我觉得我与傻傻，那恩怨情仇的一辈子，是无法用言语来表达的。我给傻傻买了一只最漂亮的雕花骨灰盒。几天后，按照村里的习俗，我们又给傻傻举行了葬礼。傻傻的墓地在章丹凤的右边，而正前方是一片开阔的土地。傻傻可以在墓穴的天窗里仰望天上的星星，也可以在睡梦里听山林间古老、深沉、隽永的歌。秋风呼呼地吹着，宝儿在墓地中放响鞭炮后，孩子们在傻傻墓前跪下，做着最古老的祭奠。我焚化着纸钱，想着以后我再也牵不到傻傻的手了，心一酸，不禁簌簌地掉下眼泪来。这时有几只大鸟在墓地边的树梢盘桓，像墓园的守望者一样。

告别傻傻，告别墓园，我们回到家已近晌午了。小抗敌在厨房里把炉火烧得很旺。我累了，正想到床上躺一会儿，忽然听到屋顶"轰隆隆"响，那熟悉的声音让我一下就想到山鹰来看我啦！我兴奋地走出屋外，只见山鹰正探着头朝下张望呢！我冲它吹起了忧伤的口哨，一支悠长的曲子吹完后，我向它伸出右臂，已经泪流满面了。

山鹰停在我的手臂上，它金黄色的眼里也噙满了泪花。我不知道对它说什么。我的神灵一样的山鹰啊！傻傻不在了，而我已经苍老了，疲惫了。我迟暮的脚步，也将踏入墓园了。墓园的白天，太阳烧灼着墓碑上那些死者的名字，每一个名字都如熊熊烈火。而墓园的晚上，星光闪烁，有萤火虫闪烁在树林间。那时候傻傻就会来与我幽会了，就像我们从前在桑树林里幽会一样。

我唠唠叨叨地与山鹰诉说着，仿佛山鹰就是我父亲的魂灵似的。它低头倾听时，发出轻柔的"噜噜"声。它的"噜噜"声，是对我最温暖的抚慰。我默默地与它对视了一会儿。阴霾的天气发生变化，一种久违了的天蓝色出现了。我的心情一下好起来，它就扑扇着翅膀，呼啦啦地飞走了。

我望着它飞远，在晴朗如洗的天空中，其高贵的姿态，就像父亲在丛林中漫步一样。目送山鹰离开后，我回到屋里，小抗敌已经做好丰盛的午餐。我坐在桌前，举起一盅酒一饮而尽，又举起一盅酒一饮而尽，直到把自己喝得醉醺醺，倒在床上呼呼大睡。睡梦里，我看见傻傻她还像从前那样为我铺好被子，放好夜壶，然后在灯下千丝万缕地为我纳布鞋，而我的五脏六腑，都被软绵绵地浸在酒中了。

傻傻死后，从前的精武会成员一个也没有了。那些与我一起参加革命的老部下，也一个都没有了。剩下我一个人，孤零零地走在世界里。我的悲伤不可名状。只有酒，一杯杯的酒，让我在年轻人中脚步轻盈而舒展，有一种醉酒后的超然。

还有半年，青草将初中毕业了。她对我说："太爷爷，你莫悲伤，我毕业了就在家陪你。"我说："你得考高中，再考大学。"她说："我自身残疾，不考了。我要在家陪你，陪你比什么都重要。"青草，仿佛与我有一种相依为命的感觉。这可怜的小矮人啊！我要深深地疼爱她、呵护她！

进入冬天的日子，我无法驾驭的那份浓浓伤感，很快落在一片被薄冰覆盖着的田野中。那四周寒气缭绕，伤感便显得十分渺小和孤单，最后被一场漫天飞舞的大雪融化了。我恢复了原来的精神状态，胃口也好了许多。有时我怕路滑，会拄着拐杖去村东头看闯儿他们正在施工的三栋别墅。大半年工夫，三栋别墅已拔地而起，只差内装修和外粉刷了。我远远地望着那三栋毛坯别墅，心里想，住在里面像闷罐子似的，肯定连植物的香气也闻不到了。

新年来临的时候，除了门外的雪景妖娆林立，家里的墙上已没有了琳琅满目的自制年货。闯儿、静儿他们忙工作，海云向来不喜欢干琐碎的家务活儿。那些酱肉、酱鸭没人腌制了，发皮也没人油汆了。闯儿说："我们要向城里人学习，一切从简，买现成的吃。"这么一来，我们的年就冷冷清清了。

章珍妮痴呆遇害后，我们家少了窗花；傻傻病逝后，我们家连几十年延续下来的自制年货习俗也中断了。若不是我硬要挂几盏大红灯笼，那家门口连辞旧迎新的喜气也会没有了。然而孩子们毫不在乎，他们只要有鞭炮放，能吃馆子就十分高兴。闯儿说："城里年三十晚的酒馆饭店全部爆满。我们现在有钱了，也要像城里人那样，到酒馆吃现成的。"我说："那过年还像过年吗？"闯儿说："怎么不像？上酒馆吃现成的，多出来的时间就可以玩得更痛快。那些喜欢搓麻将的人，喜欢打牌的人，可以不用为忙年货而烦恼了。"

闯儿的观念不断更新。她是我们村的新女性，总是走在时代的前列。这边三栋别墅还没有完全竣工，那里就想着成立丝绸服装车间，让柳枝儿出任车间主任了。她要从蚕茧到成品一条龙生产。这样既能充分发挥柳枝儿的缝纫特长，也可为厂里带来更多的利润，并且也防止了柳枝儿另起炉灶。所以别看闯儿大大咧咧，一旦到生意上，她可心细如岁丝呢！

一九九九年这个春节，我们在闯儿的提议下吃了几天馆子，这在从前贫困的日子里是做梦也不敢想的。有钱毕竟是好事，小康生活才能让人生活得滋润，才能让那些离乡背井的村民返回乡村搞建设。

春节过后，小抗敌和严发财，还有妇女主任徐水娟，都因到了年龄从村干部的位置上退了下来。新当选的村委主任是严发财的外甥朱有新，这个年轻人有着电大企业管理的本科文凭。副主任是胡国庆前妻留下的儿子，二十九岁的胡卫民。由于他在砖瓦厂的出色表现，以及平时对村民们的热情帮助，在激烈的竞争中赢得了高票。这让外乡女胡二嫂对这个继子刮目相看。新当选的村妇女主任，是杨鸿庆的侄孙女杨招娣。

杨招娣与闯儿同龄，高中毕业。她的丈夫田野毕业于农科院，前两年离开了工作多年的省城某单位，回家乡来搞种植花卉的科研项目。只有桑果儿依然是村党支部书记，雷打不动。都说新官上任三把火，不知道这几个新上任的村干部能放出什么"三把火"来？村民们翘首以盼。

二

元宵节那天，在省城住了几十年的光棍汉许家立，把他的所有产业都捐给了国家，告老还乡来了。这让家里人和村民们个个听得目瞪口呆。他们七嘴八舌地议论道："为什么捐给国家而不支援我们村民呢？"当然许家立有他自己的理由："我们村正在迈向小康，而西部贫困山区更需要支援。"

许家立已年近七十了。他在省城发达后，拥有自己的工厂、别墅和宝马轿车，什么山珍海味没吃过？该奋斗的都奋斗了，该玩的都玩过了，该享受的也都享受过了。人生不过如此而已。这一切的一切，他现在看来都空空如也。他怀念起田园生活来了？怀念起小时候与小风林、小抗敌一起斗蟋蟀、捉蚂蚱、摸田螺等往事来，怀念起他的父亲和母亲，以及那些不堪回首的往事。

无论如何，这里是他的故乡，也是他的伤心之地。他在外漂泊那么多年，终于还是割不断故乡情，回来了。他知道那苦难的历史已一去不复返了。他要住在故乡的祖屋里，闻着窗外植物的香气，像陶渊明那样

"采菊东篱下，悠然见南山"。他知道只有这样，才是他真正的归宿。

四月春暖花开时，女人们又进入一年一度的蚕月。章珍妮和傻傻去世后，海云自然就逃不出进蚕月的责任。村里的账目，她只能晚上补记。何况小抗敌退休了，可以帮她采桑，打下手。赚了大钱的闯儿和静儿，对蚕月已不屑一顾。我告诉她们："你们是蚕桑女，不要忘了本。无论如何，咱们家要继承每年自己养蚕的传统。"

闯儿撇撇嘴说："别人养，我们厂收购蚕茧不一样吗？"我说："不一样，必须自己把蚕宝宝养大，你才不会忘记丝绸的宝贵和来之不易，就像自己养的孩子一样，你对由蚕茧织出来的丝绸才更多一份亲情。"闯儿说："啊！爷爷，你说得对。咱们是丝绸之府，要让外地人看见我们家家户户养蚕，才是名副其实的丝绸之府。我们不能因为条件好了，而丢掉这一延续千年的传统。再说啦，养蚕也是一道风景。那些向我们订货的客商，可以让他们来参观我们的蚕月，生意保证又会好上一倍。"

我说："你这鬼灵精的生意人啊！我一句话，又让你想到了新的商机。"闯儿笑道："都说爷爷老糊涂，可我看爷爷的脑子还蛮灵光的呢！"

蚕月过后，闯儿三姐弟的三栋别墅落成了。那雪白的三栋哥特式别墅像城堡一样，守卫在村东头。乔迁之喜，让他们乐开了花。那炮仗"嘭嘭嘭"地放得地动山摇。看热闹的村民都羡慕极了。村里虽然有许多新建的楼房，但这么洋气的别墅还是头回见。桑果儿也很羡慕，但他对闯儿说："如果我盖别墅了，别人还以为我贪污受贿呢！从前我买了一台便宜的彩电，你爷爷就找我算账来了。"闯儿说："我贷款给你，你干脆别当书记了，跟我们做生意吧！"桑果儿说："那不行，我不能弃官经商，等我退休了，再跟你们做生意吧！"

闯儿和宝儿两家搬出我的祖屋后，家里一下空荡了许多。海云跟着闯儿和石榴住别墅去了，小抗敌不去。我这偌大的祖屋，就只剩下我、小抗敌和青草。静儿搬出婆家后，丁港母亲也觉得家里空荡荡，没啥事儿让她操劳，那日子便黯淡失色了。小丁丁上四年级，放了学也不回奶奶家，直往别墅奔。别墅就像他的游乐场，而保姆天天守候在家里，给他们做饭、打扫卫生。有一天，闯儿对我说："爷爷，我给你找个保姆吧，侍候你的饮食起居。"我笑着说："我的腿脚还硬朗，不用人侍候，至于做饭嘛，菜园里摘几棵菜，在炉膛里点火一炒就行了。"

青草从后院搬来入住闯儿的房间，后院的那几间屋子就全部空着了。有人建议我出租，可我还是让它空着。里面的家具还是小风林和章珍妮、六指儿和兰兰原来住时的样子。青草和强强马上初中毕业了，这个月正毕业考试呢！

傻傻病死后，强强回他阿爸桑果儿家去了。前两个月，我听柳枝儿说："强强的母亲韩素丽从上海打来电话，要把强强接回上海去念高中，桑果儿一口就答应了。强强也愿意去上海母亲家，毕竟上海是大都市，对强强的发展更好一些。"我想想也是。桑果儿不管儿子读书，强强肯定考不上好高中。韩素丽自然比桑果儿在教育方面细心得多，所以赶在中考前，强强就被母亲韩素丽转学到上海去了。

现在家里冷冷清清的，有时许家立过来坐坐。但他不喜欢与我们搭伙，他要自己做饭吃。在村民们大多不种稻的今天，他却种上了几亩水稻田，还种了许多瓜果和蔬菜。这与我就多了共同语言。有时我去田里，就会喊上他一起去。除了菜园，我还有一大片自留地。按季节种着水稻、土豆等农作物。桑树林，更是我们家蚕宝宝不可缺的粮仓，而那三个鱼塘，基本是小抗敌在打理。有时我想，闯儿放弃了渔场多么可惜，那可是六指儿最早开发的渔场。为了打拼事业，六指儿和兰兰、闯儿和高渔儿全都功不可没。最遗憾和让人心疼的，自然是六指儿和兰兰，他们竟然还搭上了性命。

这真是转型时期血的教训啊！

六月底，青草从学校拿回来初中毕业证书，还有一张"三好学生"

453

奖状。青草告别学校、老师和同学时，眼泪都流下来了。我知道她是多么想读书啊！然而她固执地没有参加中考，并不是怕考不上好高中，也不是怕新同学耻笑她是小矮人，而是她要陪伴我、照顾我，这孩子心地善良啊！

强强去上海了，石榴九月份读初三。小佳佳和芦荻，已经六岁了，眨眼间他们也要上小学了。我知道还有半年，全世界都要进入新千年了。村里不少年轻人，想在新千年办喜事，生一个千禧宝宝。所以，近些日子不少村民忙着盖新房，严发财也在为土根将来成亲盖一栋三开间二层楼的瓦屋。听说土根与庞子遗都喜欢章玫瑰，章玫瑰今年二十一岁，确实也到了找婆家的年纪。

自从宝儿和章菊花搬入别墅后，章玫瑰去看姐姐就往别墅跑，再也不来我这里了。说实在的，我还真是想着她呢！每次她一来我家，我就精神朗朗地望着她。她真的很像那个与我精神恋爱却早已去世了的女知青徐莹。一想到徐莹，我便想着我的那些女人们都去世了，想着她们与我千丝万缕的种种细节，不禁老泪纵横。而此时，迪杰卡伏在我的脚旁，也泪流满面了。

经过了六月的梅雨季节，盛夏又来临了。我与小抗敌、许家立在田里"双抢"。没想到许家立在城里待了几十年，干起农活来，还是那么得心应手。中午青草送来饭菜，我们在田头树荫下狼吞虎咽。小抗敌和许家立兄弟俩，沉浸在劳动的快乐中。毕竟是小时候一起长大的堂兄弟，到了晚年又能在一起劳动，这让我十分高兴。我觉得咱们农民，无论有多么发达，不能割舍的还是与土地的情缘。

饭后小抗敌和许家立又回到地里劳动去了。我则在树荫下休息，数着地里的垄台。垄台均匀地排开，望不到边际。我数着数着就眼花缭乱了，稻田上弥漫着金黄色的光泽，它诱惑我一步步向它走去。我手上锋利的镰刀，割稻时会发出"唰唰唰"如流水一样的声音。

不知不觉，黄昏来临了，天越来越黑，田地中凸起的垄台仿佛被暮色削平了，看不见层次，变得混混沌沌一片深灰，而丰收的稻穗已被运往打谷场去了。

这两年，村里忙"双抢"的真没几个人了，倒是跟着杨招娣丈夫种花卉的人增加了不少。村里拨出一部分土地，用来种植兰花、月季、菊花等，这些花卉一经出口，即创外汇，收入相当可观。杨招娣丈夫对我说："我回乡搞花卉种植科研，就是想在荻港村试点，然后推广到全省农村。让我们省成为花卉种植、出口创汇的大省。"我比较认同他的观点。我想这样至少能吸引不少村民从城里回到乡下来，回到土地上来。

忙完"双抢"，我们就进入农闲的日子了。暑假里石榴、小丁丁、芦荻这三个重孙儿，一个也没来我这里。他们在别墅里住着，仿佛过着王子和公主一样的贵族生活。石榴拥有了一间大画室，墙上贴满了她的画儿。她让我去她的画室参观，可是要爬三层楼，我还是婉拒了。我和青草在一起的日子，很安静也很闲适。有时我喝醉酒后，会在梦里骑着一匹马，浪漫地去旅行。我知道这些日子梦里老是骑着马，一定是因为年轻时在一场游击战中，本该是我骑着战利品——战马凯旋的，却命运多舛蹲进了监狱。

那晚我在梦里骑着战马，行走在一条狭长的沙丘上。金色的河水在沙丘中间像鱼一样游动。这里没有树木和房屋，天空是灰白色的，紫色的沙丘，神秘幽静又凝重庄严。我骑着战马，穿行在空寂的沙丘里，就像游击队凯旋穿行在平原上。我快马加鞭，没有疲劳，也不觉得饥饿。我极目远眺，风景无限妖娆。这时我迷迷糊糊地看见傻傻的灵魂从墓地飘进了家门。我感到一股凉爽的风，正像雨丝那样飘到我的枕畔。我闻到了一种熟悉的气息，它幻化成声音道："别对严家辉耿耿于怀，苦难让你的生命延长，就是最好的战利品。"听到这声音，我从梦中惊醒过来，满面羞愧。

天蒙蒙亮时，我就起床了。一大早，我要去镇上的银行取钱。严发财为儿子严土根盖房钱不够了，向我借一万元。他准是想我年纪大了，钱没什么用处，才开口向我借的吧！我吃过青草为我做的早餐后，将银行存折放到上衣口袋里，用别针别上。从壁橱的抽屉里拿出身份证，骑上架子车去镇上了。青草追出来说："太爷爷，你不要骑车！你干什么去？"我说："去镇上，一会儿就回来。"青草说："太爷爷，你太不听话了。马路上汽车多，可要小心哪！"我唉唉地应着，一溜烟骑跑了。

很快，我就到了镇上银行。储蓄所排着长队，那队形像蛇一样弯弯曲曲。轮到我时，储蓄员用眼睛瞟了一下，不耐烦地说："把你的存折和身份证拿出来。"我哆哆嗦嗦地解开上衣口袋的别针，取出存折，仔细看一下存款时间，发现只差三个月就到期了。未到期取出来，只能领到活期储蓄的利息，这下可是损失不小。我有些犹豫，储蓄员催促道："快点，快点。"我慌忙把存折和身份证递给储蓄员，像犯了错误似地连连说："同志，对不起，谢谢了。"

储蓄员把我的钱取出来了，一万元，厚厚的一叠。我数了又数，才将它用一块大手绢包好，放进上衣口袋，再用别针别好。余下的利息，就塞进裤兜里了。离开时，我拱手对储蓄员谢了又谢，直把她谢烦了，才讪讪地出了队伍。这时我发现队伍中的目光都在注视我，他们的注视让我觉得自己像犯了错误，羞愧难当。

三

我回到村里，远远就看见我们家的烟囱炊烟袅袅。青草已经在做午饭了。她听见我的架子车"咔嚓"一声停下，便跑出来看看我，一颗悬着的心仿佛落下了。我看青草那紧张的神情，突然意识到不能让青草担心。我说："太爷爷回来啦！太爷爷听青草话，从此不再骑架子车了。"

青草说："太爷爷，别逗我玩儿了，到了明天你又骑着车到处跑。还以为自己是年轻人呢！"我说："我把车锁了，钥匙由你藏着吧！"青草接过钥匙，像个小大人那样道："这就对了。"

正午的阳光照着青草被炉火染红了的脸，粉嘟嘟的格外好看。阳光透过敞开的门，一直灌进屋子，灰尘在阳光中飞舞着。青草把饭菜放到桌上，唤着我吃饭。小抗敌中饭和晚饭都回到海云身边吃；也就是去闯儿的别墅里，吃保姆做的饭菜。许家立回乡半年来，按他自己的说法，过着神仙一样的日子，既自由又轻松。青草有时逗趣儿叫他"南山爷爷"。

两个人吃饭是冷清的，但有迪杰卡在我们的桌边转来转去，便有了热闹的气氛。中餐有时我也会喝一小盅酒，高兴时就喝个酩酊大醉。有时我让隔壁李老头过来陪我喝一杯。他与豆芝吵了一辈子，如果有几日不吵，反倒觉得日子乏味了。那天中午我和李老头一边聊天儿，一边喝酒，心里一点也不感到孤单。

青草不喜欢李老头，她见我与李老头喝酒，便去小山坡采野果子了。这小矮人，在树丛中钻来钻去，非常灵活。那些熟透了的野草莓，散发着浓郁的香甜气。她采摘了满满一竹篮，走在回家的路上，几只蝴蝶在前边飞旋。它们飞得飘飘忽忽、风情万种，妖娆的风姿，比摇曳的流星还炫目。昆虫中，最美丽的就是蝴蝶了。青草是扑蝴蝶的能手，她的书页中夹着很多白的、黄的、紫的各种蝴蝶的标本。

章菊花住别墅去了。近些日子，她帮着闯儿奔波建渔庄审批地皮的事。家里的鸡、鸭、鹅、猪、羊、牛等牲畜，基本由我和青草饲养。青草成了家里的大忙人，割羊草是她每天的功课。不过在青草眼里，拿着镰刀割羊草是件非常浪漫的事。南边的小山坡上，不仅有割不完的羊草，还盛开着野花，有些野花可供食用。譬如，金灿灿的黄花菜，用来红烧猪肉，是一道非常美妙的佳肴，也可用来做豆腐黄花菜羹。青草每天黄昏打草归来，肩上背着草，腰间别着镰刀，左手拿着百合花，右手握着一把黄花菜。豆芝看见了，总要从青草手中掰一些黄花菜去做汤。

猪是最懒惰的，它们在猪圈晒了一天太阳，绿头苍蝇就在它们的周身舞蹈。青草每次去喂食，都有一种恶心的感觉。但看着它们一天天地长膘，她又万分欢喜。牲畜收购价提高后，一头肥猪能卖四百多元钱。一年下来，青草仅靠养猪卖得的钱也不少了。

夏至早已过去了，但白昼依然很长。凌晨四点多天就大亮了。到了六七点，太阳已经晒屁股了。我的祖屋因为有很多窗户，还开有天窗，窗帘的颜色又太浅淡，一大早便满室生辉，让青草无法睡着，早早就起来了。青草起来后，帮我到菜园锄草去了。这小矮人，只有锄头一半高，但也锄得像模像样。

自春天以来，菜园已经种上三茬菜了。由于酷热，菜园里的蝈蝈叫得特别厉害。已经是初秋时节，秋老虎在白天张扬肆虐，到了晚上暑气消散后，青蛙就在池塘边呱呱地叫，越到夜深叫得越响。

闯儿见油脂厂和丝绸厂的利润都十分可观，便想起她心中最大的理想：盖渔庄。她从前说过要在荻港村盖集宾馆、餐饮、农庄、茶楼、钓鱼塘等于一体的渔庄。现在她要把自己的理想转变为现实，然而却遭到了丁港、静儿、宝儿等的反对。他们说："这要多少投资啊，投下去的钱，谁知道能不能收回？冒这样大的险，我们不敢做。"闯儿没有得到弟弟妹妹们的支持，也没有得到父母的支持。小抗敌和海云都认为把油脂厂和丝绸厂的生意做好，足矣。

那天闯儿跑来与我说："爷爷，我们这里是有名的苕溪渔隐，丝绸、鱼塘、菱角是我们特有的东西。我要建渔庄，并不是与高渔儿怄气，再说我们已经离婚那么多年，他的渔场也没办出特色来，我盖渔庄，是要把养鱼的生意与旅游开发结合起来，这是我们村的千年大计。我要把渔庄的建筑盖成仿宋建筑。"我说："爷爷支持你，只是爷爷没钱，也出不了力，不如你向银行贷款吧！"闯儿说："那么多人反对，还是爷爷思想开通。"闯儿说着，又去找有关领导审批地皮了。我猜想她具有"钉子精神"，说不定地皮就被审批下来了。

进入冬天后，人们翘首以盼的新千年，就为期不远了。丁港母亲没了孙子在身边，哑巴丁江又像个流浪汉那样，每天在村里无所事事地游荡。从前还有海云与她吵架，现在连吵架的对手也没有了。虽然家里有钱了，她的日子却是越来越寂寞，人也变得慵懒而没有生气。有时她来我家串门，就滔滔不绝讲个没完，仿佛把她肚里憋闷了几天的话，全要向我倾倒出来。

我看见她一颗门齿的边缘，豁着一个缺口，而嘴角的两边，溅着两朵唾沫小白花。她一与我谈到傻傻的突然去世，我就会恼怒地骂起桑果儿来。然后重温着傻傻葬礼时的气氛与落葬后的墓园。那墓园实在太大了，层层叠叠的荒坟和新坟又展现在我眼前。我心里有一种说不出的迷惘和孤独。这时候丁港母亲再说什么，我已经听不清楚了。我的思绪从一方飘到另一方，它就像曹溪河水沉稳地流入运河。而我守着这条河，就像守着一条敏感的神经，并且感受着它的喜怒哀乐和生老病死。

冬至那天，许家立、小抗敌、青草和我，一起去给死去的亲人上坟。现在我最喜欢去的地方就是墓园了。每到一个亲人的墓地，我的目光就不停地朝他们居住的地方眺望，好像久别归家似的，望眼欲穿。而每次站在死去的亲人墓地前，我都要给他们焚烧纸钱，让他们在阴间丰衣足食。

天气非常寒冷，小抗敌在空中鸣响了爆竹，那"噼噼啪啪"的声音仿佛也非常凄凉。告别墓园时，我感到墓园苍老了不少。唯有那些缭绕在墓碑旁的花草树木散发出来的清新香气，才使那墓地里不死的魂灵，在肃穆苍凉中像夜晚的萤火虫那样，闪烁着星光点点。

雪花在一个傍晚时分，纷纷扬扬地飘落下来。连续几个冬天都下雪，而且雪片很大，这真是农民们求之不得的好兆头。青草在做饭，我望着窗外飞翔得很轻柔的雪片，它们一下就把山峦和田野变成白色了。雪，下了整整一夜。第二天一早起来，满院子都铺着雪。许家立和小抗敌正在扫雪，他们把院子中的雪一锹一锹往菜园中撒。菜园有了这厚厚的雪，来年不仅减少病虫害，而且还能水分充足，利于耕种。

我吃完一大碗泡饭，站在干干净净的院子里，呼吸着清晨雪景中的新鲜空气。这时一群麻雀在电线杆上，叽叽喳喳啼叫。隔壁的豆芝穿着紫花缎子棉衣，围着一条咖啡色长巾，一股浓浓的樟脑丸味扑鼻而来。豆芝骄傲地对我说："这缎子棉衣，是我女儿刚给我新做的呢！"我说："好啊，女儿本来就是你的小棉袄嘛！"豆芝笑笑说："现在女儿和儿子都一样了。我老了，女儿女婿还都孝顺！"

我说："这就好了，你对老李也得好一些，别再分开各自做饭了。"豆芝一听我这样说，哼的一声道："那不行。这死老头，与他一起吃，他就鸡蛋里挑骨头。"豆芝话音刚落，李老头从屋子里出来道："你别乱说，谁鸡蛋里挑骨头？"豆芝眼一瞪道："是你，就是你。我只是嫌你吃饭时的声音吧唧吧唧响，而你呢，说这菜烧得不好吃，那菜又做得不行，你以为你是谁？"

豆芝和李老头站在我家的院子里吵了起来。我见李老头有点咳嗽，就把他们劝回屋去了。原以为下了一夜雪就不再下了。没想到第二天晚上，又整整下了一夜雪。大地在雪花的层层包裹下，仿佛升天了一样。瑞雪迎新千年，这景象是多么美丽呵！第三天又是一个雪天，新千年果真就在白雪飘飘中来临了。

这天凌晨，我写下一首诗《苍茫大地》：

凌晨零点时分

钟声敲响

岁月走满了公元两千年

我看见月亮的沉思
深刻得宛如一面古老的铜镜

从前佩金的帝王穷困潦倒
在不堪一击中
更大的王在天空俯视着
苍茫大地

让神性之光，照耀所有悲壮吧
美人的泪珠，英雄的血
王的天空笼罩一切
史册和沧桑，疼痛无法叙述

我弯腰与土地融为一体
公元两千年，我对生命
有更加刻骨铭心的怀念

　　我已经很多年没有作诗了，尤其是作白话诗。我这把老骨头，能活到新千禧年，使我情不自禁地动起笔来，表达着自己的心声。千禧之日，小抗敌在清风戏台搭了戏台子，当然再不是闯儿来演出了，而是请了越剧团的演员。这天，清风戏台被布置得五彩缤纷，一派喜气洋洋。村民们午饭后，都来清风戏台看戏了。大家在雪地里拥挤着，头上飘着雪花，却别有一番滋味在心头。

第三十五章

一

那天的戏，一直唱到雪停的时候。太阳明亮地悬在中天，地上的雪被映得发出耀眼的光芒，刺得我睁不开眼睛。我眯着眼，拄着拐杖，腿有些发酸发麻。戏台上收拾道具的人出来后，我就打道回府了。到底是专业演员，做功和唱腔都不错。近些年，大家忙着赚钱，村里很久没有文娱活动了。这次小抗敌请来剧团为村民们演出，活跃了村里新千禧年的气氛，简直比放鞭炮有意义多了。老实说，我对鞭炮越来越有一种恐惧感。

元旦一过，学校里就开始期末考试了。石榴和小丁丁忙着复习功课。石榴还有半年就要考高中了，她想考到省城的美术学校去。这小重孙女，越长越秀气了。每天一大早，她和小丁丁被闯儿或者静儿驾着桑塔纳轿车，送去镇上的学校。家里的轿车，成了接送孩子们上学的专车了。嗨，这样下去，石榴和小丁丁还怎么去握锄头种田呢！

石榴和小丁丁的期末考试成绩都排在班里前十名。他们喜欢读书，放假了倒是有些依依不舍。尽管可以自由地玩儿，但石榴望着一下冷清的教室，感到莫名的沮丧。不过回到家里，面对她的大画室，又觉得自由是多么可贵。

青草从没有羡慕过石榴住别墅。她生活在自己的世界里，认为无论穷富，只要能过自己想过的日子，就是最好的。青草喜欢过普通的生活。她像我一样，并不认同闯儿过年吃馆子的观点。她对我说："太爷爷，你放心，今年的年货我来准备吧！"我惊讶地问："你会弄？"她说："这有什么难的？从前我每年都看奶奶一样一样地准备年货，觉得与我小时候玩办家家的游戏差不多，很有意思呢！"我说："好吧，女人的活儿你都得学会些，将来嫁户好人家。"青草红着脸说："爷爷，你乱说些什么啊！"青草这么一说，我就不再吭声了。毕竟青草还小，还没到说婆家的年龄。

一进腊月，腊八就到了。到了腊八，就要煮腊八粥喝。煮腊八粥可用多种多样的米，如糯米、高粱米、小米、黑米、大米，还可加入豆类，如赤豆、黑豆。这些米和豆，搅和在一起用微火熬上几小时，煮成浓稠的粥，吃起来便香糯软滑。青草在腊八那天，煮了满满一大锅粥，结果闯儿、静儿、石榴等，都回家来喝腊八粥了。我这祖屋，因为青草的烹饪手艺整整热闹了一天。

腊八过后，青草开始腌制酱肉、酱鸭、鱼干等食品。接着是爆米花，再把米花做成冻米糕。这些做完后，她又做芝麻饼、油余发皮、炒番薯干等自制的土特产。这小矮人干起活儿来利索、干脆、清爽。没几天我们家的那些铁罐子，全都装满了青草做的土特产。忙完年货后，春节就来临了。新千禧这个春节，因为有青草的烹饪手艺，我们全家又在祖屋里团聚了，并且从年夜饭开始，一直吃到元宵。那生汉肉饼子、烂糊鳝丝、炒鱼、状元球等每一道菜，都被青草做得咸淡适中，味道鲜美。

去年大大和阿六头相继去世后，大大的儿子许辉和阿六头的儿子许金发来做客，青草稍微一弄，一桌丰盛的菜肴吃得大家满心舒服，赞不绝口。然而，更让人钦佩的是青草的毅力。这小矮人不到一米二的个子，做饭炒菜，要站到一只凳子上才能够到锅台，其艰难可想而知。

青草不仅烹饪手艺不错，她更拿手的还是织毛衣。我看她有时是两根竹针，一个毛线团，有时是四根竹针，两个毛线团。通过这几根竹针，她能织出各种花样的毛衣来。我那件树叶花样的绿色毛衣，就是青草的第一个作品。穿在身上，即使秋天落叶凋零时，我仍然满身绿叶，生机盎然。当然，青草除了织毛衣，也像从前的兰兰那样，能绣门帘、钩窗帘。过年没有了章珍妮剪的窗花，却有了青草用钩针一针一针钩出的镂空图案窗帘，家里有这么一个女孩儿，实在妙不可言。

外乡女胡二嫂经过我家门口时，进门来看青草钩的窗帘，然后称赞一番。我已经很久没见到她了，也不知道她有没有在省城找到儿子胡军军。我见她在与青草聊天儿，便走过去道："很久不见了，一切可好？"胡二嫂说："儿子胡军军回乡来了，在砖瓦厂与庞子遗一起干活儿呢！天天能看见他，我就放心多了。"我说："哦，你放心就好了，看你那些日子急得形容枯槁，双颊塌陷得厉害。"

日子如水般流淌，正月过去了，二月也过去了，大家平平淡淡地进入了三月。奇怪的是，这年的三月依然奇冷，还下了一场大雪。那天晚上雪停了，月光从窗外斜斜地透过窗帘，像银蛇一样地爬进了我的屋子，也爬进了青草的屋子。天气冷极了，大自然静悄悄的。青草撩起窗帘，看见许多瓦屋都亮着灯。他们也许有的在吃晚饭，有的在看电视，有的在聊天儿吧！

青草喜欢远远地眺望那些灯火，每一扇窗户所代表的家庭，都有一本难念的经。青草想，父母在世时，灯火里挟着他们，使他们经历纷纷扰扰，让他们双双走上了黄泉路。青草回想着那些令人心疼和忧伤的往事，不禁泪流满面。她想，她能拿什么来告慰父母的在天之灵？

那晚青草在漫长的黑夜里，噩梦接连不断。她害怕地躲在被窝里，蜷缩成一团，大气不敢出，小便不敢出来解，差一点就尿床了。天还没大亮，她的头钻出了被子，看见窗外有一条很亮的带子，像闪电一样，才不觉得害怕。她穿衣起床，撒过尿后，走出了房屋。这时天空灰得透明，地上积着白雪，太阳一旦升起，那灰色就会变成清纯的蓝色了。

经过一夜的白雪覆盖，大地宁静得悄无声息。漫天的飞雪消失得无影无踪。无论你怎么侧耳倾听，也听不到一丝声音。青草被这罕见的宁静感动了。她觉得这一刻，她与自然万物融为一体了，与父母死去的魂灵融为一体了。

春雪不用扫，很快就全化完了。二十多天后，青草进了蚕月，成为新一代的蚕桑女。四月天，一下就热起来了。有几天，穿着衬衣还汗流浃背呢！青草为自己能成为蚕桑女而自豪。她让闯儿姑妈陪着她，一起去了含山山顶蚕神庙祭拜。那天她头戴用彩纸做的精美蚕花，在彩旗招展、锣鼓喧天中，非常高兴地讨得马头娘的喜气回了家。

这些日子，我和小抗敌，还有许家立这几个老男人，都帮小矮人采桑叶，做她养蚕的下手，而她就像蚕花公主一样指挥着我们。

闯儿建渔庄的地皮，终于审批下来了。她拿到红头文件，第一个就向我来报喜。我笑着说："天下无难事嘛！"然而闯儿并没有我那么乐观，她忧心忡忡地说："建渔庄有了地皮，还要资金。丁港和静儿他们不支持我，我单枪匹马，困难重重。"

闯儿说着呜呜地哭起来。我说："地皮批下来，该是高兴的事，怎么就伤心起来了呢？你动员他们支持你不就行了？"闯儿说："你说得倒容易，他们不同意盖渔庄，如何会来支持我？"我说："你向银行贷款嘛！"闯儿说："银行哪有那么多款好贷？二百多亩土地的渔庄，全套设施齐全，初步预算起码得两千多万元呢！"

我说："啊，要这么多钱，那就不要盖了。"闯儿说："地皮批下来很不容易，怎么可以轻易放弃呢？"我说："那你去向你的堂兄许辉、许明华和许金发、许银发借钱。他们在海宁做皮革生意，能借多少是多少。"闯儿说："再说吧，真的走投无路，再去向他们求援。"闯儿说完，匆匆离去。她要去村北看建渔庄的地皮，现在那里还是一片荒丘呢！

闯儿的脾气是那种想做的事一定要努力做到的刚烈性子，但有时又柔弱得像个哭鼻子的小女孩儿。一会儿，她独自来到村北，面对那一片荒丘，她的眼泪又簌簌地流淌下来了。为了建渔庄，她不知道流了多少眼泪。地皮批下来了，可以动手干了，却卡在资金上，束手无策。不过无论如何，她要把自己的那一部分资金从静儿的账面上划拨投入到渔庄的建设中来。因为先要开垦荒丘，然后才是盖房屋、挖鱼塘等成套设施的建设。当然她也不想因抽出资金而影响到油脂厂和丝绸厂生意的正常运转。许多个夜晚，闯儿辗转难眠，万事开头难啊！

这些年来，闯儿顾不得找男朋友，把整个生命都扑在生意经营和创建渔庄的设想中了。她想，如果依靠政府的帮助，许多困难也许就能迎刃而解。第二天一早，闯儿踏上了去乡政府、镇政府的路。

桑果儿知道闯儿要盖渔庄后，自然是大力支持。地皮审批的事，他曾为闯儿奔波。他觉得村里有渔庄，就等于开垦了一个新的旅游景点，以后渔庄卖门票，可以和村委三七开。这样村里也多了一份收入，何乐而不为呢！桑果儿打算过了儿童节，将崇文园改造成现代化公园。新公园建成后，将和城市里的公园一样，有造景喷泉、有石雕像、有弯弯曲曲的平面石桥，而桥下河面上，夏天将有盛开着的荷花和睡莲。

二

一年后，桑果儿果然把崇文园建设成现代化公园了。村民们徜徉在崇文园，就像徜徉在城里公园一样。崇文园的西边，还有许多健身器械呢！每天一早，那些中老年人就来锻炼身体了，而晚上则成了青年人谈恋爱的地方。孩子们喜欢黄昏时分在树木花影中捉迷藏。白天就留给了各地来的观光者。桑果儿在全村村民大会上说："我们有决心要把获港村打造成千年古村与现代文明相结合的新农村。"

现在村民们条件好起来了，也开始追求精神和文化体育生活了。这一年村里的文体活动，在小抗敌的组织下又丰富起来了。我建议小抗敌成立太极馆，太极馆就很快成立了。那天我看见报名人员中，除了中老年人，还有不少青年人。我很乐意让中国传统文化在年轻人中发扬光大。开馆的第一天，学员们要求我这九十多岁的老寿星讲讲话。他们看我，就像看一个稀奇古怪的老人。他们也许想，你这老头儿吃了什么灵丹妙药，何以这么长寿？

庞子遗和胡军军，也报名参加了太极馆。这两个二十三岁的小伙子，怀着各自的目的学拳。庞子遗想追求章玫瑰，然而他这孤儿各方面条件都比不上他的情敌严土根。他想学一身武艺，成为文武双全的人，来赢得章玫瑰的青睐。而胡军军呢？他想哥哥胡卫民做了村委会副主任，自己学一门太极拳特长，将来结交一些武术界朋友，浪迹天涯也不怕了。胡军军厌烦透了母亲胡二嫂对他喋喋不休的唠叨，他想总有一天要浪迹天涯，不再回来听母亲的絮叨。

改革开放以来，大家忙着搞活经济，很多年没有在村里放映露天电影了。现在有了崇文园这样的现代化公园，小抗敌找来大音箱，借来电影片，幕布用几根竹竿一拉，自己就当起了放映员。海报在村东头贴出后，那些老年人下午就把座位给占好了。他们胳膊上挎着一两个板凳，抽着香烟，佝偻着腰，慢悠悠地朝崇文园走去。放好了板凳，他们就心里踏实地回家干活儿了。如果外地观光者正好遇上放露天电影，那么他们就能看见许多板凳高矮不一、颜色各异地排列在一起，像一支木凳杂牌军。

露天电影一连放了几天，青草、石榴、小丁丁、芦荻每天都往崇文园跑。小佳佳八岁了，每天生活在外婆家。这小女孩儿，文文静静的，柳枝儿不带她来我这里，她自己就不会来看我这个爷爷，仿佛像她父亲那样与我隔着心。

那晚李老头和豆芝，都去崇文园看露天电影了。难得看到他们和睦相处，还一起来看电影，这真是让我既惊讶又高兴。我坐在豆芝的左边，李老头坐在豆芝右边。电影还没放映前，豆芝削了一个梨，与李老头分着吃。我笑起来说："这就对了。少年夫妻老来伴，要相濡以沫。"

豆芝道："什么叫相濡以沫？我们不就分个梨吃。"我正想与豆芝再打趣几句，电影就开始了。一通广告后，屏幕上赫然写着"人生如梦"四个字。我知道，那准是片名无疑。有几个小青年看见这片名，吹起了口哨。老年人七嘴八舌地说："没错儿，人生的确如梦。"

看完《人生如梦》后，小抗敌挽着我的手回家时，我想起很多年前，小风林和章珍妮挽着我看露天电影《刘三姐》的场景。那时候小风林咳嗽不止，这一晃小风林去世已有二十三年了。真是岁月如梭啊！我正这么想着小风林时，突然爆豆般的雨点带着赫赫声势袭击着我们。夏天的雨，总是像情欲那样突如其来，幸亏我们还有十来步就到家了。

第二天一早，我刚起床就听见隔壁李老头的咳嗽声。我想他也许是昨夜淋雨后感冒了，便找出感冒药给他送过去。豆芝说："这老头儿，从不生病的。我对他好了点，他就娇贵起来，淋了几滴雨，又咳嗽又发热的。你看人是不是犯贱的？"我说："有人疼，就是不一样嘛！"我把药递给豆芝，告诉她一日三次一次一粒，就转身回屋来了。

俗话说冬天大冷，夏天必大热。这话放在今年这个夏天，一点儿不假。这几天，连续三十九摄氏度高温，临近傍晚，还是那么热，让人直淌汗。太阳已经沉落下去了，晚霞并不绚烂。家家户户的炊烟又直直地升起。我去鸡笼看看，鸡都已自动回巢了；鸭子和鹅，也都乖乖地回它们的屋子了；猪吃饱了食，已经趴在草上打呼噜。只有我心爱的迪杰卡在我身边打转转。它和山鹰一样，是我的两个神灵。嘿嘿，我想起山鹰来了。傻傻去世已经快三年了，它一直没再来看过我。

青草做了一大锅辣椒肉骨头萝卜条汤，撒上葱花后，白白红红绿绿的，煞是好看。我们把小折桌放到露天里，端上菜后，放好碗筷，我从井水里取出一瓶三白酒来喝。虽然没有了从前的热闹场景，但与青草两个人吃饭，也其乐无穷。这小矮人话不多，但她像精灵一样，能知道我想要什么。

天黑下来的时候，月牙儿俏皮地斜着弧形的身子，将光撒落到我们身上。星星密密麻麻地镶嵌在天空，这真是一个晴好的夏夜。许家立走过来与我聊天儿，我和他说："闯儿他们嫌我的祖屋破旧，建起了别墅；而你在城里拥有了别墅，却送给国家，回来住破旧的祖屋。人活到一定的年纪，什么都看穿了，才会有你这样的境界。"

许家立说："大伯总是最明智的。我放弃了那些身外财富，才拥有了现在的自由、宁静，拥有了一个真正属于我自己的内心世界。这叫有舍才有得嘛！"我噢噢地应着，想他光棍一个，无牵无挂，才能活得洒脱、超然。

接下来的几天，还是非常炎热。井水一泼到地上，就吱吱地冒起热气。石榴已考上省城高中，暑假回来躲在别墅的空调房里作画。闯儿让我去别墅空调房避暑，我才不去呢！空调哪里有大自然的风好。闯儿这些天心情好多了，人又变得开朗起来。从静儿做的油脂厂账面上，划拨了一部分资金后，渔庄的工地，便顺利地施工了。大热天，工地上却干得热火朝天。庞子遗和胡军军，把砖瓦厂的砖瓦拉到工地上，可按车计件，领取报酬。那是他们挣的外快。那天他们拉完砖瓦后，来到外港埭走廊。而此时的外港埭走廊，已成了外地民工的居住地，破旧、肮脏，往昔的繁华已经荡然无存了。

天，实在是太热了。胡军军扒下上衣，"扑通"一下，跳到曹溪河里游泳去了。他用手示意着庞子遗也跳下河游泳。庞子遗犹豫了一下，也"扑通"一下跳了下去。他们像两只水鸭一样，从外港埭走廊一直游到对岸，再从对岸游回来。外港埭走廊全长五百余米，南面出口就是运河。胡军军的游泳技术比庞子遗好，他一个猛子扎出来就游得很远了。他向南面运河的方向游去，庞子遗在后面远远地跟着。一会儿，庞子遗就看不见胡军军了。他想，这家伙，也许又扎猛子了。庞子遗加快了游泳的速度。然而他游到运河口，还是没看见胡军军。人呢？他爬上了岸，两手合拢成喇叭状喊："胡军军你在哪里？快上岸啦！"庞子遗一连喊了许多遍，胡军军却毫无踪影。

曹溪河上有几艘轮船开过，有几只野鸭在水面飞旋。住在外港埭走廊的民工都还没下班。冷冷清清的外港埭走廊，找不到一个人。庞子遗突然有了一种不祥的预感，心里害怕极了。他赤着膊，穿着湿漉漉的短裤，就往村治安保卫处玩命儿地狂奔。

在曹溪河寻找胡军军，或者说是打捞胡军军的尸体，是从黄昏开始的。胡二嫂得知胡军军与庞子遗一起到曹溪河游泳后，胡军军失踪了，便知道凶多吉少。她"哇"的一声，像丢魂儿一样放声大哭起来，并拼命撕扯着庞子遗，把他赤着的上身，抓得血痕斑斑。她一边哭，一边骂："你个疯子，你害死了我儿子，你不得好死。"

我到外港埭走廊时，夕阳已经西下，河水上那些闪烁的金色已经不见了。暮色笼罩下的河面显出一片苍茫。打捞者在运河上捞起了胡军军的尸体。才几个小时，他就被河水浸泡得发胀了。庞子遗流着泪说："那一定是他游出了曹溪河，被运河的浪头卷走的吧！"

胡二嫂见到了儿子胡军军的尸体后，撕心裂肺地痛哭，仿佛山崩地裂一样。围观的人都被她的哭声感染了，个个流下了眼泪。我不知道怎么安慰胡二嫂。我是看着她怀孕，生下孩子，一天天把他养大，供他读书，全部的母爱都给了儿子，可儿子死了。我抬头看了看天，突然发现有一颗流星划过天幕。那颗流星，许是二十三岁胡军军的星宿吧！

胡军军淹死后，胡二嫂受到很大的刺激。常常胡言乱语、喜怒无常，敏感多疑，不知脏洁，冷漠不语，孤僻退缩。胡卫民带继母去医院看病，医生诊断为精神分裂症。医生给胡二嫂配了一大堆药。然而服了药的胡二嫂，还是常常发病。她的双颊塌陷得比从前更厉害了，再不能正常生活，不能压豆腐了。村里一些调皮的小孩儿，见到她披头散发，哭哭笑笑，便朝她扔石头骂道："疯婆儿、疯婆儿。"

那一天胡二嫂站在家门口，抱着一个布娃娃，敞开上衣，嘴里喊着："军军乖乖，吃饱了奶再睡觉觉。"有几个小孩儿看见这场景，朝她扔石子道："疯婆儿，下流胚！疯婆儿，下流胚！"这时胡二嫂一改往日的傻笑，紧紧地抱住布娃娃，愤怒地追赶着那些孩子们。孩子们见疯婆儿追来了，害怕得像小鸡被老鹰追赶似的四处奔逃。胡二嫂气喘吁吁地一直追到我家门口。

她见了我说："那些讨厌的小鬼头，他们用石头砸我的军军。"她说着低头呵护手中抱着的布娃娃。我看了很心酸，突然想起她从前的邻居兔嘴儿和他的养母阿菊。那时候她是多么鄙视阿菊呀，没想到二十四年后，灾难也会落到她自己头上。这莫非是报应吗？

三

雨大张旗鼓地下了几场后，天气就凉爽了。复出的蓝天，透出晴朗的信息。我窗前的那盆郁金香，花才开了几朵，就被雨水打弯了腰。院子里的积水是混浊的。青草用铁棍通了阴沟，积水便咕嘟嘟地顺着下水道流出去了。雨后的空气分外新鲜。天空的云彩纤弱洁白，悬浮在澄澈的蓝天下，悠悠荡荡，一副自由自在的模样。我到院子里伸了个懒腰，豆芝见到我喊："喂，你过来。"这老太婆叫我"喂"，我就站着不动了。接着，她又喊："许伯，快来看看我们老头，怕是不行了呢！"

我三脚两步地进了李老头的屋子，一按李老头的额头，滚烫滚烫的。我说："要送老李去医院啊！不能再拖了。这样吧，我找小抗敌送老李去医院吧！"豆芝说："他还喊肚子痛呢，会不会是吃坏了？"我说："到医院，医生会给他做全面检查的。"豆芝说："那要多少钱？"我说："命比钱重要，得花多少就花多少。让小抗敌先给老李垫着吧！"豆芝说："你真好，我们家多亏有你这样的好邻居。"

一会儿，小抗敌找来宝儿。宝儿驾着桑塔纳轿车，载着李老头、豆芝和小抗敌，一起去镇上医院。小抗敌回来告诉我："李老头住医院了，医生怀疑他得了直肠癌，但还要再做进一步检查。"我听后吓了一跳，怎么好端端的就得癌？但仔细一想，这李老头常年与豆芝各自做饭，饥一顿、饱一顿，还吃那腌制的蛆虫，不得病才怪呢！如果真要是那癌病，也在劫难逃了。

闯儿把许多精力都投入到渔庄的建设中。她艰难地步步向前走，毫不退缩。大热天，她和民工一样在工地上干得热火朝天。尽管皮肤晒得黑里透红，但她看到荒丘铲平后，一栋栋古色古香的木屋开始打地基了，真是从心里高兴。

泪流过了，汗也出过了，痛苦孤独的日子过去了，闯儿终于赢得了丁港、静儿、宝儿、小抗敌、海云等亲人们的理解和支持。而此时，银行的贷款也审批下来了。闯儿激动得热泪盈眶。

那天全家人聚在我的客堂聊天儿，闯儿对家人说："有了亲人们的理解和支持，我对渔庄的前景就更加有信心了。"海云说："我们家就你'不到黄河心不死'，从小你就那臭脾气。"我说："闯儿敢闯，她有勇气和毅力，才能干大事业。"闯儿说："哈哈，我想做的事情就一定要做到，不然我就不叫闯儿。爷爷给我取名字，有先见之明哩。"静儿说："我们一支持你，你就吹牛。你嘛，是我们家的开路先锋，但没有我们后备军也不行呀！"闯儿说："是啊，所以才要大家和睦共处，互相理解和支持嘛！"

闯儿和静儿这两姐妹，虽然赚了大钱，干着大事业，可是她们穿得相当朴素，基本就是牛仔裤和夹克衫。手上也没个戒指和手镯，脖颈上也没有一根项链。我知道并不是她们不喜欢，而是舍不得买。

那天下午闯儿驾着轿车，带我和青草去镇上购物。我坐在超市的塑料椅上休息，闯儿和青草买了日常生活用品后，又逛进一家装饰一新的首饰店。那锃亮锃亮的橱窗底下，铺着一尘不染的猩红色金丝绒布，那金丝绒布上又摆着许多开了盖的装饰精美的盒子。盒子有长条形的，也有方形的。长条形盒子通常装有金项链、银项链、玛瑙项链、珍珠项链，闯儿一看到珍珠项链，就想起了河蚌。她想村里养着河蚌，却没有把珍珠掏出来，通常村民们直接就把河蚌卖掉了。这个珍珠项链，让她想到村民们也可通过养河蚌取珍珠发家致富。等渔庄盖成后，她设一个工艺品小卖部，卖从河蚌里取出来的珍珠加工而成的项链，那可是货真价实的珍珠啊！

我还以为闯儿带着青草去首饰店，会给自己和青草买个戒指什么的。结果两手空空走出来，还说以后自己可以做货真价实的珍珠项链。这个满脑瓜生意经的闯儿，仿佛走到哪里都有商机，脑筋转得特别快。她们买完东西后，我就让闯儿载我去医院看李老头了。李老头果然是直肠癌，而且已是晚期。他瘦得猴儿似的，医生说他最多能活两个多月，但他自己不知道。我把礼物送上后，豆芝不停地说"谢谢！"，李老头因为疼痛，绝望地望着我，说话的声音模糊不清。

回到家里，已是傍晚时分。青草满载而归，脸上挂着笑容。她从几只塑料袋内，拿出她的洗发乳、沐浴露、卫生巾、小圆镜、粉饼、两斤玫瑰红毛线，还有方便面、大白兔奶糖、牛肉干等零食后，对我说："这一趟以后，可以三个月不去镇上买东西了。"我说："你闯儿姑妈有汽车，你想再去镇上超市方便着呢！"

青草用腾空的塑料袋装起家里的垃圾来。这塑料袋埋在地底下可是不容易腐烂的。不知什么时候，无论城市和乡村，全不用竹篮了，而改用了这简便的塑料袋。唉，环境污染一天比一天厉害。如果有一天，因环境污染而毁灭了地球，那人类就是罪魁祸首。

屋顶镀上秋霜一样的银光时，蜻蜓和蝴蝶正痛苦地失去它们美丽的翅膀，而这时蚂蚱蹦跳的动作就像痴呆了一样，十分迟钝。我在一天天重复的日子中，看朝霞出了，晚霞落了，月亮下去了，太阳升起来了。大自然自古以来，就是这么来来去去，而人类在恒久的时光中，只是一瞬间。我想到这些，便觉得俗世的田园生活多么好。至少在平淡的日子中，能看见自己辛勤劳作后的植物生长。即使叹息暮年像落日一样沉重，但我有神灵一般的迪杰卡和山鹰护佑着，我的一生无怨无悔。

进入冬天后，青草开始忙着腌酸菜。我前一晚多贪了半碗粥，早晨三点多就被尿憋醒了。从床上下地，顾不得穿鞋，赤着脚从床尾提出夜壶撒起尿来。这时，我听见隔壁传来豆芝哭喊李老头的声音。我知道，那是前两天从医院抬回来的李老头去世了。我走到窗前，撩起窗帘，望着外面阴沉沉下着毛毛细雨的天，心想一旦死人，天自然就会突然阴雨下来，好像天也是有灵性似的。

李老头一死，豆芝家的哭声此起彼伏。女儿、女婿、外孙、外孙女，还有那些亲戚们，轮流哭喊着，凄惨极了。整整哭了大半天后，他们才在院子里用帆布支起灵篷，放着几个亲戚和朋友们送的花圈。通常尸体停在床上，脚后跟就要点燃两支蜡烛，这是照亮死者去往阴间的长明灯。

豆芝将李老头停尸三天后，才让殡仪馆的人将尸体拉走。别看豆芝与李老头吵了一辈子，对李老头的发丧却一点不马虎，甚至很讲究。这么看来，死在豆芝前的李老头是有福的。亲戚们在豆芝家足足吃喝了三天，几个女人红着眼圈围在一起，有的铰纸钱，有的择菜，有的没事儿干围在一起搓麻将，还有的从镇上买回来十几板豆腐。若是从前胡二嫂压豆腐，又要忙得不可开交了。豆芝家的院子里，专门设了个炉灶。炉火旺旺的，有人在炒菜、炸鱼、煮豆腐。

葬礼后，乌云就散了。太阳一露脸，阳光依然那般地好，像兔子的毛柔和而温暖。生老病死，世世代代就那么轮回着。庞子遗来我菜园见到我说："李老头死了，并没让我有多少悲哀。可自从胡军军淹死后，我见到疯了的胡二嫂心里总有说不出的凄楚。"庞子遗与我的感受一样，略有不同的是他把那份凄楚的情感写成了一首首抒情诗。

第二年，也就是二〇〇二年的夏天，胡军军周年祭时，庞子遗邀了许多同学去胡军军的坟墓祭扫。这年的夏天非常凉爽。庞子遗想若是去年这么凉爽，他和胡军军也许就不会跳下曹溪河去游泳了，不游泳，胡军军也就不会淹死。唉！生命无常，谁也敌不过命运的捉弄和安排。

我在村里快一个世纪了，面对过那么多的死亡，却觉得活着比死亡更不容易。无论世道如何变化，那些挣扎着、倔强地活着的生命，或者那些创造着世界、造福着人类的精英们，是我永远钦佩和怀念的。

第三十六章

一

二〇〇四年一月，恶魔一样的非典疫情过去半年多，人们也早已恢复了正常的工作和生活，沉浸在迎春节的忙碌与喜气中。闯儿以荻港丝织厂厂长的身份，从法国和瑞典洽谈生意归来。她能与具有一百多年历史的瑞典王室服装厂洽谈成功，一方面是瑞典王子罗伯特·章的推荐，另一方面也是我们的丝绸产品质量确实过硬。我们的人丝织锦缎、人丝古香缎、双绉、斜纹绸、留香绉、乔其纱、洋纺等，受到了法国和瑞典商家、客户的青睐，非常顺利地签下很多购买订单合同。这让闯儿十分意外，满载而归。她知道外销生意一经打开，外汇收入也就滚滚而来了。现在村里除了荻港丝织厂能创外汇，妇女主任杨招娣的丈夫所种植的花卉，也能出口创外汇了，年前他与荷兰客商签订了兰花出口合同。

那天闯儿侃侃而谈，认为比起油脂厂、丝绸厂，渔庄生意的前景更是一派向好。她完全能把油脂厂和丝绸厂赚来的钱，再抽出一部分，加上银行贷款，先养渔庄了。如果说开始创建渔庄是勇敢、痛苦、焦虑、

476

孤独的冒险，那么如今她就胸有成竹了。渔庄雕梁画栋、古色古香的主楼，到劳动节就可以全部竣工了。

柳枝儿做着荻港丝织厂服装车间的车间主任，她设计的旗袍花样翻新，颇具现代感。我最早见到的旗袍，是清代直筒式旗袍，即腰部无曲线，下摆和袖口处较大，配上琵琶襟马甲和花盆底旗鞋，就是典型的清代满族女人的装束了。后来旗袍经过了一次次改良，它们从腰部无曲线到曲线明显，并且连袖筒都剪了去。三九严寒的天气，柳枝儿穿着新设计的西洋红旗袍，上面绣了淡青的兰草，看上去是那么柔和、婉约。只是手上和脚上的冻疮，时时侵扰着她。那脚趾先是痒得难受，再是疼痛难忍。所以走路时，她的脚一触地面就左右摇摆。每晚她都用冬青煮水洗脚，桑果儿也倾着身子用力搓着她的双脚，不过顺便会摸一下她那对高耸的乳房。

通常都是宾馆里有暖气开着的迎宾小姐，在冬天穿曲线明显的旗袍。然而生活和工作中的柳枝儿，就是这么天天穿着单薄的曲线旗袍。她穿任何一件旗袍，都显得风采不凡。虽然女儿小佳佳都已上小学了，但她一点不显老，而且更加有韵味。这使那些小青年老远见到她，就冲她吹口哨。静儿知道柳枝儿在厂子里与一个年轻男人有过暧昧关系，而实际上柳枝儿早已红杏出墙。只是她见好就收，没被桑果儿发现，也未遭村里人议论。柳枝儿暗暗庆幸，自己冷静下来想，这个男人确实在各方面都没有自己丈夫优秀。

海云一直为闯儿离婚后没再找对象着急。在她看来，闯儿的终身大事比什么都重要。她曾当起红娘，介绍那些离了婚的男人给闯儿，却遭到闯儿的反对。闯儿说："你别瞎操心了。我的事情你别管。"海云只好吐吐舌头，不再给闯儿当红娘。然而时光一年年过去，闯儿的年龄一年年增加，海云还是担心闯儿自身的条件太好，反而越发嫁不出去了。

青草自从有了重兆村的男朋友，每天晚饭后，无论天晴落雨都出去散步。我想她大概是去约会吧！这个小矮人，已经会把自己打扮得花枝招展了。她的长发有时编成一根独辫，有时高高盘在头顶。但无论她梳成什么样子，她的头上始终夹着一只我们家的传家宝——银色的蝴蝶形发夹。我望着青草，发现她的乳房丰满起来了，臀部也圆润起来了。她脖子上系着一条长长的紫色印花丝绸围巾，看上去飘逸、洒脱。她的男朋友林秋，我只见过一次，相貌好像很熟，有似曾相识的感觉。但我从没问过青草那林秋家在重兆村是干什么的。我怕一开口，就遭青草的反感，影响她的恋爱情绪。嗨，不管林秋家是干什么的，只要林秋疼爱青草，我就放心了。

自从死了李老头，豆芝感到特别孤单。无论遇上谁，她都要拦住聊上几句。那天青草刚一出门，豆芝就拦住青草说："穿得那么漂亮，去哪里？"青草说："散步。"豆芝说："我像你这么大的时候，也经常饭后散步。那时候我是多么年轻漂亮，大家都叫我美女。"青草十分讨厌豆芝的唠叨，心里骂："老太婆，吹啥牛。看你那模样儿，年轻时能是美女吗？"不过，青草不会当面讽刺豆芝。她说："豆芝太奶奶，你现在也不难看呀！回屋去好好休息，就更漂亮了。"青草说着，笑着逃跑了。

林秋早在崇文园等青草了。月光下的林秋年少动人，青草远远望着他，心里想，这就是我的白马王子吗？我能有如此好福气拥有他的爱吗？青草的心，突突地跳得厉害。林秋见青草姗姗来迟，迎上前去说："你来了啊，这里人太多了，我们去外港埭走廊吧！"青草微微点点头，然后与他手挽手地走向外港埭长廊。

他们坐在曹溪河边的石头上，依偎着仰头看天上的月亮。寒风呼呼地吹着，他们一点儿也不感到冷。晴朗的夜空，托着镰刀月，看上去皎洁、广阔、深邃极了。林秋向青草伸过手来，拥抱着她，轻轻地长久地吻着她。青草体会了以前从没有过的温柔和甜蜜，她幸福得陶醉了。月光流淌在她身上，像水银一样给她的身体镀上了一层雪一样的光泽。

大约晚上十点，林秋把青草送回家后才回重兆村去。他们通常一周约会一次。如果是白天，青草有时就去重兆村。当然去重兆村，青草并不是去林秋家，而是到麦田里，与恋人相守在一起。林秋的父母都不赞成这件事。林秋是林峰的重孙子，可是林峰早死了，林峰与小妾的儿子阿狗也死了，林秋的父亲（即阿狗的儿子）自然就不知道林秋的太爷爷，就是青草太爷爷的姑父这件事了。别说已经隔着四代，就是三代互相不认识的亲戚也多着呢！

　　林秋的母亲咬牙切齿地骂林秋道："你是猪脑子，怎么找个侏儒回来？我们村漂亮的女孩儿多着呢！"林秋说："青草心地善良，会织漂亮的毛衣，很能干。"林秋母亲说："编织毛衣，我们村里的女孩谁不会编织？告诉你，你必须马上与那侏儒断绝关系。"

　　那天，林秋与母亲吵了起来，青草在门外，听得一清二楚。那是她第一次到林秋家，没进屋就流着眼泪转身跑了。从此，青草再不到林秋家去了。青草一想到林秋父母的反对，就会神思恍惚地陷入沮丧与忧郁中。好在每次见到林秋，他都那么疼爱她，她就又快乐起来了。于是，每周的约会都成了青草漫长的等待。青草想，爱情原来是那么的折磨人，又是那么的甜蜜快乐呵！

　　过年的前几天，家家户户都在杀猪宰羊。非典疫情后，村民们更加珍惜生命了。往年那些舍不得自己吃的猪肉、羊肉，也都留着自己吃，不拿出去卖了。我们村里的习俗，也在随着观念的转变而悄悄地发生变化。譬如，从前逢年过节，谁家杀猪宰羊了，一定要剔下一些肉和骨头来分给邻居和亲朋好友，然后一定要敞开肚子喝上几瓶酒，直喝得酩酊大醉，心里有牢骚不舒服的就会借酒骂"他妈的，他妈的"。这时即使吐上一地，也不丢人。女主人除掉杯盘碗筷上的油腥后，会来拖地清理干净。现在这样的场景越来越少，几乎已经没有了。

　　春天张着翅膀飞来后，一到中午，人就觉得懒洋洋没了精神。我躺在床上，醒来后已是昏黄了。屋子里静悄悄的，玻璃窗上挂着淡淡的几片夕阳的笑窝。青草也许在做饭了，我仿佛听见柴火在灶门里"噼啪"作响。起来后，我上茅房解手时，看见树叶绿得在风中飘舞，一只银白的蝴蝶在我的菜园上空翩跹起舞。我打了一个极响的喷嚏，从树上摘了一捧达子香花，给已经做好饭菜正坐在客堂红色楠木椅上想心事的青草，打趣道："蚕花公主，敬请收下我送给你的礼物。"青草见我与她开玩笑，笑得眼睛眯成一条缝。

劳动节那天，渔庄的主楼竣工了。村里不少年轻人，都到村北的渔庄看热闹去了。还没开张营业，宝儿就将大鞭炮放得"嘭嘭"响。闯儿开车载着我和青草去渔庄。然而我只远远地坐在车上，望着渔庄主楼那颇有气派的建筑，出了一会儿神。不过，我还是远远地望到了它飞檐翘角的砖雕门楼、精雕细琢的木质窗栏，以及各种彩绘精致的图案。我想，盖得如此气魄宏伟，又不失江南精致细巧的韵味，还真有点南宋建筑的遗风呢！

渔庄的主楼落成后，就等于完成了一半工程。接下来就是挖鱼塘，渔庄二百多亩土地，一百八十多亩用于鱼塘。闯儿要将渔庄建设成为集休闲、生态、娱乐、餐饮、观光于一体的鱼文化场所，重现古时"荻苇满溪生"，绿桑成荫的荻港风光。挖鱼塘、种树，比盖渔庄主楼省心多了。闯儿完全可以兼顾渔庄、丝绸厂、油脂厂这三个企业。当然闯儿除了经营生意，最放不下的就是石榴了。石榴七月初参加高考，如果专业分和文化分上线，她将报考中国美院油画系。

我站在六月黄昏之下的菜园中，背后是灰蒙蒙的天空。韭菜已经被割了许多次，可它还是长出了茎秆，碎碎的，像冬天的白雪。黄瓜已是青翠欲滴，我弯腰采摘了几根，用手抹了抹就塞进嘴巴咀嚼起来。刚采摘的黄瓜吃起来清脆爽口。我这耄耋老人还能像年轻人那样贪吃，全靠牙医给了我一副坚硬漂亮的假牙。

二

这些天许家立云游四海去了，青草说："这南山爷爷做了几年陶渊明，现在想做李白了。可惜他不能'斗酒诗百篇'。"我说："嘿嘿，青草你比喻得不错哩。"青草说："南山爷爷过着神仙一样的日子呢！他真是活得潇洒呀！"青草羡慕许家立，可这小矮人哪里知道历史留在许家立心里的阴影？

八月初，石榴收到中国美院油画系入学通知书的那天，正好也是石榴十八周岁生日。闯儿为石榴定做了十八层生日大蛋糕，放在别墅的院子里就像宝塔一样。院子早已被章菊花和章玫瑰姐妹俩用彩条打扮得五颜六色。亲朋好友，从四面八方赶来。生日真是热闹极了。宝儿拿着摄像机，成为石榴整个生日的专业摄影师。

十八岁是步入成年的标志，值得庆贺；而考上自己理想的大学，更是一件值得庆贺的事。小抗敌已经病了几天，但在这双喜临门的日子里，他还是忍着胃痛从病榻上起来，为外孙女祝福，并且还演唱了一首张学友的《祝福》："不要问不要说，一切尽在不言中……愿心中永远留着我的笑容，伴你走过每一个春夏秋冬。"

我从不过生日，每年小抗敌和闯儿都说要给我做寿，我都婉拒了。我不要记着自己的年龄，这样有时别人问我："许老爷爷，你多大年纪啦？"我就说七十。那些不知道我实际年龄的外乡人，还信以为真呢！我就非常得意，像捡了便宜似的。

石榴上中国美院去报到的那天，穿着白底上撒满金色野菊花的裙子。她来向我来道别，我笑着说："祝你早日成为一个大画家。"石榴说："不一定，但我会努力争取。"石榴忽然地谦虚起来，也许知道山外有山的道理吧！

深秋一到，一年的时光就差不多快过完了。大家都以为小抗敌得的

481

是胃病。胃痛起来就蜷缩着身子躺在床上，但痛过之后又没事了。很多人把胃病不当一回事，我和小抗敌也一样。所以我也没有催促小抗敌去医院检查，可是那天晚上，小抗敌胃痛得几乎不能动弹了。我在梦中听见他"哎哟哎哟"的呻吟声，起来推开他的屋门，发现他脸色苍白、满脸虚汗，幸亏我这屋里装了电话，赶紧给闯儿和宝儿拨电话。可是这深更半夜时分，年轻人贪睡，没人接我的电话，真是急死人了。

这时迪杰卡拼命用爪子抓门，我知道它要跑去别墅报信，我打开门，迪杰卡就飞奔而去。它虽然像我一样已经很老了，但跑起来依然飞快。我回转身，一会儿给小抗敌擦虚汗，一会儿给闯儿拨电话。我年老眼花，拨着拨着就拨到别人家里去了。有户人家的男主人，睡意蒙眬地说："你打120嘛！"我这才恍然大悟，为自己一时的愚蠢懊恼不已。

我哆哆嗦嗦地拨通了120，可是一直没人接电话。当我再拨时，迪杰卡已经把闯儿他们找来了。闯儿、静儿和宝儿，一起把他们的父亲扶上小轿车送去医院，我才放心地回到床上。这整个过程青草都在她房间里熟睡着，并且牙齿磨得"咯咯"响，怕是肚子里有蛔虫呢！我也许因为紧张，感到疲倦极了。躺下后，很快呼呼地进入了梦乡。早上醒来已七点多，东方老早就出现了嫣红的朝霞。我先去小抗敌房间看看，发现他还没从医院回来。我心想也许是需要住医院了吧，心里惶惶不安。

一早，青草接了个电话，就出门去了。我问她："出去干什么？"她说："没啥事，一会儿就回来。"她神情慌慌张张，让我疑惑不已。我和迪杰卡在屋里坐着，为了奖赏迪杰卡，我给它准备了丰富的早餐，自己却吃咸菜泡饭。它感激地吃一口饭，在我身边转一下，向我撒娇儿。

中午青草没回来，我给她打手机道："你在哪里，好回家啦！"青草没回话，就把手机关了。这小矮人气死我啦！我想她会不会是与林秋闹别扭呢？唉，女大当嫁，我也管不了她了。叫不应青草，我又给闯儿打手机。可拨通后，闯儿同样没接就把手机关了。这把我的肺都气炸了。

我在家里就像热锅上的蚂蚁，一边为小抗敌担心，一边为青草和闯儿恼火。

自从傻傻病死后，我狠狠骂了一顿桑果儿，就不再理这孽子了。可是这会儿，他跑来家里冲我说："你的儿子，就剩下我一个了。不该死的都死了，该死的我还活着。这真是上天的安排。"桑果儿说完，笑着扬长而去。我冲他的背影骂："孽子，你不配做我的儿子，你该去劳动改造。"

傍晚时分，闯儿、青草、海云、静儿、宝儿都回来了，全都眼睛哭得红红的。他们不说，我已经知道了。闯儿说："阿爸哪里是胃病，是心脏病。我们把他送到医院急救，医生发现他心脏处于严重失血状态，一根主要血管已经百分之九十五狭窄，还有大面积的小血管栓塞。医生全力抢救，也回天乏术了。"

桑果儿的刻薄，小抗敌的病逝，一气一悲，让我全身瘫软，晕眩过去了。我被闯儿送到镇医院急诊室，吊了两瓶点滴后，才渐渐恢复过来。家里笼罩着悲伤的气氛，每个人的眼泪都像流淌着的河水一样汩汩不息。海云更是哭得昏天暗地，悲恸欲绝。毕竟小抗敌才六十六岁，大家正在迈向小康生活的时候，他突然去世了，多么可惜。

我的悲伤无法言说，就像窗外那棵开满无限心事的樟树，点点滴滴地凋零着它残败的心。深秋的风吐着季节的怨怼，使这块让人赖以生存的土地，有过太多的萧条、沉沦和死亡。那天在小抗敌的墓地里，山鹰又神奇地出现了。我朝它挥挥手，它盘旋了几下就飞走了。也许我晚年丧子，太多的悲伤不堪重负。我只想一个人静静地，横躺在小抗敌的墓地前，让死一般的寂静笼罩着我，让灵魂游离躯体，宛如炊烟袅袅而飞。

不知什么时候，我从墓地躺回到自己的床上。这是一次十分绵长的睡眠。在睡梦里，我任泪水流泻。泪水流尽后，我的生命源泉也干涸了。我的视野里，满是渐渐厚重起来的尘埃。大风呼啸着，似乎要把我干瘪的皮囊一层层地剥蚀殆尽。

三

闯儿来看过我几次。为赶渔庄的开张，她暂且搁下父亲去世的悲伤，里里外外忙得不可开交。渔庄的水塘等外部建设已全部完工，一百八十多亩水塘，蜿蜒曲折的岸边，水波粼粼的湖面中数个形态各异的小岛，还有翠绿的果树丛，都是渔翁垂钓的好地方，充满了农家乐的野趣。

那些天闯儿为招聘服务员、厨师、电工、勤杂工等操碎了心。前来报名的服务员基本是本村村民。那些女孩子不少都有进城打工的经历，把自己打扮得花枝招展。但现在她们想，与其到城里租房打工，还不如在自己家门口打工省钱。闯儿招聘了不少服务员，还让柳枝儿给女孩子们赶制旗袍。如果是迎宾小姐，还要赶制斜披在身上的金黄色绶带。

太阳升起来了，阴郁的日子终于又过去了。我的祖屋每一扇窗户的景色都豁然明朗了。我又开始喝酒了，青草说："太爷爷就是太爷爷。"青草这不明不白的话，让我丈二和尚摸不着头脑。我不知道这小矮人是褒我呢，还是贬我。我越来越不懂青草了。

我还是喝我的酒吧！

闯儿来的时候，我已经微醺了。眼睛里看到的她，就像一团云雾一样，在我面前飘来飘去。我模模糊糊地听她说："爷爷，你给我的渔庄取个名儿吧？"我说："嗨，怎么老叫我取名儿，我能取啥哩。"闯儿说："爷爷取什么名都是好的，爷爷是从前浙江一师的毕业生嘛！"闯儿这么一说，满足了我的虚荣心。我没想到人活得这么老了，还有虚荣心。我泪眼婆娑地仿佛看见了一片葱郁的绿色，我说："有了有了，就叫'春晓渔庄'吧！"

在锣鼓喧天和鞭炮齐鸣声中，"春晓渔庄"开张了。村北的天空，飘着五颜六色的气球，一派喜气洋洋。漂亮的迎宾小姐身穿中国红长旗袍，肩上斜披着金黄色绶带，笑容可掬地站在大门两侧。一片五彩缤纷的花丛前，某位市领导为"春晓渔庄"开张剪彩；各路新闻媒体记者，举着摄像机像探照灯一样，齐刷刷地对准了他。

村民们都去看热闹了，青草也去看热闹了，家里就留下我和迪杰卡。无边的寂静中，我能听到自己的心脏怦怦地跳着。我给迪杰卡讲的故事，已经讲得很长久了。它仿佛是我的一部回忆录，回忆了一个普通中国人、一个丝绸之府、一个江南村庄的秘史。我每揭开一处尘封的伤疤，就像把一朵宁静蕙质的兰花揉碎了，让人看凋零的花瓣。这时迪杰卡就会跟着我一起落泪。我们就这样时而被温馨的生活场景打动，时而又为不可避免的人间悲剧而痛心疾首。天空中那些驱不散的铅灰色积云浮游在半空时，我就觉得那是屈死的冤魂在无声地呐喊。

正月里，玻璃窗结满了霜花。我用指甲轻轻刮几下，就出现一缕缕豁亮的东西，但嘴里的呵气又会扑在上面。所以，无论如何我是望不到窗外的菜园了。我拄着拐杖朝屋外走去，几个棉花匠正在木框四周插满长长的竹筷，把网线挂在一个竹筷上，来回穿梭着。弹过的棉花，无论被子还是棉袄，都会蓬松舒软又暖和。

现在年轻人盖的是蚕丝被、鸭绒被，但我还是喜欢盖蓬松舒软的棉花被。所以我对棉花匠说："嗨，把我的被子也弹一下。"棉花匠说："好啊，这床弹完就给你弹。"棉花匠跟着我回屋取走已经硬绷绷的被子。我看了一会弹棉花，便脚底生痒到村里和田头转悠去了。

没走几步，我看见丁港母亲在院子的猪圈里给猪蓄干草，有些干草屑被风吹得像一群鸟儿在腾飞。丁港母亲见了我说："这哑巴越来越懒了，交给他的事儿没一件完成。一天到晚在外面游逛，不知他在干什么？"我说："你都让他游逛几十年了，又不是才开始。"丁港母亲叹气说："一娘生九子，个个不一样。这哑巴与丁港，真是天差地别。"我说："没法子，天差地别也都是你的儿子。"

说起哑巴丁江，我就想起了西窗的章子云。自从她遇害后，她的两个兄长章子男和章子荣再也没有从台湾回荻港村来了。他们的祖屋，先是成了村办企业酿酒厂的所在地，如今又成了科研人员的花卉种植基地。去年销往荷兰的兰花，就是在这里培植生长起来的。我一边走一边想，不知不觉就走到"春晓渔庄"来了。幸好闯儿和宝儿他们都出差去了，我就可以自由溜达了。

那雕梁画栋的建筑有几十丈高呢！一跨进渔庄主楼，是宽敞的大厅，从天顶垂下来十几盏大红灯笼。灯笼下面有供游客休息的十几张竹制藤椅，以及两只长方形茶几。一楼大餐厅大约有几百平方米，里面摆了几十张褐色圆桌和上百把褐色木椅，真够气派呀！不过，我还是喜欢屋外的鱼塘，洁净的水面，再不是从前鱼塘的样子。有不少游客在钓鱼，每钓上一条鱼，都会发出快乐的笑声。而几个厨房伙夫，则是在捕鱼。他们一网撒下去，就能捕到几十斤鱼，那是为晚上餐厅供应而准备的鱼。我在渔庄拄着拐杖溜达一圈后，想起我弹的棉花被，便加快脚步回去了。

新弹的棉花被盖在身上格外温暖舒服。我在被窝里，暖暖地一觉睡到大天亮。早晨起来，我发现窗外一片银白。已经有两年没下雪了，大家见到雪就像见到老朋友那么亲切。正是寒假期间，孩子们穿着鲜艳的衣裳在雪中奔跑，像火狐狸一样娇媚。小佳佳一边在雪地里奔跑，一边吃着又红又艳的山楂冰糖葫芦。这个喜欢舞蹈的小女孩儿，见了我越来越像见仇人似的。我知道一定是桑果儿教唆她的，要不然她怎么会说出"你不配做我爷爷"的话？嗨，这个孽子，我再不准他上我的家门了。

有雪的日子，家家户户炉膛里的火苗都是跳跃的。青草在锅台上炒完青菜肉丝年糕，又煮十个鸡蛋。煮熟后，她用红红的胭粉豆花把鸡蛋一个个染红。我说："你这是干啥？谁家生孩子了，让你替他们操心？"青草说："别人我才不管呢！我就管太爷爷。告诉你吧，一个红鸡蛋，代表十岁，十个红鸡蛋，就是一百岁。太爷爷，你一百岁啦！别再说自己只有七十岁。"

嘿嘿，这小矮人并不知道我的生日。不过有红鸡蛋吃，生活就像抒情诗一样有韵有味，总是一件令人开心的事。

天，依然无休无止地呈现冬日的苍茫。喜悦和快乐是暂时的。一种浸透血液的苍凉，却恒久镌刻在心田。平儿和她丈夫很多年没回家乡来了。这个美国耶鲁大学的哲学女博士，早已做了教授，生了一男一女两个孩子。也许工作和家务都太忙，平儿给我的信屈指可数。即使来信，她也不与我探讨哲学了，而是像汇报工作一样，写得越来越枯燥乏味。

那个雨后的傍晚，一抹抹晚霞流金溢彩。过了三月，青草又进蚕月了。许家立云游四海去了，小抗敌去世了，家里只剩下我给这"蚕花公主"干采桑的下手活儿了。

一天采几筐桑叶，对我不成问题。我还健朗，不用拐杖也能走得稳稳的。那天青草的男朋友林秋，也来帮着采了几筐桑叶。这小伙子黧黑的皮肤，看上去很健康。只要他对青草好，我就放心了。我想趁我还活着，把青草嫁过去，或者把林秋招赘过来。我为青草的前程想得美美的。然而没几天，出乎意料的是林秋的母亲拉着林秋赶上门来，大骂了一通青草，并让林秋当面对青草说："我们分手吧！"

青草的眼泪唰唰地落下来，接着是伤心欲绝的痛哭。那哭声，把我的心也哭碎了。我对青草说："这样忘情负义的人，不值得你爱。"可青草说："他是被母亲逼的。"我说："如果他真正爱你，就不会与你分手。"青草依然呜呜地哭。哭了几天，把一双眼睛哭得像桃子。她仿佛觉得世界只有林秋这么一个小伙子。我劝不了她，只好任她呜呜地哭去。因为我已经不想让青草嫁到重兆村去，重蹈我姑姑的覆辙了。

青草在屋里一连哭睡了三天。那天她醒来，强睁着涩涩的眼睛，呆呆地望着房梁。她觉得哭了这么多天，自己连翻身的力气都没有了。失恋，简直要了她的命。她咬紧牙关爬起来，一步一摇，晃晃悠悠地飘出屋子。太阳还没落山，微风拂来时，她的鼻子不再酸酸地想哭了，心里那些像蝌蚪一样浮游着的委屈一下消散了。这时一群麻雀飞过她的头顶，留下一片叽叽喳喳的叫声。她的心豁然开朗了。

劳动节来临时，春晓渔庄门庭若市。偌大的汽车停车场全部爆满。餐厅生意更是好得排长队，连刚落成的二层楼木结构建筑宾馆的房间也全部住满了游客。闯儿、静儿、宝儿的事业蓬勃发展。有了钱后，他们也不忘慈善捐款，救助一些贫困学生和孤寡老人。

青草从失恋中走出来后，我们又恢复了正常生活。偌大的祖屋，如今只住着我、青草、迪杰卡。五月的雨水就像夏天的眼睛一样，闪闪烁烁。我的雨伞频繁地张开，穿过屋檐慢慢悠悠地来到外港埠走廊。我心里想，比之村东的崇文园、村北的渔庄，我还是喜欢这已经萧条了的外港埠走廊，以及这古老而苍茫的曹溪河，仿佛整个村庄千年的历史都流淌在曹溪河里了。每一朵浪花，就是一个逝去的幽魂。我默默地缅怀着，泪眼迷蒙地回忆着，几只白色的水鸟，在河上飞旋。

我拄着拐杖不知站了多久，迪杰卡寻找到我时，雨后的彩虹正从天空射下来，使河面灿烂生辉。这灿烂的景色让我想到石榴。我想，若是石榴看见这幕景色，她会画成什么样子呢？这个小画家，视觉和感觉都是独特的。

我与迪杰卡回家时，是从桑树林那边绕过去的。晚霞散发着牛乳般的光泽，使碧绿的桑树林光影斑斓。我的胸口，突然隐隐地疼痛着，仿佛桑果儿在我眼前晃晃悠悠，跺着脚，无声地把我骂得狗血喷头："你算哪门子的爹，为什么不让我进祖屋？"

我与迪杰卡悻悻地离开桑树林。回到家时，青草迎出门来说："太爷爷你去哪里了啊？可是把我急坏了。"我说："急什么？有迪杰卡管着我呢！"青草说："太爷爷，我刚把你的毛背心织完了呢，你试试吧！"我接过青草递给我的浅灰色细绒背心，前胸用金色丝线绣着一条蛟龙。我嘿嘿笑着打趣说："你给我穿龙袍啊？"青草说："是啊，可惜没有袖子，你还是当不成皇上。"

我穿上蛟龙背心，就舍不得脱掉了。这是青草用四根竹针、一个毛线团，千丝万缕编织而成的杰作。它针脚细密，仿佛是勾勒和剖析大千世界的那张网。

吃过晚饭后，青草围绕着锅台刷碗，我继续给迪杰卡讲故事。我唠唠叨叨地向迪杰卡倾诉着，百年的岁月即将在我时高时低的嗓音中结束了。青草刷完碗，嫌我烦，进自己的屋子时，门"嘭"一下关上了，拒我于千里之外。我知道这小矮人不爱听我的故事，她要动脑筋设计她编织的新图案呢！

我盘腿坐在客堂红色的楠木椅子上，迪杰卡伏在我的脚边。微风轻轻地从窗外拂来，澎湃的月光在玻璃窗上汹涌着，我的故事讲完了。我感到一种前所未有的轻松和宁静。这时从青草房间里传来梦呓、磨牙的声音，芬芳而柔婉。我就这么坐着，略微低垂着头打盹儿。当一团团云彩悠闲地在天空流浪时，我升天了。

尾声

冬天

　　我是迪杰卡，一条已经衰老了的公狗。我的主人给我讲完故事后，坐在红色的楠木椅子上，安详地去世了。经过了夏天和秋天，我与青草仍然沉浸在悲伤中。家是那么的冷冷清清。爷爷去世后，闯儿、静儿和宝儿他们的生意，仍然蒸蒸日上，形势一派大好。他们已经很久没来祖屋看青草了，倒是海云闲在家里无事干，又不喜欢闷在别墅里，每天都会晃晃悠悠地来坐上片刻。

　　这些天太阳的光芒，不再流连已经荒芜了的菜园。它们悄悄地往南移，映透了那些从河蚌里取出来的晶莹珍珠。这些珍珠一经加工成项链，便成为"春晓渔庄"工艺品小卖部里最热销的产品了。大雪还没有来临，曹溪河苍茫的河面上一艘巨轮驶过来，就像马蹄踏在草地上震动的声音，溅起的千百条水花，宛若射向骑士头上的长矛和标枪。河边的桑树林骄傲地、笔直地耸立着，仿佛是马颈子上被修剪过的鬃毛。

　　崇文园的花坛里，盛开着的蜡梅花傲然欢笑。穿着红红绿绿冬衣的孩子们，在弯弯曲曲的九曲桥上嬉戏，宛如鸟儿一样唧啾着。他们的唧啾，粉碎了黄昏那淡青色光芒的朦胧迷雾。炊烟已经袅袅升起。厨房的油烟弥漫蒸腾着羊肉的香气。客堂八仙桌上，水果糕点甜香扑鼻。猪圈

490

门口的泔水桶里，菜叶果皮散发着一种霉腐味。几只麻雀伸出它们干脆利落的尖喙，飞落在菜园各种潮湿、发霉、打皱的东西上。它们敏捷地飞掠、滑翔，冲上云霄，发出叽叽喳喳的啼鸣。然后高踞在树梢上，俯视着下面凋零的树叶和屋舍尖塔。

桑果儿被提拔为镇政府领导了。他携家搬迁到镇上，成了镇上的新居民。严土根和章玫瑰婚后一直打打闹闹，前阵子总算离了婚。他们唯一的两岁女儿判给了章玫瑰。章玫瑰像干瘪了的花朵，脸上长出镰刀月一样的蝴蝶斑。柳枝儿每天穿着旗袍，架着小轿车往返于村镇。自从做了荻港丝织厂服装车间的车间主任后，她设计的旗袍在省里获得了服装设计大奖，捧回来了一樽亮闪闪的金杯。

石榴无论打扮和气质，都越来越像艺术家了。我看她寒假回来，几乎每天都夹着画板往外港埭走廊跑。面对曹溪河，她能画什么呢？对岸的灌木丛，繁杂的叶片被风吹得飒飒地响。啼血的晚霞，跌落在河面上时，石榴的画布上却满是一片混沌的落叶，肥沃得像泥土一样。这真是一幅意境深邃的画儿。她想，如果太爷爷见到了这幅画儿，会说什么呢？曹溪河，太爷爷心中永远的母亲河。

哑巴丁江不再在村里游逛了。他常常来帮青草铡草、喂牲口。那"嚓嚓嚓"铡草的声音，与青草在厨房里剁猪肉"咚咚咚"的声音是那么和谐。海云和丁港母亲已和好如初。亲家聚在一起拉家常，总有说不完的话。隔壁豆芝，自从李老头死后就成了孤寡老人。前些日子她哮喘得厉害，也不见两个女儿回娘家来。闯儿把她送进了医院，支付了一万多元钱的医药费。庞子遗自追章玫瑰剁指后，村里没有一个人不叫他庞疯子了。庞疯子仍然热爱写诗，深爱着章玫瑰。只是章玫瑰视他如绿豆苍蝇，驱赶不走时，就拿苍蝇拍打。

青草每天午后，坐在客厅那只太爷爷去世的红色楠木椅子上编织毛衣。两根竹针，一个毛线球，她就编织出万千世界来了。我老了。我唯

491

一放心不下的就是青草。这小矮人啊，命运多舛，变得越来越不爱说话了。可我知道她的内心，就像大海一样。

那天纷纷扬扬的大雪，从子夜一直下到凌晨三点。我突然听到一阵梦呓般的叫声，那是主人对我亲切的召唤。我眼前出现了主人影子的轮廓，但一会儿它就裹着一团白气，袅袅地飘走了。我在疼痛中，战栗不已。于是随着那团白气，我消失在日出前的夜幕中。我知道当一轮火红的太阳，从山冈腾空而出时，大地一片银白、洁净，千年的荻港村，将妖娆而斑斓地熠熠闪光。

后记：我和荻港村

　　2023 年夏天，朋友建议我再版《荻港村》。这本书出版至今，已过去了十五个年头。其间，我从杭州到斯坦福、莱克星顿，再到华盛顿特区，读书、教学、照顾父母等，忙忙碌碌。自长篇小说《辛亥风云》出版后，我就停笔小说创作了，一停就是十年。2020 年夏天，我恢复了写作。2023 年初，我在北京出版社出版了诗集《风和裙裾穿过苍穹》。最近又将出版小说集《极光号列车》，创作状态仿佛回到了从前，让我欣喜和安慰。

　　重新回到《荻港村》，仿佛回到了那年盛夏，我与浙江省作家协会文学精品工程，签约了一部描写浙江农村的长篇小说《许村》。许村从前是海宁县的一个村庄，如今是海宁市的布衣名镇。我祖籍浙江海宁，虽然从祖父一辈已离开海宁，读书生活在北京和上海，但海宁就像梦一样萦绕在我脑海里。我想写许村的理由，就在情理之中了。然而一次莫干山之行，我去参观一个千年古村庄，忽然感觉我要写的就是它——荻港村。

　　决定写荻港村后，我把许村的资料搁到一边，重新开始收集新资料。虽然我从小生活在都市，但我对农村一点不陌生。我上初中时，每个学期都要去农村学农、劳动：挖塘挑土，插秧割麦。有时躺在露天蚕匾里数天上的星星，至今记忆犹新。

我对农村的感情，就是那时候培养起来的。我喜欢江南村庄的田野、菜园、古桥、河流，以及成片的桑树林。我也经常去乡下亲戚家，与村妇们聚在一起聊天儿。在我眼里，大部分农民是勤劳而单纯的，他们身上有一种淳朴的美，常常让我想到人和土地的关系，想到原始风情画。

每次去乡下亲戚家回来，冬天我就会带上他们自己打的年糕和米粉干，夏天他们会送给我自己种的瓜果蔬菜。我总是满载而归。记得小时候，我还跟随亲戚家的兄长们一起上山打野猪，"砰砰"的枪声对我格外有诱惑力。我喜欢与他们在山林中转悠，心里有一种草莽英雄的感觉。

亲戚家的兄长们个个都会弄枪舞棒，武术技艺高超。我曾跟武术名师习武十多年，练习刀、剑、拳和内功，然而我很难在小说中用到武术。写《荻港村》时，我却驾轻就熟地运用了进去。

湖州荻港村，不像周庄和西塘那样闻名遐迩。它是那么古老宁静地安卧在运河边上，任风霜雨雪剥蚀着它的每一寸土地。它的历史就像村庄中那条曹溪河，从远古汩汩流淌而来。这里曾经出过五十多名进士和一百多名太学生、贡生、举人，人文积淀是那么的厚重，正好契合我心中的思路和想法，也正好适合我小说中的人物扎根于此。

八月底的天气依然炎热，村领导引领我走遍了整个村庄。那古桥、流水、桑树林，那村西门窗斑驳的古老房屋、村东竖起的栋栋别墅，以及现代化建设的公园等，都正好与我心中的图景吻合。我第二次去千年古村时，已到了寒冬腊月时节。

一个人重新踏上这古老村庄的土地时，比第一次有了更苍凉的感觉。我站在外港埭走廊上，望着汩汩流淌的曹溪河，忽然意识到我的小说主人公与这条河密不可分，小说中整个村庄的生生死死，也都与这条河密不可分。河承载着整个村庄，而那些人物的悲惨命运忽然闪现在我眼前，让我情不自禁地掉下眼泪来。

我在寒风呼啸中，仔细观察了整个村庄的地形，以及已经为数不多的农作物。我还在大黄狗一阵阵的吠叫中，惊恐不安地走进村民家，采访老人和农妇。外港埭走廊虽然已经没有了从前的繁华，但不少中老年村民天不亮就到这里的茶馆来喝茶聊天儿了。那天我起得特别早，天蒙蒙亮就到外港埭走廊来了。那个茶馆从前有个好听的名字：彩云楼茶馆。

　　彩云楼茶馆里四张八仙桌，几只长条凳，破旧的朱红色雕花木门，依稀还能看出当年的繁华。茶馆正面墙上，毛泽东主席的像已贴了几十年。右边八仙桌旁，是通往二楼的木梯。木梯破旧不堪，不仅颜色完全褪尽，连楼梯栏杆的柱子也断了几根。走上去，木梯会吱吱嘎嘎地响。木梯旁的墙上，一股霉腐味扑鼻而来。

　　我与这些老人已不再陌生。他们叫我小顾，有个调皮的老人叫我"顾顾"。来彩云楼茶馆喝早茶聊天儿的，大多数是村里的男人，只有两三个农妇。农妇们一边聊天儿，一边编织毛衣，哈哈的笑声溢满茶馆。男人与她们打趣儿，她们就笑得更加欢乐了。当我转向她们提问并做记录时，有个农妇要求我把记录的念一遍给她听，以证实我的记录是否正确。她听后点头笑道："对，是这样，没错。"

　　天大亮后，聚在彩云楼茶馆里的村民们渐渐散去了。我在通往宾馆的路上，从八字桥到秀水桥，再从秀水桥到名人故居时，突然觉得这部小说的历史有了扎实的根基。后来我在图书馆找了一些相关资料，又阅读了采访笔记，就抑制不住自己的创作激情了。那天我确定以《荻港村》为书名，并且写下了上部"夏天"的引言：

　　　　一个炎热的下午，阳光炙烤着大地。衰老的迪杰卡伏在我脚旁，观望着门口嬉戏玩耍的小狗们。它们叫着、咬着，兜着圈子，尽情地享受青春的欢乐。有那么一刻，我与迪杰卡的思绪都回到了从前。它想起了它的第一个恋人，想起了它青春的狂热与天真。而我呢，则想起了童年时光，那仿佛是眼前的事。一眨眼，我怎么就是一百岁的老男人了呢？村里人有叫我老寿星，也有叫我寿星婆的。我一点不生气，男人嘛，有些就是越老越像女人。

这情和景、人和动物的开头，看似热闹却是主人公内心苍凉的独白。我满意这样的开头，它确定了我的叙述方式和创作基调。很长一段时间，我关起门来写这本书，每天都和笔下的人物厮守在一起。在这部小说即将完稿时，我在《文艺报》上看到我的这部长篇小说《荻港村》被列入了中国作家协会重点作品扶持项目，这让我十分欣喜。

其实，每部作品都有它自己的命运。这次重新出版，几乎是原貌，没怎么改动。通读初版，令我感慨万千。的确《荻港村》就和它的千年古村庄一样，经历过风雨的浸染和剥蚀，却有着屹立不倒的精神内核。这正是我十分看重它的原因。我相信《荻港村》在时间的深处，将恒久地散发出文学本质的魅力和光芒。

2024 年 1 月 6 日于华盛顿特区